上海交大 · 全球人文学术前沿丛书

王 宁 / 总主编 祁志祥 / 执行主编

中国文学史研究的
去蔽寻道

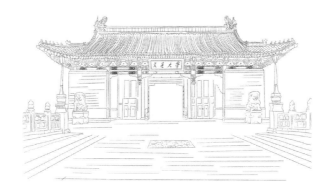

许建平 著

商务印书馆
创于1897 The Commercial Press

商務印書館（上海）有限公司　出品
The Commercial Press (Shanghai) Co. Ltd.

　　许建平，复旦大学文学博士，上海交通大学长聘教授（二级），博士生导师，古代典籍与中国文化研究中心主任，国家社科基金重大招标项目首席专家，享受国务院政府特殊津贴专家，"中国古代文化国际研究院"中方院长，世界汉学会中国学术副会长，中国金瓶梅研究学会（筹）副会长。近四十年来，致力于明代文学、小说和文学理论研究。倡导建立心态文学史学、文学史研究的中国学派；将货币哲学纳入文学史研究，提出中国文学史发展经历农耕文学、农商文学、工商文学三类型、三阶段说，质疑传统文学史观；将哲学移入叙事学，创建叙事哲学——意图叙事学的理论框架；全面论证《金瓶梅》的作者、成书年代、版本以及文化艺术的划时代意义；重新考述李贽思想演变历程、内在逻辑和非传统理性的启蒙价值；在世界范围内收集整理王世贞著述，辨别真伪、版本源流，主编《王世贞全集》，重新评价王世贞在明清文学和文化发展中的地位；探索中国传统文化如何完成现代转型等。在《中国社会科学》《文学评论》《文艺研究》《文学遗产》《文献》《学术月刊》《文史哲》等国内外刊物发表论文近二百篇。出版《李贽思想演变史》《意图叙事论》《金学考论》等著作二十五部。主持国家社科基金重大项目（结项为优秀）、一般项目和教育部社科基金项目多项。获教育部高校人文社科优秀成果奖，上海市、河北省哲学社会科学优秀成果二等奖多项。

总序

　　经过各位作者和编辑人员的努力和仔细打磨，这套"上海交大·全球人文学术前沿丛书"第二辑很快就要问世了，我作为这套丛书的总策划和上海交通大学人文学院前任院长，应出版社要求特写下这些文字，权且充作本丛书的总序。

　　读者也许已经注意到这套丛书题目中的两个关键词：上海交大、全球人文。这正好涉及这套丛书的两个方面：学术机构的支撑和学术理论的建构。这实际上也正是我在下面将要加以阐释的。我想还是从第二个方面谈起。

　　"全球人文"（global humanities）是近几年来我在国内外学界提出和建构并且频繁使用的一个理论概念，它也涉及两个关键词："全球（化）"和"人文（学科）"。众所周知，全球化的概念进入中国可以追溯到20世纪90年代，我作为中国语境下这一课题的主要研究者之一对于全球化与中国文化和人文学科的关系也做了极大的推进。全球化这个概念开始时主要用于经济和金融领域，很少有人将其延伸到文化和人文学科。我至今还记得，1998年8月18—20日，时任北京语言大学比较文学研究所所长的我，联合了美国杜克大学、澳大利亚墨朵大学以及中国社会科学院共同在北京举行了"全球化与人文科学的未来"国际研讨会，那应该是在中国举行的首次从人文学科的角度探讨全球化问题的一次国际盛会。出席会议并做主旨发言的中外学者除了我本人外，还有时任美国杜克大学历史系教授、全球化研究的主要学者之一德里克，欧洲科学院院士、国际比较文学协会名誉主席佛克马，中国科学院哲学社会科学学部委员、北京大学教授季羡林，中国社会科学院外国文学研究所所长吴元迈，等等。会议的各位发言人对于全球化用于描述经济上出现的一体化现象并无非议，而对于其用于文化和人文学科则产生了较大的争议，甚至有人认为提出文化全球化这个命题在某种程度上就是为文化的西方化或美国化而推波助澜。但我依然在发言中认为，我们完全可以将文化全球化视作一个公共的平台，既然西方文化可以借此平台进入中国，我们也完全可以借此将中国文化推介到全世界。那时我刚开始在头脑中萌生全球人文这个构想，并没有形成一个理论概念。在后来的二十多年里，全球化问题的研究在国内外方兴未艾，这方面的著述日益增多。我也有幸参加了由英美学者罗伯逊和肖尔特主编的劳特里奇《全球化百科全书》的编辑工作，恰好我的任务就是负责人文学科的词条组织和审稿，从而我对全球化与人文学科的密切关系有了新的认识。特别是近十多年来中国文化以及中国的人文学术加速了国际化的进程，我便在一些国际场合率先提出"全球人文"这一理论构想。当然，我在全球化的语境下提出"全球人文"的概念，主要是基于以下几方面的考虑。

首先，在全球化的进程日益加快的今天，人文学科已经不同程度地受到了影响和波及。在文学界，世界文学这个话题重新焕发出新的活力，并成为21世纪比较文学学者的一个前沿理论话题。在语言学界，针对全球化对全球英语之形成所产生的影响，我本人提出的复数的"全球汉语"（global Chineses）之概念也已初步成形，而且我还指出，在全球化的时代，世界语言体系将得到重新建构，汉语将成为仅次于英语的世界第二大语言。在哲学界，一些有着探讨普世问题并试图建立新的研究范式的抱负的哲学家也效法文学研究者，提出了"世界哲学"（world philosophy）这个话题，并力主中国哲学应在建立这一学科的过程中发挥奠基性作用。而在一向被认为是最为传统的史学界，则早有学者在世界体系分析和全球通史的编撰等领域内做出了卓越的贡献。因此，我认为，我们今天提出"全球人文"这个概念是非常及时的，而且文史哲等人文学科的学者们也确实就这个话题有话可说，并能在这个层面上进行卓有成效的对话。面对近年来美国的特朗普和拜登两届政府高举起反全球化和逆全球化的大旗，我认为中国应该理直气壮地承担起新一波全球化的领军角色。在这方面，中国的人文学者也应该大有作为。

其次，既然"全球人文"这个概念的提出具有一定的合法性，那么人们不禁要问：它的研究对象是什么？难道它是世界各国文史哲等学科简单的相加吗？我认为并非如此简单。就好比世界文学绝非各民族文学的简单相加那样，它必定有一个评价和选取的标准。全球人文也是如此。它所要探讨的主要是一些具有普遍意义的话题，诸如全球文化（global culture）、全球现代性（global modernity）、超民族主义（transnationalism）、世界主义（cosmopolitanism）、全球生态文明（global eco-civilization）、世界图像（world picture）、世界语言体系（world language system）、世界哲学、世界宗教（world religion）、世界艺术（world art）等。总之，从全球的视野来探讨一些具有普世意义的理论课题应该就是全球人文的主旨；也即作为中国的人文学者，我们不仅要对中国的问题发言，同时也应对全世界、全人类普遍存在并备受关注的问题发出自己的声音。这就是我们中国人文学者的抱负和使命。可以说，本丛书的策划和编辑就是基于这一目的。

当然，任何一个理论概念的提出和建构都需要有几十部专著和上百篇论文来支撑，并且需要有组织地编辑出版这些著作。因而这个历史的重任就落到了上海交通大学人文学院各位教授的肩上。当然，对于上海交通大学在自然科学和工程技术领域的领军角色和影响力，国内外学界早已有了公认的评价。而对于其人文学科的成就和广泛影响则知道的人不多。我在这里不妨做一简略的介绍。实际上，上海交通大学历来注重人文教育。早在1908年，学校便开设国文科，时任校长唐文治先生亲自主讲国文课，其独创的吟诵诗文之唐调已成为宝贵的文化遗产。在这所蜚声海内外的学府，先后有辜鸿铭、蔡元培、张元济、傅雷、李叔同、黄炎培、邵力子等人文学术大师在此任教或求学。这里也走出了江泽民、陆定一、丁关根等中国共产党的领导人或高级干部。因此我们说这所大学具有深厚的人文底蕴并不算夸张。

新中国成立后，上海交通大学曾一度成为一所以理工科为主的高校，在改革开放的年代里，学校意识到了重建人文学科的重要性和必要性。经过多次调整与改革，学校于1985年新建社会科学及工程系和文学艺术系，在此基础上于1997年成立了人文社会科学学院。2003年，以文、史、哲、艺为主干学科的人文学院宣告成立，上海交通大学基础文科由此进入新的发展时期，并在近十多年里取得了跨越式的发展。其后，又有两次调整使得人文学院的学科布局和学术实力更加完整：2015年5月12日，人文学院与国际教育学院合并为新的人文学院，开启了学院发展的新篇章；2019年，学校决定将有着国际化特色的高端智库人文艺术研究院并入人文学院，从而更加增添了学院的国际化人文色彩。

21世纪伊始，学校发力建设世界一流大学，在弘扬"人文与理工并重""文理工相辅相成"优良学统的同时，强化人文学科建设，落实国家"人才兴国""文化强国"和"建设创新型国家"的战略目标。经过近二十年的建设，人文学院现已具备了从大学本科到博士研究生的完整的培养体系，并设有中国语言文学一级学科博士后流动站。学院肩负历史重任，成为学校"双一流"学科建设的重点。

人文学院以传承中华文化为核心，围绕"造就人才、大处着笔"的理念，将国家意志融入科研教学。人为本、学为根，延揽一流师资，培养一流人才，以学术促教学；和为魂、绩为体，营造和谐，团队协作，重成绩，重贡献；制度兴院，创新强院，规范有序，严格纪律，激励创新，对接世界。人文学院将从世界竞争、国家发展、时代要求、学校争创一流的大背景、大格局中不断求发展，努力成为人文学术和文化的传承创新者，一流人文素质教育和国际学生教育的先行者，学科基础厚实、学术人才聚集、人文氛围浓郁的学术重镇，建设"特色鲜明、品质高端、贡献显著、国际知名"的人文学院。

人文学院下设中文系、历史系、哲学系、汉语国际教育中心、艺术教育中心，国家大学生文化素质教育基地挂靠学院。世界反法西斯战争研究中心、中华创世神话研究基地作为省部级学术平台，人文艺术研究院、战争审判与世界和平研究院、神话学研究院、欧洲文化高等研究院、上海交通大学—鲁汶大学"欧洲文化研究中心"和东京审判研究中心等作为校级学术平台，也挂靠人文学院管理。学科布局涵盖中国语言文学、中国历史、哲学、艺术等四个一级学科。可以说，今天的人文学科已经荟集了一大批享誉国内外的院士、长江学者、文科资深教授和讲席／特聘教授。为了集中体现我院教授的代表性科研成果，我们组织编辑了这套全球人文学术前沿丛书，其目的就是要做到以全球的视野和比较的方法研究中国的问题，反过来又从中国的人文现象出发对全球性的学术前沿课题做出中国人文学者的贡献。我想这就是我们编辑这套丛书的初衷。至于我们的目标是否得以实现，还有待于国内外同行专家学者的评判。

本丛书第一辑出版五位学者的文集。分别是王宁教授的《全球人文视野下的中外文论研究》、杨庆存教授的《中国古代散文探奥》、陈嘉明教授的《哲学、现代性与知识论》、张中良教授的《中国现代文学的历史还原和视域拓展》和祁志祥教授的《中国美学的史论建构及思想史转向》。

本丛书第二辑出版四位学者的文集。关增建教授的《规圆矩方，权重衡平：中国科学史论纲》以严谨翔实的文献材料，就中国古代的宇宙观与时空观、天文与社会、物理现象探索、科学史研究的辨析求真、计量历史管窥等方面展开探索，呈现了中国古代科学史发展递嬗的大致脉络。杜保瑞教授的《中国哲学前沿问题》以哲学学科的视野展开思考，厘清了传统中国哲学的基本哲学问题，提出以系统性、检证性、适用性、选择性四个进路阐释并讨论传统中国哲学的理论。许建平教授的《中国文学史研究的去蔽寻道》一书视角几经转换，由社会视角转向人性、心灵视角，由行为叙述转向意欲分析，继而转向经济文化视角，将货币哲学引入文学史中。余治平教授的《董仲舒春秋大一统申义：儒家亲亲、尊尊的原则要求与谱系诠释》秉承董仲舒今文经学之风范，在公羊家"元年春，王正月""三世异辞"的叙事结构中，强化以历史认知的维度；阐发"存二王之后"以"通三统"的古代政治文明优秀传统，使"大一统"的内涵充实饱满。

　　通过这些学术著作，读者可以了解这四位学者的学术历程、标志性成果、基本主张及主要贡献。当然，我们也真诚地欢迎学界同仁批评指正。是为序。

王　宁

2024 年 4 月于上海

— 目录 —

前言

我的学术历程

我们处在一个千载难逢的历史转型时代，一个由农业国向工业国、集体经济向市场经济、农耕文化向工业文化、以皇权为本向以人权为本转型的时代。在这一个历史的转型中，对于骨子里总不忘天下苍生而背负着厚重历史责任感的读书人来说，无论您做什么，研究什么，都必须回答历史赋予我们的责任和问题，故而学术研究便自然而然地留下思索、回答这一问题的印痕。当回顾这一段学术史的时候，倒颇有点重温梦中情景般的说不出的味道，总掺和着一丝喜悦与淡淡的甜味，也有一点人生如梦的惆怅，还有一种说不出来的、不甘心随波逝去而努力改变点什么的幻想。近四十年来，差不多十年一个台阶，每一个台阶都留下歪歪扭扭的脚印，深浅自在，但总朝向时代前行的方向。

一、小说、学术史、方法论（1985—2000）

我治学起步于小说。本科毕业后留校任教，所讲为明清文学史中的小说部分，应教学之需，我一口气读完了《金瓶梅词话》（删节本），遂为这本小说的遭际大抱不平，文学史给它的篇幅太小了，评价太低了，我立志要为之鸣不平。第一篇论文《试论〈金瓶梅〉的艺术结构在中国长篇小说发展史上的意义》，爬梳数月，发表即被《人民大学复印报刊资料》《高等学校文科学报文摘》等转载，从此坚定了我由点及线、以小见大的治学路数。随后经章培恒师和黄霖先生指点，晓得做学问需从文献考证入，于是提出了《金瓶梅》作者王世贞说，成书于万历九年后说，万历四十五年《词话》非初刻而为三刻说，第53—57回为两位陋儒补刻说，清河县地理位置为东平、临清说等系列观点。然我始终不离以小见大的思维习惯，提出将《金瓶梅》研究视为不同于一般小说研究的独特学问——"《金》学"，界定"《金》学"的内涵、范畴与方法。分析"《金瓶梅》尤难读"的叙事原因，指出《金瓶梅》表现了中国人由农耕价值观向商业价值观转型的划时代意义。先后出版《金学考论》（河北教育出版社1999年版）、《王世贞与〈金瓶梅〉》（河南人民出版社2012年版）、《许建平解说〈金瓶梅〉》（东方出版社2014年版）、《许建平〈金瓶梅〉研究精选集》（台北学生书局2015年版）等多部著作。

20世纪最后五年（1996—2000），我的学术研究转向了一个世纪的学术史研究。这项研究从史料的搜集做起，在图书馆布满尘土的古书、杂志堆中爬梳、寻找时代的学术闪光，并在精挑的每篇文章前加入一段说三道四的评语，先后撰写《20世纪中国文学史论文精萃》系列丛书五部中的两部——《文学史方法论卷》《小说戏曲卷》（河北教育出版社2001年版），并与黄霖先生合作撰写《中国小说研究史》（浙江古籍出版社2002年版）、《20世纪中国古代文学研究史·小说卷》（东方出版中心2006年版），发表了关于一个世纪小说、戏曲、文学理论的学术史论文，以及《红楼梦》《金瓶梅》《儒林外史》《西游记》百年学术史回顾与反思的文章，总结一个世纪学术研究的得失。发现成功的学者往往具备以下条件：独立思考、大胆怀疑和锲而不舍的韧性；文献考据学功夫与理论修养功夫；通达人文社会科学的博识；中文与外文的两类语言；国内与国外的学术视域。同时深切感受到上一世纪学术研究的三大弊端：流行意识和经世致用价值观影响学术研究的科学性；考据学相当一部分成果，因材料不够，主意来凑，难免昙花一现；中外理论的夹生饭，往往造成不能解决问题的学术虚闹。学术史的研究扩大了我的学术视野，增强了学术研究的理论自觉与方法论意识。

随着一个世纪学术史的总结，我不知不觉地进入了研究方法与文学史学观念的探讨。撰写《〈红楼梦〉研究的方法论思考——兼谈古典小说研究的方法与路向》《中国古代文学研究路径与方法的新思考》《文学评论中文本意义的确定性与非确定性辨析》《文学发展动力分析》《关于文学史学的思考——建立心态文学史学刍议》《不失时机地推进建立文学史研究的中国学派》等系列论文，意在探讨如何实现研究方法和文学史观的现代转型。这些论文无论是发表于《中国社会科学》还是《江海学刊》《复旦学报》，大多被《人民大学复印报刊资料》全文转载。

二、李贽研究（2001—2004）

我学术第二次转变的缘起，实可追溯至1989年。我考入复旦大学元明清文学班，聆听章培恒先生两门课——"中国哲学与文学""中西文学比较"，以人的哲学打通中国文学与欧美文学、中国古代文学与现当代文学的界限，令我大受启发。自此以后哲学成为我治学的兴奋点。2000年考入复旦大学，随章培恒先生攻读博士学位，可视为这一兴奋点的延续。2001年博士学位论文定为《李贽思想演变史》。第一次以李贽生平事实与著述编年为依据，以与文学关系密切的心学思想为描述主体，在撰写《李贽著述编年》与《李卓吾传》基础上，依年逐月考察伊斯兰教、儒学、心学、老庄、佛学以及"百姓日用迩言"对李贽思想孕育、生成、演变的影响，对李贽思想中的许多重要问题（洁癖习性、好洁心理、以净为美、"性空缘起"说、"真空"说、"凡圣如一"说、"游戏人生"说、"自然真空"说、"童心说"、"狂怪"和"与世无争"的双重文化人格、追原与成圣意识等）一一加以重新审视。若干观点为第一次提出，从而重新确定李贽思想的近代性内涵及其在中国思想发展史中的启蒙意义，完成了李贽思想研究的现代性转变。在《文学评论》《文艺研究》等刊物发表系列论文，出版《李卓吾传》（东方出版社2004年版）、《李贽思想演变史》（人民出版社2005年版）。

三、货币哲学与新文学史观（2005—2008）

2003年6月，我博士毕业后，到上海财经大学工作。那些年，受该校主流学科的影响，我成为西美尔《货币哲学》的热衷者，遂将货币哲学引入中国文学史的研究。发现自给自足的食货生存状态和商品生产与交换的货币化生存状态是两种性质的生存状态，一个像土地和土地生产一样追求稳定性，一个像商品竞争和货币流通一样追新逐异。而货币观念的变化，直接引起消费观念、生活观念、交友观念、婚姻观念、价值观念、审美观念、文学观念的一系列变化。结合马克思关于人类获取生存资料的三种状态和历史阶段说，提出中国文学性质与发展阶段分为农耕文学、农商文学、工商文学三种类型、三个阶段说，挑战传统文学史观的政治标准与古代、现代、当代的分法。在《中国社会科学》《文学评论》《文学遗产》撰写系列论文，出版《文学研究的新经济视角与分析方法》（上海古籍出版社2008年版），主编《中国传统文学与经济生活》（河南人民出版社2006年版）、《去蔽、还原与阐释——探索中国古代文学研究的新路径》（社会科学文献出版社2007年版）、《中国传统文学与经济生活丛书》（上海古籍出版社2008年版）。此研究被学界誉为"新世纪中国文学研究的新生长点""文学研究的经济学派"。

四、叙事哲学（2008—2012）

2008—2012的五年，我的主要精力转入叙事学研究。之所以转入叙事学，有三个方面的原因。一是，叙事学引入明清小说研究后所存在的问题，孤岛自足倾向、文学个性的消亡、取事遗人、情感美感的干涸，对于研究中国小说不那么契合，最终难以解释一部小说的认知价值。故而需要建立一种可解决上述问题，适合于分析中国小说的叙事学。二是，基于对叙述行为的分析发现，向谁叙述，叙述什么，叙述长度、顺序、方式、结构、意蕴、效应等，最终取决于叙述主体的意图与实现意图的能力（意图力），取决于内外叙述者与接受者意图的关系及其张力，取决于内叙述者间的意图矛盾逻辑。三是，我获得了国家社科基金项目"意图叙事与意味形式"的立项。于是，将哲学移入叙事学，将人类行为的意图视为叙述行为产生的根源与动力，视为贯穿叙事学一切概念范畴的鲜活灵魂。将个体性的意图与共同性的规律统一起来，将科学主义的分析方法与人文主义的分析方法结合起来，将叙事的普适性与民族叙事的个性结合起来，遂生成了这一理论的诸如意象、事象、意图、意图序列、意图元、缺失意图、意图力、意图张力、意图聚焦、意图元类式、陌生化效应、意味形式等一系列概念、范畴，以求建立叙事哲学的理论框架。这是叙事学研究方法和范式的一次尝试性的改革。完成国家社科基金项目，出版《意图叙事论——以明清小说为分析中心》（人民出版社2014年版）。从发表的《叙事的意图说与意图叙事的类型——西方叙事理论中国化的思考》《嵌入方式的生成及其在意图叙事中的功能》等一系列论文多被《人民大学复印报刊资料》等转载和文章的他引率、下载频次以及学界运用此理论进行研究的情形来看，成效初见。

五、王世贞与明代诗学、民族文化的未来（2012—2022）

2012—2022的十年，因获得国家社科基金重大招标项目立项，故而转入王世贞研究。我因何要申报王世贞研究的重大项目呢？基于三个原因。一是《金瓶梅》的作者，从明人文献来看，许多信息指向王世贞。而我要读王世贞的书，发现他的书很多，却不知真伪，也没有全集，首先文献存在问题，不具备研究的文献基础，这是需解决的一大学术问题。二是我的博士学位论文章培恒先生初定为《王世贞文学思想研究》。这个题目很有价值，因为查《文学史》《文学批评史》对王世贞文学思想的论述，或语焉不详，或负面多于正面，或前后大体雷同，与《四库全书》《明史》所说学识、著述、影响三不可比的王世贞怎么都对不上号。可惜这个论文因时间来不及而放弃，造成了极大的遗憾，一直想找机会补救这一缺憾！比这两点更重要的是，我的学术研究缺少诗学这一大块，王世贞是明清少见的几位诗学大家之一。通过王世贞研究，可像攻李贽由点及线而联通明清思想史，像研究《金瓶梅》可由点及线而弄清明清小说史，可弄清明清诗学史，同时，可深化明清文学史、史学史和学术史的研究，一举多得。根据"《王世贞全集》整理与研究"的项目要求，首先需解决研究王世贞的基础文献问题，编纂《王世贞全集》。遂与课题组同仁在世界范围收集王世贞著作数百种，4000多卷，经辨伪、去重复，使王世贞四百多年后第一次有了《全集》，并组织撰写《王世贞著作真伪与版本考》《王世贞交游研究》《王世贞年谱长编》《王世贞宗教思想研究》《王世贞家族文学研究》《王世贞文学观念及影响研究》《王世贞与明清考据学》《王世贞与明清文史演变》等系列著作，奠定"王学"①的学理基础。重新评价王世贞在明清文化史上的地位，发现他不只是前后七子的承续者，更是总结和转化者；不仅是七子派诗学的集大成者，而且是中国古典诗歌美学的集大成者与转变者。其诗学在五个方面发展了七子派。一是以"捃拾宜博"补"师匠宜高"的拘狭，拓宽了复古学承继的领域；二是复古而求新，对模拟的扬弃、超越；三是倡情欲为源和性灵第一，建立起以情法关系为核心的情法文论，取代作为主流的道法文论，完成了中国文论主调的历史性转换；四是将性灵、神韵、诗法纳入格调说中，形成发乎性灵、情法自然、格高调逸的新格调说体系；五是格调派的神韵说。形成了王世贞以情欲为源，以抒情写意为归，以法度范式为体，以学识为养，以才气思为翼，以高格神境为品，以自然为美的完整文学思想体系。这个体系是中国诗学发展至此的集合性成果，并对后世产生了深远影响。王世贞之特殊之处在于他不仅是主情尚法的复古派理论的集大成者，而且是明代文学发展转向的先声，如果说明清的文学重心经历了由道法论至情法论，由宗唐到宗宋，由宏声壮语、宫商大调，到角徵之声、竹丝小调，由倡格调到主神韵的转变的话，那么，王世贞就是这个转变过程中不可或缺的催化剂。

---

① "王学"指王世贞及其后学的学问，包括王世贞、王世懋、"前五子"、"后五子"、"广五子"、"续五子"、"末五子"、"四十子"。

在这十年中，我思考的另一问题是中国文化的转型问题。在中国正在发生的由农业国向工业国转型的时代，中国经济迅速腾飞了，中国文化却因后置而出现历史的真空，出现新旧交杂的混乱和信仰危机。中国文化何去何从？完全抱残守缺不行，完全接纳西方也不妥。历史向这个民族提出一个文化走向何方的新课题，中华民族文化如何实现现代化的转型，成为推进人类进步的先进的文化体系，成为在世界具有更多话语权的文化强国，一直是我心头沉甸甸的话题。中国文化中究竟哪些是精华，不仅对现行中国有指导价值，而且可被全球普遍认同、接受，具有人类的普适性；哪些是糟粕，造成了这个民族的劣根性，应当逐渐抛弃，即要完成一次怎样的吐故纳新。我为国际期刊《文化中华》撰写《论中国精神》一文，并在《学术月刊》组织文化转型讨论，撰写《中西异质文化嫁接中的新文化生成 》，在《人民日报》理论版发表《在融通中实现传统文化创新性发展》的文章，分析中西文化各自的性质、短长，指出二者的契合点，以及如何嫁接融合的设想。文章被《新华文摘》《人民大学复印报刊资料》等转载，产生积极的影响。

反思我一生的学术历程，有两点感受。一是由点及线而面。所谓点就是李贽、王世贞、《金瓶梅》的个案研究，这是主战场。然而，我心在作家作品，眼与思则由点而展开至与之密切相关的明清小说史、诗歌史、思想史，乃至文学史和学术史。真有点吃着碗里望着锅里的贪婪味道和好奇、多疑、刨根问底的毛病。二是，我的研究似乎有点散，却有贯穿于其内的两条主线：去蔽、寻道。前者意在抹去历史尘埃的遮蔽，尽可能地还原研究对象的原生状态，主要采取实证方法，如李贽著述的编年考，《焚书》版本真伪，王世贞著述真伪、版本源流，《金瓶梅》作者、成书年代、版本考等。后者意在探求文学事实与现象背后的文化密码——精神之道，亦当是古代文学研究的最高境界，如是，方可在中国新文化的建构中，进微薄之力。

我更大的兴趣在于探讨中国有没有推进人类进步的文化体系，如何建立这样一个文化体系的问题。计划再读先秦诸子，寻找中华民族生生不息的精神之源，写出一部《子辨》和《文化的终极之问：如何活着》。这一梦想在

《李贽思想演变史》付梓后便萌生了，并在为博士生开设的"先秦诸子与文学""小说经典与中国文化""中国古代文学研究前沿"的课程中，默默地思考、探索着。

眺望眼前的路，蜿蜒而上，山的那边，浑然苍茫中有一抹霞色。

许建平

2023年1月6日于上海交通大学

第一章

经典小说的去蔽还原

　　我研究小说，始于本科留校任教，因初讲明清小说课而使然。但起初一年多时间，找不到北。后发表了两篇谈《金瓶梅》艺术的稿子，虽反响出乎意料地好，但还不能算一个会走路的人。真正找到门窍，是考入复旦元明清硕士课程班以后。这个班是章培恒先生领导的古籍所主办的，授课的人因都是先生亲自请，故规格高，复旦文学名家都来讲。让我收获最大、影响我一生的有两人，一是黄霖先生，他指点我做学问一定要从考证入，非此不能成其学，又说论文撰写须做到三新：材料新、方法新、观点新。另一位则是章培恒先生，他讲"中国哲学与文学"，又给本科生讲"中西文学比较"，皆用哲学打通中西和古今，令我茅塞顿开。后来我逐渐发现先生"三以"的治学方法：以文献考据为基础，以哲学为利器，以史学为架构。以考据见长可盖高楼；以哲学为利器可打通一切界限、解剖最难问题，既能成其大，更利见其深；以史学为架构可矗立其学术体系，成就其长度。我自此努力实践两位先生的治学经验。《金瓶梅》研究由艺术分析转向了文献考证和哲学阐释，在还原历史的同时，发掘其艺术特别是文化的认知价值。且由《金瓶梅》而拓展至《红楼梦》《三国演义》《儒林外史》和《西游记》等经典小说的研究。①

第一节　《金瓶梅》作者考②

　　对《金瓶梅》作者的探讨已沉寂一段时间了，这种沉寂还会继续下去。这是因为探索者大多有求新厌旧的心理，像寻找新大陆一样，总想给世人一个惊喜，仿佛唯如此方有价值。况且《金瓶梅》为王世贞作的旧说流传了四百余年，已被吴晗等权威否掉了，不值得再去费心思"翻案"，即使翻过案来，也不过还是四百年前的旧说，算不上创新。然而《金瓶梅》的作者只有一个（我是主张个人创作说的），考证《金瓶梅》的作者，就像寻找遗失

---

① 限于篇幅，只谈《金瓶梅》作者与成书的考证。
② 本节原文刊载于《河北师范大学学报》（哲学社会科学版）2003年第4期，《高等学校文科学术文摘》2004年第3期摘介。编入此书时予以删改。

的孩子，不在求新，因为求出的"新"愈多，离事实愈远。况且，在那样一个普遍藐视小说，畏"淫书"如虎的年代，不但作者不肯承认自己写《金瓶梅》，知情者也不肯出卖朋友，说某某人写了此"淫书"。既然当事人不肯说明，就不可能找到铁证。如果仍以求新厌旧的心理抱着找铁证的愿望寻下去，恐怕终无结果。无结果，必然还要沉寂下去，沉寂多长时间，真难说。

那么《金瓶梅》的作者是谁，是否已是一个永无答案的死结？我以为《金瓶梅》作者的答案就在明人的旧说中。《金瓶梅》产生时代的明人笔记并非全是揣测之词，事实上已有知情者委婉地指出这部奇书的作者。吴晗等人的文章未能剥夺王世贞的著作权。新时期所寻找到的作者人选，无一能取代王世贞的地位。我们对这位大家的研究还很不够，21世纪《金瓶梅》研究应以王世贞研究作为新的突破口和起点。

一、手抄本源自王世贞家

愚以为《金瓶梅》的作者是王世贞，至少可以说到目前为止，所寻找出来的三十多位《金瓶梅》作者的候选人中，王世贞的可能性最大。

之所以这样说，首先是目前所知的明人手抄本源于王世贞家，而《金瓶梅》作者的其他候选人不具备这一条件。见于明人笔记所载的《金瓶梅》手抄本有十二种，它们之间的关系已有多人论及，限于篇幅，本节仅就拥有手抄全本者的传抄关系做一分析，便知其源流所自。

王世贞的《四部稿》和《续稿》不列小说戏曲目，"四部"中虽有"说部"，却是论说、杂说之"说"，而非小说之"说"。故而《鸣凤记》《艳异编》《剑侠传》《世说新语补》等，都不能进入他的文集。这的确为我们的研究带来了很大困难。虽然如此，在书稿之外的生活世界中，总有王世贞与《金瓶梅》的消息，譬如，《金瓶梅》首先是以手抄本在社会上流传开来的，且极难得到，文人们多是努力打听，凭着文人间的广泛交际，慢慢誊抄回来，并将此事记录了下来，为我们今天了解手抄本的流传情况提供了依据。

《金瓶梅》的手抄本根据誊抄回目的多少可分为三种：两帙本、数帙本、全本。为了叙述的方便，我们也分类一一循迹追踪，理一下流传的路线。

手抄本仅得两帙者四人：王肯堂、董其昌、袁中郎、王穉登。

最早得到两帙本的是袁宏道，他在写给董其昌（思白）的信中说：

> 一月前，石篑见过，剧谭五日。已乃放舟五湖，观七十二峰绝胜处，游竟，复返衙斋。摩霄极地，无所不谈。病魔为之少却，独恨坐无思白兄耳。《金瓶梅》从何得来？伏枕略观，云霞满纸，胜于枚生《七发》多矣。后段在何处？抄竟当于何处倒换？幸一得示。[①]

此信写于万历二十四年丙申，当时袁中郎任吴县县令，恰在病中。他所读到的《金瓶梅》，来自董思白，只是前段，伏枕略观，喜不自禁。盼得到后段。从他信中的语气，可知他对此新奇之书知之甚少。

那么，董其昌手中的抄本又来自何处？据刘辉先生推考，来自王肯堂。

关于王肯堂有《金瓶梅》抄本的记载，见于屠本畯的《山林经济籍》：

> 屠本畯曰："不审古今名饮者，曾见石公所称'逸典'否？按：《金瓶梅》流传海内甚少，书帙与《水浒传》相垺。相传嘉靖时，有人为陆都督炳诬奏，朝廷籍其家。其人沉冤，托之《金瓶梅》。王大司寇凤洲先生家藏全书，今已失散。往年，予过金坛，王太史宇泰出此，云以重赏购抄本二帙。予读之，语句宛似罗贯中笔。"[②]

屠本畯的这段话写于万历三十五年。在此前一年，即万历三十四年，袁宏道（号石公）写有一篇《觞政》，即酒令，称《水浒传》《金瓶梅》等为"逸典"，"不熟此典者，保面瓮肠，非饮徒也"。石公一语，大大提高了《金

---

① 袁宏道《袁中郎全集》卷二十一《尺牍》，《董思白》，明崇祯二年武林佩兰居刻本，第982页。

② 屠本畯《山林经济籍》，《觞政》十，《典故》，见朱一玄编《金瓶梅资料汇编》，南开大学出版社，1985年，第87页。

瓶梅》的知名度。知者无不欲借一览。

他从王肯堂那里见到的《金瓶梅》，也仅二帙。此后谢肇淛借得袁中郎手中的前段，称"得之十三（十分之三）"，《金瓶梅》付梓时为十册，二十卷，十分之三约为三册六卷。王肯堂自言是用重赀购得，那他是何时购得此书呢？这要从屠本畯见到此书的时间说起。屠本畯住在金坛的时间为万历二十年。万历十七年，他中进士，任京官。三年后（万历二十年）引疾，返回故里金坛。此时，与王肯堂相识的屠本畯，出任两淮盐运司，其任所恰在与金坛隔江相望的扬州。他路过金坛时，去拜望老朋友。由此可知，早在万历二十年前，王肯堂已购得半部《金瓶梅》。

那么，董其昌手中的《金瓶梅》怎见得来自王肯堂呢？刘辉先生指证二人关系极为密切。他二人系同年（万历十七年）进士，同进翰林院，且有相同兴趣，一位是明代著名的书画家，一位是有名的收藏家。董曾多次到王家寻"宝"，二人过往甚密。刘辉先生推测，董很可能正是在三年翰林院期间，从王肯堂那里见到那个手抄本，并借录过来的。这样，王肯堂购买《金瓶梅》的时间又向前推了三年，即为万历十七年。

然而，既然是重赀购得，从何处购得便难寻根底了。《金瓶梅》手抄本的来源至此断了线。

屠本畯后来又找到两帙抄本，恨不得睹其全。这个抄本来自何处？来自王征君（王百谷）家。"复从王征君百谷家又见抄本二帙，恨不得睹其全。"（屠本畯《山林经济籍》）王百谷即王穉登，祖籍山西，生于江苏武进，后移居于吴门。工诗，有诗名，且长于交游。因与王世贞同郡，关系甚好。袁宏道索取手抄本的后半段，却一直未果。大约到万历二十六七年间，他手中的《金瓶梅》还是那两帙。他的弟弟袁中道在《游居柿录》中的记载可以证明这一情况。

> 往晤董太史思白，共说诸小说之佳者。思白曰："近有一小说，名《金瓶梅》，极佳。予私识之。后从中郎真州，见此书之半。"[1]

---

[1] 袁中道《珂雪斋集》外集卷九《游居柿录》，明万历四十六年刻本，第3005页。

真州即今江苏仪征市，袁宏道于万历二十六年至二十七年在此闲居。他借得董其昌前段《金瓶梅》两三年后，仍未索到那后半段。足见王肯堂也未得到后半部。

到万历三十四年之前，袁中郎又将此段书借于谢肇淛抄录。因谢久而不还，便写信索讨："《金瓶梅》料已成诵，何久不见还也？"[①] 十年后，谢肇淛在《金瓶梅跋》中谈及他借抄《金瓶梅》的经过："余于袁中郎得其十三，于丘诸城得其十五，稍为厘正，而阙所未备。"[②] 足见袁中郎手中仅有那两帙。由此而知，王肯堂、董其昌、袁宏道手中的二帙，同为前段内容。而王穉登的十分之五则为后段内容。若不然，谢肇淛就不会得到十分之八。

拥有全本手抄本《金瓶梅》者：王世贞、徐文贞（阶）、刘承禧、袁小修、沈德符。

明代有两人直言王世贞家有全本《金瓶梅》。一是屠本畯，一是谢肇淛。屠本畯《山林经济籍》："王大司寇凤洲先生家藏全书，今已失散。"[③] 谢肇淛《金瓶梅跋》："此书向无镂版，钞写流传，参差散失，唯弇州家藏者最为完好。"[④] 谢出生晚，王世贞死后两年，他才中进士，与王世贞过从密切的可能性不大。屠本畯与王世贞关系甚密切，他的话更可信。两人的说法透露一个重要信息，即王世贞家的手抄本，他们可能亲眼见到过，或者他们熟悉的人亲眼见到过。

其他拥有《金瓶梅》手抄全本的记载见于沈德符的《万历野获编》：

> 袁中郎《觞政》以《金瓶梅》配《水浒传》为外典，予恨未得见。
> 丙午，遇中郎京邸，问曾有全帙否？曰："第睹数卷，甚奇快。今唯麻城

---

① 袁宏道《袁中郎全集》卷二十四《尺牍》，《与谢在杭》，明崇祯刊本，第1093页。
② 谢肇淛《金瓶梅跋》，见朱一玄编《金瓶梅资料汇编》，南开大学出版社，1985年，第190页。
③ 屠本畯《山林经济籍》，《觞政》十，《典故》，见朱一玄编《金瓶梅资料汇编》，南开大学出版社，1985年，第87页。
④ 谢肇淛《金瓶梅跋》，见朱一玄编《金瓶梅资料汇编》，南开大学出版社，1985年，第190页。

刘涎白承禧家有全本，盖从其妻家徐文贞录得者。"又三年，小修上公车，已携有其书，因与借抄挈归。①

　　这段话讲得很明白，刘承禧家的全本是从他的岳父徐阶（内阁首辅）家抄来的。三年后袁中道（字小修）入京，已将全本《金瓶梅》带入京师，沈德符遂从袁中道手中抄得全书。

　　那么，袁小修的全本来自何处？人们自然会想到刘承禧，因当时有全本的似乎就他一家了。对此王利器先生有简短而有力的考证。这位刘承禧是位武进士，官锦衣卫指挥，当时著名的收藏家。臧晋叔《元曲选》中的二百部戏曲就是由他提供的。说袁小修的《金瓶梅》抄本来自刘承禧的一个重要证据就是，万历三十七年，袁小修在《游居柿录》中记载了这样一件事："偶与李西卿舟中晤刘延伯，出周昉《杨妃出浴图》。妃起立，披薄縠，如微雪罩肤，甚销人魂，独足稍大。不知缚足已始于汉宫矣，杂事秘辛可考也。"② 由此足见袁、刘二人往来甚密。小修有《金瓶梅》全书，必当从刘家抄来无疑。

　　当时除了王世贞、徐阶、刘承禧有全本《金瓶梅》手抄本外，文在兹、屠本畯、谢肇淛三人手中握有多半部《金瓶梅》。薛冈《天爵堂笔余》载："往在都门，友人关西文吉士以抄本不全《金瓶梅》见示。"（《天爵堂笔余》卷二，明崇祯间刻本）文吉士是谁？有两种说法，一是文在兹，一是文在兹的侄子文凤翔。黄霖先生考订为文在兹，我也赞同。薛冈说，文在兹以不全《金瓶梅》见示，却不言半部，或两帙，想必是大半本。其不全《金瓶梅》抄自何处？因无史料佐证，只能存疑。

　　屠本畯《山林经济籍》中言，他先后得到四帙，从王宇泰处借抄两帙，"复从王征君百谷家又见抄本二帙，恨不得睹其全"，即他手中已有四帙约十二册。

　　谢肇淛手中也有多半部《金瓶梅》。他在《金瓶梅跋》中明言："余于袁

---

① 沈德符《万历野获编》卷二十五，清道光七年姚氏刻同治八年补修本，第1891页。

② 袁中道《珂雪斋集》外集卷三《游居柿录》，明万历四十六年刻本，第2559页。

中郎得其十三，于丘诸城得其十五。"他共有八册，十六卷，尚欠二册四卷，故曰："而阙所未备，以俟他日。"[1] 如果袁中郎手中的十分之三是上半部的话，那么丘诸城手中的当与袁中郎抄本不重合，下半部的可能性更大。

这样，握有多半部《金瓶梅》手稿的人就是：文在兹、屠本畯、谢肇淛、王穉登和丘志充。

上述分析发现，手抄本《金瓶梅》在流传中出现了三个源头：一是王肯堂重金所购之书（其来源是个无头案），二是王世贞家藏本，三是徐文贞家藏本。这三个源头有无横向联系，是一个，抑或三个？

回答是来源只有一个，即源于王世贞家。朱星先生考察过徐阶与王忬家的关系。"徐文贞就是嘉靖时宰相徐阶，是江苏松江人，与王世贞同乡，也是反严嵩的。严嵩失败后，他出力给王忬平反。王世贞上书徐阶，请求援助为父昭雪的信，还保存于王世贞《四部稿》中，因此再追问徐阶家的一部全稿又从何处抄来，就不言而喻了。"[2] 不仅如此，刘承禧与徐阶和王世贞家的关系也非同寻常。王世贞的祖父王倬带兵作战，镇压地方叛乱，屡立奇功，官至兵部侍郎。王忬统兵拒北寇抗南倭，曾是嘉靖帝信赖的"长城"。而王世贞从山东做青州兵备副使一直做到御史，皆为将帅，刘承禧这个武状元与将帅之王府关系之亲密可以想见。而徐阶是他的岳父，他是徐阶的女婿，故其手抄本可能直接来自岳父徐阶。故而，别人家的手抄本多来自刘承禧，而刘承禧的抄本很可能来自徐阶，徐阶本则来自王世贞。

再者，王肯堂重金购得的抄本，也有可能来自王世贞家。因为，王世贞晚年一心酷爱道与佛，便将家中财产分与三个儿子（士骐、士骕、士骏），自己只留下每月十金，可以度日即可。士骏为了帮父亲刊刻《弇州山人续稿》，将田产变卖，二十九岁便病逝，士骕也去世较早（年三十六卒）。后来王世贞的手抄书稿转到长子士骐手中。士骐在兵部任职，重武而轻文，所以

---

① 谢肇淛《金瓶梅跋》，见朱一玄编《金瓶梅资料汇编》，南开大学出版社，1985年，第190页。
② 朱星《〈金瓶梅〉作者究竟是谁？》，《社会科学战线》1979年第3期，第273页。

对父亲手稿并不那么重视，以至于有些书稿流入民间。复旦博士魏宏远在他的论文（《王世贞晚年文学思想研究》）中，言及王世贞晚年手稿佚失情况，有如下一段论述："王士骦在与周章南信函中曾自责：'先君子遗集散落人间，殊自不少。为之后人者，何如人邪！'"王世贞自己曾陈述，为了刊刻卷帙庞大的《续稿》，需要重资，而恰遇上水旱之灾，财力不及，以至于将家中的书画都典当殆尽了。"盖比岁水旱，三儿之蓄如扫，所有书画、酒枪、首装之类，悉入典库"，"所授三儿书画之类入人典库，今亦尽矣"。① 王世贞说得是否有些夸张，我们且不必细究，但家中书画被典当，则可能是真实的。我们由此懂得了屠本畯的话："王大司寇凤洲先生家藏全书，今已失散。"因何会失散，一直在心中是个未解的谜。待得知世贞晚年上述情形，方晓得书画都典当殆尽，而他死后的一些书稿也"散落人间殊自不少"，《金瓶梅》手稿的散失，也自当在其中。王肯堂或许就是此时花重金而得到散落民间的手抄本的。

　　上述分析，得出的结论是：无论二帙抄本，还是多部抄本，抑或全部抄本，最大的可能是来自刘承禧，而刘承禧的抄本可能借自他的岳父徐阶，徐阶家的全本当来自与之通世相好并为其父昭雪而有恩于其家的王世贞。散帙的流传当与王世贞晚年书画流失和死后手稿本的流入民间一样，流落士人之中，而辗转誊抄的。王世贞卒于万历十八年，手抄本也当在此前后流传出去。袁宏道得到《金瓶梅》手抄本的时间为万历二十四年，董思白约为万历二十年左右，而王肯堂的二帙抄本得到的时间竟是万历十七年。这便与王家书画流失典当库而手稿流落民间的时间较为吻合了。由此而知《金瓶梅》手抄本最初是从王世贞家流传至徐阶家，由徐阶而传至其女婿刘承禧，再由刘承禧传至社会上的其他朋友，由此，我们得知《金瓶梅》手抄全本源于王世贞抄本。其传递过程是：王世贞—徐阶—刘承禧—袁中郎—沈德符—冯犹龙—吴中刻本。其他的二十多位所谓《金瓶梅》作者的候选人，不具备这个条件。

----

① 王世贞《弇州山人续稿》卷一百九十九《王辰玉》，明万历刻本，第8914页。

二、明清文人笔记意指王世贞

《金瓶梅》产生与流传之初的记载文字表明，当时人关于《金瓶梅》的作者是谁，或贸然猜测，或知情而不便明言，婉转指出作者是王世贞，直到清初宋起凤方戳破这层窗户纸，指出《金瓶梅》为王世贞作。

所谓贸然猜测者就是不知作者底细，由作品推测作者的类型范围。较早的是袁中道，他在《游居柿录》中说：

> 旧时京师有一西门千户，延绍兴老儒于家。老儒无事，逐日记其家淫荡风月之事，以西门庆影其主人，以余影其诸姬，琐碎中有无限烟波，亦非慧人不能。①

这段话颇具诱惑力，可令读过此书之人产生共鸣。其所言至少在以下几个方面与《金瓶梅》文本的描写是契合的。一是书中看不到作者的影子，人物虽多，却没有杜少卿、贾宝玉那样的人物，倒像是一位旁观者的自述，且小说情节写得那样逼真，非亲身经历过者，绝写不出。二是文中描写俗曲、俗语随手拈来，又对宋、明两朝历史颇为精到，对两朝政事烂熟，能如此上下兼通者，也应是博学之秀才，是位能道出"无限烟波"的"慧人"，一位蒲松龄式的人物。三是"西门千户"与西门庆姓氏、官职相埒，况且西门庆因不识字不能书写，而不止一次请秀才帮忙。四是"逐日记其家淫荡风月"与该书起居注式的记事方法也完全一致。更何况今日学界对《金瓶梅》作者的研究有集体与个人创作两种说法之争呢，"绍兴老儒"说岂不可令两说主张者均易接受吗？

然而此说之伪，十分显见，细心揣摩，不攻而自破。其破绽有二：一是说老儒眼中只有"淫荡风月"，一部近八十万言巨著，仅"记其家淫荡风月"，与《金瓶梅》全书内容不符。其二《金瓶梅》是一部"指斥时事"之书，一部寄意于"时俗"之书，若作者只为影射家主人和他的姬妾，岂能有

---

① 袁中道《珂雪斋集》外集卷九《游居柿录》，明万历四十六年刻本，第3006页。

那许多对朝政的激愤之词，对人情世故入骨三分的深切描画？这与全书深广的思想内涵也大相径庭。

此后持此类似说法者还有谢肇淛，他在《金瓶梅跋》中说：

> 相传永陵中有金吾戚里，凭怙奢汰，淫纵无度，而其门客病之，采摭日逐行事，汇以成编，而托之西门庆也。①

此段文字因比上引袁中道的那段话晚几年，再从"相传"二字推之，很可能来自袁中道的那段话（袁中道的话没有"相传"二字）。此段话与上引袁氏的话内容大体相同，只不过由"绍兴老儒"变为"门客"。"门客"非"老儒"乎。其不可信程度也与上文无异，思维的路数相同，都由作品故事推测作者应是什么样人。

心中知底，婉转指出《金瓶梅》作者是谁的记载，最早见于屠本畯的《山林经济籍》，此书中有一段按语。

> 按：《金瓶梅》流传海内甚少，书帙与《水浒传》相埒。相传嘉靖时，有人为陆都督炳诬奏，朝廷籍其家，其人沉冤，托之《金瓶梅》。王大司寇凤洲先生家藏全书，今已失散。②

请注意，这段话已向人们暗示出《金瓶梅》的作者就是王大司寇（王世贞）。何以见得？为陆炳诬奏而沉冤的"其人"是谁呢？了解这一段历史的人谁都晓得那正是王忬与其子王世贞。《明史·王世贞传》记载了王世贞得罪于陆炳与严嵩，后来他的父亲被诬陷下狱，他与弟弟世懋"涕泣求代"，其父最终"竟死西市"，兄弟"哀号欲绝"之事。

---

① 谢肇淛《金瓶梅跋》，见朱一玄编《金瓶梅资料汇编》，南开大学出版社，1985年，第190页。
② 屠本畯《山林经济籍》，《觞政》十，《典故》，见朱一玄编《金瓶梅资料汇编》，南开大学出版社，1985年，第87页。

奸人阎姓者犯法，匿锦衣都督陆炳家。世贞搜得之，炳介严嵩以请，（世贞）不许。杨继盛下吏时，（代）进汤药；其妻讼夫冤，（世贞）为代草，既死，复棺殓之。嵩大恨。吏总两拟提学，（严嵩）皆不用。用为青州兵备副使。父忬以滦河失事，嵩构之，论死，系狱。世贞解官奔赴，与弟世懋日蒲伏嵩门，涕泣求代。嵩阴持忬狱，而时为谩语以宽之。两人又日囚服踉道旁，遮诸贵人舆，搏颡乞救。诸贵人畏嵩，不敢言。忬竟死西市。兄弟哀号欲绝，持丧归，蔬食三年，不入内寝。①

此事在嘉靖后期广为流传，士人皆知。然而为陆炳诬奏，其人蒙冤，直到隆庆四年，王忬方被昭雪。然"朝廷籍其家"，则与王世贞不符。或为故放烟幕，以迷惑世人。因下一句也是半露半掩，露而又掩。即透露"王大司冠凤洲先生家藏全书"，又言"今已失散"似故做遮掩。然而，细心人若将两句联起来解，恰是王世贞写了《金瓶梅》，故他家藏有全书，即他家蒙受奇冤与他家藏有全书两件事有直接联系。也许有人会说，前后两句也可以是没有联系。理解这两句话有没有联系的关键要看，藏有《金瓶梅》这部抒发"沉冤"的书的人是不是前一句所写其人——与其家蒙受"奇冤"的人，即藏书者与蒙冤者有无关系。若二者毫无关系，可视为没有联系；若有联系，且正是一家之事，若再说没联系，就不能成立了。而藏《金瓶梅》全书的"王大司寇"家，正是"嘉靖时"，"为陆都督炳诬奏"的王大司寇家。所以，只能有一个解释：王大司寇家蒙冤，写了《金瓶梅》，他家藏有全书。即藏有全书的人，就是被"诬奏"蒙冤的人，就是作者，就是王世贞（不可能是已死的王忬）。

这种关系，四百年后的人可以推证出来，而在当时的人，一读心里就明白。因为当时三种条件（为陆都督炳诬奏，其人沉冤；写《金瓶梅》；最早藏有全书）且具备的"大名士""巨公"的，唯有王世贞。而称"王大司冠凤

---

① 张廷玉《明史》卷二百八十七，列传第一百七十五，《文苑》三，《王世贞》，清乾隆四年武英殿校刻本，第12248页。

洲先生"者，也只有王世贞。故而《金瓶梅》的作者为王世贞，并非空穴来风，而是在当时就有知情者，就已间接（现在人可理解为间接，而当世人可理解为意义上的直接）地指出来了。那么屠本畯是知情者吗？回答：是。

屠本畯（"大司马屠大山之子"），生于嘉靖二十年，虽小王世贞十几岁，然平生喜读书，善交游，与王世贞相从甚密，故而对王世贞事也知之甚详。然而一来小说不登大雅，二来《金瓶梅》有"诲淫"之秽名，此二者与王世贞的身份、名望皆不相称。作为王世贞的好友自当为朋友保密，岂可泄露？故而只能用此侧笔委婉达之。

如果说，屠本畯、沈德符尚未直言王世贞就是《金瓶梅》作者的话。那么到了清初，宋起凤率先戳破了这层窗户纸，他在《王弇州著作》一文中，对屠本畯、沈德符的话，做了明澈的注脚，直言不讳地指出，《金瓶梅》的作者就是王世贞，公开恢复了王世贞的著作权。下面一段话就是王世贞写《金瓶梅》的铁证：

> 世知《四部稿》为弇州先生平生著作，而不知《金瓶梅》一书亦先生中年笔也。即有知之又惑于传闻，谓其门客所为书。门客讵能才力若是耶？弇州痛父为严相嵩父子所排陷，中间锦衣卫陆炳阴谋尊之，置之法。弇州愤懑怼废，乃成此书。陆居云间郡之西门，所谓西门庆者，指陆也。以蔡京父子比相嵩父子，诸狎昵比相嵩羽翼。陆当日蓄群妾，多不检，故书中借诸妇一一刺之。所事与人皆托山左，其声容举止，饮食服用，以至杂俳戏喋之细，无一非京师人语。书虽极意通俗，而其才开合排荡，变化神奇，于平常日用，机巧百出，晚代第一种文字也。按：弇州《四部稿》有三变……是一手犹有初中晚之殊，中多倩笔，斯诚门客所为也。若夫《金瓶梅》全出一手，始终无懈气浪笔与牵强补凑之迹，行所当行，止所当止，奇巧幻变，嬢妍、善恶、邪正、炎凉情态，至矣！尽矣！殆《四部书稿》中最化最神文字，前乎此与后乎此谁耶？谓之一代才子，洵然！世但目为秽书，岂秽书比乎？亦楚《梼杌》类轶！闻弇州尚有《玉娇丽》

一书，与《金瓶梅》埒，系抄本，书之多寡亦同。王氏后人鬻于松江某氏，今某氏家存其半不全。友人为余道其一二，大略与《金瓶梅》相颉颃（颃），惜无厚力致以公世，然亦乌知后日之不传哉！①

　　此段文字从六个方面指实王世贞是《金瓶梅》的作者。一、直言《金瓶梅》是王世贞中年作品，而反对为他人所作（此点与书中所写明代官吏多为嘉靖朝进士相埒）。二、《金瓶梅》是王世贞父亲被害后的指斥时事的发愤之作（此与书中对朝政和女人依势的描写以及王世贞创作《鸣凤记》的动机相一致）。三、具体分析了如何"寄意于时俗""指斥时事""皆托山左"的内容，给人颇多启迪。四、以王世贞《四部稿》的笔力气韵、风格变迁为据，说明《金瓶梅》正是王世贞中年之笔。五、一再申明，《金瓶梅》非秽书，而是楚《梼杌》一类的史书。六、宋起凤从友人松江某氏那里得知他手中的那半部《玉娇丽》是王世贞的后人卖给他的，从而证明与《金瓶梅》同一作者的《玉娇丽》作者就是王世贞，即进而证实《金瓶梅》作者是王世贞。这六点论证是全面而有力的，从而使王世贞创作《金瓶梅》成为不可动摇之论。对说明《金瓶梅》作者为谁的问题，这些证据已足够了，还需什么证据？难道让王世贞自己说那部"诲淫"的"小说"是"我弇州笔"吗？我们应体谅作者"不著作者名代"的苦衷；更不应在这方面着意苛求，无作者亲自承认，便不给其著作权。

　　宋起凤的《稗说》自署康熙十二年癸丑，即至晚在康熙十二年，王世贞的《金瓶梅》著作权已被恢复。再过二十年，即康熙三十四年，谢颐（张竹坡化名）的《批评第一奇书金瓶梅序》明言："信乎为凤洲作无疑也。"

三、假宋写明，所写明人多是王世贞的熟人

　　屠本畯之后不久，又有一人将《金瓶梅》与王世贞的关系从两个方面加以推进，从而使得作者问题更趋明朗化。此人便是拥有《金瓶梅》手抄全本

---

① 宋起凤《稗说》卷三《王弇州著作》，见《明史资料丛刊》，江苏人民出版社，1982年，第237页。

的沈德符。他在《万历野获编》卷二十五《词曲·金瓶梅》条中提出了两个重要的证据，一是：

> 指斥时事，如蔡京父子则指分宜，林灵素则指陶仲文，朱勔则指陆炳，其他各有所属云。

这一段话无论是沈德符本人读后的感受，还是他听来的在他之前的《金瓶梅》成书时代他人的读后感受，都是对屠本畯"其人沉冤，托之于《金瓶梅》"的话进一步的印证。

《金瓶梅》一书叙事有一独特的手法：假宋写明。就像《红楼梦》叙事的独特手法是将"真事隐去，假语村言"一样。这一手法突出表现于混用宋明两代的官秩名（介绍宋代官员的职衔却常出现明代的官衔）。细加考察，方知作者故意用明代某人官衔而暗指那个明代官吏。顺此思路考察，便会发现沈德符这几句话，句句可以坐实，无一虚言。一位叫姜亶的学者，在他的那篇《〈金瓶梅〉指斥的明代时人时事》一文中，以宋明两代史书与《金瓶梅》一一对检，其得出的最后结论竟是：

> 我们循着官职的"混乱"与官职的"差异"这条线索，找出的作者所暗指的人物，均与我们前引沈德符文中所记相符。因此，沈德符所记之"传闻"定有所据。[1]

《金瓶梅》所写的明代官吏有些是王世贞的同乡同年或熟知的朋友，如狄斯彬、韩邦奇、凌云翼、王烨、曹禾等。以上五人，有三个共同特点：一、都是活动于嘉靖二十六年左右的政界人物；二、他们或者在山东任过职，或者是弹劾严嵩的正直官吏；三、这些人物与王世贞有着这样那样的密切关

---

[1]　姜亶《〈金瓶梅〉指斥的明代时人时事》，《史学集刊》1991年第3期。

系。如凌云翼，两人同乡同里，都是太仓州人（今江苏省太仓市人），都是嘉靖二十六年进士，又都相继任郧阳巡抚，两人又一同在南京做官，一个做尚书，一个为应天府尹，两人关系想必是密切的。更有趣的是，狄斯彬与曹禾也都是嘉靖二十六年进士，都与王世贞为同年。就是那位王烨也与王世贞同里。看来王世贞与他们都非常熟悉，所以才不自觉地将自己熟悉的人物写进书中。这种现象是文学作品特别是叙事文学作品中常有的事（如《儒林外史》《红楼梦》《包法利夫人》《简·爱》中所写的不少人物都是作者所熟悉的人物）。由此我们不得不思考一个问题：为什么这些写入《金瓶梅》中的明代人物与王世贞有这样那样的密切关系呢？而且这种关系不是一般的熟悉，若是跟王世贞是一般的熟悉，也可以跟王世贞外的其他人是一般的熟悉，即作者也可以是王世贞外的其他人。这种关系竟是同乡、同年、同僚、同观点（反严嵩），有的甚至是几种关系集于一身，而其他人就难以具备这一关系，即作者是王世贞之外的他人的可能性极小。根据创作的一般规律，我们不得不把注意力集中到作者是王世贞这个敏感的问题上来。它应该成为王世贞创作《金瓶梅》的一条有力内证。

四、《玉娇李》《金瓶梅》同出一人手，《玉》作者为王世贞

沈德符提出的第二个证据是他目睹了《玉娇李》一书，该书的作者与《金瓶梅》的作者是同一人，内容也是"指斥时事"，并从《玉娇李》一书令人"尤可骇怪"的特点，进一步透露了作者的身份。沈德符云：

> 中郎又云，尚有名《玉娇李》者，亦出此名士手。……中郎亦耳剽，未之见也。去年抵辇下，从丘工部六区（志充）得寓目焉。仅卷首耳……而贵溪、分宜相构，亦暗寓焉。至嘉靖辛丑庶常诸公，则直书姓名，尤可骇怪，因弃置不复再展。然笔锋恣横酣畅，似尤胜《金瓶梅》。[1]

---

[1] 沈德符《万历野获编》卷二十五《词曲·金瓶梅》，清道光七年姚乐刻同治八年补修本，第1893页。

"贵溪、分宜相构，亦暗寓焉"证明与"指斥时事"的《金瓶梅》内容相似，同出于一人之手。而"至嘉靖辛丑庶常诸公，则直书姓名"，则说明这位名士的身份非同一般，地位、名望必在"庶常诸公"之上。这位敢直书文士姓名的名士究竟是谁呢？《明史·王世贞传》载："世贞始与李攀龙狎主文盟。攀龙殁，独操柄二十年。其所始与游者，大抵见其集中，各有标目。"[①] 那些"前五子""后五子""广五子""续五子""末五子"皆见于其笔下，"其所去取，颇以好恶为高下"。正是这种主盟文坛的地位，和"以好恶为高下"的性情，方使得他后来写《玉娇李》时，对当时诸公敢直呼姓名。如是《金瓶梅》与王世贞的关系又进一步明朗化了。

五、"指斥"的"时事"与王世贞"父难"同

明人笔记指出《金瓶梅》是一部"指斥时事""寄意于时俗"的书，那么我们能否从小说文本中找到与这两点相关的内证，从而进一步说明《金瓶梅》与王世贞的关系呢？

首先，《金瓶梅》所"指斥时事"与指斥的人物和明人笔记所记内容吻合，皆与王世贞家事相关。《金瓶梅》"指斥时事"大体包括两个层次。一是官场层次，直斥嘉靖朝权奸，暴露他们祸国殃民的罪孽。又包括两个方面：其一，书中所写的宋代四大奸臣高、杨、童、蔡就是明代"圣世四凶"中的严嵩、郭勋、张瓒以及另一权奸陆炳，这四人恰恰是王世贞的仇敌。作者对他们的愤激之情在书中随处可见，如小说第30回，在西门庆送蔡京寿礼而得官后的一段议论："那时徽宗，天下失政，奸臣当道，谗佞盈朝。高、杨、童、蔡四个奸党，在朝中卖官鬻爵，贿赂公行，悬秤升官，指方补价。夤缘钻刺者，骤升美任，贤能廉直者，经岁不除。以致风俗颓败，赃官污吏，遍满天下。役烦赋重，民穷盗起，天下骚然。不因奸佞居台辅，合是中原血染

---

① 张廷玉《明史》卷二百八十七，列传第一百七十五，《文苑》三，《王世贞》，清乾隆四年武英殿刻本，第12250页。

人!"言辞之切，情怨之恨，几无以复加。这种指责在一部小说中几见（开头、中间、结尾），屡致意焉，犹如一部书的主旋律。其二，害死王世贞父亲的直接祸手是严嵩的干儿子鄢懋卿，书中对"拜父""认子"深恶痛绝，用意讥讽。《金瓶梅》对蔡京喜收干儿义子描写甚多。拜蔡京为义父者有：东平府府尹陈文昭（第10回）、东京开封府府尹杨时（第14回）、状元郎蔡蕴（第36回）、新任山东巡按御史宋乔年（第49回）、扬州苗员外（第55回），而犹以第55回"西门庆东京庆寿旦"，写西门庆进京拜认蔡京为义父最为详细。然而通晓宋史的人都知道，蔡京虽说是个结党营私的专家，用力排除异己，可史书上并未记载他广纳干儿义子之类的事。那么小说的作者（尽管第55回的执笔者非原作者，但写蔡京广纳干子则与5回外的其他章回相同）赋予蔡京如此"才能"，则当别有用意。原来这一"才能"恰为明代奸相严嵩所长。田艺衡《留青日札》云：

> 严嵩……诈伪百端，贪酷万状，结交内侍，杀戮大臣，干儿门生，布满天下，妖人术士，引入禁中，三十年来流毒华夷，盖古今元恶巨奸罕与俦匹者也。

凡认其为义子者，地位权势便另一番气象，往往肆无忌惮，横行一方。《明史纪事本末·严嵩用事》载：

> 初，文华为主事，有贪名，出为州判，以赂嵩，得复入为郎。未几，改通政，与嵩子世番比周，嵩目为义子。不二年擢工部侍郎。

明清时有一种传说，即王世贞父亲王忬从某种意义上说正是死于严嵩干生子鄢懋卿之手，或者准确地说死于严嵩父子（包括义子）之手。顾公燮《销夏闲记》载："会俺答入寇大同，予方总督蓟辽鄢懋卿，嗾御史方辂，劾忬御边无术。遂见杀。"鄢懋卿倚势害人的劣行，明清两代文士几乎无人不知，《明史·奸臣传》载其事云："至是懋卿尽握天下利柄，倚严氏父子，所至市权纳贿，监司郡邑吏膝行蒲伏"，足见其气势之狂嚣。故而，《金瓶梅》作者用力揭刺蔡京的这一罪行是冲着严嵩来的，是针对性极强的有感而发、情不由己的"发愤之作"。更令人不解的是，书中所写西门庆送于蔡京的礼物，竟与抄严嵩家时所获得的财物诸多一致。《天水冰山录》专记严嵩家被抄时的财宝，中有"水晶嵌宝厢银美人一座，重二百五十六两""金福字壶一把""玉桃杯七个""狮子阔白玉带一条""镀金厢檀香带三条""镀金厢速香带五条"等。小说第27回西门庆送于蔡京的寿礼中就有"四阳捧寿的金银人，每一座高尺有余，两把金寿字壶，两副玉桃杯"；第55回拜蔡京为义子时所送寿礼又有"狮蛮玉带一围，金香奇南香带一围，玉杯犀杯各十对，赤金攒花爵杯八支"；那日下午，在那为西门庆预备的专宴上，"西门庆教书童取过一只黄金桃杯"，斟满酒，跪奉于蔡京。这些描写难道仅仅是巧合？还是深知内情的作者有意为之？至少可以说明作者对严嵩其人及严家的内情知之不少，这样的作者在那时能有多少？

《金瓶梅》指斥时事的第二个层次是家庭市俗层次。明写男女情场悲欢，实则指斥人性之丑恶，再现权奸"贪婪索取、强横欺凌、巧计诓骗、忿怒行凶，作乐无休、讹赖诬害、挑唆离间"的丑恶灵魂。王世贞父亲被害之事在《金瓶梅》中也以假借形式得以婉转表现。作者所假借的事一是曾孝序蒙冤，一是来旺受陷害。

山东巡按曾孝序"极是个清廉正气的官"，是"包公"式人物，然而他却万万没料到，一个贪赃枉法的小小西门庆，他竟参不倒。更没料到自己会被蔡京的两个干儿子所害。书中写到，蔡京以"大肆狷言，阻挠国事"为由，将曾公"黜为陕西庆州知州"。而陕西巡按御史宋圣宠，是蔡京儿子蔡攸的内兄哥。"太师阴令圣宠劾其私事，逮其家人，煅炼成狱，将孝序除名，窜于岭表，以报其仇。"曾孝序是因弹劾蔡京私人西门庆再加上与蔡京政见不和而被蔡氏父子设计陷害的。王世贞父子也因与严嵩政见不和，义助杨继盛而得罪严嵩父子，被严嵩的干子鄢懋卿所陷害。显然这并非纯是巧合，而是在曾孝序的悲剧中隐含着王忬的冤情。

如果书中曾孝序的蒙冤情节讲得不够细致的话，那么来旺蒙冤的情节或许给人更多的启示，只是此情节采用了更含蓄的方式。来旺是西门庆手下最得力的管家，家中大事都派他去办理，且无不顺利，如为武松案走蔡京门路，到苏杭为蔡京采办生辰担，下次到东京为蔡京送寿礼自然还让他去。西门庆为了长久霸占他的妻子，竟栽赃诬陷，平白无故地将他打入死牢。宋蕙莲为丈夫向他求情，西门庆一面用好言哄劝她，一面又送银两与夏提刑，欲置其于死地。直到来旺被发配徐州，宋蕙莲方如梦初醒，知自己受了骗。这个故事中西门庆阳奉阴违的做法与严嵩陷害王忬时所用伎俩如出一辙。王世贞求情于严嵩，严嵩阳以好言劝慰，阴斩王忬于西市。这种描写或许是作者有意的，或许是自然而然流露的，无论哪一种都是真实的。

这指斥时事的两个层次中，前者以严嵩为中心，后者以西门庆为核心，朝廷、家庭交相映现，联系历史记载和王世贞家事对观，作者几呼之欲出矣！

再次，《金瓶梅》所"指斥时事"与王世贞所作《袁江流钤山冈当庐江小妇行》的长篇叙事诗和《鸣凤记》剧本内容旨趣相同。《鸣凤记》大家都很熟悉，无须饶舌。《袁江流钤山冈当庐江小妇行》诗主要是讥讽严嵩广收干儿义子，贿赂公行，榨取民脂民膏的罪行。诗中有："凡我民膏脂，无非相公有，义儿数百人，监司迨卿寺，以至大节镇，侯家并戚里，逶迤朱泗步，灿灿西京手，老者相公儿，少者司空子。"①《金瓶梅》中用相当笔墨书写文武官吏纷纷拜蔡京为干儿义子之事，以及西门庆与吴月娘收干儿子、干女儿之事。如两淮巡盐御史蔡一泉、山东巡按御史宋乔年和西门庆拜蔡京为义父，王三官认情敌西门庆为义父，李桂姐、吴银儿认吴月娘为义母等。而宋代的蔡京不收义子，小说中的蔡京实指明代的严嵩（借宋写明），用意非常明确。《金瓶梅》所写"指斥时事"的内容与《袁江流钤山冈当庐江小妇行》相同，旨趣相同，两书当为同一作者（内容相同不一定是同一作者，内容旨趣都同则为

---

① 王世贞《弇州山人续稿》卷二，明万历刻本，第581—582页。

同一作者的可能性更大），《袁江流钤山冈当庐江小妇行》的作者是王世贞，《金瓶梅》的作者也极有可能为王世贞。

六、王世贞其人与《金瓶梅》其文

我们还可以从王世贞其人与《金瓶梅》其文中发现种种内在联系，从而更坚信《金瓶梅》的作者是王世贞。譬如，《金瓶梅》有两大怪现象：一是大量引用他人作品，将其镶嵌在已设置好的结构框架内。这在中国小说史上可谓绝无仅有，以致不少研究者误以为作者非大名士，必为下层艺人或集体创作。然而，集体创作的小说《三国演义》《水浒传》《西游记》也不像《金瓶梅》这样大量抄用他书文字，所以集体创作说仍然不能对这一现象做出令人信服的解释。然而，当我们读王世贞的《弇州山人四部稿》，发现他的不少诗多为拟古之作，化他人诗为己诗，给人似曾相识之感。再联系明代七子派的文学主张，方猛然醒过味来。七子派的领袖倡秦汉文、盛唐诗，以古人为范模，使天下诗风大变。而在这方面，王世贞比李攀龙走得更远。《四库全书总目》云："（王世贞）为时耆宿，其声价遂出攀龙之上。而摹拟、剽袭，流弊万端，其受攻击亦甚于攀龙。"① 可以说，为文剽袭，被《四库》馆臣视为王世贞的一种创作方法。那么，《金瓶梅》中出现的大量素材合来镶嵌于书中的现象，很可能正是王世贞作的一个最有力的证据，是王世贞将自己的"摹拟"的创作主张与方法不自觉地运用到《金瓶梅》的创作当中，为后人留下了抹不去的印迹。唯如此，方能对《金瓶梅》引用他书之奇做出合理的说明。

又如，《金瓶梅》写得最感人的是西门庆大哭李瓶儿的场景。李瓶儿的温顺、善良，西门庆的真情，情透纸笔，动人肺腑，放在世界一流小说中，毫无愧色。然则令人感到奇怪的是，为什么把一个本来非正面的人物写得那么好？这不违背了作者创作的初衷吗？这种现象无疑是由于理智与感情的不平衡而形成的，即支配作者创作的是感情而非理智。必是过来人，经过亲人丧

---

① 　见方濬师《蕉轩随录》卷五，清同治十一年退一步斋刻本，第466页。

葬伤透心的人，方能遇此种场面而情不自禁。王世贞就是这样一位感情丰富却屡遭亲人不幸打击的人。他在不太长的时间内，连丧三子一女，特别是父丧、母丧与弟弟之死，将他的精神摧垮了。他在《与元驭阁老》的书信中，痛苦地写下了这样的话：

> 自念平生奉先君子讳，奔太夫人丧，并此（弟亡）为三。虽号癖小减，却有一种单茕衰飒之气。总之，生趣尽矣。①

王世贞自言有"号癖"，当不会假。其父下狱，他与弟哭求显贵援手，何时不哭？且把眼都哭坏了，兄弟俩最终死于眼病。王世贞叙述其弟临死前的情景："老泪渍，目眦烂睛昏，过午辄茫茫，疢痏遍两手股，奇痒奇痛。"② 王世贞临死的前一年，右眼瞎，左眼也看不清东西，这些都是"号癖"的佐证。更有甚者，其弟亡，世贞悲不能胜，欲做事，非大哭两三次方可。他在给元驭阁老的信中说：

> 欲草一祭章而不能下笔，何况行状？须归后，大恸三两番，方有条理。③

《金瓶梅》写西门庆大哭李瓶儿，在哭字上做文章，形式之多样，感情之富于变化，且能深深打动人，称得上哭丧之绝唱。西门庆痛哭李瓶儿，总不离"我那仁义的姐姐"。李瓶儿使西门庆动心处有三：其一，施惠于人却从不求之于人。其二，受人气从不在自己面前说，忍气吞声，自吞其苦。其三，处处关心别人，关心姐妹和下人，更关心西门庆，总能事事替西门庆想。譬如，她

---

① 王世贞《弇州山人续稿》卷一百七十八，文部《书牍》，《与元驭阁老》，明万历刻本，第8031—8032页。
② 王世贞《弇州山人续稿》卷一百七十八，文部《书牍》，《与元驭阁老》，明万历刻本，第8031页。
③ 王世贞《弇州山人续稿》卷一百七十八，文部《书牍》，《与元驭阁老》，明万历刻本，第8038—8039页。

给西门庆带来很多钱财，而自己临死前，却要西门庆不要乱花钱，用一两银子买个薄材就行了，以后还要过日子。正是李瓶儿的善心打动了西门庆。"我那仁义的姐姐"不是凭空喊出来的，而是发自心底。然而让人感到突兀的是，一向霸道的西门庆怎么如此重起仁义来？怎么突然间成了仁人君子？殊不知，在西门庆的身上有着作者的影子。王世贞是位大孝子，且爱提携人、帮助人，更爱赈济百姓。他最喜爱的是仁德宽厚之人，而痛恨依势弄权之徒。他妹妹去世使他撕心裂肺，痛不欲生。那是因为妹妹得了不治之症，而妹妹的病却是为父亲担忧心痛忧伤所致，患病却不告人，自己吞忍，以致不能治愈。妹妹的孝心、爱心令王世贞由衷地感慨！妹妹的仁慈正是他撕心裂肺地掀翻情窟的情感根源。王世贞写给妹妹的祭文，淋漓尽致地表达了自己的痛苦的秘密：

> 癸丑，汝归于张氏属，先君子治军越，而吾使归吴。两地岛寇大作，先君子拮据矢石间，余兄弟奉老母避地奔窜。汝远虞吴，至废食寝，几朝夕矣。汝自是病渐痼，秘之弗告也。先君子移镇蓟，以老母念汝而携夫妇于官也。权臣衔私怨，切骨恶语数至，汝即忧叵测，与老母相对，避先君子而饮泣。即又不欲伤老母心，至避老母而饮泣枕席间，茕茕然痕也。汝病益深矣，而犹秘也。……呜呼！汝少则孝父母，兄兄而弟弟。既为妇，则恭以事舅姑，而勤俭以相夫子，令声蔚然闻虞城矣。汝之专固未尽伸也。汝不尽伸于行，然无不谓贤也。①

至此我们发现，王世贞对死去妹妹的评价与西门庆对死去李瓶儿的评价何其相似。一个是仁义的姐姐，一个是贤惠的妹妹。西门庆大哭李瓶儿有着王世贞大哭亡妹的影子，唯如此，我们方可理解西门庆突兀表现的深层原因。尽管王世贞哭妹与西门庆哭姐并无必然的联系，单独看不过是表面偶然的巧合，然而若做系统的分析，还是从貌似巧合里，发现内在必然性。这其间或

---

① 王世贞《弇州山人四部稿》卷一百五十《哭亡妹王氏文》，明万历五年王氏世经堂刻本，第4875页。

许有王世贞的影子。

有人认为，王世贞一代大文豪、诗坛领袖，必倡雅厌俗，岂能熟悉戏曲小唱、市井风俗，写出那数十万言充斥着俚语俗气的小说！持此观点者不了解产生《金瓶梅》的那个时代，整个社会风气是厌雅倡俗，却以今天文人崇雅卑俗眼光衡定是非，故而有此错觉。

《金瓶梅》产生的时代，人们对"雅"文学的兴趣渐渐淡漠了。台阁体视界之狭小，气韵之呆板，观念之陈旧，自不待言。前后七子企图开阔人们的文化视野，却在传统的泥塘中，搅不出什么新气象。有灼见的文人，将眼光瞄向民间，逐渐对俗文学产生兴趣。李梦阳眼中的《西厢记》与《离骚》相伯仲。唐寅在科举失意后，也追求市井生活的俗趣，畅漾于歌舞酒榭之间，他的诗作也大多体现对世俗生活的喜好。在陈继儒的《藏说小萃序》中，可以见到吴中文徵明、沈周、都穆、祝允明等人喜爱收藏、传写"稗官小说"的生动记载，大批的文人投身于俗文学的创作，染指于小说、戏曲、笑话之中。

王世贞创作《鸣凤记》，也写过小说；李开先投身于戏曲创作；哲学家李贽大批特批《水浒传》《西厢记》《琵琶记》，称前两部书为"天下之至文"；汤显祖满腔激情地写戏，公开颂扬少女为情而死；袁宏道主张写男女真情，"出自性灵者为真诗"；冯梦龙大声疾呼"六经皆以情教也"，他整理编写了大量反映市井生活的小说、笑话、流行歌谣等；屠隆既能写戏，"亦能新声，颇以自炫，每剧场辄阑入群优中作技"[①]。似乎能写戏曲小说者，对于市井中的三教九流都颇为熟悉，他们涉足市井的方式，虽说是多样的，然往往与青楼歌伎的交往不无关系。屠隆因"淫纵"事被罢官，他"不问瓶粟罄，而张声妓娱客，穷日夜"。无疑情色生活使他们对下层女子有了更多的了解，为其创作提供了活生生的素材。王世贞不仅编创小说《艳异编》《剑侠传》《世说新语补》，创作戏曲《鸣凤记》，而且诗文中有数百首拟乐府诗。不只通俗，且写男欢女爱的大胆、动人，也为同时代所少见，请看以下几首：

---

① 沈德符《顾曲杂言》，《昙花记》，清乾隆四十至四十三年金氏砚云书屋刻砚云本，第20页。

头上倭髻，珍珠累垂。要郎解髻，妾自解衣。(《地驱乐歌三》)

愿为郎席，不愿为被。得郎在身，胜郎下睡。(《地驱乐歌四》)

郎骑白马妾坐车，偷眼少年郎不知。(《地驱乐歌五》)①

竹竿何篱篱，钓饵何馨香。前鱼方吞吐，后鱼正彷徨，为侬死不妨。
(《前溪歌·其四》)②

这样真俗的诗歌，与《金瓶梅》中的抒情小曲，异曲同工。厌雅趋俗，喜欢市井生活的俗趣，正是《金瓶梅》作者执意追求的文学情趣。这一点在一篇对《金瓶梅》创作理解得最深切的序言——欣欣子的《金瓶梅词话序》中，已做了清清楚楚的说明。

窃谓兰陵笑笑生作《金瓶梅传》，寄意于时俗，盖有谓也……其中语句新奇，脍炙人口，使观者庶几可以一哂而忘忧也。其中未免语涉俚语，气含脂粉。余则曰："不然。'关雎'之作，乐而不淫。哀与怨，人之所恶也，鲜有不至于伤者。"吾尝观前代骚人，如卢景晖之《剪灯新话》、元微之之《莺莺传》、赵君弼之《效颦集》、罗贯中之《水浒传》、丘琼山之《钟情丽集》、卢梅湖之《怀春雅集》、周静轩之《秉烛清谈》，其后《如意传》《于湖记》，其间语句文确，读者往往不能畅怀，不至终篇而掩弃之矣。此一传者，虽市井之常谈，闺房之琐语，使三尺童子闻之，如饮天浆而拔鲸牙，洞洞然易晓，虽不比古之集理趣，文墨绰有可观。

此段文字不失为夫子自道。"寄意于时俗"便是一部《金瓶梅》用意所

---

① 王世贞《弇州山人四部稿》一百八十卷，卷七《拟古乐府一百八十五首》，明万历世经堂刻本，第767页。

② 王世贞《弇州山人四部稿》一百八十卷，卷七《拟古乐府一百八十五首》，明万历世经堂刻本，第775页。

在。所谓"时俗"，就是指当时盛行的俗趣，一指内容，二指形式，特别是语言。内容："气含脂粉"，乐而不淫，哀而不伤。语言：就是那些"市井之常谈，闺房之琐语"一类"俚俗"语。

为何偏要语涉俚俗？他得之于以往作品的教训，那些诸如《莺莺传》《水浒传》，语言虽说精练、准确、雅致而有理趣，然而，"读者往往不能畅怀"，"不至终篇而掩弃之矣"。所以他要来个巨手转乾坤，扭转旧传统、旧习惯，用"俚语""方言"写出人人爱读，读之"如饮天浆"的《金瓶梅》来。这可并非随便说说而已，而是全书一以贯之的思想和创作方法，它正是这部小说创作革新的宣言。竖起"寄意于时俗"五个大字的鲜艳旗帜，显示出一位力求跳出窠臼、打出一个方言俗语艺术天地者的大将风范。读至此，我们不由得想起曹雪芹不满千篇一腔、千人一面的才子佳人小说，他要换一种"循迹追踪"的写实法，再现曾生活在自己身边的几个异样女子的面容。《红楼梦》的成功，在很大程度上得力于作者的这种求异思维。然而，曹雪芹的自我表白实在是借鉴了这篇序文并受此启迪的结果。

由此看来，用"市井之常谈，闺房之琐语"一类的"俚语"创作，正是该书作者所刻意追求的俗趣和审美境界。他的朋友对此次尝试的成功颇感得意。三百年后的小子竟不细查，而视为低俗，视之为文化低下的民间艺人的东拼西凑，嗤之以鼻。如是小视《金瓶梅》，岂不曲解了作者的一片创作热忱，埋没了他在中国小说史上的巨大功勋。作者有知，必含恨九泉矣！

有的批评者一味地说西门庆俗，当然作者也许有意地将他塑造成一位俗人。然而，西门庆在与外界的交往中，非但不俗，却极雅，语言得体，应酬自若，八面玲珑，哪里像个一字不识的文盲？我总怀疑，作者在创作过程中，无意识地将自己的言语风格、处世态度移到小说主人公西门庆身上了。这可反过来证明，外俗而内雅，《金瓶梅》作者极力用"时俗"掩盖其内心的雅，然他毕竟是位修养很高的文人。

王世贞是位兴趣极广泛的学者、文学家，他所交往的人三教九流，无所不有，所有的文学样式无所不览，无所不写。当时爱写小说的人，对市井生活以至男女情场之事都格外熟悉，且往往与青楼歌妓往来频繁。王世贞与屠隆、冯梦龙一样，也是位嗜酒好色之徒。少年时，有人骂他为"恶少年"。他高度赞扬民歌俚调，对世俗有着浓厚兴趣。他好道喜佛，学识博大，著述为一代之冠。他的《宛委余编》所写内容，从经书到女人发式、化妆、衣着、姓名，无所不包。《金瓶梅》百科全书式的丰富与王世贞的广博学识是相垺的。

七、王世贞晚年生活与《金瓶梅》成书年代

写一部近80万言的长篇小说，需必备的写作条件，其中最要紧者是宽松的政治环境、安闲的时间和相应能够引起创作冲动的心理因素。王世贞具备这些条件的机会仅有三次（其他时间或政治环境不具备；或奔忙于官场事务中，无暇及此；或无此情绪）。一次是嘉靖四十五年。此前一年，严嵩被削籍、抄家，指斥严嵩父子专权，已无政治风险。

此时，他的确写了不少揭露严嵩丑行的文字，《乐府变十章》多成于此时，特别是那首《袁江流钤山冈当庐江小妇行》的长篇叙事诗，仿《孔雀东南飞》，以严嵩父子一生荣辱为线索，直斥嘉靖朝严嵩专权二十年的官场腐败。这一段时间他正家中闲居，有创作时间，也有写《金瓶梅》的可能，但这种可能性极小。原因有二：一是朝中政治形势并不那么明朗，不便于写。严嵩虽倒了，但王世贞父亲王忬的冤案尚未昭雪。他在许多文章中，仍以"嵩相"称严嵩，可见其心中的顾忌依然甚重。像《金瓶梅》那样指桑骂槐，指蔡京骂严嵩，乃至骂皇上，若写于此时，似乎还不那么适宜。他不会因此小事，而影响父亲平反昭雪的大事。二是他这一阶段心绪不佳，尚无创作长篇小说的兴致。这一年，他年仅二十二岁的长女突然卒于蓐。在沉痛之际，他又生了一场大病，卧床半载，险些丧命，故此时作《金瓶梅》的可能性不大。

第二次是隆庆四年至六年。王世贞丁母丧，闭门谢客，闲居小祇园，有充足的写作时间。然在母丧期间，写西门庆的淫荡作乐生活，不合情理，可能性也不大。

最后一次是万历四年至十一年。他对当时首辅张居正有些不满，故而有

一段长期闲居在家。万历四年秋，旨下，令其任南京大理寺卿。尚未到任，张居正便授意南京的杨节上疏弹劾，他乘机辞职，批文下，令他回籍候用。他闲居于家，扩增小祇园，使之极园林之胜，取名弇山园，常与和尚道士谈禅论道，往来甚密，又广交天下友，三教九流来者不拒。

我之所以认定王世贞创作《金瓶梅》当在此时，理由有四：其一，此时他苦读贝经、道藏。《读书后》是他此时的读书感想集，记载了他所读篇目，如《读圆觉经》《读坛经一》《书僧偶禅师传后》《书南阳国师传后》等。他还拜同乡王元驭之女王焘贞（她自称是"昙鸾菩萨化身"）为师，被迷得昏头昏脑。他的《列仙传》与《宛委余编》专论神仙的第十七至十九卷，大都写于此时。由此我们便可理解缘何《金瓶梅》中充斥着那么浓厚的"说佛说道"思想。不过王世贞并非纯佛教徒，他的《读书后》的大多数文字对佛教经典评头品足，谈短论长。与对佛教的崇信相比，他更信道教，他的思想根基除了儒家的东西外，更多是道家的。如《读圆觉经》：

> 呜乎！余之暴余深矣！不即不离，无缚无脱，此是吾人善证第一义。我爱即绝，万境皆空。不愿作佛何？况生天亦庶几矣！庄氏言：至人入水不濡，入火不热。呜乎！是奚啻水火哉！

这种儒一、道二、佛三的思想结构与《金瓶梅》中所表现的诸思想多么吻合！

其二，此时闲居里间的王世贞注重俗趣真情，不但写诗喜拟民歌口气，浅俗流畅，朗朗上口，且有意记载民谣、俚语。《宛委余编（五）》详记农家流传的冬春《九九歌》与三夏后的《九九歌》。此书对灯节、冠服、占卜、茶酒一类的记载犹详，可见作者对民俗的关注。王世贞何以会如此关注民俗俚风，很可能与他创作《金瓶梅》不无关系。

其三，此间王世贞曾撰写了百篇《咏史》诗。作者如此自道当时心境与动机：

　　盖又两年所，而时变种种，直言则不敢，置之则不忍，乃复借史事
之相类而互发者，续之，又得十二章，遂成百章……虽修辞不足，而托
宗有余矣！①

　　作者所言虽是《咏史》，然其创作心态与动机同写《金瓶梅》何其相近！
我们应晓得，对自己创作《金瓶梅》处处遮蔽的王世贞，不可能在他的著作
中留下写作此书的任何文字记载。然"直言则不敢，置之则不忍"的创作心
态与"借史事之相类而互发者"的创作方法，及其"修辞不足，而托宗有余"
的自白，应该说已向我们透露出其中的消息。

　　其四，在这七年中，前三四年的可能性较小，因一来修造花园，二来对
道教着了迷，苦读道藏，无闲情于此。后两三年的可能性更大些。万历十一
年以后，王世贞的同乡申时行执政，他的官也愈做愈大，不得不忙于繁杂的
政务，恐无暇去写长篇小说了。因此可知，《金瓶梅》创作的时间应为万历十
年前后，成书的时间稍晚些，当在万历十一年之后十七年之前。

　　我对王世贞写《金瓶梅》深信不疑，且相信随着对王世贞研究的深细，
这个古老的没有任何新奇的实实在在的结论，会得到更充分的证实。

第二节　《金瓶梅》成书年代考②

　　《金瓶梅》成书于何时，一直是学界长久争论未定的问题。由于受"嘉
靖间大名士""世庙一巨公"的影响，以往持《金瓶梅》作者为"王世贞说"
者，多认为成书于嘉靖年间。近来查阅王世贞文集，新发现一些材料，可否
定嘉靖说，而确定其成书于万历十年左右。为了使此说充分展开，遂将受他
人引用材料启发后的观点一并拿来，阐述王世贞写于万历初年说。今试一一

---

① 王世贞《弇州山人续稿》卷四《咏史》，明万历刻本，第637页。
② 本节原文刊载于《河北师范大学学报》（哲学社会科学版）2001年第3期，《人民大学复印报刊
　资料》（中国古代近代文学研究卷）2001年第10期转载。编入此书时予以删改。

举证如下。

一、"书童"得宠反映了"小唱"盛行的万历时风

《金瓶梅》以较长篇幅写宠压群芳的"书童"形象，反映了"小唱"盛行的万历时风，证明小说成书于此风盛行的万历时期。书童是一部《金瓶梅》着意刻画的人物之一。论地位，他不过是位小厮，然而在西门府的实际作用却远远超过了他的身份。他因势而来，又因势而去，是西门府鼎盛的见证人。不仅在小说情节发展中有着重要的结构意义，而且作者用意将其描写成一位心慧、得势、才貌双绝的美男，展现了西门庆生活的一个重要方面——男宠，也再现了那个时代的一种时尚。作为西门庆的男宠、娈童，他备受宠幸，因而也敢纳贿说情，把揽词讼。应伯爵有求于西门庆，在一府人中，单托书童；潘金莲的宠奴平安冲撞了他，他一句话，西门庆便寻个借口将平安打得皮开肉绽。一部书中，如此受宠者不过瓶儿、春梅、爱月儿、玳安四五人而已。作者因何用如此丽笔慧心、浓墨重彩写一"小唱"？其前，百思不得要领，后读沈德符《万历野获编》中《小唱》条，方恍然大悟。原来"小唱得势"是明万历时伴随士大夫好男风而兴起的一种时尚。沈德符云：

> 京师自宣德顾佐疏后，严禁官妓。缙绅无以为娱，于是小唱盛行。至今日，几如西晋太康矣！此辈狡猾解人意。……然洞察时情，传布秘语，至缉事衙门，亦籍以为耳目，则起于近年。……甲辰乙巳间（万历三十二、三十三年——引者），小唱吴秀者最负名，首挨沈四明胄君名泰鸿者，以重赂纳之邸第。嬖爱专房，非亲狎不得接席。……大抵此辈俱浙江宁波人。……近日，又有临清、汴城，以至真定、保定儿童无聊赖，亦承之充歌儿，然必仿称浙人。[1]

---

① 沈德符《万历野获编》卷二十《风俗·小唱》，中华书局，1959年，第621页。

此段文字可概括为三点：其一，小唱盛行于官妓被禁之后，然在万历前仅为缙绅"以为娱"的工具；其二，明代万历时，此风日炽，受宠的小唱以至"洞察时情，传布秘语"，干涉政事；其三，小唱初为浙江宁波人，后北人儿童也跻身其间。《金瓶梅》中的书童已不单是西门庆的娈童，而是位"洞察时情，传布秘语"，干涉一府事务的"要人"。从他非北人而是江浙一带人的情形观之，这位"小唱"很可能是万历"甲辰乙巳间"之前的"门子"。《金瓶梅》中描写的书童与沈德符所言"近年""小唱"情形相符，由是可知，《金瓶梅》成书的时间不是嘉靖朝而必为万历时期。小唱作为"娈童"，令士大夫"嬖爱专房"的具体时间，何良俊的记载曾透出更确切的消息。他在《四友斋曲说》中明言："士夫禀心房之精，从婉娈之习者，风靡如一。"此书写于万历七年左右。由此可知，《金瓶梅》对书童的描写，可能是万历初年及其以后的士大夫恶习的反映。《金瓶梅》成书的时间也大致在这一范围内。

二、"三里沟新河""永济新河"万历十年完成于凌云翼之手

"三里沟新河"与"永济新河"皆于万历十年完成于督漕尚书凌云翼之手，《金瓶梅》对此有所映示，说明《金瓶梅》成书时间当在万历十年之后。笔者在考察《金瓶梅》故事发生的地理位置时发现，《明史·河渠志》卷三记载，自万历六年至万历十年，朝廷集中力量治理黄河夺淮入海之患，此间先后修了两条新河：一是三里沟新河。嘉靖末年，于清江浦南三里沟开新河，设通济闸，使运河与淮河通。万历六年，总理河漕御史潘季驯再次整修三里沟新河，又移建新通济闸，到万历十年，在总河官凌云翼手中完成。二是永济新河。万历十年，督漕尚书凌云翼主持开凿的位于清江浦西，自城南窑湾至通济闸出口的长达45里的新河。①《金瓶梅词话》第65回，写西门庆迎请六黄太尉，列举了参见太尉的许多山东省地方要员，其中便有"衮州府凌云翼"，而这凌云翼便是万历十年负责修治三里沟新河的总河官。再查《明

---

① 许建平《〈金瓶梅〉中清河县地理位置考辨》，见《金瓶梅研究》第五辑。

史·凌云翼传》，所记与修河事相吻合。

> 凌云翼，字洋山，太仓州人，嘉靖二十六年进士，授南京工部主
> 事。……万历元年，进右副都御史，巡抚江西，三迁兵部左侍郎兼右佥
> 都御史，提督两广军务。……六年夏，与巡抚吴文华讨平河池……岭表
> 悉定。召为南京兵部尚书，就改兵部，以兵部尚书兼右副都御史，总督
> 漕运，巡抚淮扬。河臣潘季驯召入，遂兼督河道，加太子少保，召为戎
> 政尚书。①

只是作者在小说中给凌云翼的官职小了些。凌云翼虽未任职衮州，但作
者这样写说明他与凌云翼相识，而且让他知衮州府也别有用意。查明《河渠
志》，有明一代，衮州一段是南北运河中最难治理的，它地势高，势如运河
之脊，成为河运关隘处。作者安置凌云翼任职于此，很可能寓示其"兼督河
道"之事。凌云翼总督河漕的时间为万历十年，作者对此段事知情，并将其
写入自己的小说。由此可知《金瓶梅》成书的时间在万历十年之后。

三、何太监的衣冠服饰为万历初年宦官所着朝服

《金瓶梅》第70回所写何太监的衣冠服饰既不合于宋代内臣之服制，也不
合于明嘉靖朝内臣服制，而是万历初年宦官所着朝服，说明《金瓶梅》的写
作时间当在宦官穿戴此越礼衣冠的明代隆庆至万历初年。

王世贞《觚不觚录》云：

> 余于万历甲戌（万历二年——引者），以太仆卿入陪祀太庙。见上
> 由东阶上，而大珰四人皆五梁冠祭服以从，窃疑之。夫高帝制内臣，常
> 服纱帽，与群臣不同，亦不许用朝冠服及幞头公服，岂有服祭服礼！曾

---

① 万斯同《明史》卷三百一十五《凌云翼传》，明抄本，第14968页。

与江陵公言及，以为此事起于何年，江陵亦不知也。后访之前辈，云：嘉靖中亦不见内臣用祭服。而考之累朝实录，皆遣内臣祭中溜之神，此必隆万间大珰内遣，行中溜礼，辄自制祭服，以从祀耶！惜乎言官不能举正，正坐成其僭妄耳！①

何谓祭服？祭服乃外官祭祀之服，大体与朝服同。明初对此规定极严。《明史·舆服志》："嘉靖八年，更定百官祭服，上衣青罗皂缘，与朝服同；下裳赤罗皂缘，与朝服同。"②而欲知内官之祭服，观其朝服可也。内官的朝服与外官有严格区分。洪武三年，礼部奏定内使服饰"其常服葵花胸背，团领衫，不拘颜色。乌纱帽，犀角带"③，显然与文武官员大异。内官穿祭服，始自穆宗，至万历初依然如故。嘉靖朝宦官地位较低，无宦官服祭服一类越轨之事。

《金瓶梅》描写内官服饰最详者当为何太监，且至少有两处。一处是西门庆与夏提刑入朝，何太监借机与之相会。书中道："只见一个太监，身穿大红蟒衣，头戴三山帽，脚下粉底皂鞋。"第二处为西门庆到何太监府上，"何太监从后边出来，穿着绿绒蟒衣，冠帽皂鞋，宝石绦环"。看来，这位太监不论在朝中还是家内接客的穿戴皆是"朝冠服"，即"祭服"。只是何太监的穿戴与王世贞所见陪皇上祭太庙的大珰所不同的是，一个为"五梁冠"（同一、三品官员戴），一个为"三山帽"（同三、五品官员戴），但都是"朝冠服"，"正坐成其僭妄耳！"内官的此种服饰，见于隆庆万历初，而王世贞见到宦官着此服饰的具体时间为万历甲戌至万历二年。由此可知，《金瓶梅》成书时间必在隆庆至万历初年之后，而非此前无"朝冠服"的嘉靖朝。

四、地方巡抚宴席"水陆毕陈"兴于万历初年

《金瓶梅》描写巡按宴请来往官吏，或地方官宴请新巡按，宴席间"水陆

---

① 王世贞《弇州史料》后集卷三十九《觚不觚录》，明万历四十二年刻本，第4175页。
② 张廷玉《明史》卷六十七《舆服志》，清乾隆四年武英殿校刻本，第2688页。
③ 张廷玉《明史》卷六十七《舆服志》，清乾隆四年武英殿校刻本，第2711页。

毕陈"、声乐并进，铺张奢靡，此种风气嘉靖朝无，而万历初盛，说明《金瓶梅》成书必在万历初，而非嘉靖年间。

王世贞《觚不觚录》云：

> 先君初以御史使河东，取道归里，所过遇巡按，必先顾答拜之。出酒食相款，必精腆，而品不过繁，然亦不预下请刺也。今翰林科道过者，无不置席、具典、肃请矣！先君以御史请告里居，巡按来相访，则留饭，荤素不过十器，或少益以糖果饵、海味之属。进子鹅，必去其首尾，而以鸡首尾盖之。曰："御史毋食鹅例"也。若迩年以来，则水陆毕陈，留连卜夜，至有用声乐者矣！

又曰：

> 余在山东日，待郡守礼颇简，留饭一次，彼必侧坐。虽迁官谒辞，送之阶下而已。遣人投一刺，亦不答拜，盖其时皆然。其后复起，累迁山西按察使。一日，清军、提学二道偶约余同宴。二郡守升官者置酒于书院，余甚难之。第令列名与分，而辞不往。乃闻具糖席，张嬉乐具，宾主纵饮，夜分而罢，颇以为怪。复问之余弟，乃知近日处处皆然，不以为异也。[①]

王世贞于嘉靖三十六年任职山东，出任山西按察使的时间为隆庆四年。所言"近日"，指撰写《觚不觚录》之时，即万历十三年。这一年，他六十岁，《觚不觚录》前有序语云"今垂六十岁矣"可证。尽管官吏间交往，宴席之备，档次高低取决于多种因素，特别是主客间关系的厚薄，但那时朝廷对官场间的宴筵有礼制定规，不可乱来。地方官岂敢以身试法，因小失大，拿

---

① 王世贞《觚不觚录》不分卷，明万历绣水沈氏尚白斋刻宝颜堂秘籍本，第58页。

自己的前程当儿戏！一个时代有一个时代的风气，酒场、情场无不如是。嘉靖间宴请官吏知遵制守俭，到王世贞任职山西的隆庆四年，嗜风萌动，已露苗头。至于尽情铺张、伴以声乐，则为万历初兴起的新风，《觚不觚录》所记"近日"之事，则是万历十三年王世贞亲所闻见之事。

《金瓶梅词话》中有大量篇幅浓墨重彩地描写蔡御史、宋巡按、安主事等烦讨西门庆备酒席宴请来往山东官吏的艳丽文字，酒宴排场规模之大，场面之盛，耗费之多，令人咋舌，远远超过了一般礼仪，成为一种以享乐、馈赠、贿赂来巴结上司、联络情感的重要方式。如小说第49回"西门庆迎请宋巡按"不仅描写酒宴是"说不尽的肴列珍馐，汤陈桃浪，酒泛金波。端的歌舞声容，食前方丈"，"当日，西门庆这席酒，也费够千两金银"，而且写送走宋巡按后，西门庆又留蔡御史在府内过夜，派两位妓女夜陪。至于"宋御史结豪请六黄"那场宴席，排场更盛，档次更高。此后西门庆代人宴请官吏不下五六次之多，无不"水陆毕陈"，声乐伴宴。这些描写说明山东官场风气如此，已远非嘉靖后期王世贞出使山东时的气象。很可能是王世贞"甚难之""而辞不往"之隆庆四年以后的事，或者当为"近日处处皆然，不以为异"之万历十三年前后写《觚不觚录》时的官宴情形，而不会是尚俭守制的嘉靖年间的风气。由此可知《金瓶梅》成书时间当在此段时间（隆庆四年至万历十三年）之间或之后，不可能在此风气形成之前。

五、小调《数落山坡羊》，风行于万历时期

《金瓶梅》写申二姐爱唱的小调《数落山坡羊》，风行于万历时期，故其写作时间当在此小调盛行之时，而不会是此小调未兴之前的嘉靖朝。

《金瓶梅》第61回，王六儿向西门庆介绍唱曲儿的申二姐："姓申，名唤申二姐，诸般大小时样曲儿连数落都会唱。"同回，申二姐到府上拜见吴月娘，"月娘见她年小，生得好模样儿，问他套数，倒会不多，若题诸般小曲儿《山坡羊》《锁南枝》兼'数落'，倒记得有十来个"。这两处描写，单题"数落"，足见听者对此格外喜好、重视。且因申二姐有此"长项"，令西门庆、吴月娘

另眼相觑。可见"数落"是那时新时兴的曲儿。《山坡羊》元代已有，明代更流行，沈德符说："自宣、正至成、弘后，中原又行《锁南枝》《傍妆台》《山坡羊》之属。李崆峒先生初自庆阳徙居汴梁，闻之可以继'国风'之后。"[①]但《数落山坡羊》却是明代万历年间的新产品，对此，沈德符讲得很清楚：

> 《山坡羊》者，李、何二公所善。今南北词俱有此名，但北方唯盛，爱《数落山坡羊》。其曲自宣、大、辽东三镇传来，今京师伎女惯以此充丝索北调。其语秽亵鄙浅，并桑濮之音，亦离去已远。而羁人游婿，嗜之独深。[②]

小说第61回，申二姐确为西门庆唱了两套《数落山坡羊》，内容不出男女情事，言辞的确"秽亵鄙浅"。此《数落山坡羊》既然是万历朝方兴起于京师，《金瓶梅》写了此曲儿，说明其成书时间当在万历朝，而非此曲儿传来前的嘉靖时期。

六、书中戏班子所唱的海盐腔，兴盛于万历初

《金瓶梅词话》中所描写的戏班子都是海盐子弟，而海盐腔盛行于万历初，说明该书写于此腔兴盛之时。明代四大声腔交替风靡剧坛，其演变具有明显的阶段性。对此，明代戏曲的爱好之士皆有共识，如徐渭的《南词叙录》作于嘉靖三十八年，他曾说嘉靖朝崇尚北曲，"本朝北曲，推周宪王、谷子敬、刘东生，近有王检讨、康状元，余如史痴翁、陈大声辈，皆可观。唯南曲绝少名家"[③]。二十年后，约万历七年，何良俊在《四友斋曲说》中则说："近日多尚海盐南曲。士夫禀心房之精，从婉娈之习者，风靡如一。甚者北土

---

① 沈德符《万历野获编》卷二十五，清道光七年姚氏刻同治八年补修本，第1876页。
② 沈德符《万历野获编》卷二十五，清道光七年姚氏刻同治八年补修本，第1878页。
③ 王骥德《曲律》卷二《论腔调第十》，明天启五年毛以遂刻本，第9页。

亦移而耽之。更数世后，北曲亦失传矣。"① 再到万历三十八年，王骥德《曲律》卷二（《论腔调》第十）说当时的情景便成为："旧凡唱南调者，皆曰海盐；今海盐不振，而曰昆山。"② 不同时代的戏曲家对弋阳、海盐、昆山三腔的各自记录为我们提供了其兴衰的清晰脉络：海盐腔之大兴的时间为隆庆到万历初年。此前为弋阳腔的时代，此后则是昆山腔的天下了。《金瓶梅》中遇大事、宴会所请戏子多为海盐子弟，如第36回、第74回等。这足以说明作者创作的时代正是海盐腔风靡天下的隆庆到万历初年，而不可能是弋阳腔盛行的嘉靖朝，或昆山腔走红的万历中后期。这再一次证明，《金瓶梅》的成书年代为万历初年。

七、所记永福寺废而复兴事发生于万历七八年间

《金瓶梅》第57回写了永福寺的兴衰，参照史料所记佛道兴衰史，可推知《金瓶梅》所记佛教复兴事当为万历七八年间，其成书在此之后。书中写道：

> 话说那山东东平府地方，向来有个永福禅寺，起建自梁武帝普通二年，开山是那万回老祖。……正不知费了多少钱粮。正是：神僧出世神通大，圣主尊隆圣泽深。不想那岁月如梭，时移事改。……只见有几个愆赖的和尚，撇赖了百丈清规，养婆儿，吃烧酒，咱事不弄出来？……一片钟鼓道场，忽变做荒烟衰草！蓦地里三四十年，那一个扶衰起废？

这段话不可轻看了，因为尽管这一回小说的作者非《金瓶梅词话》一书的原作者，然即使是他人补入的，时间也在万历时期。这一段永福寺兴衰史，也客观地反映了那个时代佛教的兴衰。那"岁月如梭，时移事改"的话，那"蓦地里三四十年"的数字，都隐含着作者眼中心中难以明言的一段佛教史。

---

① 何良俊《四友斋丛说》卷三十七《词曲》，明万历七年龚元春刻本，第1053页。

② 王骥德《曲律》卷二《论腔调第十》，道光二十一年金山钱氏据借月山房汇抄残版重编增刻指海本，第145页。

明代武宗喜佛教，到世宗则崇道教，佛教受到排挤压制；而神宗又重佛教，受压抑的佛教重新抬头。沈德符《万历野获编》如实地记载了这一佛教兴衰的历史：

> 武宗极喜佛教，自立西番僧，呗唱无异。至托名大庆法王，铸印赐诰命。世宗留心斋醮，置竺干氏不谈。初年，用工部侍郎赵璜言，刮正德所铸佛镀金一千三百两。晚年用真人陶仲文等议，至焚梵骨万两千斤。逮至今上，与两宫圣母首建慈寿、万寿诸寺，俱在京师，穹丽冠海内。至度僧为替身出家，大开经厂，颁赐天下名刹殆遍。去焚佛骨时未二十年也。①

《金瓶梅》小说所描写的永福寺那"佛像也倒了，荒荒凉凉，烧香的也不来了"的衰败景象与沈德符所记刮佛像镀金、焚佛骨万两的嘉靖朝完全吻合。从时间上分析，世宗在位四十五年，世宗"至焚梵骨万两千斤"的"晚年"当在嘉靖四十年左右。而万历帝崇佛，建寺颁经，"去焚佛骨时未二十年"，由此推断，从嘉靖四十年到隆庆六年为十一年，"未二十年"，当为万历七八年间。《金瓶梅》中所描写的正是佛教由衰而复兴的那段历史，正是嘉靖末年至万历初年的情形。它进一步证明《金瓶梅》成书的时间为万历七八年之后，而非嘉靖朝。

八、书中通用货币为白银、徭役为银丁始于万历九年后②

细读《金瓶梅词话》故事中出现的通用货币质态，发现全书无一处写纸币（宝钞）。《水浒传》故事中出现的"宝钞"字样，被挪用到《词话》中后，就改写为"钱"。《水浒传》第24回"王婆贪贿说风情"，写王婆教西门庆十件挨光计："待我买得东西来，摆在桌子上。我便道：'娘子且收拾生活，

---

① 沈德符《万历野获编》卷二十七《释教兴衰》，清道光七年姚氏刻同治八年补修本，第1974页。
② 本小节原文刊载于《文学遗产》2006年第5期。编入此书时予以删改。

吃一杯儿酒，难得这位官人坏钞。'"《词话》第3回则改为："待我买得东西提在桌子上，便说：'娘子，且收拾过生活去，且吃一杯儿酒，难得这官人坏钱。'"考虑《词话》中未写到宝钞，这一改动则说明《金瓶梅》的写作时代距宝钞流通的年代已久远了。《词话》中写到的货币几乎是一色的银币。非但用量大的流通货币皆为白银，无一用铜钱的，就是微量的货币也是银子。如来旺的媳妇宋蕙莲得了西门庆的赏钱，便指派小厮买花、瓜籽一类小东西，都是将银子砸碎了用。"共该他七钱五分银子。妇人向腰里摸出半侧银子儿来，央及贲四替他凿称七钱五分与他。那贲四正写着帐，丢下，走来，蹲着身子替他锤。"（《词话》第23回）宋蕙莲有时将碎银子塞进腰里："那妇人道：'贼猴儿，你递过来，我与你。'哄的玳安递到他手里，只掠了四五分一块与他，别的还塞在腰里。"（同上）有时身边带着个专门盛碎银子的葫芦："妇人便向腰间葫芦儿顺袋里取出三四分银子来，递与玳安道：'累你替我拿大碗烫两个合汁来我吃。'"（《词话》第23回）潘金莲是有名的吝啬鬼，让小厮买东西，"从不与你个足数，绑着鬼，一钱银子，拿出来，只称九分半，着紧只九分"，还让小厮们倒贴。李瓶儿大方，知道小厮们跑腿想图个"落"，送给小厮买东西的银子，"只拈块儿"，剩下多少从来不再要的（《词话》第64回）。更引人注意的是西门庆开的铺子，伙计们分工甚细：陈经济做保管，"只要拿钥匙出入"；"贲地传只是写帐目秤发货物；傅伙计便督理生药、解当两个铺子，看银色，做买卖"（《词话》第20回）。绒线铺也是如此。有人专门负责查看银子成色，说明消费者交给铺子里的货币是银子。书中偶尔也出现钱币（铜钱），不过，往往是小户人家花费一钱以下的微量货币时才用铜钱的。如"西门庆梳笼李桂姐"一回，写应伯爵、谢希大一伙所谓"十兄弟"共同凑份子，还席。

> （应伯爵）于是从头上拔下一根闹银耳斡儿来，重一钱。谢希大一对镀金网巾圈，称了秤，只九分半。祝日念袖中掏出一方旧汗巾儿，算二百文长钱。孙寡嘴腰间解下一条白布男裙，当两壶半坛酒。常时节无以

为敬，问西门庆借了一钱成色银子。都递于桂卿，置办东道，请西门庆和桂姐。那桂卿将银钱都付与保儿，买了一钱螃蟹，打了一钱银子猪肉，宰了一只鸡，自家又赔出些小菜来。（《词话》第12回）

即使不足一钱银子，也是以银子计数，唯有祝日念是"二百文长钱"（铜钱），足见银子使用的普遍。

明代货币的铸造与流通有着明显的阶段性与发展轨迹。据《明史》卷八十一《食货五·钱钞》所载，有明一代自铜币时代到银币时代共经历了五个阶段。

第一阶段，洪武七年以前，为铜币时代。朱元璋在元至正二十一年开始，在他管辖的地区铸行"大中通宝"钱；待朱元璋夺取天下后，仍使用铜币，颁行"洪武通宝"钱；洪武四年，又改铸大中、洪武通宝大钱为小钱。

> 太祖初置宝源局于应天，铸"大中通宝"钱，与历代钱兼行，以四百文为一贯，四十文为一两，四文为一钱。及平陈友谅，命江西行省置货泉局，颁"大中通宝"钱，大小五等钱式。即位，颁"洪武通宝"钱，其制凡五等，曰当十、当五、当三、当二、当一。当十钱重一两，余递降至重一钱止。各行省皆设宝泉局，与宝源局并铸，而严私铸之禁。洪武四年，改铸大中、洪武通宝大钱为小钱。初，宝源局钱铸"京"字于背，后多不铸，民间无"京"字者不行，故改铸小钱以便之。寻令私铸钱作废，铜送官，偿以钱。（《明史·食货五·钱钞》）[1]

第二阶段，洪武八年至宣德十年的六十年间，纸币占据货币交换的天下。当时由于向民间收铜，民不堪其苦，而在商业的交换、周转过程中，铜钱不便转运，再加上国内战争不断，财力不足，故而政府不得不改变原来的货币

---

[1]　张廷玉《明史》卷八十一《钱钞》，清乾隆四年武英殿校刻本，第3304—3305页。

政策，印行纸币——宝钞。

　　（洪武）七年，帝乃设宝钞提举司，明年，始诏中书省造大明宝钞，
命民间通行。以桑穰为料，其制方，高一尺，广六寸，质青色，外为龙
文花栏，横题其额曰"大明通行宝钞"。其内上两旁复为篆文八字，曰
"大明宝钞，天下通行"。中图钱贯，十串为一贯。其下云："中书省奏准
印造大明宝钞与铜钱通行使用，伪造者斩。"……其等凡六：曰一贯，曰
五百文、四百文、三百文、二百文、一百文。每钞一贯，准钱千文，银
一两。四贯准黄金一两。禁民间不得以金银物货交易，违者罪之。(《明
史·食货五·钱钞》)①

　　至洪武二十七年，并铜钱亦收缴禁用。宝钞成为唯一合法流通货币。但
这种纸币的发行没有实价货币为准备金，发行额不加以限制，日积日多，很
快便恶性膨胀起来，以至于宣德年间白银对纸钞的比价提高了一千倍（由一
两换纸钞一贯，提高至一两换纸钞一千贯。见《续文献通考》卷十《钱币
考·明·钞》）。

　　第三阶段，正统元年至嘉靖四年的九十年里，为银、钱、钞三币兼用
时期。

　　弘治元年，京城税课司，顺天、山东、河南户口食盐，俱收钞。各
钞关俱钱、钞兼收。其后乃皆改折用银。而洪武、永乐、宣德钱积不
用，诏发之，令与历代钱兼用。户部请鼓铸，乃复开局铸钱。凡纳赎收
税，历代钱、制钱各收其半，无制钱即收旧钱，二以当一。制钱者，国
朝钱也。旧制，工部所铸钱入太仓、司钥二库；诸关税钱亦入司钥库，
共贮钱数千百万。中官掌之，京卫军秋粮取给焉。……正德三年，以太

仓积钱给官俸，十分为率，钱一银九。又从太监张永言，发天财库及户部、布政司库钱，关给征收，每七十文征银一钱，且申私铸之禁。(《明史·食货五·钱钞》)[1]

对这一阶段，细加分析，可以看出虽然三币混用，但事实上呈现出先重钞，后重钱，最后重银的发展历程。在弘治元年，还是钱、钞兼收，后来，钞贬值到"积之市肆，过者不顾"(《续文献通考》卷十)的地步。之所以将钞仍保留下来，是因为国家大量用来赏赐、支俸等。真正起作用的是银、钱平行本位制。但由于私铸钱日多，造成钱值混乱，而白银的币值相对稳定。

第四阶段，嘉靖四年至万历九年，是以银为主，银与钱同用并行时期。

以银为主在此间经历了两次，慢慢趋向于专用银。第一次是嘉靖四年。

嘉靖四年，令宣课分司收税，钞一贯折银三厘，钱七文折银一分。是时，钞久不行，钱亦大壅，益专用银矣。(《明史·食货五·钱钞》)[2]

当时，钞以块计，每块为一千贯，实抵铜钱不至二十文，不及钞本(《明经世文编》卷三百五十四)。后来钱又大行，且各朝钱并用，价值不等，十分混乱，以至于"……文武官俸，不论(钱)新旧美恶，悉以七文折算。诸以俸钱币易者，亦悉以七文抑勒予民，民亦骚然。属连岁大侵，四方流民就食京师，死者相枕藉。论者谓钱法不通使然"(《明史·食货五·钱钞》)。

第二次是嘉靖末年：

盗铸日滋，金背钱反阻不行。死罪日报，终不能止。帝患之，问大学士徐阶。阶陈五害，请停宝源局铸钱，应支给钱者悉予银。帝乃鞫治

---

① 张廷玉《明史》卷八十一《钱钞》，清乾隆四年武英殿校刻本，第3313页。

② 张廷玉《明史》卷八十一《钱钞》，清乾隆四年武英殿校刻本，第3313页。

工匠侵料减工罪，而停鼓铸，自后税课征银而不征钱。（《明史·食货五·钱钞》）①

但到隆庆初年，又是银、钱并行，量大用银，量小用钱。"于是课税银三两以下复收钱，民间交易，一钱以下止许用钱。"到万历四年，"命户工二部准嘉靖钱式，铸'万历通宝'"，"俸粮皆银钱兼给"。②

第五阶段，万历九年至天启初年，货币制度白银化完成时期。明代的流通货币与俸禄、赋税大体是同步的。第一个阶段的俸禄是米、布、钞。第二个阶段是米、钞、钱。第三个阶段是钞、钱、银。第四个阶段是钱与银。第五个阶段则是银（《明史·食货六·俸饷》）。全国以银作为唯一流通货币始于万历九年（《明史·食货二·赋役》）。张居正推行"一条鞭法"，把丁役、土贡等项内容全部归于田赋之内，而田赋的征收则是"计亩征银"。农民用粮食换来的是银子，手中拿的是银子；而官吏的俸禄也是银子，官吏们需用银子去市场买粮食，用银子去市场购买生活品。如是一来，白银成为消费品的交换媒介。货币的白银化，至此才真正完成。

以上述明代货币铸造、流行的五阶段为据，对照《金瓶梅》所描写的流通货币无钞，几乎是白银的天下，极少钱币的现象，可以确定其所处的时代当为嘉靖初年至万历九年的第四阶段和万历九年全国施行"一条鞭法"后的第五阶段，而绝非嘉靖之前钞、钱、银通用的前三个阶段，当无疑义。

然而，嘉靖元年至万历九年的时段未免太长了。在这一漫长的时段里，《金瓶梅》究竟成书于何年？尚须进一步考订。笔者以为成书时间当在万历九年张居正在全国推行"一条鞭法"之后。这是根据《金瓶梅》为我们提供的两条重要信息得出的结论。一条是《金瓶梅》第67回记载了一件将力差变为银差的事。在郓王府当差的韩道国，不能一身兼二仆再为西门庆经营绒线铺，

① 张廷玉《明史》卷八十一《钱钞》，清乾隆四年武英殿校刻本，第3317页。
② 张廷玉《明史》卷八十一《钱钞》，清乾隆四年武英殿校刻本，第3318页。

而西门庆派他出差：

> 韩道国道："又一件，小人身从郓王府，要正身上直不纳官钱，如
> 何处置？"西门庆道："怎的不纳官钱？像来保一般，也是郓王差事，他
> 每月只纳三钱银子。"韩道国道："保官儿那个，亏了太师老爷，那边文
> 书上注过去，便不敢缠扰，小人此是祖役，还要勾当余丁。"西门庆道：
> "既是如此，你写个揭帖，我央任后溪到府中，替你和王奉承说，把你官
> 字注销，常远纳官钱罢。"

实行"一条鞭法"前，全国的差役分为力差与银差两类。所谓"勾当余
丁"，是说韩道国是祖役，是力差，需亲到郓王府当差。西门庆通过熟人将
其变为银差，每月只交纳三钱银子，便不必去府中当差。力差交纳银两变为
银差是"一条鞭法"施行之后：

> 一条鞭法者，总括一州县之赋役，量地计丁，丁粮毕输于官。一岁
> 之役，官为佥募。力差，则计其工食之费，量为增减。银差，则计其交
> 纳之费，加以增耗，凡额办、派办、京库岁需与存留、供亿诸费，以及
> 土贡、方物，悉并为一条，皆计亩征银。折办于官，故谓之一条鞭。立
> 法颇为简便。(《明史·食货五·钱钞》)[1]

另一条信息是《词话》描写收缴上地赋税粮只收白银，这种政策只有施
行"一条鞭法"后才会出现。《词话》第78回，写新任山东省屯田千户的吴大
舅，前去看望得病的西门庆：

> 西门庆道："通共有多少屯田？"吴大舅道："……如今这济州管内，

---

[1] 张廷玉《明史》卷八十一《钱钞》，清乾隆四年武英殿校刻本，第3302页。

除了抛荒、苇场、港隘，通共二万七千顷屯地，每顷秋税夏税，只征收一两八钱。不上五万两银子，到年终才倾齐了。往东平府交纳。"

"一条鞭法"规定地租只收银子，吴大舅所收二万七千顷屯地的赋税是一色的银子。这有力证明吴大舅收屯田赋税银子的时间是施行了"一条鞭法"之后的事。也许有人会说："一条鞭法"早在嘉靖年间就开始推行，并非始于万历九年。"一条鞭法"虽推行于嘉靖初年，但"嘉靖间数行数止，至万历九年，乃行之"①，且仅限于小部分地区（嘉靖十年开始施行，嘉靖十六年行于苏、松两府，四十四年行于浙江），并未在全国普遍推广开来，也未在《金瓶梅》故事发生地山东临清一带推广开来。换言之，临清一带在万历九年前尚未施行"一条鞭法"，即《金瓶梅》中所描写的吴大舅管理屯田所收赋税为白银、韩道国可以将力差转为银差的故事并非发生于万历九年前，而是发生于全国施行"一条鞭法"的万历九年之后。

第三节　《金瓶梅》艺术结构的开拓性②

一、《金瓶梅》的艺术结构

小说的结构"首先就是要确定一个中心，艺术家所注意的中心"③。《金瓶梅》的作者以西门庆及其家庭的兴衰作为小说描写的中心，由此来安排人物、布置情节，独具匠心地创造了一种崭新的结构形式——波放态环式网状结构。

———————

① 张廷玉《明史》卷八十一《钱钞》，清乾隆四年武英殿校刻本，第3204页。

② 本节原文刊载于《河北师范大学学报》（社会科学版）1990年第2期。《高等学校文科学报文摘》1990年第4期摘编，《人民大学复印报刊资料》（中国古代近代文学研究卷）1990年第8期全文转载。

③ 阿·托尔斯泰《论文学》，程代熙译，人民文学出版社，1980年，第246页。

（一）波放态环式网状结构

所谓波放态，是指以家庭生活为题材的小说布局，以家庭主人公为核心，通过他的活动展示本家庭、亲朋家庭和更广阔的社会关系，由一家再现天下国家，形成由点及面的格局，犹如声波自振源向四周层层散放开去一样。

《金瓶梅》艺术结构的中心是西门庆，他活动的区域由近及远形成西门府、清河县和省府京城三圈地理空间。西门庆所交往的人物与三圈空间相联系，构成三大人物群体系列。第一是以西门庆为首的西门府家庭群体系列（以家庭院落为生活场景），第二是市民群体系列（大多居住在清河县城），第三是官场群体系列（以汴京为轴心，又不限于一地）。西门庆与三大群体人物的活动往来构成通贯全书的三条情节线索：性爱生活线索、商业活动线索和官场活动线索。

性爱生活线索以家庭群体为描写中心，一方面叙述了西门庆对女色无休止的猎取过程，一方面描述了"揽汉子"的潘金莲与众情敌为争宠争夜权所进行的明暗角逐，男女主人公的对立与互补构成了一系列性爱情节。这些故事情节毫无忌讳地宣泄色情生活的无耻、肮脏和丧身败家的危害，再现了当时社会的恶劣风气，表现出作者的"戒淫"思想。

商业活动线索以西门庆与市民群体为描写对象，展示这个破落户如何在不到四年的时间里，由一所铺子几千两本钱变为不包括固定家产在内的拥有六所铺子近十万两资本的过程。无论哪种方法手段，只要能发财，西门庆便"兼收并蓄"，无所不为。在种种发财途径中，吞食富孀遗财、屯集、包售官货，长途贩运倒卖，构成了西门庆发财的"三部曲"。娶孟玉楼、李瓶儿仅白得银子就五千来两。李瓶儿从梁中书、花太监那里得到的无价"体己"，奠定了西门庆"暴发"的经济基础，西门庆与乔大户纳粮得派的三万盐引，御史蔡一泉早支发一月，便获银近三万两；借此资本从湖州、扬州等地贩运倒卖绸缎、布匹，获利四万九千两。商业活动情节为人们提供了明代中叶城市商业活动的生动材料，展现了市井的风土人情。

官场情节记录了西门庆在官场的频繁交往，他以联姻、送礼、认父等方式依附在蔡京、翟谦、杨戬门下，在京中找到了靠山和保护伞，从而官运亨通，身价百倍。西门庆又凭借与蔡京的关系，以宴请、馈赠方式接连交结了来山东的蔡状元、安进士、宋巡抚、六黄太尉、蔡知府等许多要员，声震山东，势倾百僚。同时也凭着与巡抚、御史的私情和自己理刑的权力，荐举、保护府、县各级文武官吏，与他们结成牢固的地方势力网。西门庆以"财神爷"的身份，不断提供给官僚们享乐所需要的钱财，换取自己所需要的权势、荣耀。官场生活情节揭露了西门庆升官的奥秘，披露了朝政、官场的腐朽、黑暗，生动地再现了明万历朝封建与市侩的融合和市侩封建主义形成的历史真实。

这样，小说以西门庆为中心，描写了上自皇帝下至市井细民的各阶层人物，展示了情场、商场、官场广阔的社会生活画面，形成了由点及面层层拓展的波放态格局。波放态的主次是极为分明的。作者的视角始终瞄准家庭，因而，以西门庆为首的家庭群体是全书描写的重点，性爱生活线索是贯穿小说始终的主线。

所谓网状，是指在波放型的总体布局中，三条线索发展运行的状态不是互不干涉地平行发展，而是相互交错，此起彼伏。西门庆与三大群体人物有着千丝万缕的联系，在情场是色魔，在商场是财大气粗的暴发户，在官场是掌刑的贪官，身兼三任。他和他的意志的体现者执行者（如玳安、来保、应伯爵、媒婆等）的行动将三条线索贯穿起来，形成主次分明起伏交错的网状形态。如第47—50回，依次写西门庆收苗青贿银一千两，放走谋财杀主犯苗青（财线）。为情妇王六儿出银子修月台，带子扫墓，官哥被锣鼓惊吓得病，潘金莲弄私情以桃花挑逗陈经济（性爱线）。山东曾御史因苗青案弹劾西门庆，西门庆疏通关节得到蔡京庇护。西门庆宴请馈赠两淮巡盐御史的蔡一泉和山东巡按宋乔年，宋为之开脱苗青案（官场活动线）。蔡御史允准早发一个月盐引，使西门庆随即获暴利（财线）。西门庆送巡按，在永福寺遇胡僧，求得房术药，接连与王六儿、李瓶儿等试药（性爱线）。财—性—官—财—性，三条情节线索网状似的穿插交错。

　　小说的三条线索在运行中奏出了自然和谐的节奏。以主线为划分依据，可以看出全书由三部分七个段落组成。前21回为第一部分，写潘金莲、李瓶儿等众姊妹"如何收拢一块"，这叙述的是西门庆家业初兴时期。又分为两段，前10回写潘金莲毒死武大改嫁西门庆。后10回写李瓶儿害死花子虚、逐蒋竹山，终于嫁西门庆。中间夹叙娶孟玉楼和大姐出嫁事。第22—79回为第二部分，也是小说的中心部分，写西门庆家业鼎盛至极，分三个段落，第22—26回为第一段落，叙宋蕙莲受宠被害，照应瓶儿的命运结局。第27—66回为第二段落，写李瓶儿之死。叙述瓶儿如何受宠爱，潘金莲如何忌恨，最终害死官哥儿，气死瓶儿。其中插叙了包占王六儿、私宠书童等情节。第67—79回为第三段落，写西门庆之死。叙李瓶儿死后，西门庆逐日淫荡，纵欲身亡。小说的最后21回为第三部分，交代西门府家业衰败和家庭群体其他人物的命运归宿。由两个小段落组成。第80—87回写潘金莲之死，第88—100回叙陈经济之死、庞春梅之死。从总体看，第一部分写家业兴起用了21回，第三部分写家业凋零也仅仅用了21回，中间状家业繁盛，以西门庆试房术药使瓶儿致病为分界线，前有瓶儿庆寿之盛事，后有瓶儿丧葬之气派，而且前后各为29回，结构十分对称、均匀、和谐。

　　所谓环形，是指《金瓶梅》主要人物的命运和三条线索的运行轨迹呈现出结尾与起始复归的因果回环。西门庆以与潘金莲性奸开场，以与潘金莲性奸亡身下场；西门府由一个生药铺起家，又以一个生药铺收场；始于"一介乡民"，终于"一介乡民"（指西门庆家业的继承人西门安）。全书以淫夫荡妇因奸夺妻杀夫作恶结冤开端，作恶者西门庆、潘金莲、李瓶儿等中间得到被害者的一一报应，以普静法师消解恩怨荐拔群冤收结。主要人物的命运，西门庆家庭的兴衰，全被纳入了因果报应的宗教框架内。

　　综上所述，《金瓶梅》以西门庆为结构中心，与他交往的人物形成家庭群体、市民群体、官场群体三个人物系列。三个群体主要人物的活动构成贯穿全书的性爱生活线索、官场活动线索和商场活动线索。三条线索由西门庆及其意志的体现者、执行者的活动穿引起来，此起彼伏，纵横交错，定向运动，表现出自然和谐的节奏，走完了一个首尾相连、因果互系的圆形轨道，形成相对集中、由点及面、多线环绕交错的波放态环式网状结构。

（二）在中国长篇小说史中的价值

中国古代长篇小说承史传文学之血缘，经艺人"说话"之孕育，起步于历代积累型的说书体小说，腾跃于文人独撰的阅赏性小说。以说书体小说为参照系，可以看出第一部阅赏性长篇小说《金瓶梅》艺术结构的划时代功绩。

《金瓶梅》以前的说书体长篇小说，以天下为舞台，演述重大的社会活动和英雄们（包括历史英雄、草泽英雄、神魔英雄）的崇高、壮烈故事。家庭日常生活一般隐在幕后，不作为描写重点，男女情爱被排挤在英雄行为之外，构不成贯穿全书的线索。讲故事的叙述方式和听众希望线索单一、清晰的心理要求，必然制约作家采用单线纵向曲线型结构。第一部阅赏性家庭写实小说的《金瓶梅》则取材于家庭日常生活，以家庭为舞台演家庭"戏"。在布局上，以西门庆为中心，展示了下自李桂姐妓院，上至蔡京相府，包括朝中权贵、地方豪绅和市井细民各式各样的家庭，以往被排挤的男女情爱故事占据了小说的主要篇幅，西门庆与潘金莲、李瓶儿等妇人的性爱生活成为全书的中心情节。穿插在这一主体情节之间的还有官场得意、商场发财以及尼姑僧道等故事线索。《金瓶梅》在小说史上开创了以一家为轴心波及社会各类家庭，以情爱故事为主线串联其他线索情节的波放态网状结构。

《金瓶梅》之前的长篇小说由于通过重大社会事件（常与战争相联系）再现社会历史面貌，因而，空间多为室外大空间，且又极富于位置的变化，或随人物做逐点定向挪移，构成一组事件，如林冲逼上梁山、唐僧西天取经、关羽过关斩将。一组事件与另一组事件间的衔接，常常呈现为空间的大幅度跳跃，忽而西征马腾，忽而南下赤壁，忽而祝家庄，忽而曾头市。神魔小说的空间腾挪更具有臆想性和测不定性。空间大幅度的腾跃显示出了小说情节的连接方式、布局状态。大小、动静、冷热、悲欢等对应性空间场景的交替，构成了情节的离奇巧合，跌宕起伏。

《金瓶梅》开创了以一家庭院落为轴心，情节展开集中于一小城镇的空间格局，空间不仅集中稳定，而且其设置精密，常能展示出人物情节布局的骨架。故事情节的展示不再单单依赖于空间线型流动，而是靠选定一个特定的空间——家庭，表现来来往往的人做什么，怎样做，"犹欲耍狮子先立一场，而唱戏先设一合……然后看书内有名人物进进出出，穿穿走走，做这些故事也"①。书中大半故事都发生在西门庆家，几百个人物从这个家庭出出进进。正因此，家中主子房舍位置的安排形成了一部书的"立架处"。如西门庆六房妻妾卧室的排列，"看他妙在将月、楼写在一处，娇儿在隐现之间"，"雪娥在后院近厨房，特将金、瓶、梅放在前院花园内"。② 这自入正门由前及后的三组空间，暗示出了三组人物的不同名分、地位。吴月娘和孟玉楼为名媒正娶，故放在一起；潘金莲、李瓶儿为杀夫奸娶，故合在一处；孙雪娥是厨房的丫环，扶为妾后仍受歧视，故列于后院厨房侧；李娇儿是失宠的妓女，可有可无的"死人"，故在隐现之间。妻妾由前及后的居住次序，又暗示出西门庆与房子主人性爱关系的由亲递疏，这又跟作者以潘金莲、李瓶儿、庞春梅为主要人物，吴月娘、孟玉楼次之，李娇儿、孙雪娥又次之的人物布局多么吻合！《金瓶梅》的空间安排如此集中、稳定、精密，在以前的长篇小说中是从来没有也不可能有的。

说书体小说受史传文学记事首尾完整的影响，叙述的是一朝一代或人物一生的故事，时间距离长，跨度大。又由于作者常用粗线条大笔勾勒，因而，时间总是伴随故事做大幅度的跳跃，转眼便是几年十几年过去了，时而百花盛开，时而又大雪纷飞，即使浓墨重彩描绘的情节也难以给欣赏者时间的精确感。

《金瓶梅》开创了截取人生最末一段，重点展现一两年内的生活，逐日逐

① 张竹坡《金瓶梅杂录小引》，见朱一玄编《金瓶梅资料汇编》，南开大学出版社，1985年，第208页。
② 张竹坡《金瓶梅杂录小引》，见朱一玄编《金瓶梅资料汇编》，南开大学出版社，1985年，第208页。

事为主，间夹跳日跳月叙事的时间格局。一部百回的小说只写了西门庆死前五年的故事，最后一年是全书描写的重点，自第39回一直写到第79回，整整用了41回的篇幅。以30余万字写人物一年内的活动，不仅在以前的中国长篇小说史上从未有过，在世界古代小说史上也是罕见的。由于《金瓶梅》所记大都是年一十五、生辰满月、婚丧嫁娶一类具有时间确定性的家事，按当日风俗如实地记录节日前前后后人事的往来，自然形成逐日写去。作者有意展现西门庆性膨胀的过程，也常逐夜写来。全书除第1回与最后7回外，其余92回是逐月逐日叙事。其中，"一日一时推着数去"的共16次，累计106天，34回，占全书的三分之一强。诚如张竹坡所言："此书独与他小说不同，看其三四年间的事，却是一日一时推着数去。无论春秋冷热，即某人生日，某人某日来请酒，某月某日请某人，某日是某节气齐齐整整挨去。"① 作者为了使读者"五色眯目"，不致产生"死板一串铃"的感觉，不只"特特错乱年谱"，而且也采用了跳日跳月记事方法，排日叙事与跳时叙事相间。一般说来，婚丧嫁娶、喜庆迎宾一类的大事件多采用逐日叙述，连写几日叙完一件大事，如"生子喜加官"、官哥儿定亲、瓶儿之死等。大事件之间的过渡性情节，则采用跳日跳月叙事的方法。这样排日与跳跃相间，便形成情节的大小相继，疏密相间，波澜起伏。

《金瓶梅》开创了我国家庭写实长篇小说的结构模式。这一模式可概括为：描写视角对准家庭，情节围绕家庭的兴衰展开。家主（家长或继承人）的性情好恶、遭际命运构成小说的主线；家庭其他主要成员的命运和相互间的争宠斗势是附在主线旁的副线，制约家庭的盛衰，形成一个不可少的情节脉络；亲朋相邻的往来对展示环境、人物，串联情节有点睛之妙用；主要人物的命运被安放在一个因果回环的框架内。开篇设置统领全书的总纲，说明家庭现状、主要人物及其关系，中间以梦幻、占卜等方式暗示人物的命运结局，终篇以僧道点悟方式交代人物的归宿。此类结构因由《金瓶梅》首创，

---

① 张竹坡《金瓶梅读法》，见朱一玄编《金瓶梅资料汇编》，南开大学出版社，1985年，第218页。

故可称之为《金瓶梅》结构模式。《金瓶梅》的诸类续书以及《醒世姻缘传》《歧路灯》和《红楼梦》众多续书均采用类似结构，形成了一个庞大的结构系列，故可称之为《金瓶梅》结构系列。

《金瓶梅》在人物、情节、时间、空间布局上的创新，在小说发展史上具有划时代的意义。波放态环形网状结构的创立，于说书体长篇小说的单线纵向曲线类结构之外，又开辟了一个结构新模式，艺术表现的新天地，它为《红楼梦》的出现，为小说艺术的丰富、繁荣做了奠基性贡献。

（三）在世界长篇小说中的价值

《金瓶梅》开创的波放态环形网状结构，具有世界近代长篇小说结构的总体特点，寓含着世界近代意义，对中国现、当代长篇小说创作产生了并将继续产生广泛有益的影响。

大概由于《金瓶梅》的作者遵循了按照生活本来样子再现生活的现实主义创作原则，又大概由于他突破了以往化繁为简的思维方式，从生活的多样性、丰富性和复杂性着眼，采用了不断变换视角、探视生活多层内涵的思维方式，从而使这部诞生于中国16世纪初的小说，在人物、情节、空间、时间的组织安排上与世界近代小说是那样地相似，以致使熟悉《金瓶梅》结构的人，对那些矗立在世界近代小说艺术峰巅的许多佳作有似曾相识之感。这些作品，有的描写家庭生活，通过家庭成员的社会交往、遭际命运，再现那个时期的社会风尚和历史面貌，类似波放态布局，如福楼拜的《包法利夫人》、左拉的《小酒店》、岛崎滕村的《家》；有的以爱情故事为主线贯穿其他情节，如托尔斯泰的《战争与和平》《安娜·卡列尼娜》、泰戈尔的《戈拉》。而空间安排以一个家庭为轴心，情节发展集中于一个城镇，故事发生的时间压缩在几年乃至几个月内，采用多线纵横网状封闭式结构，则是世界近代小说的总体特点。中国现当代小说中的不少佳作，如巴金的《家》、茅盾的《子夜》、罗广斌和杨益言的《红岩》、周克芹的《许茂和他的女儿们》等，则能使我们从中看到《金瓶梅》结构的影子。

中国长篇小说的发展，若从艺术结构的角度观察分析，大体可以说是由两条腿迈进的。一条是由英雄演义内容、说唱形式规定制约，经说书体长篇小说固定下来的单线纵向曲线类结构（包括单线穿珠式、链环式、人物展览式等），它经历了漫长的演变过程，符合中国民众的审美心理，至今仍有最广泛的读者，代表着我国小说结构的传统形式。另一条是由家庭琐事内容、阅读欣赏形式导向的，在《金瓶梅》中出现的波放态环形网状类结构。这类结构更便于多侧面、多层次地解剖家庭，展现丰富、复杂的社会生活，便于增强文学的真实性、透视力和感染力，也符合小说艺术结构的审美规律，符合较高一层审美者的美学情趣，因而具有世界性近代意义。在中国和世界的小说发展史中，这两种结构类式曾交相辉映，构成小说艺术的丰富和繁荣，在今后的小说发展中，二者同样是缺一不可的。

二、叙事意象的空灵美[1]

一部好的文学作品，往往同时具有多层次的含义，既有具体的易于把握的表层意义，又有隐含着的不经过一番艺术思考便不易知其所以的深层内涵。《金瓶梅》就是这样一部文学佳作：一方面"洞洞然易晓"，一方面又委婉隐曲，不好读懂。那些揭露西门庆贪赃枉法、结势害民，描摹男女床笫行为、酒宴陈设和僧道巫术的文字一睹即晓，那些从他人作品中"拿来""镶嵌"在自身体系中的文字，一般说来也较少意蕴。然而，《金瓶梅》除了像它以前的长篇小说采用大量的白描手法造成含而不露的艺术效果之外，又在琐屑碎片似的意象组合上采用了种种含蓄化的艺术手法，形成了虚实相应、有无相生、万象回应、意味无穷的深层意蕴。这深层意蕴的形成既是古典长篇小说表意含蓄的进化，又是《金瓶梅》自身艺术价值所在。因而要研究《金瓶梅》的艺术，就不能不分析造成其表意隐曲的原因。本节就是企图对此做点探讨试绎工作。

————————

[1]　本小节原文刊载于《河北师范大学学报》（社会科学版）1991年第1期。

（一）《金瓶梅》因何"尤难读"

何谓"表意"？表意的概念是从文学作品的"言""象""意"三者关系中引发生成的。无论古人或今人，都以语言、形象为表达作者思想情感的手段。然而，语言与形象又有不同层次的分工。"夫象者，出意者也，言者，明象者也。尽意莫若象，尽象莫若言。"[1] 这就是说，语言的职能是"明象""尽象"，描绘出一个个鲜明的形象。如果越俎代庖，直接说出了作者的思想，那便是非文学的语言，至少是不成功的文学语言。而"出意""尽意"表达思想感情的任务则需靠形象来完成。因此，文学意义上的"表意"指借象表意，即通过形象的构思、组织、穿插、布列等方法来表达作者的思想。作家采用的艺术手法不同，便会在象意的关系上形成诸如豪放率直、委婉含蓄等不同的风格。

所谓"含蓄"指与直率尽露相反、笔意深远、含而不露、意在象外的艺术特征。其特点是不把文意直接"露"出来，而是运用委婉的手法，造成一系列象外之象、言外之意，引起审美者的想象、联想，达到以有形表现无形，无形补充有形，有限表现无限，无限丰富有限，实境生出虚境，虚境充美实境的艺术境界。

《金瓶梅》表意的委婉含蓄，早在明清两代就有人指出"《水浒传》之指摘朝纲，《金瓶梅》之借事含讽"[2]，"《水浒》多正笔，《金瓶》多侧笔，《水浒》多明写，《金瓶》多暗刺……《水浒》明白畅快，《金瓶》隐抑凄恻"[3]，《金瓶梅》"于作文之法无所不备"，"试看他一部内，凡一人一事，其用笔必不肯随时突出，处处草蛇灰线，处处你遮我映，无一直笔、呆笔，无一不作数十笔用"[4]。因而，"读《金瓶》当知其用意处，夫会得其处处所以用意处，

---

①　王弼《周易略例·明象》，参见朱荃宰《文通》卷七，明天启刻本。

②　尺蠖斋《东西晋演义序》，见杨尔曾编《东西晋演义》，华夏出版社，1995年，第2页。

③　阿英《小说闲谈》，古典文学出版社，1958年，第161页。

④　张竹坡《批评第一奇书〈金瓶梅〉读法》，《张竹坡批评〈金瓶梅〉》，齐鲁书社，1991年，第299页。

方许他读《金瓶梅》"①。在以往有关的批评中,尤以鲁迅的概括最为精当:"作者之于世情,盖诚极洞达,凡所形容,或条畅,或曲折,或刻露而尽相,或幽伏而含讥,或一时并写两面使之相形,变幻之情,随在显见。"②上引诸说中,"借事含讽""侧笔""暗刺"也好,"你遮我映""幽伏""相形"也罢,都是指小说表意手法的含蓄隐曲。在《金瓶梅》研究中出现的诸如"寓意说""苦孝说""政治讽喻说""人欲说"等不同见解,也从一个侧面说明了《金瓶梅》表意的隐曲含蓄。正因此,历来有心的读者都感到《金瓶梅》是一部最难读懂的书。诚如梦生在《小说丛话》中说的:"中国小说最佳者,曰《金瓶梅》,曰《水浒传》,曰《红楼梦》,三部皆用白话体,皆不易读……《水浒》《红楼》难读,《金瓶梅》尤难读。"

《金瓶梅》借象表意的基本特点是作者隐身于故事背后,靠情节、形象说话,意象间的联结组合构成了表意的特殊语言。虽然作者也时而登场露面,但是每当表现作者内心真挚的思想情感时,"看官听说"一类的话就又不见了。作者在塑造、结构意象中采用的表现方法不同,便形成了一部《金瓶梅》婉曲表意的多类形态。择其要者,大体可分为遮蔽型、节略型、对映型、借代型四类。

(二)遮蔽型含蓄美

指作者有意采用遮掩、隐蔽的手法,当文意随着叙述渐趋明朗时,又故作喷云吐雾之笔,造成隐不尽之意于峰回路转之间、轻云薄雾之内的境界。"周贫磨镜"是小说第58回后半章的核心场面。故事由前半章情事徐徐引来——金莲打狗罚婢撒妒性,将好言相劝的母亲连推带骂逼出家门。事后,还自以为是地向孟玉楼学舌,被玉楼劝止。二人信步来到大门首,遇磨镜叟。潘金莲独有的穿衣大镜,"这两日都使得昏了",不能照清本相,需要

---

① 张竹坡《批评第一奇书〈金瓶梅〉读法》,《张竹坡批评〈金瓶梅〉》,齐鲁书社,1991年,第43—44页。

② 鲁迅《中国小说史略》,人民文学出版社,2007年,第185页。

磨一磨。老人磨完了镜，因未能给卧病在床的老伴讨到"腊肉"，而伤心地"眼中扑簌簌流下泪来"，苦诉了不孝的儿子给老两口晚年带来的孤独忧伤。玉楼怜悯老人，拿来了"半腿腊肉"，潘金莲把母亲带给她的小米、酱瓜一同送给了磨镜人。这段故事是则含义深厚的寓言。镜子是照鉴之物，潘金莲的大镜昏了，照不清本相，喻金莲孝心泯灭，而不自省，故需他人洗磨一番。磨镜老人磨亮了镜子，却未能以现身说法擦亮潘金莲执迷不悟的心。正如张竹坡在此回总批中说的"磨镜非玉楼之文，乃特特使一老年无依之人，说其子之不孝，说其为父母之有愁莫诉处，直刺金莲之心，以为不孝者等也"。显然，磨镜叟的苦诉文字，是作者为表达"劝孝"思想而特意安排的。然而，当故事接近尾声，却突然跳出个小厮平安，发了一通不着边际的议论："二位娘不该与他这许多东西，被这老油嘴设智诓得去了，他妈妈是个媒人，昨日打这街上过去不是，几时在家不好来！"顿时晴转多云，磨镜老人成了骗子，一番眼泪汪汪的述说成为弄假戏人的佐证，读者随之陷入了迷雾之中。

（三）节略型含蓄美

指作者不把要表达的思想全"露"出来，而是或采用省略、删剪情节的手法，藏无限之意于不写之中，或以节制的手法，使文意一点一滴地渗透到草蛇灰线的情节内，造成如龙穿云入雾、时隐时现的含蓄意境。前者为省略式，后者称节略式。

当西门庆这个家庭支柱一摧折，由其支撑的社会关系网架便如"灯消火灭"般地迅速解体。作者为不使读者产生这类家庭从此绝迹的错觉，在以主要笔墨收尾的同时，又别有意味地轻轻点出一个张二官人。这个张二官人以一千多两银子贿赂杨戬，补了西门庆山东省提刑所理刑千户的官缺。原来环绕在西门庆周围的人又如"众蚁逐膻"般地纷纷聚拢过来。应伯爵泄露了西门庆家的全部秘密，西门庆的二夫人李娇儿转眼成了张二官人的二太太。显然，张二官又是一个西门庆。这是明写，是"露"。这位新暴发户，在官场、商场、情场将扮演什么角色，唱哪出戏，命运如何，作者未着一笔，然而人们由以往的西门庆可以想象到这位张二官今后的种种恶行和命运，乃至张二官之后，可能还会有孙三官、王四官之类人继之，将这种接力赛无休止地进行下去。这是不写之写，隐无限情事于不写之中。如张竹坡所言："张二官顶补西门千户之缺，而伯爵走动，说娶娇儿，俨然又一西门，其受报又有不可尽言者，则其不着笔墨处，又有无限烟波，直欲又藏一部大书于笔外也，此所谓笔不到而意到者。"① 这是省略式中的露头藏尾。

小说描写西门庆的色情生活，是从他勾引潘金莲开始的。在此之前，作为性欲狂的西门庆与陈氏、吴月娘、张惜春、李娇儿、卓丢儿、孙雪娥等嘲风弄月，迎奸卖俏，许多不肖事，都省去了，又藏一部大书于未写之前，这是藏头露尾。

书中曾断断续续出现这样几个情节：第32回写"李桂姐拜娘认女"；第42回写李瓶儿诞辰，吴银儿拜寿认女；第55回叙蔡京生辰，西门庆进京拜父认子；第72回王三官向西门庆拜父认子。这四个同类故事分散于长达41个章回里，间隔几乎相等，它们之间的内在联系，引人深思。李桂姐是西门庆包占的妓女、吴月娘的情敌，吴银儿是西门庆的情妇、李瓶儿的情敌，她们在情场"妆娇逞态"争风吃醋，而今，竟然堂而皇之地来拜情敌为母，岂非笑话！认女一节实乃明写妓女，暗刺月娘。王三官暗嫖桂姐，是西门庆的情敌，迫于西门的势利又做西门庆的干生子，而西门庆恰是奸淫了他母亲，又企图引诱他妻子的"贼人"。王三官认贼作父的行为，比妓女更卑劣，西门庆奸人妻母反做干爹的行为，比起鸭儿来，更无耻，更险恶。蔡京生日，西门庆千里迢迢亲自送上二十担寿礼，求翟管家说情，要做蔡京的"干生子"，以为得了此名声儿"也不枉一生一世"，其阿谀逢迎之态比妓女有过之无不及。而蔡京见财起意，卖官鬻爵遍收天下干儿义子，罗织死党，其灵魂之丑恶，对社会危害之深广，又哪里是妓院鸭儿和市井恶霸所比的！作者这种由妓女比附西门庆，由鸭儿比附蔡京，叙事由此及彼，范围展示由小渐大，讥

---

① 张竹坡《批评第一奇书〈金瓶梅〉读法》，《张竹坡批评〈金瓶梅〉》，齐鲁书社，1991年，第32页。

讽"幽含"于"草蛇灰线"情节之中，引人深思，耐人寻味。

（四）对映型含蓄美

《金瓶梅》叙事很少用"直笔""呆笔"，常常是或一笔写出两人，或一笔并写两事。写两人一实一虚，虚实相生，写两事，或同步对映，或异步遥对，不尽余意见于映照之间。前者称为差位映衬式，后者称作等位对映式。

第8回"潘金莲永夜盼西门"，西门庆因娶孟玉楼、嫁大姐，"足乱了一个月多，不曾往潘金莲家去"，急坏了潘金莲。她请王婆府里寻，逼女儿街上找，洗完澡，做好饭，倚门而望，望不见，嘴咕嘟着骂"负心贼"，又拿红绣鞋打"相思卦"，直到困倦得不知不觉进入梦乡，笔笔画出了女人的相思之态。这是写金莲，"然写金莲时，却句句是玉楼的文字"，写金莲的冷清、愁思，处处映衬出玉楼的热闹、欢乐，因玉楼的被宠，而生出金莲的失宠。金莲为实写，玉楼为虚写，是"以不写处写之"。

一笔并写两人的手法在《金瓶梅》中用得很普遍，成为在众多人物关系网中，区分个性，突出主要人物，使形象真实丰满的基本手法之一。譬如描写西门庆家庭群体中的主要人物，就是采用了映示的手法。写蕙莲的无心，映金莲的有心；写瓶儿的大方忍让，讽金莲的吝啬、争锋，以玉楼的善良，照金莲的恶行，标举月娘的贞节，讽刺金莲纵欲无度。处处写他人，却处处映金莲，笔笔绘金莲，又笔笔映他人。在诸妇人中，金莲是作者用笔墨最多的一个。对此，张竹坡指出，一部《金瓶梅》只写了月娘、玉楼、金莲、瓶儿四个妇人，月娘是家庭女主，不能不写，然而"纯以隐笔"，写玉楼则用侧笔，此二人，是全非正写，其正写者，推瓶儿、金莲，然而"写瓶儿，又每以不言写之。夫以不言写之，是以不写处写之，以不写处写之，是其写处单在金莲也。单写金莲宜乎金莲之恶冠于众人也"①。其实，叙潘金莲丑恶，"乃实写西门之恶"。写李桂姐、吴银儿妓女辈，王六儿、林太太淫荡处，正

---

① 张竹坡《批评第一奇书〈金瓶梅〉读法》，《张竹坡批评〈金瓶梅〉》，齐鲁书社，1991年，第28页。

映衬出西门庆淫欲无度，"浮薄立品，市井为习"，"一味粗鄙"。而一路写帮闲篾片应伯爵、谢希大的"假"，又暗讽西门庆的"蠢"。如此等等。一笔并写两人的映写法，构成一部书众多人物之间你遮我映、一实一虚、注此意彼、虚实相生、万象回应的境象。

　　两事对举，常能使人于遐想中，意外有获。如第19回叙述了这样两件事：一是陈经济与潘金莲扑蝴蝶调情，二是张胜打蒋竹山，替西门庆出气。陈经济在花园以替金莲扑蝴蝶儿，挑逗金莲，是女婿勾引丈母的开始，最终"弄得一双"，又与丫环春梅勾搭成奸。草里蛇张胜，受西门庆唆使，打瓶儿的续夫蒋竹山，并因此捞上了守备府亲随的差使。这是张胜在小说中第一次露面。乍看起来，两件事似无关联。但联系到第99回，陈经济与庞春梅在守备府偷奸，被张胜所杀一节，方晓得张胜是结果陈经济性命的人。陈经济与金莲调情，张胜便出场，乱伦一出现，就暗示后果，惩恶劝善的思想隐于两事对举的结构之中。

　　对映手法运用于小说结构中，形成无数纵横对应的故事情节，在对映的情节间隐伏着无尽的言外之意，从而构成了小说表意的含蓄境界。同步对映形成"祸福相依，冷热相生"，表里逆反的对比示意层次。西门庆生子又得官，喜事一齐来，偏有丢银壶的"不吉利"，大年正月为官哥儿联姻乔皇亲，又进了许多金银资财，却生"失金"一节；庆官宴上，正前程无量，春风得意，刘太监偏要点唱"叹浮生犹如一梦里"。一面热得炙人，一面又透些冷意，热中示冷，热冷相照，无限文意隐寓其间。异步遥对，形成因果互系、炎凉互替、前后逆反的对比示意层次。"淫人妻子，妻子淫人"[①]，夺人财产，财产归人；李瓶儿、西门庆两丧葬；官哥、孝哥两上坟，"春梅重游旧家池馆"，一昔一今，一因一果，一盛一衰，一乐一悲的对比，给人无穷的回味。

（五）借代型含蓄美

　　指借某一事物间接示意的委婉表意方式，包括指它式和指内式两类。

---

① 兰陵笑笑生著，白维国、卜键校注《金瓶梅词话校注》，岳麓书社，1995年，第15页。

指它式，指借用此彼关系中的此中含彼来借此示彼。小说第76回写西门庆自提刑所来家，向潘金莲众人叙说自己审理的一件丈母养女婿的"奸情公案"："那女婿年小，不上三十多岁，名唤宋得。原与这家是养老不归宗女婿。落后亲丈母死了，娶了个后丈母周氏，不上一年，把丈人死了。这周氏年小，守不得，就与他这女婿常时言笑自若，渐渐在家嚷嚷的人知道，住不牢。一日送他这丈母往乡里娘家去，周氏便向宋得说：你我本没事，枉耽其名，今日在此山野空地，咱两个成其夫妻罢。这宋得就把周氏奸脱一度。以后娘家回还通好不绝。后因责使女，被使女传于两邻，才首告官……两个都是绞罪。""宋得"就是"送得"的谐音，丈母甘愿"送"身，女婿乐于"得"欢。西门庆所讲他人的故事与自家丑事如影随形，十分相似。作者有意借这个故事暗示西门庆死期不远，其后，女婿陈经济与潘金莲将会"通奸不绝"，并因责使女秋菊而败露。

作者不单借事暗示情节的发展，也借物示人。潘金莲与李瓶儿分别住着东西两幢小楼。金莲的楼上堆放着"药"，瓶儿楼上存放"当物"。说也奇巧，金莲与"药"有不解之缘。武大被她灌以毒药害死，西门庆也因被她灌以过量三倍的"春药"丧命。金莲之毒与毒药何异！这是借"药"暗刺金莲。瓶儿将梁中书家的百颗西洋大珠，送与花家，做了"广南镇守"花太监的儿媳。花太监死后，又将花太监一生的"体己"拱手献给清河一霸西门庆，换取了六太太的宝座。一生为人，的确不过像个"当物"罢了。这是借"当物"讽瓶儿。

利用事物内外关系中的寓内于外，来借外示内，是小说借代表意的又一方式——指内式。它主要被用于借环境、曲词、酒宴、说经、梦境以及大量人物语言的描写来表现人物的心理、情绪，颇有点古典诗词中的寄情于景、借景抒情的手法。吴月娘率众姊妹游花园的景物描写，表露了众女人对优越生活无法掩饰的喜悦。重阳节瓶儿病重，作者以合家宅眷庆赏重阳的热闹景象与瓶儿屋内孤自负痛的冷清气氛相映，烘托瓶儿内心的孤独、寂寞。蔡状元、安进士点唱《朝元歌》《画眉序》，字字都荡溢着一举及第荣归省亲的得意情绪，"稽唇淬语"、"挑唆离间"、打狗罚婢的一举一语都散发着金莲的妒气。夜梦花子虚抱子来邀，透露出瓶儿对生的依恋、死的恐惧。听尼姑宣卷，映示月娘内心的孤寂苦闷……上述种种，都是将无形的心理融于形象声音之中，借有形表现无形。

综上所述，《金瓶梅》的作者在塑造艺术形象，组织纸屑碎片似的人物、情节、环境中，总能从一人一事与他人他事前后左右、上下内外的相互联系出发，采用遮蔽、节略、映示、借代等一系列手法，创造出既宏大精密、丝丝相扣，又虚实相生、内外相映、万象回应、意味无穷的意象网络，形成故事中有故事、情节外有情节、象外生象的含蓄境界。

（六）含蓄美的文化源渊

影响章回小说艺术表现和美学情趣的因素主要来自三种文学传统，即史传写实的文学传统、说唱娱民的文学传统和诗骚写意的文学传统。《金瓶梅》借象表意的手法，就是借鉴了史传文学中的"春秋笔法""互见法"和韵文中的"互文见义法"以及说唱文学中的许多婉曲达意的文法。"春秋笔法"包括"一字褒贬"的"微言大义"和为尊者、亲者、贤者讳的"讳笔"。写月娘的贪财、西门庆的粗卑，每每用"隐笔"，写西门庆与诸妻妾情人的性行为，潘金莲、王六儿处着墨最多，而对孟玉楼则往往避而不写，暗示出作者对人物的好感、同情，此是"讳笔"。《金瓶梅》表意形态中的映示型与司马迁首创的"互见法"、传统散文尤其是韵文中的"互文见义"这两种文法有相似同工之妙。

《金瓶梅》中受诗词抒情写意化艺术传统影响的痕迹也较显著。我国古典诗词一般以两个或两个以上物象的并列，构成一组组画面，表达一个完整的意思。在诗词的物象组合中，托物言志、借景抒情的借代形式，上下蝉联对比映衬式，由诗歌意象跳跃性规定的必用的节制省略手段，"此中有真意，欲辩已忘言"式的欲言故止的遮蔽手法等都是很常见的。《金瓶梅》中大量地运用诗曲抒情达意，说明作者对诗词的艺术手法是很熟悉的，故而有意无意地运用到了小说的意象组合中来。

《金瓶梅》以前的长篇小说，也吸收了史传、说唱和诗词中一些委婉含蓄的手法。诸如，为了使情节发展跌宕多姿，常常出现动静、冷热场面的间插，时而金戈铁马，时而灯下观书，忽而刀光剑影，忽而洞房花烛，从而在壮美场面的夹缝中，不时出现充满诗情画意的场景，如"刘玄德三顾茅庐""宋公明遇九天玄女""唐玄奘木仙庵吟诗"等。为突出某一人物的性格特征，也常采用一些侧写、映写、烘托等手法，如《水浒传》的"衬宋江奸诈，不觉直写作李逵直率，要衬石秀尖刻，不觉写作杨雄糊涂"①；"温酒斩华雄"衬托出关羽的"勇武"；大闹天宫，十万天兵败北，显示出孙悟空本领卓绝；等等。上述手法有两个明显的特点：一是"隐而愈显"，使情节显出波澜，使人物特征凸现出来，"隐中见显，从比衬中求兀立，在隐匿中露豁然，于不知不觉中层层渲染，旁逸斜出地把一个个'活'的典型形象，蓦然地推到读者的眼前，使人倍觉质实而显豁"②。二是隐曲手法只是作为表现壮美的补衬、点缀，未能形成一部小说表意委婉的整体风貌。

《金瓶梅》之前的长篇小说，之所以没有形成隐曲含蓄的整体艺术风貌，那是由于传奇小说描写对象和美学追求不便于采取过多含蓄表意手法造成的。以往的长篇小说都是描写英雄（神魔英雄、历史英雄、草泽英雄），演述他们的壮烈行为和传奇故事，通过历史的大事件、大场面，再现广阔的社会历史画卷。此类审视生活的视角和创作目的，规定着作家的审美情趣崇尚壮美，习惯用夸张、对比、映衬等手法表现伟大和崇高。又由于这些小说的题材积累来自说话，因而不能不受传统说唱形式的影响，从而制约着作家追求新奇明快的艺术风格，而排斥表意的隐曲含蓄。发展到《金瓶梅词话》，虽名为"词话"，却以平凡人物为描写对象，情节淡化，人物描写内向化，故事琐碎，结构复杂，人物语言冗长，不少语言难以出口，等等。从中可以看出，《金瓶梅词话》不是编给说书艺人说给市民听的，而是写给读者案头欣赏的。作者追求的不是壮美和一眼见底的浅畅，而是纤细柔美和品之不尽的韵味。

① 施耐庵著，金圣叹评点《金圣叹批评第五才子书〈水浒传〉》，天津古籍出版社，2006年，第13页。
② 艾斐《小说审美意识》，文化艺术出版社，1988年，第435页。

　　《金瓶梅》表意含蓄的美学风貌与出现在它之前的《三国演义》《水浒传》《西游记》《封神演义》相比是很突出的，它既继承了前者含蓄的笔法，又是对前者的集中和突破，同时也给予后来的《儒林外史》《红楼梦》以较多的影响。《儒林外史》中的讽刺手法是借鉴了《金瓶梅》又发展了《金瓶梅》的。作为"深得《金瓶》壸奥"①的《红楼梦》，则更多、更成熟地采用了遮蔽、节略、映示、借代的表意方法，把小说的抒情写意化发展到了前所未有的高度。《金瓶梅》借象表义的含蓄化手法，在长篇小说发展史上居有承前启后、继往开来的地位。

第四节　《金瓶梅》的文化价值②

　　《金瓶梅》是中国古代的一部文化经典，其价值首先是文学的却又远超出文学的范围，广及政治、经济、历史、哲学、艺术、文化、学术诸多领域，显示着民族文化的广博、深厚，对于今人研究、认知、继承和建设中华文化有着不可替代的重要价值和意义。

一、止淫、警世价值——人生宝典

　　《金瓶梅》开门见山提出作者最担忧的人类四贪病：酒色财气，意在警诫世人四贪之大害，务必控戒。然四者中，酒可少喝，气可少生，财却不可少。钱多了，色也不可无。所以去贪"财色"之病又是难中难，而就对人生命的伤害而言，色又胜于财。于是如何对待"情色"，无疑成为这部书思考的核心。而且这种思考较之前代有了新的变化和进步。其进步表现为不再像《三国演义》《水浒传》那样恪守一女不嫁二夫之类的禁欲主义，而是尊重和肯定人的自然需求，不仅女子可以改嫁，而且男女间相悦相爱，只要不伤害他人，也无可厚非。

---

①　曹雪芹《脂砚斋重评石头记》甲戌本第13回眉批，天津古籍出版社，2006年，第104页。
②　本节原文刊载于《明清小说研究》2013年第3期。

单说这情色二字乃一体一用，故色眩于目，情感于心。情色相生，心目相视。亘古及今，仁人君子弗合忘之。晋人云：情之所钟，正在我辈，如磁石吸铁，隔碍潜通。无情之物尚尔，何况为人。[①]

男女间心目相视情色相生本来像磁石吸铁一样，自然而然，所以不必谈爱色变。那么《金瓶梅》是否主张男女放情纵欲，整日沉溺于情色之中？如果那样，《金瓶梅》必将成为名符其实的淫书。实则相反，这位作者否定禁欲主义，肯定情色的自然性，却反对另一极端过度纵欲，将其视为产生亡身败家的大祸根。他告诫世人三点。一是英雄难过美人关、情色关。"丈夫心肠如铁石，气概贯虹蜺，不免屈志于女人。"二是放纵情色是人生大忌，必然招致身亡家败。"请看项籍并刘季只因撞着虞姬戚氏，豪杰都休。"[②]三是好色而不被色伤害有妙方：把握处理男女情色关系的一个度——持盈慎满。"说话的如今只爱说这情色二字做甚？故士矜才则德薄，女衒色则情放。若乃持盈慎满，则为端士淑女，岂有杀身之祸？今古皆然，贵贱一般。"[③]而检验这个度的最有效的标准只有一条：不伤害生命的久长。"嗜欲深者，其天机浅。"[④]"莫恋此，养丹田，人能寡欲寿长年。"[⑤]由此可知作者反对禁欲和纵欲两个极端，主张控欲、止淫，以求达到"寿长年"的目的。

作者控欲、警世的这一创作意图在全书的入话、故事主体和结尾三部分的叙述中加以贯彻并反复强调。在入话部分，明确表示这本书不过是写一个好色的妇人因与一个破落户私通，朝欢暮乐，最终身亡家败。

---

① 兰陵笑笑生《新刻金瓶梅词话》卷一，香港太平书局影印"古佚小说刊行会"本，1992年，第47页。

② 兰陵笑笑生《新刻金瓶梅词话》卷一，香港太平书局影印"古佚小说刊行会"本，1992年，第47—48页。

③ 兰陵笑笑生《新刻金瓶梅词话》卷一，香港太平书局影印"古佚小说刊行会"本，1992年，第51页。

④ 兰陵笑笑生《金瓶梅词话》第79回，梅节校订本，里仁书局，2012年，第1378页。

⑤ 兰陵笑笑生《金瓶梅词话》"四贪词"，梅节校订本，里仁书局，2012年，第2页。

　　如今这一本书，乃虎中美女后引出一个风情故事来。一个好色的妇女因与了破落户相通，日日追欢，朝朝迷恋。后不免尸横刀下，命染黄泉，永不得着绮穿罗，再不能施朱付粉贪他的断送了堂堂六尺之躯，爱他的丢了泼天哄产业。

　　止淫警世的意图讲得十分明白。而接下来的100回故事，讲主要人物因不能处理好情色关系，一个个皆死于纵欲过度。潘金莲因纵欲而造孽，因造孽而死于武松刀下；西门庆死于遗精溺血；李瓶儿死于精冲血管而造成的血崩；庞春梅生出骨蒸劳病症，死于周义身上。且他们死时都正当青春壮年。西门府的大厦也因顶梁柱西门庆的死亡而哗啦啦倾塌。百回故事恰是对入话戒情色观的铺陈和印证。而书的结尾，又进一步与入话的戒情色观相回应，特别指出："瓶梅淫逸早归泉，可怪金莲遭恶报，遗臭千年作话传！"

　　《金瓶梅》控欲、警世、止淫的创作本意，在小说问世之初就得到了当世名士们的共鸣，袁宏道将其比作讲节欲、养生的名篇——枚乘《七发》，且以为"胜于枚生《七发》多矣！"[1] 为《金瓶梅传》作序的欣欣子，认为"吾友笑笑生为此爱罄平日所蕴者，著斯传，凡一百回……无非明人伦，戒淫奔，分尧舜"。为该书作跋的廿公讲得更情切："中间处处埋伏因果，作者亦大慈悲矣！今后流行此书，功德无量矣！"[2]

　　然而有人说《金瓶梅》是一部宣淫导欲的"淫书""秽书""诲淫"之书，而且至今大多数人还被这淫书之名所蒙蔽。这与作者的创作本旨和这本小说所叙述的故事有较大的距离。之所以如此，原因有三。一是作为一部长篇小说，作者详细叙述了主人公西门庆贪婪女色一步步走向死亡的过程。人们对这一过程描写的动机不了解而产生的一种错觉，与《金瓶梅》作者同时代人薛冈初读

---

① 袁宏道《袁中郎全集》卷一《尺牍》，《与董思白书》，见朱一玄编《金瓶梅资料汇编》，南开大学出版社，1985年，第167页。

② 以上分别见《新刻金瓶梅词话》卷首，欣欣子《金瓶梅词话序》、廿公《跋》，香港太平书局，1992年，第4—20页。

《金瓶梅》的错觉相似："余略览数回，谓吉士曰：'此虽有为之作，天地间岂容有此一种秽书？当急投秦火'……及见荒淫之人皆不得其死，而独以月娘为善终，颇得劝惩之法。"怎样的"劝惩之法"？清人刘廷几一语道破："欲要止淫，以淫说法，欲要破迷，引迷入悟。"而此法读者初读难以见得到，遂产生淫书的误读。二是与读者的趣好相关。读者因淫书之名而引起好奇而读，而好奇者特别关注书中的秽笔，而读者专注其秽笔的结果又扩大了淫书的声誉，不免于以误导误，以讹传讹。第三也是最根本的原因，即持此观点的人站在另一极端，坚守反人性的禁欲主义立场。按照"存天理，灭人欲"的禁欲思想和与之相应的封建礼教及婚姻制度，如一女不嫁二夫，既不能改嫁，更不允许有什么婚外恋。依照封建礼仪与婚制，《金瓶梅》中所描写的自由的男欢女爱皆应归之于淫乱。不要说潘金莲、李瓶儿、宋蕙莲、王六儿皆为不齿的淫妇，就连被作者称之为善良的孟玉楼也在淫妇之列（因她多次改嫁，且都是自己做主）。如果站在这样的立场（鲁迅所怒斥的杀人吃人的礼教立场）评价《金瓶梅》，其结论必然是淫书、秽书。但这样的一种腐朽观念与今天倡导以满足人的需求为本的以人为本思想已格格不入了。淫书之说，理应退出今天的生活舞台。

《金瓶梅》不只是警世、止淫之书，还是一部劝道之书。张竹坡说："一篇淫欲之书，不知却句句是性理之谈，真正道书也。"[1] 首先，小说开始有八篇词，前四首：良苑瀛洲、短短横墙、水竹之居、净扫尘埃。后四首为酒、色、财、气《四贪词》。《四贪词》以戒为主，戒中有劝；前四首意在倡导一种人生态度，以劝为主，劝中有戒。体现其劝世思想的书中主要人物有吴月娘、孟玉楼；改邪归正而得善报的王六儿、韩爱姐母女；有些正气的如不收钱财的陈文昭，恪尽职守的工部主事安忱、守备周秀，清廉刚正的山东巡抚曾孝序；超越于名利之外以劝世为己任的吴神仙等道士和能荐拔群冤的高僧普净法师。他们以不同身份在劝道中发挥着各自的功能。

《金瓶梅》所劝道之道为何道？总起来看较丰富，并非单一的某家之道。

---

[1]　刘辉、吴敢辑校《会评会校金瓶梅》，香港天地图书有限公司，1998年，第2609页。

有儒家之善道。由于西门庆贪恋妇人，吃着碗里而看着锅里从不停歇，而这种对妇人的贪恋、抢掠多来自对原夫的侵害，故而纵欲与积恶总是连在一起的一体两面。控欲、止淫就是刺恶、惩恶，惩恶必劝善。批书人张竹坡有深切感受："此书一部奸淫情事，俱是孝子悌弟……知作者为孝悌说法于浊世也。"① 孝悌乃仁义之先，劝人行仁义之善，自然为儒家仁爱之道。儒家之仁爱所体现的乃是天地之德，地载万物、天育万物的大爱，并最终归于阴阳和合与变易的天道。所谓"祸因恶积，福缘善庆，种种皆不出循环之机"。然以"天道"劝世并非此一部书所独有，《金瓶梅》劝道的核心乃是道家与世无争、清静无为、修身养生的自然之道、生命之道。此种自然之道主要表现于小说开首的前四首词中以及书结尾处孟玉楼、吴月娘和王六儿的善终的故事中。先看表现理想人生的四首词中的一首：

　　阆苑瀛洲，金谷陵楼，算不如茅舍清幽。野花绣地，莫也风流，也宜春，也宜夏，也宜秋。酒熟堪酌，客至须留，更无荣无辱、无忧。退闲一步，着甚来由，但倦时眠，渴时饮，醉时讴。

词中所描绘的正是作者所梦寐以求的生活：身居清幽茅舍，与野花、梅竹、明月、清风、水色山光相伴，以自然为趣的无荣无辱无忧的生活。这种外与天地自然为一，内以超越名利的恬然心性为乐的人生，正是庄子"天地与我为一，万物与我并生"的道法自然的生活。这是从繁华富贵生活中省悟过来的人的向往，是摒弃了酒色财气追求后的更高生命境界、人生境界、精神境界，也是作者劝世人所崇尚的人生之道。如张竹坡所言："虽然又云《金瓶梅》是部入世的书，然谓之出世的书亦无不可。"② 作者正是站在如此的人生境界，写沉溺于官场、商场、情场利益者的人生悲剧。

---

① 刘辉、吴敢辑校《会评会校金瓶梅》，香港天地图书有限公司，1998年，第2070页。
② 张竹坡《批评第一奇书〈金瓶梅〉读法》，《张竹坡批评〈金瓶梅〉》，齐鲁书社，1991年，第49页。

作者是栽过大跟头的醒世人，然而他笔下死去的主要人物未有一个醒世者，且至死不悟。最为清醒的要算孟玉楼，她改嫁西门庆的一席话，可见一斑。她最终随李衙内回到老家河北枣强县过安生的日子，与作者志趣相同。吴月娘是被普静法师制作的噩梦惊醒的，不再去找云离守为儿成婚，不再依恋西门庆转世的儿子孝哥，遣散众人，只与玳安相守度日，属于外力刺激而清醒者。王六儿是在流离失所的苦难中，经过一次次波折而放弃以色谋财之道，最终与情人韩二在农村，一家一计过着清静安宜的日子。吴月娘孤守，王六儿母女由闹而静，无不体现作者的劝道思想：不论此前做了多么纵欲贪色的事，只要醒悟过来，过清静无为的日子，皆可转危为安，转夭为寿。其劝人归于自然之道、生命之道的意图十分明了。

“《金瓶梅》究竟是大彻大悟的人做的”[①]，字字都是血，谁解其中味？“必须置香茗于案，以奠作者苦心。”[②] 读前半部见其热，误以为淫书；读后半部渐觉冷，方悟作者“颇得劝惩之法”，深感其“一副菩萨心肠”。《金瓶梅》是一部悟书、劝道之书，一部警世宝典。

二、揭露官场腐败病源——反腐良医

造成官场腐败、执法不公、徇私枉法的病根是什么？以往人们关注的焦点是权力高度集中的政治体制，认为进行政治体制改革是消除政治病的根本途径，这无疑是一个好方法。然而是否有比体制本身更重要的东西？《金瓶梅》对此问题有其独特且更深透的思考，作者将其思考的问题作为叙事的焦点和生发故事的母体，连续而生动地揭示出中国政治腐败和执法不公现象及其生成的病根，对于当下乃至以后中国政治体制改革、法制国家建设有着独特的价值和意义。

《金瓶梅》作者对于造成官场腐败、法律不公原因的揭露是通过一系列公

① 张竹坡《批评第一奇书〈金瓶梅〉读法》，《张竹坡批评〈金瓶梅〉》，齐鲁书社，1991年，第45页。
② 张竹坡《批评第一奇书〈金瓶梅〉读法》，《张竹坡批评〈金瓶梅〉》，齐鲁书社，1991年，第49页。

案故事的叙述自然而然展现的。书中主要的案件有武松案、来旺案、王六儿案、苗青案、杨戬抄家案、蒋竹山案、花子虚家产案、李桂姐案、盐商王四峰案、孙清人命案等。而其中有三件案子（武松案、苗青案、杨戬案）直接关系西门庆的生死和家庭存亡，在诸案中最为要紧。我们仅以武松案略加分析，便可从中发现作者睿智、独到的眼光和犀利的穿透力，发现他所揭示问题的深度。西门庆、潘金莲偷奸，并与王婆共谋一起毒死了潘金莲的丈夫武大郎（按律皆绞刑）。武大郎弟弟武松为兄长报仇，却误杀了和西门庆一起喝酒的李外传（非死罪）。清河县知县李达天判武松死刑律绞，将其押送东平府再审。东平府府尹陈文昭是个清官，见主犯西门庆、潘金莲未押送归案，便大怒，痛责清河县司吏钱劳二十大板。行文书着落清河县添提豪恶西门庆并嫂潘氏！

> 西门庆知道了，慌了手脚。陈文昭是个清廉官，不敢来打点他。只得走去央浼亲家陈宅心腹，并使家人来保星夜来往东京，下书与杨提督。提督转央内阁蔡太师，太师又怕伤了李知县名节，连忙赉了一封紧要密书帖儿，特来东平府下书与陈文昭，免提西门庆、潘氏。这陈文昭原系大理寺寺正，升东平府府尹，又系蔡太师的门生，又见杨提督乃是朝廷面前说得话的官，以此人情两尽了。[1]

这段文字《水浒传》中没有，全出于《金瓶梅》作者之手。按明律偷奸害命都是绞罪，何况案子到了清官手里，必依法办案，执行死刑。然而最终的结果却黑白颠倒，杀人犯无罪免提；被杀者勿论，况武大已死，尸伤无存，事涉疑似，勿论！武松反被脊杖四十，刺配两千里充军。法律何在？天理何在！造成此冤案的直接原因除了监管体制不健全外，更有一只无形的手在操纵着办案人的灵魂，进而操纵着对案件的量刑。

这只无形的手是什么？有人说是道理。道理对执法者的量刑有一定的影

---

[1]　兰陵笑笑生《金瓶梅词话》第10回，梅节校订本，里仁书局，2012年，第130—131页。

响，然而这种道理只是一种心理上的感觉。觉得某人有理，于是在情感上便偏向感觉有理的一方。陈文昭询问武松打死李外传的经过后，便觉得武松为兄报仇也是个有义的烈汉，于是便用笔将武松供招都改了。看来感觉武松是个有义的烈汉在量刑中起到了重要的作用。这种心理感觉来自案情中，也有来自案情之外，即案情之外的因素对于心理感觉起了重要作用，直接影响其量刑。而将西门庆、潘金莲定为无罪的决定恰是来自案情之外的力量，这种力量是什么？有人说是关系。西门庆找亲家陈洪（陈宅），陈洪再托亲家杨提督（杨戬），杨提督找到同僚当朝宰相蔡京，蔡京为门生陈文昭写书帖儿，陈文昭碍于蔡京、杨戬的面子，想法免提西门庆、潘金莲。这不就是亲戚关系加师生关系吗？事实上还并非完全如此。关系只是一种载体，在关系载体中还有更深的因素——人情。蔡京是陈文昭的恩师，陈文昭中进士赖主考蔡京恩点，陈文昭由大理寺寺正升为东平府府尹，又是蔡京的提拔，没有蔡京就没有他今天的地位。如果陈文昭不给恩师面子，那便昧了良心、忘恩负义。所以陈文昭见了蔡京的密帖儿岂有不照办的？蔡京在陈文昭心中的地位自然在死条文法律之上，也自然超于案子中死去的武大、未死的武松。于是，法律、道理都服从于人情了。看来影响断案者对案件嫌疑犯量刑的因素一是法律，二是道理，三是关系，四是人情。按道理西门庆、潘金莲害死了武大郎，即使不判绞刑，也应像武松一样，打上四十大板，换副轻枷，发配充军吧。但陈文昭原本认为他们是主犯有死罪，后因蔡京的密帖，便认定他们无罪，于是先改变事实：武大郎的死，尸伤无存，勿论，免提。这是人情改变道理，改变事实，改变法律量刑。足见人情远大于法律、大于道理、大于事实，决定量刑。所以决定执法者量刑的无形的手正是人情。一部《金瓶梅》所写不过人情二字。"其书凡有描写，莫不各尽人情。"①

何谓人情？人情就是人与人之间的感情。人是感情的动物，又是社会关

---

① 张竹坡《批评第一奇书〈金瓶梅〉读法》，《张竹坡批评〈金瓶梅〉》，齐鲁书社，1991年，第43页。

系的总和，所以人情存在于每个人身上，具有无人不有、无事不在的普遍性。而中华民族的人情又具有三种独特性。一是家族血缘性。家族血缘本是自原始社会氏族婚发展而来的，在其后的母系社会和父系社会得以延续，在世界多数民族进入奴隶制社会后便逐渐弱化，而在中国这个农耕经济最长的社会国度里，以血缘关系建立起来的家庭族群逐渐演变成农业耕作的基本单位，自夏朝就产生的井田制，便是以家庭为耕作单位。《孟子·滕文公（上）》载："方里而井，井九百亩。其中为公田，八家皆私百亩，同养公田。公事毕，然后敢治私事。"家庭不仅是基本的生产组织，也是依赖性十分紧密的生活组织，是社会的最小单位，同时也是中国农耕文化滋生的土壤。其时间之漫长且几乎连续不断，成为中国生产生活方式的最大特征。在人的关系上也形成了以家庭血缘（父子母子与兄妹）亲情为核心的情感关系，其扩而大之则是由血缘关系所联结的家族亲情，再扩而大之是由若干家族关系联结而成的亲戚关系，亲戚关系的联结组成了乡邦关系，中国人的情感关注度由强到弱由近至远呈现出六层由小到大的时空圆，个人—家庭—家族—亲戚—乡邦—国家。所以中国文化的命脉不是西方的社会文化、国家文化，而是生长于家庭的亲情文化、家族集体文化。以往，我们的研究将道德看得重于一切，而忽略了道德是建立于亲情之上的道德。亲情是第一位的，仁者人也，亲亲为大，道德是第二位的。世界各国的文化都有伦理道德的内涵，但中国人的道德所以不同于西方人，就在于浓厚的家族亲情。故而所谓的人情，其核心是血缘亲情，其次是地缘之情，再其次为事缘之情（师徒同窗之情、战友之情、异姓兄弟之情、君臣之情、同僚之情、利益之情等）。由此而构成的人情文化正是中国不同于其他民族的文化的一大特征。二是工具性，即中国人的生存、发展需要个人勤奋努力、自强不息，但同时离不开家人、族人、亲戚、乡邦的帮衬提携。耕种收获如此，读书科举如此，服劳役兵役如此，做官如此，经商如此，无不如此。故而人情成为人生存发展的不能离开的工具，每个人对其具有天然的依赖性。三是目的性。古代中国人的人生奋斗目标不出修身齐家治国平天下，而所谓的治国平天下，不过是建功立业、光宗耀祖。

一个人在外奋斗一生，到头来还要荣归故里，其最终价值还在于光耀门楣，泽被亲人，德被乡里，受到族人的尊崇和一方百姓的爱戴。所以获得亲人族人的爱戴（真情）成为中国人的人生价值和目的。这也正是人情重于规范、制度乃至法律的根本原因。

人情对于社会的发展而言是一把双刃剑，它一方面可以成为人际关系的一种纽带，促进社会的团结和谐与稳定；另一方面，其普遍性、工具性与目的性使得它无处不在，也使得它在人心中的地位重于道德、世理、制度、法律，特别是人情一旦与钱财利益合二为一，对于一切现存制度具有更大的冲击性和破坏力。《金瓶梅》的作者认识到了这一点，叙述了人情（特别是与利益粘在一起的人情）可以改变案情事实、事理，可以操作法律。西门庆私放杀人犯苗青，山东御史不能奈他何。杨戬犯法，朝廷要抄家，西门庆在被抄的亲族范围，他只花了六百两银子（六百石白米）将西门庆改为贾庆，便逍遥法外。王六儿与小叔子偷奸本是死罪，只因讨了应伯爵的人情，落得自在逍遥，抓奸者反被收了监；朝中权贵六黄太尉派人来清河县抓娼妓李桂姐，李桂姐求情于西门庆，西门庆请蔡京出面，李桂姐竟转危为安，破涕为笑。人情可以操纵法律、制度，进而可以超越法律、制度！

《金瓶梅》将叙述的焦点放在人情故事上，揭示了官场腐败、法律庇强凌弱、天下无道的根源，在于人情成为一只无形的手，操纵着官吏和官场的事理、法律，从而找到了治愈中国腐败病的病根。尽管作者尚未开出根治此病根的药方，然仍不失为一位发现病源的良医，为下一步的药到病除提供了可能。

三、经商模式与智慧——古代商经

由于《金瓶梅》一书的核心人物西门庆是位由白衣到官商的具有代表性的商人，且是一位由固定资产一千两银子发展为十万两银子的成功商人，所以，从这个意义上说《金瓶梅》是一部商人小说、商业小说，也是一部写经济生活的小说。它不仅提供了明代社会经济丰富、细致、鲜活的资料，成为明代经济生活的百科全书，同时也具有经济学的价值。那么，《金瓶梅》在经济学上有哪些价值呢？

　　首先是商业化、专精化与第一主义的经营思想。《金瓶梅》描写了多位商人，如经营绒线的西门达、何官人、韩道国，经营布匹的陈商人等，他们眼界窄，仅限于所经营的范围内。西门庆则不然，在他眼里，处处是商机，事事皆经营。娶妻子吴月娘、嫁女儿西门大姐，是借联姻而寻找政治靠山，以求做更大买卖；而媒娶清河名妓李娇儿、商妇孟玉楼和太监妓媳李瓶儿，竟成为其财产兼并的大手笔；官场的人情投资，无不为他带来巨大的经济利益。

　　西门庆的经营以专业化见长，在专业化中走向优势化和垄断化。他所开设的商铺没有一个杂货铺、百货铺，都是一色的专卖店：药铺、当铺、线铺、绸铺、缎铺，无不以专取胜，以专创牌子和信誉，使消费者买某商品首先想到他的专卖店，从而占据消费者的心理市场。不仅商铺是专卖店，职员分工专一而精细。有专管一地蹲桩进货的（如来保、来旺、韩道国），有专管柜台卖货的。柜台卖货也有专一而细致的分工，生药铺与典当铺合在一起经营，女婿陈经济只掌管钥匙，出入寻讨，不拘药材当物；贲地传只是写账目，秤发货物；傅伙计便督理生药、解当两个铺子，看银色做买卖。这种经营的好处有四个：一是分工精细、责任明确，有利于提高效率。二是既分工又合作，整个经营环节谁也离不开谁，从而实现分工基础上的协作配合。三是可以互相牵制、监督，防止偷懒和徇私舞弊。四是可以节约一半的人员开支。专卖店和精细的职责分工是营销思想成熟和商业发达的标志。比此更令人叹为观止的是西门庆在经营中所表现出来的事事超过他人的第一主义的经营思想。他说自己经营的药铺是清河县最大的。何官人要急着处理一批绒线，西门庆对李瓶儿说，满城数我家铺子大，不怕他不来寻我。而他的绸铺、缎铺第一次进货的规模就达三万两银子，也自然是清河县最大的。不仅是铺子规模最大的专卖店，而且货物的价钱也很可能为全城最低，因为西门的进货采用专人专地蹲桩，所进货物必是当地物美价廉的，再加上进货多，运输费用低，钞关所交税最少，故而其成本也当最低。经营最专、规模最大、质量最好、价格最低（这些都是走向垄断的条件），一切都要做清河第一，今天世界五百强经营思想中的第一主义（如三星集团、海尔集团等）并不稀奇，他们的祖宗当是明代的《金瓶梅》。

其次，和风细雨的联姻兼并式的资本积累。西方资本主义发展初期资本家的资本积累一般都是你死我活腥风血雨式的侵夺。而在《金瓶梅》中，主人公西门庆的资本积累则是和风细雨脉脉温情地完成的，虽然西门庆采取的方式也是兼并式，却不是生硬地血淋淋地吞噬，而是在两情相悦的喜庆的婚宴和洞房里完成的。起初，西门庆家的财产只是药铺里的一千两银子的货物。真正的资本积累是娶孟玉楼与李瓶儿之后，即通过娶妾兼并了孟玉楼的丈夫杨布商的公司和李瓶儿丈夫花子虚（事实上为花太监）家族的财产，此后还兼并亲家陈洪家的主要财产和亲家乔大户家的一半土地房产。杨布商的公司规模远在西门庆药铺之上，"一日不算银子，搭钱也买两大簸箩……现一日常有二三十染吃饭"[1]，即每天雇用的伙计有二三十人。而西门庆的药铺加当铺所用的伙计也只有三个人。杨布商家中财产单现金一项就有一千多两银子和价值当远在现金之上的大量布匹，以及不低于一千两银子的孟玉楼的私房钱（金银首饰和细软）。"手里有一份好钱，南京拨步床也有两张。四季衣服、妆花袍儿，插不下手去，也有四五支箱子。珠花箍儿、胡子环子、金宝石头面、金镯银钏不消说，手里现银子他也有上千两；好三梭布也有三二百筒。"[2] 其财产的数额当最低是西门庆原有财产的三倍以上。花家的族产有多少？富堪比国，人不可测。李瓶儿请西门庆为花子虚到衙门里求情，一次便"搬出六十锭大元宝，共计三千两"[3]，还有"四口描金箱柜、蟒衣玉带、幅顶条环、提系条脱，值钱珍宝好玩之物"[4]。还有李瓶儿从梁中书家逃出时所带的"百颗西洋胡珠，二两一对鸦青宝石"[5]。这财产汇聚着大名府梁中书家珠

---

① 兰陵笑笑生《金瓶梅词话》第7回，梅节校订本，里仁书局，2012年，第90页。
② 兰陵笑笑生《金瓶梅词话》第7回，梅节校订本，里仁书局，2012年，第86页。
③ 兰陵笑笑生《金瓶梅词话》第7回，梅节校订本，里仁书局，2012年，第86页。
④ 兰陵笑笑生《金瓶梅词话》第14回，梅节校订本，里仁书局，2012年，第187页。
⑤ 兰陵笑笑生《金瓶梅词话》第10回，梅节校订本，里仁书局，2012年，第133页。

宝的精华、御前班值、广南镇守花太监一生全部积蓄的宫中珍宝。其价值少说也在西门庆家产的六倍以上。即西门庆兼并了上述财产后，财富翻了十来倍。这种联姻兼并式的资本积累比起血腥的吞并来更多一种喜庆和温情。

最后，契约合同、股份责任制、共赢原则、直销模式等现代先进的经营模式的雏形。西门庆雇用伙计总是与对方签订合同，他雇用的韩道国、崔本、贲四、甘润等都是签订合同依契约行事。如韩道国，"西门庆即日与他写立合同，同来保领本钱，雇人染丝"①。缎铺开张那天与伙计甘润也是先立下合同，"当下就和甘伙计批立了合同，就立伯爵做保"②。李智、黄四借西门庆银子做买卖，西门庆与他们签订合同，说明借款的数额、归还时间，应还的利息等。西门庆很可能是中国最早使用雇佣合同的人。不仅是雇佣合同可能最早，股份制经营模式的使用，西门庆也是中国最早的。他新开的绸缎铺，便是合股经营，利润按股份比例分成。西门庆入钱股，乔大户入房地股，韩道国、崔本、甘润为人股，获得利润按股分成："譬如得利十分为率，西门庆分五分，乔大户分三分，其余韩道国、甘出身与崔本三人均分。"③这个经营管理模式第一次打破了雇主与雇员的雇佣关系，施行根据入股份额多少而确定地位和利润分配的合作关系，是一个伟大的历史性的进步。西门庆施用这一股份式合作模式的时间（如果书中所写的事是嘉靖二十七至四十五年，即1548—1566年的事）应与西方最早的股份制（英国的莫斯科公司，1554年）相差不多。在这种股份制合伙经营模式里，就分配原则而言，突出体现出西门庆经营的合作共赢思想。在西门庆的经营中，我们还发现了早期直销模式的影子。所谓直销模式，就是通过简化销售的中间环节，甚至消灭中间商的途径，以达到降低产品的流通成本，满足顾客利益最大化需求的销售方式。西门庆的经营方式就是最大化地简化中间环节。譬如他要为蔡京上寿制办蟒衣官服，派来保到杭州置办。来保不买衣服，而是只买衣料，再找服装加工厂

① 兰陵笑笑生《新刻金瓶梅词话》第33回，香港太平书局，1992年，第848页。
② 兰陵笑笑生《新刻金瓶梅词话》第58回，香港太平书局，1992年，第1578页。
③ 兰陵笑笑生《新刻金瓶梅词话》第58回，香港太平书局，1992年，第1578页。

加工，省去了中间诸多环节。又如他开的绒线铺，只进白线，然后自己在铺子后架锅染色等。这虽然还算不上直销模式（尚未做到根据订单进货，无仓库和库存），但与传统的营销模式相比已发生了新的变化，形式有别，本质却相同。西门庆绒线铺与绸缎铺的经营方式中还表现出特有的吸引顾客的营销策略。他铺子里的营销员全是相貌堂堂的帅哥，百伶百俐，经营活气，满面春风，口若悬河，使顾客乐意到这里来。他们还有些独到的促销手段，缎铺开张那天，有一人专门负责招揽顾客。"崔本专管收生活，不拘经济买主进来，让进去，每人饮酒两杯。"[1]古人所饮酒多是浆液浓稠的粮食酒，具有充饥解渴的双重功效，从而可成为促销的有效手段。就在铺子开张的一天内，缎铺就卖了五百两银子，足见这种营销手段的效果。

西门庆的商业经营不仅有其先进的经济思想，而且构成了一个从资本积累到商业生产、经营、管理、销售的完整的体系，向我们展示了明代经济发展史中先进的经营管理方法和模式，这些方法模式不仅成为中国近世经营管理的开创者、鼻祖，而且直到现在还不失为有效的商业经营模式。《金瓶梅》是一部明代鲜活的经济史，就像《三国演义》为人们提供了军事的成功范例，成为一部鲜活的《兵经》一样，《金瓶梅》为商人提供了经商的成功方法、模式和范例，不失为中国古代的一部《商经》。

四、食货文化转向货币文化——划时代里程碑

如果文化的发展形态与经济的发展形态大体一致的话，那么，文化的历史便可根据经济发展的历史加以界定划分。就中国经济发展的历史而言经历了两个大的阶段，一是以自给自足的农耕经济为主的附带式的商品交换阶段，即人们的生存主要依赖实物（粮食）和其他生活物食货，货币只在部分非主体的领域进行的阶段，我们称这阶段为食货生存状态阶段。其文化可称之为农耕文化或食货文化。这个时期的文化具有鲜明的土地生产的特征，体现着

---

[1]　兰陵笑笑生《金瓶梅词话》第60回，梅节校订本，里仁书局，2012年，第938页。

土地和粮食生产的独特性：稳定性、依顺性、循环性、德礼性，其核心特征是稳定性。这种稳定性的特征表现于货币是死的花一个少一个的货币观念、节俭的消费观念、一女不嫁二夫的婚姻观念、重义忘利的交友观念以及守道重德、光宗耀祖的价值观念。二是以工业生产和商品交换获取生活必需品的货币化生存状态阶段。其文化可称之为工商文化或货币文化。该文化具有鲜明的货币本质的特征，自我性、自由、平等、寻新求变等，其核心特征是寻新求变。这种寻新求变的本质特征表现于货币是活的、在流动中增值的货币观念，超前消费、快乐消费的消费观念，婚爱自由的婚姻观念，互利共赢的交友观念以及追求自由平等和利益最大化的价值观念。在中国，从农耕文化向工商文化的转型经历了数百年的漫长过程，直到目前这个过程还在进行之中。它始自万历九年张居正在全国推行"一条鞭法"而开创的全国尽停铸钞、一切流通皆用白银的白银时代。朝廷发俸禄和征税皆用白银，农民交纳田税需将粮食到市场换成白银，官吏要吃粮食需到市场用白银购买，从而货币（白银）成了获取生存食货的唯一手段，食货生存状态开始转向货币化生存状态，从而也促进了商业经济的发展。在明代商品经济发达的都市，开始形成货币文化。然而随着天启年间白银时代的结束，这一刚刚在小部分城市兴起的货币文化又随着食货经济的登台而消弱了下去，直到洋务运动、共和运动和五四新文化运动，随着西方工商文明的传入，工商文化才在商业发达的大城市再次兴起，不久农耕经济占主导地位决定了农耕文化的主导地位，直到改革开放施行市场经济，特别是伴随全国的城市化进程而引发新的土地变革，中国才真正进入全国规模的工商文化时代。

　　需要特别指出的是，以嘉靖末年为背景而产生于明代万历九年后的《金瓶梅》是中国第一部也是唯一一部以巨大篇幅全面反映中国历史这一伟大转型的长篇小说。《三国演义》《水浒传》《西游记》《红楼梦》《儒林外史》都没有全面真实地反映这一转型，它们的文化本质还是农耕文化的。《金瓶梅》虽然有农耕文化的血缘，但它反映了由农耕文化向工商文化开始转变的过程状态。在这个时期出现的以王艮、李贽为代表的主张"穿衣吃饭即人伦物理"

和肯定"好货""好色"是人的本性的思想；歌颂男女至情的《牡丹亭》；主张诗当写真情的前后"七子"和主张独抒性灵的"公安派"的进步文学主张；以唐寅为代表的"吴中四才子"的市井文化的歌吟；《三言》《二拍》所描写的新的男女情爱观、经商致富观；抒写男女自由情爱的散曲小调等，都从一个个侧面反映了这一转型过程的文化观念的变化，但是没有一部像《金瓶梅》这样对货币观念、消费观念、婚爱观念、人生价值观念做出全面而真实反映的文化作品。①

《金瓶梅》一书非但没写以积攒为命的悭吝鬼、看钱奴，相反却鲜活地描写出了能花能挣的商人形象，表现出"钱是活的"、在交换流通中增值的崭新货币观，完成了由农耕文化货币观向商业文化货币观的转变。伴随这类货币观念转变的是消费观念（奢侈、快乐消费的消费观）、婚爱观念（自由的婚爱观）、交友观（互利共赢的交友观）、价值观（追求利益最大化的价值观）、审美观（以快乐为美的审美观）等一系列观念的变化，从而体现出与重义轻利的稳定性的农耕文化根本不同的重利轻义、寻新求变的商业文化的精神面貌，完成了由"发乎情，止乎礼义"的农耕文学，到"发乎情，至乎利益，尾乎礼义"的商业文学的历史转型。② 郑振铎先生一读《新刻金瓶梅词话》便为其中的现代性、当下性而惊呼，人们都觉得《金瓶梅》中的人物就活在今天。其根本原因就在于它第一次描写了中国从食货文化向货币文化转变的真实而鲜活的且至今正在进行的过程。文学研究者所发现的《金瓶梅》在中国小说史、文学发展史上的一系列开启时代的地位价值，诸如第一部伟大的现实主义小说，第一部家庭小说，第一部商人小说，第一部写市井平民的平民小说，第一部以财色为描写中心的财色小说，第一部打破了写人单一性脸谱化而走向立体化人性化的小说，第一部以女人群体为描写中心的女性小说，第一部用方言俗语写作的带有泥土气息的方言小说等得天独厚的价值，

① 许建平《货币观念的变异与农耕文学的转型——以明代后期市井小说为论述中心》，《中国社会科学》2007年第2期。

② 许建平《〈金瓶梅〉价值的货币文化解读》，《河北学刊》2006年第2期。

都与它反映中国由食货文化向货币文化转型这一特性相关，都是这一特性所带来的必然结果。就这一点而言，《金瓶梅》的伟大在于它是中国历史转型的开启之作、启蒙之作，是中国文学和文化发展史上划时代的里程碑。

五、古代市井生活的百科全书——近世显学

《金瓶梅》是一部作者按迹寻踪的生活实录，诚如张竹坡所言："似有一人亲曾执笔，在清河县前，西门家里。大大小小，前前后后，碟儿碗儿，一一记之，似真有其事，不敢谓操笔伸纸做出来的。"[①] 正因其为明代生活实录，又因其为戏曲、小调、歌词、酒令、笑话皆可入体的万能体的小说，使得它比起史书来描写范围更广、视角更灵活、更具包容性。所以就对历史反映的广度、细腻度、逼真度而言，任何一种纪事的体裁都比不上寄意于时俗的小说《金瓶梅》。《金瓶梅》是再现明代社会生活历史的一面镜子。吴晗先生曾说它是一部反映了政治、经济、文化、习俗等的明末社会史。事实上吴晗先生只是就大的方面而言的。若论及世俗生活几无所不及，诸如房屋建筑、家庭园林、树林花卉、炕床蚊帐、船舶航运、钞关税收、衣裳服饰、裹脚时尚与纳鞋底、茅厕马桶、下棋斗牌、饮食文化、节日生日、婚嫁习俗、妻妾文化、妓院、性文化、请客送礼、药理医术、算命术、方言俚语、帮闲篾片、媒婆、丫环小厮、亲随小唱、道士、僧尼、秀才举人、进士状元、武官商贾、商业经济、运输、歌词小调、笑话、酒令、地理等几无所不有，要了解中国古代的建筑学、交通运输、园林艺术、民间风俗、方言俗语、商业经济、朝政体制、小说戏曲、性文化等等，皆可从《金瓶梅》中发掘宝贵数据，说其为中国封建社会的百科全书，可谓当之无愧。较之《红楼梦》稍有不同处在于，《红楼梦》是中国皇亲贵戚们的贵族生活的百科全书，《金瓶梅》则为地方小吏市井细民世俗生活的百科全书。

---

① 张竹坡《批评第一奇书〈金瓶梅〉读法》，《张竹坡批评〈金瓶梅〉》，齐鲁书社，1991年，第43页。

然而，《金瓶梅》这部百科全书所提供的历史具有艺术的模糊性乃至审美的神秘性，从而成为一部颇具诱惑力的学术宝藏。需发掘考究的问题很多，譬如有关这部书的最基本问题：作者、成书时间、手抄本、刻本、本事、创作方式等，都具有模糊性。单是一个作者问题就是一门大学问，它涉及明代嘉靖、隆庆、万历三朝诸多文人、名人，要读数以百计的文人的文集，需懂得明朝后期政治、历史、经济、文化诸多知识，以及读懂明代善本、具有辨识真假文物的知识眼光等，总之须是明代社会学、历史学、民俗学、艺术学、宗教学、经济学、哲学的全才通才方有可能解决。这一极高的才识要求及其史料因丢失而造成的不可替补性，使得作者研究很可能会成为《金瓶梅》研究突不破的死结。与《金瓶梅》表现中国文化近世转型性使得它成为近世第一部文化启蒙著作一样，它的写实性也使其成为耸立于中国近世史上的一座学术宝藏、文化宝库。

《金瓶梅》要研究的学术问题实在太多，具有难穷尽性。就这一点而言，它与《红楼梦》皆为中国古代的显学——"红学"与"金学"，皆具有不可替代性和非同寻常的学术价值和文化意义。故而，对"金学"的研究来不得半点急躁、草率，来不得任何急功近利的浮躁，那样势必欲速则不达。至于用简单方法抹杀它的价值或抹杀《金瓶梅》研究学术意义的行为都是浮浅的、保守的。

《金瓶梅》自身所具有的上述思想价值（警世宝典）、政治价值（反腐良医）、经济学价值（中国商经）、文化价值（划时代里程碑）和学术价值（近世显学）随着中国的改革开放和新文化建设，将会引起全社会的重视并逐渐被认知、接受，出于腐朽且肤浅认知的淫书之名，也将随之在人们心中淡去。

第二章

叙事哲学——意图叙事论

"跟风"或许是人类普遍现象，心理学称之为"从众心理"，传播学则名之曰"子弹效应""沉默螺旋效应"，我们对中国人的"跟风"感觉更直接而强烈些罢了。现实主义理论统治叙事研究时间长了，便总是以人物为中心，总是典型环境中的典型人物，总是个性鲜明的"这一个"，几十年人们都说腻了。叙事学引入中国，于是风向又由人物中心，转向事件中心，而排斥人物了，遂又是一套话语，诸如叙述人称、时间、空间、结构、范式之类。然而，时间长了，人们发现西方叙事学见事不见人，且支离琐碎，最终很难解释一部作品的情感义理，很难给人以美感。事实上，行为是人的行为，故事是人的故事。行为与故事的逻辑总是依照人的欲求而展开的。人先是怎么想，然后才会怎么做。故而叙述产生于人的意欲，向谁叙述，叙述什么，以何种方式叙述，叙述的长短，怎样叙述，无不取决于叙述者的意欲——意图。如果完全将人的意图排斥于叙事之外，只叙述人的行为，那么这个叙述便成了无源之水、无本之木，便只是呆板的、技术的，无灵魂、无活力的，也很难找到叙述的像语法那样的规律。若说规律也是意图元的规律，即欲求的产生与定型；欲求实践的过程；欲求行为的最终结果。中外任何小说都是由这个意图元构成的。一切规律也皆在意图元的结构类式中。鉴于此，我提出将哲学（人本哲学）纳入叙事学，将人类永不满足的欲求视为叙述活动产生的根源和动力，视为叙述学理论的生发源与支撑点，作为贯穿叙述学一切概念范畴的鲜活灵魂。并以此申请国家社科基金，而获得立项，在做了大量叙事文本分析和理性思考后，撰写了《意图叙事论——以明清小说为分析中心》（人民出版社2014年12月），发表了一系列论文，多被报刊杂志转载。当然，任何一种理论，在它的开始，总会存在某种缺陷，总有一个实践的过程，并在实践中不断完善。叙事哲学也当如此。

第一节　意图叙事说的理论设想①

意图叙事的概念是借鉴西方行为叙述理论，意在追寻行为背后生成行为的根源，对其做出心理和哲学的阐释，赋予建立于语言学基础上的精细而琐碎的功能分析以贯通的思路和灵魂，将人本主义的阐释和科学主义的分析方法合起来，将行为的施动者人的欲求分析与欲求的行为现象及其全过程结合起来，从人的心理需求的视角分析文本中人物意图间的关系及由此关系所构成的行为张力与叙述结构，并深入到人物意图力的个性化因素及其在情节运动中的功能层次，进而企图发现叙事文学因何动人的意味形式生成的秘密，将个性化的情感分析与规律的抽象结合起来，赋予叙述学规律性与价值认知性的双重功能。所有这些理论预设力求建立在以表意性的汉语进行思维和表达的中国古代小说文本的基础之上，寻找更适合于研究汉族人叙事文学文本的理论方法。

一、叙述的生成及其本质

人是一种有意识并在意识引导下行动的动物，而且人的意识具有不断生发永不停止的不可穷尽性。人的不可穷尽的能动意识需要表达叙述，而语言是最便捷最富于表现力的表述形式，只有语言表述的途径被堵塞后人类方选其他的非语言的表述方法，如手势、眼神或肢体动作等。然而非语言的表述一般说来都没有语言表述直接、清晰、准确，一句话，语言是人的意识的第一表述方式。我们一般将语言的表述方式称之为叙述，"本文指的是由语言符号组成的一个有限的有结构的整体。叙述本文是叙述人在其中进行叙述的本文"②。即叙述本文是叙述人在其中进行叙述的由语言符号组成的一个有限的有结构的整体。于是凡是叙述人用语言叙述自己的心中想法的表述皆可称之为叙述：歌唱、演讲、写信、被告的陈述、领导讲话、媒体语言、应用文、

---

① 本节原文刊载于《兰州学刊》2014年第11期。

② 米克·巴尔《叙述学：叙事理论导论》，谭君强译，中国社会科学出版社，1995年，第3页。

告示、广告等皆为叙述……"对世界的叙述无计其数。"①

于是叙述便成为用语言表达叙述者意识的行为。它不局限于文学、小说，还包括记述历史的史书（历史叙述）、表达思想的哲学著作（思想叙述）等，我们统称之为意识叙述。

之所以称之为意识叙述，是因为表达意识一开始就是叙述的本质。那么意识的本质内涵世界究竟是怎样的？这是一个非常丰富多彩的世界，我们无心去描述这个世界的丰富性与变化性，而想探究这个世界丰富多彩的内涵从何而来。结果发现，它来自一个地方——人的心理需要。当然心理需要是来自生理的需要。关于这一点古今中外的哲学家们都已有过许多论著，他们将其归之为意欲、欲望、欲求或情欲，而我将其归之为意图。意图可能比意欲更理性化、具体化、目标化。我把意欲称之为意图还基于两种原因。一是作者的叙述本身就是理性与非理性共同作用的行为，而对于篇幅长些的文本而言，作者写作的目的较为明确，就叙述者和文本中人物来说，他们的行为已由意欲进而演变为更具体的目标——意图。二是本节所言"意图"还有另一种含义，即"图"除了图示、目标的意义外，还有"象"——图像的含义。之所以强调这一点，是考虑到中国人思维的特征。中国人的思维总是带有通过体验和记忆而获得的图像进行思维的图像思维。故而汉人意识的表达，是通过象（物象、事象、场景、形象等图像）表达的。而所表达的象总包含着心中的意，通常称之为意象。就其叙述而言，表达象中之意——表述者的意识，我们称之为意象叙事，即意图叙事与意象叙事具有一致性。其差别在于前者（意图）讲的是叙述的性质，后者（意象）讲的是叙述的形式。

人要表述自己的意识，当然最主要的是表述者，决定表述形态的首先是表述主体的独特性，其次是表述对象——向谁表述。与这二者关系很密切的还有四种重要因素：表述语境——什么情况下产生并表述；表述方式——怎样表述；表述内容——表述什么；表述长度——表述过程。这六者（表述主

---

① 米克·巴尔《叙述学：叙事理论导论》，谭君强译，中国社会科学出版社，1995年，第10页。

体、表述对象、表述语境、表述方式、表述内容和表述长度）及其关系便构成了叙述学的全部内容。表述什么由哪些因素确定的？人们自然想到表述对象——接受者，以及由接受者与表述者所构成的表述情境。这种情况的确是存在的，遇到某人或某种场景，表述者受到信号的刺激可能唤起某种表达欲——如打招呼等，或想起某件事，需向他陈述。不过这种受表达对象及其引起的情境而决定表述什么的情形，一般具有临时性、短暂性和偶然性。之所以临时、短暂、偶然，主要是并非预先设想好的，只是某一有目的行为中的一个插曲。它一般不会改变此前预设的意图（除非与预设意图偶然重合），所以，接受者与叙述情景不能直接决定叙述什么。那么，什么决定叙述内容、叙述方式和叙述长度呢？唯有叙述意图——叙述者自身心理的需求。而叙述对象和叙述情景仅是引起叙述内容、方式和长度的条件——外在条件。叙述的真正源泉来自叙述主体，来自叙述主体的叙述需要。因人的生存发展需求——不停的欲求——是人之所以成为人的本质。故而叙述的本质基于人性的本质——永不停止和满足的需求，换言之，叙述行为本质与人的本质同源。

何以证明叙述本质的这一论题呢？我们需选择一个对象加以分析论证，以证明其科学性和普适性。虽然，叙述的范围大于文学的叙述，然而文学的叙述是人的叙述行为最典型的表现，从这个意义上说，我们可以以文学叙述为例说明唯有叙述者的叙述需求决定叙述内容和叙述过程这一叙述学的根本问题。

文学创作的本质是人的需求的一种情感发泄与补偿的语言艺术表现形式。文学创作是一种情感行为，没有情感不会产生自觉的积极的真正的文学创作，而情感来自人的欲求及其实现状态，这种欲求和状态大体可分为三种类型：一是对自己所需要的东西、所努力的目标充满了自信，情绪喜悦、欢快、激昂，遂情不自禁，挥毫泼墨，挥洒成文；二是自己的欲求在现实生活中无法实现，心情压抑，满腹牢骚，愤懑悲伤，于是斥天责地，借他人之酒杯浇胸中之块垒，或幻想虚构一个理想的人生来满足自己心理的需求，以求精神痛苦的解脱；三是自己的欲望被严酷的现实毁灭了，于是就以悲壮的死来唤起人们的同情与警觉，使自己的情绪得以放射性延长。无论是哪一种情绪，都源于人的需求、欲望。作家的欲望愈强烈，情感郁积愈深厚，其作品便愈感人。李贽指出："夫世之真能文者，比其初皆非有意为文也。其胸中有如许无状可怪之事，其喉间有如许欲吐而不敢吐之物，其口头又时时有许多欲语而莫可所以告语之处，蓄极积久，势不能遏。一旦见景生情，触目兴叹；夺他人之酒杯，浇自己之垒块；诉心中之不平，感数奇于千载。既已喷玉唾珠，昭回云汉，为章于天矣，遂亦自负，发狂大叫，流涕恸哭，不能自止。"①需说明的是，李贽所言"非有意为文"，有两个特定含义，一是他以自然为美，认为情感是非理性的，愈是自然而然的情感——如"童心"——愈真实。二是指情感发泄之初是非理性的，接下来的"欲吐""欲语"皆是意图（心理需求）的注脚。明末清初的天花藏主人讲得更明白："欲人致其身而既不能，欲自短其气而又不忍，忓无所立，不得已而借乌有先生以发泄其黄粱事业。"②"黄粱事业"就是人生梦寐以求的事业，是长久的人生意图。这与弗洛伊德的创作是作家的"白日梦"之说可谓不谋而合。由此可知文学创作的确是人的欲求与欲求不能实现的情感的发泄与补偿的文字形象的创造形式。人有什么样的欲求以及哪些欲求受到阻抑，就会有相应内容的作品问世。作家的本能意欲，不仅在暗中规定了作家思维的方向，而且在很大程度上规定了作家思考和表现的内容。人的创作需求也是个体的需求与社会需求共同作用的结果。社会需求有着多层的内涵，一方面，社会现实对人的需求产生阻抑，激活人的情感，激发人表现自我情欲的创作欲望和情感冲动，并通过创作活动使人受压抑的情欲得以舒张。另一方面，他人的需求、社会的需求有时也能适应个体的需求，这种需求同样也能激发个体创作的内驱力。人的欲求不仅是文学创作的原动力，同时也是文学传播与文学接受的原动力。文学的整个生产过程正是作者、传播者、接受者心理需求重叠、交汇、共振的过程。传播者（总集或选集的编纂者，作品的评论者、出版者）传播一部作品

---

① 李贽《焚书》卷三《杂说》，见《李贽文集》，北京燕山出版社，1998年，第125页。
② 参见天花藏主人《天花藏合刻七才子书序》，见黄霖、韩同文《中国历代小说论著选》下册，江西人民出版社，1982年，第316页。

的基本条件，便是由于被传播的作品能够满足传播者的心理需求，在情感与美感上与作者产生共鸣。没有这个共鸣，便不可能产生传播欲及其相应的传播行为。同样，产生较好接受效应的作品，也必然是在进入阅读过程后且在较大程度上使读者的情欲期待得以满足。读者在现实生活中得不到的东西，能于作品的形象世界中意外地得以补充，乃至受到陶冶、启迪。这是整个生产过程继续下去的基本条件。因为文学创作无论何种形式都是一种心理需求的表达、叙述。

　　由此我们发现，人的心理需求不仅决定叙述的内容（表达的内容），也决定向谁表达，表达的形式——叙述的形式和表达的长度。史书出于人们对国家大事备忘的需要，当人的耳朵有了想听故事的消遣、娱乐愿望时，"传说"与"街谈巷语"先在茶余饭后、田间小巷中慢慢流传起来，尔后逐渐出现了说话、讲故事、小说等形式来满足时间越来越充裕的人们的需要……人类对文学艺术的需求（娱乐的、情感的、美的、奇巧的、现实的、理想的等等）是个不断增长的过程，需求的增长也促进着文体形式质和量的变化，如诗歌由四言到五言再到七言，由古诗、新体再到近体，由诗到词再到曲，就是因了人的感情抒发的需求、声音美的需求、娱乐的需求与艺术美的追求而由短到长由散到密日趋多样和丰富的。①

　　既然人的心理需求不仅决定着文学表现的内容，而且也影响着文学表现的方式，这一情形说明表达人的心理需求并企求在描述的文学世界里使心理需求得到补偿是文学的本质属性，那么，也自当是叙述文学的本性。所以，我们从叙述的本性——表达心理的需求——出发研究叙事理论，便更易于从根本上说明叙述学的理论问题。这也是本课题提出意图叙事学概念的学理根据。

二、意图叙事理论的提出

　　既然叙述是人的心理需求表达的方式，叙述的内容、长度、方式由人的

---

① 许建平《文学发展动力分析》，《江海学刊》1999年第2期。

心理需求——意图——所规定，那么叙事理论就理应建立于人的心理需求
（意图）这一哲学概念之上。而西方早期的叙事学却偏偏将人和人的需求排斥
于叙述研究的范围之外，形成了理论的天然缺失。

　　叙事学是受法国结构主义思潮与俄国形式主义分析影响后的产物。结构
主义对于叙述学生成的直接影响是语言的语法结构，而形式主义也是建立于
语言学形式分析基础上的，就这一点而言，可以说叙述学是受语言学语言结
构分析方法启发，并将其移植于叙述行为的分析中而生成的一种理论学说。
这种学说的贡献在于受语法学的影响，将语言视为一种自足的世界，从而割
裂语言之外的复杂而千差万别的世界，从语言本身中寻找共同性的东西，抽
象出语言内在的规律，并用这一规律说明一切语言文化现象，从而创立一种
自足的立足于共时态分析的意在寻找共时性与规律性的新学说。

　　这一方法过于局囿于语言现象与语言分析的方法，因而与生俱来地带有
四个方面的痼疾。

　　痼疾之一：取事遗人——无灵魂的行为解剖。西方的叙事学只研究行
为，而将行为的施动者人和行为产生的原因——意欲——排斥于叙述结构的
中心之外，故而形成所谓的分析和解剖只是无灵魂的行为解剖，从而使这种
分析成为割断原因的纯结果分析。在语法分析中似乎有一种重谓语、以谓语
为中心的现象，于是在一句话中分为主语和谓语两大部分，谓语表示人物的
行为，主语表示行为者为谁。而在语法家看来，行为比行为的施动者更重要，
因为行为的施动者不过一个可以取代的符号，故而这个符号是张三抑或李四
都不那么重要，充当主语的人物次之于行为。甚至认为人物及其心理在行动
之前是存在的，行动后就不存在了，"当人物在行动以前，就已不再从属于
行为"[①]。那么行为的主体不存在，行为又如何进行呢？所以并非行为开始后，
人物及心理不复存在，而只是分析者已将其移植于视野之外，不再进入分析
的视野。

————————

① 罗兰·巴特《叙事作品结构分析导论》，见张寅德编选《叙述学研究》，中国社会科学出版社，
1989年，第24页。

　　结构分析一开始就极其厌恶把人物当作本质来对待，即使是为了分类，正如托多罗夫所回顾的，托马舍夫斯基甚至否认人物在叙述上有任何重要性，过后他把这一观点说得婉转了一些，普罗普虽然没有到拒绝对人物进行分析的地步，但把人物减压成了个不是基于心理而基于叙事作品赋予人物行为统一性的（法定授予人、助手、坏人等等）简单类型。①

　　最后，格雷马斯建议，不是根据人物是什么，而是根据人物做什么（行动元的名称由此而来），来对叙事作品的人物进行描写和分类。②

　　这种在语法分析中对谓语的偏爱以及对主语的轻视本身就是一个不小的问题。究竟是行为的发出者重要还是行为本身重要，这要看你关注于行为本身之"果"，还是关注行为产生之"因"。如果关注行为之"果"，自然行为本身就是你所关注的重心；如果是关注行为生成之"因"，行为的施动者必然处于第一位置。若从二者关系考察，即使关注行为结果，也不能无视产生结果之因。只有了解行为产生之因，才能更深刻认识行为的结果。故而，语言分析学家们犯了一个共同的错误——视角的过于偏执。这种偏执的错误直接导致了叙述学理论上的偏差。

　　这种偏差我们可以从分析中得以发现并予以证明。首先，法国叙事学家们都犯了一个同样的错误，即认为人物共同遵循可以替换的法则。如罗兰·巴特认为："叙事作品中无数的人物可以服从替换法则，即使在一部作品内，同一个人物形象可以包括不同的人物。"③ 这种替换法则，初看起来似乎很有道理，譬如这个人物是个律师，如果他姓张即张律师，将其换为李律师、

① 罗兰·巴特《叙事作品结构分析导论》，见张寅德编选《叙述学研究》，中国社会科学出版社，1989年，第24页。
② 罗兰·巴特《叙事作品结构分析导论》，见张寅德编选《叙述学研究》，中国社会科学出版社，1989年，第25页。
③ 罗兰·巴特《叙事作品结构分析导论》，见张寅德编选《叙述学研究》，中国社会科学出版社，1989年，第26页。

王律师、杨律师，无不可。正因人物具有替换功能，所以人物是谁就不那么重要，因为他们的行动是一样的。举一个例子："张律师意外地找到了一个关键证据，使原本要败诉的案子胜诉了。"这里最要紧的是找到意外证据的行为，而不是张律师这个人，若换成李律师、王律师都会有同样的结果。但是这种结论仅仅来自语法的形式关系，仅仅是以语法中的主、谓结构关系法则为推理依据而得出的结论。仅仅从语法的形式而言可以成立，然而如果涉及他们内在的关系——因果关系，这个公理就不一定能成立。因为张律师可以发现意料之外的证据，即可以有与此相关的行为，而如果换了李律师，他不一定（没有必然联系）能够发现意外的证据，也就不一定能使败诉翻为胜诉。实际生活中，人与人不可能等同，甚至可以说地球上完全等同的人几乎没有。相反差异性普遍地存在，智力、教养、才能、阅历、知识结构都存在着很大差异。就这一点而言，替换原则是不存在的。事实上，在叙事作品中也是如此。同样做一件事，怎样做，做的方法、途径、效果往往决定于做的人的个性（素质、品格、才能等，本课题称之为"意图力"）。即不同的人采用不同的方法、途径，将导致行为的差异和最终结果的千差万别。而法国叙事学家们只遵循语法形式原则，未遵循生成语法形式的内在原则，只看到一致性，未看到一致性下的绝对差异性。如果从客观而普遍的差异性出发，人的个性决定行动的状态。那么，显然，人比行动更重要。这正是我们分析叙事作品不采用行动元的概念，而采用意图元概念的最根本的原因之一，也是意图叙事说区别于行为叙事学的主要依据之一。

多数法国叙事学家认为行动比人物重要的另一显赫的理由是所谓"双重主体""双数人称"。即他们认为在叙事作品中常常会出现两个人物竞争同一对象的现象，就像两个人物参加同一比赛，都想成为获胜者一样，这两个人物同等重要，半斤八两，无主次、无轻重，是一对人，是"双重主体""双数人称"。罗兰·巴特说：

　　人物分类的真正的困难在于主体参动者母式中的地位（因而也是存

在），不论母式样式如何，谁是一部叙事作品的主体（主人公）呢？有没有一个突出的人物类别呢？我们的小说已使我们于用这种或那种、有时是曲折的（否定的）方式在众多人物中突出一个，但是这一突出某一人物的做法没有遍及所有叙事文学。比如，许多叙事文学描写两个对手围绕一个赌注展开交锋。这样他们的行为是对等的，这时，主体是真正双重的，我们没有更多的办法用替换减缩主体，这也许正是一种常见的古老形式。叙事作品如同某些语言，似乎也有一个双数人称。①

需要特别指出的是，罗兰·巴特所说的"双数人称"的现象，在讲究等级和次序的中国叙事作品中是不存在的。因为在中国人的观念里，主次总是分明的，同胞兄弟也是有长有幼，即使双胞胎，也有长幼之别（先生与后生的时间差别）。而中国人一向不接纳"天有二日"的观念，相反主张"天无二日""一山不容二虎"。所以，中国小说中经常写到比武招亲或打擂台之类，然叙述者或观众的焦点总有主次之别，或胜者，或败者。就一部作品而言，也不存在两个同样重要的人物，即使有，也分前后、轻重、主次。如《红楼梦》中的黛玉、宝钗是更适合西方"双数人称"的典型例子，她们二人似乎都在争夺宝玉，在学者眼中就有所谓"宝黛合一论"。然而事实上二人在叙述上并非半斤八两。在宝玉心目（或读者心目）中，黛玉在前，宝钗在后，他与黛玉的亲近自然而随便，可无话不谈，与宝钗则不得不保持心灵距离。他为了黛玉可以发疯可以丢魂失魄，那是一种心心相连割舍不开的爱。而与宝钗则无此深情，最终他抛弃宝钗便是最好的证明。这一对美女在宝玉心中的地位和叙述者笔下的地位有着主次、轻重之分别，并非"双重主体"。既然不存在"双数人称"的现象，那么，以之作为强调行动重于人物的理由，至少在中国叙事作品中也就没了说服力。

① 罗兰·巴特《叙事作品结构分析导论》，见张寅德编选《叙述学研究》，中国社会科学出版社，1989年，第27页。

痼疾之二：孤岛自足倾向。文本与文本外世界的联系是通过其唯一的中介——人——来完成的。正因为叙述学排斥人的研究，也割断了文本内外世界联系的唯一中介，便成了一个认知的孤岛。叙事学家们认为，叙述学在确定研究对象的时候，应当将叙事作品视为一个内在的实体，一个不受任何外部规定性制约的独立自足的封闭体系。诚如托多罗夫论及诗学的性质时所阐述的那样："（诗学是在）文学自身的内部寻找文学的规律。叙述学与此同理。它有别于社会学的或心理学的研究，它不是通过叙事作品来总结外在于叙事作品的社会心理规律，而是从叙事作品内部去发掘关于叙事作品自身的规律。这种内在性观点意味着叙述学的对象是自成一体的，它杜绝任何影响作者心理、作品产生和阅读的社会历史条件的介入。与之相应，叙述学研究所关心的不再是叙事作品与外界因素的关系，而是其自身内部诸因素之间的关联。"① 社会是人群的生活，历史是人类的历史，如果叙述活动只限于行为本身而隔离人，那么就自然隔断了人的一切活动——社会的历史的，没有社会的背景和土壤，哪来人的生活？没有人的生活——需求的生活，哪来的叙述，哪里来的叙述语言？没有叙述的主体，叙述活动何以产生？割断了语言之外的一切联系特别是复杂的社会，只研究语言自身的结构，这种方法更简洁，更便于掌握其自在的规律，然而，即使掌握了所谓的规律，又能说明什么呢，这正是叙述学对文本做解剖而最终不能彻底说明研究对象的根本原因，也是行为叙事学缺乏生命力的根本原因。

痼疾之三：文学个性的抽象与消失。与叙述学将人置于研究视野之外相联系，叙述者的个性（包括内叙述者——主要人物的个性和外叙述者——作者、叙述者的个性）也自然被排斥于视野之外，于是叙述学的研究便成为无视人的个性与文学个性的抽象性研究。这一点，叙述学与语言学具有相通之处。语言学面临的具体语言成千上万，不可能对语言一一进行描写，它只有把研究对象确定为具体语言的抽象，才有可能寻找到语言的普遍规律。同样，

---

① 罗兰·巴特《叙事作品结构分析导论》，见张寅德编选《叙述学研究》，中国社会科学出版社，1989年，第4页。

世间存在的叙事作品也是种类纷繁、异彩纷呈、数不胜数的；叙述学研究只有将对象确定为"实际作品的抽象"，才有可能从中发现作品的共同语言和规律。叙述学的研究对象与其说是叙事作品，不如说是叙事作品的规律，因为它分析描写的并不是个别的、具体的叙事作品，而是存在于这些作品之中的抽象的叙述结构。[①] 文学是要寻找规律，然而寻找规律的目的是为了说明文学的个性。因为文学的最大特征就是其个性——不同于其他作品的独特性，文学作品是艺术的创造，艺术的创造最能体现创造者的个性，从而使得每一部作品都具有不可替代性。而发现文学创作的个性正是文学研究与文学评论家最基本的任务。从这个意义讲，叙述学试图以规律性来替代个体性，忘记了语言学虽是文学的基础，但绝非文学本身，语言学不是文学。用研究语言的方法研究文学的结果是丧失了文学性，背离了文学的研究。

痼疾之四：情感、美感的弱化。叙述学割断叙述主体——人，只寻求苍白、干枯的结构，从而消释了文学的情感、人格、美感和思想。文学的本质是以情动人，而在情感中蕴含着鲜活的美感、品格和思想。建立于语言学分析方法基础上的行为叙述学，注重的只是语言的功能及其关系——结构，而将文学中的情感、美感剥离掉了。须知结构从何而来，它来源于人的情感和情感表达的需要。形式不过是情感及其表达的一种状态而已。关于这一点早在一千多年前的刘勰就讲得很清楚："夫情致异区，文变殊术，莫不因情立体，即体成势也。势者乘利而为制也。如机发矢直，涧曲湍回，自然之趣也。圆者规体，其势也自转；方者矩形，其势也自安。文章体势如斯而已。"[②] 所谓"体""势"即文体结构。文章体势莫不因情而立，不仅是情感自身的自然而然，也是情感表达的自然而然。然而情为何物？又因何而生，从何而来？其源于人的需求、欲望。若不言人的情感从何而来，只讲结构，又岂能说得

---

① 罗兰·巴特《叙事作品结构分析导论》，见张寅德编选《叙述学研究》，中国社会科学出版社，1989年，第6页。

② 刘勰《文心雕龙·定势》，见《文心雕龙注》（修订本），人民文学出版社，1958年，第529—530页。

清楚、明白？而不清不白的所谓抽象的东西——规律，又有何真实之意义。

　　即使就语言学本身而言，西方的叙事作品是用拼音文字——音素文字——写成的，而中国的叙事作品则是用象形字——语素文字写就的。前者是表音文字，后者是表意文字。表音文字是用字母组成音素，音素组成音组字，字组成词，从字母以至词句，皆以各自的功能存于一定的逻辑顺序之中，功能与顺序有着严密的逻辑关系。而中国汉字的本质是表意，每个字皆表达各自不同的意义。表意是汉字造字的原则，这可从造字的六书中表现出来，象形、指事、形声、会意、转注、假借①的造字法，其核心是表达意。"象形"是画像物之形，以象绘意，它是汉字表意的基础；"指事"则以象形或其增减符号示意；"形声"乃以形符声符汇合表意；"转注"即以意义相同相近的字互训以释意；"会意"以两个以上字形来会象和表意；而"假借"却是"依声托事"以表意。所以"意"是造字关注的核心、贯穿六种造字法中的灵魂。而中国人对汉字的接受也是略形重意，略形取意，得意而忘言。由汉字组成的文学作品（包括叙事作品），也无不体现表意的特质。诗重意境即诗意，词重词意，曲重曲意，文重文意，而小说家重事意：或警世，或劝世，或醒世，或惩恶而扬善。

　　"意"字为何？《说文解字》："意，志也。以心察言而知意也。从心从音。"②"意"是会意字，上音下心，字的本义为心中的声音。心中的声音即心中所想，心中所求，即心中的需求、欲求、意图。表意，就是将心中的欲求——意图表达出来。这也是我们提出意图叙事说的语言学依据，即建设立于表音文字基础上的西方叙事作品和叙事理论并不完全符合用汉字汉语表意的中国叙事作品，寻求适合于中国汉语叙述的叙事理论，这也是我们叙事学研究的出发点和归结点。

---

① 此六书之名依据许慎《说文解字·第十五上》的提法。同为古文字学家的郑众对六书的注释则是：象形、会意、转注、处事、假借、谐声。而班固认为六书当为：象形、象事、象意、象声、转注、假借。

② 许慎《说文解字》，九州出版社，2001年，第603页。

由此看来，早期叙述学痼疾产生的直接原因是过于局囿于西方语言学的结构分析，而忽略了语言学与文学的本质性差异。更深层的原因则是将行为的主体割断于叙述学的视野之外，正是这一割断导致了其灵魂的漠视、孤岛式自足、个体性的消融、文学性审美性的淡化等致命的缺失。正是鉴于早期叙述学的上述天生痼疾——排除人学、心理学，我们主张将人的哲学、心理学纳入叙事学。正因为叙述来自人的心理需求和行为目的——意图，而汉语文字和文体的表意性特征正是将心中的声音——欲求、意图作为表达的灵魂，所以我们提出从人的心理动机说明人的一切行为——叙述行为的意图叙事学理论。

行为叙述学是用科学主义的方法研究文学，而文学是人文学科，离不开人文主义思想武器，意图叙事理论就是将人文主义的理论方法纳入叙事学，纠正叙事学理论上的偏执和方法的缺失。

三、核心内涵：意象、意图、意味

以甲骨文为中心的早期汉字是以象与形（抽象化的象）及其组合表意的。这种象形表意分为两类，一类是表现共时性之象，如山、水、日、月、象、鸟、马、上下、刀刃、巧、智、念、书、画等大量名词或名词性词类，而所表达的意也具有共时性的静态特征，表现出汉人的静态式的体验性思维。这种思维运用到诗词的创作中，往往采用共时性的物象及其组合，呈现某种想象性的静态式画面。如马致远的曲《天净沙·秋思》"枯藤老树昏鸦""小桥流水人家"，分别由三个静态的物象（藤、树、鸦；桥、水、家），组成一幅别有情趣意致的画面。我们将这种通过静态的自然形象及其组合表达心意的象，称之为"物象"。

另一类象，表现有一定目的性和有一定长度的动作，通过历时性的动作表达意义。这类的汉字也不在少数，譬如奠字，《说文》："奠，置祭也，从酋。酋，酒也，下其丌也。"[1]甲骨文像将盛满酒的酒尊双手放置在几案之上，

---

[1] 段玉裁《说文解字注》，上海古籍出版社，1981年，第200页（下）。

其目的是祭奠神灵或鬼魂。"奠"表示一种有目的活动，而且这个活动有一定的空间性和时间性，有行为的长度，具有了事件的因素。又如"再"字，甲骨文从爪从鱼，像以手提鱼之形，故有升举之义。①《说文》："再，并举也。有登献品物之义。"② 又有"再册"，当为祭祀中称举所献册之仪式。即"再"字，指的是手提鱼为祭祀而献祭品，同样指的是一种有目的的动作、有一定长度的行为，具有事的因素。这样的字很多，诸如祭、耕、利、拜、解、初、剐、裂字等，其中有些表示人的某种动作行为，而这种动作行为因有目的性和时间长度，故而具有事的成分。这些由多个象形符号组合而成的表示行为的具有事因素的象，我们称之为"事象"。"事象"表现出汉人的动态式的体验性思维。这种思维运用到叙述活动中，往往通过一个或一系列有目的性和时间长度的事件表达叙述者的心意。如《史记·项羽本纪》通过项羽随叔父项梁观望周游天下的秦王嬴政，说出"彼，可取而代也"的行为，表现项羽的远大志向等。

　　无论物象还是事象都是表达心中之意的，然因其组合不同，表意的效果差异很大，具有千差万别的品味。而中国人喜欢越品越有味、耐人品味的字和文，特别是受佛教影响后的中国文人，追求那种言有尽而意无穷的文字。中国人的这种喜好早在甲骨文以及早期文字里都得到了淋漓尽致的表现。就字而言，"西"，一只鸟落在鸟巢上，表示太阳落山，鸟回巢。或说以鸟回巢，表示太阳落入西边山下了。"年"，一个人头顶着大谷穗，被压弯了腰，表达谷物一熟为一年，同时兼有丰收喜悦。"孔"字一个大头婴儿仰头吸吮一只硕大的乳头，表示一个哺育生命的乳孔。"字"，母体中怀着一个胎儿。由此我们有两点发现：一是这些字是由两个以上物象组合而成，其"意"颇具想象力，耐人品味。我们称之为有味的意，感人的意味，简称之为意味。二是这些有意味的字的组合都有一个共同点，它是由两个物象组合成一个具有一定时间长度的事象。无论鸟回巢，婴儿吸吮乳头的奶汁，还是头顶着硕大

① 徐中舒主编《甲骨文字典》，四川辞书出版社，1987年，第444页。
② 段玉裁《说文解字注》，上海古籍出版社，1981年，第158页（下）。

谷穗，抑或体内怀着一天天长大的胎儿，都具有一定长度的动作性。然而这种动作性与事象并不完全重合，因为其所表示的动作并无明确的目的性而只有一定的表意性。它既非物象（比物象复杂），也非事象（无明确目的性），而是处于物象与事象之间的由物象向事象过渡的中间状态。由此我们发现，意味来自物象具有行为性的组合。其实，这一看来简单的问题，却揭示了共时性意象与历时性事象在表意上的一个带有规律性的秘密，即诗词类抒情性意象若带有动作性、行为性便是造出意味的妙法。而小说戏曲、散文等叙述性的事象若能与共时性的意象相组合，则易于造成意味的妙着儿。意味是共时性表意思维与历时性表意思维共同参与的结果。

物象是用来表意的，事象也是用来表意的，而意味则是表意的理想效果。而表意的形式是借象表意，故有意象论。而"意"（心中的想法和意欲）是表达的目的和动力，也是叙述生成的根源和本质，故而有意图论。意图叙述的最佳效果是形成感染人的有意味的形式，遂有意味论。故而本节涉及三个核心概念：意象、意图、意味。"意"（意欲、意图）是对意象、意图和意味抽象的结果，是贯穿三个核心概念的灵魂，也是我们提出意图叙事理论的汉语叙事文本的主要根据。正因此，在意象论、意图论、意味论三编中，意象论是基础，意图论是核心，意味论是叙述的艺术效果，并最终从意图本身做出系统的分析。

"意图"一词，表示人心中萌生的想要达到的某种生活图景，想要实现的某种人生欲望，是人的一切行为的动机和动力。它有四个规定性和功能：有目的性的清醒意识；付诸行动前的心理存在方式；指导、推动人行动的动力；人的绝大部分活动都是有意图的普适性。① 本节所言之意图正是指行为者活

---

① 上述文字依据来源于以下对于"意图"一词的解释：intent，intention，希望达到某种目的的打算。意图是比较清楚地意识到要争取实现的目标和方法的需要，它通常以仅仅是设想而未付诸行动的企图、愿望、幻想、理想等方式存在。意图作为动机是推动人去行动的现实力量。人在清醒的状态中，绝大部分的活动都是有意图的，人的活动的主要动机是信念。见《汉语大词典》第七卷，汉语大词典出版社，1991年，第644页。baike.baidu.com/view/760232.htm.，访问时间：2010年6月5日。

动前萌生的想要达到的某种目的性图景，是具体化的生活欲望。由于人都是有生活欲望的，"人若没有情欲或愿望就不成其为人"[1]，而人的行为无不来自人的意欲，"由意欲产生动机，由动机产生活动"，"没有动机，那意志活动就决不能出现"[2]。清醒状态的人的行为前都有其想法、计划、意图，有行为能力的人也都会采用相应措施克服困难去实现其意图[3]，于是从意图入手可以说明人的一切活动的动机、原因和过程，也可以说明文本中叙述人活动的叙事文学所以如此的动力、结构和本质。而且，这个视角比之语言学的结构分析来，更易抓住本源、发现现象背后的心理根源和心灵本质，更便于解决语言学所难以解决的包括情绪、情感、审美在内的文学性。更重要的是它可以补救西方叙事学分析过于细碎烦琐之弊，更适合于分析长于空间叙事和写意的中国叙事文学。这是我们所以提出建立意图叙事理论的学理基础。

四、意图叙事与行为叙事之关系

意图叙事与行为叙事有两个根本性的区别点：人物、意图。行为叙事学重视行为（故事）而轻视人物，"人物的概念是次要的，完全从属于行为的概念"[4]。这个偏见根深蒂固，早在希腊时代，亚里士多德就在他的《诗学》里强调行为重要于人物。亚里士多德说："可能有无'性格'的故事，却没有无故事的性格。"[5]这种观点对后来的古典主义直至结构主义诗学都产生着重要影响，以至于结构主义叙事学更直接地排斥人物的分析方法，诚如王泰来所言：

---

① 马克思、恩格斯引用霍尔巴赫的话，见《神圣家族》，人民出版社，1982年，第170页。
② 叔本华《作为意志和表象的世界》第二篇《世界作为意志初论》，商务印书馆，1995年，第228页。
③ 就人物行为的意图而言，有些人的习惯性或下意识的行为是没有意图的，特别是在善于表现命运天定、善恶报应、出人意料之奇趣的中国古代小说里，往往写"有心栽花花不开，无心插柳柳成荫"一类的事。但是，人物行为没有意图，而将此类行为写入书中的叙述者或作者并非一定没有意图。一部叙事作品，在人物、叙述者、作者三者间肯定至少有一方是有意图的。
④ 罗兰·巴特《叙事作品结构分析导论》，见张寅德编选《叙述学研究》，中国社会科学出版社，1989年，第23—24页。
⑤ 转引自罗兰·巴特《叙事作品结构分析导论》，见张寅德编选《叙述学研究》，中国社会科学出版社，1989年，第24页。

结构分析从一开始就极其厌恶把人物当作本质来对待，即使是为了分类，正如托多罗夫所回顾的，托马舍夫斯基甚至否认人物在叙述上有任何重要性。[1]

因为行为叙事学只研究行为本身，只发掘千变万化的行为中隐藏着的行为结构，就像无法穷尽的语句都有一个基本语法结构（主语、谓语）一样，至于主语是张三抑或李四却不重要，这样，行为叙事学只将结构置于研究对象之上，而不关注意义价值。意图叙事理论则不然，它所关注的不只是人的行为，而是人为什么要如此行为；关注行为的目的、用意；关注的不只是抽象结构，而是形成此结构的原因；关注的不只是结构本身，而是结构视野下的这个文本的认识意义。正因为如此，所以意图叙事学将行为之源——人——的研究置于第一位置，而将人派生的行为置于第二位置。

行为叙事学正因排斥人，所以必然排斥人的心理表现——意图。其排斥的理由比排斥人物的理由更充分，因为在行为叙事学派看来，人物尚且参加到行动中来，故而有时不得不将行为作为一个成分（施动者）纳入分析视野，而意图则是人的心理存在，而心理意义的人早在其行动之前就已存在了。既然在行为前已存在，就应排斥在行为研究的范围之外。罗兰·巴特在《叙事作品结构分析导论》中明确指出：

当人物在行动以前，就已不再从属于行为，它从一开始就体现一种心理本质。[2]

结构分析十分注意避免用心理本质的语言来给人物下定义。[3]

---

[1]　罗兰·巴特《叙事作品结构分析导论》，见张寅德编选《叙述学研究》，中国社会科学出版社，1989年，第24页。

[2]　罗兰·巴特《叙事作品结构分析导论》，见张寅德编选《叙述学研究》，中国社会科学出版社，1989年，第24页。

[3]　罗兰·巴特《叙事作品结构分析导论》，见张寅德编选《叙述学研究》，中国社会科学出版社，1989年，第25页。

张寅德在该书《编选者序》中也强调"它（指行为叙事学——引者）尽力排除与社会历史和作者意图紧密相关的'文学'概念，将研究的范围减缩到作品本文，即文本"①。

然而，行为叙事学的缺陷也是不言而喻的，因为心理与行为是一对因果关系，有行为活动必伴有心理活动。意图与行为也同样是一对因果联系，一般说来，没有意图就不会有行为，行为表现意图，二者如影随形，形影不离。如果排斥心理，就无法解释欲望、交际、斗争，无法理解文本的认识意义。而意图叙事理论就是建立于心理与行动、意图与活动过程具有因果联系且处于这一联系的首位之基础上的。从意图入手，可以打开所有活动的秘密之锁。应该说意图叙事学是对行为叙事学偏执的修正和补充。不仅将行为叙事学中弱化的人物和心理的地位、功能给予扶正、补充，而且也扩大了研究本身的学术视域。法国的托多罗夫对20世纪60年代文学评论的实践加以总结，做了这样的归纳：

> 对待文学作品一般有两种态度，一种态度是通过分析作品达到认识上的目的，即批评的目的在于通过阐述、演绎，挖掘作品的认识价值；另一种态度则认为作品是某种抽象结构的具体体现，批评的目的在于探求主宰具体作品的这种抽象结构。这两种态度并不是互不兼容的，而是可以互相补充的。②

这可以相互补充的两种态度、两种视角和研究方法，事实上就其归属来说前者是人本主义理论，后者是科学主义理论。意图叙事学就是将人本主义理论纳入科学主义理论指导下的行为叙事学之中，是对这两种态度、两种理论方法的互相补充。一方面要运用人本主义理论方法寻找作品所表现的行为者与叙述者的意图，便于更好地认识作品的价值。另一方面又兼顾科学主义的分析方法，以求发现主宰作品的内在结构形式：不同意图的组合结构（共

---

① 张寅德《编选者序》，见张寅德编选《叙述学研究》，中国社会科学出版社，1989年，第5页。
② 王泰来《叙事美学·编者前言》，重庆出版社，1987年，第8页。

时性横向结构）或意图生成演变的结构（历时性的纵向结构）。这样就将托多罗夫的批评的两种态度（两个目的）——认识价值、抽象结构——很自然而然地结合在了一起。

五、意图叙事与人物分析理论之关系

既然意图叙事学将被行为叙事学抛弃的人置于关注的重心，那么，人们不禁要问：意图叙事理论与现实主义文学理论中的人物分析理论岂非珠联璧合、合而为一了吗？于是将意图叙事理论等同于人物分析理论。这一等同论是被表面现象所迷惑的大错觉、未加分辨的大误读。

意图叙事理论与人物分析理论的确有相同的地方，如它们都以故事中的人物为分析的重心，强调人物重于事件；都关注人物的内在性情和品格在行为中的作用等。然而，意图叙事理论与人物分析理论在最本质的内涵上存在着不可混淆的根本区别，其区别表现为以下四个方面。

（一）研究的视域不同。意图叙事理论的视域远大于人物分析理论。人物分析理论只关注文本中的主要人物及其性格，而人物性格在意图叙事理论中仅属于内叙述的一部分。其视域除了文本中主要人物（被称之为内视角）外，还有文本外的人物——作者、叙述者、接受者（被称之为外视角）。它不仅研究文本中人物的关系，同时研究文本外的作者、叙述者、接受者与文本内人物的关系。即人物性格分析理论的视域是单维的，而意图叙事理论的视域是三维的。这一差异带来了不同质的两种理论体系。

（二）单就文本内人物的研究视域而言，同样也存在单维与多维的不同。性格分析理论只关注人物的性格，而意图叙事理论则关注意图力——实现意图的能力。意图力包含意志、胸襟与胆识、心理素质、品德、智慧、知识技能、性格、精细度、交往能力等九种元素，性格仅是其中之一。性格分析理论只针对性格内的相关元素，而意图叙事理论则分析意图力九大元素间的复杂关系（具体见《意图力：小说叙事的内驱动力》一文[①]）。

---

① 见《求是学刊》2011年第6期，或《明清文学论稿》，河南人民出版社，2017年，第712—726页。

（三）人物分析理论探讨人物性格与故事间的关系。故事表现人物的性格，性格内含于故事之中，并借故事表现出来；性格说明人物行为因何是这样而不是那样，即性格成为说明行为的出发点和归结点。性格成为故事的源头。事实上，故事的源头是人的欲求、意图。人的心理需求推动人的行为，而非性格推动人的行为。性格只可规定人的行为的特性，只在人的意图生成、实践过程中发挥作用。那是因为性格只不过是人的本质的个体化表现，人的本质才是性格生成的根源和动力。而关于人的本质与性格间的关系，却并不在人物分析理论的视野范围之内，这样一来，性格背后的深层世界便变成了一个盲区。故而，人物叙事事实上仅是性格叙事，正由于其不能到达叙述的本质层面，从而使得性格叙事对于行为现象的分析远不及意图叙事理论来得高屋建瓴和通透深刻。

（四）研究的深度与功能不同。人物分析理论只注重文本中的人物个性，而人物个性之间本无内在的逻辑关系和这一关系所规定的结构。再加上这一理论未将人物性格放置于更上一层的功能体系中，于是个体人物性格的功能不能在全书人物结构体系中找到自己的位置，其独特的功能也不能得以显现。故而人物分析每涉及小说的结构时，便力不从心，只得抛弃人物结构模式，而滑向情节结构模式中，于是第一叙述性的人物不得不让位于故事，使得人物中心的原则未能在分析过程中贯彻下去，便半途而废了。而意图叙事学从作者意图、叙述者意图、接受者意图、人物意图及其关系的整体性范围，系统地分析文本的内外结构。人物意图的功能在全部叙述意图结构中可以清晰地显示出来。那是因为一来意图叙事理论有一套完整的内叙事结构（如意图力、反意图力、调节力、意图元、意图序列等以及意象层次理论），人物的意图可以放置于内叙事结构中加以衡定。二来意图叙事理论还有一套完整的外叙事结构（由内叙述者、外叙述者、接受者及其关系所构成的意图体系），人物意图可以放置于更上一层的叙述者意图体系的坐标中，而叙述者意图又可以纳入由叙述者与接受者所组成的意图体系内。不仅如此，叙述者与接受者的意图体系还可以纳入由以作者意图为中心的整部叙述意图顶级层次里，从而使得下一级意图的结构功能充分地显现。如是一来，人物意图成为结构的基础单元，从而构成了小说叙事的完整结构，对小说叙事的意味形式做出了系统的说明，而这些却是人物分析理论所无法做到的。

六、意图叙事与主题叙事之关系

一提及意图，人们便很容易地想到主题，因为过去研究作品（包括叙事文本）主要探讨作者的写作意图、主旨，因此便推测意图叙事就该是主题叙事吧。这一思维惯性很可能给人们理解意图叙事理论带来很大麻烦，故而很有说明的必要。意图叙事不是主题叙事，其差别有五。

（一）主题叙事主要探讨一部作品所表现的中心（核心）思想，一种作者对于社会、自然、人生的认知，一种伦理道德观念、文化价值观念。思想、观念并不等于意图。思想观念是一种认知，意图是一种行为的具体目标。前者是宽泛、抽象的，后者是具体、可见可感的。意图是思想的载体但并不等于思想，二者不在一个叙述层面。譬如《杜十娘怒沉百宝箱》中的杜十娘的人生意图是实现与李甲的婚姻，但实现与李甲的婚姻并非这篇小说的中心思想。其中心思想是通过描写千古女侠杜十娘因"错认李公子。明珠美玉，投于盲人"所造成的婚姻悲剧，表达"深可惜也"的警世目的和善恶报应思想。[①]然而，"错认李公子"只是造成杜十娘意图失败的原因之一，警戒后人也只是作者叙述意图的一部分，而非主要人物杜十娘的行为意图。由此可见，行为意图与主题思想不在一个叙述层面，故而无论如何都难以画等号。

（二）主题思想的分析，主要关注作者叙述意图，探讨作者创作某部作品的初衷和主旨。一来，作者创作意图并不等于作品所表达的思想，一般说来作品所表达的思想远大于作者的创作意图。什么原因呢？那是因为作者的创作意图是通过叙述者的叙述意图表现的，而叙述者的意图又受接受者的接受需要（意图）的影响，并最终通过文本中主要人物的意图及其实现状况体现

---

① 冯梦龙《警世通言》卷三十二《杜十娘怒沉百宝箱》，中华书局，1956年，第499页。

出来。如是一来，一部叙事文本的思想是由作者、叙述者、接受者与主要人物的意图共同参与的复杂结构，其复杂性的生成之源是每位参与者都重新进行了创造活动，其总和大于单一的作者意图。不仅关注的范围大于主题分析，而且关注的重点有内、外之别。即主题分析虽也关注作品内容，但重点是"外叙述"者——作者的创作主旨，文本内容一般只是证实探讨创作主旨的依据（因文本的文化内涵远大于作者的表达初衷，故而向来的所谓主题分析往往不能避免片面性和不周延性）。而意图叙事理论却将文本的"内叙述"——主要人物行为意图——作为关注的重心，以人物的行为意图为分析的中心，把主要人物的行为意图（内意图）视为外意图的载体。作者叙述意图（外意图）仅是主要人物行为意图分析的参照。

（三）意图叙事理论将意图，特别是内意图当作推动行为的动力，故而可从力学角度研究叙事的结构以及结构形成的深层原因。正因意图力是小说叙事的推动力，所以可以通过"内意图力"的关系（文本内不同意图者间的关系）以及内、外意图力间的相互作用（作者、叙述者、读者和主要人物意图间的功能）分析文本叙述的深层结构以及造成诱人、动人、移人的意味形式的原因。而主题是一种思想的抽象，它并非直接推动人物行为的动力，故而主题的分析不能说明文本的结构以及结构形成的原因，更不能说明一部叙事作品何以动人，不能说明一部作品有意味的形式及其生成逻辑，即关于形式的研究需用艺术分析的理论。这也正是造成文学作品主题与形式分析两张皮现象的根本原因。而意图叙事理论则通过意图力关系打通了内容与形式间的壁垒，克服了主题分析方法的天生痼疾。

（四）主题分析是共时性层次的分析，一般采用归纳与抽象的方法。而意图分析侧重于历时性分析，一般采用演绎分析的方法（也有归纳但多是功能与层次间的关系）。意图分析中因为意图是具体可见的，在文本中也易于把握，意图实现的结果也是叙事不可少的重要环节，也易于把握。只是意图实现过程是一个历时性的过程，具有一定的时间长度，同时涉及不同意图的人物及其关系，涉及主要人物的意图力等因素而变得复杂。然而，虽然复杂，因采用分析的方法，相对易于掌握和操作。而主题分析因主题思想是隐于故事背后，看不见摸不着，需经过对事象及其演变过程的概括抽象方可捕捉，其所采用的方法多为概括和抽象的方法。

（五）主题分析意在抽象出思想意义，意图分析意在说明内在结构以及结构形成的动因。主题分析只是说明是什么，不能说明怎么样，意图分析不仅说明怎么样，而且说明因何是这样。主题分析说明表达了什么，意图分析说明怎样表达和因何如此表达。

综上所述，从人本主义的哲学视角审视叙述学，叙述行为源于人的叙述需求，叙述的动力、内容、方式和长度取决于叙述行为者的心理需求，心理的需求（意图）便成为叙述学的本质。故而从叙述学的本质——叙述意图——入手，可以系统而清晰地阐释一切文学叙述现象，于是本节提出意图叙事理论的设想，并初步分析了意图叙事理论与行为叙事理论、人物分析理论以及主题分析理论间的联系与区别，意在说明意图叙事理论的必要性与独特价值。

第二节　意图与叙事的陌生化

小说的意义在于通过一系列陌生化手法表现人的内在情欲，使人们在情感层面对生活产生新鲜奇异的感觉，从而获得美感。故而陌生化便成为小说具有巨大引诱力的主要途径。若要从叙事学的角度研究小说，就要研究小说的陌生化是如何生成的。这是一个涉及范围颇广的问题，本节只想从叙事意图的理论入手，研究叙事意图与情节的关系、叙事意图与小说陌生化生成的关系。

一、叙事意图元

什么是情节？情节与意图有无关系，又应是怎样的关系？这是意图叙事理论必须解决的一个问题。西方叙事理论在阐释情节这一概念时往往将其与行为目的相联系，这种方法被称之为"目的论"。这是因为西方学者爱从功能视角分析情节，而功能因与某一行为的更上一层的行为相联系，与人物行为的整体相联系，进而寻找其在这个联系中的地位与作用，故而，其视野必然注意行为的结局和目的。巴特说："每种功能的实质，可以比喻为它的一粒种子，日后，这个成分将会成熟。"[1] 种子会发芽、成长、结果，种子的优良要由其成熟的果子来确定。乔纳森·卡勒更明确地说："情节必须受制于目的决定论：某些事情的发生，只是为使叙述沿其轨道发展，热奈特把这种目的决定论称为'虚构的矛盾逻辑，它要求按其功能属性，也就是说，按它与其他单位的对应关系，去界定故事的每个成分、每个语言单位，并用前者说明后者（按照叙述的时间顺序）等等'。另一种办法，只好不对功能进行分析，而对行为进行分析，设想具体指出任何一个行为可能产生的具体结果。"[2] 总之，功能是以结果、目的作为重要参照依据的。然而，无论是从行为整体，还是从行为目的来确定行为的功能，一个重要的事实是它们无不涉及行为者的目的与意图。行为整体也好，行为目的也罢，都不过是行为者意图的表现。故而行为的功能与其以行为整体或行为目的为参照依据来确定，毋宁以其行为者的意图来确定，这样情节的功能概念便与意图直接建立起内在联系，即将功能纳入意图分析的框架内，行为功能由其行为意图过程规定。情节是由功能界定的，如是，情节同样是由意图规定着的。当功能与意图的联系建立之后，我们将进一步分析情节的性质。

　　情节是一个最基本的意图序列，包含行为者意图的萌生、落实意图的过程、意图实践的状态的结构序列，完成了叙事整体（过程）的一个功能。它是一个怎样的单位，又具有怎样的功能呢？对于叙事者和人物（核心人物）来说，它体现着叙事者或人物的某一最短小的意图，使该意图从产生到告一段落。对于读者来说，是解决读者心中的一种愿望和疑问。巴特认为：

---

① 　罗兰·巴特《叙述结构的分析的语言》，转引自乔纳森·卡勒《结构主义诗学》，盛宁译，中国社会科学出版社，1991年，第312页。

② 　乔纳森·卡勒《结构主义诗学》，盛宁译，中国社会科学出版社，1991年，第312页。

陈述阐释的各项内容就是对各种不同的形式条件加以区别，因为正是通过这些形式条件，一个疑团才得以确定、提出、具体地陈述、拖延，以至最终解决。①

虽然巴特基本上只着重讨论疑案的问题，读者却可以把整个文本中发现的任何一个看上去没有得到充分解释的疑点都纳入其中，可以提出各种问题，唤起了解真相的欲望。

这种欲望便形成一种架构结构的力量，引导读者去寻找一种可以组织起来、多少能够回答他所提出的问题的那些特点。……因为我们在讨论故事的结构时，完全应该能区别什么是读故事的愿望，什么是从所谓的悬念（即存在着一个具体的问题）中了解故事的结局的愿望。②

前者是叙事者或人物行动下去的力量，后者则是读者兴趣生成的，从而产生阅读兴趣而急于读下去的力量。其还不只是叙述和阅读的力量，同时包括一个更重要的功能，即显示这一个单位长度在整个文本长度中的所占地位和所起的作用。具体点说是外叙述者或内叙述者的叙述意图、行为意图在其上一层大意图中所处关系——位置、结构；也是读者的阅读欲在整个小说阅读欲中所处位置、结构——这个阅读欲与上一更大阅读欲及下一阅读欲的关系。

以《三国志通俗演义》中"草船借箭"为例。人们一般认定，它是一个情节，因为它是一个最基本而相对完整的长度单位。对于孔明来说，他完成了从答应帮周瑜借箭到借箭结束这样一个完整的故事。对于周瑜来说，也同样完成了由杀害孔明的意图到这一意图失败的基础单位。叙述者也完成了借此事表现孔明超越周瑜、鲁肃的非凡智慧的叙述意图。对于读者来说，当周

---

① 罗兰·巴特《S/Z》，屠友祥译，上海人民出版社，2016年，第26页。

② 乔纳森·卡勒《结构主义诗学》，盛宁译，中国社会科学出版社，1991年，第313—314页。

瑜设计陷害孔明，这一计谋能否得逞，便成为悬在读者心中的一大疑团。直到孔明借回了十万支箭，读者悬着的心方才放下。这正是一部书最基本而相对完整的一个长度单位。砍去一块不完整，多一块又多余。更为有趣的是，它恰恰是人物内叙事——人物行为的一个意图序列，又是外叙事者行为意图的一个序列，同时也是读者生疑和释疑的一个阅读意图序列，是叙事者、人物、读者三个意图序列的重合。由此可见，情节是叙事者、人物和读者最小行为意图序列的重合。

　　既然情节表现一个最基本而完整的意图序列，那么情节的分类必然与意图本身有着不可分离的关系。意图分类一般需着眼于三个方向。其一是意图指向（内涵）的类型，诸如功名意图、情爱意图、财富意图、复仇意图等等。而意图指向类型规定了情节的内容，譬如"草船借箭"属于建功立业的功名类意图，故而情节也理应划入建功立业的情节类型之中。其二是意图在故事发展中所具有的功能类型，可分为推进式意图、阻抗式意图、打破平衡意图、重建平衡意图等，情节也自然与其相一致而称之为推进式情节、阻抗式情节、打破平衡式情节、重建平衡式情节。[①] 其三为意图的实现状况类型：意图成功型、意图失败型、意图转折型、意图部分成功而总体失败型、意图部分失败而总体成功型等。[②] 相对应的情节也可称之为成功型情节、失败型情节、转换型情节、小胜而终败型情节、小败终胜型情节等。成功型情节往往见之于理想化的喜剧类小说或戏剧，如《西游记》的西天取经途中经过八十一难，最终取回真经，《西厢记》中张生与莺莺经过百折千回有情人终成眷属。失败情节多见于叙述现实人生苦难的悲情小说或戏剧，如《三国演义》蜀国的败亡，《忠义水浒传》中梁山好汉的悲惨结局等。但中国的叙事文本更多的是后

① 乔纳森·卡勒《结构主义诗学》，盛宁译，中国社会科学出版社，1991年，第310页。

② 参见乔纳森·卡勒《结构主义诗学》的理论，乔纳森·卡勒提出四种类型说，"普罗普研究了一百个童话，从中归纳出三十一种功能，形成一个体系，而这些功能在具体童话中存在与否成为童话情节分类的基础。这样立即'产生了四种类型'：通过斗争并取得胜利而发展，通过完成一项艰巨的使命而发展，通过上述两种情况都实现而发展以及通过上述两种情况都不能实现而发展"。

三类（转换型、小胜终败型、小败终胜型）。如《杜十娘怒沉百宝箱》本来
通过斗争，冲破一层层阻力走向胜利，却在胜利途中意外地遇到孙富，意图
转换（由婚姻之欲转向反面的死亡之念），使情节突转，由喜走向悲，这类
属于转换型。又如《三国演义》中的"温酒斩华雄"情节，侧面描写了华雄
的先胜而败，小胜终亡，则属于小胜终败型。《水浒传》中的"三打祝家庄"
情节，叙述梁山好汉因不熟悉地理而连吃败仗，后里应外合终于灭了祝家庄，
则属于小败终胜型。总之，情节类型由意图类型所规定，情节的分类须根据
意图及其实践过程和结果分类。

二、意图的矛盾逻辑与陌生化生成

一部小说由叙述者的意图构架而成，而叙述者的意图又是通过对文本中
主要人物意图的设计布置完成的。文本中主要人物的意图具有单一性和直指性
趋向，具有顺畅简短的心理趋向。人物总是希望自己的意欲、计划、目的在实
现过程中越顺利越好，时间越短越好，这一意图会造成情节的单一、平顺和简
短，简短到类似说明事件基本信息的报道，故而也很难产生出伟大的艺术。

譬如《西游记》中，唐僧的意图是取回真经。如果按照唐僧的愿望，一
路很顺利就取回那大乘佛经，那么就不会写出八十一难，也就不会写出孙悟
空上天入地、无所不能的本领，也就不会有一部千古奇书《西游记》。然而
事实上，人物对自己意欲的实现并非抱有天真的幻想，他们会感到一种压力，
一种担心会发生意想不到的灾难的忧虑。那是因为他们所处的现实环境太恶
劣，要实现自己的欲求，须同来自社会或自然界的阻遏力量进行艰苦的斗
争。于是文本中人物的意图便构成两类：顺利实现意图；担忧意图失败而尽
心尽力——阻止意图的失败。虽然后者并非意图，而是原意图实现的一种条
件，是无可奈何的选择。它比起意图来，虽然不过是从属者，但请注意它却
是生成艰苦卓绝斗争的基础，也是故事曲折动人的基础要素。唐僧西天取经
之所以度过一次次一层层磨难，造成一个个压倒、战胜邪恶势力的动人故事，
也是基于唐僧师徒百折不挠的意志和拼命实现愿望的意志力。由此我们发现，

文本中人物的两个一主一从的意欲，既具有内在逻辑性（阻止意图失败的可能是为了实现原意图），同时又具有矛盾性（想平安顺利实现，又不得不与困难殊死斗争）。然而正是这种矛盾逻辑，成为故事动人、人物感人的动力。

外叙述者的意图却比内叙述者（文本人物）的意图多了一个思考的对象——接受者，因而便多了一层内涵——满足接受者的需求。叙述者的叙述意图一般具有两大内容：表达自己、感染别人。表达自己是叙述的第一欲求，小说"本质上都是内在生活的外部显现"①，表现这种自我表达的性质是通过假借材料和虚构的方式来实现自己在现实生活中难以实现的人生欲求，抒发心中被压抑的情绪。然而，这一欲求的实现却离不开两种东西，一是叙述文本，二是文本的读者。不仅要求读者人数众多，而且要求能引起他们对自己感觉上的共鸣从而产生极高的兴致，留下经久不去的印象。对于中国古代小说而言，感染别人的欲求在叙事者欲求中所占比重尤其凸显，这与中国小说出生的母体——俗讲与讲唱——密切关联。中国的通俗小说诞生于说经中的俗讲和后来艺人的市场讲唱。这种形式以满足听众需求为第一目的，表达自己的第一需求不得不让位于感染别人的目的。后来文人创作的小说虽说表达自己是创作下去的动力，但因文人创作一方面模仿史传，另一方面则模仿讲唱艺术的形式。模仿史传重在表达自己，追求故事的可信度。而模仿讲唱的话本形式，则处处捕捉听众的心理好恶。戏曲编写者不仅为演员写戏，更要为观众写戏。讲唱艺术、戏曲艺术从多方面影响着小说的叙事，这可从文人小说的写作形式以及序跋，特别是评点话语中找到足够的证据。表达自己的意图遵循着越明白、越清晰、越突出越好的法则，而感染别人的意图，却遵循越曲折、越陌生、越激烈、越隐曲越好的法则。可见叙述者感染读者的意图造成了小说陌生化的艺术效果。换言之，叙述者的两大欲求：表达自己、感染别人，既有其内在逻辑性（只有表达自己才能感染别人，而感染别人又是有效表达自己的必然要求），又存在着自身的矛盾对立（表达自己须简单

---

① 苏珊·郎格《艺术问题》，滕守尧、朱疆源译，中国社会科学出版社，1983年，第8页。

明了，感染别人须冲突激烈、曲折多变）。正是这种矛盾逻辑构成了表达自己的简洁原则与感染别人的复杂原则的对立矛盾（这一矛盾往往通过叙事意图和总体框架的简洁、叙事意图实践过程的复杂多变的形式予以中和）。其中后一原则在叙事过程中起主导作用，从而造成内在生活的陌生化表达——叙述过程的隐曲多变和情节引人入胜的艺术张力。

　　既然满足接受者需求是外叙述者叙述意图的重要组成部分，那么接受者的需求（接受意图）与外叙述者、内叙述者的意图有何种关系呢？它在小说情节的感染力中发挥着怎样的功能？回答同样也不简单。一方面，这是因为读者的意图也具有双重性：丰富人生、娱乐心神。前者指通过阅读小说中的人物故事，丰富读者的阅历缺失，如和平环境下的读者爱看战争题材、武打题材，通过艺术作品所显现的人生以求补充自身的缺失，同时也使缺少刺激生活的人们得到虚幻的补偿。愈是读者生活中缺失且需求补偿的内容，愈是读者所知范围之外的生活内容，愈具有阅历的补偿价值，它所遵循的是认知距离与缺失率法则（时间愈长，空间愈遥远，心中缺失率愈高，便愈具有补偿价值，愈能满足读者丰富人生的欲望）。后者（娱乐心神）指满足读者的求知欲和好奇心，获得满足知识缺失的快感。对于未曾知晓的领域，人人都会好奇。这种本能使读者喜欢了解到更多以往不知道的陌生故事，现实中极少看到的神秘故事，心中总想弄明白却始终难以明白的模糊故事。愈是陌生化的故事、情节、感觉，愈容易引起读者对新奇的渴望，生发阅读的冲动。

　　另一方面，读者不希望故事的人物多、头绪繁杂，而期望简洁明了，读后有印象，能引起清晰的回忆。如果依从读者的后一种需求，那么故事写得越简单、越清楚、越明了越好。那样，同样产生不出艺术魅力。而若满足读者的本能欲求，那就需将故事叙述得愈曲折、愈神秘、愈模糊愈好。于是有了《西游记》的八十一难，有了宋江的几次死里逃生，有了鲁达的东游西荡，有了杜十娘与李甲情爱的折折弯弯，有了《红楼梦》的扑朔迷离。由此看来，读者也存在着两种既有逻辑上的关联又对立矛盾的阅读意图（简洁明了的接纳需求和喜欢陌生、神秘、曲折多变的好奇心），正是接受者意图的这一矛盾逻辑促成了故事叙述引诱人的外张力。

综上所述，外叙述者、内叙述者、接受者心理需求的结构都存在着简洁明了性需求与复杂多变性需求的矛盾逻辑。尽管简洁明了性的内涵在他们内心里有明显区别。外叙述者意在表意明确，内叙述者意在实现意图的过程顺利圆满，接受者则企盼读得明白易记。但区别并不大，共同性大于差异性。对于复杂多变性的需求，读者与外叙述者更相一致，正是这种暗相一致性，直接导致小说故事叙述的复杂多变。这种多变对于内叙述者来说是一种灾难，故而是极想避免的，却不得不忍耐。所以若再具体细分，在上述三者心理需求的矛盾逻辑结构中，主要矛盾则是内叙述者（人物）需求意图实践过程顺利简洁性与读者、外叙述者期望意图实践过程复杂曲折多变性之间的矛盾。这种矛盾是诱发艺术感染力的主要根源。更重要的事实是这种矛盾性合乎主客体世界关系的矛盾性，合乎主体欲求与客观现实间的矛盾法则。唐僧愈想取经任务快些完成，作者偏要使他的生命遭受一次比一次凶险的磨难。宝黛二人都盼望能顺利成为夫妻，却偏偏插入宝钗、湘云，偏偏有地位最高的元妃加以干预，管家的王熙凤也玩起调包计。任凭二人死去活来，最终还是愿望成空。欲想得到的往往得不到，这正是人生的普遍矛盾法则，上述矛盾正是人类普遍矛盾法则的叙事艺术表现。

三、压缩与延宕的陌生化叙事

且莫以为故事诱人的力量只来自上述矛盾的主要方面——外叙述者、接受者所需要的复杂曲折、隐曲多变的一面。事实上矛盾逻辑结构的双方在情节的叙述中各自发挥着不同作用，具有各自的功能。直快简洁明了性的需求，会使故事的叙述走向压缩（包括删减、省略、侧写、虚笔、隐蔽）；曲折复杂隐曲多变性需求，将导致故事的叙述走向延宕（包括时间放大、空间的细化、节奏放缓、阻抑的增加、语言频率高、内向化叙事比例加大等）。压缩、节略、虚写（控制信息、减少信息、弱化信息）是故事简化的直接手段，也是中国叙事常用的方法。在中国小说中叙述者意图的表达多采用通过浓缩后的小故事（入话）加以预示的方法，或者是概括式的结尾诗、"看官听说"式的警示语等。然而，大量的压缩手段则见于小说叙事中间，如时间叙事常说的"转眼十几年过去了"，当年还是胎里的婴儿，现已长大成人，或壮年的当事者已成为白发驼背的老人之类。不仅时间压缩会形成时间的大距离跳跃，故事空间被压缩，会造成空间跳跃，如居住地的频繁转移等，使故事简短化的手法正是叙事简易明了意图驱使下的结果。但有趣的是这种压缩叙事也可造成陌生化的效果，因为压缩叙事包含两类情况：一类使叙事变得消息化、符号化或具有象征性。故事长度被浓缩为三言两语，《三国演义》常用此法，如"皇甫嵩破黄巾，只在朱儁一边打听得来；袁绍杀公孙瓒，只在曹操一边打听得来；赵云袭南郡，关、张袭两郡，只在周郎眼中、耳中听来……诸如此类，又指不胜屈，只一句两句，正不知包却几许事情，省却几许笔墨"[①]。或叙述者跳出故事之外，概括故事的内容，大故事被浓缩为小故事，如《金瓶梅》用项羽因女色败亡事入话，总括全篇;《石头记》被浓缩为一块石头的来去等。或用一首诗、一支歌点明叙述者的叙述思想、意图，如《三国演义》开篇"滚滚长江东逝水"的开篇词《临江仙》、《红楼梦》开篇的《好了歌》等。这种压缩实现了叙事简化的目的。另一类却走向了因缺失而造成的神秘、空灵、含蓄等效果。压缩、节略的部分由于信息量的减少而形成叙述的缺失，有生成理解黑洞的可能性，从而造成想知而不可知的神秘，应说而未说的空灵、含蓄，引发读者的无限遐想。譬如《红楼梦》中的"金玉良缘"，叙述者并未像"木石前盟"那样有专门的文字交代。只是宝玉拿着金锁当着宝钗面与自己的配玉比看，宝钗说儿时和尚告知将来与玉相配合。和尚因何要说这样的话？是否也有一段什么神话？便成为读者心中想知却未知的疑惑。又如《金瓶梅》中有关西门庆故事，作者采取了截头去尾的手法。西门庆与之前几位女子的情爱生活如何，被叙述者压缩掉了。西门庆死后，一位叫张二官人的花钱得了他的理刑千户之职，还想将他的妻妾也一

---

① 毛宗岗《读三国志法》，见朱一玄、刘毓忱编《三国演义资料汇编》，百花文艺出版社，1983年，第306页。

个个弄到手，这位张二官人的生活如何，作者也压缩掉了。这些都是留给读者理解的黑洞，也引发了读者通过想象推理去填补的欲望。事实上，压缩叙事所造成的后一种情形，与延宕手法有异曲同工之妙，同样产生激发读者好奇心的神秘力量。

叙述者为了实现感染别人的愿望，就要满足接受者的求知欲和好奇心，使故事叙述得曲折、复杂、多变，创造陌生化的感觉效果。"艺术的手法是事物的'反常化'（остранение）手法，是复杂化形式的手法，它增加了感受的难度和时延，既然艺术中的领悟过程是以自身为目的的，它就理应延长。"① 延宕叙述是创造陌生化效果最基本而常用的方法。延宕就是增加意图实践的阻抑系数和困难程度，使包括行为意图在内的人物的历史变得跌宕曲折，推迟矛盾爆发和人物意图实现的时间，拉长意图实践过程的长度。

达到延宕的方法就其大者而言有四类。第一类是插入法，在主要人物意图实现过程的叙述中，不断地插入人物和故事情节，使叙事的序列数无限地增加。明清小说评点家们称之为"入笋法""笙箫夹鼓""夹叙法"等。插入法一般需遵循两条法则：一是移动法则，使读者的视点、兴奋点随插入人物故事而发生横向转移，如《西游记》正写悟空、八戒设法救唐僧，情势紧急，忽然插入唐僧与树仙饮酒赋诗、谈笑风生的故事场面。《三国演义》也如是，"正叙董卓纵横，忽有貂蝉凤仪亭一段文字；正叙催、汜猖狂，忽有杨彪夫人与郭汜之妻来往一段文字；正叙下邳交战，忽有吕布送女，严氏恋夫一段文字"②，令读者眼花缭乱，目不暇接，兴致盎然。二是逻辑法则，即插入人物故事与前后故事有着因果之逻辑关系，或阻抑情节的发展，或成为情节发展的推动力量。对于明清小说特别是长篇小说而言，人物的插入似乎只是故事层面的一种偶然性巧合，缺乏内在的因果关系。譬如《水浒传》前40回人物

---

① 维克托·什克罗夫斯基《作为手法的艺术》，见维克托·什克罗夫斯基等《俄国形式主义文论选》，方珊等译，生活·读书·新知三联书店，1989年，第6页。

② 毛宗岗《读三国志法》，见朱一玄、刘毓忱编《三国演义资料汇编》，百花文艺出版社，1983年，第304页。

传记的连缀。正叙王进故事突然插入史进故事，讲史进故事而插入鲁达故事，写鲁达事而插入林冲，因林冲偶见花和尚舞禅杖。《儒林外史》中的人物插入也与之类似。如果把插入人物由史进改为鲁达，或由鲁达改为武松，调换他们的原先的位置，也并非不可，足见其缺乏内在的必然性、逻辑性。然而这种将短篇个人传记连缀起来而成为长篇小说的插入方式并非中国小说插入类型中的唯一方式，对于明清两代的大部分小说来说，人物与故事的插入在故事层面的偶然性下包含着内在的必然性，情节的发展合乎逻辑性法则。只不过其表现形式依然是偶然性的，包括自然地合乎情理地插入，或是由某种误会、巧合、错认牵引而插入等。

　　先举一个自然地合乎情理插入的例子。《红楼梦》刚叙述黛玉进荣国府，随后便插入了薛宝钗的故事，这一插入是合乎情理逻辑和叙述逻辑的，且薛宝钗故事的插入，客观上不仅造成情节的延宕，还阻碍了宝黛爱情的进度，以致酿成悲剧。也有表面巧合而内有必然性与逻辑性的插入例子，如《杜十娘怒沉百宝箱》中商人孙富故事的插入。两只船因遇大风而停泊在一个港湾，这是一种巧合。但李甲愈是离家近，惧父心理便愈强烈，内心愈痛苦，愈想解脱。孙富的出现正是李甲摆脱痛苦的一种需要，有其内在的必然性。李甲如若遇不到解除内心痛苦的人，那么他回到家也同样会遭到父亲的遗弃，他最终会选择父亲而不会选择杜十娘。杜十娘的悲剧是李甲性格懦弱和惧父心理的必然结果，故而在这一偶然性中有其必然性。至于插入故事推动情节发展的例子，如《西游记》中美猴王海外求仙访道故事的插入，成为推动后来情节（大闹龙宫、地府和天宫）的重要动力。

　　第二类是阻折法。主要人物在意图实践过程中，受到阻碍主意图实现的反意图元（一系列同意图的人群为实现共同意愿而采取行动便称为一个意图元）力量的冲击，而使意图实践的过程遇到意外阻抑，发生方向的转折。"一部小说不仅需要作用，而且需要反作用。"[①] 说得更准确些，没有反作用就没

---

① 维克托·什克罗夫斯基《故事和小说的结构》，见维克托·什克罗夫斯基等《俄国形式主义文论选》，方珊等译，生活·读书·新知三联书店，1989年，第13页。

有小说。既然有反作用力，故事的发展就会有转折，没有转折就没有小说。而对于明清小说而言，其转折却是颇为怪异的，即叙事的转折常常不是小转，而是从一个极端一百八十度地转向另一极端。清人毛宗岗对《三国演义》这一转折法感触颇深，称之为"星移斗转、雨覆风翻"，且举出一大串实例："本是何进谋诛宦官，却弄出宦官杀何进，则一变；本是吕布助丁原，却弄出吕布杀丁原，则一变；本是董卓结吕布，却弄出吕布杀董卓，则一变；本是陈宫释曹操，却弄出陈宫欲杀曹操，则一变；陈宫未杀曹操，反弄出曹操杀陈宫，则一变……""论其变化无方，则读前文更不料后文，于其可知，见《三国》之文之精于不可料。"[1] 叙事方向总爱反向大转的原因，细细追究起来，来自两个方面。一是叙述者所遵循的新奇而令读者感到陌生的陌生化法则，于是行文不依循一般的思维习惯，却沿着反常的逆向思维组织故事。人物的行为总是突破"应该"框架，使不应该变成艺术的应该。不过这种故事的组织是合乎如上文所说的内在逻辑的，或合乎人物性格的逻辑，如吕布本助丁原，却杀丁原，本结董卓却杀董卓，是他见利忘义的品格被人利用的必然结果。或符合人们认识事物的逻辑（发现与突转），发现了以往认识的错误（被蒙骗等）造成印象或观念的突转，如本是陈宫释曹却欲杀曹。陈宫释曹是为曹操的大义（舍命杀奸雄董卓）所感动，后遇曹操误杀吕伯奢全家再错杀吕伯奢，方发现曹操原来是小人。曹操在陈宫心中的形象发生了一百八十度大转变，不仅分道扬镳，且欲杀之而后快。于是主要人物的意图本来是A，因受到相反力量的阻抑却走向了原意愿的反面，即走向了-A。二是受中国传统哲学中的"福兮祸所伏"的事物发展规律影响。写盛不忘衰，叙喜忧虑悲，这种发展变化的观念或表现于故事演变的纵向结构中，如《金瓶梅》写西门府的兴家、荣家与败家，《红楼梦》叙荣宁二府的由盛而衰等。或表现于故事演变的横向结构（层次结构）内。表层叙述兴极、盛极、热极，而深层结构则暗示冷意、败象、衰根。《金瓶梅》写西门府极热情节，总寓冷意，

---

[1]　毛宗岗《毛宗岗评三国演义》，见朱一玄、刘毓忱编《三国演义资料汇编》，百花文艺出版社，1983年，第302、301页。

生子喜加官做三天大宴以庆贺，却写失金，弄得一家内外人人不安，以伏下后半部的败象。正月十五李瓶儿过生日热闹非常，却偏写丢银（壶），埋下西门庆死后丢银败家的线索。这是一边写热一边写冷。而在《儒林外史》中，一热一冷、一假一真的思维结构更多用之于讽刺的目的。

　　第三类是分解法。"事物借自身的反照而一分为二或一分为三。"[①] 本来是一个简单的组合，为了陌生化表现的需要，而将其分解为若干个简单结构的对称式的组合，起到延宕意图实现过程的动人效果，包括将一个人物分解为两个或若干个人物的人物分解；将人物间直线的联系分解为三角或多角联系的关系分解；将一个故事分解为两个以上故事的故事分解等。而分解的方法或遵循对立原则（如一刚一柔，一粗一细等），或遵循相似性原则（如一主一从，一实一虚等），一般说来两种原则贯穿着对称的思维，表现出对称之美。人物分解如《红楼梦》，宝玉分解为四，前有神瑛侍者，中有甄士隐，后有甄、贾两宝玉；黛玉分解为三，绛珠仙草、黛玉、晴雯；宝钗分解为三，宝钗、宝琴、袭人。人物关系分解也可以《红楼梦》为例，本意在写宝黛还泪之情缘，却插入了薛宝钗，由宝玉与黛玉两点一线的直线关系，分解为宝、钗、黛的三角形关系，后又有史湘云插进（与黛玉不止一次发生冲突），形成宝玉—湘云—黛玉的又一三角形关系，即背靠着的两个三角形（菱形）结构。而人物分解与关系分解构成大观园内的宝、黛、钗的大三角关系与怡红院的宝玉与晴雯、袭人的小三角关系的大环套小环的结构。故事分解类，如《三国演义》将结义故事分解为黄巾三兄弟与桃园三兄弟两事；刘备求贤故事先后分解为司马徽、徐庶、诸葛亮、庞统四事。人与事合在一起分解的情况，清人毛宗岗指点甚细："写权臣，则董卓之后又写李傕、郭汜，傕、汜之后又写曹操，曹操之后又写曹丕，曹丕之后又写一司马懿，司马懿之后又并写一师、昭兄弟，师、昭之后又写一司马炎，又旁写一吴之孙皓。"（毛宗岗《读三国志法》）《水浒传》《儒林外史》《西游记》中此种分解法虽各有其长，却较常见。

---

① 维克托·什克罗夫斯基《故事和小说的结构》，见维克托·什克罗夫斯基等《俄国形式主义文论选》，方珊等译，生活·读书·新知三联书店，1989年，第20页。

　　第四类为逗疑法。所谓逗疑法是指文本中主要人物的意图是明确的，但意图实践的过程和最终结果具有不明确性，对于不明确部分采用设疑、解疑方法造成读者感觉的陌生化。具体方法步骤分设疑、探疑、解疑三部分。设疑时间一般在主要人物行为意欲明确后、行动之前，如《三国演义》写刘备夫人去世，周瑜设美人计，以孙权妹为诱饵，引刘备招赘东吴，然后扣下刘备，让诸葛亮以荆州来换。孙权、周瑜的意图（以刘备换取荆州）很明确，然而读者担心刘备是否会来东吴招亲？周瑜的计谋能否得逞？周瑜美人计一敲定，读者的疑问也随之生发。而刘备犹豫难决，他一方面想得到孙权妹妹，与东吴形成政治联盟，但另一方面又害怕周瑜设下圈套，自己一去难回，故而踌躇不决（意图尚未明朗）。诸葛亮则力主入东吴成就孙刘联姻，他解除刘备恐惧心理的药方是预设好的三个锦囊妙计，保刘备娶亲成功无虞。诸葛亮的三个锦囊妙计一出，读者便对其可靠性萌生疑问。事实上锦囊妙计就是设疑，其时间在刘备意图已明朗却未行动之前。叙述者为读者设计的疑点越合理（接连不断却一个比一个揪心），其艺术的引诱力就越强。"只有当问题一直是个问题时，它才是重要的架构结构的力量。才能使读者按照文本与他的关系把文本组织起来。并按照他所试图回答的问题去阅读文本的语序。"探疑是读者对心中疑问的一步步追寻。对于叙述者而言，则是一步步将疑问的答案释放出来。用乔纳森·卡勒的话说，叫作"回答允诺"。譬如诸葛亮的第一个锦囊妙计是什么，赵云何时打开，是否应验有效？第二个锦囊妙计是什么……第三个……而且这种追问有可能是一个不断追加的动态过程。探疑最忌讳的是只用减法，探清了A，便不复再有A。而是要在不断地探索疑点过程中，随机留下令人生疑的接受黑洞。如《转运汉巧遇洞庭红》写文若虚与众商界朋友贸易归来，若直写货船驰入大陆，便索然无味。于是叙述者令海面上生起大风，将那扯起大帆的船刮到一个荒岛边上。叙述者写那荒岛做什么？众人因风浪颠簸一个个睡眼蒙眬，哈欠不断，况大家都来过，故无人肯下船到那荒岛上去。文若虚要看风景，独自爬了上去，没想到却意外发现一个大鼍龙壳，引得众人嘲笑。就是这个鼍龙壳，最后又将众人惊得目瞪口呆。

而那个偌大的鼍龙壳究竟有何用处？有什么价值？是祸是福？起初读者便生疑，并随着波斯商人船上搜寻、意外惊喜、求购、询价、立契约的叙述，而疑心一层层叠加，直到波斯商人说明那张巨壳的价值所在后，众人方如梦初醒。解疑就是读者心中的疑问最终获得答案。其实，探疑的过程同时也正是解疑的过程。所以单独提出解疑是指意图序列内的疑问的最终解决。解疑有两种：一种是彻底揭空疑底，像前所叙鼍龙壳之疑。一种是只解其半，令读者半信半疑，终未能尽解。如《红楼梦》贾母同意让张道师为宝玉寻姻亲。难道贾母不知道宝、黛二人心事？不知道贵妃意在宝钗？还是贾母对这两个身边的女孩都不满意呢？若说贾母不过是逢场作戏，那又为什么当着一家人的面，一本正经地大谈为宝玉选婚的标准？这些疑点读者并不清楚，正因不清楚，才生好奇心。乔纳森·卡勒称之为"模棱两可"，"即某个含混的回答，把疑点弄得更加扑朔迷离，使它变得更加有趣"。[①]

　　插入法、阻折法、分解法和逗疑法都是使故事叙述延宕的主要手法，延宕源于接受者和外叙事者使人物意图实现过程逆折多变的需求，逆折多变需求源于外叙事者感染别人的叙事意图与读者娱乐心神的接受意图的共同性。压缩性叙事受内叙述者希冀意图实现顺利简洁需求的驱使，并与外叙事者希冀叙事意图简洁明了和接受者希冀故事明了易记三者需求一致。延宕叙事产生的陌生化效果与压缩性叙事所达到的空灵性、神秘化效果，一起构成了小说情节引诱人的巨大张力。

第三节　意图与嵌入叙事

　　嵌入是将单一序列组织为复合序列，使故事叙述下去且承载深厚思想的叙述方式。明清小说评点家大都关注这种叙述方式。然而，古人的关注多侧重于叙事技巧，而事实上，技巧不是孤立的，它反映着叙事的本质和整体构

---

① 乔纳森·卡勒《结构主义诗学》，盛宁译，中国社会科学出版社，1991年，第315—316页。

思，也就是说，技巧背后隐藏着丰富的内涵。关于嵌入，相关研究中还存在着概念模糊，如"嵌入"与"插入"的差异就还有说明的必要。本节从叙事的灵魂——心理意图——入手，意在较为系统地阐述嵌入的本质及其在叙述中的功能。

一、何谓嵌入序列

研究嵌入叙事，应首先理清楚何为嵌入。因嵌入是将单一序列变为复合序列的主要叙述方式和手段之一，故而在理清何为嵌入之前要弄明白两个问题：何为序列？何为主序列与次序列，嵌入的序列属于哪种序列。

先说何为序列。最早系统地解释这一概念的是法国的叙事学家克洛德·布雷蒙。他在《叙述可能之逻辑》一文中对序列这一概念做了系统阐述。他指出：

> 1. 基本单位（故事原子）仍然是功能。和普罗普的看法一样，功能与行动和事件相关；而行动和事件组成序列后，则产生一个故事。
>
> 2. 三个功能一经组合便产生基本序列。这一个三功能组合是与任何变化过程的三个必然阶段相适应的。
>
> a）一个功能以将要采取的行动或将要发生的事件为形式，表示可能发生变化；
>
> b）一个功能以进行中的行动或事件为形式，使这种潜在的变化可能变为现实；
>
> c）一个功能以取得结果为形式结束变化过程。[1]

由此可知，布雷蒙认为一个序列就是一个故事，它由三个功能即变化过程的三个阶段组成：行为意图产生阶段（"将要采取的行动或将要发生的事

---

[1]　克洛德·布雷蒙《叙述可能之逻辑》，见张寅德编选《叙述学研究》，中国社会科学出版社，1989年，第154页。

件”）；行为意图实践阶段（“以进行中的行动或事件为形式”）；行为意图实践的结果（“以取得的结果为形式”）。布雷蒙在接下去的文字中将上述观点以图示方式表述得更加具体清晰①：

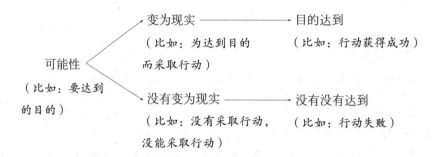

他没有用“意图”这一字眼，却称之为“要达到的目的”，而“要达到的目的”正是本节所说的“意图”。如是说来，三个功能系列：意图的产生、意图的实践、意图的实现，便组成一个基本序列——一个故事。更重要的是，意图的产生、实践、结果三个阶段是人类所有行为都具备的必然的过程。换言之，是任何国家、任何民族的人的行动的共同形式、共同过程结构、共同规律，具有人类的普适性，既适用于西方，也适用于中国，适用于分析中国的叙述文本，而这是我们的研究得以开展的前提。

由于每个序列中行为的主人公在整部小说叙述中的地位不同，人物行为意图所组成的序列便有了主次之分。所谓主序列，是指一部小说中核心人物的人生意图所组成的序列；次要人物的人生意图所组成的序列，就是次序列。如果在一部较长的叙事文本中，要寻找主意图序列，并非一件易事，需要采用有效的方法。我们可以将西方人的理论分析法与中国人的体验方法结合起来，这种方法就是先找到叙事文本中的主人公（主体-施动者），而后确定他的行为目标、意图（客体-受动者）及其结果。最终把寻找的结论浓缩为一个含有主、谓、宾的句子。这个句子的主语是小说的主人公，谓语是他生成

① 克洛德·布雷蒙《叙述可能之逻辑》，见张寅德编选《叙述学研究》，中国社会科学出版社，1989年，第154页。

的意图（意欲），宾语（客体-受动者）是实现的目标或结果。具体公式为：行为者X渴望着目标Y，结果是Y+Z（Z代表着与Y不相同的诸种结果，两者间呈反比例关系。Y所占比例高，Z则相应地变小，直至等于零。反过来也如是）。

如《杜十娘怒沉百宝箱》中杜十娘的意图序列，我们可概括为：杜十娘想嫁给书生李甲，却被李甲出卖给一个不相识的人而投江自尽。《蒋兴哥重会珍珠衫》中蒋兴哥的意图序列为：蒋兴哥想与妻子白头偕老，却意外地休弃了妻子，又意外地与旧妻破镜重圆。《卖油郎独占花魁》中卖油郎的意图序列为：卖油郎想与花魁娘子成就一夜夫妻，却成就了终身夫妻。《红楼梦》中贾宝玉的意图序列为：贾宝玉想与情投意合、纯洁美丽的黛玉结为夫妻，却娶了自己不爱的宝钗，遂出家了。

以上抽象的句子有一个共同点，作为主人公人生的大序列，所抽象的只是萌生的意图及其实践的结果，而省略了意图实践的过程。当我们去填补这一过程的时候，竟意外地发现：这个意图的实践过程往往是通过嵌入方式，由所嵌入的序列承担实践的主要任务。如《蒋兴哥重会珍珠衫》中间的实践过程，正是通过四个序列填充的。一是陈大郎想占有蒋妻王三巧，如愿以偿后，不料事败病亡；二是蒋兴哥得知王三巧与陈大郎偷情而休掉了三巧；三是平氏（陈大郎妻）要救病中的丈夫，却因丈夫去世而嫁与了蒋兴哥；四是县令吴杰上任途中要寻一佳丽而娶了王三巧。在这四个序列中，只有蒋兴哥休妻是主意图序列故事，其他三个序列全是嵌入的非主意图序列。可见，区分嵌入序列与非嵌入序列的标准只有一个，那就是行为的主体（施动者）是叙事文本的主要人物或非主要人物。如若是非主要人物，其意图序列当是嵌入序列。换言之，嵌入序列都是次要人物的意图所构成的次序列。所谓嵌入，就是将次要人物的行为意图构成的次序列插入主意图序列中的叙述形式。

当我们弄清了嵌入概念，便会发现，"嵌入"与"插入"虽然在叙事形式上极为相似，但又有明显差异。差异有二：其一，内容的性质与长短不同。嵌入的内容是一个故事，即一个人物的行为意图从生成、实践到结果三个阶段的过程。而插入则可以是一句话、一个场面、一个信息，不一定是一个故事序列。譬如《红楼梦》第73回"痴丫头误拾绣春囊"，写贾母身边干粗活的傻大姐，无意间在大观园内捡到一个绣春囊，她看着上面绣着的两个妖精在打架而傻笑。但这位傻大姐捡到绣春囊后只是好奇，并无什么目的和打算，构不成序列，故而不能称之为嵌入，只能称之为插入。而当邢夫人看到绣春囊后，萌生了一种想法——羞辱王夫人，打击王氏势力者的气焰。随后的抄检大观园便成为嵌入故事。其二，嵌入故事的行为主体必须是主要人物之外的次要人物，而插入的对象可能是次要人物，也可能是主要人物。如《水浒传》写武松在柴进庄上与宋江告别，要去寻找自己的哥哥，在景阳冈遇到老虎，并将其打死。因打虎故事的行为主体是主人公武松，而非其他次要人物，故而武松打虎（对武松而言，打虎是偶然性事件，非意图性事件）也属于插入而非嵌入。

二、嵌入序列的生成

当我们分析了何为嵌入后，接下来的问题便是：嵌入方式是如何生成的？因何会有嵌入，即嵌入产生的根源和动力是什么？嵌入产生的根源之一并非叙事技术的需要，而是缺失及其补偿的需求，即前一个故事序列存在的先天不足，以及因此不足而引起的叙事者改变此状况的欲望。这种改变状况、填补缺失的欲望正是嵌入产生的根源与动力。

以《蒋兴哥重会珍珠衫》为例。蒋兴哥与三巧新婚后不久，便从家业长远考虑，认为不能坐吃山空，要继承父业，远出经商，为后半生积攒家私。三巧也赞同丈夫的意愿。于是丈夫外出经商成为新婚夫妇共同的意愿。这个意愿的前提是三巧在家静待丈夫明年春天回来欢聚，即蒋兴哥外出与三巧在家不会出现任何意外。但是这个前提存在与之相反的两种可能性：蒋兴哥没赚到钱而不能按时回来；三巧因独守空房而出现情感意外。正因这两种不足的存在，便有生成改变其不足（包括利用其不足，使其走向相反方向）的另一类可能性。事实上正是如此，蒋兴哥因病而拖延了赚钱，也拖延了回家的日期。书中写道："兴哥在家时原是淘虚了身子，一路受些劳碌，到此未免饮食不节，得了个疟疾；一夏不好，秋间转成水痢，每日请医切脉，服药调治，直延到秋尽方得安痊。把买卖都担阁（耽搁）了，眼见得一年回去不成。"① 而王三巧在家，因思念丈夫，误将另一后生认作回家的丈夫而开窗探视，却被那后生陈大郎看入心里，一心要得到她。而王三巧也遂被贪财的卖花婆子挑弄，"春心飘荡"，最终由婆子设计牵线，成就了"美事"——三巧心归他人。陈大郎要占有王三巧的意图便是嵌入。这个嵌入所以产生，除了陈大郎的情欲外，另一原因便是上一序列存在的不足。

嵌入产生的根源之二是叙述者的叙事意图未能实现而存在缺失，需要用某种方法填补缺失以完成叙述意愿的实现。《西厢记》写张生与莺莺一见钟情，张生千方百计要再见莺莺一面。而令他百般无奈的是崔夫人间阻、红娘态度并不十分明朗。至此，作者叙述此事的意图——"使天下有情人终成眷属"——便难以实现，从而造成叙事者意愿的缺失。于是便产生了克服间阻，补救缺失，实现"有情人终成眷属"的叙事愿望。这种愿望促使作者采取了嵌入情节的方式。这正是孙飞虎兵围普救寺情节和白马将军率兵解围情节嵌入的另一根源。正是因为有了孙飞虎兵围普救寺，才有崔夫人当众以女儿相许的诺言。正因张生下书请来了白马将军，解救了崔家母女，方使得张生与莺莺的婚姻名正而言顺。虽然崔夫人赖婚，红娘却给了张生同情和帮助，莺莺也鼓起了走出礼教藩篱的勇气。诚如李渔所言："夫子之许婚，张生之望配，红娘之勇于作合，莺莺之敢于失身，与郑恒之力争原配而不得，皆由于此。"② "白马解围"的嵌入，推动了剧情的发展，那完全是出于叙述者的叙述意愿。

嵌入产生的根源之三是原序列缺失与作者叙述愿望难以实现的缺失共同作用的结果。如《西游记》中孙猴子学长生不老术故事的嵌入，一方面是来自求仙访道之前故事序列（花果山为王）存在的缺失，即猴王的忧患："将来

① 冯梦龙《蒋兴哥重会珍珠衫》，见吴晓铃等选注《话本选》，人民文学出版社，1984年，第138页。
② 李渔《闲情偶寄·结构第一·立主脑》，见《李渔全集》第三卷，浙江古籍出版社，1988年，第8页。

年老血衰，暗中阎王老子管着，一旦身亡，可不枉生世界之中，不得久住天人之内。"① 正是这一忧患使他萌生求长生不老术的意图，肯用十几年时间跋涉千山万水，用九年时间学会七十二般变化和筋斗云。另一方面，作者要写出下一序列——大闹天宫故事，就要塑造一位武力超群、天不怕地不怕的英雄，而求仙访道前的猴王并不具备这一条件，故而写求仙访道序列，是为写大闹天宫序列中武艺盖世的英雄孙悟空。这样一位英雄的产生，补救了下一叙述意图难以实现的缺失。

总之，嵌入叙述方式的出现并非孤立现象，且非作者的心血来潮，也不只是一个艺术技巧问题，而是其内在与外在的根源和必然性所在。

三、"改善""改恶"功能

对于原序列而言，嵌入序列具有推进、隔断、阻抑、改变功能，这些功能会使故事的叙述发生较大的变化。西方叙事学将其分为变善、变恶两类，或称为改善进程和改恶进程。"布雷蒙认为，所有的序列，至少所有的大序列，都是非改善即恶化的。一个改善的序列总是从一种缺乏或不平衡开始（如缺少一个妻子），最终达到平衡（如找到一个妻子）。这可以是故事的结束，但也可能不是；倘若不是，已获得的平衡就可能遭到破坏（如妻子逃走），随之就会出现一个恶化的过程。一旦恶化到最坏的地步（如离婚），便又可能引出新的改善（如找到一个新妻子），如此循环，无休无止（至少在理论上如此）。"② 里蒙·凯南所介绍的布雷蒙的观点虽称之为变善、变恶进程，但这两个概念与我们传统的"善""恶"概念并不完全相同。他说的善与恶只是意图实现过程的两种状态：由心理的缺失到平衡，再由心理的平衡到不平衡。前者指因有某种欲望却不能实现，从而产生不平衡，而不平衡生发出实现欲望的新欲望——意图，于是便采取行动，最终使欲望满足，意图得以实现。需要指出的是，这个欲望的由缺失到实现，在中国的叙事作品中有

---

① 　吴承恩《西游记》，上海书店出版社，2009年，第5页。

② 　里蒙·凯南《叙事虚构作品》，姚锦清等译，生活·读书·新知三联书店，1989年，第43—49页。

三种可能性，第一种是通过合乎伦理道德的行为来实现，第二种是通过损害他人的不道德行为来实现，第三种是用善恶兼施的手段来实现。所以依照中国人的价值观念，布雷蒙所说的善可能是恶。不过，我们只要知道，所谓的变善只是心理欲求从不足到满足的过程。而所谓恶，却是从满足到缺失的另一个过程。就中国古代的叙事文学而言，由于"宗经""征圣"以及"惩恶扬善"的创作意图的普适性，嵌入序列改善进程类较多。如表现男女爱情意图的叙事作品，往往是由爱情的缺失而追求爱情，最终实现原初的愿望。非但多数爱情作品如此，许多喜剧性的叙事文本也多属于此种类型。愿望满足了，却产生了新的缺失，新的不平衡的改恶进程则多为悲剧。事实上，因嵌入新序列而产生悲剧的另一种类型，则是心理有某种缺失，力求弥补缺失，实现心中的意图，却因外力的原因而使愿望最终破灭。如《红楼梦》中因薛家的介入而使宝玉、黛玉的爱情成为悲剧。又如《杜十娘怒沉百宝箱》中嵌入的孙富序列，使杜十娘自己与百宝箱怒沉于江中。还有一类小人意图序列的嵌入造成悲剧，给人印象往往更为强烈，如李玉《一捧雪》中的汤勤故事，《红楼梦》中卖主求荣的贾雨村故事，《水浒传》中插入的王婆故事等。

中国的叙事文学中嵌入序列与原序列的关系，除了西方所列改善进程与改恶进程（或改善—改恶循环式）外，更常见的还有先变恶后转善的类型，如《窦娥冤》中张驴儿父子序列的嵌入，打破了窦娥与婆婆平静的生活，以致生存下去的愿望都不能实现，终死于黑暗势力的刀下（改恶进程）。后来窦天章故事的嵌入，终为其女窦娥昭雪，使窦娥复仇愿望得以实现（改善进程）。《赵氏孤儿》《西游记》也属于此类。第四类则是先为改恶进程，后为改善进程，终为改恶进程（恶—善—恶）。如《水浒传》中受压迫的好汉愿望因环境恶劣难以实现，身陷绝境（改恶类），后铤而走险到梁山入伙，转危为安（改善类）。最后为了得到名分和功名而终遭奸臣陷害，大多魂聚蓼儿洼，功名愿望破灭（改恶类）。第五类是先为向善类——愿望实现，后为向恶类，最初的愿望失败，最终走向改善进程，愿望终于实现（改善—改恶—改善），如洪昇《长生殿》中杨玉环故事序列的嵌入，苦闷的唐玄宗终于得到杨玉环，封为贵妃，宠爱无比（改善）；安禄山故事序列的嵌入，形成马嵬坡之变，杨贵妃殉难，愿望破灭（改恶）；道士故事的插入，牛郎织女星为唐明皇心诚所感，终于让他们在九重天相见，愿望终得以实现（改善）。不过对于大多数由改恶进程转入改善进程类型的变换结构来说，改善往往带有更多的虚幻成分与理想化色彩，从而显得软弱无力。

那么改善与改恶两种进程究竟是如何形成的呢？这不得不涉及嵌入人物与原故事人物间的诸种关系的分析。

四、改变功能之源："帮助者""反对者"

如果说嵌入故事序列可以使原有序列向着改善的方向发展，使故事主人公的人生意图由不能满足走向实现，那么，这种改变的前提是新的力量加入，增强克服阻力的势能，从而推进主人公的行为走向预定目标。而新的力量的加入当来自嵌入故事的主人公。这些加入的人物与原故事主人公在欲求或利益上有其一致性，能帮助原故事主人公实现意愿，我们称这类人物为帮助者。相反，如果嵌入的故事使原故事主人公的意愿受到更大阻力而难以实现，从而向着改恶的方向转变，那么这种阻止意图实现的力量很可能来自嵌入故事的主人公。他们的意图与原故事序列中主人公的意愿不一致乃至相对抗，由于他的反对而使原序列主人公的意愿难以满足，我们称这类人物为反对者。"主体希望某种东西，或者获得了，或者未获得。过程通常并不这么简单，目的是难以企及的。主体在过程中会遇到反抗，也会得到帮助。"[1] 以《西游记》为例，当龙王与阎罗王一同将孙悟空告到玉皇大帝面前，希望天庭惩治妖猴时，这一意图也成为玉皇大帝的意图，于是形成新的故事序列。在这个插入的故事序列中，孙悟空的意图随着与天宫神权斗争的胜利而不断膨胀，由齐天大圣直到取玉皇大帝而代之。同样，他的支持者在三界几乎等于零，而反对者由龙王、阎王扩展为以玉皇大帝为首的整个仙界，最终连佛界的最高权

---

[1]　米克·巴尔《叙述学：叙事理论导论》，谭君强译，中国社会科学出版社，1995年，第33页。

威如来佛祖也加入反对者阵营。如是一来，由于反对者的力量过于强大，孙悟空的愿望随着被身压五行山下而彻底破灭，孙悟空的故事也走向改恶的行程。当释迦牟尼将传经于东土的意愿嵌入孙悟空故事后，《西游记》故事便进入西天取经序列，孙悟空为了报答观世音的救命之恩，答应保护唐玄奘去西天取佛经。此时，孙悟空的意图与如来佛、观世音等的意图相同，于是，不仅佛界，整个仙界都成了他的支持者，他的力量远胜于地上阻止取经的妖魔。自此，孙悟空的故事走向改善的进程，直到意愿完全实现。

不过，在中国相当一部分叙事文学作品中，嵌入的序列人物并非只是帮助者、反对者界限分明的两个阵营，还有处于两者中间的骑墙派，还有见风使舵、有奶便是娘的功利主义者。在爱情故事的叙述中，常常有两女争一男或两男争一女的三角形恋爱，使嵌入故事序列中的人物带有模糊性和不确定性。这些意图不确定性人物的心理态度的变化，对原故事序列中主人公人生意图的实现与否有直接影响，从而使故事的改善进程或改恶进程复杂而多变，如《桃花扇》中的杨龙友故事序列的嵌入。对于侯方域在六朝古都寻得佳丽的意图来说，杨龙友是帮助者；但是，他想调和阉党余孽阮大铖与复社文人间的关系，而李香君反对接受阮大铖的助奁银两，这时，对侯、李爱情来说，杨龙友又起了反对者的作用。由此，故事显得曲折多变。《三国演义》重点写曹魏与刘蜀间正统与非正统的争斗，曹魏是刘备实现"匡扶汉室"意图的主要障碍，而孙吴故事的不断嵌入，使得刘备意愿的实现变得变幻莫测，时而改善，时而改恶。《红楼梦》在原神话故事序列中，本只写神瑛侍者与绛珠草两者间的情感纠葛，后嵌入薛宝钗的故事，又来了个"金玉良缘"，使得"木石前盟"的意愿变得扑朔迷离、曲折多舛。小说的进程，因为有了帮助者、反对者行为的嵌入而变得丰富多彩，因为帮助者与反对者的作用而有了多重不确定性，更因为第三者态度的不确定性，增添了不可知与变化的神秘色彩。正是这些不确定性、多变性使得小说充满了诱人的力量。进一步推究，造成故事复杂多变的更深的原因，还在于帮助者的力度往往并不那么充分，对于被帮助者达到预定意图而言，依然存在着一定的距离和不确定性。

而反对者的不确定性也同样明显，有时力度显得很强，他们的聪明才智甚至在帮助者之上。当然，有时反对者也会出现意想不到的缺位。前者如《红楼梦》中的林黛玉在实现自己婚姻的意愿过程中，也得到了他人的同情和帮助，如贾母、薛姨妈、王熙凤（前80回）、紫鹃等。贾母的态度始终不明朗；薛姨妈有其言无其行；王熙凤心知肚明，只是嘴头子上开开玩笑；紫鹃行侠仗义，却因人微言轻而无补于事。正是这些因素，带来了黛玉的忧虑以及与宝玉间反复试探的痛苦，也使读者的同情心更多给予了弱者黛玉。后者如《杜十娘怒沉百宝箱》中鸨母糊里糊涂答应只要三百金赎身钱，造成杜十娘较容易地赎身而去；自以为聪明、能牵着李甲鼻子走的孙富，因将杜十娘想得过于简单而最终人财两空。帮助者与反对者的强弱变化造成了故事改善或改恶进程的复杂多变和诱人的艺术魅力。诚如荷兰叙事学家米克·巴尔所言："每一个帮助者形成一个必不可少的但本身并不充分的达到目的的条件，反对者必一个个地加以克服，但这种克服的行动并不能保证一个满意的结局：任何时候一个新的对抗者都可能露面。正是帮助者与对抗者的不断出现，使得素材充满悬念，精彩纷呈。"①

五、嵌入式的间断、接续功能

嵌入方式对于中国古代小说来说还有更为重要的功能，那就是使正在叙述的故事间断，或使前面被间断的故事接续起来。前者金圣叹称之为"横云断山法"。"有横云断山法：如两打祝家庄后，忽插入解珍解宝争虎越狱事；又正打大名城时，忽插入截江鬼、油里鳅谋财倾命事等是也。只为文字太长了，便恐累坠，故从半腰间暂时闪出，以间隔之。"② 后者，金圣叹称之为"鸾胶续弦法"。"如燕青往梁山泊报信，路遇杨雄石秀，彼此须互不相识，且由梁山泊到大名府，彼此既同取小径，又岂有止一小径之理？看他顺手借如意子打鹊求卦，先斗出巧来，然后用一拳打倒石秀，逗出姓名来等是也。

---

① 米克·巴尔《叙述学：叙事理论导论》，谭君强译，中国社会科学出版社，1995年，第35页。
② 金圣叹《金圣叹全集》（一），江苏古籍出版社，1985年，第23—24页。

都是刻苦算得出来。"①

这种间断和接续对于故事叙述的作用和意义非同小可。其一，它可以有效地解决一时两事（同一时间在不同空间发生的两件事）给叙述带来的困难。用嵌入方式将一件事（一个简单故事序列）剪断、搁置下来，插入另一件事，使同一时间发生的两件事都纳入到叙述中来。而在早期的小说文本中，常用"花开两朵，各表一枝"的套语，说明同一时间内发生的两件相关的故事。

其二，不断地嵌入，可以避免故事叙述的单调、乏味，使叙述的内容得到极大丰富。如《金瓶梅》叙武大郎死后，西门庆与潘金莲更肆无忌惮，正打得火热，却突然撇下金莲，插入娶孟玉楼和嫁西门大姐事；娶金莲进府，又插入妓院梳笼李桂姐事；正写桂姐忽又插入宋蕙莲；正谈生意，忽官吏来访；刚送走官吏，媒婆又访等等，不一而足。毛宗岗批《三国志通俗演义》亦有同感："《三国》一书，有笙箫夹鼓、琴瑟闻钟之妙。如正叙黄巾扰乱，忽有何后、董后两宫争论一段文字，正叙董卓纵横，忽有貂蝉凤仪亭一段文字……诸如此类，不一而足。人但知《三国》之文是叙龙争虎斗之事，而不知为凤为鸾为莺为燕，篇中有迎接不暇者，令人于干戈队里时见红裙，旌旗影中常睹粉黛，殆以豪杰传与美人传合为一书矣。"②

其三，嵌入故事新序列可以带来新人物、新故事、新关系、新矛盾，促成故事叙述的曲折多变，如《型世言》第20回"不乱坐怀终友托，力培正直抗权奸"。这一回写监生秦凤仪参加乡试，路过扬州，拜见朋友石不磷，却嵌入石不磷让他顺路送一位少女给窦主事（那是他为窦主事买的一位美妾）。窦主事知道送来的美妾与秦凤仪共乘一小舟同居一室月余，便疑心二人有染，当夜试身后却发现此美妾尚是位处女，窦主事为秦凤仪坐怀不乱之德而深深感动，成为至交。后插入窦主事向他授考场秘诀，使秦凤仪考场连捷，中了二甲进士；石不磷护送他到广西融县上任，中途嵌入了擒获到的劫船的水盗

---

① 金圣叹《金圣叹全集》（一），江苏古籍出版社，1985年，第24页。
② 毛宗岗《毛宗岗评三国演义》，见朱一玄、刘毓忱编《三国演义资料汇编》，百花文艺出版社，1983年。

头领，本要被一刀砍死，却被秦凤仪释放事。秦凤仪到任后，太守逼他到苗洞讨税粮，随从们都知此去必死而先后逃脱。秦凤仪因遇所放水盗头目相助，竟征得税粮。上司欲加害于秦凤仪，危难时又得新上任的太守窦主事大义相救而免于灾祸。正是因为窦主事故事和水盗头领故事的嵌入，秦凤仪几次从死神手下逃脱，故事也因此而曲折多变。有的故事因嵌入新的故事序列，使故事走向最初的反面，大出读者意料。如《三国演义》中吕布拜丁原为义父，使得董卓畏惧三分。后插入李肃以珠宝之利引诱吕布事，而最终吕布却杀了义父丁原，完全走向了原来意愿的反面。"《三国》一书有星移斗转、雨覆风翻之妙。……本是何进谋诛宦官，却弄出宦官杀何进，则一变；本是吕布助丁原，却弄出吕布杀丁原，则一变；本是董卓结吕布，却弄出吕布杀董卓，则一变；本是陈宫释曹操，却弄出陈宫欲杀曹操，则一变；陈宫未杀曹操，反弄出曹操杀陈宫，则一变。"①

其四，嵌入可以缩短单个故事的长度，使时间的叙事更多让位于空间场景叙事，缓释读者的审美疲劳。"文之长者，连缀则惧其累赘，故必叙别事以间之，而后文势乃错综尽变。"②

中国古代小说叙事中嵌入方式使用的频率可能高于西方小说。这是因为，西方小说擅长展现事件的时间长度，往往一部长篇叙事作品（一部戏剧或一部长篇小说）所写不过几天，最多一年半载的事。情节是由时间与逻辑线索贯穿起来的。而中国的叙事作品长于故事性的空间场景叙述，一个故事序列只是几个故事场景的连缀，时间表述一般较为粗疏，往往展现人的一生（十几年、数十年），最短也有若干年。连接那若干故事场景的则是某种抽象的理念、具体的人生意图。这一点与抒情性文学更为相似、更为接近。中国诗讲究言志、抒情、写意，小说戏曲则言命运（结局）、绘故事场景、写意图。

---

① 毛宗岗《毛宗岗评三国演义》，见朱一玄、刘毓忱编《三国演义资料汇编》，百花文艺出版社，1983年，第302页。

② 毛宗岗《毛宗岗评三国演义》，见朱一玄、刘毓忱编《三国演义资料汇编》，百花文艺出版社，1983年，第303页。

故而叙事者有意采用嵌入式写法，将较长的故事间断，分段叙述，从而凸显空间性和故事场景的意义，如《西游记》西天取经故事序列，展示的重点并非事件与事件之间逻辑关系和时间引起的人的心理变化及其情节的变化，而是一座座山上、一条条河里的故事。故事场景的变化会不断给人新鲜感，而无时间漫长所带来的厌倦疲劳。漫长的取经征程，叙事者将它隔断为九九八十一段（八十一难）。在其他长篇小说中，较长的故事也是采用数字表示场景变化，而每一个场景自然将故事分为若干段，如三顾茅庐、七擒孟获、六出祁山、九伐中原、过五关斩六将、三气周瑜、三打白骨精、三打祝家庄、三败高俅等。这些说到底是中国人在早期就已形成的意象思维的表现，因为意象既包括物象（静态的，以单独的物体为单元），也包括事象（动态的，以故事场景为基本单元）。所谓思维痕迹不过是那些表意的象以情感、事理为线索的组合而已，就像句子是由字词根据表意需要组织起来的一样，但意象的象（物象、事象）具有独立性。与汉字具有天然独立性一样，叙事的事象也具有独立性，而嵌入式叙事正是由这种事象独立性规定的，这种独立性是古代文学嵌入式叙事使用频率高的根本原因。

第四节　小说叙述的意味形式①

一、艺术与叙事的意味形式

"意味形式"一词是英国著名美学家克莱夫·贝尔在其《艺术》一书中提出的概念。在承认审美判断是根由人的个体体验基础上，贝尔同时又提出了一个关于艺术审美判断标准的问题，即"所有的人谈起艺术的时候，总会在心理上将艺术作品与其他所有的东西区分开来，这种分类有什么正当的理由

---

① 本节是国家社科基金项目"明清小说意图叙事与意味形式研究"（项目批准号：08BZW043）的研究成果，原文刊载于《社会科学》2015年第1期。

呢?"① 贝尔认为必须由一个概念来解决这个审美判断中所共同的问题, 艺术这一类别的东西中必须具有某种区别于其他任何人类作品但是又能为这一类别的艺术所共有的属性, 这就是他所提出的"有意味的形式"。

> 在每件作品中, 以某种独特的方式组合起来的线条色彩、特定的形式和形式关系激发了我们的审美情感。我们把线条和颜色的这些组合和关系以及这些在审美上打动人的形式称作"有意味的形式"。②

贝尔这段话与其论及的"有意味的形式"内涵向我们传达出四个重要信息。其一, 每部艺术作品都有其独特的形式。形式由线条色彩、特定的形式和形式间的结构关系三部分构成。其二, 纯粹的形式可以激发人的审美情感, 即意味隐身于形式之中, 意味源于形式。"他是在纯粹形式中感受到被激发的情感的, 或者说他是通过纯粹的形式来感受到这种情感的。"③ 其三, 形式虽具有自足性, 但有意味是其灵魂, "艺术就是创造有意味的形式"④。其四, 有意味是一种隐喻, 有耐人品味的重复性功能。正如苏珊·朗格对意味形式所分析的那样, "艺术品表现的是关于生命、情感的内在现实的概念, 是一种较为发达的隐喻……它表现语言无法表达的东西——意识本身的逻辑"⑤。贝尔的"意味"一词, 很可能受到中国古代"意象""意境"和"意味"概念的影响, 有着隐含于语言背后的味浓耐品的意义。贝尔在《艺术》一书中自己说: "我在思考艺术的本质特征时, 大量地接触到了古代原始艺术, 包括古印度、古埃及、古罗马和中国古代魏晋唐大师的作品。"⑥

---

① 克莱夫·贝尔《艺术》, 薛华译, 江苏教育出版社, 2005年, 第5页。
② 克莱夫·贝尔《艺术》, 薛华译, 江苏教育出版社, 2005年, 第4页。
③ 克莱夫·贝尔《艺术》, 薛华译, 江苏教育出版社, 2005年, 第29—30页。
④ 克莱夫·贝尔《艺术》, 薛华译, 江苏教育出版社, 2005年, 第126页。
⑤ 苏珊·朗格《艺术问题》, 藤守尧、朱疆源译, 中国社会科学出版社, 1983年, 第25页。
⑥ 转引自潘繁生《中西艺术美学交汇点: "意境"与"有意味的形式"》,《淮海工学院学报》2005年第1期, 第42页。

　　贝尔对艺术的"有意味的形式"的预设，虽然基于绘画艺术特别是后印象派绘画艺术，然而，其目的则是由此抽象出艺术的共同的本质特征，是经他强调的"打动我的视觉艺术作品所具有的唯一的共同和独特的属性"。而这个判定的标准是在艺术作品中客观存在的，尽管所有艺术的审美都会流于个人体验的问题，但是充其量只是因为每个人对于某个作品中是否含有这种"有意味的形式"的看法有分歧罢了，而在"有意味的形式"是否能够引起人的美感方面则是不应该存在多少分歧的，是可以确定的。于是，这个经由贝尔的绘画审美实践而提出的概念其实很好地运用"独特方式组合在一起的形式会如此深刻地打动我们"这一基本事实，解决了艺术审美判断中主观性和客观性之间的分歧问题，也因此"意味形式"的概念在《艺术》一书中一经提出，便成为形式主义美学的一个典范，研究者对于它的使用范围也远远超出了贝尔提出这个概念时所针对的视觉艺术领域，尤其是在叙事艺术的研究中，"意味形式"不断被用来分析小说、戏剧。

　　将"有意味的形式"运用于语言艺术的叙事作品的分析，涉及视觉艺术领域的概念是否适用于语言艺术的问题。绘画的视觉艺术与语言的叙述艺术是两种性质不同的艺术形式。绘画可以从现实生活中抽象出线条、色彩及其关系来表现人的精神情感，可以用静态的线条构图表现人的生命意识与心灵世界，它可以排斥运动、节奏、描述，也可排斥对于生活的再现性描绘，可以超越生活情感的层次直接引人进入审美情感层次。而叙事艺术则是通过叙述运动的、历史的、有节奏的故事，表现人的情感与精神世界。再现性的叙述、描绘是其艺术的基本手段，而审美情感是隐身于生活情感之内的存在，不能逾越生活情感，故而生活情感不能被排斥于艺术之外。正因此，贝尔关于"描述性绘画不是绘画，而再现往往是艺术家低能的标志"[1]一类的话，以及排斥"生活情感"的观点[2]，只适合于绘画艺术特别是后印象派绘画艺术，

————————

① 克莱夫·贝尔《艺术》，薛华译，江苏教育出版社，2005年，第92页。

② 克莱夫·贝尔在《艺术》中说："再现常常是一位艺术家的缺点的标志。一位低能的画家如果无力创作出哪怕能唤起少许审美情感的形式，他将会通过暗示生活中的情感来弥补（转下页）

这是我们不能不看到的。然而，就通过形式而感动人这一性质而言，二者具有相通性。

首先，"意味形式"生成的原因在二者中是一样的，都是缘于人内心的情感需求——作者情感需求与接受者情感需求的一致性。贝尔认为"所有美学的起点一定是个人对于某种独特情感的体验。我们将能唤起这种情感的对象称为艺术品"①。所以，"意味形式"就是作品能打动人的艺术形式。诺曼·霍兰德认为："不同个人在解释作品时的差异与一个人心理'同一性'有关。"②"一旦读者小心地设好防卫，以抵挡一篇叙事可能给心理平衡带来的任何潜在威胁之后，他（她）就能够自由幻想，而这将满足个人求愉快的内在冲动"③，这是视觉艺术与语言艺术共同的目的性。之所以有此共同的目的性，是因为两种艺术都具有通过艺术形象感动人的本质性特质。

其次，好的叙事作品和好的视觉艺术作品之所以能"打动人"，靠的都是作品自身的艺术形式，只不过视觉艺术是直观的线条和色彩，而叙事作品则是语言所叙述的人物行为（故事）的时空组合。贝尔一再强调他所认为的"有意味的形式"并不是一般人通常所言的"美"，而是表现美的形式——"在审美上打动我的线条和色彩（把黑色和白色也算作色彩）的组合"④。并且他肯定了"有意味的形式"可以被"形式组合"和"韵律"等词语替换，但在类似的意义之外，任何描述性的成分或者暗示情感、传达信息的成分都是不应该存在的。在贝尔那里是一种对形式的极致强调——线条、色彩及其之间的关系。只有这些组合才是表达情感从而"打动人"的部分。而在叙事艺术中，同样也存在着类似的对应关系，那就是语言和文字的组合所表现的时间与空间、故事与情节的组合。"一旦文学把语言用作表达思想、感情或美

（接上页）这一点，而为了唤起生活中的情感，他必须使用再现的手法。"见《艺术》，薛华译，江苏教育出版社，2005年，第15页。

① 克莱夫·贝尔《艺术》，薛华译，江苏教育出版社，2005年，第3页。
② 华莱士·马丁《当代叙事学》，伍晓明译，北京大学出版社，2005年，第159页。
③ 华莱士·马丁《当代叙事学》，伍晓明译，北京大学出版社，2005年，第160页。
④ 克莱夫·贝尔《艺术》，薛华译，江苏教育出版社，2005年，第6页。

的工具，就几乎再也不可能把文学看成一门与语言没有任何关系的艺术，因为语言用自身的镜子反照着话语，以此始终伴随着话语。"① 在《叙事作品结构分析导论》之中，罗兰·巴特对于语言的结构进行了详细的分析，从句子到超越句子再到意义层次，这正是以语言的单位进行组织的过程。如果说在绘画之中，画家是通过用线条构建起结构，再往当中填充色彩形成一种有意味的形式关系，从而打动欣赏者给他带来美感的话，那么在叙事作品中，作家也同样是通过先构建故事的基本结构框架，再填充场景、对话、细节的方式来完成的。在当代的叙事理论之中，研究者则将其解释为"被结构的故事"②，而将这一结构分析用在语言层次上，就是语言学提供给叙事学的关键性概念——描写层次。这一概念点明了叙事作品其实"不是单句的简单总和"，而是一个"意义系统的组织"。③ 罗兰·巴特将之称为"意义系统"其实正是强调了语言构成的系统性。而我们必须对其进行修正，因为语言所传达的不一定仅仅是意义，或者即使是意义，它也是如绘画一般，最终是能通过形式结构达到打动人的目的的。尽管绘画艺术与语言艺术的形式有着本质的差异，但它们打动人、激发人情感的功能却是一样的。既然二者在本质上和功能上具有相同性，那么"有意味的形式"的概念既适用于线条艺术也适用于语言艺术，适用于以语言叙述故事的叙事艺术。

二、小说叙事意味形式的层次

就艺术接受而言，视觉艺术和叙事艺术接受过程具有直接、间接性的差异。在视觉艺术中，欣赏者面对的是整幅的绘画即作品的全貌，所以线条的组合、线条和色彩的关系都是完整地呈现在欣赏者面前，一眼即可形成总体印象，引发出情感效果。这种直观性（视觉与感觉的同步过程）在艺术品体验中可以一次完成。而在叙事艺术作品面前，直观性消失了，线条变成了一

---

① 张寅德编选《叙述学研究》，中国社会科学出版社，1989年，第7页。
② 米克·巴尔《叙述学：叙事理论导论》第2版，谭君强译，中国社会科学出版社，2003年，第91页。
③ 张寅德编选《叙述学研究》，中国社会科学出版社，1989年，第7页。

个个文字的横向（或纵向）的线性排列。这些排列起来的语言长城必须通过较长的阅读过程才能完成，才能获得一连串的印象。视觉与感觉的同步性被拆分成了异步而且至少是三步。第一步伴随想象与记忆的阅读；第二步回忆，复制文字语言叙述的故事的时空顺序；第三步形成对艺术形式的总体感受。我们不否认阅读与感受具有同步性，但那种感受只是伴随着阅读的局部的阶段的感受，没有阅读绝无感受，而且只有当阅读完成后才有总体的感受。然而那种感受更多是对故事本身的感受，真正更深的感受——认知的升华——则是需要回忆、联想、重现书中的内容顺序和形式，从整体（形式）的联系中完成情感和认识的升华（第三步最高的感受）。以凌濛初《二拍》中的《转运汉巧遇洞庭红，波斯胡指破鼍龙壳》为例，只看题目，不知故事细节，不可能感动，只有读完了，获取了叙述的信息，方知道小说主人公文若虚是如何发生命运转换——由倒运汉变为转运汉。原来他这次海外游商，意外地发了两笔财：一筐"洞庭红小橘子"，换回了一筐银元；荒岛上捡到一个破鼍龙壳，换了五万两银子，成为一方巨富。这两个故事是阅读完成后，通过回忆而获得的。这两个故事中主人公文若虚的行为意图与行为结果的关系皆呈现逆折状，逆折是指与自己的初衷方向发生了大的逆转——转向了相反方向，即文若虚在海边沙滩晒橘子，起初的意图因担心"莫不人气蒸烂了？"，防止在船上捂的时间长了的橘子发霉，而结果却是换取了一筐银元。这种动机与结果的逆转是向善的向上向更高层次的善意转折。第二个故事也同样如此，只是转折多了次数，且向善向上的幅度更大。那个荒岛荒无人烟，大家都不下去，文若虚没来过，好奇而下船上岛。他并非想在岛上找到什么东西（他没有寻找东西的意图），却意外地发现了那个鼍龙壳。这是一个转折。他将那个破鼍龙壳带回船上的愿望，不过是回家做两张床，"锯将开来，一盖一板，各置四足，便是两张床"，结果他却获得了五万两银子，则又一折。第二折的向善向上比第一折更高。第二个故事与第一个故事相比，出乎意料的程度——回折的幅度——远大于第一个故事。两个故事的结构就以上两个特点来说愈到后来愈大，整部小说的结构由两个V字形由下向上叠成一个卧着的 w，给人意外的舒张、快乐。而这个形式所表现的正是人的一种美好愿望：贫穷者变富的强烈念想和老天美意带来的惊喜——发财也要靠天意和命运。而后一结果则是通过对全部小说整体的感受所获得的，属于第三步。由此，小说才能够如一幅完整图画那样在读者心中引起独特的意味。

　　由此看来，艺术作品的意味形式不尽存在于叙事文本中，同时也存在于读者的接受过程，并通过接受而最终完成。如是一来，叙事作品的意味形式的效果意义是一个不容忽视的现象，乃至可以说是检验叙事艺术的重要标准，从这个重要标准分析作品动人的意味形式，大体有诱人、动人和移人三个层次。

（一）诱人层次

　　一部叙事作品如果能引诱读者不断阅读下去，从而构成叙述长度和接受者的兴趣长度，而尚未能诱发接受者思考的深度与情感的震荡，那么，我们称这种能诱发人阅读兴趣长度（也仅仅是兴趣长度）的叙事作品属于具有"诱人"的意味形式类作品。诺曼·霍兰德的《文学反应动力学》在讨论到读者与文学作品之间的关系时认为，"他们不再注意艺术品之外的东西；他们全神贯注于作品之中"[①]，这便是作品达到了诱人的效果。这类作品的叙述主要通过借助事件性质的独特性或者叙述上暂时的缺场、缺席手法来完成的。前者主要是要描写人生中较少经历的能够满足人们好奇心和诱发人继续进行阅读的事件。《文学反应动力学》认为，这种"缺少"的事件正是"在核心的相当令人讨厌而又充满着欲望或恐惧的幻想"[②]的事件，正因为其是幻想——通过非现实的怪异和因果的缺席——更易于满足人们的好奇心。对于另一个方面的作品叙述中的缺席，则是叙述学论述中的一个重点，即"叙述者可以采用全交流方式，也可以采用压制方式。因此对读者来说在非限制叙述者或任务叙述者不想显示信息的情况下，或者在任务叙述者不掌握某一信息而无法

---

① 诺曼·N.霍兰德《文学反应动力学》，潘国庆译，上海人民出版社，1991年，第73页。
② 诺曼·N.霍兰德《文学反应动力学》，潘国庆译，上海人民出版社，1991年，第115页。

显示的情况下，信息就可能被延宕或压制"①。信息的被压制而造成的缺席可能是暂时性的，也可能是永久性的，"我们关于叙事和历史的概念依赖于一套有关因果性、统一性、起源和终结的共享假定"②。这样的共享假定不仅如华莱士·马丁所说一般是西方文学批评家所共有的，也是多数读者进行阅读时所秉承的一般心理需求，所以读者实际上总是期待被延滞或缺失的信息的具体内容，希望能够知晓并将其补全，这作为一种精神动力也是引诱读者继续阅读过程的一个主要原因。

　　如《蒋兴哥重会珍珠衫》便是一篇诱人的作品。其诱人的原因主要来自三个方面：一是故事与人物命运的牵引。一般说来，读者关心书中人物命运的程度超过对于故事本身的关注度，因为故事本身的核心就是人物的命运。而对于叙述的故事焦点（人物命运）来说，叙述者不会将其所知一览无余地倾泻于读者面前，相反却是煞费苦心地经营着他手中的信息透露技巧。叙述者的信息量大于读者得到的信息量，而叙述者运用手中多余信息巧妙地控制发出的时间，有意造成读者信息的缺失以及填充缺失的欲求，引诱读者不停地读下去。蒋兴哥与新婚宴尔的妻子王三巧分手，为了以后长久地生活而不得不去外地经商，将此前与父亲一同踩出的商业路接续起来并继续走下去。当他与三巧分手时，告知对方，明年春天椿树发芽，我就回来。对于故事的这一重要变故，存在着两人到明春三月可否如其所愿的疑问。首先是蒋兴哥经商是否顺利，如果身体患病，或没赚到钱，折了本儿等，蒋兴哥都难以回家。而蒋兴哥不能回家，年轻美貌刚饱尝婚爱幸福的三巧能否守得住寂寞的长夜，也是读者所关注的疑点。正是这来自两方面的信息缺失造成了读者产生阅读兴趣，引诱读者继续读下去。而当蒋兴哥果然因害了一场大病，花光了钱而未能回家后，读者的所有兴趣便转向了对王三巧的疑问上来。随即又出现了一连串的信息缺失和由此引起的疑问：那位街头上被向自己挥手的楼

①　戴卫·赫尔曼主编《新叙事学》，马海良译，北京大学出版社，2002年，第5页。
②　华莱士·马丁《当代叙事学》，伍晓明译，北京大学出版社，2005年，第78页。

上美女弄得神魂颠倒的年轻商人——陈大郎，一心想得到王三巧的愿望是否能够实现？他找到的王婆是否肯帮他的忙？又是怎样帮忙，怎样让两个陌生的男女弄到一起的……这种出于叙述者有意安排的对信息的控制与施放、停顿与延宕，是造成诱人的主要形式之一。

造成诱人的主要形式之二，则是人们极少知晓的怪奇的情节。这些怪奇的情节也是叙述形式中结构的核心——关隘处。对于《蒋兴哥重会珍珠衫》来说，就是陈大郎如何弄到王三巧，二人如何偷情。这一情节也是此部小说叙述故事的文眼，对于读者来说则是记忆的趣点、焦点，每当读者一想到这部小说的名字便想到陈大郎与王三巧。至于陈大郎酒后向蒋兴哥吐露真言，袒露出那件珍珠衫，以及此后蒋兴哥休妻、陈大郎病逝等一系列情节，不过是这一核心情节的延宕、补充而已。此前的夫妻分手与蒋兴哥不归等故事，也只是这一核心情节的铺垫而已，而最引诱人的地方就是怪异的少见的偷情故事。

造成诱人的意味形式的第三个原因，则是故事叙述者编排故事的技巧，说得具体点则是连接故事与故事、人物与人物的方法（这种方法不同于叙述者控制信息的方法，控制信息的方法多见之于某一事件长度的叙述之内，而连接故事与人物的方法则在不同故事长度之间关系的处理之中）。这种方法往往不是合乎逻辑的推理，相反是非逻辑性、非常理性的。正因非常理性，读者往往猜想不到，往往出乎读者的意料之外，像添加进催化剂一样，徒然增加读者的阅读兴趣。这种非逻辑性、非常理性的组合故事的方法，具有偶然性、意外性的特征。或者说，故事与人物就是由偶然性、意外性、巧合性组合起来的。譬如回家途中的陈大郎偏偏与蒋兴哥同坐一船，同吃一餐，瞬间便成为朋友；陈大郎死后，陈氏改嫁的男主人恰好正是蒋兴哥；蒋兴哥到潮州经营珍珠而犯人命官司，处理此官司的恰好正是王三巧改嫁的丈夫；等等。

不过诱人的故事有些只是满足人的好奇心，却不能推助读者产生与自己生活的联想，因为那些诱人的故事与读者间有较大的距离，或者故事本身就是虚幻的，现实生活中很少遇到。或者故事与读者的生活毫无联系性，只能使读者得到虚幻性满足。这类诱人的意味形式只停留于阅读过程中，也只存在于诱人的层次之内。另一类诱人的故事由于与读者的距离近，故而不仅作用于阅读过程本身，而且由于它与人物的生活存在着某种联系，使得读者将小说中的事件场景与自己的生活联系在了一起，读者不自觉地成为小说中的某一角色，并与之同悲喜、同命运。于是读者不仅仅是好奇而且是同感，那么，这类小说便升华为动人的小说，其形式也进入动人的意味形式。

（二）动人层次

所谓动人，是指在引诱读者完成阅读以及审美欣赏之后，还能引起读者情绪上的震撼和感动。诸如遇到弱者受到强者的欺凌而为之抱不平；遇到路见不平拔刀相助的义士，而为之拍手叫好；遇到杀死仇人和恶人的行为而感到身心痛快。或为生死不渝的爱情而向往，或为负心男子而气恼，或因美好愿望不能实现的悲剧结局而同情、怜悯、悲伤。总之，作者所表现的情感倾向引发读者的生活联想，从而拉近了书中人物与书外人物的距离，生发出情感的共鸣。

细心推敲，这种情感的共鸣可分为两类。一类是人的欲望与严酷现实间的尖锐矛盾冲突以及在冲突中主人公所表现的坚韧不屈之精神，或者主人公不屈意志被毁灭的悲剧，是这种冲突、斗争和悲剧引发人的情感共鸣。换言之，人物的欲求与现存世界的矛盾及其斗争是激发人的情感共鸣的源点。譬如《水浒传》林冲被逼上梁山的故事，展现的是一个温暖的家庭被官二代威逼陷害以致家破人亡。林冲这样一位一身武功的汉子也被弄得无立足之地。朋友与恶霸合谋定要斩草除根，林冲无奈不得不铤而走险，杀死仇人，落草为寇，以图活命和寻机报仇。林冲的这种遭遇不但在现实生活中随时都可能发生，而且还带有普遍性，这会使生活在逆境的读者产生生活共鸣、情感共鸣，即使生活在顺境中的读者也会被引发对弱者的同情怜悯，而对于有正义感的读者来说也会产生爱憎之激情。

另一类则是在表现人物欲望与现实世界矛盾的同时，着重于个体与群体之间关系的叙述，而其叙述往往体现出主要人物一种为他之善，给人以精神上道德上的感染抑或心灵的净化。这种感动会存于人物心灵之深处，并进而取代以往的某种陈旧的东西，使人物内在的某种本质性的因素发生根本的改变。如《水浒传》写鲁达救金翠莲父女，救人危难不惜金钱、性命，同时也换来了金翠莲父女报恩之义举；史家庄的九纹龙史进被山上草寇头目朱武为救被缚兄弟而甘愿一同赴难的义举感动，而义释山寇；以及一些描写被佛、仙点化而使人生醒悟一类的小说。即这一类情感共鸣的激发源是人际关系中的美德。"对自己的灵魂异乎寻常地激动，而对自己的肉体又异乎寻常地冷漠"①，这便展示了好的艺术作品的关注点往往是人的灵魂而非肉体，对自己的灵魂激动正是将自我投入到了艺术之中，这也正如贝尔所说的"艺术是人们获得善的心理状态的最佳的途径"②。在艺术和伦理的关系之中，艺术如何能够使得读者这种"善的心理状态"从世俗中萌生、蠕动和跃然而出，便是要依赖于这种艺术动人的力量，使得读者能够从艺术作品的教化中获得道德价值的精神快感。

尽管第二类（动人）比第一类诱人的意味形式更高一层，它是第一类诱人意味形式的升华，然而，第一类的意图实现过程的自我性的显现则是第二类为他的善德性显现的基础。其意味着个体与群体关系的叙述本身是在理想与现实的矛盾叙述中完成的。正因如此，第一类诱人的意味形式更具有普遍性意义。

需要特别说的是，从诱人到动人需要经过两个中间阻抑环节：一个是动人的故事在满足人的好奇心等心理缺失的同时，能激发人特别是个体性的生活联想，进入现实与幻想矛盾的情感领域。生活联想是激发情感的门槛，不能跨入这一门槛，便不会动人。另一个则是生活中最需要最宝贵的东西，那便是无私地助人，自己得到幸福同时也让他人幸福，乃至于将别人的幸福置于自己幸福之上，而这种爱人的结果使接受者获得了感动，从而打动人的情

---

① 克莱夫·贝尔《艺术》，薛华译，江苏教育出版社，2005年，第56页。
② 克莱夫·贝尔《艺术》，薛华译，江苏教育出版社，2005年，第56页。

感心弦，即掀动人情窟的力量来自人性中最宝贵的真情。故真情是从诱人到动人的第二个门槛。

（三）移人层次

然而，能打动人的小说并不一定是意味浓厚而引发人重复性阅读的小说，也并非都具有改变人的性情、品格，提升人生境界的效果，即动人只停留于情感的层次、非理性的层次，而未上升至触动人的心灵深处而引发人的理性思考的程度。达到后一效果的艺术品，我们称之为达到了移人层次。移人层次包括两个方面：引发人重复性地阅读、品味；改变人的性情品格、提升人的人生境界。一般说来，前者是后者的基础。意味醇厚浓郁的作品往往是有艺术品格和精神品格的艺术品，其美的艺术形式能诱发人的审美情感、心灵发现而精神激荡，从而使读者总想重复艺术和精神的美的境界，而每一次重复都有新异的收获，这也就是中国古人所说的"天下之至文"。正如贝尔所言："既然没有比艺术更了不起的获得善的手段，也就没有比艺术属性更大的道德价值了。"[1]"审美品格""道德价值"倒并非与为了维护某种政治统治所宣扬的道德观念等同，即并不一定是政治化的道德，而是来自人性中的美好品格。正因为它是来自人的天生属性，必然是自然而然的，正是这种人性的自然所以才会引起人类的广泛共鸣，所以才会从心灵的深处震撼，而产生"移人"的效果。

所谓"移人"是指使接受者的性情得以向上地移动——升华——至更高的境界，而不是平移，更不是"下滑"。动人只是停留于为某人某事某种行为引发强烈的情绪。然而也只是情绪的震荡，在经历一段震荡后，慢慢消失，并未发生连续或突然的认识上的升华。而"移人"则不然，它超越了"生活情感"而升华至"审美情感"；它超越了现实的事件层次，而进入了心灵深处、精神新境；它是情绪震荡后一种人生改变的选择，或是性格上的由懦弱变得坚强，由小气变得大方，由顺从而自立，或是品格境界的，由只为自己

---

[1]　克莱夫·贝尔《艺术》，薛华译，江苏教育出版社，2005年，第63页。

变得更关心别人，由为了家庭变得为了村民、群体抑或国家、民族等等。

能够达到"移人"的作品不仅是使得在读作品时"人们'被托举起，与之共游'，'心醉神迷'，'神驰身"外"'"①，同时也能在读完作品之后因为其情感影响而产生实际功效。在这一点上，好的文学作品与时刻劝人忏悔信仰的宗教具有某种相似之处，正如贝尔所说："如果艺术是一种情感表达，那么，它表达的情感乃是任何宗教都有的重要动力，或者说，它无论如何都表达了某种在一起事物的本质之中感受到的情感。"② 这种通过宗教引申出来的被称为"终极现实感"的感情便是"移人"的作品与宗教相通的地方，都是推动读者在阅读作品之后产生"移人"效果的动力。汉族是一个无真正宗教信仰的民族，即使有佛教、道教，信仰者也多是因其可解决人生的实际问题（生存、情感与生命问题）而信教，故而所谓宗教信仰也是实用性多于精神性的，故而明清小说"动人"者多于"移人"者。能达到移人者多为生死之情与感人品格交融的作品——浩然正气、仁爱之德、超人智慧与生死之爱。如刘备的仁、关羽的义、孔明的智，鲁达、武松等的江湖义气，杨家将、岳家军的忠君爱国，黛玉与宝玉的生死之至爱等。

三、意味形式的生成类型

"诱人""动人""移人"是从作品接受效果角度所做的意味形式的层次划分。若探讨因何会达到上述三种效果，那必然涉及更具体深细的叙述形式，即意味是通过不同结构形式而展现出来的，由此而形成了以下形式类型。

（一）对抗意味形式

指小说打动人的形式是由于主意图力与反意图力之间的矛盾冲突而生成的人物结构、情节线索，回环曲折、相生相克、此消彼长等艺术形式。我们将这种通过意图力之间的尖锐对抗而生成的动人形式，称为"对抗意味形

---

① 诺曼·N.霍兰德《文学反应动力学》，潘国庆译，上海人民出版社，1991年，第73页。
② 克莱夫·贝尔《艺术》，薛华译，江苏教育出版社，2005年，第56页。

式"。譬如《水浒传》的动人诱人的效果，是通过以蔡京为首的奸臣与以宋江为代表的忠义之士间的矛盾冲突而完成的。无论是众好汉被逼迫而上山落草，还是梁山英雄与官军一次次的对抗，抑或接受招安的复杂过程，而最后被奸佞之臣一步步加害，直到众英雄魂聚蓼儿洼的悲惨结局，形成了整部小说无数次冲突、高潮、起伏、转折。这种动力结构形式中，具有引发人的动人力量。《封神演义》则是仁君与暴君、仁政与暴政之间的冲突构成的"诱人"的意味形式。

矛盾冲突的主要一方可以是正面善的力量，也可以是反面恶的力量；可以是正面善的力量被反意图力击败而造成悲剧，也可以是反面恶的力量被反意图力击败而造成喜剧。后者如《二拍》中《西山观设辇度亡魂，开封府备棺迫活命》的主要人物的意图力是邪淫不法的代表黄道士和一意要满足性快乐的吴氏。反意图力则是迟迟出现的黄氏的儿子刘达生，因"年纪渐渐大了，情窦已开……晓得母亲有这些手脚"，便生出要破坏母亲和黄道士关系的意图。黄道士不断希望能和吴氏偷欢，而刘达生不断用出各种计谋进行阻止，以至于吴氏和黄道士二人终于定下告儿忤逆乃至害死儿子的计谋。正反意图的冲突不时出现诱人的场景。公堂上吴氏坚持打死儿子刘达生，而刘达生反而为母亲辩护，使小说叙述出现高潮。最终府尹钉死黄道士，吴氏郁郁而终，主要人物意图自此完全失败。造成善恶、是非分明的价值评判，从而符合"肯定和否定的对立具有'好'与'坏'的内容，并产生'英雄'与'坏人'、'促进者'与'反对者'等组对立"[①]的特征，这正是A. J. 格雷马斯所认为的通过严格的二元对立的方式来进行说教的民族文学中经常出现的形式。

那么判定小说是否为说教小说的方法，就是检验小说的内结构：主要人物意图是正面的还是反面的？主要人物的意图经过意图实践过程后是成功了呢？还是失败了呢？如果主要人物的意图是反面的并最终以失败结束，那么其"说教"便是"合格"的真实，属于劝喻类小说。如《醒世姻缘传》第23

---

① 张寅德编选《叙述学研究》，中国社会科学出版社，1989年，第121页。

回之后的薛素姐和童寄姐两个角色，她们的人物意图正是如何虐待丈夫狄希陈，作者正是通过描写这样的"恶姻缘"来展现家庭应该具有的三纲五常伦理。如果主要人物的意图是作为反面描写，其结局却是成功的，那么"合格"化的说教便是表层的而非本质的。《金瓶梅》这部小说则兼有上属"真"与"假"两种倾向。主要人物西门庆追求钱、权、色，似乎是作为反面人物来写的。但他在钱与权的追求上是成功的，唯独"色"的追求因过了头，而最后弄得精血耗尽，早年身亡，随之家庭败落。作者的意图似在"戒色"，却又不尽然，一部小说中的淫妇之首内有潘金莲外有王六儿，潘金莲因色而亡，王六儿却得善终，最后竟然与偷奸的小叔子成为夫妻，还继承了嫖客家的一大笔财产。所以小说的戒色，更多侧重于不能过度的生理医理式的戒色。故而一部《金瓶梅》所做"说教"既有"真"也有"假"。

（二）人格意味形式

所谓人格式意味形式，是指作品感染力的主要来源不单是矛盾冲突，而更多地却是在矛盾冲突中所凸显的主要人物的人格魅力。正因凸显主要人物的人格魅力，遂形成特有的众星捧月或层层向上的阶梯式结构形式，即人格魅力在结构中处于中心地位。这种人格魅力在处理矛盾冲突过程中，往往有出乎人们意料的表现，从而改变情节发展的转向，甚或使此类转向呈现为连续性。这种转向与读者的接受期待偏离距离愈大，转向的连续性愈强，人格意味的诱人力便愈大。我们将这两个数值（偏向距 R、连续值 S）称为人格值 W，如果用公式表示即是：$W=R\times S$。偏向距 R 如是向读者意料的相反方向——恶的方向，那么则用"－"号表示，其得出的数值 W 也自然是"－W"，其公式便成为：$-R\times S=-W$。可分别举《三国演义》[①] 中的两个例子。正向人格值的例子如关羽：第 25 回"屯土山关公约三事"写关羽落入曹操之手，曹操爱惜他的才德，想以封官赐爵动其心，以新袍、须袋动其情，以金银收买，以美色诱动，非但丝毫未能掀动关羽，反更增其思慕兄长刘备之情，真真是

---

① 参见罗贯中《三国志通俗演义》，明嘉靖元年刻本。

富贵不能淫，威武不能屈，财色不入心。曹操也不得不为其一身义气所感动，益加爱惜。一日关羽知刘备下落，挂印、封金、归美女；千里单骑，护送二嫂，迎刀枪，冒生死，过五关，斩六将。处处出人意料之外，使情节一折再折，不只其与常理偏向距离大，而且具有较长的连续性，出现次数频率也出奇地多，人格值也自然高大，为千古所少见。故而，关羽成为"义"的化身，达到动人、移人的艺术效果。反向人格值如曹操，叙述者屡屡写其奸，将一个"宁让我负天下人，休让天下人负我"的曹操，一个多疑、奸佞、欺君罔上者的品格，跃然纸上，且连续性几贯穿其一生，使读者见其胜而咬牙顿足扼腕，知其败而拍案欢呼，呈现出动人的阅读意味。又譬如《聊斋志异》中的《席方平》写席方平与谋害自己父亲的羊某之间的冲突。席方平从城隍至郡守直至阎王，一级级为父鸣冤，却一次次变本加厉地遭受酷刑，然而，愈是遭受贪官污吏淫威，他的意志便愈坚强，复仇之欲愈旺，乃至投胎为婴儿也愤啼不食而死，定要为父鸣冤，构成递进式的情节结构，呈现席方平身上那种百折不挠、宁死而不屈的精神。该小说动人之处正是来自主人公身上的这一精神品格。

（三）幻想意味形式

幻想意味形式，指小说诱人或动人的艺术效果是通过叙述幻想的非现实的故事情节和富于腾挪转换的结构形式达到的。非现实的幻想故事内容主要指仙、佛、妖、魅与世间凡人的往来以及巫师、佛、道、圣贤除妖灭怪的故事。非现实的幻想世界是人间现实世界借助虚幻想象力的外延、放大，是放大、虚幻了的现实世界。而沟通、联结两世界的唯一的桥梁不过"情理"二字。正是"情理"这一桥梁、纽带，使得这两个世界既有着鲜明的差异性（人仙两域、人鬼两途），又有着同情同理的同一性，从而构成了故事叙述的五大特点：一是对于现实生活中的人来说具有怪异性，可补充人未知信息的缺席，引发人求知的好奇心。二是因它产生于人的性情与心理，故而异类往往具有人的天性、情感、心理，是人性化的异类，故而易引发人的情感共鸣。三是正因其是人的世界的外延，又具有非现实性，故而不受人间规范和制约，具有非现实世界所特有的更多自由。四是因其有着非人力所及的佛力、神力、巫力，比之现实的人来说更富于突破类界限、穿越时空的能力和不受时空约束的突兀与多变性。五是巫仙佛圣的预见性，使人物命运和情节发展呈现出特有的预设特征。

（四）巧合意味形式

所谓巧合意味形式是指小说诱人的原因，来自叙述者采用了误会、错认、巧合、弄假成真等手法组织情节所形成的叙述形式。换言之，主要人物意图从生成、实践到结果都带有很大的偶然性。本来故事间关系排列组织需依照两种原则：一是时间原则，按照自然时间与思维时间叙事。二是逻辑原则，依照与思维时间相联系的因果关系叙事。而作为艺术品而言，思维时间（又称心理时间）比自然时间重要，而逻辑时间又比思维时间重要。关于这一点，兹维坦·托多罗夫在讨论到叙述的逻辑与事件布局时这样认为："在读者眼中，逻辑序列是比时间序列强得多的一种关系，虽然二者一起出现，读者所见的却只有第一种关系。"[1]而他又指出因果关系并不应该是情节间的简单联系，而应该还如罗兰·巴特所言，有一种叫作"迹象"的单位和"功能"单位共同作用，如"人物的性格特征、有关人物身份的信息以及背景'气氛'的表现等等"[2]。而所谓的"巧合"之所以与日常生活的"偶然性"有如此多的相似之处，正在于它是背离了逻辑序列的一种表现，直接以时间序列来替代逻辑序列，虽然它能够实现"功能"的作用，却也因事先并没有展现所谓的"迹象"而显得不那么合情合理，突破了读者在阅读过程中进行合理想象的界限，因而迫使读者不得不将注意力集中在对于情节的猜测上，由之而形成了小说诱人的意味。正是这些偶然性事件超出了读者的阅读预期，造成意想不到的惊喜、快乐，且这种惊喜是连续性的从而引发读者连续持久的阅读兴趣。

巧合意味形式是汉民族的叙事传统手法，有"无巧不成书"之说。巧合

---

[1]　张寅德编选《叙述学研究》，中国社会科学出版社，1989年，第75页。

[2]　张寅德编选《叙述学研究》，中国社会科学出版社，1989年，第77页。

意味形式通常具有四种类型功能。其一，巧合的偶然事件促成主要人物某种意图的生成，即具有意图生成的功能。如《金瓶梅》写西门庆偶然被潘金莲失手掉下的竹竿砸了头，抬头见到一位美丽的少妇，便不禁萌生与其偷情的念头；张飞、关羽因打架而巧遇刘备，且志投意合，便萌生结拜为兄弟的念头；李甲一见杜十娘便放弃学业一心要与杜十娘做恩爱情侣……其二，巧合的偶然事件用来改变人物意图实践的方向，使情节发生转折。细究其转折的原因，则多是因偶然插入人物意图的作用，而改变了主要人物的原意图所造成的。如《杜十娘怒沉百宝箱》中，李甲船与一位商人孙富船相傍，孙富因偶听到临船传来的歌声，而生出新的意图——得到这位美丽的歌者，且这一意图改变了李甲原来的愿望，情节发生突转，由爱惜而舍弃，由喜而悲。其三，故事连接功能，巧妙地引出新的人物或情节。一种是通过读者意想不到的巧合时机，连接处于不同空间场景的人物或事件，故事由这个人物转向新出场的人物，行为主体发生了转换，生发行为主体行为的心理意愿也同时发生了转换，如《水浒传》《儒林外史》中人物故事的转换等。另一种是通过巧合相遇而插入某人故事，然被插入的人物并非转换，只是增加的一股力量或一条线索，如《西游记》唐僧收用孙行者、猪八戒、沙僧、小白龙即是。其四，巧合的意味形式因人物巧合相遇，使实现意图中的矛盾得以解决，从而推进了意图实现的进程。如《初刻拍案惊奇》卷二《姚滴珠避羞惹羞，郑月娥将错就错》中，姚滴珠的失踪，使得父亲、丈夫、公公、弟弟、县令都想找到这位女子，而相貌极像姚滴珠的妓女郑月娥想从良的意图的插入，可满足众人的意图，同样，被认出为假滴珠的郑月娥，愿意嫁给被流放的姚乙，也成为解决矛盾的主要力量，从而推进了叙述者意图实现的进程。

（五）怪奇意味形式

所谓怪奇意味形式是指引起读者对小说浓厚兴趣的是日常生活中少见的奇闻异趣、怪奇故事以及叙述者制造怪异离奇的叙述效果的叙述形式。它与上文幻想意味形式的根本差异在于其怪奇来自日常生活而非幻想的非现实世界。其所叙述的怪异故事对于当时的作者或读者来说都认为是真实的存在。

正因日常生活中的存在而少见，故而怪奇。作者叙事的意图在于如何以怪异故事引发读者的好奇心，达到诱人的艺术效果。由于叙述者所掌握的故事信息量，特别是主要人物的信息量远大于读者，故而叙述者在信息的控制节奏和故弄玄虚上动心思。

故弄玄虚的手法表现在五个方面：一是矛盾的双方拥有怪异的性情和技能，出乎常人之外，如鲁达急躁的性情、爱打抱不平的侠肠义胆、力大无穷的武功，遂生成三拳打死镇关西、倒拔垂杨柳、大闹五台山等诱人情节和扑面而来的气场以及人生大起大伏的故事线索。二是常人遇到了非常之人，发生了非常之事。或救了一条鱼，而鱼则是龙王的女儿，遂与龙女为亲并获得无价之宝；或一位女子突然失踪，竟是被山中白猿掠去做妻；或男子遇到美丽女子的爱助，两人相爱，后竟发现所爱的女子并非人类。三是他们往往有着常人所没有的想法，做出超常的怪事。譬如武松，人家说"三碗不过冈"，他偏要饮"十八碗"；黄昏不可过景阳冈，他偏要单人过冈；打蒋门神，众人劝不要喝酒太多，他偏要见一酒店喝三大碗，一路喝他个酩酊大醉，遂有"醉打蒋门神""血溅鸳鸯楼"等超常之事。四是故事的走向具有偶然性、超常性乃至逆向性。倒运汉文若虚两件偶然性事件（晒一筐小红橘竟换回一筐银元；到荒岛无意捡回一个以为无用的"龟壳"竟获得五万两白银），转眼成为一方巨富，倒运汉成为转运汉。五是以超乎平常人想象的结局警示某种难以全信的道理是真实的。或一个弱小的人，或一个贫穷的人，竟然战胜了强人或富人；一个不引起人注意的暗示，竟然变成了事实；一个人丢了银子而贫穷，后来拾到银子的富人的财产却不知不觉又转到了穷者手中而使其变成了富人；一个拾金不昧的人，最终在最困难时得到了回报而渡过难关，实现了富贵的梦想；等等。

（六）神秘意味形式

指小说动人的力量来自故事神秘叙述和叙述所产生的神秘性。神秘性与怪异性的差别有两个方面：其一，怪异性侧重于人物与故事超乎日常生活的司空见惯，而叙述者通过求异寻怪的叙述意图，使怪异故事变为怪异叙述和怪异的接受，从而增加怪异的非寻常性。而神秘性的范围大于怪异性范围，即神秘意味小说其故事本身或是怪异的或是非怪异的。非怪异故事也可产生神秘的阅读效应，譬如《红楼梦》因采用以"假语村言"将"真事隐去"的叙述方法，故而在"假语""村言"故事背后，隐藏着许多读者不明白的神秘事件。其二，怪异性多停留于故事层面和叙述层面，而神秘性则隐藏于故事与叙述背后，比故事及其叙述更深藏，不分析难以发现。怪奇性一读就明白，而神秘性经分析才能明白。譬如《西游记》菩提祖师是何种教派，他培养的孙悟空因何天兵天将无一是其对手？孙悟空大闹天宫时，天下无敌，因何西天取经途中却不是无敌了？诸如此类，只有分析才能晓得。正因上述这两点差异性，怪奇意味并不等于神秘意味。神秘意味形式是更高一级的叙述形式。这一形式主要是通过三种方式构成的。一是叙述的层次性。神秘叙述与非神秘叙述最大的不同在于，后者追求叙述的长度，前者则追求叙述的层次感（深度）。其层次一般说来有故事层次与故事生成层次，叙事层次与表意层次两种层次结构，而神秘意味的叙述更注重于第二层次：生成层次与表意层次。二是以虚笔写意的叙事。怪异叙事多实笔、史笔，虚笔较少，即使有虚笔，实笔与虚笔之间常处在同一表意层面。而神秘叙事很注重实写与虚写的呼应配合，其用意往往在虚笔，在似写而非写之处，即虚笔与实笔的用意并不在一个层面。三是制造非明非暗的矛盾之处，令人生疑，神秘性就是从这些非明非暗的矛盾中生发出来的。譬如《金瓶梅》中李瓶儿与花太监、李瓶儿与花子虚的两性关系等。由这些矛盾的不正常现象，人们会发现许多隐藏在故事背后的秘密。即叙述的神秘性来自矛盾的非常理的现象，而且这种种现象往往隐藏于侧笔、虚写的文字里。

（七）诗思意味形式

所谓诗思意味形式是指小说叙述者在组织情节、表现意图、实践意图的过程中，有意无意地将诗的思维方式运用到了故事的叙述中，造成言有尽而意无穷的再生性艺术效果。所谓诗的思维方式就是诗人通过意象及其组合抒情言志的思维方式及其体现这一方式的时空结构，包括空间的共时性思维与时间的历时性思维。就空间的共时性思维而言，善于通过设置空间感、层次性，造成想象的隐性空间、意境空间，如阴阳对应观念以及这些观念运用中所表现出的处理实与虚、表与里、明与暗、景与情、物与我、有与无的艺术方法，以及对照、对映、对比、比喻、象征等一类修辞手法。明清小说中的人物设置、场景设置、空间设置都具有明显的诗性表意思维，造成事中寓意（叙事写意）的特色。就时间的历时性思维而言，叙述者不仅善于设置曲折多变的叙事长度，而且善于通过节略、跳跃、阴阳五行的相生相克等手法表现故事寓意层面，如以日记事、以月记事与以年记事的相互间隔法，略写、侧写、虚写法，藏头露尾、露头藏尾、隔云断雾、穿插、草蛇灰线法等，以及叙事总框架的冷与热、明与暗、盛与衰的双层结构和首尾映照法等。

诗思意味形式集中表现于叙事的三个环节：一是人物设置环节中的二元三元组合、双影三影设置。前者如历史小说总不离忠臣、奸臣与中立者；神魔小说也是神与魔、仙与佛对出；情爱小说则是一男二女，或二男一女并写；公案小说不外作案者、破案者、帮助破案者等等。与二元三元的实相组合所不同的是实虚、主次、主体与影子式的人物设置，如有西门庆，便有陈经济、张二官人；有潘金莲便有宋金莲（宋蕙莲）；有李瓶儿，便有奶子如意儿；有李娇儿，便有李桂姐、吴银儿；有贾宝玉，遂有甄宝玉；有薛宝钗便有薛宝琴、花袭人；有林黛玉遂有晴雯；有范进即有周进；有严监生即有严贡生等。

二是意图实践的行为环节中，形成对应的或相似的行为场景，如西门庆迎请蔡状元与西门庆迎请宋巡按，乃一因一果，寓意颇深。又如前有黛玉、宝玉葬花，后又有《芙蓉诔》，继而有凹晶馆夜吟诗；一僧一道时常出现于贾府；刘姥姥三进荣国府等，一步步展示叙述者的特有用意。横向结构如，先有林冲被逼上梁山，继而写杨志被逼上梁山，以揭环境不容英雄之黑暗。至于《水浒传》先有武松杀嫂，继写石秀杀嫂；前有武松打虎，又有李逵杀虎，显示出叙述者独特的表现意图。

三是以隐笔写意。其一，命名寓意法，即通过人名、物名、地名、事名及其谐音表现叙事者的用意。人名如《红楼梦》中贾宝玉姐妹的名字：元春、迎春、探春、惜春，用谐音的修辞手法寓意为"原应叹惜"。物名如茶名"千红一窟"，酒名"万艳同杯"，寓"千红一哭""万艳同悲"。地名如"落凤坡""玩花楼""方寸山""七星洞""天香楼""警幻仙境"等。事名可从明清戏曲小说命名中看出，如《牡丹亭》《长生殿》《桃花扇》《十五贯》《香囊记》《宝剑记》《黄粱梦》《南柯梦》《红楼梦》《歧路灯》等。其二，借用象征手法以求达到以物寓意的效果，而此种寓意单靠阅读很难发现，需反复品味。如《金瓶梅》中潘金莲所住玩花楼第一层住人，第二层成为药库；李瓶儿所住玩花楼第二层为存放当物的仓库。不过是以"药"喻金莲，以"当物"喻瓶儿。其三，以局部环境寓居住者内在心理或性格趣好。《金瓶梅》中永福寺，为人死之归所，寓冷；道观乃盛事必请醮之地，寓热。潇湘馆之潇湘竹、鹦鹉、书房，寓示屋子主人黛玉潇湘妃子的悲情、真人快语和博识敏才。蘅芜苑水边草浓香、阴冷而终年不开花，屋内布置空荡粉白无一装饰，分别寓示房子主人冷美人的特性与守空房的命运等。其四，以梦寓意，如"宁国府红楼一梦""黄粱一梦""南柯一梦""牡丹亭花丛一梦"等。其五，以一组对立情节寓示深意。《金瓶梅》叙述西门庆一战林太太，一边写大堂王昭宣像，威风凛凛，旁挂两副讲道德家风的对联，不禁令人肃然起敬，一边卧榻内则是林太太正与西门庆干着偷奸的龌龊勾当。《儒林外史》借用了《金瓶梅》的叙事手法，总爱将真假两件事放在一起，对照着写，使得不着一字褒贬而"形神毕现"。其六，明暗双线结构，明写兴，暗写衰；明写喜，暗写悲；明写热，暗写冷等。譬如《金瓶梅》写西门庆生子喜加官，连着三天摆庆喜宴席，席间却丢了银壶，家中乱成一团。李瓶儿过生日热闹非凡，却丢了一锭金子，搞得家翻宅乱等。其七，以梦境之虚笔暗示生活的某种真实。如贾宝玉在宁国府秦可卿绣房睡了午觉，而梦中由秦可卿带着到了太虚幻境，夜里与一位兼有宝钗、黛玉之美的仙女"可卿"睡了一觉，寄寓着宝玉与秦可卿在那天中午的暧昧关系。其八，对照式结构，借故事首尾、前后的对照、映衬来表达叙述的意图。如《儒林外史》开篇写鄙视功名富贵，追求"文行出处"的奇人王冕，结尾写琴、棋、书、画四位自食其力的高人，中间前半部写丑，后半部写美，呈美丑对照结构，通过扬善揭丑来表达自己的人生价值观与叙事意图。

以上所言"对抗意味""人格意味""幻想意味""巧合意味""怪奇意味""神秘意味"和"诗思意味"，意在探讨中国小说形成"诱人""动人""移人"之意味形式的主要叙述途径及其艺术方法，同时也揭示小说意味形式生成的民族性特征。

关于这七种意味形式的生成类型有两点需特别说明。其一，这几种意味形式生成类型并非全部地单一地存在于一部叙事作品中，而往往是以一种形式为主兼有其他形式。其二，七种类型生成的根本原因在于叙述者的叙述意图、叙述者表现叙述意图所具有的审美情趣、审美境界和艺术表现力，在于由叙述意图及意图力所规定着的内、外叙述者意图间的诸种关系。

第五节　意象叙事的民族风格①

一提及意象，人们多想到自然的静态意象和诗词创作，而较少想到人物的动态意象和小说戏曲的意象叙事。换言之，意象似乎仅是抒情之物而非叙事的手段。那么我们只能称之为意象抒情，怎么能称之为意象叙事呢？

一、意象的内涵结构与叙事功能

借用西方文体学观念将中国古代文学分为抒情、叙事、议论三类，已是百余年的事实，似无可否认。但是有一种现象也令中国文学研究者百思难解，那就是为什么在中国抒情的诗文中有着拆掰不开的故事成分、故事情节？而在中国的叙事文学中同样有着不可少的诗词韵文、诗情画意场面以及诗一样的构思呢？② 而这一特征为何在戏曲文本中同样如血肉似的交融在一起？意象内涵的研究，可以寻找这一百思难解的答案。事实上，考察最早出现的意

---

① 本节原文刊载于《文化中华》2015年12月创刊号。

② 许建平《〈儒林外史〉：一部意在言志的诗化小说》，《明清小说研究》1997年第1期。

象概念就包含有事象①；中国古代的叙事也往往是通过意象中事象的叙述完成的；意象内涵中有着丰富的叙事性内涵。

　　意象概念是由"意"与"象"两个词组合而成的。要分析"意象"概念的内涵，第一步需先分别分析"意"与"象"各自的内涵，然后探讨"意"与"象"组合后的整体性内涵。②若了解"意"的内涵，需先弄清"意"字的本义。《说文解字》："意，志也。以心察言而知意也。从心从音。"③"志"与"意"同义。《说文解字》："志，意也。从心，士之声。"④《说文解字》："士，事也。"⑤由此而知，"意"是会意字，上音下心，字的本义为心中的声音或心中的事。那么心中的声音（或心中事）究竟包含哪些内涵？古人笔下"意"的内涵大略分为三类。一是情意，即古人所谓"七情"——"喜、怒、哀、惧、爱、恶、欲，七者弗学而能"⑥，是指人的欲求在现实社会中实现的程度状态在心理引起的反映，愿望实现则喜，失败则哀，受阻则怒，合意则爱，逆意则恶，等等；也指自然现象在人心中引起的情感反映，如古人诗词中常见的伤春、悲秋、思月、恋柳、乐水、爱山诸类意象中，借春、秋、月、柳、水、山等物象所表达的情感，也即通常所言"景事情意"⑦。二是欲意，即古人所言"六欲"——"饥欲食，目欲色，耳欲声，口欲味，鼻欲臭，四肢欲安佚"⑧，是人生存的基本欲求，也包括功业欲、权力欲、声名欲等发展的欲望。

---

① 意象作为独立的概念较早见之于班固《汉书》：李广"意象愠怒"。稍后有王充《论衡》"夫画布为熊麋之象，名布为侯，礼贵意象，示义取名也"，以及汉代佚名的《太平经》："师之所贵，为能知天心意象而行化。"前者指表达情绪的人物面象，即人物的情绪形象，包含事的因素。

② 由于意象融入了主观的想象和创造，同时也掺和着读者的想象创造，故而某具体意象的内涵大于意+象的和值，但是就其概念的基本内涵而言，意象的内涵首先是意与象内涵的和合。

③ 许慎《说文解字》，九州出版社，2001年，第603页。

④ 许慎《说文解字》，九州出版社，2001年，第603页。

⑤ 段玉裁《说文解字注》，上海古籍出版社，1981年，第39页（上）。

⑥ 孙希旦《礼记集解》卷二十二《礼运第九之二》，清同治七年孙锵鸣刻本。

⑦ 浦起龙《读杜心解》卷三《野望因过常少仙》，在诗末尾"落尽高天日，幽人未遣回"句后有"逐层引出，景事情意俱到"一语。清雍正二年至三年浦氏宁我斋刻本。

⑧ 陈师凯《书蔡传旁通》卷一下《大禹谟》，清文渊阁《四库全书》本。

文学创作本身就是为了满足创作者某种情欲的活动，"一切创制活动都是为了某种目的的活动"①。故而人的情欲实乃文学艺术活动生成和发展的动力②，也是意象叙事活动的动力。三是道意，即古人所说"天道""地道""人道"，认识天地万物与社会人生的最高思想理论和精神价值追求，如儒家之道、老庄之道、兵家之道、法家之道等；也指人对自然万物、社会人生认知所形成的某种观念、思想。因为"道"无处不在，"道也者，通乎无上，详乎无穷，运乎诸生"③，所以，也自然存在于叙述对象和叙述活动本身之中。叙事作品一般总会表达叙述者某种思想倾向和认知观念，譬如《三国演义》所表现的"兵"道，《水浒传》所传达的"江湖"之道，《红楼梦》借宝、黛、钗等的情爱纠葛所体悟的男女情道等。

至于"象"的内涵，也不得不先考察"象"字的本意。《说文解字》："象，南越大兽，长鼻牙，三年一乳，象耳牙四足尾之形。凡象之属皆从象。"段玉裁注文："按古书多假像为象，人部曰：'像者似也，似者像也'……《周易·繫辞》曰：'像也者，像也。'……韩非曰：'人稀见生象，而按此图以想其生，故人之所以意想者，皆谓之象。'"④综合许慎、段玉裁与韩非三人所释之"象"义，实为视觉形象，包括三层含义：动物大象本象（本象的摹画）；表达事物间一种相似关系；依图而意想的事物。视觉形象的存在形态有两类：静态视象与动态视象。前者多是某一种或某一类（组）物象，在人心中存在的时间是瞬间的短暂的，标示某种寓意，表现某种感受、情绪，较少明确的目的性和行为意图，我们称之为物象。就艺术作品而言，它常出现于表现人生某一瞬间感受和情绪的诗词文体中，如清风、明月、松柏、梅竹、江水、山石、花鸟等。后者有一定的时间长度，表现事物的变化过程，显示人物的某一愿望、动机、目的和意图，展示人实现某意图的行为过程，故可称之为

---

① 亚里士多德《亚里士多德全集》第八卷，苗力田主编，中国人民大学出版社，1992年，第122页。
② 许建平《文学发展动力分析》，《江海学刊》1999年第2期。
③ 管仲《管子》卷四《宙合第十一》，《四部丛刊》景宋本。
④ 段玉裁《说文解字注》九篇下，上海古籍出版社，1981年，第459页（下）。

事象。事象是由一系列事象符号构成的，常常表现为一种有叙述目的性的故事场景，如"辕门射戟""刮骨疗毒""杨志卖刀""瑞兰拜月""张生琴挑"等，作为事件的场景存在着能唤起记忆多少和时间长短的问题。那种能唤起记忆长度和广度的心理场境，大多是象和意的融合达到极简洁而经典地步的空间意象，我们称之为境象，如"嫦娥奔月""世外桃源""孔融让梨""孟母三迁""黛玉葬花"等。

　　意的三大内涵（情意、欲意、道意）与象的三大内涵（物象、事象、境象）之间存在横向与纵向两类关系。就横向关系而言，表现为同一层次内涵间的对应、吸收与融合关系。如"情意"与"物象"对应，物象往往作为情感的载体，情感也往往借助物象而表现，即所谓寓情于物、借物抒情、情景交融，形成可表现情感的物象——"情物象"。又如"欲意"与"事象"对应，事件一般总是人物为实现某种欲意而进行的活动过程，并经过种种艰难曲折而获得某种结果。如孙猴王有了"长生不老"的欲望，方有二十年"求仙访道"的事件；而"求仙访道"的事件正表现其"长生不老"的愿望。从而构成实现某一意图而行动的故事意象——欲事象。"道意"与"境象"的横向融合，会形成表现对人生、人与人、人与自然关系的领悟，或形成人对于万事万物的某种认知、观念、思想，通过某种场景①或某一重大事件②而表达出来，以达到警醒世人的目的，如道教的"阴阳鱼"图案，《红楼梦》中的"风月宝鉴"，《金瓶梅》中的"四贪词"，《水浒传》中写着"替天行道"的杏黄旗等，从而形成表现"道"的境象——道境象或道意象。如是一来，"意"内涵的三大类型与"象"内涵的三大类型横向交融，构成了意象内涵的三大层次：物象-情意层次、事象-欲意层次、境象-道意层次。当然这三个层次并非互不相关地机械地组合，而常常是灵活地有主次地交织在一起。物象

---

① 如陶渊明《饮酒》"山气日夕佳，飞鸟相与还，此中有真意，欲辨已忘言"，苏轼《题西林壁》"不识庐山真面目，只缘身在此山中"，王之涣《登鹳雀楼》"欲穷千里目，更上一层楼"等。

② 如《水浒传》"魂聚蓼儿洼"故事，《红楼梦》"甄士隐悟道"故事，《金瓶梅》"普静法师荐拔群冤"故事等。

既可抒情也可表现欲望和道意；事象既可叙事也可抒情或表达思想观念；境象既可由情达之，也可由事和道达之。叙事作品的物象，既可是具体的物象，也可是宏观的背景；抒情作品中的事象既可站在台前，也可隐于幕后等等。而且三个层次有时也呈现为交错混合形态。

就纵向关系而言，三大层次呈层叠上升关系，皆由简到繁，由易到难，由低到高。前一层次是后一层次之基础，后一层次是前一层次的叠加与升华。文学史上优秀佳作往往具有物象、事象、境象三层次内涵，清人叶燮主张优秀佳作需具备"三至"：情至、事至、理至。"惟不可名言之理，不可施见之事，不可径达之情，则幽渺以为理，想象以为事，惝恍以为情，方为理至、事至、情至之语。"① 只不过因所表达意的类型与文体不同而呈现主次不同的结构状态罢了。

上述意象内涵的层次分析，为我们提供了两个重要的信息，并由此可获得解决两个重大问题的认知。第一个是关于"事象"的信息和认知。该认知丰富了意象概念的内涵，为分析意象叙事以及探讨中国文学抒情与叙事水乳交融现象生成之因，提供了概念基础与理论分析的可能性。

"事象"的概念并非凭空臆撰，它最早见于《周易》。《周易》云："乾，纯阳，用事象配天，属金。与坤为飞伏居世。"又曰："坤，纯阴，用事象配地，属土。柔道，光也。阴凝感与乾相纳，臣奉君也。"② 这里的"事象"是指"乾""坤"两卦的卦象，因其卦体喻事"飞伏居世""臣奉君也"，故称"事象"。古人书中"事象"一词经常出现，如王充《论衡》："《易》据事象，《诗》采民以为篇。"③ 汉代《太平经》："故人取象于天，天取象于人，天地人有其事象，神灵亦象其事法而为之。"④

"事象"作为文字符号更早则见之于甲骨文字。甲骨文字中的拟象符号至

---

① 叶燮《原诗》卷二《内篇下》，清康熙叶氏二弃草堂刻本。
② 京房《京氏易传》卷上，陆绩注，《四部丛刊》景明天一阁刊本。
③ 王充《论衡》卷二十九《书解篇》，《四部丛刊》景通津草堂本。
④ 佚名《太平经》卷一百一十九《天神考过拘校三合诀第二百一十一》，明正统道藏本。

少包含两类：物象符号、事象符号。① 物象符号如山、水、日、月、竹、虎之类，即班固所言"象形"类字，已为人们所熟知，无须赘言。然而表现人与人、人与物、人与神关系，特别是人的动作行为的符号——事象符号——却未引起足够重视，故需特别说明。汉字除象形字外数量更多的是"象事"字和"象意"字②，这两类字往往是由两个以上的象形符号组合在一起，其中不少字模拟人的动作行为。而这种模拟动作行为的符号因涉及动作主体及其目的性，也具有行为的空间性和时间长度，故而具有事的成分。譬如奠字，《说文》："奠，置祭也，从酋。酋，酒也，下其丌也。"③ 甲骨文像将盛满酒的酒樽双手放置在几案之上，其目的是为祭奠神灵或鬼魂。"奠"表示奠祭主体的一种有目的的活动，而且这个活动有一定的空间性和时间性，有行为的长度，具有了事件的因素。又如"禼"字，甲骨文从爪从鱼，像以手提鱼之形，故有升举之义。④《说文》："禼，并举也。有登献品物之义。"⑤ 又有"禼册"，当为祭祀中称举所献册的仪式。即"禼"字指的是手提鱼为祭祀而献祭品，同样是一种有目的的动作，有一定长度的行为，具有事的因素。这样的事象符号很多，诸如"奔"（人挥动双臂迈大步，下三足，拟奔跑事）、"盥"（下盛水器皿，上两手捧水，拟洗脸事）、"监"（下一盛水器皿，上一人俯身下视，拟以水自照事）、"兴"（四手共举一物，拟举起事）、"卫"（中间城，四周四只足，拟保卫城事）、"牧"（手持鞭棍驱牛，拟放牧事），这类字较多，如耕、利、拜、解、缧、觳、初、剽、刖、教等。这些由多个象形符号组合而成的表示行为的具有事因素的象，我们称之为事象符号。事象符号是通过模拟人的动作行为表现意的，它是意象叙事形成的文字基础，也是形成故事场

---

① 依据许慎《说文解字·第十五上》的提法，关于"六书"，有班固"象事"、郑玄"处事"两说，可作为本节"事象"说的依据之一。详见上文"六书"注释条。

② 班固称之为"象事""象意"字，也即许慎所言"指事""会意"二类。愚以为班固所言更符合造字最初意。"象事"即以象形符号模拟事。这类的符号，本节称之为"事象"符号。

③ 段玉裁《说文解字注》，上海古籍出版社，1981年，第200页（下）。

④ 徐中舒主编《甲骨文字典》，四川辞书出版社，1987年，第444页。

⑤ 段玉裁《说文解字注》，上海古籍出版社，1981年，第158页（下）。

景的事象的基础。

事象符号的组合为我们提供了两点颇有价值的信息：一是物象符号与事象符号的血缘关系。汉字的造字思维由通过单象符号表示心中意的方法，已进一步发展为借用两个以上的双象或群象符号组合为事象符号，以事象符号表意，如"解"这个事象符号就是由"牛""角""刀"三个物象符号组成。由于事象符号是借用物象符号组合而成，故而事象符号与物象符号之间的关系便有了事象符号包含物象符号的包裹性与同生共长的不可分离性。二是正因为事象符号是由 N 个物象符号组合而成的，所以，事象符号是物象符号发展到一定程度的结果，是物象更高层次的发展。而且不只是符号数量的增加，更要紧的是在事象符号中隐含着行为的主体（人）以及人行为的目的性，从而使静止的物象变为了动态的有情欲引领和时间长度的故事化事象，而动态化、故事化可激活静态的物象，赋予其活的灵魂。如表示酒樽的"酉"和表示几案的"兀"两个物象本是呆板的，然当将二者放在一起，表示将酒樽放置在几案上的祭奠神灵的活动时，这两个呆板的东西便鲜活起来有了生机。物象事象的这种相互依赖性，为叙事伴有抒情、抒情中隐含故事以及抒情中伴有故事更易于诱人、动人的文学现象找到了阐释的较早根据。

二、意象的叙事与抒情

上述意象内涵的层次分析，所提供的第二个重要信息和获得的重要认知是关于意象叙事与意象抒情的联系与区分，从而为探讨何谓意象叙事以及意象叙事的范围和边界提供了重要的依据。

若要弄清楚意象叙事与意象抒情的联系与区别，则需先弄清叙事意象与抒情意象的联系与区别。意象内涵层次分析的结果，发现了意象内涵的三大层次：情意-物象层次、欲意-事象层次、道意-境象层次。三个层次间的交错联系使得每一层次生成三类意象，共生成九类意象：情物象、欲物象[①]、道

———————

① 欲物象，指表达人情欲、意图的物象，如比翼鸟、洞房、寿星、官袍、聚宝盆等。

物象①；情事象②、欲事象、道事象③；情境象④、欲境象⑤、道境象。九类意象中，情物象、道物象、情境象、道境象等四类，因主要功能是借物象与境象来抒情写意的，故而称之为抒情意象。而情事象、欲事象、道事象三类，主要是借助事象来叙事写意的，故而称之为叙事意象。而欲物象、欲境象二类则兼有抒情意象与叙事意象的双重属性，用之于抒情写意则成为抒情意象，用之于实现某种意图的行为叙事，便成为叙事意象。如是一来，抒情意象包含情物象、道物象、情境象、道境象和欲物象、欲境象六类。叙事意象则由情事象、欲事象、道事象和欲物象、欲境象五类构成。

抒情意象与叙事意象的共同点皆是以"象"表意（或写意），表意或写意是二者的灵魂。不只是诗词文体绘景、言志、写意，小说戏曲文体是在突显故事性的同时言志、写意。突出故事性与写意性是汉人叙事的着力点和兴奋点。为了表达意，可调用两类不同的意象（抒情意象、叙事意象）。究竟调用何类意象，是由所表达的"意"（情意、欲意、道意）的类型规定的。

关于抒情意象与叙事意象的关系，需强调两点：其一，各为体系。抒情意象与叙事意象是并列的两类体系，不可混而为一。其二，两者因其共同的写意性，而可相互吸纳、包容却非对立排斥。叙事意象可吸纳抒情意象元素，抒情意象也可吸纳叙事意象元素，这种吸纳包容性早在甲骨文字的物象符号与事象符号中就存在着了。

不过，叙事意象并不等于意象叙事。叙事意象只是生成意象叙事的原料，而非完成生产工序的产品。叙事意象若要成为意象叙事需要满足三个基本条件。第一是叙述者有叙述的意欲冲动。只有当叙事意象与人的叙述愿望结合时方可进入叙述视域，方能产生叙述行为。"欲意-事象"层次中的欲意的加入，可以激活叙事意象，使其按照叙述意图的需要，组织进故事叙述的逻辑

---

① 道物象，指表现道意（某种思想观念）的物象，如松、竹、梅、阴阳鱼等。
② 情事象，指表现人的情感的事象，如黛玉焚诗、晴雯补裘、雪夜弄琵琶、怒沉百宝箱等。
③ 道事象，指表现人道意（某种思想观念）的事象，如黄粱梦、歧路灯、封神榜、警世钟等。
④ 情境象，表现情意的境象，如十里长堤、边塞、江舟、山林等。
⑤ 欲境象，表达人欲意的境象，如嫦娥奔月、精卫填海、岳母刺字、三顾茅庐等。

之中，构成有目的性的意象叙事。即意象叙事就是叙述者在叙述意图引导下借事写意的文学创作活动。所以"欲意"是叙事意象演变为意象叙事活动的主要原因和推动力。第二是叙述意欲的实践过程——形成实现欲意的叙述方法和叙述结构（包括叙述视角、叙述聚焦、时间叙述、空间叙述、叙述序列、叙述节奏、叙述逻辑等）。第三是意欲的审美表达与实践效果（是否诱人、动人、移人以及其广度与深度如何）。三个条件的关系以人喻之，叙述意欲如人的灵魂，叙述过程如人体的骨骼，叙述效果如人体的血肉与外衣。没有这三个条件，叙事意象不可能演变为意象叙事，而其中叙述意欲是根本动力。

　　所谓意象叙事，指以汉语言文字为思维和叙述媒介，以叙述意欲为动力，以叙事意象为书写主体，以塑造既富于变化而诱人的动态故事视象又具有象征性和耐人品味的静态视象（动态与静态、故事性与象征性在一定程度上的统一）为主要途径，以达到以意统事以事写意的叙述活动。这一意象叙事概念有三点需特别强调的地方。一是意象叙事的范围与边界。由于意象叙事的材料是叙事意象，而叙事意象的核心内容是"欲事象"——完成某一行为意图的故事序列（包括意欲的生成、意欲的实践过程、意欲实践的结果）。正因如此，欲事象自然包括故事、事件以及构成故事、事件的行为主体——人物。如是一来，意象叙事便不再局囿于参与叙事过程的抒情意象所产生的某种特有功能[1]，不再仅指能造成"文眼"[2]和某种意境的个别"饶有意味的添加意象"[3]的叙事，而是指一切以汉语为媒介的叙事写意文本（小说和戏曲）。因为本节所言意象已不再只是诗词意象，而是包括情物象、欲事象、道境象在内的一切写意的意象。

　　二是意象叙事的故事性。因为，本节所言事象重点指人（内叙述者与外叙述者）的有目的的行为故事，所以表现故事的生成、演变和结局以及凸显

----

[1]　杨义先生在《中国叙事学》中认为"意象作为叙事作品中闪光的质点，使之在文章机制中发挥着贯通、伏脉和结穴一类功能"。见杨义《杨义文存》第一卷，人民出版社，1997年，第276页。

[2]　杨义《中国叙事学》，《杨义文存》第一卷，人民出版社，1997年，第317页。

[3]　杨义《中国叙事学》，《杨义文存》第一卷，人民出版社，1997年，第285页。

故事的矛盾性、曲折性、巧合性、离奇与怪异性是意象叙事的主体任务，只有事写得引诱人，才可能引起阅读进而感动人。所以故事性始终是意象叙事的关注点。没有好的故事，"意"就表达不出来，就像没有好的情景，就没有美的诗意一样。

三是意象叙事的写意与象征特质。由于意象抒情与意象叙事的共同性是"以象表意"，"表意"是二者的共同属性和功能。"意"是叙述的源泉，是贯穿叙述过程的主线，是故事的灵魂和叙述的目的。由于意象可以是动态视象也可以是静态视象，且二者同生共长、相伴而行，故而，叙述者所要表达的意欲若移之于动态视象，则成为意趣横生的故事；若渗透于静态视象，则成为具有象征性的意象。汉族人的叙述意象往往是故事性与象征性相互包容在一起的，如《杜十娘怒沉百宝箱》中的"百宝箱"、《蒋兴哥重会珍珠衫》中的"珍珠衫"、《石头记》中的"石头"等，既是动态的视象又是静态的视象，既具有故事性也具有象征性。这种故事性与象征性的包容正是意象叙事得天独厚的地方。突现故事性与写意性是汉人叙事的着意追求。汉人意象叙事的着意追求与中国传统文化相结合，形成了意象叙事的独特风格。

诚如上文所言，人的叙述情欲是使叙事意象转化为意象叙事的根本动力。而情欲涉及人的观念文化，诸如天人合一的宇宙观，人性关怀的亲情与伦理道德观，以阴阳五行观念为中心的认识论等。在这些文化价值观念影响下的情欲——叙述欲意，对于意象叙事起着重要作用，进而在叙述视角、叙述内涵品格、叙述时空、叙述结构和叙述神韵诸方面形成了意象叙事的民族风格。

三、民族风格之一：天人合一万物通变的叙述视域

"天人合一"是汉族文化观念的重要内涵之一。古人主张天、地、人三者合于一，具有同一性。神话创始者主张天、地、人合于"体"，盘古以身体分开天地，身体倒下后又化为天上日月星辰，地上山川草木。[①]《周易》作者

[①] 《述异记》云："昔盘古氏之死也，头为四岳，目为日月，脂膏为江海，毛发为草木。"见任昉《述异记》卷上，明《汉魏丛书》本。

主张天地人合于阴阳，以阴阳组合之卦象解释天地人的关系及其变化。[①] 老聃、庄周主张合于自然，以自然之道通释人与自然现象。[②] 孔子主张合于德，借天地大爱品性以释人之品德。[③] 禅宗创始人主张合于心，以心体悟佛性与宇宙人生。[④] 文学家主张合于情，以人之情通达天地万物之情。[⑤] 意与象的主客体同一性以及意象思维中的物我一体性就是这种文化影响的产物。正是在这种天人合一的文化观念影响下，形成了汉民族天人合一万物通变的叙述视域。

天人合一的视域指将人置于天地自然之中，视之为宇宙内一个不可分割部分的整体性思维视域，包括与想象同步的无边界的叙述视野，所谓"寂然凝虑，思接千载；悄焉动容，视通万里"[⑥]；以及内外、上下、过去、未来无所不能无所不知的全能全知的叙述视角；由巨而微的叙述顺序。如人物传记类文体叙述传主之籍贯由大空间到小空间，顺序为郡—府—州—县—乡—村。述祖顺序为由高到低，依次为高祖—曾祖—祖—父。时间叙述顺序由远及近：朝代—年—月—日—时。与西方的由小及大，由低到高，由近及远顺序相反，即杨义先生所谓的东方"由巨而微"与西方"由微而巨"的"对行"。[⑦] 叙述

---

① 《易传》曰："立天之道曰阴与阳，立地之道曰柔与刚，立人之道曰仁与义，兼三才而两之。"见卜商《子夏易传》卷九《周易》，《说卦传第九》，清通志堂经解本。所谓"柔刚""仁义"实则为"阴阳"的转换，故称之为"兼三才而两之"。

② 《老子》曰："人法地，地法天，天法道，道法自然。"见老聃《老子》上《象元第二十五》，古逸丛书景唐写本。《庄子·齐物论》所言"天地与我并生，万物与我为一"之"一"，即其所言"天倪""物化""葆光"，即顺应自然天性，可视为"道法自然"的具体阐释。

③ 孔子以天地之德喻君子之德，"天行健，君子以自强不息"，"地势坤，君子以厚德载物"。见卜商《子夏易传》卷一《上经干传第一》，清通志堂经解本。

④ 慧能《坛经》云："我心自有佛，自佛是真佛。""心生万种法，故《经》云：'心生种种法生，心灭种种法灭。'"受其影响，陆象山云："宇宙便是吾心，吾心即是宇宙。"见《陆九渊集》第三十六卷，中华书局，1980年，第483页。

⑤ 《诗大序》云：诗"发乎情，止乎礼义"。刘勰《文心雕龙》："五情发而为辞章。"先后见卜商《诗序》卷上，明津逮秘书本；刘勰《文心雕龙》卷七《情采第三十一》，《四部丛刊》景明嘉靖刊本。

⑥ 刘勰《文心雕龙》卷六《神思第二十六》，《四部丛刊》景明嘉靖刊本。

⑦ 杨义《中国叙事学》，《杨义文存》第一卷，人民出版社，1997年，第8页。

者在天人合一的视域内，心系天下国家、自然宇宙，往往偏爱写大环境，将个人与国家朝代挂钩，叙男女之私必显现家庭的力量，写家庭之兴衰则归于朝政的明暗，叙朝廷之兴亡必上及天地的感应，形成具有普遍性的终极关怀和"一叶知秋"①的始于小终见大的叙述品格。

"万物通变"观念是基于"天地一气"②"万物有灵"的宇宙认识论，认为天地万物皆由气所生化，且皆有灵性可以转化。"天有五气，万物化成。……苟禀此气，必有此形；苟有此形，必有此性……千岁之雉，入海为蜃；百年之雀，入海为蛤；千岁龟鼋，能与人语；千岁之狐，起为美女；千岁之蛇，断而复续。"③魏晋时代的志怪小说，唐代的变文、俗讲、传奇，元代的神仙道化剧等，都以故事的形式演义着人与天地万物的相通性。至明代长篇小说《西游记》中身兼石性、猴性、人性、神性、魔性的孙悟空，以七十二般变化演绎着万物通变的故事。直至清代纪昀的《阅微草堂笔记》，特别是蒲松龄的《聊斋志异》方将万物通变的神魔故事演变为动人的世俗人情故事。在这些天地间人与物的通变故事中，叙述者不仅成为天地万物的主宰，一切皆在我眼中、心内、笔下，而且成为读者的主宰，将读者引入所不知的陌生领域，展现出汉民族意象叙事万能主宰者的身份和万物通变的无疆视域。

四、体验性与心性关怀的叙述品格

既然天地人同心一体④，那么，天之心、地之意、物之情又由谁而知，从何而来？它来自人自身的体验感悟，而非科学的验证方法。这种通过体验、感悟式地认知天地宇宙的方法形成了体验性与心性关怀的叙事品格。

体验性叙述早在造字之初就有所体现。"穷天地之变，仰观奎星圆曲

---

① "阴气始凝于太虚之中，而一叶知秋。"见何大任《太医局程文》卷一《大义第一道》，清文渊阁《四库全书》本。

② "庄子云：天地一气，而能化万。"见释延寿《宗镜录》卷九十一，大正新修《大藏经》本。

③ 干宝《搜神记》卷十二，明津逮秘书本。

④ "老子云：天得一以清，地得一以宁，神得一以灵，万物得一以生，故圣人以一真心而观万境。"见释延寿《宗镜录》卷九十一，大正新修《大藏经》本。

之势，俯察龟文、鸟羽、山川，指掌而创文字，形位成文声，具以相生为字。"① 诚如姜亮夫先生在《古文字学》中所言："整个汉字的精神是从人（更确切一点说是人的身体全部）出发的，一切物质的存在，是从人的眼所见，耳所闻，手所触，鼻所嗅，舌所尝出的（而尤以'见'为重要）。"② 古代小说中的时空叙述同样表现出体验性的特点，特别是受道教、佛教观念影响的六朝以降的小说，时间成为一种感觉时间，时间长短与快乐苦恼的情绪相关。古人认为居住于天上的神仙比人快乐，地上生活的人比地狱的鬼快乐。而快乐时想使快乐长久故感觉时间过得快而短，痛苦时想使痛苦及早过去而感觉时间走得太慢而长，于是有了"天上一日，下界一年"③ "人中一日，当地狱一年"④ 的不等性时间。刘晨、阮肇采药山中与女仙生活半载，回家"乡邑零落，已十世矣"⑤；王质砍柴山中，观童子弈，"俄顷""起视，斧柯烂尽，既归，无复时人"⑥。空间也随意而大小。街头摆摊卖药的壶公，天晚无处安身，便跳入盛酒小壶内，"但见楼观五色，重门阁道"，小壶内又一天地日月。⑦ 阳羡书生许彦行于山中，遇一病足少年求卧鹅笼内。此少年口中吐出"珍馐方丈"，又"吐一女子，年可十五六"，那"女子于口中吐出一男子，年可二十三四"……则又一"口中洞天"。⑧ 空间成为因需而生、随人而现的随意化空间，与客观时空相去甚远。

西方的文学理论将文学看作对生活的模仿或再现，将文学比作反映生活的镜子，就是要再现客观世界的真实。诚如黑格尔所言，艺术的本质特征是

---

① 沈朝阳《通鉴纪事本末前编》卷一《十纪之分》，明万历四十五年唐世济刻本。

② 姜亮夫《古文字学》，浙江人民出版社，1984年，第69页。

③ 吴承恩《西游记》第4回，万历二十年金陵唐氏世德堂本，第103页。

④ 释道世《法苑珠林》卷五十九，《四部丛刊》景明万历本，第2811页。

⑤ 李昉《太平广记》卷六十二，女仙七《天台二女》，明嘉靖四十五年谈恺刻本补配清抄本，第1026页。

⑥ 任昉《述异记》卷上，明万历二十年新安程氏汉魏丛书本，第28页。

⑦ 葛洪《神仙传》卷九《壶公》，清文渊阁《四库全书》本。

⑧ 吴均《续齐谐记》，明顾氏文房小说本。

"用感性形象化的方式，把真实呈现于面前"①，就像西方的油画、雕塑，讲求模仿真实的人物，讲求毛发毕现的逼真效果。中国人所谓真实则是真感觉，如"柳如烟""风如片""燕山雪花大如席"。"汉语文所表达的是'境'的感受，不是器物死的呆相。"②就像中国古代的绘画，不求形真，只求神似和意趣，大多是写意派。③不只意象抒情如此，意象叙事也是写意重于写实，追求一种体验性的人生真实而非客观生活真实。作为史书经典的《史记》，既是一部"史家之绝唱"，也是一部"无韵之《离骚》"。其中写得最成功的人物传记（如《项羽本纪》《淮阴侯列传》以及《游侠》《货殖》诸传，"特地着精神"④），传主大多是与太史公同样遭受不公待遇的悲剧性的英雄，在他们身上体现出司马迁的人生体验与感悟。而历史演义类小说则是对这种历史人生体验的放大，将"治戎为长，奇谋为短"⑤的诸葛亮写成料事如神而近妖的智慧形象，就是写意胜于写实的体验性叙述的证明。"按迹寻踪"的《红楼梦》则是一部回忆性的自传式家庭世情小说，所述十几位金陵女子带有浓厚的十二三岁少年对异性的朦胧爱恋和抹不去的中年回忆者的心理痕迹。与其说是镜子般的生活真实，不如说是梦幻般的生活真实。

那么，叙述者是如何将体悟性生活真实写出来的呢？从宋元以降的小说戏曲作家、批评家留下的文字中得知有三种途径：因文生事，以情理生事，以心生事。"因文生事"，"只是顺着笔性去，削高补低都由我"。⑥以情理生事，就是从人心中讨出情理。"做文章不过是'情理'二字，今做此一篇百回长文亦只'情理'二字，于一个人心中讨出一个人的'情理'，则一个人

① 黄药眠、童庆炳主编《中西比较诗学体系》，人民文学出版社，1991年，第16页。

② 周汝昌《思量中国文化》，《文汇报》（上海）1999年5月30日。

③ 中西方情况较为复杂，西方也有"意象派"，中国也有追求毛发毕现的真实的画派（如大小李将军的画、《清明上河图》等），然毕竟非历史主流。本节所言中西方，只就其主要阶段和主流观念而言，这是需特别指出的。

④ 金圣叹《读第五才子书法》，《金圣叹全集》（一），江苏古籍出版社，1985年，第17页。

⑤ 陈寿《三国志》卷三十五《蜀书五》，百衲本景宋绍熙刊本。

⑥ 金圣叹《读第五才子书法》，《金圣叹全集》（一），江苏古籍出版社，1985年，第18页。

的传得矣。"① 以心生事，即"心生种种事生"。"我欲做官，则顷刻之间便臻
荣贵；我欲致仕，则转盼之际又入山林；我欲作人间才子，即为杜甫、李白
之后身；我欲娶绝代佳人，即作王嫱、西施之元配；我欲成仙作佛，则西天
蓬岛即在砚池笔架之前；我欲尽孝输忠，则君治亲年，可跻尧、舜、彭篯之
上。"② 作者所写小说戏文中故事，不过是作者心中感觉、体验和欲求的生活，
而绝非生活已有的本来样子。

　　正因为意象叙述是通过人身体和心灵体验而来，人的身体与内在品性在
叙述中占据中心位置，那么，必然导致叙述者对人自身品性的高度关怀。而
古代人将天地赋予人的品性"天理"——道德人伦——视为第一要紧处。王
阳明说："圣人之学，明伦而已。外此而学者，即谓之异端。"③ 冯友兰也认为
古人重道德轻知识，"如人是圣人，即毫无知识也是圣人，如人是恶人，即有
无限知识也是恶人"④，大有道德决定论的意味。于是叙事写意可以千差万别，
然总不离其核心道德品性，从而形成了以人格为上的德性关怀的叙述品格。
《诗大序》作者以道德品格赞美《诗》之功能："经夫妇，成孝敬，厚人伦，
美教化，移风俗。"⑤ 高明写《琵琶记》关注之焦点则是"子孝、妻贤"，认为
"不关风化体，纵好也徒然"⑥。明张尚德也以人格品德之眼光大赞《三国志通
俗演义》存在的价值："欲天下之人，入耳而通其事，因事而悟其义，因义而
兴乎感……知正统必当扶，窃位必当诛，忠孝节义必当师，奸贪谀佞必当去，
是是非非了然于心目之下，裨益风教，广且大焉。"⑦ 心性关怀的对象不只是

---

① 　张竹坡《批评第一奇书〈金瓶梅〉读法》，《金瓶梅会评会校本》，中华书局，1998年，第1503
　　页。
② 　李渔《闲情偶记·宾白第四·语求肖似》，《李渔全集》第三卷，浙江古籍出版社，1998年，第
　　47页。
③ 　王守仁《阳明先生文录》卷二，明嘉靖十四年闻人诠刻本，第214页。
④ 　冯友兰《中国哲学史》，中华书局，1961年，第10页。
⑤ 　卜商《诗序》卷上《大序》，明津逮秘书本，第3页。
⑥ 　高则诚《蔡伯喈琵琶记》卷上《水调歌头》，清康熙十三年陆贻典钞本，第2475页。
⑦ 　张尚德《三国志通俗演义引》，见朱一玄、刘毓忱编《三国演义资料汇编》，百花文艺出版社，
　　1983年，第271页。

道德，也包括"感天地，泣鬼神"的男女真情、家族亲情、世理人情等人之真性情。

五、场景化写意性的叙述意味

在天人合一的叙述视域与意象一体、借象表意的思维方式中，无论天与地的存在还是天地间万物万象的存在都更凸显空间性；有形的空间较之无形的时间更具有成象性和可感性，因此，也更益受到重直感、体验的汉民族的喜爱，从而形成意象叙事长于空间叙述，空间包融时间，以空间变化表示时间的时空叙述特点。这一特点与意象叙事的写意性相结合，形成场景化写意性的叙述意味。中国文化史是从"盘古开天地"的创世神话开始的，而盘古开天地的神话里清晰地凸显出中国人时空叙述的特点：

> 天地混沌如鸡子，盘古生其中。万八千岁，天地开辟，阳清为天，阴浊为地，盘古在其中，一日九变。神于天，圣于地，天日高一丈，地日厚一丈，盘古日长一丈。如此，万八千岁。天数极高，地数极深，盘古极长，后乃有三皇。①

在这段创世神话中，天地人更多是以空间形式出现的。时间"万八千岁"只是说明"天地开辟"的空间结果；"日"的时间叙述也意在说明天高一丈、地厚一丈、盘古长一丈的空间变化。于是人们心中留下的仅是盘古开天地的空间场景，而故事的时间记忆却被遮蔽了。

一种以空间表现时间的特点呈现为故事的场景化。故事的长度是用一个个场景连缀起来（非场景的叙述文字往往以略笔、侧笔、虚笔等交代性笔墨完成场景间的过渡功能），就像诗词由一个个意象、戏曲故事由一场场"戏"连缀起来的一样。譬如《水浒传》中"拳打镇关西"的故事情节，就是由史

---

① 瞿昙悉达《唐开元占经》卷三《天占》，清抄本，第136页。

进饮酒而被哭声打断的酒店、金氏父女住的客栈、郑屠的肉铺三个故事场景组成。它留给人记忆的也是酒店、客栈、肉铺的故事场景，而不是具体的时间长度，时间就隐身于三个空间场景内。

场景化的另一表现形式是"寓意于事""以意统事"的场景营造和情节组合。诗词是寄情于象，赋意于象，借象表意。而小说戏曲则是寓意于事，以意统领诸事，借事象写意。中国古代叙事作品不重在表现人物心理、性格变化的必然性，而重在营造故事场景（场景间的转换文字是为场景的出现做铺垫的），赋意于场景。即大多故事场景的营造在于表达某种道义、事理或情意，若干场景连缀起来表达作者叙述的欲意。这样一来，空间既是故事活动的场景又是写意的聚焦点。如《水浒传》武松打虎故事，就是由山下"三碗不过冈"的酒店、山神庙布告、山冈上打虎、阳谷县衙受赏四个主要场景构成。每个故事场景的聚意焦点分别写武松性格的一个侧面：善饮多疑；害怕而好面子；机警而勇猛；仗义施财。这四个聚意点合在一起，表达出作者心中的武松其人——心细、挑战极限、机警勇猛和侠义的性情品格。有时，作者为了表达一种观念，有意将选取体现这一观念的故事素材和场景连缀起来，从而起到反复渲染凸显人物某一性格元素的效果，形成以意统事的叙述结构。如《三国演义》，作者欲写关羽之"义"，便将其一系列表现"义"的故事场景放在一起依次叙述："关公约三事""挂印封金""斩颜良""诛文丑""过五关""斩六将""古城会""义释曹操"等，使关羽形象义薄云天、光彩照人。另外，不少好的场景是物象与事象、叙事与写意的完美融合，从而使故事充满事趣情意，进入人的永久记忆，如"草船借箭"写孔明"借"的智慧，"温酒斩华雄"写关羽武艺超群，英雄盖世，"三顾茅庐"写刘备求贤若渴，"黛玉葬花"写少女品性高洁和对生命的爱怜等，诸如此类的场景数不胜数。总之，意象叙事以事象为思维媒介，体现出场景化写意性的审美意味。

六、形断意连、对称循环的叙述形态

意象叙事中"以意统事"的结构方法，易于造成关注事象（故事）的同

类性而非逻辑性，以空间表现时间、时间服务于空间的时空叙事具有时间叙
述不充分的弱点等，这些因素与意象属性中以象表意的直观性强、分析性
弱[①]和"象"的独立性与灵活性相结合，形成了中国古代意象叙事形断意连
的结构形态。

所谓"形断"是指故事或是人物传记的鱼贯相接或是空间场景的腾挪跳
跃。前者如《水浒传》前40回，分别由王进、史进、鲁达、林冲、杨志、晁
盖、宋江等人的传记组成，形成了以人物为中心的环状链，拆开为单传，合
并为长篇。后者如《儒林外史》叙述场景，一会儿广东，一会儿山东，一
会儿南京，一会儿扬州，从一地腾挪至另一地，并无内在的必然逻辑。这种
片断式与跳跃性布局虽不影响叙事意图的表达，却形成了中国小说叙事结
构的松散性。诚如胡适先生所言："《儒林外史》的坏处在于体裁结构不太紧
严，全篇是杂凑起来的……分出来可成无数札记小说，接下去可长至无穷无
极。"[②]胡适先生是用西方小说结构标准来批评中国长篇小说毛病的，却没有
想到这是中国意象叙事的一大特点。

中国人有解决故事场景跳跃性和松散毛病的两种方法。一种是用偶然、
巧合、错认、误会等技巧，将片断的人物与故事场景勾连在一起，不仅弱化
了结构的松散毛病，而且可造成出人意料之外又在情理之中的阅读兴致和审
美情趣。另一种则是以意为灵魂组织素材、连接故事的写意法，使作者欲表
达的思想观念成为连接人物、场景的一条无形的内线。如《水浒传》写梁山
事业兴亡，有一条因义而起，因义而聚，因义而兴，因忠义而亡的侠义线。
侠义正是这部小说隐藏于故事背后的内结构，那些看似松散的人物和故事本
身的意蕴都聚向侠义，从而形成视之如断、思之则连的形断意连的结构形态。

---

① 汉字有两个特点：其一，声音多是元音，较少辅音，不构成音素的先后线性距离，一般不需
　　进行词性及数的分析；其二，汉语是具象表意文字，其意义就在象中、字中，不少字见形而知
　　意，不必对每个字词都进行分析性的定义，逻辑思维因素相对较弱。
② 胡适《胡适文存》一集一卷，据1921年上海亚东图书馆印本，见朱一玄、刘毓忱编《儒林外史
　　资料汇编》，南开大学出版社，2003年，第470页。

就古代小说整部故事发展的走向和结构总框架而言与西方也有差别性，它并非逻辑式地展开呈开放式框架，而是呈现阴阳二元式回折曲线和体现循环与报应轮回之理的封闭式框架。所谓阴阳二元式回折曲线，是指受中国"一阳一阴谓之道"[①]的观念影响，故事内涵往往包含阴阳两种因素，或相互包容"有无相生，难易相成，长短相较、高下相倾，音声相和，前后相随"[②]；或向各自相反方向转化，"曲则全，枉则直，洼则盈、蔽则新，少则得，多则惑"[③]；或欲得则先失，欲喜则先悲，欲离则先合，欲胜则先败，欲荣则先辱。"本是何进谋诛宦官，却弄出宦官杀何进，则一变；本是吕布助丁原，却弄出吕布杀丁原，则一变；本是董卓结吕布，却弄出吕布杀董卓，则一变。"[④]故事发展就是在阳阴两极间摆动，形成大小波浪式曲线。同时又接受自然现象中日出日落、四季周转、年复一年的循环往复观念，或接受"天人感应"、报应轮回的宗教思想，而形成复而周始的循环历史观和封闭式的叙述框架，走完或"合久必分，分久必合"[⑤]，或以恶姻缘始，恶姻缘终[⑥]，或"空、色、情、色、空"[⑦]，或"起承转合"的一个个圆形的轨迹，呈现出对称、反转、循环的故事结构脉络。

七、朦胧与神秘性的叙述气韵

意象属性中的模糊性、空灵性与中国巫觋文化、佛道二教文化的神秘性相结合作用于叙事，形成了意象叙事朦胧与神秘性的气韵。尽管古人叙事意

---

① 卫湜《礼记集说》卷六十一，清通志堂经解本，第2719页。

② 老聃《道德经》，王弼注，见《诸子集成》第三册，上海书店出版社，1986年，第1页。

③ 老聃《道德经》，王弼注，见《诸子集成》第三册，上海书店出版社，1986年，第12页。

④ 毛宗岗《读三国志法》，见朱一玄、刘毓忱编《三国演义资料汇编》，百花文艺出版社，1983年，第302页。

⑤ 《三国演义》第1回"宴桃园豪杰三结义，斩黄巾英雄首立功"："话说天下大势，合久必分，分久必合。"罗贯中《三国演义》，人民文学出版社，1953年，第1页。

⑥ 《醒世姻缘传》所写正是冤冤相报的两世恶姻缘。

⑦ 《红楼梦》第1回"石头记"缘起："因空见色，由色生情，传情入色，自色悟空，空空道人遂易名为情僧。"列宁格勒藏手抄本《石头记》，中华书局，1986年，第14页。

在明晰，作者生怕读者不明白，常常在书的开头、中间、结尾三致意焉。然而，读者非读之三五遍，细细揣摸，难得其中奥妙，故古人有小说难读懂之叹。① 何以如此？究其原因约有四类。一是事象本身寓意多种，具有非唯一性，易造成理解意的缺席。如"潘金莲雪夜弄琵琶"。大雪天，潘金莲拥被而坐，欲睡难眠，以琵琶弹唱心中的思念和悲伤，静待西门庆到来。一次次将风声、狗吠声误认为敲门声，结果到头来方知西门庆已在隔壁李瓶儿房中饮酒多时。此故事场景既有表现潘金莲失欢孤寂之意，又有写其性欲似火淫荡无忌之情；有处处爱掐尖情场想占先的性格表现，还有嫉妒李瓶儿受宠的醋意，也有展示潘金莲多才多艺的一面……不确定性的成分较多，任何单一的解释都难免欠缺。二是古代文人叙事写意最厌直白而喜深味，习用隐曲之笔和冷热、真假、有无、虚实、映衬之法，追求言外之意、事外之事和情外之韵的艺术效果。且习惯将诗词曲赋和史传中的叙述笔法合用于故事叙述中来，《诗》《骚》之比兴、象征，史书之互文现义、春秋笔法，说书之"斗关子""设扣子"等皆见之于小说戏曲的书写中。《红楼梦》"将真事隐去……用假语村言"② 的真假笔法；《儒林外史》的"无一贬词，而情伪毕露"③ 的借事含讽；《金瓶梅》的"寄意于时俗"④ 的深味；《西游记》以神魔之争演绎佛理；等等。处处伏兵，需评点者不时点化，告知读书"当知其用意处，夫会得其处处所以用意处……方许他自言读文字也"⑤。三是明清以来的小说因起于面对听众的讲唱，讲唱者首先遇到的难题就是如何吸引听众听下去，无论是早期的话本或是后来的文人案头小说写作，都养成了一种故意设迷局、斗关子

---

① 梦生《小说丛话》："中国小说最佳者，曰《金瓶梅》，曰《水浒传》，曰《红楼梦》，三部皆用白话体，皆不易读。……故《水浒》《红楼》难读，《金瓶梅》尤难读。"见《雅言》1914年第7期。

② 曹雪芹《甲辰本红楼梦》第1回："此开卷第一回也。作者自云：曾历过一番梦幻之后，故将真事隐去……我虽不学无文，又何妨用假语村言敷演出来。"中州古籍出版社，2007年，第25—26页。

③ 鲁迅《中国小说史略》，上海古籍出版社，1998年，第158页。

④ 欣欣子《金瓶梅词话序》，《金瓶梅词话》，人民文学出版社，1992年，第1页。

⑤ 张竹坡《批评第一奇书〈金瓶梅〉读法》，见刘辉、吴敢《会评会校金瓶梅》，香港天地图书出版公司，1998年，第2126页。

的传统：或于故事发展的紧张当口戛然而止；或有意生出种种意外；或在真相大白时，却故意喷云吐雾；或人物、事象两两相对，真真假假、虚虚实实，故意造成陌生化、距离感、模糊感。四是受中国巫觋文化、道教、佛教等宗教文化观念中非人力的神秘性因素影响，意象属性中的模糊性、不确定性得以增强扩张，形成故事叙述无论长短，总有一只看不见的手、一种冥冥中的力量支配着人物的命运，牵导着事件发展的未来，使故事笼罩着神秘的氛围，给人扑朔迷离的感觉。中国小说叙事的神秘性表现于故事、结构、气韵三个层面，呈现为时空、梦境、法力、星相谶语、万物通变、感应果报、神秘数字、避讳避祸等八种形态。① 而这种充斥于故事中的神秘主义色彩与朦胧缥缈的诗情画意相汇通，便别有一种民族叙事的独情异调和天然神韵。

综上所述，甲骨文等早期汉字的根本特性是表意性与象形性，以象表意的"意象"即这两个根本属性的结合与体现，并具有主客一体性、直观性、空间性、体验性、独立灵活性以及模糊空灵性等特质。甲骨文中除物象符号外还有事象符号，意象内涵中除"情意-物象"层次外，还有"欲意-事象"层次，它们虽有区分却一起承载表意职能而具有写意共性。叙述欲意是使叙事意象转化为意象叙事的根本动力。意象叙事并非诗词意象在叙事中的"点化或装饰"，而是汉人叙事突现故事性与写意性的主体形式。叙事意象在转向意象叙事的过程中，受到中国天人合一等文化观念影响，形成了天人合一、万物通变的叙述视域，体验性与心性关怀的叙述品格，场景化写意性的叙述意味，形断意连、对称循环的叙述结构，朦胧与神秘性的叙述气韵等典型的意象叙事风格。本节研究初步发现了意象叙事的独特品性及其形成原因。

---

① 许建平《论中国小说叙事的神秘性》，《河北学刊》2013年第3期，第63—71页。

第三章

王世贞与明清诗学

　　我的学术研究起自小说，如何又要研究诗文、研究王世贞呢？简单说有三种原因。一是源自《金瓶梅》研究，我认为《金瓶梅》的作者最大可能是王世贞。然查阅王世贞的书，便遇到不少问题，其著述有多少，哪些是伪书，即使是《四部稿》《续稿》皆影印本，无句读，阅读不方便，这个问题引起我追寻的愿望，但也仅仅是愿望。我的第一部书《金学考论》，是章培恒先生写的序，他晓得我主张作者是王世贞，待我到他身边攻读博士学位后，他为我定的学位论文题目是《王世贞文学思想研究》，后因搞一本书，耽误了近一年时间，再写这个题目，时间上不足，于是更换为《李贽思想演变史》研究。然而，我毕竟更走近王世贞一步。当到了上海交通大学，要报国家社科基金重大项目。当时有两个选题。一个《中国叙事史》，一个是王世贞。究竟报哪个？我请教了两位先生——詹福瑞先生与张兵先生。张兵先生主张《中国叙事史》，詹先生建议王世贞。《中国叙事史》轻车熟路，王世贞难度更大，但可能性也更大些。于是决定碰硬的，同时也弥补我读博士时的遗憾。在报选题时，先用一个暑假，与我的研究生利用互联网，通过世界图书馆网上藏书信息，摸清王世贞书在各主要国家收藏情况，编纂了80余万字的《王世贞书目类纂》。然后按图索骥，到欧洲、美国、加拿大、日本、韩国以及我国台湾查书。历经四年，收集了300多种4000多卷属名王世贞的书，然后一一翻阅、考察，对于明清书的纸张、墨迹、字体、款式等更为熟悉，排查出馆员误记的、书名重复的、内容重复的各种单行与选本，同书异版的书，特别是托名的伪书，最后确定可以进入《王世贞全集》的书目（这个书目反复考订了无数次），以及每本书用来校点的底本、校本与参校本。与课题组同仁，用了十年时间，完成了1065卷王世贞著作的校勘、标点工作。通过这十年，我走进王世贞的著作，对王世贞有了更全面的了解。发现王世贞是一位集合型、枢纽式人物。我们过去对他的认识只是局部的，不够全面，甚至有不少错误，我们的有些文学史、文学批评史不免人云亦云。故而，我们在编纂《王世贞全集》的同时，组织博士生和教师撰写了《王世贞年谱长编》《王世贞著述研究》《王世贞交游研究》《王世贞宗教观研究》《王世贞诗歌研究》《王世贞家族文学研究》《王世贞与明清考据学研究》

《王世贞与明清诗学演变研究》，意在奠定"王学"（王世贞及其后学）的学理基础，期望在此基础上重新评价王世贞在明清文学史、文化史上的地位。

第一节　《四部稿》成书前著述考①

2015年暑期，我到韩国访书，意外地发现了一百八十卷的《弇州正集》，其内容篇目大别于此前《四部稿》诸本，当为一百八十卷《弇州山人四部稿》（以下简称《四部稿》）的初刻本（对此当有专文论述），于是《四部稿》的成书过程变得更趋复杂，不能不理清楚。而因《四部稿》是王世贞对此前陆续刊刻的部分书的整理和重新选编，故而要理清楚《四部稿》的成书过程，需对其早期著述加以考辨，且早期著述不仅量大，需澄清的问题也较多。

一、研究之缘起

本节所言王世贞早期著述，指王世贞在郧阳任上着手编选《四部稿》之前的已刊行的著述（包括编选类书），时间范围为嘉靖二十七年至万历四年春。考述过程参照了钱大昕、徐朔方、郑利华、郦波、孙卫国等先生的相关成果，这些成果指钱大昕《弇州山人年谱》（清《潜研堂全书》本）、徐朔方先生《王世贞年谱》（见《徐朔方集》第二卷，浙江古籍出版社1993年版，第483—698页）、郑利华先生《王世贞年谱》（复旦大学出版社1993年版）、郦波《〈王世贞作品年表〉初考》（见《古籍整理研究》2008年第4期）、孙卫国《王世贞著作目录表》（见孙卫国《王世贞史学研究·附录一》，人民文学出版社2006年版）。

钱大昕所编年谱叙述王世贞著述，时而细时而粗，然而确定了王世贞早期著述的大体面貌。徐朔方、郑利华两先生所编年谱，关注更多的为两类书：一是《四部稿》《弇州续稿》中所收谱主的单篇或某组诗文；二是依据谱主为自己书所写序文，有序之书便列入谱中。第一类与此文关系不大，第二类关系密切，但因王世贞有些书是不写序的，如《四部稿》《续稿》《入楚稿》《阳

---

① 　本节原文刊载于《上海交通大学学报》（哲学社会科学版）2017年第1期。

羡诸游稿》等，这样一来，那些未曾写序的且后来不常见的书，就可能未被收入他们写的年谱。所以，两谱对于王世贞早期著作的记录难免有所遗漏。郦波先生的《〈王世贞作品年表〉初考》，所考著作范围未超出钱、徐、郑三谱，其贡献在于做了更详细叙述。其所考述王世贞著作总计24种，而万历三年前仅12种，且有2种存疑，肯定者仅10种。孙卫国先生的《王世贞著作目录表》，则依据此前诸多书目（如《千顷堂书目》《明史·艺文志》《四库全书总目》等）所载王世贞的书名，"力求最全面地收录王世贞的著作"，所收书目达189种，但并无成书时间的考证，也难分辨哪些为王世贞五十岁前的著作。[①] 由于钱大昕、徐朔方、郑利华、郦波诸先生并未全面收集王世贞散存于国内外图书馆的不同版本的著作，特别是王世贞未写序的著述所见不全，以致对王世贞著述的叙述存在缺失乃至偏误。所以，对王世贞五十岁前的著述面貌有必要进行系统的梳理、考辨。

本节以三年来课题组同仁所收集数百种、数千卷王世贞不同版本著述为主要依据，对王世贞早期著作重新加以考辨，对此前成果做了较多补充和更正[②]，并进而探讨了其早期著述与《四部稿》成书的关系。

王世贞早期著述共30种（实为27种，其中两种为同书异版，一种为黄美中所编王世贞书）[③]，分为可确定成书年代和可推测成书时间范围两类。

二、可确定成书年代者二十六种

1.《棘寺春集》，无卷数，成于嘉靖二十七年。《四部稿》卷十一有《棘寺春集》诗，题目下小注："大理卿朱公试。"《凤洲笔记》卷三，有长文一篇《正士凤议——大理卿试》，《四部稿》卷一百一十二也有此篇，文字略有出

---

① 孙卫国先生的贡献不仅在于收录书目扩大了许多，而且每篇书目后，皆注明书目的出处，为研究王世贞的著述提供了资料线索。

② 此前师友对王世贞早期著述关注的范围共14种，本节论及27种并纠正14种中的差误6种。

③ 同书异版者为《艺苑卮言》六卷本与八卷本，《尺牍清裁》二十四卷本与六十卷本。黄美中所编为《凤洲笔记》三十二卷。

入。当为王世贞任职大理寺之初，因应诗文试而创作的结集。①此年为嘉靖丁未（二十六年），《四部稿》卷十三有《嘉靖丁未夏四月余以进士隶大理得左寺》，并有"棘署同试政，濯濯多清佳"诗句。"朱公"即朱廷立。张德信《明代职官年表·京卿年表（京师）》："右佥都御史朱廷立，于嘉靖二十六年十二月廿八日乙亥迁大理卿。"故知此《棘寺春集》当集于第二年（嘉靖二十七年）春，而非二十六年春。

2.《大狱招拟》二十卷，结稿于"丙辰秋日"即嘉靖三十五年秋，乃为记录其任职刑部所审刑狱的"辟传爰书"。《四部稿》卷七十一有《大狱招拟小序》，序云："此当于辟传爰书者也，乃余有录焉。语云：不习为吏，视已成事，岂其所谳决，而遂著之竹书，称律令哉？将一二志考焉尔……自余束发而游燕中，数更变矣……丙辰秋日题。"关于卷数，明人张大复《昆山人物传》记周后叔事，尝言："国朝爰书足可不朽，公家盖尝藏嘉靖间《大狱招拟》，凡二十卷。"②张大复《闻雁斋笔谈》卷四《文移古训诰》中有言："中郎为吴县，其弟小修自楚来，见案上招申，谛观不置。中郎问故。小修叹曰：'常恨国朝无文章，乃在此世庙时有《大狱招拟》，肖物处不减太史公。'闻周孟溪家有抄本，当借观之。"③也言《大狱招拟》为嘉靖时（"世庙时"）书。

3.《王氏金虎集》三十二卷，为任职刑部间诗文之结集，当成书于嘉靖三十五年。证据一，《王氏金虎集序》云："题曰《金虎集》。金虎，西方之精也，于时为秋，余郎秋官，时署治西，其著述咸在焉。"所集侧重于诗文，"凡赋、哀一卷，四言古诗一卷，古乐府三卷，五言古三卷，七言古二卷，五言律四卷，七言律三卷，五六七言排律二卷，五六言绝一卷，七言绝一卷，

---

① 或许非世贞一人诗集，而是朱公上任初试大理寺诸公，诸公所作诗与文的结集。钱大昕《弇州山人年谱》于《万历二十七年》条有言："是春，大理卿朱公试棘寺春集诗。"由"春集诗"观之，当为世贞集诗。终难判定，此集为世贞一人诗，为众人诗，抑或世贞集众人应试诗，三种可能都存在。

② 张大复《昆山人物传》卷八《皇明昆山人物传》，《周后叔始祖寿谊》，明刻、清雍正二年重修本。

③ 张大复《闻雁斋笔谈》卷四《文移古训诰》，明万历三十三年顾孟兆等刻本。

传一卷，序记五卷，志、铭、行状一卷，书、赞、诔、祭、杂著一卷，尺牍三卷"。证据二，世贞写给徐子与的第四封书信有言："仆东治莫州，赎得足下道书，良慰。……昨取先后稿大芟洗，得赋一卷，四言古一卷，乐府三卷，五言古三卷、律四卷、排律二卷、绝一卷，七言古二卷、律三卷、绝一卷，杂文十一卷，凡三十余万言，足下以为何如？"[1]诗体文体及卷数与《王氏金虎集序》所载同。证据三，王世贞写给李伯承的第六封书："某当遂东泛河，取道益津也。……见须敝稿且就绪，诗若文可得千余首。"[2]"东泛河，取道益津"当为万历丙辰自大名返京之际。证据四，在同年所书《大司寇长兴顾公》中有："世贞抱案九岁矣……昨检先后著赋、诗、杂文各体三十二卷，聊缀成帙，照影自怜，不觉食寝俱废。"[3]由"抱案九岁矣"而知，成书时间当为自嘉靖二十六年任职刑部后的九年，即嘉靖三十五年。钱大昕《弇州山人年谱》认为《金虎集》与《别集》同成书于嘉靖三十六年，不知何据？[4]此后徐朔方与郦波持三十六年说，当受钱大昕影响无疑。

4.《丙辰奉使三郡稿》，不分卷，为嘉靖三十五年（丙辰）奉使查燕、赵诸郡狱时所作诗歌的结集。李攀龙《沧溟先生集》卷十六《赠王元美按察青州诸郡序》云："元美所为守尚书郎九岁，当迁者再，辄报罢。……亡何，称治狱使者，北察燕、赵诸郡，居十月而竣事。"该集有单行本行世，分别见中国国家图书馆、哈佛大学燕京图书馆。该集诗收入《四部稿》第八、十一、十八、二十六、三十一、四十六、四十八诸卷中。

5.《世说新语补》二十卷，编定于嘉靖三十五年。刘义庆《世说新语》终止于晋，何良俊《语林》补至元末，王世贞去《世说新语》之繁，采《语林》所补之文，再由元补至明代，从而删定为《世说新语补》，成为此后更

---

[1] 王世贞《弇州山人四部稿》卷一百十文部《书牍·徐子与》之四，中国国家图书馆藏明刊本。

[2] 王世贞《弇州山人四部稿》卷一百二十文部《书牍·李伯承》之六，中国国家图书馆藏明刊本。

[3] 王世贞《弇州山人四部稿》卷一百二十四文部《书牍·大司寇长兴顾公》，中国国家图书馆藏明刊本。

[4] 钱大昕《弇州山人年谱》："立春日，抵青州任，撰次西曹所作诗为《金虎集》卅二卷，又《别集》六卷。"清《潜研堂全书》本。

简洁而完整的畅销书。《四部稿》载《世说新语补序》，《序》云："余治燕赵郡国狱，小间无事，探橐中所藏则二书在焉。因稍为删定，合而见其类。盖《世说》之所去不过十之二；而何氏之所采则不过十之三耳。"①王世贞"治燕赵郡国狱"的时间为万历三十五年春至十月间，故知是书编定于嘉靖三十五年。《续稿》卷一百五十三《祭黎惟敬少参》："丙辰之春，胥会招提。余使而东，于鳞乃西。"此书为单行本，国内外图书馆多有收藏。因是小说类，故《四部稿》卷七十一仅收该书序文，余未收。

6.《金虎别集》六卷，刊刻于嘉靖三十六年，实为《金虎集》的补编。《金虎别集序》云："余既以疾几死，乃稍稍删次所为诗若文，语见前序中。诸当得去者，庚戌而前三岁可十之九；壬子而前二岁可十之四；最后至丙辰十乃不得二矣。余小子贸贸焉，唯余心之是师。"②从"最后至丙辰"一语而知，此书当刊刻于嘉靖丙辰年，即嘉靖三十五年。以常理推之，当在《金虎集》刊刻的嘉靖三十五年同一年或之后的嘉靖三十六年。钱大昕《弇州山人年谱》认定《别集》成书于嘉靖三十六年。③

7.《丁戊小识》二十四卷，当为丁巳、戊午年即嘉靖三十六、三十七年所作，乃任职刑部间，北游燕赵诸地所作书草志传之书。《四部稿》卷七十一有《弇山堂识小录》云："余谬不自量，冀欲有所论著，成一家言，卒卒未果。而会出于外台，颛兵事，居贫，亡大官笔札佐史之供，又惧罹不尊无征之戒，踯躅久之，取书草志传十二，咸削其牒，以俟异时。诸它所睹记，亡系好恶者，凡二十四卷，别为一帙，以附东观西京之后。语云：不贤者识其小者，吾姑为其小哉！初起嘉靖丁未，至戊午，凡十二年，得者曰丁戊小识。"清人钱大昕《弇州山人年谱》："三十七年戊午，三十三岁。在青州任……又撰次朝廷典故，为《丁戊小识》，后更为《识小录》，即《弇山堂别

---

① 王世贞《弇州山人四部稿》卷七十一文部《世说新语补序》，中国国家图书馆藏明刊本。
② 王世贞《弇州山人四部稿》卷七十一文部《金虎别集序》，中国国家图书馆藏明刊本。
③ 钱大昕《弇州山人年谱》："三十六季丁巳，三十二岁。立春日，抵青州任，撰次西曹所作诗为《金虎集》卅二卷，又《别集》六卷。"清《潜研堂全书》本。

集》之初稿也。"

8.《尺牍清裁》二十四卷，为前人书信选集，编辑于嘉靖三十七年三月。杨慎（用修）原有《尺牍清裁》十一卷，自先秦至唐，然芜杂不精，王世贞删改之，并补唐之后直至明代书牍，增至二十四卷。《尺牍清裁序》云："西蜀杨用修，少游金马，晚戍碧鸡，倾浮提之玉壶……爰荟斯篇，凡十一卷，命曰《尺牍清裁》。或因本寂寥，或删芟繁积，其见《文选》诸书者不复更载。丽砂的砾，等谢氏之碎金；玄圃峥嵘，掩琅琊之群玉。客有赍示，余甚肯之。第惜其时代名氏往往纰误，所漏典籍亦不为少，乃稍为订定，仍加增葺，及自唐氏迄今，词近雅驯亦附于后，更为二十四卷，藏之椟中。"①哈佛大学燕京图书馆所藏西爽堂板刻本《尺牍清裁》，首叙署"时戊午三月东吴王世贞元美甫撰"，故知编辑时间当为嘉靖三十七年三月或稍后。《四部稿》未收。

9.《艺苑卮言》六卷，成书于嘉靖三十七年六月或稍后，评价历代诗词曲赋之书。虽尚秦汉文、盛唐诗，然不拘于一家言，胸怀万古，鞭笞古今，无圣无尊，畅言无忌。《四部稿》卷一百四十四《艺苑卮言一》："既承乏，东晤于鳞济上，思有所扬扢，成一家言。属有军事未果，会偕使者按东牟，牍殊简。以暑谢吏杜门，无赍书足读，乃取掌大薄蹄，有得辄笔之，投篴箱中，浃月，篴箱几满。已淮海飞羽至，弃之，昼夜奔命，卒卒忘所记。又明年，复之东牟，篴箱者宛然尘土间。出之，稍为之次而录之，合六卷。凡论诗者十之七，文十之三。余所以欲为一家言者，以补三氏之未备者而已。"嘉靖六卷本，国内外遍觅不得，吾弟子吕蒙，得之于西北一家图书馆尘封古书堆中，其内容与《四部稿》所载八卷本及其附录虽为同书，然文字差别甚大。该刻本中叙语末尾属"戊午六月记"，故知此书成于嘉靖三十七年六月或稍后。

10.《弇山堂识小录》二十卷，原名《丁戊小识》，后增益更名为《弇山堂识小录》，成书于嘉靖三十七年，是一部自嘉靖二十六年到三十七年间的志传史料集，当为《弇山堂别集》的雏形。《四部稿》卷七十《弇山堂识小

---

① 王世贞《弇州山人四部稿》卷七十一文部《尺牍清裁序》，中国国家图书馆藏明刊本。

录》载："而会出于外台，颛兵事，居贫，亡大官笔札佐史之供，又惧罹不尊
无征之戒，踯躅久之，取书草志传十二，咸削其牍，以俟异时。诸它所睹记，
亡系好恶者，凡二十四卷，别为一帙……初起嘉靖丁未，至戊午，凡十二年，
得者曰丁戊小识，而最后有所增益。书成而藏之弇山堂，重题曰弇山堂识小
录。"由"至戊午""得之者曰丁戊小识"而知成书于丁戊（丁巳、戊午）年，
即嘉靖三十六至三十七年。清人黄虞稷《千顷堂书目》卷五于王世贞名下载：
"又《弇山堂识小录》二十卷。"注云："初辑名《丁亥小识》，嘉靖丁未迄戊
午后，多所增益，更今名。"

　　11.《少阳丛谈》二十卷，写于嘉靖三十八年。同为记任职刑部之见闻，
少阳乃齐地名，故应为在齐地所作。《四部稿》卷七十一有《少阳丛谈小
序》，序云："余抱牍秋官郎，则以其燕有《丁戊小识》焉，识矣而弗志也，
弗敢辨也。……少阳，齐望也。丛之为言聚也，又杂也。何以称谈？笔语也。
王子曰：余于《少阳丛谈》有志焉，有辩焉，稍进于识矣，然而弗敢传也。
积之凡二十卷，因纪其次。"说明此书为《丁戊小识》之续书，且更侧重于
志、辨和感慨，故曰"丛谈"。当写成于任职青州兵备副使的嘉靖三十八年。

　　12.《王氏海岱集》十二卷，诗文集，作于青州任上，是任职此地的诗文
结集，成书当在嘉靖三十八年八月之后。《四部稿》卷七十一有《王氏海岱集
序》，《序》云："王子旧有集，曰《金虎》，秋官也，又列署西。今集曰《海
岱》，治青州，大禹所志也。集凡四言古、拟乐府一卷，五言古一卷，七言
古一卷，五七言律、排、绝句四卷，赋七，记、序、表、志、辞、祭文、尺
牍五卷，合之得十二卷。"然成书时间则在其父王忬下狱、王世贞求辞职被允
后。《王氏海岱集序》云："俄而，王子遭家难，誂愤厉作，上疏乞骸骨，得
报可，方匿迹佣保间，而会昼日无事，稍次其言成帙。读而叹曰：吁乎！非
予之志也夫，非予之志也夫！"从"上疏乞骸骨，得报可"可推知，《海岱集》
的成书时间当在嘉靖三十八年八月之后。因王世贞七月得知其父被逮下狱的
消息，上书乞骸骨（辞职）未允，再上书而被允的时间当在八月，九月已自
山东奔赴京城，故知整理《海岱集》的时间当为嘉靖三十八年八月之后。

13.《幽忧集》二卷，为其父王忬下狱后，"惧生得失"，"忧愤至极"以及酬答朋友慰藉之作，成书时间为嘉靖四十三年三月后。《四部稿》卷七十一有《幽忧集序》，其《序》云："而久之，家大人之难作，王子弃其官，将上书北阙，下以代请。……又竟夕辗转毋寐，数往愆，危来祸，忧愤之极，若襄吃病谵，不知其为何语，起辄书之。即所存《沈悁》《少歌》《自责》《终风》及答和于鳞、明卿、子与诸篇是也。合之凡二卷，命曰《幽忧集》。甫成而大人竟不免，以丧归。"成书时间当为嘉靖四十三年，依据有二。其一，《幽忧集序》云："服除后，窜匿田野，会闻天子赫然置权相于理，籍其家，稍稍痛定。曝书之日，偶见之，即取读，哽咽不能句，而姑为题于首。"王忬遇难时间为嘉靖三十九年十月，"服除后"，当为守孝三年后，即嘉靖四十二年十月后，而不会早于此年。其二，权相严嵩被抄家（"会闻天子赫然置权相于理，籍其家"）的时间为嘉靖四十三年三月。《明世宗实录》卷之五："嘉靖四十三年三月，诏斩严嵩子世蕃及党羽罗龙文于市，籍没其家。"序文记此事，说明成书时间当在嘉靖四十三年三月后不久。钱大昕《弇州山人年谱》认为成书于嘉靖三十九年，非也。今人持此论者也误。

14.《阳羡诸游稿》，不分卷，为嘉靖四十五年九月，游阳羡诸山时所作诗文的结集，成书时间为嘉靖四十五年年末。《四部稿》卷一百十八《徐子与》之十一："九月中，游阳羡诸山。"《四部稿》卷一百二十二《许殿卿》之二："仆自五月即病，病至八月，小愈，为阳羡之游。归复大病，病至今未已。……吴中好事者为仆刻《阳羡诸游稿》，并所辑徐汝思诗附览。"中国国家图书馆、哈佛燕京图书馆皆藏有《阳羡诸游稿》。正文首页"阳羡诸游稿"，下属名"天弢居士王世贞撰"。正文前有张献翼所撰《阳羡诸游稿题辞》，其落款"嘉靖游兆摄提格至日望槎居士张献翼识"，"游兆摄提格"即"丙寅"年，嘉靖丙寅即嘉靖四十五年。该书诸稿已收入《四部稿》。

15.《艳异编》十二卷，小说选，所选小说为艳情、怪异两类，成书时间当为嘉靖四十五年十月间。《艳异编》十二卷为王世贞编当无疑。证据有四。其一，王世贞写信明言，将《艳异编》寄给徐中行（徐子与）。《四部稿》卷一百十八《徐子与》之十一：“九月中游阳羡诸山。……出洞，疮复发。抵家，复大发。委顿间有致除目者，见足下山东之命，不觉捶床大喜。……《艳异编》附览，毋多作业也。目眵手战，不能多及，亮之亮之。”其二，范守己《御龙子集》卷四十六《与王元美先生》：“去春仙舻游云间，不佞得随舆隶后，窃观龙光，不胜忻慰。既而得猎《艳异》《清裁》等帙，以为惠子五车，殆不足多。”① 范守己在写给王世贞信中，言他读到王元美书《艳异编》和《尺牍清裁》，卷帙众多，大加赞赏。其三，明末与王世贞、李贽同时代人骆问礼②，在其《藏弆集》中记载王世贞将《艳异编》送人，又赎回事。“会闻王凤洲先达以《艳异编》馈人，而复分投赎归，亦必有不得已者。”③ 其四，祁承《澹生堂藏书目》、万斯同《明史》、杭世骏《订讹类编》等皆列《艳异编》为王世贞编，非无中生有。《艳异编》属小说类，未收入《四部稿》。

　　16.《伏阙稿》二卷，乃隆庆元年，帝登基大赦，世贞与弟世懋，北上京城，伏阙为父鸣冤所作诗稿结集。上卷多为五七言诗，下卷多为歌行体长诗。当刊刻于隆庆年间，因该书所记为隆庆元年事，而无隆庆二年痕迹，故知刊刻时间当去不远。旁证一，《四部稿》卷九十八《先考思质府君行状》：“呜呼！先府君之弃二孤也，盖八年于今矣。……今年春，天子御极，需发恩诏，与天下更始。不肖世贞乃敢昧死伏阙，白见冤状，下有司，特赐洗雪，还府君故官。乃复敢与世懋稍稍摭次遗事，行为状。”旁证二，《续稿》卷七十五《王将军传》：“余以隆庆之初元，伏阙上书，为先御史大夫白冤状。”旁证三，《续稿》一百九十九卷书牍“王辰玉”载：“盖仆于隆庆初，伏阙陈情，独高新郑与华亭公有隙，修余谪于先君子。”

　　17.《戊辰三郡稿》，不分卷，记隆庆二年，王世贞出任大名府兵备副使，

① 范守己《御龙子集》卷四十六，《四库全书存目丛书》集部第163册，影印明万历十八年侯廷珮刻本。
② 骆问礼生于1527年，卒于1608年，与李贽同岁，比王世贞小一岁，然长寿于二人。
③ 骆问礼《藏弆集》卷五《与叶春元》，见徐朔方《徐朔方文集》第二卷《王世贞年谱》，浙江古籍出版社，1993年，第586页。

历三郡，将所作诗集为一书。证据见该集诸篇，如《八月抵魏中恰计旧游之日满一纪矣为之兴叹》："八月丙辰吾使魏，戊辰兹夕月仍看。穷愁雪暗侵双鬓，懒病㼈天寄一官。"诗作收入《四部稿》卷二十、三十九、五十一等卷中。

18.《古今名园墅编》，卷数不明，补何镗《古今游名山记》十七卷所成，所补"若干卷""数十百种"，文几近百篇，诗"几百千首"，故推知当在二十卷以上，而内容却非游名山，而是记园林，成书于隆庆三年后不久。王世贞见到何镗书而有补编之意的时间在隆庆三年，他赴江西任上时，编补时间则是自浙江任返回太仓后。证据一，《四部稿》卷一百二十四《寄何参政》："而弟谬起从事于浙……传有编《古今游名山记》，弟夙心日访之书肆而不可得，近得之邵少参所。读之连五日，遇讯谍辄乙之。少间复读之，至丙夜不忍释，令人厌见吏民耳……携此编归，异日略如宗少文故事足矣。……诸记次第中，微有错迁者，恐误漏雌黄，又所遗似亦不少。弟所收，后先不下数十百种，不审可备续编之用否？敬附邮筒于少参公所，拳拳不尽所怀，统唯照亮。"证据二，《续稿》卷四十六《古今名园墅编序》："而会同年生何观察，以《游名山记》见贻，余颇爱其事，以旧所藏本若干卷投之，并为一集。辄复用何君例，纠集古今之为园者，记、志、赋、序几百首，诗古体、近体几百千首，而别墅之依于山水者亦附焉。"然此书单行本，今尚未得见。

19.《凤洲笔记》二十四卷，《续集》四卷，《后集》四卷，共三十二卷，乃王世贞早期诗文集，二十四卷为诗集两卷，文集四卷，尺牍两卷，明诗评四卷，名卿绩纪四卷，安南传两卷，杂编六卷。选编者黄美中，言从世贞侄孙手中得之，而编辑成帙的，时间在隆庆三年春。证据有二。其一，黄美中《凤洲笔记序》："我吴凤洲王先生，应运而挺生矣。……予倾心向慕者已数年。兹寓娄江，先生之侄孙少川子与予有姻亲之谊，出先生所著笔记若干卷示予，作而叹曰：'美哉！洋洋乎！'其诗浑以厚，其文炳以蔚，其尺牍逸而古，其诗夸核而详，其记传博而实。……先生凡所著诗歌、赋、序、说、问、策、赞、碑、志、表、疏，不可胜纪，然愚也不能尽见，以此集成二十四卷，列于左，以公天下，俾后之学者，其景之亦何必藏名山而纳石室也。"落款：

"隆庆己巳春王正月十日江夏黄美中子充甫序。"① 其二,《四库全书总目》卷一百七十七,集部别集类:"是集乃隆庆己巳黄美中所编。前有美中序,称:世贞著作不能尽见,会从其侄孙少川子得此集,因编刻以公天下。盖当时摘选之本也。然命诗文曰笔记,其称名可谓不伦矣。"《续集》《后集》刊刻于何时,尚无文字可查。诗文多已收入《四部稿》,二者文字差异明显。

20.《尺牍清裁》,由二十四卷增至六十卷。时李攀龙死,王世贞甚念惜,将其尺牍收入集中,成为中国古代书信的精选集,并为之作序,完稿时间为隆庆五年五月。《四部稿》卷六十四《重刻尺牍清裁小序》:"杨用修氏所纂尺牍,仅八卷。余始益之,得廿八卷(误记),颇行世……而会归自太原,幽忧之暇,稍露隙日。于鳞一旦奄成异代,邮筒永废,风流若扫。青灯吊影,不无山阳之慨;散帙曝晴,更成蜀州之叹。俯仰今昔,责在后死。高文大篇,勒之琬琰矣。兹欲使间阔寒暄之谈、竿尺往复之致,附托群骥,以成不朽。爰广昔传,末及兹士,凡一千七百五十一条、一十三万一千三百六十二言,前后得六十卷,较之余刻,十益其六。比于用修,十益其九,亦云瀚博矣。……夫文至尺牍,斯称小道,有物有则,才者难之,况其他哉?"美国国会图书馆藏《尺牍清裁》六十卷,《重刻尺牍清裁小序》末尾落款为"时戊午三月东吴王世贞元美甫撰",位于此序前的《尺牍清裁序》落款为"辛未夏五月王世贞书",表明初刻本二十四卷刊刻于嘉靖三十七年三月,重刻的六十卷成书于隆庆五年阴历五月十五。此书大多未收入《四部稿》。

21. 编纂《乔庄简公集》十卷,编成于隆庆五年夏。乔宇原有《乔庄简公集》,世贞在其死后访其家,得遗稿,编辑为十卷,计诗赋四卷,文六卷。台湾所藏《乔庄简公集》十卷,有王世贞《乔庄简公遗集序》:"又二年,而不佞承乏晋臬,首访公家室,则公之血胤绝久矣。纠其遗文,得十之一二,归而谋梓行之。会清简之孙世良者,时丞崇明,闻而损奉,共剞劂之役。集成,凡得诗、赋四卷,奏议及杂文六卷。"落款:"隆庆辛未夏月吴郡后学王

---

① 王世贞《凤洲笔记》,美国哈佛燕京图书馆藏明刊本。

世贞撰"。未收入《四部稿》。

22.增补《艺苑卮言》为八卷，另有《附录》四卷，共十二卷，时间为隆庆五年至万历四年夏。《四部稿》卷一百四十四《艺苑卮言一》："余始有所评骘于文章家，曰《艺苑卮言》者，成自戊午耳。然自戊午而岁稍益之，以至乙丑而始脱稿。里中子不善秘，梓而行之。……盖又八年，而前后所增益又二卷，黜其论词曲者，附它录为别卷，聊以备诸集中。壬申夏日记。"这段文字写于隆庆五年五月，前八年为乙丑年，即嘉靖四十四年。由此推测，嘉靖三十七年（戊午）为六卷本，已刊行（见上文），嘉靖四十四年"岁稍益之""梓而行之"的本子，或仍为六卷本。钱大昕《弇州山人年谱》认为此年"梓而行之"的本子为六卷。[①]八年后即隆庆五年，"前后所增益又二卷"，即为八卷。明人陈第《世善堂藏书目录》卷上载："《艺苑卮言》八卷。"至于"附他录为别卷"，不知别卷几何。《四部稿》中的《艺苑卮言》十二卷，八卷外附录四卷。隆庆五年所编别卷为几卷？或为四卷乎？作者未言，终难确定。而万历四年六月郧阳任上初刊本《弇州正集》有《艺苑卮言附录》四卷，又有《艺苑卮言别录》（时而称"别录"，时而称"宛委余编"）十三卷，即万历五年秋末本中的《宛委余编》为十九卷。至少说明，《艺苑卮言附录》自隆庆五年至万历四年的五年中，由一卷增至四卷。究竟何时增至四卷，尚难确定。已收入《四部稿》一百四十四至一百五十一卷中。

23.《宛委余编》十三卷，自隆庆元年编至万历四年六月，成十三卷，为花鸟草虫与生活习俗的考证资料。《四部稿》卷一百五十六《宛委余编一》记其成书过程："余故有《艺苑卮言》六卷，其第六卷于作者之旨，亡所扬抑表著。第猎取书史中浮语，稍足考证，甚或杂而亡裨于文字者，念弃之为其敝帚不忍。而会坐上书浮系招提中，无他书足携。间于二藏遗编，小有所氿澜，或时绎腹笥之遗，合之别成四卷。晋游以后，复日有所笔，因更益之为十卷。最后，里居复得六卷，名之曰《宛委余编》。宛委，黄帝所藏书处也。"《艺

----

① 钱大昕《弇州山人年谱》："四十四年乙丑，四十岁……是岁刊《艺苑卮言》六卷。"清《潜研堂全书》本。

苑卮言》六卷最早成书于嘉靖三十七年，嘉靖四十四年有增益后的六卷，而其第六卷是引发世贞写《宛委余编》的因由。"会坐上书浮系招提"是一句隐晦语，暗指为其父昭雪是命系他人的事，时间为隆庆元年，即这一年编成四卷。"晋游"指出任山西等处提刑按察司按察使事，时间为隆庆四年，《宛委余编》增至十卷。① "里居"时间（万历五年秋末《四部稿》刊行之前）有两个：一为王世贞为母守丧的隆庆四年正月至万历元年正月的三年；一为万历五年末被弹劾回籍听用后的几年。究竟为哪个"里居"时间？在韩国发现的万历四年六月刊本《弇州正集》中的《宛委余编》（又间称《艺苑卮言别录》）仅十三卷，即万历四年在郧阳任上时仅有十三卷。说明这个里居是前后两个时段都有，最大可能是（事实上也正是）隆庆四年至万历元年的三年得三卷，成十三卷，而自郧阳任上回籍听用的万历四年六月初至万历五年秋末，又得六卷，而成十九卷。常见《四部稿》一百八十卷本所载《宛委余编》十九卷可证。徐朔方先生考证后三卷作于郧阳任上则非，因为这一年成书的一百八十卷《弇州正集》所载《宛委余编》仅十三卷（参见下文）。而万历五年秋至六年初的《弇州山人四部稿》则为十九卷，说明后六卷写成于万历四年至五年秋之间。已收入《四部稿》一百五十六至一百六十九卷中。

24.《入楚稿》一卷，当刻于万历元年任湖广按察使之后。《四部稿》卷一百二十六书牍《与徐叔明》："使来拜手教，叙致契阔，旁及风雅，间以澹辞，恍然若置此身。黄鹤大别，与公对语也。纪行刻，老手纵横，遒句逸发，正如右军。五十二以后，书若江山之助，固不足言矣。《入楚稿》便自作小巫，颐颏齿牙，芬流锷出。故旗鼓相当，群公之言岂欺我哉！"清人范邦甸《天一阁书目》卷四集部："《入魏稿》二卷，《入浙稿》二卷，《入晋稿》二卷，《入楚稿》一卷，刊本，明王世贞著。"《入楚稿》本为万历元年，出任湖广按察使及广西布政使右布政间所作。信中"五十二以后"当为写此信的时

① 王世贞《四部稿》卷一百九十《患病不能赴任乞恩致仕疏》："山西等处提刑按察司按察使臣王世贞谨奏，臣先任浙江布政司左参政，于隆庆四年正月初四日接到吏部急字文凭一道，内开题奉钦依升臣前职，限四月初一日到任。"

间，友人将徐叔明的纪行一书与《入楚稿》并比，而使世贞提及，实非刻于此时也。国家图书馆藏《入楚稿》一卷，无序跋。查其诗文，已收入《四部稿》二十九、四十二、四十五、四十六、五十二诸卷中。

25.《天言汇录》十卷。① 为帝王制诏汇编本，起自明太祖洪武皇帝，止于穆宗乃至"今上"，当作于万历初年。《四部稿》卷七十一，载有《天言汇录后序》，《序》云："淮南旧有刻明兴以来诏敕，自太祖高皇帝至肃皇帝止，而即位之令与它敕谕国书之类，亦稍附见千百之一。臣少时，好习典故、功令诸书，时时从诸曹及故家乘得所录黄，又与一二夕郎善，凡内、外制草金匮之副，见辄录之，于是续肃皇帝之末，以至穆庙及今上二圣之诏，而至高、成、仁、英、景、宪、孝、武、世、穆，诸或命武帅、遣大吏、训饬一方、抚绥荒裔之辞咸备。乃以世次类列，总而编之，曰《天言汇录》。臣愚，无所识知，窃谓结绳之治，遐哉邈乎，不可得而复已。三代之盛时……臣不佞，知谨录之，以俟而已。"此序当为写给皇帝之奏章，即称"以至穆庙及今上二圣之诏"，其写作时间当为万历初年。已收入《弇州史料》。②

26.《古今名画苑》十卷，收集古今论画名家之文，集为一书，刻于万历二年至四年秋的郧阳任上。《四部稿》七十一卷有《古今名画序》，序者主张书、画、文三者，外异而内同，且以画论统摄文论，别具一格。《序》云："吾于此二端，虽不能得之于手，而尚能得之于目。又雅好其说，以故略仿《法书》例，采古今之论有关于画，若谢赫、张彦远之流者录之，得若干卷，曰《名画苑》，而为之序。"由"略仿《法书》例"推知，此书当晚刻于《古今法书苑》。上海图书馆藏《王氏书苑》十卷，开卷先后有《重刻古画苑选

---

① 王昶《(嘉庆)直隶太仓州志》卷五十三《艺文二》，在王世贞名下有"《天言汇录》十卷"语，见清嘉庆七年刻本。然现行单行本未曾得见。《明史》志第七十三《艺文二》、《江南通志》卷一百九十三《艺文志》皆记："《天言汇录》十卷。"

② 王昶《(嘉庆)直隶太仓州志》卷五十三《艺文二》，于"《国朝纪要》十卷、《国朝公卿年表》二十四卷、《天言汇录》十卷、《名卿纪绩》六卷、《识小录》二十卷、《野史汇》一百卷"之后，有按语："以上诸书，董复表汇纂诸集为《弇州史料》一百卷，即此及《首辅录》《觚不觚录》等书也。"

小序》《古今名画苑序》。《小序》记录《画苑》十卷成书过程，弥为珍贵："余镇郧时，尚欲荟蕺书画两家言，各勒成一书，《书苑》已就，多至八十余卷，欲梓之，而物力与时俱不继。其《画苑》尚未成，乃稍衰其古雅鲜行世者，各十余种，分刻之。襄南二郡，郡地僻，不能传之上都。又会闻襄本已荡于江。友人王光禄孟起，有志慕古，余搜箧中，仅得《画苑》授之，俾翻梓以传。光禄请余题首。"由此而知，《书苑》即"荟蕺书画两家言"的"八十余卷"（实为七十余卷）的《古今法书苑》，然局于财力与时间而未能付梓。先在郧阳任上刻成了《画苑》《书苑》，却遭沉江之灾。而后应人之邀，翻刻了《画苑》十卷。即事实上，现在人们见到的最早的是《画苑》十卷，而《古今法书苑》则在其后，刊刻时间或与《弇州山人四部稿》同时。

三、可推测成书年代者四种

1.《皇明名臣琬琰录》一百卷，嘉靖三十六年已定稿，梓行略晚。记有明一代名臣家史之书，上至武弁中珰之贵，下至布衣之贤，包括墓志铭、行状、寿序类；是王世贞与杨豫逊补张居正《皇明名臣琬琰录》而成。《弇州山人四部稿》卷七十一有《皇明名臣琬琰录小序》："始江阴尝刻《皇明名臣琬琰录》，起洪武至成化，诸名公大夫志、铭、传、状备焉。其称名缘宋旧也，成化后不复传，又于时亦多挂漏者，予乃与杨祠部豫孙益搜之。其后，予宦游所得为最多，以至武弁中珰之贵重者，与布衣之贤者，亦与焉。为人以千计，卷亦过百。"然其成书时间尚不明，从"其后，予宦游所得为最多"似较晚。然因其中碑铭传状之文多收在《四部稿》中，故又当在万历三年前。明人茅元仪《石民四十集》卷七十五，对王世贞《琬琰录》有很高评价，同时也透露出成书时间。"然所资见闻，亦不过四种。一曰国史，二曰家乘，三曰野史，四曰故老之口实。……家乘碑版已行者，既有此《献征录》。未行者，尚有王弇州《琬琰录》。"[1]评语见于《报朱大复比部书》一文，该文题目下属年号"丁巳"（嘉靖三十六年）。说明嘉靖三十六年，王世贞的《皇明

---

① 茅元仪《石民四十集》卷七十五书，明崇祯刻本。

名臣琬琰录》已经成书，而尚未刊行。但该书刊行也当不会太晚，当在嘉靖三十六年至万历十八年之间。现见到的手抄本《皇明名臣琬琰录》三十二卷共计1796页，卷帙与《四部稿》一百卷相当，书前有王世贞所写《序》，《序》落款："万历岁次甲申十二年嘉平月琅琊王世贞拜撰。"称《皇明名臣琬琰录》者，或非世贞一书。明人王道辑《皇明名臣琬琰录》二卷，续集二卷。弘治年间武进徐纮编有《皇明名臣琬琰录》五十四卷。① 此前还有《皇明名臣琬琰录》二十二卷。② 吴国伦辑《皇明名臣琬琰录》三十二卷。中国国家图书馆藏有《皇明名臣琬琰录》二十四卷③，清抄本，十六册，注徐纮辑，该书第一卷第一篇属名"王世贞续增"，全书为王世贞续增的真实性尚存疑。

2.《剑侠传》四卷，约作于嘉靖三十九年前后。《四部稿》卷七十一有《剑侠传小序》，《序》云："凡剑侠，经训所不载，其大要出庄周氏、《越绝》、《吴越春秋》，或以为寓言之雄耳！至于太史公之论庆卿也，曰：'惜哉！其不讲于刺剑之术也。'则意以为真有之，不然，以项王之武，喑呜叱咤，千人皆废，而乃曰无成哉。夫习剑者，先王之僇民也。然而，城社遗伏之奸，天下所不能请之于司败，而一夫乃得志焉！如专、聂者流，仅其粗耳！斯亦乌可尽废其说。然欲快天下之志，司败不能请，而请之一夫，君子亦可以观世矣。余家所蓄杂说、剑客事，甚夥。间有概于衷，荟撮成卷。"然不知撰写于何时，从"司败不能请，而请之一夫"，"间有概于衷"诸文字推测，莫非作于其父蒙难前后？

3.《古今法书苑》七十六卷，为自古以来谈论文字发生发展演变之文的荟萃，成书时间约为万历初年。七十六卷，百余万言，大略相当于《四部稿》篇幅。《四部稿》卷七十一，有《古今法书苑序》，《序》云："羲画八方，人文所繇萌，圣人取夬以代结绳；颉窥鸟迹，而尽泄厥灵。爰析六书、指事、象形，及有会意、形声、转注、假借旁出异名。以察百官，以治兆氓，赫赫

① 丁丙《善本书室藏书志》卷九载《皇明名臣琬琰录》前集二十二卷，后集二十四卷，续集八卷，编者为弘治年间武进徐纮。
② 祁承爜《澹生堂藏书目》，清宋氏漫堂钞本。
③ 朱睦㮮《万卷堂书目》卷二录《皇明名臣琬琰录》二十四卷，未著姓名。

六经，是冯是征。"并列"述原书第一""述书体第二""述书法第三""述书品第四""述书评第五""述书评之拟第六""述书估第七""述文第八""述诗第九""述书传第十""述书迹第十一""述书迹之金第十二""述书迹之石第十三"，而认为"世之能尊书者，以为是六义之精煜乎，与日月相为昭乎"，评价甚高。然未属年月。上海图书馆藏《古今法书苑》七十六卷（线善：782047-86），有《古今法书苑后跋》，《跋》曰："不佞累成是集，而为之次其简编，曰源，曰体，曰法，曰品，曰评，曰拟，曰文，曰诗，曰传，曰迹，曰金，曰石。既悉分解，仍加增葺，卷凡七十有六，而古今书法之泩薮尽于此。"后落款为"天弢居士再题"，附印章"元美"。仅由该书序入《四部稿》而观之，当最晚不晚于《四部稿》定稿时间万历三年六月。

4.《四书文选》，卷数不明，当为郧地举子应考所选之书，时间当在万历四年春夏之季。《四部稿》卷七十文部，载《四书文选序》，序云："谓明以时义试士而不能古，则济之应德，其于古文无几微间也。凡论而表而策最近古而易撰，其于经书义稍远，古而难工。天下之为力于论表策者，十之三；而为力于经书义者，十恒七而犹不足。吾填郧，所辖且六郡，而诸书生推其取科第，不能当吾吴之半。夫时义之为经五而为书四。《五经》人各治其一，而《四书》则共治之。吾故择其精者以梓，而示诸书生。夫非欲诸书生剽其语也，将欲因法而悟其指之所在也。"因明代考试重时义与"五经""四书"，"五经"只需治一经即可，"四书"则考生必全治。这是梓《四书文选》而弃《五经》的原因。至于时间当在"填郧"之任所的万历三年正月十五至万历四年冬的两年时间里。①因万历四年秋考，《四部稿》卷七十载《湖广乡试录后

---

① 王世贞于万历二年九月，升郧阳督抚。《明实录》："是年九月，元美升都察院右金都御史，督抚郧阳。"十一月起身上任，二十九日达襄阳，正月十五日入郧阳任所。《四部稿》卷一百二十《复肖甫》之四："弟以前月二十九日抵襄阳……三日上代书疏……乃拜夷陵还……以望日早发，遂转入深山中……次日辞载，延见吏民。"万历四年十月，为刑科都给事中杨节所弹劾，令回籍听用。《续稿》卷一百四十二《为恳乞天恩辩明考满事情仍赐罢斥以伸言路疏》："臣于万历四年内，以巡抚郧阳右副都御史转南京大理寺卿，未任，该南京给事中杨节论劾臣。奉圣旨：王世贞既操守未完，着回籍听候别用。"王世贞从万历三年正月十五入郧，到万历四年十月回籍，实际在郧阳任上的时间不过两年。

序》云："丙子，楚试录成，不佞当以职事叙末简，作而叹曰：'呜呼盛哉！'"而为应试所编《四书文选》当在考前，万历三年春至万历四年秋之间。

四、结论

以上梳理考辨出王世贞于万历三年（五十岁）前所刊刻书籍28种，共计约523卷。[①] 呈现出三大特点。其一，突出的是地域性和时间性。王世贞早期结集的28种（包括黄美中整理的一种）书，多集中于刑部任职九年（奉使查燕赵诸郡狱尤多）、山东青州任三年、在家守母丧三年、父平反前后的隆庆初年（隆庆元年至三年）、郧阳任上一年。时间集中于嘉靖三十五年至三十九年（五年间刊书13种）。隆庆初的三年刊书4种。隆庆五年至万历元年的守孝三年刊书4种；郧阳任上的一年多刊书3种，其他时间则相对分散。而其父遇难年后守丧三年（嘉靖三十九年至四十二年）未刊一书。其二，书的种类有5种，而犹以文、史类为最多。其中诗词文赋类集15种约127卷[②]；说类3种约33卷[③]；史料类6种约190卷[④]；小说类3种36卷[⑤]；其他类3种137卷[⑥]。其三，这五类书与《四部稿》的关系远近亲疏十分清楚。亲近者为收入《四部稿》的诗文赋与说2类，共160卷。远疏者为未收入《四部稿》的小说与其他2类，共173卷。而处于二者之间，收入而后剔出，或开始未收而后收入，表现出作者在是否收入《四部稿》问题上的左右不定的游移态度和两难选择的矛盾心理，这类为190卷的史料类。王世贞将收入《四部稿》的作品分为诗、赋、文、

---

① 不分卷与不明卷数者，以1卷计。

② 分别为《棘寺春集》1卷、《王氏金虎集》32卷、《金虎别集》6卷、《丙辰奉使三郡稿》1卷、《少阳丛谈》20卷、《王氏海岱集》12卷、《幽忧集》2卷、《阳羡诸游稿》1卷、《伏阙稿》2卷、《戊辰三郡稿》1卷、《古今名园墅编》以20卷计、《凤洲笔记》8卷、《乔庄简公集》10卷、《入楚稿》1卷、《古今名画苑》10卷。

③ 《艺苑卮言》12卷、《凤洲笔记》8卷、《宛委余编》13卷。

④ 《大狱招拟》20卷、《丁戊小识》24卷、《皇明名臣琬琰录》100卷、《弇山堂识小录》20卷、《凤洲笔记》16卷、《天言汇录》10卷。

⑤ 《世说新语补》20卷、《艳异编》12卷、《剑侠传》4卷。

⑥ 《尺牍清裁》60卷、《古今法书苑》76卷、《四书文选》1卷。

说，而未收入史类。显然，这个《四部稿》是一部文学性文集，而非史料集。但由于史传之文与文学之文相互缠绕，界限难分，从而形成了《四部稿》成书的复杂性与反复性。而这种复杂性与反复性正反映出王世贞于文学观念上在分辨文史界限过程中的由大而专的逐渐演进的痕迹，弥为珍贵。

第二节　《四部稿》的最早版本与编纂过程①

一、万历四年孤本在韩国的发现

　　王世贞《弇州山人四部稿》在明清时期产生过重大影响。学界一般认为，末六卷为《燕语》三卷、《野乘家史考误》三卷的一百八十卷本是其最早版本。但笔者认为，韩国国民大学图书馆藏本《四部稿》才是其最早版本。该本为万历四年六月郧阳任上为防流失所刻印数极少的本子，且为孤本，弥为珍贵。该本封面题"弇州正集"，五线装订，四周双边，白口，单黑鱼尾，版心上题"弇州山人稿"，下题"世经堂刻"，有界行，半叶十行行二十字。全书一百八十卷，装订为四十册。据该书卷册登录单所记，缺第十册、第二十五册和第三十册。查该书正文，实际缺五十八卷（卷四、卷一六、卷二十、卷三六至卷三九、卷四四、卷五二至卷五六、卷六十、卷六四、卷六八、卷六九、卷七六、卷八十、卷八四、卷八五、卷八九至卷九二、卷九五、卷一零四至卷一一二、卷一一六、卷一二零、卷一二四、卷一二五、卷一二九至卷一三七、卷一四一至卷一四四、卷一四六、卷一五二、卷一五六、卷一五七、卷一七三、卷一七九）。尽管这是个残本，却具有非常独特的版本形态。

　　其书卷一四九之后的目录与目前所见的一百八十卷本目录有明显差异。具体而言，卷一四九的篇目为"艺苑卮言六"；卷一七零至卷一八零的篇目依次为"燕语中""燕语下"，"野史家乘考误上""野史家乘考误中""野史家乘考误下"，"皇明盛事述上""皇明盛事述中""皇明盛事述下"，"皇明异

---

①　本节原文刊载于《文学遗产》2018年第2期。

典述上""皇明异典述中""皇明异典述下"。

　　这说明两个基本事实：其一，《弇州正集》末六卷是《皇明盛事述》三卷、《皇明异典述》三卷，与其他一百八十卷本《四部稿》末六卷为《燕语》三卷、《野史家乘考误》三卷不同，是此前尚未发现的版本。其二，《弇州正集》自卷一五〇至卷一六九的篇目缺失共计二十卷，这二十卷又比其他一百八十卷本少了六卷。少了哪六卷，则是需要查清楚的。根据该书正文，卷一五〇和卷一五一的篇目依次是"艺苑卮言七""艺苑卮言八"，卷一五三至卷一五五的篇目依次是"艺苑卮言附录二""艺苑卮言附录三""艺苑卮言附录四"，卷一五八至卷一七〇的篇目依次是"艺苑卮言别录三""艺苑卮言别录四""艺苑卮言别录五""宛委余编六""艺苑卮言别录七""艺苑卮言别录八""宛委余编九""艺苑卮言别录十""宛委余编十一""艺苑卮言别录十二""艺苑卮言别录十三""燕语上""宛委余编十五"，卷一五二、卷一五六、卷一五七正文缺失。

　　以上卷目的差异，证实了三个问题：其一，该书《艺苑卮言》八卷，《艺苑卮言附录》四卷，共十二卷，《宛委余编》（实为《艺苑卮言别录》）十三卷，两种合计二十五卷。与明万历五年刻本《四部稿》（即"无序本"）对勘，《弇州正集》所少六卷为《宛委余编》卷一四至卷一九。其二，该书《艺苑卮言别录》十三卷中，卷目为"宛委余编"的仅有三卷（卷一六一、卷一六四、卷一六六），其余约十卷则称"艺苑卮言别录"。之所以说"约十卷"，是因为卷一五六、卷一五七缺正文（书前目录也缺），不知其卷名是什么，但从紧接的卷一五八至卷一六〇的篇目为"艺苑卮言别录三""艺苑卮言别录四""艺苑卮言别录五"来看，缺失两卷的篇目为"艺苑卮言别录"的可能性较大。这说明《四部稿》最初编选时，这部分内容只是《艺苑卮言》的衍生品，名为《艺苑卮言别录》，又欲称之为《宛委余编》，命名处于由《艺苑卮言别录》到《宛委余编》的过渡状态。这种不确定状态也包括《燕语》的命名，因卷一七〇的篇目本应为"燕语中"，正文卷目却是"宛委余编十五"。以上卷目的不一致，说明此本是最早的原刻本而非修订本，且编刻过程尚显匆忙。其三，《弇州正集》是《四部稿》的初刻本。王世懋《遗家兄元美书》云："世懋以丙子岁六月，受《四部稿》于郧邸。"①"丙子岁"即万历四年，这年六月王世懋到江西赴任前绕道郧阳看望王世贞，世贞将新刊《四部稿》作为礼物赠予弟弟。此事又见明周子文《艺薮谈宗》卷六《附家兄元美书》。②王世贞赠予王世懋的《四部稿》应该正是这部《弇州正集》。因为《弇州正集》中的《艺苑卮言》（包括附录）为十二卷，《艺苑卮言别录》为十三卷，合计二十五卷；最后六卷为《皇明盛事述》三卷、《皇明异典述》三卷。而万历四年四月王世贞写给徐中行的书信中说："拙集四月未可全就，今先寄《艺苑》二十五卷，《盛事》《异典述》六卷。"③二者在篇名和卷帙上完全吻合，却与万历五年秋校正后的《四部稿》差异较大。

　　这次校正的具体内容，在王世贞于万历五年秋写给徐孟孺的信中已经说得很明白："秋来校正拙集……增入说部六卷，所谓《卮言》别集者，易之曰《宛委余编》，而斥《盛事》《异典》别行之。"④这与无序本《四部稿》卷目内容完全一致。故知《弇州正集》为万历四年郧阳任上刊刻本，是《四部稿》的原刻（参见下文）。而增删后的无序本一百八十卷《四部稿》则是《弇州正集》的改编本。将《弇州正集》与无序本《四部稿》对勘，发现《正集》存在"鱼豕之误八百余字"，这似乎从反面证明，韩国国民大学图书馆藏本是郧阳任上为防丢失而匆忙刊刻的印数极少的原刻本。

　　再者，该书前整篇序言的版式（鱼尾、边框、界行）和序末印章等是后人手画补入的，可见《弇州正集》原本无序。且从《宛委余编》篇目名称未定、卷帙尚少六卷的版本形态观之，《弇州正集》当早于万历五年秋之后的无序本。因论证篇幅较长，笔者当另专门撰文予以说明。

---

① 王世懋《王奉常集》文集卷四十七，明万历刻本，第17a页。
② 明万历间梁溪周氏刻本，第13b—14a页。
③ 王世贞《弇州山人四部稿》卷一百一十八，《徐子与》其十八，哈佛燕京图书馆藏本，第14b页。本节所引《弇州山人四部稿》，如无特殊说明，均引自此本。
④ 王世贞《弇州山人续稿》卷一百八十二文部，《徐孟孺》其五，明万历间刻本，第19a页。

二、八易其稿的编纂过程

《四部稿》最初编定时间与修定过程，至今是个尚不清楚的问题。笔者根据新发现的六种《四部稿》版本（这六种分别是:《弇州正集》一百八十卷，含《盛事述》《异典述》六卷；无序本《四部稿》一百八十卷；音韵批释本《四部稿》一百八十卷；汪道昆序本《四部稿》一百八十卷；一百七十四卷本《四部稿》，附《赠家兄元美书》与《世贞记》;《弇州集》一百九十卷，增《皇明盛事述》三卷、《皇明异典述》五卷、《皇明异事述》一卷、《史乘考误》七卷），推断王世贞最早着手整理《四部稿》当在万历三年初，其后陆续增删、修订，直到万历十五年前后，十二年间八易其稿，数次改版。

1. 万历三年正月至郧阳，因书稿偶失数卷，彷徨废寝，月余后复得，遂于二三月间，集稿以备遗失。万历二年九月，王世贞升都察院右佥都御史，督抚郧阳①，十一月自太仓离家赴任②，十一月二十九日抵襄阳③，正月十五日夜入郧阳④。不久后，他查检书稿，发现竟丢失数卷，遂彷徨废寝，月余方复得。他在给胡应麟、汪道昆的信中，不止一次言及此事:"以故不获，尽究其力于学，生平所撰述，既不能自裁割，汇为一帙，偶失数卷。"⑤ 三封书信所言皆为王世贞急于编纂《四部稿》的缘由:因丢失书稿数卷而集稿"备遗失"。从"世贞备乏郧镇时"，可知地点为郧阳。时间为初到郧阳赴任的万历三年正月十五日之后，具体为"逾月而后"的二三月间。

2. 万历三年六七月间，编稿成"诗、赋、文、说凡四部"，集"百五十卷"。关于王世贞何时着手整理编纂《四部稿》，最早透露相关信息的是他写给徐中行的一封信:

---

① 参见叶向高等《明神宗实录》，台北"中研院"历史语言研究所，1962年，第52册，第717页。

② 参见王世贞《弇州山人续稿》卷一百零三《承德郎广西太平府通判王君墓志铭》，第10b页。

③ 参见王世贞《弇州山人四部稿》卷一百二十《复肖甫》其四，第7a页。

④ 参见王世贞《弇州山人四部稿》卷一百二十四《答赵中丞良弼》，第16b页。

⑤ 参见王世贞《弇州山人续稿》卷二百零六《答胡元瑞》其一，第2a、1b页；卷一百八十五《汪司马》其四，第3b页；卷一百八十二《程巢父》，第22a页。

仆不能出，而再为知己所强，聊应之耳。……今已五十，前路足可
知。……比间寂寂，公署若深山中道院。了得全稿，诗、赋、文、说凡
四部，百五十卷，可百余万言。只《卮言诸录》，亦二十余卷，不作旧
邶莒赋也。①

从"今已五十"可知，此信当写于万历三年，王世贞五十岁。是年正月
望日，王世贞到任郧阳，丢失书稿"逾月而后检得之"的时间约在二月中旬前
后。重新校阅旧稿时，他将全书依体裁分为诗、赋、文、说四类，卷帙达一百
五十卷，这是一个不小的工作量。何况《卮言诸录》中的二十余卷，有些还是
新编写的（如《宛委余编》十三卷中的篇章）。完成这些工作，至少需要四五
个月，因此他在此信中称其集"百五十卷"的时间当在万历三年六七月间。

3. 万历三年八月十五日前，集百七十余卷，共计百三十万言。王世贞另
一封写给张九一的信，透露了《四部稿》整理的新进展：

弟拟以望前登岳，欲取月色，得示当移望后一日，若陪从群公，则
力辞之。已办白裕，行滕接篱为山叟装，无虑也。此间真僻寂，日开门
如升堂法师，却无问法者，闭门即不如退院僧有弟子参承耳。……弟校
集，凡赋、诗、文、说部，将百三十万言，得百七十余卷。异时更得玄
晏一序，便足忘死矣。②

此信的写作时间当在中秋前，由"弟拟以望前登岳，欲取月色，得示当移望
后一日"可知，王世贞计划登山望月。因为万历四年六月，《四部稿》一百八
十卷已刊刻成书（参见下文），所以《四部稿》未刊刻的这个中秋节只能是
万历三年。

---

① 王世贞《弇州山人四部稿》卷一百一十八《徐子与》其十八，第14页。
② 王世贞《弇州山人四部稿》卷一百二十一《张助甫》其十，第23a—23b页。

4. 万历四年春，新增"《盛事》《异典述》六卷"，收书画跋文及"《艺苑》二十五卷"。万历四年春，王世贞在写给徐中行的另一封信中，透露出《四部稿》将完稿，并做了重大调整，还寄去其中一部分（单行本）。信中说：

> 岁暮，有宣城张簿者赴闽中，一函不腆之书以附，得无浮沉否？唯是闽之于郧楚也，则岂惟风马牛之不相及，而足下之专使者再矣。……家弟有长安之役，襄帷二华、莲花间，足称壮游。要其过此一会，相与登参顶，亦大奇也，足下得无色飞否？拙集四月未可全就，今先寄《艺苑》二十五卷，《盛事》《异典述》六卷，又驳书画家二种，皆足佐兄麈尾之资，余具别楮。不一。①

《四部稿》虽未能全部完成，但《艺苑》(《艺苑诸录》)明确已有二十五卷（包括《艺苑卮言》八卷、《附录》四卷、《艺苑卮言别录》十三卷），再加上《盛事述》和《异典述》共六卷，与《弇州正集》的卷数与卷目正合，说明《弇州正集》全稿已基本完成，时间当为万历四年四月。证据有三：其一，万历四年六月，《四部稿》已刊出，并送其弟世懋一部，说明这年六月《弇州正集》已刊行。而"拙集""未可全就"的"四月末"，只能在万历四年六月完稿之前，而不可能在其完稿之后。其二，写此信的地点是"郧楚"（楚地郧阳），万历五年四月，王世贞已回到江苏太仓老家，并非"郧楚"。而在郧阳任上只有万历三年四月和万历四年四月。其三，信中所言"家弟有长安之役"的时间为万历四年春，世贞"要其过此一会"。至六月，王世懋绕道郧阳看望王世贞，兄弟同游太和山。《四部稿》卷四十三《与敬美少参登太和绝顶二首》云："季夏朔日凉倏然，我携叔申朝上玄。"②此诗作于万历四年"季夏朔日"，即六月初一日，故知此信所言四月为万历四年四月。

---

① 王世贞《弇州山人续稿》卷一百九十《徐子与方伯》，第2b—3b页。
② 王世贞《弇州山人四部稿》卷四十三，第14a页。

5. 万历四年初夏，《弇州正集》于郧阳任上付梓，印量甚少。关于《四部稿》付梓的消息，最早见于王世贞写给陈玉叔（陈文烛）的信：

> 不佞之辱收门下者，五阅岁朔矣。……郧中为蜀山余支，虽道路非邈，而叫窕径庭，鳞羽羞缩，不腆之好不能借通一介。……家弟使秦，甫入关，遂得江藩报。……今年梓拙稿成，得百八十卷，所刷行既少，而道远，重虞去人装。聊上说部一种之半，或足佐握麈耳。①

万历四年"拙集四月未可全就"，现"梓拙稿成，得百八十卷"，时间当为万历四年五六月间，很可能是五月末六月初。证据有二：其一，信中言"家弟使秦，甫入关，遂得江藩报"的时间是万历四年六月初一日，上引《与敬美少参登太和绝顶二首》可以为证。其二，王世懋自己说，他于万历四年六月得到《四部稿》，因忙于奔波，未暇观览，读后写一长信给世贞，首句云："世懋以丙子岁六月，受《四部稿》于郧邸。奔走终岁，卒业舟车间，未遑窥作者之奥也。"②这是说明《四部稿》成书时间的最为直接而有力的证据。考虑到刊刻的物质条件与技术条件，刊刻地为湖北郧阳而非家乡太仓。对此，王世贞在写给程一枝的信中讲得很明白：

> 在郧中，偶失拙草二帙，缘无副本，逾月而后检得之，意不能无动。而会其地饶梓，武昌饶刻工，遂有加窜之误。既成，为诸贤所念，竟不获蔽其丑，以为恨。今何幸！遇足下具法眼，为我一精汰也！③

郧阳的梓木，武昌的刻工，刻地当为郧阳（不会将大批的梓木运至千里之外的江苏）。因此地山高地偏，崎岖难行，故有"道远，重虞去人装"的运

① 王世贞《弇州山人续稿》卷一百八十九《陈玉叔》，第1a—2a页。
② 周子文《艺薮谈宗》卷六《附家兄元美书》，明万历间梁溪周氏刻本，第13b—14a页。
③ 王世贞《弇州山人续稿》卷一百八十二《程巢父》，第22b—23a页。

输之忧，也难怪"刷行少"。关于郧阳版《四部稿》的内容，根据以上材料，特别是王世贞于万历四年春夏间写给徐中行、陈玉叔的两封信，可以得知三大消息。其一，该本为一百八十卷，载有《皇明盛事述》《皇明异典述》共六卷，《卮言诸录》二十五卷，只有《弇州正集》合乎这些条件，其他版本皆与之不符，故王世贞在郧阳任上送给弟弟世懋的一百八十卷本《四部稿》，正是《弇州正集》。其二，"刷行既少"，首先是怕书稿再丢失，先刻成版，少印以存世；其次是由于路途远且崎岖难行，运输不便，不适于多印；再次，从"蔽其丑，以为恨"一语观之，也不排除匆忙赶印、校勘不精的嫌疑。其三，正因印量小、发行少，故流行不广，能够传至四百多年后的今天，更为罕见。

6. 万历五年秋，于弇州园"增入说部六卷"，删《皇明盛事述》《皇明异典述》六卷，改八百余错别字，成为通行的一百八十卷《四部稿》善本。学界一般认为最早的一百八十卷本《四部稿》是在万历五年郧阳任上刊刻的。《弇州正集》的发现与以上对《四部稿》成书过程的考察，将推翻这一传统结论。王世贞在写给徐孟孺的信中谈及《四部稿》重校重编的事：

> 得足下书，知秋来苦汤药，无暇呼棹，然清梦时时落我弇州园矣。……近始举一孙，兼家弟拜万寿回，跌宕杯酒间，意气差自强。……秋来校正拙集鱼豕之误八百余字。增入说部六卷。所谓《卮言》别集者，易之曰《宛委余编》，而斥《盛事》《异典》别行之，公家赐小珰宫姬事亦增录矣。集所以名四部者，赋、诗、文、说为部四耳，亦《七略》遗例也。①

信中提及一个重要时间信息——"近始举一孙"。王世贞何时"举一孙"的呢？他在写给多位朋友的信中情不自禁地言及此事：

> 家弟赍捧还，力欲乞休，尼之不可，今已杜门。……仆于九月举一

---

① 王世贞《弇州山人续稿》卷一百八十二《徐孟孺》其五，第19页。

孙，杯勺益自迫，焚香烹茗，展法书名画，信步花竹间，调赤白鹦鹉，
俯碧澜，施食朱鱼，甚适。①

　　秋中，得足下及杨使君书，云已买舟，将访我海上。急麾阿段，涤
弇园一片石以待，及使者将手教。……仆自入夏，移息兹园，有法书、
名画、古玩之属，暇则步屦松竹间，听鸟声，临清溪垂钓，调赤白鹦鹉，
又有白鸽作参军语。……九月幸举一孙，里社杯酒大足藏身。唯文字凤
障未尽，往往供人役。②

　　两封书中关于"举一孙"之事，有两点是一致的：其一，时间为"九
月"；其二，纵情于家内园林之间。也就是说，这个九月是在老家太仓弇园
的九月，不是在郧阳任上的九月。万历四年九月，王世贞被吏部弹劾而夺
俸③，然而仍在郧阳，十月被刑部弹劾，令回籍听用④，冬日方回到太仓⑤，回籍
即修弇园，使之成为东南园林名胜，夏入兹园（弇园前身），乐于其中。因
此，这个"举一孙"的九月，是万历五年九月。"秋来校正诸集"的秋天也是
万历五年秋。刻地为江苏太仓，非湖北郧阳。

　　这次校正，王世贞做了三大改动：首先，增入说部六卷（即《艺苑卮言
别录》六卷）；其次，删去《皇明盛事述》《皇明异典述》共六卷，使《四
部稿》成为通行的一百八十卷本；再次，改正了八百多个错别字，令其成为
《四部稿》一百八十卷本中的善本，亦即刊刻于万历五年秋之后的无序本。

　　7. 万历十五年，出现以一百八十卷本为底本，删去《燕语》《家乘考误》
六卷，而形成的一百七十四卷《四部稿》（附《遗家兄元美书》）本。

---

① 王世贞《弇州山人续稿》卷一百九十五《李本宁参政》，第14b—15a页。
② 王世贞《弇州山人续稿》卷一百九十二《吴明卿》其五，第4b—5a页。
③ 参见《明神宗实录》卷五十四《万历四年九月》条，第52册，第1261页。
④ 参见王世贞《弇州山人续稿》卷一百四十二《为恳乞天恩辩明考满事情仍赐罢斥以申言路疏》，
　 第18b页。
⑤ 参见王世贞《弇州山人续稿》卷一百五十三《祭黎惟敬少参文》，第12b页。

8. 万历十五年之后，于一百七十四卷之后，增添《史乘考误》《皇明盛事述》《皇明异事述》《皇明异典述》十六卷，成一百九十卷《弇州集》。

关于这两个阶段的情况，参见拙文《〈弇州山人四部稿〉版本发现与考辨》（《文献》2016年第2期）。此一百九十卷本《弇州集》，是以一百七十四卷本为底本，添加后十六卷，时间当在附《遗家兄元美书》本的万历十五年之后。是谁将这十六卷史料附于其后的？或为王世贞，或为他人。然未见王世贞谈及此事的相关文字，他人附刻的可能性更大。

第三节　王世贞文学史地位的重估

一、王世贞总论（博、实、真、变）

王世贞（1526—1590），字元美，号凤洲，又号弇州山人，明代南直隶苏州府太仓州人，山东琅琊王氏后裔。嘉靖二十六年进士，除刑部主事，历郎中，出山东副使，补大名兵备，历浙江参政、山西按察使，入太仆寺卿，以右副都御史抚郧阳，迁行大理寺卿，历应天府尹、南京刑部侍郎，改兵部，进刑部尚书，卒赠太子少保。

王世贞生于名门望族，少有轶才，博闻强记，弱冠登朝，"异才博学，横绝一世"（王锡爵《太子少保刑部尚书凤洲王公世贞神道碑》），气高志远，本欲承继光大前辈功业，建骇世功勋。然其性情刚直，忤逆权贵，宦途屡受阻。因其父遭严嵩陷害而下狱，王世贞救父而挂印、奔波、乞怜，终未果，政治理想几近幻灭，尽管历次履职，表现出理刑、统兵、治民的卓越才干，首辅徐阶、张居正曾有委以重任之意，也终难重新唤起其心中的政治热情。他一生时宦时隐，笔耕不辍，潜心于经子佛道与文史书画诸学，成为影响一个时代学风、文风的人。

王世贞温文儒雅，仁厚笃孝，人或以为其乃循规蹈矩的儒者，实不尽然。他"性慧气刚"（陈继儒《眉公见闻录》），外柔恭而内狂直，柔似春风，温雅亲民，好义乐施，惠泽百姓，德被乡里，恭则处下，虚怀若谷，奖掖后进，扶弱助微，彬彬然一代谦厚长者。然其内心刚毅真率，不屈于势，不从权贵求功名，不庇于人，博采前贤而剥皮求核；性情狂直，"鞭挞千古，掊击当代"（谈迁《国榷》卷七十五），笔笔见血，不论圣贤尊贵，不顾朋友情面。柔恭易为人推崇拥戴，狂直不免遭人忌恨。拥戴、忌恨伴其坎坷一生。

王世贞学问浩瀚磅礴，然窥其根本价值，或可以博、实、真、变四字笼括之。

"博"指才高学博，表现为博藏、博览、博记、博识、博才、博文。世贞藏书数万卷，过目成诵，通贯经子、两藏，博综史实，谙习掌故，著述富赡而遍行天下。精熟文之法，深见卓识，善窥优劣，宏博高华，一代之冠，"后七子不及，前七子亦不及，无论广续诸子也"（《四库全书总目》卷一百七十二《弇州山人四部稿》《续稿》提要），遂推促晚明博学之风，进而使学风由明之博杂而走向清之博专。其博学之长更凸显于文学，才高气盈，诗文词赋无体不作，曲稗说评，无不染指，文学至世贞"富而大"（屠隆《论诗文》）。诗歌七千多首，而尤长于拟古乐府、歌行、七言律、五言绝句；散文万余篇，序跋、传志、书牍之作，有明一代之翘楚。既有豪放雄壮之风，又有清丽深婉之韵，体现出他发性灵、求高格，讲法度而任自然的文论主张，代表了七子派和明代后期文学创作的实绩。文论承继诸子而生新变：以"捃拾宜博"补"师匠宜高"（《艺苑卮言一》）；继承前人而扬弃模拟俗格；主张情欲源，性灵第一；重体格声调、兴象风神，尤尚妙悟化境，将主体与客体、主体与文体、文体与受体、文体与前文体诸关系较好地调接。中国诗学体系内诸元素及其以情、法、境为核心的结构，至王世贞已大体形成，其后公安、竟陵、性灵诸派，神韵、格调、肌理诸说，在这一结构内或因某一端而偏胜，或就某一枝而细化，或在诸元素间纠补调节。这些皆得力于他的博学与卓越才识。

"实"指斥虚务实，务求经世致用。王世贞求实多显于史学领域，他本欲效司马迁，撰写《明史》，故广备史料，史学著述多至数百卷，尤以考证见长。其史述不虚美，不隐恶，唯求实，多定评，成清史撰写者的重要参考。其"天地间无非史而已"（同上）的大史学观，以功业评人的经世致用的史评观，国史、家史、野史互补的史体观，《弇山堂别集》等所创之"别集"体、"典故史料"体，以及所开启的诸多专题史等，也后人所采纳，遂有"一代史迁"（徐中行《奉王元美》）之誉。

"真"即寻求人性、事理的本真。其求真多见于经学、子学。世贞是位以经学、子学、佛学、道学之思想而思辨学术和社会问题的学者，并未倾力于理论创建，终其一生无一部专门治经之作，故治思想史者多不关注。然而，他却是位特立独行的哲人。他对经子与佛道二藏批评的大胆、犀利、深切，多此前学者所不及，可谓走在明朝反思潮流前沿的人。其反对以理灭欲和以欲灭理，主张"欲即理""理即治"（《札记内篇》）的理欲同源合一说，认为心学蹈空，理学失真，原始儒学不切于用，而求真、求实、致用其价值观的核心，在明代思想史上别具一格。

"变"指王世贞守正求变思想。其思想是阳明心学与前人文史观念相杂糅而别出之的结果，具有集合性、进步性与求变特质。其新变约而言之有六：其一，以阳明心学融合前代诗学观，在剥离宋代理学过程中求新，完成了由源于道、服务于道的道法观文论向源于情、服务于情的情法观文论的历史性转型。其二，以博学实学补救心学的空疏，与杨慎等引领了明代博学和考据、致用学风，从而开清初求实致用学风之先河。其三，其诗学前代之集大成，发性灵、求高格，讲诗法而任自然，形成融性灵、神韵于格调的诗学体系。其后诸诗学流派皆有王世贞文学观的影子，或偏执而新，或精细而异，或僻而曲致。其四，王世贞的史学观、史体观、撰写体例新变，推进了明清史学的发展和家史、典故史体的兴盛。其五，他既是诗文家又是学问家，实文人与学人之诗文集于一身而影响后世的代表。其六，世贞较早创作大量拟乐府民歌，间涉小说、戏曲，考证民间风俗，较早推进明代后期俗文学和民间文学的兴盛，因其位高望重，对明清之际社会风向的转变有着不可替代的作用。

纵观之，王世贞以博基，以实骨，以变脉，以真魂，四者交融，守正求新，成承前启后的重要标帜。

文人相轻，明代尤甚。纵观有明一代文坛名家，几无不被訾议者，地位愈高，影响愈大，则被指摘愈烈。王世贞因"七子"而成名，又受"七子"之累；因位高而标举，又因位高而遭忌。其自身也有瑕疵，"虚骄恃气"，"自命太高"（《四库全书总目》卷一百七十二《弇州山人四部稿》《续稿》提要），持论尚奇，出言太直；又病在求全喜多，以非全不能成其大；下笔多凭记忆，应酬笔墨过多。大而全有珍珠美玉，易被人采撷，也易粗杂，贻人口实。且坏名声比好名声更具有传播力，何况明末不乏党同伐异、抑人扬己者，于是形成一些误导与误读。本七子派之转换风气者，却被目不过傍人门户罢了；本主张学汉唐之高格、写出真情得法的上乘佳作而开发文学新时代，却被视不识诗文之代变的刻舟求剑；本举世递相临摹王世贞的世俗陋习，却转嫁至厌恶剽窃的王世贞身上。归有光所言"妄庸巨子"本指北方"二李"，却被误导为归有光的至亲王世贞；将王世贞对归有光的委婉批评，杜撰为王氏"推服"归有光，并不遗余力张扬"妄庸"说。所谓"老年自悔"，乃利用老年心态变化作文章，将王世贞后悔《卮言》"是非古今"得罪人的做法，曲解为否定早年文学观。而出于钱谦益、艾南英之手的这类误导，经《列朝诗集》《明史》《四库全书总目》和近现代出现的中国文学史作品的传播，进一步播扬彰显。而世贞藏于巨帙"两稿"中的上乘佳作又久被尘埋，未曾经典化，识者日微。此种倾向，近些年随着对复古派研究的深入正悄然改变，新见日多，然距离真实的王世贞尚有距离。王世贞不失为文学史学发展至明代嘉、万时期的一位集大成者，一位转换风气的人，一座赫然耸立的山峰，一座尚未被完全发掘的文化宝藏。

二、文论的集合性与新变

　　王世贞是七子派理论与创作的集大成者，故论及王世贞，不能离开七子派。七子派意在纠正宋学眼界狭窄及理学对于人们思想精神的禁锢，寻求文化的解放。一方面用古学取代宋学，"宋儒兴而古之文废矣"（李梦阳《论学上篇》），开拓学人的文化视域，用古学之博与真，隔断明代与宋代理学间的联系；另一方面关注焦点内移，移向诗学文体内部创作的艺术形式，"谛情、探调、研思、察气"（李梦阳《林公诗序》），寻求古人创作中具有普适性的规律范式，促成文学与道统的脱钩，实现文学的独立。

然而，七子派自身存在着难以解决的三大矛盾。一是复古与求新的矛盾。其古学的根本性质是借复古以求新，复古是途径，求新是目的。然而对于大多数七子派成员说来，复古多于求新。二是性灵与格调的矛盾。古学者一方面要表现人的真性情，一方面需严格遵循古人作诗的格调法式，而后者——寻找古人创作的格调范式是古学派行为的逻辑起点，故必置之首位，这必然成他们创作的封裹、铁镣，影响真情的自然抒发。于是以抒发真情第一位，还是以学习古人诗法第一位，便成前后七子诗论中未能解决好的矛盾。三是古学派诗文创作成就未能达到其理论的"高格"。他们在学习古人创作字法、句法、篇法、体格、声调等规律、范式方面的确有了较大进步，然而艺术创作既需要掌握内在的普适性规则，更需要具有个性化的创造力。前后七子总体说来因受限制太多，才情不足以驾驭其理论，从而形成创作弱于理论的现象。

王世贞承接七子派主张，却不尽庇于七子，而因其才高博学、胆识过人，故在继承中多有新变，成为在随从中开拓而转移风气者，成为较好解决七子派上述三大矛盾的推进者。王世贞文学观念的新变表现在以下五个方面。

一是以"捃拾宜博"补"师匠宜高"的拘狭，拓宽了复古承继的领域。王世贞在以秦汉文、汉魏古诗与盛唐近体诗宗的基础上，提出"采""用"的新观念，即"师匠宜高，捃拾宜博"（《艺苑卮言一》）。所谓"师"，指以秦之前与西汉的经典散文和汉魏古诗、盛唐近体诗的经典作品宗法的样板。所谓"捃拾""采""用"，指对样板之外的诗文，则广搜博拾以我写作之"用"，不论时代，不管高低。"代不能废人，人不能废篇，篇不能废句"，犹如"医师不以参苓而捐溲勃，大官不以八珍而捐胡禄障泥，能善用之也"（王世贞《宋诗选序》）。对于苏轼之文，王世贞认为"虽不能吾式，而亦足以吾用"（《苏长公外纪序》）。中唐的白居易，宋代的"欧、梅、苏、黄"，元、明诸多名家，无不"以彼我"用。如是，既不违背七子派以《左传》、《史记》、李白诗、杜甫诗为古典标杆的宗旨，又扭转了七子派西京以下文，开元、天宝以下诗束之不观的毛病，打破七子派开创之初的藩篱，极大地拓展了复古派学习继承前代优秀诗文的领域。此意义不可小觑。

二是倡情欲为源和性灵第一，建立起以情法关系为核心的情法文论，取代作为主流的道统文论，完成了中国文论主调的历史性转换。王世贞反对明初台阁体的道统论，力求割断文学与宋代理学的关系。他比七子派诸人更进一步的地方，是在哲学上提出情欲源说，情欲不只是文学之源，而且是道学之源，即儒家之道与文学同源于情欲，从而摆脱了文对于道的依赖，更换了文学的理论基石。

> 生人之用，皆七情也，道何之乎？舍七情奚托焉！圣人顺焉而立道，释氏逆焉而立性；贤者勉焉而就则，不肖者任焉而忘本。夫父子生于欲者也，君臣生于利者也，奈之何其逆而销之也。
>
> 夫妇之间，一情欲感耳！圣人以之立纲陈纪，配天地焉。（《札记内篇》）

"情欲"既然生成"道"的根源，"圣人顺焉而立道"，"圣人以之立纲陈纪"，文学与道同源之于情欲，又何必再讲"道"对于"文"的决定作用，文何必"致道""贯道""载道""明道"，做"道"的工具了呢。这种以情欲为源取代以道为源的文学观，完全改变了历代复古运动使文学重回道统的方向，其意义非同小可。

与此情欲为源论相联系，王世贞继而提出了将性灵放在第一位的格调式"性灵说"。这种"性灵说"有些是在批评他人诗文时借他人语发之，有些是直接说出自己的文学主张。他认抒发性灵是文学创作的目的，"诗以陶写性灵、抒纪志事而已"（《题刘松年大历十才子图》）。"匠心缔而发性灵"（《封侍御若虚甘先生六十寿序》），与作诗之法、"色象雕绘"比较起来，写出真情、真性灵则更重要，性灵是一首诗的灵魂，"搜刔心腑，冥通于性灵"（《余德甫先生诗集序》）。既然是作诗之魂，那自然是放在第一位的，体格声调、色象雕绘则只能服务于性灵了，"发性灵，开志意，而不求工于色象雕绘"（《邓太史传》）。王世贞的性灵观与李贽、袁宏道的既有相同也有差异。相同者为皆以性灵为源，为文学的指归。所不同者为，李贽、袁宏道认为文学是抒发自我之情，只须内寻，无须外求，无须学习古人，无须讲情法格调。李贽倡"最初一念之本心"的"童心"而排斥"闻见道理"（《童心说》），主张只有出自童心的文章才是真文章。袁宏道力倡"独抒性灵，不拘格套"（《叙小修诗》）。李贽主张语言技巧是随着不可抑制之"愤情"自然而然流出。王世贞的"性灵说"是建立在作诗的规律法则、格调基础上的，它反对一味抒情而离格离调，主张"人与天会""神与境合"，而达到无法之法、无格调之格调，即技法娴熟到随情而发、自然合格合调的地步，"外触于境，而内发于情，不见题役，不被格窘，意至而舒，意尽而止，吾不知于变之穷否何如，其能发而入于自然固饶也"（《白坪高先生诗集序》）。

那么是懂得了格调然后方有性灵之诗，还是有性灵便自然有高格美调呢？从学习古人作诗而言，是先识古人诗的声韵格调，然后方知古人的情性精神。声韵格调犹如人的"面目骨骼"，若要识人，必先从"面目骨骼"开始。"面目未识而得其骨骼妄矣，骨骼未得而谓得其情性妄矣，情性未得而谓得其神气益妄矣"（杨维祯《赵氏诗录序》），即先格调而后性灵。然而创作则不然，唯有情与境会，生发情感，方可写出吾心、吾情、吾自家之诗、自家之语言声韵，方可有新意。若将格调放在第一位，先格调再性灵，那么必然牺牲性情以就格调，造成以格调抑情，复古而难求新。七子派在理论与创作上，常以格调、法式先，故而不能解决情与法、复古与创新的矛盾。

王世贞主张学习古人必从格调始，创作必以发性灵、抒写意志先，使诗法与格调随性灵自然而然地表现。于是他提出了性灵与格调、情与法合一的"情法"说。他将介于情与法之间的"意"概念引入情法关系论中，追求情法合一，意法互用。他力求避免两种倾向：或一味畅情而失格，"骛于声情，以捷取胜，转近而转堕于格之外"（《真逸集序》）；或抑情而就格，"斥意以束法"，"抑才以避格"（《袁鲁望集序》）。他主张"意先而法即继之"。

其气常畅，才常使饶，意先而法即继之。(《于鬼先》)

吾来自意而往之法；意至而法偕至，法就而意融乎其间矣。夫意无方而法有体也，意来甚难而出之若易，法往甚易而窥之若难，此所谓相用也。……不屈阕其意以媚法，不戕骸其法以殉意，裁有扩而纵有操，则既亦彬彬君子矣。(《五岳山房文稿序》)

然而意与法也非等量齐观，而是以达意指归，"出于物情之表而后快"(《张肖甫集序》)。如是抒发性情既不拘泥于法，又合乎法；既合于法，又不伤情。如何做到情与法谐，法随情自然流出，历来多主张"发愤""泄愤"。王世贞却主张"我与天会"或"神与境合"。"夫诗，心之精神发而声者也。其精神发于协气，而天地之和应焉。其精神发于噫气，而天地之变悉焉。"(《金台十八子诗选序》)而"神与境合"需要从两处入手，一是专心、静气，二是靠才华功气，"独承父之材甚高，工力甚至，以故其句就而色自傅、声自律，篇就而用恒有余，当其忽然而至，沛然而出，风驰电击、纵衡跐跋于广莫之外，使人心悸魄夺而不可禁，而悠悠旃旌、徒御不惊之气象自如也"(《王承父后吴越游编序》)。王世贞所讲情法与意法关系是正确的，是解决复古与创新、情与法矛盾的有效方法，强调或偏向任何一端，都终难长久。

三是将性灵、神韵、诗法纳入格调说中，形成发乎性灵，情法自然而达于无意之意之高格境界的新格调说体系。王世贞格调说在继承前人的基础上，在四个方面发展了格调派理论。首先，扩大、丰富了格调的内涵。王世贞常以上、中、下三格论诗，形成时代三格(秦汉、盛唐格；六朝、初唐格；唐以下之理格)(《袁鲁望集序》)。以诗法论诗，形成诗法三格：模拟求似格；法我用之格，即"用于格者也，非能用格者也"(《邹黄州鸂鶒集序》)；无格之格，即超越格调，"悠然出于天则"(《王参政集序》)、"无岐级可寻，无色声可指"(《艺苑卮言一》)。以性情论诗而有性情三格：离情离格之格，即或"不根于情实"(《陈子吉诗选序》)，或倡情而"堕于格之外"(《真逸集序》)；情法相合之格，即"意至而法偕至，法就而意融乎其间矣"(《五岳山房文稿序》）；超越情法之格，即无法之法、无意之意之高格。从而使格的层级性更精深细致。其次，拓展格调的外延，将格调置于才、气、学、思、意、情、神等诸艺术范畴中，说明格调与诸元素范畴间的关系，使格调说由体式声调上升至与之相关的整个诗学范畴。[1] 写出天下之好诗需师古，师古需广读、学富，学富方具有识力，有识力则可精思，精思方可"超乎一代之格"（《郑狷庵先生集序》）。"夫定格而后俟感以御卑，精思而后出辞以御易，积学而后修藻以御陋，触机而后成句以御凿，四者不备非诗也。"（《邹彦吉羼提斋稿序》）再者，如何处理好诸元素间的关系，特别是处理好性灵与诗法、格调与神韵间的关系，王世贞提出三类方法：其一是兼、剂、合之法。使阴阳、正变、宗用、格调、情法等关系达到你中有我、我中有你的和合之美。其二是通变。通达诸元素间的相同处，掌握其变化的形迹。其三是悟。通过悟达到空灵美与自然美的境界，从而解决复古与创新、情与法、宏大豪壮与神韵之间的矛盾。最后，王世贞将诗法精细化，并纳入格调说，在如何使格调更好地抒情、使抒情如何具有高格方面，丰富了格调说的学理体系。其诗法包括字法、句法、篇法、结构法、声调法、定格法等，从而实现文学高格建立起一套方法范式。[2] 这种具有累积性与自我体验性的诗法论，与高格论、性情论一起构成王世贞格调派理论的基本框架。

　　四是格调派的神韵说。王世贞因受佛、道特别是恬澹教的影响，在承继李白、杜甫宏大豪壮诗风影响的同时，逐渐喜好皎然、司空图、严羽等禅派诗，走向淡泊，追求自然、空灵的美学风格。

　　　　夫有志者，间一潜咏，觉其篇法、句法、字法宛然自见，特不落阶级，不露蹊径，所谓羚羊挂角，无迹可寻耳。（《古隶风雅》）

---

① 参见许建平、许在元《王世贞在明末清初文学演变过程中的价值与地位重估》，《上海交通大学学报》2021年第5期。

② 参见许建平、许在元《王世贞在明末清初文学演变过程中的价值与地位重估》，《上海交通大学学报》2021年第5期。

篇法之妙，有不见句法者。句法之妙，有不见字法者。此是法极无迹，人能之至，境与天会，未易求也。有俱属象而妙者，有俱属意而妙者，有俱作高调而妙者，有直下不偶对而妙者，皆兴与境诣、神合气完使之然。（《艺苑卮言一》）

能于诗法格调中求自然神韵，是王世贞不同于司空图、严羽的地方。即他的神韵诗学，带有因法而自然、因格调而空灵的特点。

五是复古而求新，对模拟的扬弃、超越。古学派沉溺声韵、格调、法度而淹溺真情的主要原因是过于看重模拟。有评论者因王世贞是后七子的代表而将其视为模拟剽窃代表，这是一种严重的误读。事实上，明清人对七子的评价多论及模拟，而尤以李梦阳、李攀龙最，何景明与王世贞则较少被言及。一方面，王世贞将字模句拟视文学三格之最下格（模拟求似格），甚卑视，并在理论与批评实践中屡屡排斥和痛贬。他一向主张"师心独造"，认为"剽窃模拟，诗之大病"（《艺苑卮言四》），骂"盗魁"，就连学书法者"日临《兰亭》一帖"，也嗤之，"此从门而入，必不成书道……外堪皮相，中乃肤立，以此言家，久必败矣"（《艺苑卮言五》）。他批评扬雄《法言》，病在剽窃，"余读扬氏《法言》……顾其文割裂聱曲，暗窘澳涩，剽袭之迹纷如也"（《读扬子》）。他论及左思、陶渊明、李白、杜甫、白居易诗之个性，体其心，论其人，反对言语形式上的"剽写余似"，"后之人好剽写余似，以苟猎一时之好，思蹐而格杂……得其言而不得其人"（《章给事诗集序》）。另一方面，他深恶同派中的模拟陋习，自觉与之划清界限。"明卿寄来乐府，觉过模拟，不堪见大巫，惟于鳞亦中之。"（《复肖甫》）他又批评李梦阳："李自有二病，曰模仿多，则牵合而伤迹；结构易，则粗纵而弗工。"（《艺苑卮言六》）王世贞意识到作诗学古人难免出现似曾相识的诗句，他对此加以甄别，分四类："割缀古语，用文己漏，痕迹宛然"者；"全取古文，小加裁减"者；"哀览既富，机锋亦圆，古语口吻间，若不自觉"而流出者；"神与境触，师心独造，偶合古语"者。世贞对第一类极厌恶，视"斯丑方极"，"令人一见匿笑，再见呕哕，皆不免盗跖、优孟所訾"。第二类虽"已是下乘，然犹彼我趣合，未致足厌"。第三类"然尚可言"。第四类"不妨俱美，定非窃也"（《艺苑卮言四》）。世贞早期这一对模拟的判定全面、清晰而合理，几无可挑剔，因由后两类方法而形成的似曾相识的诗，在古人文集中较常见，且多好诗、名句，所谓"诗虽新，似旧才佳"（袁枚《随园诗话》卷八）。王世贞集中似曾相识的诗后者多，而别有用心者或人云亦云者则不加分辨，前后混谈，将摹唐仿汉，一概视字摹句拟的剽窃。于是将王世贞与李梦阳的"句拟字摹，食古不化"（《四库全书总目》卷一百七十一《空同集》提要）、李攀龙"割剥字句"（《四库全书总目》卷一百七十二《沧溟集》提要）等视。袁宏道作诗不主张宗法前人，故将世贞与李攀龙等同，或说世贞"中于鳞毒"（《叙姜陆二公同适稿》），只是其认知的偏狭。钱谦益实则步武王世贞，幼诵"两稿"，先宗唐后师宋，一心想超越世贞而攻讦不遗余力，他抓住王世贞晚年自谦之语而抛出"晚年定论"，阳维护晚年世贞，阴则欲以此否定早年世贞。吴伟业对此深感不满："即以琅琊王公之集观之，其盛年用意之作，瑰词雄响，既芟抹之殆尽，而晚岁陨然自放之言，顾表而出之，以有合于道，诎申颠倒。"（《太仓十子诗序》）钱锺书先生言钱谦益抹黑王世贞"不遗余力，非特擅易前文，抑且捏造故事"（《谈艺录》），将一位自觉反对剽窃模拟而主张"一师心匠"的文坛领袖，污名为犯低级错误的"剽窃模拟者"，这与王世贞以文学成就一生伟业的超凡之志，与其从不屈于人的刚直性格，与他一系列诗学观，与他雄浑、刚健、清新而自然的诗文创作成就无不相悖。

上述五项新变，以博补狭、以情法论取代道统论、开放式的新格调说体系、格调式神韵说、对模拟的扬弃等，既是对前七子诗论的终结，又是七子复古理论的新变，形成了王世贞以情欲为源，以抒情写意为归，以法度范式为体，以学识为养，以才气思为翼，以高格神境为品，以自然为美的完整文学思想体系。这个体系是中国诗学发展至此的集合性成果，并对后世产生了深远影响。

三、创作的博雅、豪壮与自然

创作弱于理论，是宋代以降较普遍现象，能突破者凤毛麟角，根本原因是才气不足。李东阳感慨"非具宏才博学，逢原而泛应，谁与开后学之路哉"（《怀麓堂诗话》）。王世贞才情与学识超过同时代人，身历家难与朝政风波，且有领袖群伦的意识与时代责任感，捃拾前贤，创作富赡，故能较好地解决创作弱于理论的问题。他作为琅琊王氏后裔，执天下文柄，眼界宏阔而不庀于人，不仅文雄一世，且喜兵道，有将帅才，任职于南北两地，既具有北方豪迈、俊逸之气，又具有南方细腻、精微、温秀之蕴，诗风既雄浑刚健，又清新自然。文学创作以体全、量大、学博而雄居天下。诗、文、词、赋、曲、说、评诸体，无不创作，且诗文内诸体式也多染笔，仅"两稿"有诗体十四种、七千一百八十七首。① 文体四十四种，有一万余篇②，可视为此前文学体式创作的集大成者。"以一人奄古今制作而有之。"（胡应麟《弇州先生四部稿序》）"明之文章自李、何而古，至攀龙、道昆而精，至世贞而大。"（傅维麟《明书》卷一百四十七）

乐府诗借旧题写新事，既承继前代"美刺讽戒"之义，更彰显深刻的批判精神，而尤以《乐府变十章》为代表，体现其叙中所言"悼乱恶谗"之旨，又能"被之古声"（王世贞《乐府变十章》叙）。而在张欲畅情特别是写男欢女爱方面的大胆、真率、自然，可谓"当世独步"（胡应麟《诗薮·续编》卷二），无愧为乐府诗发展至明代的代表。五七言律诗，喜太白"以气主，以自然宗，以俊逸高畅贵"，更重子美"以意主，以独造宗，以奇拔沈雄贵"（《艺苑卮言四》），又能吸收王维、孟浩然、高适、岑参以及宋诗佼佼者之长，以己才情发之。师心写意，技法娴熟，格调性灵，浑然天成。又因其才高学博，取材富赡，"或鬼篆蛇文冥搜六合之外，或牛溲马勃近取咫尺

----

① 这七千一百八十七首，仅指《四部稿》《续稿》二书中的诗、词、赋而言，《凤洲笔记》《续稿附》和佚诗不包含在内。

② 这一万余篇是大约数，有些散文体无法计量，如诸表、戏曲、小说、《札记》、《艺苑卮言》等，以可计量卷数的每卷平均篇数计，总数约在一万一千三百篇。

之间"（王世懋《遗伯兄元美》）。直书现实，忧国忧民，讽喻朝政的"信史"
之作，似杜甫，其大胆犀利，有过之而无不及，如《钧州变》《石头变》《大
地变》《太保歌》《辽阳悼》《袁江流钤山冈当庐江小妇行》《弘治宫词十二首》
《正德宫词二十首》《西城宫词十二首》《信笔便成二十绝句》《阅史偶有所感》
等。更多抒怀咏物之作，或绵里藏针婉转达之，或嬉笑怒骂自然生趣，"莞尔
麈谈，毅然狐史"（陈文烛《弇山堂别集序》）。咏物写景，寄情山水，有王、
孟遗风，且清俊新奇，自成一格，如《碧玉沼》《题李使君扇头小画》《题
赵干烟霭秋涉图》《题画（其四）》《自安州改陆泛小艇趋保定即事五首》之
二等。咏物诗、即兴诗、送别诗中也不乏婉转空灵之作。书将帅之志，述边
塞军旅事，令人惊高、岑再生，如《上谷杂咏》《病（其一）》《咏戍卒（其
二）》。气势如虹，飘逸豪迈，疑似太白，如《登岱六首》之三、《登岱六首》
之四等。潇洒旷达，则又一东坡，如《杂诗》之一、《五子篇》等。实可谓诸
体皆备，且主"师心"，不乏佳作，自成一格。世人对王世贞诗文创作的关
注远不及其文论，殊不知"自李梦阳之说出，而学者剽窃班、马、李、杜；
自世贞之集出，学者遂剽窃世贞"（《四库全书总目》卷一百七十二《弇州
山人四部稿》《续稿》提要），王世贞因何在一些人心中可替代班、马、李、
杜？除去风气使然外，当与其创作所带来的汉唐之音不无关系。

　　王世贞的散文众体皆备，数量宏大，姿态万千，可视为中国散文创作之
集大成者。其创作既是前后七子（秦汉派）的代表，承续《左传》《史记》叙
事写人之笔法、秉笔直书之原则，又针砭时弊，抒发自我性灵。序跋、传记、
碑志、书牍、悼文，有明一代难有比肩者，钱仲联先生列其为明代散文三
大家之一。[①] 王世贞的散文，融史家之识见、学者之博习、兵家之气概、文
学家之才艺于一身，因时因势而发，可见其宏大深切之史识，博综典籍之学
问，求奇好异之趣味，酣畅淋漓之气势，腾挪变化、曲径通幽之笔法，巧运
规外之法度。既有狂简疏纵、正直不阿之精骨，又有好奇尚怪探幽解密之味

---

① 钱仲联先生主编《明清八大家文选丛书》，明代入选三人：刘基、归有光和王世贞。

趣，大有盛明气象。纪事写实之文，或揭时政之弊端、王政之失误，如《巡幸考》《中官考》《庚戍始末志》等；或写忠奸斗争、阁臣争宠弄权，严嵩及宦官专权而祸国殃民，切中时弊，淋漓酣畅，如《凤洲笔苑》《嘉靖以来首辅传》《沈青霞墓志铭》《题〈海天落照图〉后》等。人物传记，善于依问题写事，探奇索微，既善写人相貌，更长于描骨画魂，在起伏荡折、奇趣横生中，刻画投机取巧者、欺诈耍奸者、刚正不阿者、狂简疏纵者等形态各异的人物形象，如《严嵩传》《高拱传》《于谦传》《文先生传》等。议论辩驳文，玄思独造，翻新出奇，理直气壮，纵横捭阖，大有纵横家之风，如《书项羽传后》《淮阴侯不反辨》《蔺相如完璧归赵论》等。行状、墓志铭、神道碑、序跋、像赞、寿序文，对传主生平经历、性格气质、地位作用、兴趣爱好以及心理状态的私密性，时有精到把握和独到见解，既是史传文的精细补充，又是撰者思想观念、见识与性灵的别样抒写。王世贞是明代小品文创作的先驱，在人与自然之间、历史与现实的映照之中，显示其内心世界的另一面，更多抒发其自然之趣与人生之慨。这些不仅见之于其笔下的短小散文，更表现于大量的书信里，形成尺牍的谈心式、小品化，这些与王世贞笔下传记的问题式、性格化，纪事的考据性与尚奇趣，悼文的心境冲突式，以及商人墓志铭所表现的儒商互补、人格平等思想等，皆显示出其散文在承继中的新变。

　　除诗词文赋外，王世贞还较早地创作了一些戏曲小说类的通俗文学。[①]曲有《鸣凤记》(新论皆不足推翻旧说，王世贞染笔或非子虚乌有)。稗说则有《世说新语补》《剑侠传》《艳异编》，《金瓶梅》作者"王世贞说"流传了四百多年，虽有怀疑否定者，然缺少推翻之力证，亦缺一锤定音之铁证。《鸣凤记》及《金瓶梅》此二书当曲稗之上乘。

四、文体开拓与风气转换

　　王世贞在文学体式上标新立异，有开拓之功。他天生好奇，更喜奇侠怪

---

① 明代的小说创作多见于万历朝，而王世贞笔下的小说则作于嘉靖朝。

异与艳情。① 前者在《奇事述》《盛事述》《异典述》和《野史家乘考误》《宛委余编》中得以表现。后者则见之于其所编选的小说《剑侠传》《艳异编》以及删定的《世说新语补》。《剑侠传》上承《越绝书》《吴越春秋》和《史记·游侠列传》，下启清代之侠义小说，与同时代的《水浒传》一长篇，一短制，对明清小说发展有异曲同工之效。《艳异编》合怪异与艳情两类一，不仅对于推进艳异类小说传播有积极作用，且对艳情小说特别是世情小说的兴起，功不可没。《世说新语补》对旧作删定增补，令其更洗练完美，推进了世说体传播。历代个人文集编纂体例多是诗、词、曲、赋诸体的整合，王世贞则总括诗论、词论、曲论、文论、书论、画论、史论、经论、子论一体，独创"说"体，并较早将个人文集归之于赋、诗、文、说四部，名之曰《四部稿》。赋体至明代而日微，王世贞力挺之，以挽其颓势。明代词弱，王世贞论词公允，深明宋代以来好词之奥妙，词作近一百篇，确有明一代之翘楚。

　　平心而论，王世贞的创作以学识才气见长，又立足现实，针砭时弊，抒写性灵，调韵自然优美。然不足处在于全而杂，博而粗。其诗不乏酬应之作，或华丽豪迈而缺少动人之情。其散文有用意求雅，文字古奥，时有读来拗口阻情之感，晚年方平淡自然。而寿序、墓志铭因量大，又多少受润笔影响，难免偶有溢美之语。关于其诗，王世贞尝言"百首以后，青莲较易厌"（《艺苑卮言四》），读世贞诗，似令人有同感。对此，胡应麟所言或更近真实：

　　　　若夫体多总杂，而间涉豪粗；格务兼该，而时流挽近；语必瑰奇，而或伤浮巧；事惟窍密，而小远性情。此弇州之大，亦弇州之病。（《报伯玉司马》）

然而，历代大家无尽善而完美者，王世贞集中不乏上乘佳作，此历代个人诗集所罕见。采前人之精，融前代诸体，且由讲诗法而不诗法所缚，至无法而

---

① 王世贞自幼喜怪异与艳情，很可能受到其伯父王愔的影响。

法，由音声韵调之精微而至自然天成，所谓"离观则邈若无关，凑泊则天然一色，大都字险者韵必妥，韵奇者声必调"（王世懋《遗伯兄元美》），做到了"师心独运而不累其法"（朱彝尊《明诗综》卷五十一）。在格调、性灵、神韵诸方面给人秦汉文唐诗重生之感，又有时代精神与凤洲情性，较好解决了创作弱于理论的问题。有人将其比之司马迁、班固、韩愈、苏轼，"昔两汉有子长、孟坚，唐有退之，宋有子瞻。皆称盖代，今则元美其人哉"（刘凤《弇州续集序》）。即使不及汉唐诸贤，就诸体皆善而不乏精美而言，称之明代苏轼，或可当之。

　　后人对于王世贞的文学思想有赞赏者、误读者，更不乏攻讦者，他们大都或多或少、或明或暗地受其潜移默化的影响。公安派以文学写心，向内索求，无须外求，反对宗法古人、讲究格套。然其"独抒性灵"，则是承袭了王世贞"性灵说"与李贽"童心说"的结果，却因"不拘格套"而流于轻巧。钟惺、谭元春意在承接王世贞情法合一论，欲以"深幽"补公安之"浅疏"，却没把握好度，而滑入艰涩幽峭。陈子龙倡起几社，承王世贞等人之说，而诗学鲜有创建。清初黄宗羲、归庄乃至四库馆臣是典型的攻讦派，他们受亡国与朝代更替之冲击，以救国和经世致用为追求，误将王世贞视为晚明空疏之学，厌其模拟。然其"惟务博综该洽，以求兼长"（钱林《文献征存录》卷二）和经世致用的思想，则与王世贞学养、治史追求并无二致。攻击最用力的钱谦益自幼读王世贞书，"余发覆额时，读前后《四部稿》，皆能成诵，暗记其行墨"（《题徐季白诗卷后》），先宗唐后宗宋，《列朝诗集》之批评多引《艺苑卮言》，一面诋毁一面却难摆脱其影响。茅坤、归有光、唐顺之、艾南英散文宗唐宋以别于秦汉派，又以模拟剽窃贬七子以自高，实则皆复古派，大同小异，况唐宋文本源自秦汉文，弃秦汉而择唐宋，其气度格调先低一格，始终非明清文学之主潮。也有赞同、支持王世贞观点，主张情法合一者，如屠隆、李维桢、胡应麟、尤侗、王士禛、吴伟业、沈德潜、翁方纲等。其中自成一派者，清初王士禛主神韵说，实乃盛唐诗之一枝，才气所拘而避李、杜之宏声壮语，走王、孟短小自然一路，翁方纲则谓"神韵即格调"，"特专就渔洋之承接李、何、王、李而言之耳"(《神韵论下》),在四人中王渔洋受王世贞影响或更多。[1] 但神韵派如唐之王、孟诗,不直面现实,其所抒情日窄浅,又淡化诗法,遂有性灵、格调、肌理以补之。沈德潜、翁方纲承继王世贞与七子的格调说,而倡"格调""肌理"说,却以法抑气,以理掩情,回归载道之旧辙。袁枚的"性灵说"承袭王世贞性灵观、李贽"童心说"、袁氏兄弟的"独抒胸臆说",然因过于强调才情,淡化格调法式,愈走愈浅窄。王世贞对历代诗人特别是明代诗人的评价常为后人采用,不只胡应麟《诗薮》"羽翼《卮言》"(胡应麟《报长公》),钱谦益《列朝诗集》也多引王世贞语,朱彝尊《静志居诗话》又不乏《列朝诗集》的影子。吴伟业盛赞王世贞"以绝代之才""领袖群流,跌宕骚苑",悲伤于"思一见其人不得"(《戴沧州定园诗集序》)。由此看来,清代的理论主张与文学批评,滤去其时代色彩,窥其内在之精神,大体说来当是明代后期以王世贞、李贽代表的文学主流观念的延续与变易,而王世贞之特殊之处在于他不仅是主情尚法的复古派理论的集大成者,而且是明代文学发展转向的先声,如果说明清的文学重心经历了由道法论至情法论,由宗唐到宗宋,由宏声壮语、宫商大调,到角徵之声、竹丝小调,由倡格调到主神韵的转变的话,那么王世贞就是这个转变过程中不可或缺的催化剂。

---

[1]　王渔洋与王世贞两家世交,又因王世贞是渔洋祖上杀何心隐事直接辩难者而成神交,《艺苑卮言》又是他最爱读的四种书之一,故其神韵说受王世贞的影响当居多。

第四章

李贽与近代思想启蒙

　　我研究李贽始自20世纪90年代，在苏州大学王钟陵先生推荐下，应人民出版社之邀，撰写《李卓吾传》，从而阅读《焚书》《续焚书》《藏书》。《李卓吾传》是学术性的传记文学，出版即受到社会的好评。于是博士学位论文，我起初想写《李贽著述真伪考》，章培恒先生因考虑《焚书》万历十八年初刊本已流失，作为考证其真伪的依据不牢靠，故建议改为《李贽思想演变史》。我揣测先生可能考虑我写这个题目有些基础吧。然而，这个题目很难，它不是写《李卓吾传》，也不是写《李贽思想史》，它要求写出李贽思想演变的历程。故而，第一步的工作是弄明白李贽每年写了些什么，特别是读了些什么书，其观念、认知与前是否发生变化，发生了哪些变化。它是历时态的，不是共时态的。它是心灵的思想的，不是事件层面的。于是我先撰写了《李贽著述编年考》，以此为基础，再读他所读的书，读他的文，读出他的心理和观念的变化。遂越读越兴奋，发现了以前的一些未知、秘密，如伊斯兰教与李贽少年的洁癖，中年的以洁净为真为美，他的《童心说》，他死后的伊斯兰教葬式等，这一生的思想逻辑皆与伊斯兰教相关。又譬如，李贽姚安任上后，辞官不做，有家不回，跑到朋友家当西宾，是个读书虫，一心要弄清人的生死之源，一心在学问上，虽骨子里有点儿成圣的味道，有点儿狂劲儿，但做事的性情却是"与世无争"，学道学佛更是如此。而后来他的"狂"是在与耿定向的论战中，被逼出来的，是在耿家势力的迫害下，被逼出来的。十年后，与耿定向握手言和后，又走向了"与世无争"，等等。李贽是位以洁为真为美的思想家，也是位反对污浊、反对理性濡染的、追求人生本真的人。他的思想价值在两个方面很突出。一是对于虚假理性的排斥，带有心灵直觉的非理性主义质性。二是对人性的认知上，认定人性为私欲，超越了道德本体论和禁欲主义的藩篱，与西方的人道主义、人本主义更为接近，是名符其实的中国近代启蒙思想的先驱。

第一节　李贽的双重文化人格①

每谈起李贽其人，学界常常冠之以"狂狷""异端"或"狂怪"的字眼，视其为中国此类文人的代表。域外学者如是说②，域内学者也如此说③，甚至自万历十四年下半年至二十三年下半年，李贽本人也曾如是说④。既然李贽自己承认，难道还有什么怀疑？笔者还是怀疑。因为李贽的话是在特定文化情境下的特定心理状态下说的，那特定的情境状态在他七十六岁的生命长河中所占不过一小段，尽管这一小段很重要，但即使在这一小段中依然还存在着与之相对立的另一文化人格，对此，李贽自己也多次提及。⑤ 如果我们忽略了

---

① 本节原文刊载于《文学评论》2005年第6期，《人民大学复印报刊资料》（中国古代近代文学研究卷）2006年第2期全文转载，《新华文摘》2006年第5期论点摘编。

② 沟口雄三以"矢志前行的异端"命名他的著作（《中国的人和思想》十，集英社，昭和61年）。荒木见悟在他的《佛教和阳明学》（第三文明社出版）中的第十五章，同样将"异端"二字加于"李卓吾"前：《异端的形象——关于李卓吾》。山下龙二在他的《阳明学的寿终正寝》（研文社，1991年）中的第三章《李贽的历史观》这样来评价李贽的历史观："不是通常人们认为的极端的、奇异的古今未有的过激思想。"即在他看来，通常人们认为李贽的思想应是"极端的""奇异的""过激"思想。黄仁宇在《万历十五年》（中华书局，1982年）第七章《李贽——自相矛盾的哲学家》中也有相类的观点。

③ 国内的几位研究者也是异口同辞。嵇文甫称："卓吾思想最狂放，最敢发惊人的议论。"（《晚明思想史论》，东方出版社，1996年，第63页）张建业说："李贽是我国历史上最具代表性的狂狷之士。"（《李贽评传前言》，福建人民出版社，1992年，第4页）左东岭说："他（李贽）唯一所依靠的是其狂怪的个性与激进的思想。"（《王学与中晚明士人心态》，人民文学出版社，2000年，第547页）

④ 万历十六年，李贽在写给焦竑的信中道："又此间无见识人多以异端目我，故我遂为异端，以成彼竖子之名。"（李贽《焚书》卷一《答焦漪园》，中华书局，1961年，第8页。本节所引《焚书》，皆据中华书局1961年版，不再重复，只注页码。因此版取明刊本顾大韶《李温陵集》和以明本为底本的清末本《国粹丛书》本，补缺存长，是目前保存《焚书》原貌较好的本子。）李贽还有两篇专论英雄出于"狂狷"的文章。在其他信中，也不止一次地说过要做狂狷的话。

⑤ 李贽也不止一次地说过自己本性为"与世无争"一类的话。《与城老》："平生所贵者无事，而所不避者多事，贵无事，故辞官辞家，避地避世，孤孤独独，穷卧山谷也。不避多事，故宁义而饿，不肯苟饱；宁屈而死，不肯幸生。……唯我随遇而安，无事固其本心，多事亦好度日。"（《李氏续焚书》卷一，《续修四库全书》第1352部，上海古籍出版社，2003年，第321—322页。本节所引《续焚书》文字，皆据《续修四库全书》本，不再重复，只注页码。因此本（转下页）

这一对立因素的存在，我们所理解的李贽文化人格在结构上便是残缺的，如果我们斩断了李贽生命长河中的绝大部分，只见其一点，那同样不是历史李贽的全人。如果我们论述李贽人格的全结构与历史的全人，那么，愚以为李贽并不是人们通常所说的那样一种人。

一、李贽文化人格的底色与流变

本节拈出的"文化人格"一词是指人面对生存环境所表现出的一种自我意识、创造能力和超然自适的精神。这种文化人格既不同于西方将上帝视为至高无上的人格载体的理想人格主义之人格，又不同于中国传统的道德人格，它洋溢着中国晚明时代特有的文化气质。"凡圣如一"的平等思想，尊重自我、肯定人欲的人生观正是这一时代文化精神的核心内涵。受"凡圣如一"思想影响，李贽一方面"舍己""从人""与人为善""与世无争"；另一方面认定人人可成圣、成佛，心中无权威，敢于"非圣无法"。李贽的文化人格正是晚明这一特有文化气质的典型表现。故我舍西方的"个体人格"与东方的"道德人格"词语不用而以"文化人格"一语表述之。

本节所言"狂怪"，指狂狷、怪异。怪异乃与众不同（也指与儒学别样的禅、道），故被众人视为怪。"狂狷"既非孔子口中之"狂狷"，也非孟子笔下之"狂狷"，而是指李贽自己所论述的"狂狷"。[①] 李贽集中论述"狂狷"

（接上页）为南京图书馆藏明刊本影印本。）《寄答留都》："我但虚己，勿管彼之不虚；我但爱教，勿管彼之好臣所教；我但不敢害人，勿管彼之说我害人。则处己处彼，两得其当，纷纷之言，自然冰释。"（《焚书》增补一，第268页）《复李士龙》说明李贽本心在求道，在超然于名利之外。"既超然于名利之外，不与利名作对者，唯孔夫子、李老子、释迦佛三大圣人尔。……若七十三岁而令人勿好利，与七十六岁而兼欲好名，均为不智，均为心劳日拙也。"（《李氏续焚书》卷一，第318页）《与友人》："不知天下之事最应当真者，惟有学道做出世之人一事而已，其余皆日用食欲之常，精亦得，粗亦得，饱亦得，不甚饱亦得。不必太认真也。"（《李氏续焚书》卷一，第337页）等等。

① 李贽对狂狷的理解既得之于孔子孟子，又不同于孔、孟。不同处有二：其一，李贽更关注狂狷在胆识上的超人价值。不但狂者见识超人，狷者也同样见识超人。其二，他更强调狂狷与豪杰的关系，正是从这一关系的分析出发，认为豪杰必出于狂狷，而不出于中庸。故将狂狷置于中庸之上，这与孔、孟心目中中庸为上、狂狷次之的观点倒了个儿。

的文字有多处，现将其重要论言列之于下：

狂者不蹈故袭，不践往迹，见识高矣。所谓如凤凰翔于千仞之上，谁能当之？而不信凡鸟之平常与己均同于物类……狷者行一不义，杀一不辜而得天下不为，如夷、齐之伦，其守定矣。所谓虎豹在山，百兽震恐，谁敢犯之？而不信凡走之皆兽。……盖论好人极好相处，则乡愿为第一；论载道而承千圣绝学，则舍狂狷将何之乎？……故学道而非此辈终不可以得道；传道而非此辈终不可以语道。有狂狷而不闻道者有之，未有非狂狷而能闻道者也。①

求豪杰必在于狂狷，必在于破绽之夫。若指乡愿之徒遂以为圣人，则圣门之得道者多矣。此等岂复有人气者，而尽指以为圣人，益可悲矣夫！②

李生曰：孟子以乐克为善人信人。夫曰善人，则不践迹矣。曰信人，则有入室之望矣，可喜何如也。夫之所以终不成者，谓其效颦学步，徒慕前人之迹为也。不思前人往矣，所过之迹，亦与其人俱往矣，尚如何而践之！……凡人之生，负阴而抱阳，阳轻清而直上，故得之则为狂；阴坚凝而执固，故得之则为狷。虽或多寡不同，参差难一，未能纯乎其纯，然大概如是而已……自今观之，圣人者，中行之狂狷也。君子者，大而未化之圣人也。善人者，狂士之徽称也。有恒者，狷者之别名也。是皆信心人也。……是信者，狂狷之所以成始成终者也。……学者不识善人之实，乃以廉洁退让笃行谨默之士当之，是入乡愿之室而冒焉以为登善人之堂也。③

---

① 李贽《焚书》卷一《与耿司寇告别》，第27—28页。
② 李贽《李氏续焚书》卷一《与焦弱侯太史》，第320页。
③ 李贽《藏书·儒臣传》卷二十四《德业儒臣·孟轲附乐克论》，《续修四库全书》第302部，上海古籍出版社，2003年，第222页。本节《藏书》用《续修四库全书本》，因此本为复旦大学图书馆藏万历二十七年焦竑刻本。以下注文不再重复，只注页码。

　　由以上引文可以看出，李贽虽也注意区分狂与狷，区分"阴"与"阳"、"轻清"与"坚凝"的差异，但更多则是将二者视为"不可以轩轾"的同一概念。这一概念的内涵为：狂狷者"不蹈故袭，不践往迹"，"不肯依人脚迹"，见识高于众人之上；之所以高于众人之上是由于狂狷者"皆信心人也"，"信心人"就是相信自己的心胜过相信一切，故而言出于己心，笔出于己心，行出于己心，依心肆行①；正因狂狷者信心直行见识超于众人之上，故"求豪杰必在于狂狷"而不在于乡愿②。总之，狂狷的核心精神就是"信心"直行、超人逆俗意识和反权威精神。也正因超人逆俗、反权威，方被人视为异端、狂怪。

　　本节所言"与世无争"，是指人面对其所处环境采取超然自适的态度。所谓无争，指对现实层面——名利、是非——的无争。之所以"与世无争"，是因为无争者在认识的层面已超越于世俗之上，超越于名利是非之上，步入一个更高的境界，而绝非指"乡愿"。不争名利是因为认识到名利是累，是祸，它带人陷入生死轮回的苦痛之中不能自拔，故而人要免除苦痛就要远离名利，剔除名利之想；不争是非，并非无是非，而是认为人人皆有自己的是非，不必一是非。具体讲就是不与耿定向争高低、争是非。"仆佛学也，岂欲与公争名乎？抑争官乎？皆无之矣。"③你所见是"形骸之内"，我所见为"形骸之外"；你讲"人伦之至"，我讲"未发之中"；你大谈"入世"之学，而我所言则为"出世"之学；你说我剃发为异端，我可蓄发，乃至亲到黄安天窝与你握手言和。所以"与世无争"是"达人宏识"的超逸精神和"与人为善""舍己""从人"的顺适意识。

---

①　而狂人正是依心肆行者，"陶渊明肆于菊；东方朔肆于朝；阮嗣宗肆于目；刘伯伦、王无功肆于酒，淳于髡以一言定国肆于口，皆狂之上乘者也。"李贽《藏书·儒臣传》卷二十四《德业儒臣·孟轲附乐克论》，第223页。

②　李贽将狂狷与乡愿看作性质对立的两种概念：狂狷者为环境不容，目之为怪，而乡愿者为环境所容，"众皆悦之"；狂狷者真心直行，言行一致，乡愿者则言行不一，表面装作"忠信""廉洁"，内心却完全是另一回事；狂狷者对于其所处的环境总是处于超逸或背离状态——不与之同流合污，"乡愿"则指对环境采用迁就认同、同流合污的态度。

③　李贽《焚书》卷一·《答耿司寇》，第29—35页。

　　超人逆俗反权威的"狂怪"和"舍己""从人"的"与世无争"的双重人格在李贽身上早就存在着，对此曾做出全面揭示的是李贽最知心的好友焦竑。万历八年，李贽由姚安太守任上致仕，云南御史刘维集官绅所写赠言为一册，题名曰《高尚册》。李贽将《高尚册》寄于焦竑。焦竑写《宏甫书高尚册后》，其中有云：

　　　　宏甫为人，一钱之入不妄而或以千金与人如弃草芥；一饭之恩亦报而或与人千金言谢则耻之；见一切可喜人无有不当其心者而不必合于己；己不能酒而喜酒人；己不能诗而喜诗人；己不能文而喜文人；己不捷捷能言而喜能言之人；己不便鞍马而喜驰骋；己不好弄而喜敌道；己不好斗而喜徘徊古战场；己不好杀而喜商君、吴起、韩非之书；己不爱纷华而喜郭汾阳穷奢极欲，以身系国家之安危；己不欲以豁刻自处而喜于陵仲子辞三公为人灌园；独不喜逊床循墙终日拜伛偻以为恭者，以故常不悦于世俗之人。俗之所爱，因而丑之；俗之所憎，因而求之；俗之所疏，因而亲之；俗之所亲，因而疏之；有时长贫，虽必不得已，已也，故终身不肯假借于人；有时暂富，虽必可已，不已也，故终其身无一钱之积；平生未尝召客，人召之酒则赴；平生不礼贵人，贵人馈之则受。以故虽不悦于人而终不见害于人，以宏甫与世无争故也。[1]

　　这段文字全面介绍了李贽的为人。细加分析，李贽不同于常人的为人行事分为两类，分别显示出李贽自身具有的两类人格因素。一类是性情弘阔、舍己从人的顺适意识。别人不必合于自己的眼光，只要对方有可喜处，即使自己不擅长，也无不欢喜。一类是行事与世俗人别样的逆俗意识。世俗人乐于别人说好话，也喜伛偻献媚于他人，他偏不喜此类人，不但不喜欢，且做事常常与他们相反。正是"俗之所爱，因而丑之；俗之所憎，因而求之"的

---

[1]　焦竑《焦氏笔乘》卷二，《续修四库全书》第1129部，上海古籍出版社，2003年，第538页。

逆俗意识，才使得李贽的顺适无争和"好人极好相处"的"乡愿"得以区分开来。前一类顺适意识源于"与世无争"的人格；后一类逆俗意识则是走向狂怪的内在基因。这相互对立矛盾的因素统一于李贽一身，构成了对立统一的双重文化人格。此双重文化人格在外力作用下此起彼伏地矛盾运动，构成了李贽文化人格演变的历史。不过，就写此段文字时（万历九年）的焦竑看来，后一与世俗别样的逆俗意识依然从属于"与世无争"的文化人格。因为，非但无论是他处于贫困时"不肯假借于人"，还是骤富"无一钱之积"，皆是其"与世无争"的性情造成的；而且他平时不召客、不礼贵人，客人贵人宴请他、馈赠他，他却都能接受，之所以能接受则又无不是"与世无争"性情在起作用。正因为如此，李贽一生文化人格的底色主调不外"与世无争"。而抗争叛逆式的"狂怪"文化人格则是与世俗别样的逆俗意识处于悖逆挑斗环境中的异样发展。对此，李贽自己也有过明确表示。万历二十三年，史旌贤任湖广佥事，扬言对李贽"以法治之"。面对官方的挑衅，李贽明言自己本心贵无事，但也不怕事。"平生所贵者无事，而所不避者多事。贵无事，故辞官辞家，避世避地，孤孤独独，穷卧山谷也。不避多事，故宁义而饿，不肯苟饱，宁屈而死，不肯幸生。……无事固其本心，多事亦好度日。"[1]"贵无事"就是"息事宁人""与世无争"；"不避多事"就是"宁义而饿，不肯苟饱，宁屈而死，不肯幸生"，就是逆俗超人的"狂怪"。前者"固其本心"，后者是人家来寻事而被逼迫的不得已。二种人格内外分明，主次有序。

正因为李贽一生文化人格的底色主调是"与世无争"，所以"与世无争"的性情在耿、李论战开始阶段仍表现出一定的惯性，延续了一段时间。下面需说明的几个问题是：耿、李论战始于万历十二年年末，为何说狂怪思想占主导地位的时间是万历十四年？万历十四年（六十岁）之前李贽性情是否为"与世无争"？万历二十四年之后，李贽的狂怪人格是否发生了变化？发生了怎样的变化？生成两种文化人格的思想基础及其本质是什么？

---

[1]　李贽《李氏续焚书》卷一《与城老》，第322页。

二、狂怪人格主导始于万历十四年

为什么说李贽狂怪的性情在其人格结构中占主导地位始于万历十四年下半年，而不是耿、李论战开始的万历十二年？首先，认定李贽的狂怪人格在李贽的性格结构中占据主导地位的标志有两个。一是，李贽在其论著（特别是论战的信函）中"与世无争"的思想让位于狂怪思想。二是，李贽自己明确表示要做狂狷，并审明做狂狷的理由。这两个认定的标志集中出现于万历十四年下半年，而在此之前的两年则未出现过。万历十二、十三两年，耿定理去世后，李贽写了约二十篇诗文（未写著作）①，所表达的多是与世无争的思想，这可从他与后来的论敌耿定向以及与好友邓石阳的几封信函中看得很清楚。万历十二年他最具代表性的两封信是《答耿中丞》和《又答耿中丞》。② 这两封信的中心意思是：你我所学各有不同，"仆自敬公，不必仆之似公"；"邓豁渠之学主乎出世"，"今公之学主乎用世"；"迹相反而意相成，以此厚之不亦可乎？"意思是说，你大度些，大家便相安无事，完全是一副"与世无争"的样子。万历十三年所写《答耿中丞论淡》所论核心乃"达人宏识"。唯有达人才能使心止于空净。非"杂"、非"厌"、非有"纤毫"，能

① 这二十篇是万历十二年十一篇（首）：《答骆副使》（《续焚书》卷一）、《赠何心隐高第弟子》（《焚书》卷六）、《哭耿子庸》四首（《焚书》卷六）、《复耿中丞》（《焚书》增补一）、《又与焦弱侯太史》（《续焚书》卷一）、《与焦弱侯》第十五书（《李氏遗书》卷一）、《答耿中丞》（《焚书》卷一）、《又答耿中丞》（《焚书》卷一）。万历十三年九篇（首）：《与焦弱侯太史》（《续焚书》卷一）、《南询录序》（《续焚书》卷二）、《与焦弱侯》（《续焚书》卷一）、《哭承庵》一首（《续焚书》卷五）、《中秋见月感念承庵》一首（《续焚书》卷五）、《大智对雨》一首（《续焚书》卷五）、《答耿中丞论淡》（《焚书》卷一）、《答何克斋尚书》（《焚书》增补一）、《复丘若泰》（《焚书》卷一）。具体考证见拙著《李贽著述编年考》（待出）。

② 李贽《答耿中丞》，见《焚书》卷一，第16—18页，《又答耿中丞》，见《焚书》卷一，第18—19页，写于万历十二秋冬间。万历十二年七月二十三日，耿定理卒。见耿定向《观生记·甲申》："是月二十三日，仲子卒于家。"李贽同年所写《哭耿子庸》："行年五十一，今朝真死矣。"耿定理生于嘉靖十三年，至万历十二年恰好为五十一岁。耿定向于这一年八月提升为都察院左副都御史（相当于明初御史台中丞），故称耿中丞。因文中有"则公此行，人人有弹冠之庆矣"，故知写于八月之后李贽得知此消息时。而《又答耿中丞》写于《答耿中丞》之后，可能是耿定向回函后，李贽又写的复信。

"纯一"则是淡。而所谓"达人"就是"与世无争"，就是"其见大也。见大故心泰。心泰故无不足"。这显然是自己以"与世无争"的态度劝说耿定向做"心泰"的"达人"，不要强迫别人服从。① 而《复邓石阳》用更大篇幅阐述自己"与世无争"的思想性情："平生师友散在四方，不下十百……弟初不敢以彼等为徇人，彼等亦不以我为绝世，各务以自得而已矣。故相期甚远而形迹顿遗。愿作圣者师圣，愿为佛者宗佛。不问在家出家，人知与否，随其资性，一任进道，故得相与共为学耳。"又道："人各有心，不能皆合，喜者自喜，不喜者自然不喜；欲览者览，欲毁者毁，各不相碍，此学之所以为妙也。"此信写于万历十四年邓石阳子邓应祈为麻城县令之后。② 可见万历十四年上半年的李贽还是"与世无争"之人。

表明其"狂狷"性情的文章见于万历十四年下半年所写的四封信函之中。一是《答耿司寇》的长文，"与世无争"的性情让位于狂狷（该文并不是没有"与世无争"的思想，只是与狂狷相比少得多了）。其狂狷主要表现为：其一，公开扬言人心本私，无不为己。其二，驳斥对方的虚假，直指其为假道学、伪君子，锋芒毕露，毫不留情。《寄答留都》便直接明言："我以自私自利之心，为自私自利之学，直取自己快当，不顾他人非刺。"狂狷之态甚明。

① 李贽《答耿中丞论淡》，见《焚书》卷一，第24页，当写于万历十三年冬间，耿定向《纪梦》之后。《纪梦》："万历乙酉闰月（九月），既望之夕。"万历乙酉即万历十三年，闰九月实为阴历十月。"中夜梦与荆石王相君曰：'今爱昙阳出世一场，特为相君与凤洲两先生耳。'""惟淡，知乃良"云云（耿定向《耿天台先生文集》[明版影印]卷十九《纪梦》，文海出版社，1970年，第1906页）。次晚，耿定向便向弟子周友山、李士龙诸人说梦，写下《纪梦》一文。此文写于读《纪梦》之后。

② 李贽《复邓石阳》，见《焚书》卷一，第10—14页，写于万历十四年。从信中所写的时间来看，应是邓石阳子邓应祈万历十四年任麻城令后。民国《内江县志》卷四《邓应祈传》："邓应祈，字永清，幼以奇童称。举万历壬午第三人，丙戌成进士，授麻城令。"万历壬午即万历十年，丙戌即万历十四年。邓石阳子邓应祈任麻城令为万历十四年，或许邓石阳也随子来麻城小住，遂有与李贽等人一起论学事。第一封信《答邓石阳》中言："我在此，兄亦在此，合邑上下俱在此。"所谓"合邑上下"显然指麻城全县。《复邓石阳》言："万里相逢，聚首他县。"所谓"聚首他县"，实指麻城。《又答石阳太守》言："我二人老矣，彼此同心，务共证盟千万古事业，勿徒为泛泛会聚也！"此"会聚"与上"聚首他县"同。

二是《与耿司寇告别》①《与焦弱侯太史》《与焦弱侯》三篇文章直言自己是狂
狷，并一再阐明"求豪杰必在于狂狷"的道理。"盖论好人极好相处，则乡
愿为第一，论载道而承千圣绝学，则舍狂狷将何之乎？"②"人犹水也，豪杰犹
巨鱼也。欲求巨鱼必须异水，欲求豪杰，必须异人。……今日夜汲汲，欲与
天下之豪杰共为圣贤，而索豪杰于乡人，则非但失却豪杰，亦且失却贤圣之
路矣。"③他是在直接或间接地指责耿定向找豪杰不从狂狷中找，失去了狂狷，
也就失去了豪杰。三封信皆表达"求豪杰必在于狂狷"的同一意思，语气如
一，时间为同一年，符合判定李贽性情是否以狂狷为主的两个标准。所以说
李贽"与世无争"的性情让位于"狂狷"的时间始于万历十四年。

三、此前"与世无争"人格的表现

那么，此前六十年，李贽的性格是狂怪还是与世无争？回答是既有狂怪
的一面，又有与世无争的一面，而主要是与世无争。说明这一观点的证据来
自保存下来的写于万历十四年之前的李贽自己与他人的四篇文字以及由这些
文字所显示的李贽的主要行事大略。依据的四篇文字是：托名孔若谷实则出
于李贽自己之手的《卓吾论略》，焦竑的《宏甫书高尚册后》，李元阳的《姚
安太守卓吾先生善政序》，焦竑的《怀五子诗》。

---

① 《与耿司寇告别》一文的写作时间，我以为当在"遗妻归女"之后，而遗妻归女的时间应在周
　友山上任的万历十三年与邓应祈任麻城令的万历十四年之间，也当在李贽入住麻城维摩庵之
　前，因考证篇幅过长，故略去。
② 李贽《焚书》卷一《与耿司寇告别》，第27—29页。
③ 李贽《与焦弱侯》，见《焚书》卷一，第3—4页，写于万历十四年。理由有二：其一，此封谈
　豪杰的信，是写给落第后的焦竑以示安慰的。万历十四年焦竑参加会试再落第。李剑雄《焦
　竑年谱》万历十四年条："丙戌，四十七岁。春，在京参加会试，再度落第，归金陵。"（焦竑
　《澹园集》下，附编四，中华书局，1999年，第1290—1291页）故此信当写于焦竑落第的当年。
　其二，耿定向此年三月送妻灵柩回籍，耿定向《观生记》："万历十四年丙戌，我生六十三岁。
　正月十四日，彭淑人卒于京邸。三月，以其榇还……其岁，著《译异篇》。"《译异篇》是耿定
　向为回击李贽该年所写《答耿司寇》的长信，于当年研读佛经后所写。李贽写此信回击耿定向
　的攻击。《译异篇》写于万历十四年，而回击的这封信也当写于《译异篇》后不久。

《宏甫书高尚册后》已分析于前，该文虽指出李贽不合时俗的一面，但更强调其为人的根本是"与世无争"。《卓吾论略》真切地叙述了李贽超人逆俗意识和"与世无争"性情发展的历史。李贽超人逆俗意识来自他幼年、少年形成的"自信""自以为是"的性格。文中记述他当时学《论语》的情形："年十二，试《老农老圃论》，居士（孔若谷对李贽的称呼[①]）曰：'吾时已知樊迟之问，在荷蓧丈人间。然而上大人丘乙己不忍也。故曰：'小人哉，樊须也。'论成，遂为同学所称。"[②] 十二岁的李贽就有一种不以孔子的论断为权威，敢以提出与之相反见解的勇气，显示出自立、自信的自我人格与超凡识力。这一人格在其后的生命历程中时有表现，如对朱熹注文的厌恶，背时文戏弄科考，在南京刑部任上后期的"好谈说"和"自以为是"等。不过，在这六十年的生命历程中，李贽更多的是学会了适应环境，更多地表现为以长子应承担的家庭责任为己任，四处谋食，婚嫁弟妹，茔葬父亲、祖父、大母等（四十岁前）。此后便是求道，接受王阳明的心学，苦读佛经，兴释《老子》《庄子》。由顺敬的孝子、顺势的仕子，到潜心接受心学的学子，再到超然于名利之外"与世无争"的高人，"与世无争"的性格一直处于主导地位。《卓吾论略》一文更可贵处在于揭示了自己"与世无争"性情生成的家族渊源——其父白斋公的人格魅力及其影响。文中道："居士曰：'吾时虽幼，早已知如此臆说未足为吾大人有子贺，且彼贺意亦太鄙浅不合于理。彼谓吾利口能言，至长大或能作文词，博夺人间富若贵，以救贱贫耳，不知吾大人不为也。吾大人何如人哉？身长七尺，目不苟视，虽至贫，辄时时脱吾董母太宜人簪珥以急朋友之婚，吾董母不禁也。此岂可以世俗胸腹窥测而预贺之哉！'"李贽心中的父亲是位无意富贵的高士，一位不能以世俗胸腹窥测的超凡脱俗的求道君子。这正是李贽不以富贵为意，潜心道妙，不与世人争是非、

----

① 《卓吾论略》一文是以孔若谷（此人不详）的口气写的，即李贽请孔若谷写的一篇传记，按理应放入孔若谷文集中，却收入《焚书》卷三《杂述》之中，不知是李贽所收，还是他人编《焚书》时收入的。

② 李贽《焚书》卷三《杂述》，《卓吾论略》，第82—85页。

争富贵的"与世无争"思想产生的家族文化渊源。事实上焦竑所言的长贫而不假借于人，骤富而终无一钱之积的"与世无争"思想，正是与白斋公不以富贵为意却以求道为命的思想人格一脉相承，而且，该文多处写白斋公对他的影响①，也证明他的"与世无争"思想最早源于他的父亲。

李元阳（张居正的老师）是位善于识人的老者，他眼中的姚安太守李贽既是位有"出俗之韵""遗世之风"的人，又是位"以德化民""善学孔子"的孔学的当今承继者。② 有趣的是，焦竑（李贽的知己畏友）对于李贽的评价竟与李元阳暗合。其写于同时的《怀五子诗》云："圣人不克见，圣学日荆榛。寥寥千载后，师圣当何因。彼岸久未登，姚安识其津。一振士风变，再振民风醇。"同样说李贽是圣学的承继者，却同样没有一语涉及李贽有狂怪异端的内容，说明姚安致仕前的李贽并未给人狂怪的印象。当万历十四年起李贽演变为异端后，致函焦竑，明言今日李卓吾大不同于此前的李卓吾了："兄所见者向日之卓吾耳，不知今日之卓吾固天渊之悬也。兄所喜者亦向日之卓吾耳，不知向日之卓吾甚是卑弱，若果以向日之卓吾为可喜，则必以今日之卓吾为可悲矣。"③ 李贽的人格正是由此前"与世无争"的"卑弱"变为万历十四年后的"狂诞谬戾"④ 了。这也反过来说明此前的李贽是位"卑弱"的"与世无争"者。

也许有人会说，李贽说他做官总与上司合不来，总是"触"，与上司

---

① 《卓吾论略》或写科考做官是为了赡养父亲，如云："'且我父老，弟妹婚嫁各及时。'遂就禄，迎养其父。"或写做官求道，思念父亲，如云："共城，宋李之才宦游地也……父子倘亦闻道于此，虽万里可也。"乃至为思念父亲而自改名号："居士五载春官，潜心道妙，憾不得起白斋公于九原，故其思白斋公也益甚，又自号思斋居士。"

② 李元阳《姚安太守卓吾先生善政序》："先生自幼有出俗之韵，超然不染尘世，每欲遨游五岳，以华其志，然势不得自由者。"乃至说他在理政之暇也如此："退食自公，载见觞水豆浆之趣，燕寝凝香，而枕石漱流之风。啸咏发于郡斋，图书参于案牍。"又言李贽以德化民："惟务以德化民，而民随以自化。日集生徒于堂下，授以经义，训以辞章。"其结论乃是："以愚观之，善学孔子，非先生而谁？"见李元阳《李中溪全集》文集卷六。

③ 李贽《焚书》卷二《与焦弱侯》，第60页。

④ 永瑢、纪昀等纂《四库全书总目》卷一百三十一，中华书局，1995年，第1120页（中）。

"触"，不是狂怪吗？首先须说明，李贽说他为官期间，总与上司"触"的话，见于《感慨平生》。而《感慨平生》为《豫约》中一节，写于万历二十四年，非论战之前，必然带有"不如遂为异端"的色彩，此其一。其二，李贽所谓的"触迕"并非行为上的而更多当是心理上或情感上的内触迕。若果真恣意而行，尽与上司碰撞起来，怎能在官场一帆风顺，只凭一举人身份，便由一县教谕而升至一方太守？单以与他触迕最激烈的上司——骆问礼——观之，便知其"触"的性质了。在姚安期间，李贽自言他与骆问礼"触"的原因，是一个主张治吏民为宽，一个主张当严，"遂不免成触也"。但李贽对骆问礼的态度依然是："虽相触，然使余得以荐人，必以骆为荐首也。"[①] 而骆问礼也心敬李贽，当他守制在家闻知李贽欲致仕时，便急致函李贽的上司杨会道："卓吾兄洁守宏才，正宜晋用……士类中有此，真足为顽儒一表率。"[②] 骆问礼对李贽的印象一直很好，且一生与之保持着亲近联系。相触最烈者尚且如此，与不如此烈的他人相触的情形便可想而知了。之所以如此，原因就是焦竑所说的"与世无争故也"。

四、万历二十四年后文化人格之变

　　狄、李论战期间的大部分时间（万历十四年至万历二十三年年末），由于假道学视其为狂禅、异端，群起而攻之，逼使李贽不得不"遂为异端"，率意为狂为怪。[③] 这一点，前人论述已多，故不复赘述。现在要说明的是，

① 李贽《焚书》卷四《豫约·感慨平生》，第189页。
② 骆问礼《万一楼集》卷二十六《复杨贯斋》，清嘉庆活字本。
③ 李贽多次向友人表明：人家将其视为异端，他遂不得不为异端；人家要来找他的事端，他只好不怕事端；人家挥拳打他，张口骂他，他不得不还手、还口。一句话，异端是环境逼出来的，不得已。《答焦漪园》："又今世俗子与一切假道学，共以异端目我，我谓不如遂为异端，免彼等以虚名加我。"（《焚书》卷一，第8页）《与曾继泉》："又此间无见识人多以异端目我，故我遂为异端，以成彼竖子之名。"（《焚书》卷二，第50页）《复邓石阳》："弟异端者流也，本无足道者也，自朱夫子以至今日，以老、佛为异端，相袭而排摈之者，不知其几百年矣，弟非不知，而敢以直犯怒者，不得已也。"（《焚书》卷一，第12页）《与周友山》："又我本性柔顺，学贵忍辱，故欲杀则就刀，欲打则就拳，欲骂则走就嘴。"（《李氏续焚书》卷一，第319页）

万历二十四年①之后，李贽狂怪的文化人格是否有所变化，有怎样的变化。

　　李贽"狂怪"性情自万历二十四年之后虽时起时伏，但总体呈衰减趋势，"与世无争"的性情则渐呈上扬势头。这一方面与他年老多病的生理与心理相关。自万历二十一年始，李贽几年年患病（胃病、痹病、喘病），精神也随身体好坏而沉浮。万历二十四年后，虽南北奔波，实不过勉强为之。②与生理的衰老相联系，"老年人不如年轻人"的自卑与求安心理甚浓，或表现为人有所求即使过去不愿做的现在也只好将就去做，如代人写寿序、祭文；或表现为爱说别人的好话乃至恭维话，颂扬多于批评，如《续藏书》对人物评价好话多、调子趋于温和。对狂狷的认识也发生转变，写于万历二十五年的《与友人书》抑狂狷，赞中行，颂圣人，甚至认为唯圣人可医狂病。③《明灯道古录》则主张人应处于骄与不骄之间（即倾向于中庸）。④一句话，李贽超人逆俗的狂怪人格渐渐让位于舍己从人的"与世无争"的文化人格。今仅举四件事，以见其一斑。一件是与论敌耿定向握手言欢；一件是著文力赞"孝乃百行之先"，令耿定向大为欣喜；一件为著《九正易因》显现出"法孔子""法神圣"的思想转变；第四件为，纪昀在《四库全书总目》中对李贽著作批评的态度由前期的愤慨斥骂变为后期的语调和缓乃至认可。

---

① 万历二十三年年终李贽赴黄安与耿定向握手言欢，且在那里过完春节，直到第二年万历二十四年春才回到麻城龙湖（见李贽《焚书》卷四《耿楚倥先生传》及文后所附《周思敬跋》，中华书局，1961年，第143页）。故言其狂怪的九年为万历十四年下半年至万历二十三年下半年，而言其后七年则指万历二十四年春至万历三十年春。

② 如赴刘东星山西沁水之邀、山东济南之邀，是为了还武昌受人家庇护的恩情债；重返龙湖是心中牵挂芝佛院众弟子，为报答众人服侍之情；入河南黄檗山，北上通州马经纶府，是为了避难；等等。

③ 该文中言："渠见其狂言之得行也，则益以自幸，而唯恐其言之不狂矣。唯圣人视之若无有也，故彼以其狂言吓人而吾听之若不闻，则其狂将自歇矣。故唯圣人能医狂病。"（李贽《焚书》卷二，第73页）

④ 李贽《道古录》（上海古籍出版社，1996年）第十一章云："若夫不骄不倍，语默合宜，乃吾人处事常法。此虽不曾道问学，而尊德性者或优为之。"

万历二十三年冬，李贽亲自由麻城龙湖冒寒前往黄安耿定向家，与这位老对手握手言欢，了却多年宿愿。[①] 对这件事李贽颇有点迷途知返猛然醒觉之慨："使楚倥先生而在，则片语方可以折狱，一言可以回天，又何至苦余十有余年，彼此不化而后乃觉耶？"[②] 且以为两个对手原本"志同道合"，造成长久唇枪舌剑的原因不过是双方的固执己见——两相守而不能两相忘。"天台先生亦终守定'人伦之至'一语在心，时时恐余有遗弃之病；余亦守定'未发之中'一言，恐天台或未窥物始，未察伦物之原。故往来论辩，未有休时，遂成轩格，直至今日耳。今幸天诱我衷，使余舍去'未发之中'，而天台亦顿忘'人伦之至'。乃知学问之道，两相舍则两相从，两相守则两相病，势固然也。两舍则两忘，两忘则浑然一体，无复事矣。"[③] 而且李贽在耿家竟住了一个多月，直到过了春节后才离开。[④] 李贽与耿定向的握手言欢这件事本身，李贽是主动者[⑤] 李贽所以如此做的原因甚多，但有一条是无可置疑的，

---

① 周思敬《耿楚倥先生传跋》，《焚书》卷四《耿楚倥先生传·附文》，第144页。

② 李贽《耿楚倥先生传》，见《焚书》卷四，第141—145页，写于万历二十三年十二月，地点黄安。此文写于到黄安与耿定向和好之后。和解的时间为冬天，文中云："余是以不避老，不畏寒，直走黄安会天台于山中。……又何至苦余十有余年，彼此不化而后乃觉耶？"周思敬《跋》云："两先生以论道相左，今十余年矣。"耿定向《观生记》载，万历十二年七月，耿楚倥死。"十有余年"或"十余年"应为万历二十三年。因万历二十二年，不能称"十余年"或"十有余年"。也不可能是万历二十四年冬，因万历二十四年六月，耿定向去世。故知合欢的时间当为万历二十三年。周思敬明言得到《楚倥先生传》的时间为十二月二十九日。"越三日，则为十二月二十九，余初度辰也，得卓吾先生所寄《楚倥先生传》。"可知此文当写于万历十三年十二月间。

③ 李贽《焚书》卷四《耿楚倥先生传》。

④ 据《李氏续焚书》卷一《与城老》（第322页）中有"只有黄安订约日久，不得不往。原约共住至腊尽"语，可能"黄安订约"的时间在前一次李贽去黄安与耿定向讲和时，时间大约为万历二十二年。

⑤ 事实上，《焚书》发行，将耿、李的矛盾向社会公开化了。李贽内心便因如此做有些过分而深感内疚。这种内疚心理表现在他几次写信透露与耿定向和好之意。万历十九年有两次。一次在龙湖时，说他一生"专以良友为生，故有之则乐，舍之则忧"。又说："楚侗回，虽不曾相会，然觉有动移处，所憾不能细细商榷一番。彼此具老矣……盖今之道学，亦未有胜似楚侗老者。"跃跃欲和之情可见。另一次是他于该年到武昌后，遭人围攻，写信给周友山，表示要加冠蓄发："即日加冠蓄发，复完本来面目，二三侍者，人与圆帽一顶，全不见有僧相矣。"（转下页）

即"两舍则两忘"的"与世无争"的性情起了主导作用。

另一方面，随着耿、李的和解，李贽与身边思想、政治环境的关系虽时而对抗但总体趋于和缓的态势；同时李贽思想上狂怪的一面在很大程度上被佛经的智慧化释。这方面突出的例子是他写于黄安的《读若无母寄书》。僧人若无的母亲要求儿子守孝，并讲述了一番守孝与成佛互不相碍的道理。李贽读后为之感动，既悔又喜，写下了如下一大篇文字：

> 恭喜家有圣母，膝下有真佛，夙夜有心师。所矢皆海潮音，所命皆心髓至言，颠扑不可破。回视我辈傍人隔靴搔痒之言，不中理也。又如说食示人，安能饱人？徒令傍人又笑傍人，而自不知耻也。反思向者与公数纸，皆是虚张声势，恐吓愚人，与真情实意何关乎！乞速投之水火，无令圣母看见，说我平生尽是说道理害人去也。又愿若无张挂尔圣母所示一纸，时时令念佛学道人观看，则人人皆晓然去念真佛，不肯念假佛矣。能念真佛既是真弥陀，纵然不念一句"弥陀佛"，阿弥陀佛亦必接引。何也？念佛者必修行，孝则百行之先。若念佛名而孝行先缺，岂阿弥陀亦少孝行之佛乎？决无是理也。[①]

（接上页）又说："然弟之改过实出本心……弟当托兄先容，纳拜大宗师门下，从头指示孔门'亲民'学术。"说的虽是气话，但并非毫无相和之意。不然何必说此软话呢？万历二十一、二十二两年，李贽没有与耿定向论战的信函，气氛较过去平和多了。万历二十二年，他曾去过一次阔别了十年的黄安，与耿定向第一次和解（《与城老》），并写有"一别山房便十年，亲栽竹条已参天"的诗句（《焚书》卷六《重来山房赠马伯时》，第243页）。

① 李贽《读若无母寄书》，见《焚书》卷四，第140页，写于万历二十四年耿定向未死（六月二十一日）之前。证据有二。其一，李贽对《读若无母寄书》赞赏不已。耿定向读后喜甚，并大加发挥，在重病中写了《读李卓吾与王僧若无书》（《耿天台先生文集》卷十九，文海出版社，1970年，第1861—1868页），有两段文字足以证明李贽此文写作的时间。耿定向曰："又闻李卓吾赏音如是，是以虽在沉疴中，亦大生欢喜不已也。"说明李贽写此信时，耿定向病甚是沉重了。其二，耿定向在此文中还说："惟卓吾生平割恩爱，弃世纷。今年至七旬矣，乃能反本如是。"此年（万历二十四年）李贽七十岁，而六月，耿定向死。他自言"弥留待尽之日"，也正是此年。

李贽这段话有两点令耿定向大为高兴。一是说"孝则百行之先"，也是念佛成佛之先。欲成佛者，先行孝方可成佛。二是李贽忏悔自己以前的话多是虚张声势不关真情实意的话。于是耿定向借此文大赞卓吾："惟卓吾平生割恩爱，弃世纷，今年至七十旬矣，乃能反本如是……闻卓吾赞叹张媚言，亦大欢喜如是也。盖即其欣赏张媚言如是，便知其持学已归宗本心矣。学知求反本心，更何说哉？"[①] 耿定向说的"求反本心"的"本心"，是指忠孝之心，"人伦之至"之心，虽与李贽所言父子的自然天性有所差异，但李贽毕竟说出"孝则百行之先"一类的话，为孝字大做文章。毕竟耿定向与李贽有了能唱和的共同点，无疑这是李贽一种有意无意向耿定向靠近、和好的表态，是他的狂狷思想略有收敛的表现。

李贽狂狷怪异性情渐趋弱化突出表现于《九正易因》一书。自万历二十六年抵达南京至他去世的万历三十年的近四年间，李贽主要精力倾注于读《易》解卦[②]，故而《九正易因》成为他这一时期思想的主要载体。《九正易因》及其相关史料说明一个重要的事实：李贽狂怪的性情至此发生了较明显的变化——由原来的"不以孔子之是非为是非"到"法孔子"；由出入三教不固守某家到膺服孔教；接人待物由轻狂薄礼到谦恭如礼。

万历十七年，汪可受在龙湖初见李贽的印象是："老子秃头带须而出，一举手便就席。"[③] 万历二十九年，于通州再次见到李贽的情形则是："老子以儒帽裹僧头，迎揖如礼。余惊问曰：'何恭也？'老子曰：'吾向读孔子书，实未

---

① 耿定向《耿天台先生文集》（明版影印）卷十九《读李卓吾与王僧若无书》，文海出版社，1970年，第1864—1867页。

② 李贽《九正易因序》，《续修四库全书》第9部，上海古籍出版社，2003年，第611—612页。本节引《九正易因序》用《续修四库全书》本（因该本《九正易因序》为苏州市图书馆藏明万历二十八年陈邦泰刻本的影印本）："《易因》一书，盖予既老，复游白门而作也。……直上济北，而《易因》梓矣……今马侍御又携予北抵，复读《易》于其所学《易》之精舍。……而定其名曰《九正易因》也。"

③ 汪可受《卓吾老子墓碑》，见《畿辅通志》（李鸿章等修，黄彭年等纂，商务印书馆，1934年）卷一百六十六《古迹十三》，《陵墓二》。

心降。今观于《易》，而始知不及也。敢不如其礼。'"① 李贽所以待人如礼，是由于他心降孔子而尊依孔教的缘故。汪可受所记载此段文字因与《九正易因序》《读易要语》暗合，故知其并非虚言。换言之，我们可从出自李贽之手的《九正易因序》《读易要语》反过来证实汪可受上述言语的可靠性，且进一步表明李贽后期文化人格由狂怪到与世无争的变化。李贽叹服孔子对《易》的妙解，以为"故世之读《易》者，只宜取夫子之《传》详之，必得其《易》象之自然乃已。不然，宁不读《易》"②。他所叹服孔子是由于孔子能专一发挥神圣心事。"夫子在当时亦已知文王之言至精至约至约至精，非神圣莫能用矣。是故，于《爻》《象传》之外，复为六十四卦《大象》，以教后世之君子。……俾卤莽如余者得而读之，亦可以省愆而寡于怨尤，分明为余中下之人说法。"③ 李贽称自己为"卤莽者"，多"怨尤"者，"中下之人"。难以想见这些自谦之词会出于以"圣人""豪杰""狂狷"自居的李卓吾之口，而这又无疑是李贽的自白，这一自白表明现在李卓吾已不同于十年前的李卓吾了。这种不同更鲜明地体现于《读易要语》的结束语："余又愿后之君子，要以神圣为法。法神圣者，法孔子者也，法文王者也，则其余亦无足法矣。"《九正易因》所表现的李贽性情、思想，与汪可受所记载的李贽对孔子书由"实未心降"到"始知不及也"的思想变化是一致的。

万历二十四年前后，李贽的思想性情由以"狂怪"为主走向以"与世无争"为主，由反叛思维走向顺适思维，还可从《四库全书总目》对李贽著述的评语中得以证实。《四库全书总目》对每部书的评语最初虽出于不同编纂者之手，但最终经总编纂官纪昀评定。正因最终经一人评定，所以其尺度手眼

---

① 汪可受《卓吾老子墓碑》，见《畿辅通志》（李鸿章等修，黄彭年等纂，商务印书馆，1934年）卷一百六十六《古迹十三》，《陵墓二》。
② 李贽《九正易因》卷上《读易要语》，《续修四库全书》第9部，上海古籍出版社，2003年，第613—614页。
③ 李贽《九正易因》卷上《读易要语》，《续修四库全书》第9部，上海古籍出版社，2003年，第613—614页。

相对一致，故而可由其对李贽不同时期著述的评语发现李贽思想性情的起伏变化。《四库全书》收入李贽的书或书目极少，仅有七部，除两部疑非李贽著述外①，其余五部中写于耿、李论战期（万历十三年至二十三年年末）的有三部，纪昀批语如下：

> 《初潭集》十二卷，内府藏本。明李贽撰。……大抵主儒释合一之说，狂诞谬戾，虽粗识字义者皆知其妄。而明季乃盛行其书，当时人心风俗之败坏，亦大概可睹矣。②
>
> 《李温陵集》二十卷，江苏周厚堉家藏本。明李贽撰。……贽非圣无法，敢为异论。虽以妖言逮治，惧而自到，而焦竑等盛相推重，颇荧众听，遂使乡塾陋儒，翕然尊信，至今为人心风俗之害。故其人可诛，其书可毁。而仍存其目，以明正其为名教之罪人，诬民之邪说，庶无识之士，不至怵于虚名，而受其簧鼓，是亦彰瘅之义也。③
>
> 《藏书》六十八卷，两江总督采进本。明李贽撰。……贽书皆狂悖乖谬，非圣无法，惟此书排击孔子，别立褒贬。凡千古相传之善恶，无不颠倒易位，尤为罪不容诛。其书可毁，其名亦不足以污简牍。④

纪昀对李贽的"非圣无法"深恶痛绝。从其"狂诞谬戾""狂悖乖谬""排击孔子""颠倒易位""名教之罪人，诬民之邪说"的评语中，可知

---

① 这两部中，一部为《读升庵集》，一部为《三异人集》。《读升庵集》，纪昀从两方面予以了否定：其一，未必有编辑动机。"贽为狂纵之禅，慎则博洽之文士，道不相同，亦未必为之编辑。"其二，"序文浅陋，尤不类贽笔"（见《四库全书总目》卷一百三十一，中华书局，1995年，第1120页［中］）。《三异人集》纪昀认为"所评乃皆在情理中，与所作他书不类"，并推测作者可能是俞允谐。"卷首题吴山俞允谐汝钦正，或允谐所为，讬之于贽欤。"（见《四库全书总目》卷一百九十二，中华书局，1995年，第1750页［上］）李贽于来往书函中，并未提及此部《三异人集》，假托李贽之名的可能性较大。

② 永瑢、纪昀等纂《四库全书总目》，卷一百三十一，中华书局，1995年，第1120页（中）。

③ 永瑢、纪昀等纂《四库全书总目》，卷一百七十八，中华书局，1995年，第1599页（上）。

④ 永瑢、纪昀等纂《四库全书总目》，卷五十，中华书局，1995年，第455页（中）。

论战期李贽的思想性情的确是狂狷怪异的。然而对李贽成见颇深的纪昀，在对李贽论战后（万历二十四年及其后）所写的两部书的评价竟变了另一种调子：

> 《续藏书》二十七卷，浙江总督采进本。明李贽撰。贽所著《藏书》，为小人无忌惮之尤。是编又辑明初以来事业较著者若干人，以续前书之未备。……因自记本朝之事故，议论背诞之处，比《藏书》为略少。①
>
> 《九正易因》，无卷数，江苏周厚堉家藏本。明李贽撰。……贽所著述，大抵皆非圣无法，惟此书尚不敢诋訾孔子，较他书为谨守绳墨云。②

同样在纪昀眼中，李贽的议论变得"背诞之处"少，乃至"不敢诋訾孔子""谨守绳墨"了。从"排击孔子"到"不敢诋訾孔子"，从"非圣无法"到"谨守绳墨"，不进一步证明李贽的思想性情的确经历了由以狂怪异端为主到以"与世无争"为主的明显的演变吗？只能如此，却难以得出与之相反的结论。

五、历史评价误读、偏见的形成原因

也许有人会说，为什么以往研究者多以为李贽是狂怪、异端的典型代表呢？想必一定有其根据和道理。根据是有的，主要是李贽写于耿、李论战期间的文字（包括《感慨平生》和《自赞》）以及友人袁中道《李温陵传》、焦竑《追荐疏》等他人的评介文字。然而，这些文字或写于万历十四年到万历二十三年年末，或写于李贽死后，未有一篇是写于论战期前后的，即写于耿、李论战期，必然突现李贽人格狂怪异端的一面。况且在人们普遍看来，李贽死于舌笔，死于《焚书》《藏书》……一句话，死于异端、狂怪。所以，李贽死后，人们也无不将其视为异端、狂怪，所写评价语也自然只注目于异端、

---

① 永瑢、纪昀等纂《四库全书总目》，卷五十，中华书局，1995年，第455页（下）。
② 永瑢、纪昀等纂《四库全书总目》，卷七，中华书局，1995年，第55页（中）。

狂怪一面，于是李贽在后人的印象中仅仅剩下了一个简单而鲜明的符号——"狂怪""异端"。

事实上，这是一种误读。不要说李贽六十七年生命历程中"与世无争"性情占据主导地位，即使在论战期间，李贽的性情也有"与世无争"的一面，且往往与"狂怪"思想搅和于一处。今以耿、李论战期间李贽的代表作——攻击耿定向最猛烈的长文《答耿司寇》——为例，略加分析便见其一斑。李贽《答耿司寇》有云：

> 圣人不责人之必能，是以人人皆可以为圣。故阳明先生曰："满街皆圣人。"佛氏亦曰："即心即佛，人人是佛。"夫惟人人之皆圣人，是以圣人无别不容己道理可以示人也。故曰："予欲无言。"夫惟人人之皆佛也，是以佛未尝度众生也。无众生相，安有人相？无道理相，安有我相？无我相，故能舍己；无人相，故能从人，非强之也。以亲见人人之皆佛而善于人同故也。善既与人同，何独与我而有善乎？人与我既同此善，何有一人之善而不可取乎？故曰："自稼耕陶渔以至为帝，无非取诸人者。"后人推而诵之曰：即此取人为善，便自与人为善矣。舜初未尝有欲与人为善之心也，使舜先存与善之心以取人，则其取善也必不成。人心至神，亦遂不之与，舜亦必不能以与之矣。舜惟终身知善之在人，吾惟取之而已。耕稼陶渔之人既无不可取，则千圣万贤之善，独不可取乎？又何必专学孔子而后为正脉也。

"舍己""从人""与人为善"的"与世无争"思想，源于"圣人不责人之必能"。之所以"不责人"，是由于"人人皆可以为圣"。人人可以为圣，你可以为圣，我可以为圣，又何必以自己的道理去教人、责人不如己？己与人同，故可舍己。人人是佛，你是佛，我是佛，人我成佛相同，故可从人。既然人人皆善，"善与人同"，人人有善可取，那么，为什么不取人之善，与人为善？由此可见，李贽"与世无争"的思想最早源于"人人皆可以为圣"的

"凡圣如一"思想。而"凡圣如一"的思想也可导致反权威的平等思想。既然
"人人皆可以为圣",你可以为圣,我可以为圣,又何必以你的道理去教人?
既然"人人是佛",你是佛,我是佛,你又何必度我,我可自度也。圣人有
圣人之是非,百姓有百姓之是非,人人有自己的是非,故不必以他人之是非
为是非,不必以某人是非为天下人之公是非,故而也不必以孔子一人之是非
为天下之公是非。"善既与人同,何独与我而有善乎? 人与我既同此善,何有
一人之善而不可取乎?""又何必专学孔子而后为正脉也。"由此,我们不仅发
现,在这封与耿定向论战的长信中依然有着"与人为善"和"与世无争"的
思想内涵。而且更重要的是发现了,李贽那种"不以孔子是非为是非""何必
专学孔子而后为正脉"的"非圣无法,敢为异论"的狂怪思想竟也同样源于
"凡圣如一"的平等思想。李贽在其他信函中也明言"志大言大"的狂怪人
格源于"凡圣如一"的思想:"夫人生天地之间,既与人同生,又安能与人同
异? 是以往往徒能言之以自快耳,大言之以贡高耳,乱言之以愤世耳!"[1]这
样一来,李贽超人逆俗的"狂怪"文化人格与其"舍己""从人"的"与世
无争"的文化人格,竟然皆源于"凡圣如一"的平等思想,是"凡圣如一"
思想向两面衍生的结果,即"凡圣如一"的思想事实上成为李贽两种对立人
格——"狂怪"和"与世无争"——的思想原壤。而这种"凡圣如一"的思
想的本质则是在反权威、倡平等中突出自我个性。人人有自己之是非,人人
可以为圣,人人可以成佛,正是尊重个性强调自我意识的表现。这种表现同
李贽肯定私心人欲的思想相结合,恰恰反映了晚明时代文化思潮的特征,也
是李贽文化人格的本质。所以,如果我们只看到李贽文化人格中"狂怪"的
一面,而未看到其"与世无争"的一面,更不知这两种文化人格之渊源及其
本质,那么我们对李贽的解读就会仅仅停留于世俗认知标志的一个侧面,那
显然不是结构的历史的自然鲜活的真李贽。

　　总之,李贽的文化人格既有"不以孔子之是非为是非""非圣无法"的狂

---

① 　李贽《焚书》卷二《与友人书》,中华书局,1961年,第73页。

怪一面，又有"舍己""从人""与人为善"的"与世无争"的一面，就李贽的一生而言，狂怪人格占据主导地位的时段仅是万历十四年下半年到万历二十三年下半年的九年（即使在这九年时间里，"与世无争"的人格因素依然有不容忽视的显现），此前的六十年主要为"与世无争"，此后的七年，年老力衰，病魔缠身，狂怪之势大衰，起主导地位的还是"与世无争"。因此对于李贽来说，"狂怪"只是其处于悖逆挑斗环境下文化人格的异彩变调，"与世无争"才是其历史文化人格的底色主调，而这两种文化人格同源于"凡圣如一"的平等思想。这种平等思想与李贽肯定私心情欲主张的和合正是晚明尊重自我、肯定人欲的时代文化思潮的本质，也是李贽文化人格的本质。

第二节　《童心说》的义理结构①

李贽的《童心说》是中国古代哲学史与文学理论史上的独特现象，在当时乃至此后中国文化史上产生了重要而深远的影响，故而引起越来越多学人的广泛兴趣，做出了愈来愈深刻的解释。然而，若从李贽思想生成演变过程解读它的义理，就会有许多新发现。其义理结构非常丰富，是由伊斯兰教、儒学、心学、佛学、老庄思想凝聚、熔铸而生成，具体说是将伊斯兰教的以"清净"为真、佛学的"真空"说、儒学的"未发之中"与老庄的"道法自然"说熔铸为"自然空净"说。排斥人为的"染""有"和"污"，排斥"闻见道理"的传统理性。并从现实人生出发，发挥了佛学的"饶益众生"与儒学"百姓日用迩言"的思想，赋予"自然性"以"人性本私""好货""好色"的内涵，由道德本体论的理性主义走向了情欲本体论的直觉主义、非理性主义，成为中国非理性主义文学思想的发轫之作。这一转向是革命性、历史性的，对这一转向的剖析也就具有了非同一般的历史学意义。

① 本节原文刊载于《河北学刊》2005年第2期，《人民大学复印报刊资料》（中国古代近代文学研究卷）2005年第6期全文转载，《高等学校文科学术文摘》2005年第3期摘介，《新华文摘》2005年第12期论点摘编。

一、童心概念的五层内涵

《童心说》是人们较为熟悉的，但理解起来并不那么容易。譬如，李贽的《童心说》的意义基础是空净之心，空净之心并非"真心"，又如何衍化出真心？人们常常将李贽的"童心"解释为私心、情欲，而《童心说》中并无这样的话，如是解释的根据何在？空净之心又如何会推演出私心的东西来？等等。要解释这些学理问题，需联系《童心说》文本的基本概念一步步推导解读，也需联系《童心说》产生之前李贽所接触过的学理思想，对其影响加以研究，才能发现其背后的意义与内在的逻辑关系。

《童心说》云："童子者，人之初也。童心者，心之初也。""人之初""心之初"具体指何时？儒、释、道三家对此各有自己的界定。"佛氏从父母交媾时提出，故曰：'父母未生前'，曰：'一丝不挂'"；"道家从出胎时提出，故曰呱地一声，泰山失足，一灵真性即立"；"吾儒从孩提时提出，故曰孩提知爱知敬"（王龙溪《南游会纪》）。可见佛家对"人之初"时间界定得最早，道家次之，儒家最晚。这早晚的时间界定绝非小事，它直接影响着对人最初之心——心之本源——的认知。

"父母交媾时"胎儿未形成，其心为无为空。"出胎时"，未与尘世接触，完全保留着母亲胎中的自然心性。而"孩提时"已与尘世接触，有了"知敬知爱"的意识，故易于赋予其善的内涵。正因有此不同，所以要了解李贽"童心"的意义内涵，需首先弄清楚李贽所言"人之初"为哪一家的观念。这不是一个小问题。大约在写《童心说》的同时（李贽写《童心说》的时间，我考定为明万历二十年三四月间，即批完《西厢记》之后，《水浒传》未批完之前。当另撰文论之），李贽在信中教陶石篑读经参禅的方法，极强调"父母未生之前"一语的重要："读经看教，只取道眼……文殊话乃得道后所谓无师自悟，尽是天然，外道者不可览。此事于今尚太早，幸翁只看'父母未生之前'一语为急。待有下落，我来与翁印证。"[①] 由此而知，李贽所说的"童

---

① 李贽《续焚书注》卷一《复陶石篑》，张建业、张岱注，社会科学文献出版社，2013年，第22页。

心者，人之初也"①中的"人之初"，是佛家所言的"父母未生之前"。

　　"父母未生之前"的童心具有何种性质？李贽的回答为空、净。他在《答明因》的信中，有详细说明："即说'父母未生前'，则我身尚无有；我身既无有，则我心亦无有；我心尚无有，如何又说有佛？苟有佛，即便有魔，即便有生有死矣，又安得谓之父母未生前乎？"这是说，父母未生前的"童心"是心无有、性也无有的"无"。而这个"无"，就是心与性本来不存在的"空"，空诸所有的"空"。李贽接着阐述道："故凡说心说性者，皆是不知心性者也。何以故？心性本来空也；本来空，又安得有心更有性乎？又安得有心更有性可说乎？"②既然无心无性可说，又何必论"童心"之性，何必有《童心说》呢？李贽论"童心"之性，写《童心说》，则又反过来说明他所说的"空"，并非脱离时空存在的物理空，而是不着一点染的"净"，即空净，一种真空的境界。他对明因说："二祖直至会得本来空，乃得心如墙壁去耳。既如墙壁，则种种说心说性诸缘，不求息而自息矣。诸缘即自息，则外缘自不入，内心自不惴，此真空实际之境界也，大涅槃之极乐也，大寂灭之藏海也。"③心中如果有隔绝外缘，使之不能入的墙壁，内心自净，就可达到"真空"的境界。可见李贽所言"真空"就是不纳外缘的"净"，即佛家讲求的倒出人心中的一切杂念，使人心回到童心的净空状态中去的理想修为。达到此种"真空"境界，也就达到了涅槃的极乐境界。"当迦叶时，迦叶力摈阿难，不与话语，故大众每见阿难，便即星散，视之如仇人然。故阿难慌忙无措，及至无可奈何之极，然后舍却从前悟解，不留半点见闻于藏识之中，一如父母未生阿难之前然。迦叶方乃印可传法为第二祖也。"④"父母未生阿难之

---

①　李贽《焚书注》卷三《童心说》，张建业、张岱注，社会科学文献出版社，2013年，第276页。

②　李贽《焚书注》卷四《观音问·答明因》，张建业、张岱注，社会科学文献出版社，2013年，第89页。

③　李贽《焚书注》卷四《观音问·答明因》，张建业、张岱注，社会科学文献出版社，2013年，第89页。

④　李贽《焚书注》卷四《观音问·答明因》，张建业、张岱注，社会科学文献出版社，2013年，第89页。

前然"的童心状态是"不留半点见闻于藏识之中"的空净状态。即童心是空净，是排除"外缘"与"见闻"的空净。若被"外缘"闯入，被"见闻"所染，则失却童心，而成为假心了。由此可知，李贽所言童心的第一层含义是空净。

　　然而，空净之心并非一定是真心，因为真心是"有"（有具体的内涵）而非"空"。但《童心说》一开始就将"童心"与"真心"画等号，释童心的内涵为"真"。"童心者，真心也。若以童心为不可，是以真心为不可也。""若失却童心，便失却真心；失却真心，便失却真人。人而非真，全不复有初矣。"① 面对"空净"与"真"这两个不能画等号的概念，我们需要回答的是：在李贽的观念里，"空净"是如何与"真"建立起联系的？换言之，李贽用什么理论将二者联系在一起的？事实上，"空净"的意义是排除"外缘"与"闻见"等外在的人为的东西而意在保持内在的自然本性，即空净就是自然之性的自在状态。这里的自然之性的自在状态与老庄"道法自然"的自然之性（万物皆有的性质）是同一的。李贽对庄周所言自然之性既情有所钟也颇有心得。李贽在写于《庄子》第四篇《人世间》文前的评语中道："惟栎社之木、商丘之木，自全其天，无丧无得，故非荆氏之木所可及耳。"② 栎社之木、商丘之木因大而无用，匠人不顾，故能保全它的自然之性而不受伤害，荆氏之木因其有用，而"中道夭于斧斤"，不能保全其自然天性，故不及栎社之木。可见李贽将万物能保全自身的自然之性视为最要紧的事。"大木如此，神人亦如此，牛如此，豚如此，有痔之人如此，支离疏之有常疾又如此。"③ 它们皆能"自全其天"，保全自己的自然之性；并将这种能自觉地保全自然之性的人称之为"真人"，"故以人而听命于天，是以谓之真人也"，"所谓人，岂非天之所以生乎？知此者是谓真知，是谓真人矣"。李贽所谓"天"，就是自然之性（或自然之性的力量），"决非人之所能为"。"听命于

①　李贽《焚书注》卷三《童心说》，张建业、张岱注，社会科学文献出版社，2013年，第276页。
②　李贽《李贽文集》第七卷，《庄子解》上卷，社会科学文献出版社，2000年，第51页。
③　李贽《李贽文集》第七卷，《庄子解》上卷，社会科学文献出版社，2000年，第51页。

天"，就是顺从自然之性，保全自然之性而不受伤害。能顺从、保全自然之性，就是"反于真"。① 可见李贽所言"真"就是指原初的自然之性，而"真人"就是具有原初自然之性的人。人的自然之性，不教而会，不学而成。如鱼儿在水中游，离水则死，鸟儿在空中飞，不飞则亡；如渴而思饮，饥而思食，自然而然。既然真是原初自然之性，那么"纯真"便是纯自然之性；纯自然之性便不容着一点人力的痕迹；不容着一点人力的痕迹就是净，就是真空。"谓若容得一毫人力，便是塞了一分真空；塞了一份真空，便是染了一点尘垢。"② 由此可见，李贽将老庄的"道法自然"理论运用到《童心说》中，用自然之性说来阐释佛学中的"空净"概念，赋予空净以原初自然——真——的属性，从而将"空净"、自然之性、"真"三个概念连为一体，在童心第一层内涵"空净"基础上，形成童心意义的第二层内涵：自然之性。自然之性是生成"真"的基础，换言之，"真"的一切内涵都是从"自然之性"中生发出来的。

"自然之性"说，在李贽《童心说》的义理结构中起着通联、导向的作用。没有自然之性说的参与，就不能将佛家、道家、儒家的人性理论以自然之性（而不是善德）为结合点融合为一体；没有自然之性说的参与，就不能将佛、儒、道三家去欲的心性修为引向顺欲求真的新方向，就不可能将世俗生活中"百姓日用"的需求纳入人的"童心"真性之内，从而产生出崭新的求真顺欲的心学理论——人性论。一句话，没有自然之性说的参与，李贽的《童心说》就不可能借佛、儒的学理而得以新生。

童心是人的自然之性，是真心，那么，由心的自然之性生发出的真的内涵是什么？李贽在《童心说》中没有直接回答，只是说："夫童心者，绝假纯真，最初一念之本心也。""绝假纯真"四字只是对真的性质做了限定，即童

---

① 李贽在上引那段解《庄子》的话之后接着言道："故下文四称古之真人，而括之以不知悦生，不知恶死，不以人助天，不以心捐道等语。而再言'是之谓真人'以结之，反复终始，务反于真而已。"这里的"务反于真"就是务必返归于自然之真性。

② 李贽《焚书注》卷一《答邓石阳》，张建业、张岱注，社会科学文献出版社，2013年，第8页。

心完全是心的自然之性，而无一丝一毫非自然之性（人为的、闻见道理的、外缘而入的）的沾染。我们可以把它解释为童心是自然的，而非人为的，是内发的自律的而非外来的他律的，是感性直觉（非理性）的而不是理性的。但它还是没有回答自然之性所表达的"真"的内涵是什么的问题。而"最初一念之本心"已是李贽在通篇中对这一问题唯一的正面答复。然而"最初一念"是一个含量很大的概念，只有对其加以破解，才能进入"真"的意义世界中去。"最初一念"源于佛经《楞伽经》《大乘起信论》中有关"无明"的"原始一念"，与"阿赖耶识"中"初生动作之念"；同时又容纳了李贽对"百姓日用迩言"观察后所得出的结论，是二者和合后的新生物。《大乘起信论》解释"阿赖耶识"为："依如来藏故，有生灭心，所谓不生不灭与生灭和合，非一非异，名阿赖耶识。"不生不灭者为真如（如来藏）；生灭者为无明（妄心）。"真如依不觉无明而起的最初一念，也叫'业识'。"《大乘起信论》云："一者为业识，谓无明力不觉心动故。"可见所谓"业识"，是"依根本无明而一如真心初生动作之念者"。这"最初一念"既有不生不灭的真如（人的永不变的真性、佛性），又有有生有灭的无明（与真性、佛性相对立的不懂得佛理的无知妄念），是真如随无明而生起的意念。所以在佛理中，"最初一念"中人的不变的真性与无知妄念是相互矛盾的统一体。佛教经典将"无明"视为引起人生烦恼造成三世轮回的根本祸根，明显持否定态度。[①] 而李贽所言"最初一念"，则将人永远不变的真性（自然之性）与无知妄念（自然之性因外境而引起的"不觉心动"的自然表达）视为一体的东西——都合乎自然之性的真心。李贽所言"最初一念"，依"最初"二字的含义应有两个。一是指佛教十二因缘中触缘所描述的胎儿五官（眼、耳、鼻、舌、身）与外界接触后而生的意念：眼有光则喜看美丽颜色（色念）；耳聪爱闻动听音声（声念）；鼻子乐嗅香味（嗅念）；舌企求美食（食念）；身体喜触细滑舒适之物（触念）等。这些皆来自人的生理需求，自然而然。二是指人幼年

---

① 《杂阿含经》言："于无始生死，无明所盖，爱结所系，长夜轮回，不知苦之本际。"指"无明"与另一因缘"爱"相互作用，使众生沉沦于六道轮回之中，永不得解脱。

六根形成的意念在成年后的表现，即成年人与外界接触后而最初萌生的一刹那的心动。譬如，困饿数日的饿鬼，忽见人手中持一炊饼，心急手痒，恨不得伸手抢来塞入口中；贫病断炊之人，忽见两锭大银子，心想，我若得此，可救一家性命；光棍汉见一妙龄美女，心想，我若得此女相伴，方不枉一生；等等。无论这两种中哪一种"最初一念"，都与"闻见道理"所不容，都是人自然之性的表现、童心的表现。笔者称这"最初一念"为童心意义的第三层内涵——自然念心。

　　然而，笔者在分析这"最初一念"时，发现无论是人生下来与外界接触而产生的"最初一念"，还是成年人遇到他所感兴趣的事情所萌发的"最初一念"，皆有一个共同意识指向——为了自己。李贽在《童心说》中没有提及"为己""自私"之类的字眼。但是"为己"的思想已包含于"最初一念"之中了。也许有人会说，这"为己"的内涵是你强加于"最初一念"之中的，如果按照孟子的性善论或王阳明的道德本体论去分析，那么这"最初一念"也可解释为"为他"的善心。但是，一方面，我们从婴儿最初一念（六根初生之欲念）与成人的"最初一念"中找不到哪一点儿是"为他"；另一方面，因为"为己"是生理的需要，不学而会，自然而然，而"为他"是理念的产物，社会的需要，需通过教育学习获得。当然，儒学家也可将"为他"解释为"天生"的自然而然。但是，这里有一个问题，有一个确定"最初一念"内涵必须遵循的原则，即它必须与"闻见道理"是对立的、水火不相容的。因为《童心说》中所言之"童心"与"闻见道理"是水火不相容的，有甲没乙，有乙没甲。令人高兴的是，《童心说》对"闻见道理"的内涵有明确的规定："夫道理闻见，皆自多读书识义理而来。"这些"书"就是儒家的经典，"义理"就是这些经典中反复说明的道理。而这些"书"与书中的"义理"在李贽看来恰恰是使童心丧失的根源。"然则'六经'、《语》、《孟》乃道学之口实，假人之渊薮也，断断乎不可以语于童心之言明矣。""六经"、《论语》、《孟子》中所讲的义理无不是讲个体与群体的关系，无不是强调舍己为他。既然"闻见道理"是"为他"，那么与之水火不容的"最初一念"的内涵就只

能是"为己"。当然，要最终认定"最初一念之本心"的性质是"为己"，还
需有相关的证据，即李贽在其他的论著中是否说过"为己"之类的话。若李
贽在此前此后从未说过这类的话，而总是说相反的"为他"一类的话，那么，
对李贽主张"最初一念之本心"是"为己"的结论便不好下判语。如果李贽
不止一次地主张"人心本私"，那么，"最初一念之本心"就是"为己"之心
的结论便难以推翻。李贽在《童心说》之外的文章中多次讲学是"为己"之
学、心是"自私自利"之心一类的话："夫私者，人之心也。人必有私，而后
其心乃现，若无私，则无心矣。如服田者，私有秋之获而后治田必力；居家
者，私积仓之获而后治家必力；为学者，私进取之获而后举业之治也必力。
故官人而不私以禄，则虽招之必不来矣；苟无高爵，则虽劝之，必不至矣。
虽有孔子之圣，苟无司寇之任、相事之摄，必不能一日安其身于鲁也决矣。
此自然之理，必至之符，非可以架空而臆说也。"[①] 在这段话里，李贽对人心
是自私的观点做了较充分的论证，结论是"夫私者，人之心也"。这一结论
与"为己"就是"最初一念之本心"的结论完全一致。由此，笔者可以说，
"为己"是童心的第四层内涵。

　　贯穿于空净、自然性、一念心、为己四层内涵的东西是"真"，或者说
四层内涵所具有的共同的本质是"真"。而"真"也恰恰是童心的本质。"童
心者，真心也。若以童心为不可，是以真心为不可也。""若失却童心，便失
却真心；失却真心，便失却真人。人而非真，全不复有初矣。"而在李贽《童
心说》中，"真"还有两个重要内涵：真情与真率。既然一念心是为己，那
么，这种为己的念心在现实生活中能否得到满足以及得到满足的程度在心理
上引起"喜、怒、哀、惧、爱、恶、欲"的反映就是真情。真情是不假他力
的自然而然，它同样具有空净、自然性、一念心、为己诸内涵天然的本质，
是排斥闻见道理等人为的东西。或者说，如果人的情感是为了迎合他人，迎
合"闻见道理"，那便是矫情、假情。"真率"是指真情率真地表达。所谓率

---

① 李贽《藏书》卷三十二《德业儒臣后论》，中华书局，1962年，第546页。

真，是指表达过程中不受任何东西干扰，自然而然地表达出来，无理性的干预，无任何外来观念的诱导。若受闻见道理牵制，受理性东西的黏着，其表达就是牵合、矫强而非真率。"盖声色之来，发乎性情，出乎自然，是可以牵合矫强乎？"[①]可见真情就是率真表达——真率是《童心说》的第五层内涵。

综上所述，《童心说》中所言"童心"的内涵有五：空净、自然性、一念心、为己、真率。空净——不着一点濡染的空净——是其他内涵生发的基础；没有这一基础就不会有自然性的滋生；有自然性方可生出自然念心，否则生出的念心就不会是最初的自然而然的欲念；为己正是从这自然念心中发生的；为己（私心）是真心真性，从而生出真情，真情要求表达的真率，不受"闻见道理"牵制。这五个内涵一环套一环，缺一不可，若失去其中一项，便非童心。

二、心灵的直觉：非理性

童心的五种内涵——空净、自然性、一念心、为己、真率——的灵魂是"真"，而作为童心对立面的东西——使童心遽然丧失的力量（诸如"染""闻见道理""'六经'、《语》、《孟》"等）——则是"假"。于是"真""假"便成为《童心说》中完全对立的一组核心概念。对这一组概念稍加辨析，就会发现，作为后天的社会要求的"染"，作为使人服从于社会秩序和伦理规范的"闻见道理"，以及培育人道理情操、政治才能的"'六经'、《语》、《孟》"有一个共同特性，即都是人类理性的产物。而童心则是人的心灵的直觉，是非理性的。如此一来，李贽将"真""童心"作为最高的价值，就是主张心灵的直觉和高扬非理性精神。将"假""闻见道理"视为濡染童心的"罪恶渊薮"，就是排斥、否定理性；而将真与假视为水火不相容的尖锐对立，表明李贽的非理性在《童心说》中是自觉而彻底的。

本节所言"非理性"的最基本含义是否定理性，肯定自然心的直觉、情感。李贽所言的童心、真心，是完全排斥传统的压抑人性的"闻见道理"的。

---

① 李贽《焚书注》卷三《读律肤说》，张建业、张岱注，社会科学文献出版社，2013年，第364页。

这种非理性在认识论、人性观、伦理观上与西方的非理性主义有其相通之处。西方的非理性主义是一种与理性主义相对立的哲学思想。尽管不同的哲学体系或流派对其解释存在着差异，但从总体上说有其基本的共同特征，即强调人的精神生活的各种非理性因素，如意志、情感、直觉、本能、无意识等等。夸大理性的局限、缺陷以贬低理性，否定理性具有认识世界的能力，断言存在本身具有非逻辑性或非理性的性质。在人性论上，否定"人是理性的动物"，认为人类往往自我欺骗，将自身理性化，实际上却为无意识控制。在伦理观上，否定道德的合理性，不从理性上论证任何一种道德价值体系为正当的可能性，主张拒绝一切外在的道德强制和道理义务，以获取个人的内心自由。非理性主义在反对人的异性化、追求人精神自由方面，有其积极的认识作用与进步意义，如叔本华、尼采、柏格森等。李贽的《童心说》以及写作于《童心说》前后的论著，在以上几个方面与上述西方非理性主义更多趋于一致，如反对"假人渊薮"的"'六经'、《语》、《孟》"，反对泯灭童心的"闻见道理"，认为压抑人性的封建道德都是骗人的假道学，主张"好货""好色"的功利价值追求是合理的，主张人性本私等。所以，本节所言"非理性"，也包含着第二层意思——非理性主义。

李贽在《童心说》中阐述的文学思想同样具有非理性主义的色彩。"天下之至文未有不出于童心焉者也，苟童心常存则道理不行，闻见不立，无时不文，无人不文，无一样创制体格文字而非文者。诗何必古选，文何必先秦。降而为六朝，变而为近体，又变而为传奇，变而为院本，为杂剧，为《西厢记》，为《水浒传》，为今之举子业，皆古今之至文，不可得而时势先后论也。故吾因是而有感于童心者之自文也。"这是李贽从正面论述：有童心则有天下之至文，即天下之至文源于童心，童心是天下之至文产生的源头，文学是童心的表现，是"有感于童心者之自文"。同时，李贽也从反面论述了假心只能产生假文，"闻见道理"之心只能产生"闻见道理"之言、之文。"童心既障，于是发而为言语，则言语不由衷，见而为政事则政事无根柢，著而为文辞则文辞不能达。非内含于章美也，非笃实生辉光也。"这反面之论述同样说明心是文学的源头，文学是童心的表现。而从其正、反论述中，同样可以清楚地发现，李贽的文学思想是反对"闻见道理"等理性而倡导非理性的童心，从而生成了李贽的童心文学观。所谓童心文学观，指童心是文学产生的源泉、土壤；文学是童心的直觉，而童心的自然性为己性等使得其直觉必然具有个性化的本质，具有独特的个性色彩与强烈的感情色彩。文学就是这种个性化的心灵直觉的自然而然的艺术表现，都是自然而然地排斥"闻见道理"的，因而自始至终是直觉的、非理性的，表现出鲜明的非理性主义倾向。

这种非理性主义倾向突出表现为《童心说》确立的两组根本对立的概念："净"与"染"、"童心"与"闻见道理"。童心就是"绝假纯真，最初一念之本心"。这"绝假纯真，最初一念之本心"是一种非理性的生理心理状态（空净、自然性、一念心、为己、真率），是人最初的由生理需要引起的自然而然的心理状态。它是内在的、个体的、非理性的，与外在的、群体的、理性的"闻见道理"无关，或者说它是排斥"闻见道理"的。因为"闻见道理"一旦渗入童心内，童心就会丧失。"夫心之初曷可失也……盖方其始也，有闻见从耳目而入而以为主于其内而童心失；其长也，有道理从闻见而入而以为主于其内而童心失；其久也，道理闻见日以益多，则所知所觉日以益广，于是焉又知美名之可好也而务欲以扬之而童心失；知不美之名之可丑也而务欲以掩之而童心失。"① 这段话描述童心丧失的过程，意在说明"闻见道理"的介入，美名、丑名等是非观念的萌生，是使童心丧失的根源。所以，要保持童心，必须排斥、反对一切"闻见道理"，排斥一切理性。这与意大利美学家克罗齐将直觉与理智相对立的观点颇有些相似。克罗齐说："知识有两种形式：不是直觉的，就是逻辑的；不是从想象得来的，就是从理智得来的；不是关于个体的，就是关于共相的；不是关于诸个别事物的，就是关于它们中间关系的；总之，知识所产生的不是意象，就是概念。"② 克罗齐与李贽二人观点的相同之处在于，将感性与理性视为有他没我、有我没他的绝对对立关

---

① 李贽《焚书注》卷三《童心说》，张建业、张岱注，社会科学文献出版社，2013年，第276页。
② 克罗齐《美学原理·美学纲要》，朱光潜等译，外国文学出版社，1983年，第7页。

系，以感性直觉反对理性与逻辑。所不同的是，克罗齐讲的是知识的两种形式，而李贽所讲的是心的内、外与净、染的两种质态。不过二者都认为，在文学创作过程中，情感排斥理智。克罗齐认为，艺术就是直觉，直觉就是表现即抒情的表现，它不是道德活动，不是概念或逻辑活动，只是抒情的直觉。李贽认为，童心是人及其人的一切活动的本源，也是文学活动的本源。创作者保持童心，就可以创作出天下之至文，如果作者童心被"闻见道理"所障，就只能写出假文。如此一来，文学就是童心的直觉，就是情感的表现。诚如英国美学家卡里特所说的："在美学的历史中，我们可以发现人们日益共同地强调认为，所有的美都是对可以被一般称之感情的东西的表现，而且所有这样的表现都是美的。"[①] 只不过，李贽对于情感的表现追求自然真率（注：他不同于开瑞特，开瑞特的表现主义不完全排斥理性，而李贽更接近于克罗齐，是完全排除理性的）。所谓自然真率，就是情不可遏，任情而发，不顾世人非议。"且夫世之真能文者，比其初皆非有意于为文也。其胸中有如许无状可怪之事，其喉间有如许欲吐而不敢吐之物，其口头又时时有许多欲语而莫可所以告语之处，蓄极积久，势不能遏。一旦见景生情，触目兴叹；夺他人酒杯，浇自己之垒块；诉心中之不平，感数奇于千载。既已喷玉唾珠，昭回云汉，为章于天矣，遂亦自负，发狂大叫，流涕恸哭，不能自止，宁使见者闻者切齿咬牙，欲杀欲割，而终不忍藏于名山，投之水火。"[②] 这种自然真率，也并非只是情绪冲动，也包括能把情感表现出来的东西，如"喷玉唾珠"

---

① 埃德加·卡里特《走向表现主义的美学》，苏晓离等译，光明日报出版社，1990年，第238—239页。

② 参见李贽的《杂说》，见《焚书》卷三，写于与《童心说》同年的明万历二十年三四月间。因《杂说》开篇云："《拜月》《西厢》，化工也；《琵琶》，画工也。"且几乎通篇以此三部剧为论证之依据，说明此文写于批点《西厢记》《琵琶记》之后不久的有感而发。李贽批点《西厢记》《琵琶记》始于明万历十九年冬。他在写于是年冬《与焦弱侯》中言道："古今至人遗书抄写批点的甚多，惜不能尽寄去请教兄。不知兄何日可来此一披阅之……《水浒传》批点得甚快活人，《西厢》、伯喈涂抹改窜得更妙。"说明此时他正在涂抹改窜《西厢记》与描写蔡伯喈故事的《琵琶记》。由此推断，对两剧有感而写的《杂说》当写于明万历二十年之初。

的语言才华，"感数奇于千载"提取奇趣美感的能力，自然而成章的创作天赋。没有这些东西，情感只能死于情趣冲动的阶段，却不能用语言表现出来。但是，这些东西不是有意而为之的，而是夹裹于情感之中自然而然地流出来的。克罗齐也认为，艺术即排除理性的直觉，直觉是一种心灵的活动，只在人的内心完成。"艺术作品都是'内在的'，所谓'外在的'就不是艺术作品。"① 但他所强调的直觉是指能将直觉表达出来的艺术直觉，即付诸语言的直觉，用他的话说就是心灵赋予形式的活动。"美不是物理的事实，它不属于事物，而属于人的活动，属于心灵的力量。"② 这种心灵的赋形也是由心灵完成的自然而然。可见，克罗齐关于艺术即直觉即表现的观点与李贽的童心直觉说（真情表现说）在心灵赋形、心灵自然表现和否定理性诸方面有其相通之处，即李贽文学是童心的表现说与克罗齐的艺术即直觉即表现的思想都是非理性主义的。

三、非理性主义文学观的发轫及其意义

　　文学思想产生的来源很多，择其主要思想来源而言不外乎两种东西，一种是形而下的文学活动，一种是形而上的哲学思想。但哲学思想对于文学活动又往往具有指导作用。中国古代哲学（包括早已传入国内且中国化了的佛教思想）多是理性主义的，古代文论也蕴含着浓厚的理性色彩；从形而下的文学活动而言，文学的创作活动既是情感的活动，也是有一定目的的理性活动，是感性（不假外力自然而生的情感欲求）与理性（后天的受外力支配的思维、观念）共同参与的过程。尽管文学创作有着动人的情感在，但细心分析其情感又总掺和着为某种目的而生成的理念，当情感与理念发生矛盾时，情感最终服从于理性的东西。而且情感服从于理性的表现形式也颇为丰富。或者突出观念的东西而不言情感，如"宗经""征圣"说；或情感服务于观念，如"文以载道""文以明道"说；或认为情为源在先，德礼为末在后，如

---

① 克罗齐《美学原理·美学纲要》，朱光潜等译，外国文学出版社，1983年，第59—60页。
② 克罗齐《美学原理·美学纲要》，朱光潜等译，外国文学出版社，1983年，第107—108页。

汉人所云"发乎情，止乎礼义"（《诗大序》）；或理念融化于情感的表达中，使情感的表达理性化，如"怨而不怒""温柔敦厚"等等。不管哪一种表现形式，"理"是贯穿其中的一条不变的核心轴线，而"情"总在这个核心轴线上下移动，只不过轴线也在不同时代转型变向、回折弯曲，情线的跳荡或高骤陡转或低缓迂慢而已。因此，中国古代文学思想的流变大体不出上述情形。

孔子的"兴观群怨""事父事君"[①] 说，虽关注"怨"等情感的东西，然情感则处于末位，最终走向"观"与"群"的社会功用上去了，理性味道很浓。孟子提出的"知人论世"，用意在"世事"；"养气"说所言之"气"，也是"配义与道""集义所生者"。[②] 荀子提出的"凡言议期命是非，以圣王为师"[③]，一直成为此后文学思想中最流行的理念。墨家重实用，尚简约，斥文采，主张"非乐"。[④] 法家重富国强兵之术，喜耕战，薄文学，无一不从社会功用价值评价文学。上述重实用的文学观念，带有鲜明的理性色彩。庄周从"道法自然"出发，原本是要人保存其自然天性，保存每一个人的自然个性，从而获得精神上的"逍遥""自由"，走向"剽剥儒墨"的非理性主义。然而，庄周所选择的复归人的自然本性的方法则是以牺牲人的自然欲望和情感为代价的，故而其所主张的"同乎无欲，是谓素朴"的"返璞归真"的思想，事实上最终走向压抑人的自然本性的方面，走向自然人性的异化。故而老庄思想始于非理性而最终走向了理性，不能称之为彻底的非理性主义。其所以不能称为彻底的非理性主义，是由于他通过泯灭情欲的方法来实现生命的可持续性。而在其之先的杨朱，也是生命价值论者，然而他的学说则"放情肆志"，注重眼前的生命价值，"且趣当生，奚遑死后"[⑤]，提倡快乐一日是一日

---

① 孔丘《论语·阳货》："《诗》，可以兴，可以观，可以群，可以怨，迩之事父，远之事君，多识于鸟兽草木之名。"见何晏《论语集解》卷九，天禄琳琅丛书第一辑景元翻宋本，第192页。

② 孟轲《孟子》卷三《公孙丑》上，四部丛刊景宋大字本，第209页。

③ 荀况《荀子》卷十二《正论》，清抱经堂丛书本，第414页。

④ 墨翟《墨子》卷八《非乐上》，明正统道藏本，第283页。

⑤ 杨伯峻《列子集释》卷七《杨朱篇》，中华书局，1979年，第216页。

的快乐主义，反对一切压制人生欲望的"壅""瘀"，故而只有杨朱的"放情肆志"的人生观方是彻底的非理性主义的人生观。然而，杨朱的这种非理性主义人生观，非但影响不大，而更要紧的是未产生与之相应的非理性主义的文学思想。

汉代前期，虽是老庄思想较活跃的时段，理性控御相对薄弱，在汉末词赋与司马迁文中曾出现情胜于理的趋势，特别是司马迁的"发愤著书"说，将"立言"视为人遭灾厄不能立德、立功后，"欲遂其志之思"，"发愤之为作"，"成一家之言"①的大事。且其发愤所著之《史记》，的确表现出为英雄失落而悲的强烈的情感色彩，在认识上也被后学斥为"其是非颇缪于圣人"②。但是，司马迁并未提出反对儒学、老庄或某一思想的理论，相反则从其"厥协六经异传，整齐百家杂语……俟后世圣人君子"③的志向以及对历史人物的评判中可看出其明确的是非标准与理论尺度。汉武帝"独尊儒术"之后，经学大兴。从《诗大序》、班固《离骚序》与《两都赋序》、王逸《楚辞章句序》等文字中看到的仍然是一种进一步发展的理性主义文学思想。

魏晋南北朝之时，《周易》《老子》《庄子》"三玄"之学大兴。"三玄"之学的性质具有多重性。一方面就人生观而言，似乎受杨朱"放情肆志"人生观之影响，又受庄子人性逍遥思想的影响，这二者的结合，使得魏晋玄学走向任情恣性、张扬个性、"越名教而任自然"的非理性人生观的一面。然而另一方面，魏晋南北朝时之玄学实质上则是儒学与老庄之学同行，在他们的著述中，孔子依然是他们最推崇的圣人，只不过他们是以老庄阐释儒学而已。于是，老庄之学主张"无欲"与儒学中的抑欲合流，使得其非理性在纵欲与抑欲的矛盾中表现出不彻底性。所以，玄学也如庄学一样，以复现人的自然本性始，而最终走向自然人性的异化。譬如，就与文学关系最密切的"情"而言可见一斑。庄学主"以道化情"，所谓"安时而处顺，哀乐不能入也"

---

① 司马迁《史记》卷一百三十《太史公自序》，中华书局，1959年，第3285页。
② 班固《汉书》卷六十二《司马迁传》，中华书局，1962年。
③ 司马迁《史记》卷一百三十《太史公自序》，中华书局，1959年，第3285页。

即是。然而庄子这句"哀乐不能入"的话的本意非指人无哀乐，而是说"情"本是人的"自然之性"。颜子夭，孔子大哭"天丧予"亦为自然应有之事。但是，安时而处顺的人，自"道"而观之，知"死"为"生"的自然结果，不必哀伤，于是"哀痛之情"也就自然没有了。这是从自然之性（道）化解人的自然之情。然而王弼则以为这是"以情从理"——人的感情服从于人的理性，理性存而感情就不见了。这种"以情从理"反映了王弼对付情感的一种方法。这种方法并非庄周的方法，也非庄周的本意。诚如冯友兰所言："后来，宋儒对付情感之方法，俱同于此。"[①]这说明王弼的解释依然有儒家思想的影子，后来宋儒加以发展而走向了"存天理，灭人欲"的地步。从中我们可以看出，魏晋玄学并非彻底的老庄之学。受这种思想影响的文学思想，如曹丕《典论·论文》《与吴质书》评定文赋之标准，言文学之功用；陆机《文赋》论文章之写作过程；挚虞《文章流别论》论文章"明人伦之序"的作用；葛洪《尚博篇》所言"文章之与德行"并重说；刘勰《文心雕龙》论宗经、征圣、情思、技艺等系列文学理论；钟嵘《诗品》从六艺溯流别等有关文学的论述，皆可以看出"言志""缘情"并提、情与理并重的特点。虽然，那时的诗文理论表现出道德淡出，志气柔弱，兴趣转向藻采与艺术美的追求。而技艺、声韵、词采是通过后天学习方能得到的，有意追求藻采技艺也是人的理性范畴（非理性讲求随情感自然而然流出），故而情感与艺术并重同样是情与理并重的变种。如果与汉代文学思想比照而言，其变化可归纳为由以言志为主转向了以缘情为重，由伦理教化与情感的关系转向了词采技艺与情感的关系。非理性因素得以加强，出现了"以傲诞为清虚，以缘情为勋绩"[②]的现象，然而并未出现完全排斥理性的文学思想，故而算不上真正意义上的非理性主义文学思想。

　　唐代是佛教、道教和儒学并兴的时期。佛教的兴盛非但未给思想界带来非理性的变革，相反倒是扩大、加重了中国思想界理性化的范围与深度。这

---

① 冯友兰《中国哲学史》下册，中华书局，1961年，第607页。
② 魏徵等《隋书》卷六十六《李谔传》，中华书局，1973年。

种理性的加强早在六朝时僧肇的佛学理论中就有明显的表现。他将人的非理性的"一念心"视为产生妄念与种种颠倒的罪魁祸首。僧肇《宝藏论》："夫本际者，即一切众生无碍涅槃之性也。何谓忽有如是妄心及以种种颠倒者？但为一念迷也。"①（李贽的"童心"说与其恰恰相反。）到了唐代慧能、神会等人，形成"以无念为宗，无相为体，无住为本"的一系列完整的心学体系，"于诸境上心不染"②，就是不染欲念，即彻底否定人的情欲。这种禁欲思想比儒学来得更深刻、更彻底，更易使人泯灭欲心，归于空寂。归于空寂是人通过理性修为所达到的境界。人若达此境界，则人异化为非人矣。到了韩愈、李翱，则从儒家经典中寻找佛学所论述的心性成佛之类的问题，意在使人依儒学而成佛，从而开始了儒、释在学理上的合一。而这种合流，走向了更严密更神秘的理性，与杨朱的非理性愈来愈远（韩、李在后人看来是"抑杨墨，排释老"的）。③正因如此，在唐宋两代，一方面老庄思想张扬人的个性自由，使受外力压抑下的人走向与自然的和谐，文学思想呈现出与理性的远离，或佛学使人在内心上走向空寂与淡雅，从而形成不同的文学思想体系，如皎然、司空图等的自然韵味说，李白的"清水出芙蓉，天然去雕饰"的自然"清真"说等。然而，另一方面他们的思想仍然不乏理性之志，特别在评价他人作品时，"风骨""兴寄"的理性要求甚为显现，故而尚未走向非理性主义的地步。有唐一代，贯穿其始终者则是儒家注重教化与社会政治实用的文学思想。从隋末大儒王通，到唐初刘知几、陈子昂，盛唐杜甫、元结，中唐白居易、韩愈、柳宗元、李翱，再到晚唐杜牧、皮日休等的文学思想，无不体现出浓厚的理性色彩。故而可以说，唐代有非理性主义文学思想的因素（李白的反对雕饰，畅意自然；韩愈"不平则鸣"而形成的"猖狂恣睢"④等），但绝无非理性主义的系统文学思想理论。

---

① 冯友兰《中国哲学史》下册，中华书局，1961年，第677页。

② 《大藏经》卷四《坛经》。原话为："善知识，于诸境上心不染曰无念。"

③ 参见《旧唐书》中韩愈、张籍、孟郊、唐衢、李翱、宇文籍、刘禹锡、柳宗元各传。

④ 柳宗元《柳河东集》卷三十四《答韦珩示韩愈相推以文墨事书》，中华书局，1960年。

　　宋、明是程、朱理学与陆、王心学风兴数百年的理性时代。春秋战国儒学的中心价值观念——仁、义、礼、智、信，经周濂溪、邵康节的"太极"理论，张横渠的"气"说，二程的"天理"说，演变为朱熹的"天不变道亦不变"的性即"天理"说，走向"存天理，灭人欲"的彻底的禁欲主义。陆象山将其归之于心，"道即吾心，吾心即道"，从而将"性即理"的理学内化为"心即理"的心学。在这样的社会思潮里，文学思想也染上了浓重的理性色彩。北宋的诗文改革的性质就是将文学拉向服务于政治和从事社会教化的圣坛。南宋陆游、辛弃疾等主战文人的政治激情加重了诗词的政治色彩。石介的"布三纲之象，全五常之质"（《中说·天地篇》）说，周敦颐的"文以载道"说，欧阳修的"道胜者文不难而自至也"① 说，王安石的"文者务为有补于世"（《上人书》）的观点，黄庭坚的"夺胎换骨，点铁成金"的艺术理性，张戒的"言志乃诗人之本意"（《岁寒堂诗话》）之见，杨万里的"议天下之善于不善"（《诗论》）的主张等等，构成有宋一代理性文学观的链带。严羽在《沧浪诗话》中所表现的趣味说，显示出对教化的淡漠，他的"羚羊挂角，无迹可求……言有尽而意无穷"的理论，都显示出佛教思想影响的痕迹，是唐代皎然、司空图诗论的继续。然而，从他对"以骂詈为诗"是"殊乖忠厚之风"的指责中，似乎发现他的文论中有着"温柔敦厚"的理性所在。在宋代这种理性思潮中，唯有苏轼是能出入儒、释、道三教内外的异人。他的"道可致，不可求"说、崇尚自然说，都表现出摆脱束缚、追求自由的精神，显示出非理性主义的意识。其《文说》言及自己创作的体会："吾文如万斛泉源，不择地而出，在平地滔滔汩汩，虽一日千里无难。及其与山石曲折，随物赋形而不可知也。所可知者，常行于所当行，止于不可不止，如是而已矣，其他虽吾亦不能知也。"所谓"行于所当行，止于不可不止"指的是情感的自然而然。任情而行的自然而然，则形成"文理自然，姿态横生"（《答谢民师书》），而不见一丝一毫

① 欧阳修《欧阳文忠公集》居士集卷四十七《答吴充秀才书》，四部丛刊景元本。

理性的东西。这种对理性的排斥，无疑带有鲜明的非理性色彩。然而，他的言论只是一种创作体会而不具备明确的概念以及由概念构成的理论框架，缺乏理性的思辨。他可能对李贽有影响（李贽对苏轼评价甚高，也常读苏轼书），但未能像李贽的《童心说》那样，明确而系统地阐述非理性主义的文学思想。金末元初或元末明初，在朝代更替之际，思想禁锢的力量减弱，本应产生一些反叛理性的自由思想与文论。然统而观之，文人们却遮蔽于拟古之风气下，略有个性者虽主张不步人脚跟，然未能跳出传统思想的牢笼，即使被后人骂为"以淫词怪语裂仁义，反名实，浊乱先圣之道"的杨维桢，论诗在倡情性的同时，不断地强调"人品""言志"的重要性[①]，尽管其所言"人品""志向"有凸显人的个性的一面，有非理性的因素，但无彻底的非理性思想。

　　明代前期，程朱理学对人的思想统治较之宋代更加严密。所以，明代前期的文论充满了理学色彩。宋濂提倡"正三纲而齐六纪"（《文原》）的教化之文；刘基主张文学应"美刺风戒，莫不有裨于世教"（《照玄上人诗集序》）；方孝孺一方面以庄周、李白、苏轼的"心会于神"者的"放荡纵恣"（《苏太史文集序》）之文反对宗唐摹古之风，一方面又强调文章的"明道立教"（《答王秀才书》）的作用；李东阳从法度音调中求真情而终受法度音调之羁绊。至明代中叶，王阳明发展了陆象山的心学，由陆象山的"吾心即道"发展为"吾心即性"，仁义礼智是性，七情之欲也是性，"俱是人心合有的"。不但人欲有了其存在的合理性，而且当德被欲所蔽，"良知亦自会觉，觉即蔽去，复其体"。王阳明又说："如出外见人相斗，其不是的，我心亦怒，然虽怒，却此心廓然不曾动些子气。如今怒人，亦得如此，方才是正。"[②]这岂不是说，人有欲望是合理的，只是不要去实行或不要过分就可以了。这无疑向

---

① 杨维桢《赵氏诗录序》："评诗之品无异人品也。人有面目骨髓，有性情神气，诗之丑好高下亦然。"又于《张北山和陶集序》中道："诗得于言，言得于志，人各有志有言以为诗。"

② 王阳明《王文成公全书》卷三《传习录》下，民国八年上海商务印书馆《四部丛刊》景明隆庆刻本，第322页。

李贽肯定人欲的思想靠近了一步。在这种思想的导引下，文学理论也自然向重自然之情的方向发展。李梦阳、何景明乃至李攀龙、王世贞则从抒发真情出发，认为"宋无诗""明无诗""真诗在民间"，却陷入了守古法、拟形式的沼泽，未能彻底摆脱理性的羁绊。

综观耿定向与李贽论战（始于明万历十三年）之前的传统思想有两个共同点：恶"欲"，本"善"。李贽《童心说》所表现的非理性，恰恰就在以"自然情欲"之真取代"善"这个核心。而且，这种取代又借助于心学的"吾心即性"、伊斯兰教以净为真、佛教之"真空"、老庄之"自然"与儒学注重对"百姓日用迩言"观察的思想，赋予"净""空""自然""童心"以"最初一念"——自然情欲的内涵。而"净""空""自然""最初一念""童心"的本质内涵是"真"；"闻见道理"" '六经'、《语》、《孟》"的本质是"染"，是"假"。倡"真"斥"假"，就是排斥传统的理性，最终走向了非理性。而他的"童心"产生"天下之至文"，"天下之至文"无不产生于童心，即文学是"童心"的真率表现的文学思想，以及与之相联系的排斥"闻见道理"说、"创制体格"无高下先后说、非技巧论、内容形式"无分界"说等（参见下文），一起构成李贽系统的非理性主义文学思想，李贽也就成为中国文学史上第一位非理性主义的文学思想家。

这种非理性主义文学思想在那个时代产生了重大震撼，形成了一种社会思潮。尽管这种思潮为中国封建专制主义制度所不容（这也是此前中国封建主义社会非理性主义思想难以产生的重要原因之一），在此后屡屡受到打击，然而"《焚书》不焚《藏》不藏"[1]，李贽的非理性思想在此后的几百年中一直有不少崇拜者与接受者：公安三袁、冯梦龙、钟惺、谭元春、张岱、曹雪芹、袁枚、龚自珍、周作人、周树人等等，直到当今仍有不少人喜爱他、研究他。而克罗齐的非理性美学——表现主义美学，在西方美学史上的地位也得到应有的肯定。比尔兹利说："二十世纪的美学讨论可说是由克罗齐这位无疑是我

---

① 汪可受《卓吾老子墓碑》，见《徽辅通志》卷一百六十六，商务印书馆，1934年。

们时代最有影响的美学家所开创的。"① 吉尔伯特和库恩的《美学史》也说："在十九世纪和二十世纪的交替时期和此后至少二十五年中，克罗齐关于艺术是抒情的直觉的理论在美学界占统治地位。"② 李贽在中国文学思想史上的地位当与此相近。他是中国非理性主义文学思想的发轫者，故称李贽为中国的克罗齐，当也不为之过。

第三节　李贽非理性主义文学思想论③

李贽的文学思想如同他的心学思想一样呈现出不断吸收、融合、变异的历时形态。④ 本节截取万历十九年夏至万历二十四年夏李贽有关论及文学的言语作为分析的对象。⑤ 之所以这么做，是因为自万历十九年下半年之后⑥，李贽不再将文学视为与"生死大学问""了无关碍"的"小道""末事"⑦，而悟得无处不在的"道"（"率性为道"，李贽认为"率"乃真率之率而非"率领"之率）自在文学之中的道理，认为"声音之道可与禅通"⑧，"声音之道，

---

① 比尔兹利《美学：从古希腊到现代》，亚拉巴马大学出版社，1975年，第318—319页。
② 蒋孔阳、朱立元主编《西方美学通史》第六卷，上海文艺出版社，1999年，第6页。
③ 本节原文刊载于《文艺研究》2004年第6期。
④ 李贽的心学思想与文学思想在吸收伊斯兰教、儒学、心学、佛学、老庄等思想而形成、变异的具体过程，笔者在博士学位论文《李贽思想演变史》中分为六个阶段，本节所言为第五个阶段。
⑤ 此间，李贽的许多批评文字真伪难辨，为稳妥起见，本节只采收入《焚书》《续焚书》中的相关文字而用之。
⑥ 李贽对文学突然异常有兴致，严格说始于万历十九年夏秋之交，寓居于武昌刘东星官署"静者居"之后。最直接的影响来自《坡仙集》与袁宏道的千里来访，特别是后者。两人一见恨晚，袁宏道一住近百日，李贽感叹："诵君《玉屑》句，执鞭亦忻慕。早得从君言，不当有《老苦》。"足见对其影响之深。况且李贽突然狂恋文学，恰是袁宏道别去后之事，绝非巧合。当然更深层的原因是他悟得了"道"就在文学之中的道理。
⑦ 李贽《续焚书》卷一《与弱侯焦太史》，《续修四库全书》第1352部，上海古籍出版社，2003年。
⑧ 李贽《征途与共后语》，见《焚书》卷四，写于万历二十三年十二月庄纯夫离开龙湖之时。详见人民出版社出版的拙著《李贽思想演变史》或随后将面世的《李贽著述编年考》（以下注文有关李贽文章的写作年代的考证，详论均见于此两书，不另做说明）。

原与心通"①，"谈诗即谈禅"②。自此，他以心学阐释文学，于是便有《童心说》
《读律肤说》《杂说》等专论文学之章和众多论文学的言语，形成了包括文学
是童心真率表现说、排斥"闻见道理"说、"创制体格"无高下说、非技巧
论、内容形式无分界说等一系列"非理性主义"③的文学观念。李贽因之而成
为中国文学理论史上第一个彻底的非理性主义文学思想的"作俑"者。其意
义非同小可，很有必要做一点疏理分析。

一、排斥"闻见道理"的"最初一念"

关于文学创作的过程，传统的说法是人的感性与理性共同参与的，从
"发乎情，止乎礼义"这个在古代文论中较为通达的说法来看，尽管创作之始
的动力源于情，但最终受理性支配而归于礼。后来不少的文论家则进一步将
"理"有意识地作为文学表现的目的——宗经、征圣、载道、传道。这种理
论直到明代中叶的前、后七子的文学理论（他们看重真情，但并未将真情与
理视为对立的两极）中也未发生质的改变。然而李贽的《童心说》却明确表
示反对这样一种传统的理论，他确立了两组根本对立的概念："净"与"染"、
"童心"与"闻见道理"。童心就是"绝假纯真，最初一念之本心"，是人最
初的由生理需要引起的自然而然的心理状态。它是内在的、个体的、非理性
的，与外在的、群体的、理性的"闻见道理"无关，或者说它是排斥"闻见
道理"的，因为"闻见道理"是社会对人的行为的约束、规定，是他律的而
非自律的，是通过学习、后天教育才能掌握的一种理性认知，它一旦渗入童
心内，童心便会慢慢丧失。李贽说："夫心之初曷可失也？……盖方其始也，
有闻见从耳目而入而以为主其内而童心失；其长也，有道理从闻见而入而

---

① 李贽《豫约·早晚钟鼓》，见《焚书》卷四，写于万历二十四年二月李贽由黄安回龙湖后不久，
　五月离开龙湖北上山西沁水之前。本节所引《焚书》，皆据中华书局，1961年，不再重复。
② 李贽《观音问·答澹然师（五）》，见《焚书》卷四，写于万历二十一年至万历二十四年之间。
③ "非理性主义"，在本节中指反对文学创作中理性的参与。而这一反对、排斥"闻见道理"的思
　想，源于其反对社会传统濡染的"自然净"的思想。

以为主于其内而童心失；其久也，道理闻见日以益多，则所知所觉日以益广，于是焉又知美名之可好也而务欲以扬之而童心失；知不美之名之可丑也而务欲以掩之而童心失。"这段话描述童心丧失的过程，意在说明"闻见道理"的介入、美名丑名等是非观念的萌生导致童心的丧失。所以，要保持童心，必须排斥、反对一切传统的"闻见道理"，排斥一切理性的观念。这颇有点与意大利美学家克罗齐将直觉与理智相对立的观点相似。克罗齐说："知识有两种形式：不是直觉的，就是逻辑的；不是从想象得来的，就是从理智得来的；不是关于个体的，就是关于共相的；不是关于诸个别事物的，就是关于它们中间关系的；总之，知识所产生的不是意象，就是概念。"[1] 而意象是文学的，概念是非文学的。克罗齐与李贽二人观点的相同处在于将感性与理性视为有他没我、有我没他的绝对对立关系，以感性直觉反对理性与逻辑，以自然之初心，反对后天的是非之心、高下之理。所不同的是克罗齐讲的是知识的两种形式，而李贽所讲的是心的内、外与净、染的两种质态。不过二者都认为文学创作过程中，情感起主导作用，情感排斥理智的过分干预和强制。克罗齐认为艺术就是直觉，直觉就是表现即抒情的表现，它不是道德活动，不是概念或逻辑活动。李贽认为童心是人及其人的一切活动的本源，也是文学活动的本源。它是创作出天下之至文的先决条件；如果说作者童心被"闻见道理"所障，就只能写出假文。如此一来，文学就是童心的直觉，就是情感的表现。诚如英国美学家卡里特所说的："在美学的历史中，我们可以发现人们日益共同地强调认为，所有的美都是对可以被一般称之感情的东西的表现，而且所有这样的表现都是美的。"[2] 不过卡里特的表现主义不完全排斥理性，而李贽反对创作过程中理性的参与，追求情感表现的自然真率。[3] 所谓自然

---

① 克罗齐《美学原理·美学纲要》，朱光潜等译，外国文学出版社，1983年，第7页。

② 埃德加·卡里特《走向表现主义的美学》，苏晓离等译，光明日报出版社，1990年，第238—239页。

③ 他不同于卡里特，卡里特的表现主义不完全排斥理性，而李贽更接近于克罗齐，是完全排除理性的。

真率就是情不可遏，任情而发，不顾世人非议。这种自然真率，并非只是情绪冲动，也包括能把情感表现出来的东西，如"喷玉唾珠"的语言才华，"感数奇于千载"提取奇趣、美感的能力，自然而成章的创作天赋。没有这些东西，情感只能死于情趣冲动的阶段，却不能用语言表现出来。但是这些东西不是有意而为之的，而是夹裹于情感之中自然而然地流出来的。克罗齐也认为艺术即排除理性的直觉，直觉是一种心灵的活动，只在人的内心完成。"艺术作品都是'内在的'，所谓'外在的'就不是艺术作品。"①但他所强调的直觉是指能将直觉表达出来的直觉，即付诸语言的直觉，用他的话说就是：心灵赋予形式的活动。"美不是物理的事实，它不属于事物，而属于人的活动，属于心灵的力量。"②这种心灵的赋形也是由心灵完成的自然而然。

　　对于李贽的文学是童心的直觉，文学是童心的情感表现说的文学观，学界习惯称之为"泄愤说"。有的学者进一步认为李贽的泄愤说与司马迁的"发愤"说、韩愈的"不平则鸣"说不仅有主体强弱的不同，而且显示出个人与社会的对立与挑战的内涵，认识又深入一层。③然而，它的实际意义还远不止于此，它是以非理性反抗理性，是宣告理性文学的灭亡，是主张文学的性质是真情的自然表现。这种非理性的文学观，这种认为文学仅仅是真情的表现的文学观，在中国文学理论史上还是第一次出现。它具有革命的性质，即将与"闻见道理"相关的一切东西，什么文学的政治功能，文学的教化功能等统统一刀斩断于文学之外。克罗齐的非理性美学——表现主义美学，在西方美学史上的地位得到应有的肯定。比尔兹利说："二十世纪的美学讨论可说是由克罗齐这位无疑是我们时代最有影响的美学家所开创的。"④吉尔伯特和库恩的《美学史》也说："在十九世纪和二十世纪的交替时期和此后至少二

① 克罗齐《美学原理·美学纲要》，朱光潜等译，外国文学出版社，1983年，第59—60页。
② 克罗齐《美学原理·美学纲要》，朱光潜等译，外国文学出版社，1983年，第107—108页。
③ 见章培恒师指导的崔炳学君的博士论文《李贽文学思想的实质及其与五四新文学的联系》（打印稿）。
④ 比尔兹利《美学：从古希腊到现代》，亚拉巴马大学出版社，1975年，第318—319页。

十五年中，克罗齐关于艺术是抒情的直觉的理论在美学界占统治地位。"① 李贽在中国文学思想史上的地位当与此相近。晚明的人文主义思潮，实质上就是通过理性的心灵直觉化，而逐渐地走向以非理性反拨理性，其中旗帜最鲜明最具影响力的人物当属李贽。且这种影响力虽在李贽去世的万历三十年之后因受到较大的打击而呈现较长时间的削弱之势，不过，张扬心灵个性化和非理性精神成为继老庄之后具有近代化色彩的中国文化精神，从而标示着一个新的人性觉醒时代的萌生，其态势此起彼伏，经五四充血后延续至今，故称李贽为中国的克罗齐，当也不为之过。

也许有人会说：李贽的一些论著十分看重人的见识，如《二十分识》《因记往事》等。见识岂非理智、理性乎？对此应做何解释？李贽将"识"置于"才"与"胆"之前，足见他对于"识"的格外重视，而且他也的确以"识"见长于当世，曾自称"若出词为经，落笔惊人，我有二十分识，二十分才，二十分胆。呜呼！足矣，我安得不快乎！"② 然而有两点必须加以说明：一是李贽所说的"识"主要指读书、学道、经世以及议论文的写作等非文学的创作。写议论文、写论战的书信、写奏议就是要表现著述者的见识，见识愈卓越、愈深刻透辟方可有效地达到预期目的，故而李贽强调应有二十分"识"是很有见地的。然而，这些文体并非我们所讲的真正意义上的文学（李贽常说"我于诗学无分"③ 之类的话。既"于诗学无分"，也就不会得意，而那"落笔惊人"的笔墨最大可能指与耿定向及其门徒的论战文字），所以他在讲这些文体的写作时看重人的见识与他主张文学创作排斥"闻见道理"是两种性质的问题，不可混谈一处。二是即便在谈及非文学文体写作时，李贽所强调的识、见，也非指老生常谈的"闻见道理"，而是指摆脱"闻见道理"直接发自本心的一己之见，是言前人未曾言，今人未曾见、不敢言的一己真言。

---

① 转引自蒋孔阳、朱立元先生主编《西方美学通史》第六卷，上海文艺出版社，1999年，第6页，并参照了其中的观点。

② 李贽《二十分识》，见《焚书》卷四，写于万历二十年三月李贽闻兵变后，《童心说》写作之前。

③ 李贽《答自信》（二），见《焚书》卷四，写于万历二十二年前后。

"是非大戾昔人"① 李贽褒赞司马迁是因为司马迁不依前人"闻见道理"，能自出手眼。"使迁而不残陋，不疏略，不轻信，不是非谬于圣人，何足以为迁乎？……若必其是非尽合于圣人，则圣人既已有是非矣，尚何待于吾也？夫按圣人以为是非，则其所言者，乃圣人之言也，非吾心之言也。言不出于吾心，词非由于不可遏，则无味矣。"② "是非谬于圣人"，言要出于吾心，词非由于不可遏不下笔，这不正是排斥"闻见道理"吗？写议论文尚且排斥"闻见道理"，况写抒发真情的文学呢？所以，这二者并不矛盾。

二、"创制体格"无高下先后说

既然，文学是童心的表现、真情的抒发，而"童心"无高下之分，"真情"无优劣之别，那么表现童心与真情的文学样式也自然无高下优劣之分别，因为只要是表现真情，任何文学样式都可以称之为真的文学，可以成为天下之至文。文学样式无高下优劣之分别，就是意味着，"经""史""子""集"处于同等重要地位。而"集"中正宗的诗、文不贵，非正宗的小说戏曲也不贱。如是，小说戏曲这些被当时文人视为小道的体裁不但可与诗文同列，且可与儒家经典、历代史书并驾齐驱，相提并论。这也就是人们常说的李贽提高戏曲小说的历史地位的根本原因，而并非李贽认为戏曲、小说比诗文好，比诗文高贵（事实上他一生所用心思最多的文体不是小说、戏曲，他一生未写过一本戏曲、一部小说，写得更多的是散文与诗歌），李贽没有有意识地去提高谁或贬低谁。

李贽的文体无高下先后的文学观点来源于他的《童心说》。《童心说》云："天下之至文未有不出于童心焉者也。苟童心常存，则道理不行，闻见不立，无时不文，无人不文，无一样创制体格文字而非文者。诗何必古选，文何必先秦。降而为六朝，变而为近体，又变而为传奇，变而为院本，为杂

---

① 李贽《读书乐》，见《焚书》卷六，写于万历二十三至万历二十四年，但绝非万历二十五年。因万历二十五年，李贽已到山西沁水坪上村矣，不在龙湖了。

② 李贽《藏书》卷四十《史学儒臣·司马迁》，中华书局，1959年，第688页。

剧，为《西厢》曲，为《水浒传》，为今之举子业，皆古今至文，不可得而时势先后论也。故吾因是而有感于童心者之自文也。"①从这段话中，我们可以发现李贽的三点文学主张：其一，文学是童心的显现，文学表现的是童心，没有童心就没有真正意义的文学，就没有天下之至文。其二，有了童心，无论何时、何地，无论用何种文体，都可以成为真正的文学作品。而所谓的文学创作，就是有感于童心之"自文"。其三，正因为文学是有感于童心之自文，是童心的表现，所以文体无论是何时何地何种（古诗、近代诗、传奇、院本、杂剧、小说、八股文）都是童心的表现，都无先后贵贱之分。李贽不但在《童心说》中明确表达了这种文体无先后高下的观点，在《童心说》之外的论著中，也不止一次地反复阐发。譬如，他不赞成晋人所谓"丝不如竹，竹不如肉"的观点，认为丝、竹、肉三者无差别。"'丝者，丝之声也，出乎于手；竹者，竹之声也，出乎口；歌者，口也，心之声也，肉之为也'，岂假竹而有乎。可以知自然之道矣。若夫马（指马融）赋长笛、自然赞笛，亦如之有嵇康赋琴，自然赞琴耳。无差别也。"②李贽在一次论《琴赋》中，更详细地阐明这种艺术形式无分别的观点。"《白虎通》曰：'琴者禁也。禁人邪恶，归于正道，故谓之琴。'余谓琴者，心也，琴者，吟也，所以吟其心也。人知口之吟，不知手之吟；知口之有声，而不知手亦有声也。如风撼树，但见树鸣，谓树不鸣不可也，谓树能鸣亦不可，此可以知手之有声矣。听者指谓琴声，是犹指树鸣也，不亦泥欤！"③请注意，这一段论述更进一步地阐明了乐器不分高下的根本理由。理由有二：一是弦乐与管乐乃至人的歌唱，皆"吟其心也"。二是"心同，吟同，则自然亦同"。心无高下之别，吟心也无高下之别，故而所借之具（丝、竹、肉）也无高下之异。由此可见文体无高下之分的理论，是基于文学是童心表现（有感于童心

① 李贽《童心说》，见《焚书》卷三，写于万历二十年三四月间。关于《童心说》的写作时间，因需证明的头绪与材料多，限于此处篇幅，当另撰文考论之。

② 李贽反驳"丝不如竹，竹不如肉"，见《李卓吾先生读升庵集》卷五，写于万历二十四年《豫约》写好后至六月北上山西之前。

③ 李贽《读史·琴赋》，见《焚书》卷五，约写于万历二十年前后。

之自文）的文学本质论。而文学本质论是基于童心无高下贵贱之分的认识，所以童心无高下是这一理论的根据之根据。将艺术看作心灵的直觉的克罗齐认为：艺术是心灵的直觉，心灵是个体的而非群体的、类别的，所以作为心灵直觉的艺术不能分类。克罗齐说："因为每一部艺术作品表现心灵的一种状态，而心灵的状态是独特的，而且总是新的，所以直觉就是无数个，不可能把它们放进体裁种类那样的鸽棚里去。"① 正因为不能将艺术"放进体裁种类那样的鸽棚里去"，所以，"就各种艺术作美学的分类那一切企图都是荒谬的……讨论艺术分类与系统的书籍，若是完全付之一炬，并不是什么损失"②。李贽没有谈及文学分类有无必要这个问题，他只是说已分类的文学诸体裁没有先后高下的区别。既然分类的体裁没有先后高下的区别，那么还有什么分类的必要？李贽与克罗齐的上述观点所表达的是同一意义，即都认为文学所表现的是心灵的一种状态。而心灵是个体的独特的（李贽不止一次强调心灵是个体的独特的观点③），无高下分别，所以表现心灵的文学样式也无高下之分别，既无高下分别，便也无古高今低或古低今高一类以时间先后分高下之必要。

三、"造化无工"的非技巧论

"以自然之为美"是李贽文学思想的基础，在对于文学创作中的技巧问题的认识上，李贽也主张"以自然之为美"。李贽所说的"自然"是与"闻见道理"相对立的，指未染一星点"闻见道理"的纯自然状态。这涉及一个重要的理论问题，即文学艺术技巧是不是"闻见道理"，至少在李贽的心中是否属于"闻见道理"？如果技巧属于"闻见道理"，那么，李贽便会将其排斥于文学之外，从而成为文学史上首次提出"非技巧"论的人。

---

① 克罗齐《美学原理·美学纲要》，朱光潜等译，外国文学出版社，1983年，第248页。
② 克罗齐《美学原理·美学纲要》，朱光潜等译，外国文学出版社，1983年，第124—125页。
③ 如李贽于《琴赋》云："吾又以是观之，同一琴也，以之弹于袁孝尼之前，声何夸也？以之弹于临绝之际，声何惨也？琴自一耳，心固殊也。心殊则手殊，手殊则声殊。"等等。

若讨论技巧艺术在李贽看来是否属于"闻见道理"，有一个检验的最有效的标准，即讲求技巧是否可成为"天下之至文"。若讲求技巧可以成为天下之至文，那么技艺便非"闻见道理"，技艺非"闻见道理"，李贽的创作观便是主张创作中讲求技巧；若讲求技巧不能成为天下之至文，那么他便属于非自然的人力之所为，便属于"闻见道理"，就应完全排斥于创作之外，也就说明李贽是主张"非技巧"论者。李贽集中论述这一文学理论问题的文字见于其《杂说》中的"化工""画工"论：

> 《拜月》《西厢》，化工也；《琵琶》，画工也。夫所谓画工者，以其能夺天地之化工，而其孰知天地之无工乎？今夫天之所生，地之所长，百卉具在，人见而爱之矣。至觅其工，了不可得，岂其智固不能得之欤！要知造化无工，虽有神圣，亦不能识知化工之所在，而其谁能得之？由此观之，画工虽巧，已落二义矣。
>
> 且吾闻之：追风逐电之足，决不在于牝牡骊黄之间；声应气求之夫，决不在于寻行数墨之士；风行水上之文，决不在于一字一句之奇。若夫结构之密，偶对之切；依于理道，合乎法度；首尾相应，虚实相生；种种禅病皆所以语文，而皆不可以语于天下之至文也。[1]

李贽所言"画工"是指意在"夺天地之化工"的纯熟高超的艺术技巧。"工"，《说文解字》云："巧饰也。像人有规矩。"段玉裁注："凡善其事曰工。"杨树达不同意许慎与段玉裁的意见，认为："以字形考之，工象曲尺之形，盖即曲尺也。"（杨树达《积微居小学述林》）愚以为杨树达解为"曲尺"乃字之本义，许慎云"像人有规矩"则是稍加引申之义；合三人所解之义，则应为手持曲尺以画线度量之意。由此看来，"工"乃人为之物，人为之事，是以某种定规为尺度的加工，使之合乎加工者的初意，与现代所言艺术

---

[1] 李贽《杂说》，见《焚书》卷三，写于万历二十年。

技巧当相去不远。上述解释与李贽对工字的理解相同。李贽将其解释为："牝牡骊黄"之辨、"寻行数墨"之工、"一字一句之奇"，并进而扩大之为"结构之密，偶对之切；依于理道，合乎法度；首尾相应，虚实相生"等艺术技巧。这些艺术技巧在李贽看来是"皆不可以语于天下之至文"的，因为它不能成为天下之至文。而依照《童心说》的理论，"天下之至文未有不出于童心焉者也"，不是天下之至文，皆非出于童心者，而是出于被闻见道理"所障"之假心——"以闻见道理为心"之心。那么，这"闻见道理"是什么呢？既指"'六经'、《语》、《孟》"所倡维系社会秩序之德礼，也同样包括合乎前人所倡导的"结构之密，偶对之切，依于理道，合乎法度"等技艺巧术之类的东西。这意味着，李贽将技艺巧术视为"闻见道理"了。即李贽不单是主张自然而然艺术论者，而是主张无艺术的非艺术论者，就像他以"童心"反对"闻见道理"而属于非"闻见道理"论者一样。非"闻见道理"（反对人为的理性）是李贽思想革命性的表现，与之相联系而产生的非艺术论也是李贽带有革命性的文学理论。

那么，文学作为一门艺术，岂无艺术？李贽认为真正的艺术是完全排除人为的自然而然的艺术，像山河大川的布局，像斑马虎身之纹，非人力所能求，它是自然本性的显现，随自然本性的显现而自然显现，其显现与自然本性是一，而非二。而人为的技艺则是自然本性之外的东西，是对自然本性的模仿、修饰，它与自然本性是二而非一。所以李贽对这种人为的技艺持否定态度。何以见得？李贽在对《琵琶记》的评论中，表达了这一技艺不利于自然之性显现的意见。

《西厢》《拜月》，何工之有！盖工莫工于《琵琶》矣。彼高生者，固已殚其力之所能工，而极吾才于既竭。惟作者穷巧极工，不遗余力，是故语尽而意亦尽，词竭而味索然亦随以竭。吾尝揽《琵琶》而弹之矣；一弹而叹，再弹而怨，三弹而向之怨叹无复存者。此其故何耶？岂其似真非真，所以入人之心者不深耶？盖虽工巧之极，其气力限量只可达于

皮肤骨血之间，则其感人仅仅如是，何足怪哉！ [1]

李贽将高明视为极善于在艺术技巧上用力——"不遗余力""穷巧极工"——的文学家，他"殚其力"而写的《琵琶记》也堪称是"工巧之极"的传奇。但就是这样一部以艺术技巧著称的典范之作，却并不能深久地动人。原因何在？李贽认为在于抒情的"似真非真"，即表面"似真"，而实则"非真"。正因情感失真，导致感人的"气力限量""只可达于皮肤骨血之间"。由李贽这段话，我们发现在他的观念里，"工巧"与"真"，"工巧"与"气力限量"是相互对立、排斥的东西，愈工巧愈失真，愈失真愈无感人的气力。有趣的是，克罗齐也以为思考和判断是文学的杀手。"意象性是艺术固有的优点；意象性中刚一产生出思考和判断，艺术就消散，就死去。" [2] 克罗齐所说的艺术不是李贽所说的技艺，而是指真情的表现。这段话意思是：思考与判断一出现，真情的表现就消散，就死去。看来克罗齐也认为真情的表现是排除逻辑思维的。在非理性上，克罗齐与李贽的确有相似之处。也许有人会说，主张自然天成的无工之工，就是艺术论者，不是非艺术论者。李贽所说的"无工之工"是情感自然赋予的，"喷玉唾珠"的语言功力、"感数奇于千载"的奇趣选择等都是在情感的发泄中自然而然地流出的。这样的自然是来自人的内部情感，而不是来自外部的对自然的模仿。"所谓自然者，非有意为自然而遂以为自然也。若有意为自然，则与矫强何异？" [3] 既然学不来，学了便不再是自然而然，那又何必去学？不必去学就是否定学，否定学自当为"非"而不能算"是"，自当为"非艺术论"者，而不当为"艺术论"者。

四、"技即道"的内容形式无分界说

在中国早期的文学理论中，一般将文学视为由质（内容）与文（形式）

---

[1] 李贽《杂说》，见《焚书》卷三，写于万历二十年。

[2] 克罗齐《美学原理·美学纲要》，朱光潜等译，外国文学出版社，1983年，第217页。

[3] 李贽《读律肤说》，见《焚书》卷三，约写于万历二十年前后。

两种东西组合而成的。注重文学教育功能的文论派往往强调内容对形式的主导作用；而注重文学美感价值的人，则更注重形式美的意义，于是内容与形式及其关系便成为历代文论中纠缠不清的话题。然而，在李贽看来，真文学只是人的童心、真情的真率而自然的表现，作者的文化造诣、艺术修养、个性风格、语言能力等都融合在这自然而然的真率表现之中。假文同样是受闻见道理濡染的假心、假情的技巧化表现，即真心则生真文、假心必出假文。就像"谓之盐味在水，唯食者自知，不食则终身不得知"①，他们本身就是不可分割的整体。"天下之至文未有不出于童心焉者也。苟童心常存，则道理不行，闻见不立，无时不文，无人不文，无一样创制体格文字而非文者。""童心既障，于是发而为言语，则言不由衷……著而为文辞，而文辞不能达。非内含于章美也，非笃实生辉光也。"②无论是艺术自在或艺术自失，都是伴随着童心自在与童心所障而出现的，即真正的艺术都是感动人的艺术，而感动人的艺术又都是自然而然的艺术，自然而然的动人艺术不但出于童心，且正因其出于童心，故与童心是一体而非两物，所以，童心失，语言、文辞、章美皆无光彩。既然语言、文辞、章美与童心之情为一体，而语言、文辞、章美属于艺术形式，也就是艺术形式与童心真情是一体，而非两种东西，即情感内容与语言形式不可分离。高明《琵琶记》因突出"不关风化体，纵好也枉然"的教育功能，整个创作多是理性的，形式也是"穷巧极工，不遗余力"的理性的，故而其最终效果"入人之心者不深"，"气力限量"有限。这类作品不过"画工"而已。"画工"与"化工"之作同样体现内容形式无分界的文学思想。在《读升庵集》中，李贽有一段谈论诗画的外在之形与内在之神关系的话，同样可从中看出论者内容与形式无分界的一贯思想。"东坡先生曰：'论画以形似，见与儿童邻。作诗必此诗，定知非诗人。'升庵曰：'此言画贵神，诗贵韵也。然其言偏，未是至者。'晁以道和之云：'画写物外形，要物形不改。诗传画外意，贵有画中态。'其论始定。卓

---

① 李贽《答自信》，见《焚书》卷四，写于万历二十二年前后。
② 李贽《童心说》，见《焚书》卷三，写于万历二十年三四月间。

吾子谓改形不成画，得意非画外，因复和之曰：'画不徒写形，正要形神在，诗不在画外，正写画中态。'"① 由这段文字而知，苏轼认为诗与画不能只停留于表面的形，而更应探求其所蕴含的神与韵。晁以道追求物外之形、画外之意。而李贽所强调的则是"形神在"的形神一体观，他认为如果不画形，神从何而出？如果写画外意，画外意又从何而来？神与形、画内意与画外意是一个混合着的掰不开的整体。在言及"道"与"技"关系时，李贽也主张"道""技"一体。"镌石，技也，亦道也。文惠君曰：'嘻！技盖至此乎？'庖丁对曰：'臣之所好者道也，进乎技矣。'是以道与技为二，非也。造圣则圣，入神则神，技即道耳。"② "技即道耳"是李贽内容形式无分别说的最直接、鲜明的表述。

综上所述，万历十九年夏至二十四年夏，李贽的"自然净"思想产生。"自然净"思想的价值取向在于排斥外界之染，排斥非自然的理性，于是便形成了倡童心、反理性的思想本质。又由于在这一时期内，李贽悟出了"道"自在文学之中，于是用其心学阐释文学现象，遂有以《童心说》为理论基础的文学是童心的直觉与真率表现的文学思想，这一思想的灵魂是非理性。由此而展开的一系列文学观念——排斥"闻见道理"说、"创制体格"无高下说、非技巧论、内容形式无分界说等无不贯穿这一精神。尽管这一理论还过于粗疏，但毕竟是李贽前期思想的升华，在中国文学理论史上有石破天惊之意义。

第四节　人学美学思想发展的一次异变③

在中国已有的哲学史、思想史、美学史著述中，少见有人运用非理性概念析绎、论证某一对象。寻其因由，或许是中国传统思想向来是理性的天下，

---

① 李贽《诗画》，见《焚书》卷五，约写于万历二十年前后。

② 李贽《樊敏碑后》，见《焚书》卷五，写于万历二十年前后，具体年月不详。

③ 本节原文刊载于《学术月刊》2006年第11期，《人民大学复印报刊资料》（中国古代近代文学研究卷）2007年第3期全文转载，《哲学前沿》（英文版）2008年第4期全文载用。

似乎从未有非理性出来与之抗衡，打出一番新天地。即使有非理性的因素或论调，也未能形成什么气候。然而细加查检却并非完全如此，对明代晚期思想界起过重要影响的李贽在与耿定向论战期间所阐述的思想，就是一个虽有理性因素但其本质却在于非理性的一面的思想，且形成了自己的非理性的思想体系和审美情趣。若从中国美学发展史的角度分析，李贽的非理性具有不同于此前的转型意义，这是研究中国美学史的一个不可小视的问题，故本节试就此做点尝试性的探索。

一、中国古代人学美学思想的理性质态

在讨论这一问题前，首先须弄清三个基本问题：一是何谓"非理性"？二是中国非理性表现的特征是什么？三是中国古代的美学内容丰富，是否皆归于理性？

先回答第一个问题：何谓"非理性"？"非理性"一词源于西方，其基本含义是否定理性，夸大理性的局限和缺陷，否定其具有认识世界的能力，肯定人的本能、欲望、意志、直觉、想象等在人的行为中的支配作用，断言存在本身具有非逻辑性或非理性的性质。依据克罗齐对直觉主义特征的认识，直觉的非理性与逻辑的理性有四点根本差异：直觉来自想象而非理智；直觉关涉个体而非共相；只针对个别事物而不关注它们间的关系；产生的是意象而非概念。我以为还应再增加一个特点，那便是直觉更看重生命的真实而非观念的真实。非理性的具体内涵表现在诸多方面：在本体论上，将世界视为一个无逻辑、无秩序、无理性的偶然的乃至荒诞的世界，否认世界是一个合乎理性的、和谐的、有秩序的、可理解的体系；在认识论上，夸大直觉、内心体验、意志和想象在认识上的可靠性，否认理性具有把握世界的能力，否认理性对于世界认识的真实性；在人性观上，反对人是理性的动物，强调人的本性是自私、凶残、罪恶，认为人的行为受攻击性、性本能等非理智因素支配，否定人类的天性是理性的不断进步的存在物；在伦理观上，主张拒绝一切外在的道德强制和道德义务，以获取个人的内心自由，否认从理性上论证任何一种道德价值体系为正当

的可能性。非理性主义有其合理的一面，特别是在反对人类的异化，追求人精神自由方面，有其积极的认识作用与进步意义。

关于第二个问题——非理性在中国的表现特征——尤其需要加以分辨说明。所谓理性，其内涵基于三个方面：理性思维的方法（逻辑思维）；理性思维的结果（理论体系及灵魂）；理论结果的推行。中国人与西方人的思维方法差别很大，西方人习惯于逻辑思维，故而其非理性往往是针对逻辑思维而提出的与之相反的诸如直觉、想象、偶然一类的东西。而中国人长于想象、直觉和意象把握，就思维的方法而言与其说它是逻辑的不如说它是非逻辑的，所以就思维方法的性质而言，中国人更倾向于非理性。就思维的结果而论，西方人的哲学在认识宇宙和人类的问题上则是具有人为假设的严密理论体系；就理论体系本身来说，都表现出人类过于相信自己的认识的可靠性。正因为对于理论的过于自信，所以，某种理论的可信度与其影响的势能成正比，这一点东西方大体相同。若略加区分的话，就理性作用于人的功效而言，中国的理性成果与西方的人本主义相比则趋于禁欲主义，对于人性的压抑更甚。同时在推行的过程中由于与政治行为的同步性（政教合一），故而更带有强制性。总的来说，在理性的三个内涵中，中国人的思维方法是非理性的，但思维的成果与成果的推行则是理性的。因此，不能说中国没有理性主义，而是说中国人用非理性的思维方法获得了比西方更具压抑性与强制性的理性主义思想。本节所言的由理性到非理性的理性不是指思维方法而是指思维成果与成果的推行。

关于第三个问题，中国古代美学思想很丰富，是否皆归于理性，根据何在？中国古代的美学思想的确很丰富，单就影响较大的美学而言通常说法至少不下六种：以中和为美、以善为美、以自然为美、以空净为美、阳刚之壮美、阴柔之柔美。不管哪一种审美观念都不外由两部分组成：人的本质的映现与人的某种观念的映现。前者是非理性的，后者是理性的，即任何审美观念都具有非理性的因素，只是非理性的表现是隐形的还是现形的，是台下的还是台上的。非理性处于台下的隐形的状态必然是理性占主导地位。若非理性是现形地站在台上的，那么非理性就占据主导地位。儒、释、道的审美观非理性是隐形的台下的，其表现为三家对美的认知与追求的出发点与归结点都是为了满足人的某种需求。儒家的"以善为美"，是为了实现"出则为帝王之师，入则为万世之表"的现实人生价值与"名垂青史"的永恒的精神价值。道家"以自然为美"，意在追求人的自然个性在生命与精神层次的自由逍遥，此后的道教则将道家的生命意识发展为追求人的生命永恒。佛教的"以空净为美"是为了实现能超越生死轮回之苦，走入来生的极乐世界。三教的美学观都是在为追求人的欲求满足的过程中所形成的，都是人的本质的显现。然而，如何方能实现"名垂青史"、"生命永恒"、超越生死轮回之苦的愿望？回答则是同一的：理性对情欲的抑制。而这种抑制是以牺牲人的情感、欲望乃至现实的幸福快乐为代价的，表现出鲜明的理性。具体说来，儒教的以善为美基于否定非善，而此派美学所否定的非善总与人的本能、自私、情欲、物欲联系在一起，换言之，是将人的个体的情欲作为善的对立面——丑恶非道德——的东西排除于人性之外的。认为只要通过修养复现人心原善，就可以实现内宇宙与外宇宙的善，于是心善成为天下之善的本源。而心恶的结果必然造成内宇宙与外宇宙的恶，从而成为天下大乱的本源。这种鲜明的选择性与强烈的排斥性，突现的是理性精神。这种理性精神在"四书""五经"中随处可见，也可在此后儒家经典的读解中得以深切地感受，关于这一点将在下文具体叙论之。道学的以自然为美与儒家的以善为美，似乎是相对立的，前者强调排除人为的自然，后者则强调人为的东西，尽管后来的儒家也将仁义忠孝视为自然、天道，但本质是借自然、天道来突出人为的合理性。但道家在以自然为美的同时，更强调通过"绝圣去智"，清心寡欲，忘我、无我，来实现心灵的自由，就这一点来说，道家的美学观，与其说是以自然为美，倒不如是以无为美，而以无为美是借助去"有"来实现的。这里所说的"有"是"有欲"，如美名之欲、权势之欲等，也包括有所依托与凭借。换言之，道家是通过摒弃非理性的"有"而实现理性的"无"。佛教以"空"为美与道家排斥世俗的情欲的"有"有其共同性，所不同的是佛家的以空为美更带有哲理性与思辨色彩，具体说是透过假有的现象去追求真空的本质，在佛学者眼中，真空更多是从主体性的生成（"十二因缘"说）与主体的时空变幻（"命运无常"）的哲理层次的推理中加以阐发，因而更具有理性之质。至于以中和为美，同样是一种理性化的美学追求，因为本能、情欲、直觉、任性等行为忽左忽右很易走向某一极端，而愈是极端则愈易超出现实所允许的限度，故而愈易产生冲突或悲剧，而将其调和到不偏不倚的一定限度，则有可能使矛盾转向和合，转向一种理想的状态。而这种调和、选择显然是反对任性、直觉的理性思维后的产物。

总之，古代丰富的美学思想有着人的本质显现的非理性的一面，但则是处于台下的隐形的状态；而处于现形的台上状态的审美观念则是理性的。即观念无不是通过对人的本能、情欲、直觉的抑制的方法与途径而达到的，无不是一种通过艰深、苦心修炼后方能进入的理性高境界，因而从质性上讲，中国古代的美学思想是理性的。

二、理性自身孕育着非理性的因子

中国古代美学思想所以是理性的，是由于美学思想借以产生的基础——儒、释、道思想——是理性的缘故。但人们或许要问：在理性主义思想传统的中国因何会产生非理性的东西？即非理性主义的思想是如何产生的？相对而言，这是一个难度较大的问题。在解答这一问题之前，需要说明理性主义自身有着产生非理性的可能性。为了节省篇幅，今仅以儒家思想为阐释的中心。

关于人性本善之说，对后世影响最大的与其说是孔子不如说是孟子，不如说是孟子的"四善"说。

> 人皆有不忍人之心。……今人乍见孺子将入于井，皆有怵惕恻隐之心。非所以内交于孺子之父母也，非所以要誉于乡党朋友也，非恶其声而然也。由是观之，无恻隐之心，非人也。无羞恶之心，非人也。无辞让之心，非人也。无是非之心，非人也。恻隐之心，仁之端也。羞恶之

心，义之端也。辞让之心，礼之端也。是非之心，智之端也。^①

　　两千多年来，儒生们多以孟子这段话作为说明人性之本与儒道内涵的经典。但事实上孟子所举之例以及由此例推导出的结论有两种可能性。今人见孺子将入于井，有有恻隐之心者，然对于"拔一毛利天下而不为"的杨朱来说，则或许无恻隐之心；即使有恻隐之心也不过是将对自己儿子之情移至那位孺子身上的缘故，即其本原依然是一种私情。再将此例推衍为：如遇两人落于井，一个为亲子，一个为路人，那么将先救哪一个？按照儒家"仁内义外"的理论，则无疑先救亲子，这是自然之心。对此，明代的王阳明曾有过与之同理的详细阐释^②（参见下文）。那么，我们不难发现，这种自然之心表现出的是私心。由此可得出两种与孟子完全不同的结论。其一，人有恻隐之心，也有非恻隐之心。其二，人有为了他人的善的一面，也有自私的非善的一面，而自私的非善的一面则是出于人性的自然而然。这自然而然的非善的一面恰是非理性。也就是说孟子的性善论是理性的，但也有走向以情欲、本能为自然真实的非理性的可能性。

　　儒学中的这种非理性因素在接受佛学的"即心即佛"与老庄的"道法自然"之后，一步步得以发展，而且大有与"心本善"之说合而为一走向"任心自然为道""无善无恶是谓至善的"的趋势。就美学而言，"以自然为美"同"以空为美"渗入儒学的"以善为美"之中，形成以自然为善（如颜山农的"率性而行纯任自然便是道"^③）、以无为善（如王龙溪的"四无说"^④）、以空为善（王龙溪："念根于心，至人无心，则念息，自无轮回"^⑤）、以自然为

①　孟轲《孟子》卷三《公孙丑》上，中华书局，1960年，第79页。
②　王阳明《王文成公全集》卷三《传习录》下，《文渊阁四库全书》，台北商务印书馆，1982—1986年，第1265册，第81页。
③　黄宗羲《明儒学案》卷三十二《泰州学案序》，中华书局，1985年，第703页。
④　王龙溪《王龙溪全集》卷一《天泉证道记》，华文书局，1970年，第91页。
⑤　王龙溪《王龙溪全集》卷七《新安斗山书院会语》，华文书局，1970年，第494页。

无（"任心自然流行"，"恶固本无，善亦不可得而有也"①），最终归于以自然空为善为美的浑然一体的美学（可参见王龙溪、何心隐、罗近溪的相关论著）。这一发展的趋势到宋代之后大体经历了三个阶段。即陆象山的性即理；王阳明的心即理；王龙溪的"四无"说和何心隐、颜山农辈的纳欲入道，率性为道。

儒学中具有走向非理性的可能性到了宋代陆象山的心学中，由于强调心的包容、发散与无所不能的本体功能，最终使"道"与心合二为一，不单"吾心即宇宙，宇宙即吾心"，而且道即吾心，吾心即道。这种"心即道"的理论比之孟子的"四善"说在三个方面更易于走向非理性。其一，心一方面具有思维的理性，同时活跃于心中的潜意识、本能、直觉、情感更丰富，更鲜活真实，故而心即道，很易走向本能、直觉即道的非理性。其二，吾心虽具有共性，可能是天下人之心，古人今人之心，同时更真实的东西是不同于他人之心的个性。如若这个性之心是本能直觉与情感的话，那么"吾心"所体悟之"道"，便是形而下的具有鲜明个性的恣情任性的东西——非道德非理性的东西，而不是从个性中抽象出来的"仁义"伦理。其三，陆象山的吾心即道的心学，很看重不学而能不教而会的自然而然的自然性。他一贯强调"收拾精神自作主宰，万物皆备于我，有何欠阙！当恻隐时自然恻隐，当羞恶时自然羞恶，当宽裕温柔时，自然宽裕温柔；当发强刚毅时，自然发强刚毅"②。这种放任自然心的思维指向，也极易使人走向非理性主义。

儒学中的非理性因素发展到明代的又一代表人物王阳明时，又在四个方面有所演进。其一，在陆象山"心即道"的基础上进一步提出"心即理"的理论，"心即理也，天下又有心外之事，心外之理乎？"其二，既然心即理，理即天下万物万事之理，那么我的心便成为天地万事万物的主宰。"可知充

① 王龙溪《王龙溪全集》卷一《天泉证道记》，华文书局，1970年，第90页。
② 陆象山《象山全集》卷三十五，《文渊阁四库全书》，台北商务印书馆，1982—1986年，第1156册，第237页。

天塞地，中间只有这个灵明（心）……我的灵明便是天地鬼神的主宰。"① 我的心可以成为天地万物的主宰，而我的心即可以是理性的思维的结果——道，也可以是本能的直觉、情欲，于是非理性的本能、直觉、情欲也有成为天下主宰的可能了。其三，王阳明在阐发心的具体内涵时，也同陆象山一样赋予其自然而然的内容，而这自然而然的内容往往有着非理性的一面。他的学生在问及人情远近"厚薄"时，王阳明道："惟是道理自有厚薄。比如身是一体，把手足捍头目，岂是偏要薄手足？其道理合如此。禽兽与草木同是爱的，把草木去养禽兽又忍得？人与禽兽同是爱的，宰禽兽以养亲与供祭祀、燕宾客，心又忍得？至亲与路人同是爱的，如箪食豆羹，得则生，不得则死，不能两全，宁救至亲不救路人，心又忍得？这是道理合该如此。"② 救至亲不救路人，是道德合该如此，这道理不是废公心而偏私心吗。如是仁义竟成了非仁义的私心情欲了。然而，王阳明看重的正是这种情感的自然而然。所以情感的自然而然很容易走向非理性。其四，在朱熹等道学家那里，天理与人欲之关系尖锐对立，如水火冰炭。在王阳明的理论里，天理与人欲、善与恶"只是一物"。天理是人心之本体，情欲也是"人心合有的"，二者的区别只在于主次之分，犹如太阳与乌云，不及与过之分。"至善者心之本体；本体才过当些子，便是恶了。不是有个善，却又有个恶来相对也，故善恶只是一物。"③ 如是说来，情欲也并非恶，非但不是恶，且也是良知之用。"喜怒哀惧爱恶欲谓之七情，七者俱是人心合有的。……不可以云能蔽日，救天不要生云。七情顺其自然之流行，皆是良知之用，不可分别善恶。"④ 这样一来，

①　王阳明《王文成公全书》卷三《传习录》下，《文渊阁四库全书》，台北商务印书馆，1982—1986年，第1265册，第108页。

②　王阳明《王文成公全书》卷三《传习录》下，《文渊阁四库全书》，台北商务印书馆，1982—1986年，第1265册，第95页。

③　王阳明《王文成公全集》卷三《传习录》下，《文渊阁四库全书》，台北商务印书馆，1982—1986年，第1265册，第98页。

④　王阳明《王文成公全集》卷三《传习录》下，《文渊阁四库全书》，台北商务印书馆，1982—1986年，第1265册，第98页。

情欲也有了其自身存在的合理性，非理性的东西在理性的夹缝中有了一席立足之地。

王阳明之后，心学发展的总趋向是纳释入道、道俗合流。美学思想发展为吸纳以空为美以真为美的观念而最终归结为以真为美。对此黄宗羲曾有明确的概述："阳明先生之学，有泰州龙溪而风行天下，亦因泰州龙溪而渐失其传。泰州龙溪时时不满其师说，益启瞿坛之秘而归之师，盖跻阳明而为禅矣。"① 又说："泰州之后，其人多能以赤手搏龙蛇，传至颜山农、何心隐一派，遂复非名教之所能羁络矣。雇端文曰：'心隐辈坐在利欲胶漆盆中，所以能鼓动得人。'……所谓祖师禅者，以作用见性。"② 比之龙溪，泰州之学佛性少了许多，黄宗羲将二人在纳禅入儒问题上相提并论不一定妥当，但王龙溪的确是将佛学融入心学之中，乃至于混同禅儒，准确地说是混同、贯通禅、道、儒。"三教之说，其来尚矣。老氏曰虚，圣人之学亦曰虚；佛氏曰寂，圣人之学亦曰寂。孰从而辨之？世之儒者不揣其本，类以二氏为异端，亦未为通论也。"③ 这种贯通表现为将道家"无"的概念与佛家"空"的概念合二为一，以此消释"有"，消释善恶的对立、仁义与情欲的对立，以无为美，始终追求无的美境界。他的"四无说"便是这一思想的典型代表。其师王阳明主张："无善无恶心之体，有善有恶意之动，知善知恶是良知，为善去恶是格物。"④ 王龙溪不赞成这种善恶分明的提法，因为心本无善无恶，本是无，哪来的有，哪来的善恶。他主张："心是无善无恶之心；意即是无善无恶之意；知即是无善无恶之知，物即是无善无恶之物。"这种"无"的概念与他后来的"无念"之"无"、"无心"之"无"、"无轮回"之"无"，同一义，皆为不著于有；同一源，皆源于佛禅。心因何不著于有？王龙溪的解释却是大家熟悉的"任心自然流行"的道家思想。"夫何思何虑，非不思不虑也，所思所虑，

① 黄宗羲《明儒学案》卷三十二《泰州学案一》，中华书局，1985年，第703页。
② 黄宗羲《明儒学案》卷三十二《泰州学案一》，中华书局，1985年，第703页。
③ 王龙溪《王龙溪全集》卷十七《三教堂记》，华文书局，1970年，第1205页。
④ 王龙溪《王龙溪全集》卷一《天泉证道记》，华文书局，1970年，第89页。

一出于自然，而未尝有别思别虑，我何容心焉。"① 正因"一出于自然"，便以不教而会不学而能的自然为善，一任自然好了，又何必有固定之善之不善呢？这里所表明的是以自然为美以无为美，而这种任性自然而生成的无，对于理性主义思想显然是一种淡化，而其中包容了更大的可能性，那就是心的自然的非理性的东西。所以非理性的东西可以混于这一理论中浑然一体，不易令人觉察。

三、耿、李论战与非理性思想的产生

虽然，儒学中有产生非理性的可能性，而且随着这种可能性的增长，从理性中孵化、滋生出与之对立的非理性就似乎成为一种逻辑必然。然而思想文化史并非按照人们想象的逻辑发展。建立于道德本体论基础上的儒学，无论怎样纳佛、道入儒，无论怎样追求心性的自然，其出发点与归结点皆不离以善为心之本体的观念。这是因为佛教的学理在推崇善的价值观上与儒教具有同一性而道家与佛、儒都有抑欲的共同情结的缘故。所以若从人为设定的道德本体论走向抹去人为假设的自然情欲本体论，在哲学、伦理学和美学方面发生质的变化，是一个虽伟大却极困难的事。当然，按照论述的逻辑思维顺序，现在应说明的是这一非理性主义人学、美学思想是怎样产生出来的。但这要花较大的篇幅，这是一小节的篇幅所难以做到的，若要了解这一过程，可参见拙著《李贽思想演变史》（人民出版社2005年版）中的相关章节。现在要说明的是何以见得李贽的哲学思想、美学思想是非理性的，与当时的理性主义思想和美学相比，其不同处究竟在哪里？回答这一问题需有一具体的参照对象，而与李贽论战长达十二年之久的论敌耿定向则无疑是其中最好的人选。我们将两人的思想观点加以比照，理性与非理性就会突现出来。

万历十二年七月至万历二十四年六月，湖北黄安耿定向与寓居于此地

---

① 黄宗羲《明儒学案》卷十二《浙中王门学案二》，中华书局，1985年，第238页。

（麻城）的李贽之间的论争，开始由两人间逐渐演变到两县（黄安、麻城）、武汉（省城）、两京（北京、南京）乃至全国的一次心学大论战，在社会产生了重大而深远的影响。之所以能在全国产生重大而深远的影响，是由于论战双方的思想在当时具有广泛的代表性，具体说是新、旧心学间的一次学理较量。论战结束后，李贽之学风靡天下，形成一股新的社会思潮与风尚（对于这一点，从黄宗羲的《明儒学案》到冯友兰旧版的《中国哲学史》都未给予重视）。耿、李论战的焦点集中于人生观、价值观、人性论、伦理观、美学观五个方面。这既是一次人学的论战与转型，也是一次美学的论战与转型。

四、非理性人生观：以自我为命，非以家族为命①

耿定向与李贽间论战的起因是人生观，其具体内涵包括"出世"还是"入世"，凡、圣是否平等，如何对待孔圣、权威等问题，从而形成了非家族血缘亲、非等级、非圣的观点。这种论争就学理的矛盾而言，是自耿定向与弟弟耿定理之间萌发的。耿定向（字在伦，号天台，湖北黄安人，耿定理之兄，官御史，王阳明弟子，奖掖后进，倡导东南，一时令学人望风而归）以孔学正脉自居，是一位积极的入世者。而他的弟弟耿定理（字子庸，号楚倥）天生一副聪明心肠，却不读书，不应考，不做官，不求名，乃至不要家，不育子，他走的是另一条出世的路。耿定理自己说"'吾作天仙，不作地仙。'曰：'天仙云何？'曰：'直从太极入，不落阴阳五行。'天台闻之呵之曰：'学不向事亲从兄实地理会乎？'"②。李贽与耿定理是同路人，在耿定向眼中，弟弟不读书、不科考、不做官、不要子嗣都是李贽教的（"楚倥放肆无忌惮，皆尔教之"③）。所以当万历十二年七月，耿定理病逝，耿定向又入京为官，他对作为自己子侄教导之师的李贽放心不下，生怕将耿家后代带向不

---

① 李贽在人生观上，走向传统理性"以家族血缘为本"的反面——"以自我为命"。
② 黄宗羲《明儒学案》卷三十五《泰州学案四》，《处士耿楚倥先生定理》，中华书局，1985年，第826页。
③ 李贽《焚书》卷一《答耿司寇》，《焚书，续焚书》，中华书局，1975年，第37页。

读书不科考的出世路上（"因他超脱，不以功名为重，故害我家儿子"[①]）。开始，他写信给李贽，想劝他放弃出世之学，后又攻击弟弟耿定理的老师——主张出世的邓豁渠，说他"父老不养，死不奔丧，有祖丧不葬，有女逾笄不嫁，秃首而游四方。往在我里也，其子间关万里来省而不之恤，其于情念诚然绝矣"[②]。李贽公开为邓豁渠辩护："盖渠之学主乎出世，故每每直行而无讳；今公之学既主于用世，则尤宜韬藏固闭而深居。迹相反而意相成，以此厚之，不亦可乎？"[③] 李贽也不止一次表明耿定向所学为入世之学，他为出世之学。出世的人生哲学虽源于以许由、巢父为代表的中国早期隐士，但思想精神却大别于中国本土的隐逸思想，而更接近于佛教的出家思想。佛教之出家则是抛弃家庭、亲人与族人，更放弃所谓孝、悌、慈、爱的观念，是从根本上铲除儒家思想借以生成的土壤——家族血缘之亲，我们称之为非家族血缘亲观念。置家族与亲情而不顾，这就从根本上否认了儒家道德本体存在的合理性，故而被耿定向骂为："致令五常尽灭，四维不张，率天下人类而胥入于夷狄禽兽矣。"[④] 如果说儒家的为了维护家族血缘之亲推而广之维护社会人群的人情世理，进而将人类社会引向和谐安定是一种理性人生的话，那么佛教的抛家弃子、割爱断情、寻求自己精神的超脱便是对儒家伦理思想的一种反动。

五、非理性价值观：凡圣如一，非圣非权威

而这种对于入世人生观之反动的意义尚不明显，若追究其因何会反动，就会有惊人的发现：出世者近无父、远无君是出于一种父子君臣在佛面前平等、人人在佛面前平等的平等思想。正是这种平等思想才使得他们敢于离家

---

① 李贽《答耿司寇》引耿定理信中的话语，《焚书》卷一，《焚书，续焚书》，中华书局，1975年，第37页。

② 耿定向《耿天台先生文集》卷四《答周柳塘》，见《明人文集丛刊》，文海出版社，1970年，第381—383页。

③ 李贽《焚书》卷一《又答耿中丞》，《焚书，续焚书》，中华书局，1975年，第18—19页。

④ 耿定向《耿天台先生文集》卷四《答周柳塘》，见《明人文集丛刊》，文海出版社，1970年，第381—383页。

别父去君卸职，若是依照儒家的父为子纲、君为臣纲，作为子臣是万万不能抗拒父亲和国君的意愿，顶着不忠不孝的罪名抛家弃君的。这种平等思想在佛教教理中也有充分体现，即主张人人可以成佛，人人是佛。而耿定向则认为学问也同人一样自有等级，谓"道之不可与愚夫愚妇知，能不可以对造化；通民物者不可以为道"①。李贽用人人平等思想与其辩解："圣人不责人之必能，是以人人皆可以为圣。故阳明先生曰：满街皆圣人。佛氏亦曰：即心即佛，人人是佛。"② 既然人人是佛，你是佛，我是佛，你又何必度我，我自度也。既然人人可以成圣，你可以成圣，我可以成圣，我又何必依赖于你，何必跟从于你，不敢越雷池半步呢？于是佛面前人人平等的观念和"即心即佛，人人是佛"的平等思想，又衍生出我与圣人如一的非传统、非权威的思想。耿定向一方面自己以当今孔学正脉自居，一方面处处抬出孔、孟来吓人。李贽便以非圣非权威的观念来迎击他。"夫惟人之皆圣人，是以圣人无别不容己道理可以示人也。故曰：'予欲无言。'夫惟人人之皆佛也，是以佛未尝度众生也。无众生相，安有人相？无道理相，安有我相？无我相，故能舍己；无人相，故能从人，非强之也。以亲见人人之皆佛而善与人同故也。善既与人同，何独与我而有善乎？人与我既同此善，何有一人之善而不可取乎？故曰：'自稼耕陶渔以至为帝，无非取诸人者。'后人推而诵之曰：即此取人为善，便自与人为善矣。舜初未尝有欲与人为善之心也，使舜先存与善之心以取人，则其取善也必不成。人心至神，亦遂之与，舜亦必不能以与之矣。舜惟终身知善之在人，吾惟取之而已。耕稼陶渔之人既无不可取，则千圣万贤之善，独不可取乎？又何必专学孔子而后为正脉也。"③ 既然人人可以为圣为善，耕田打鱼之人也可以为圣为善，于是有千圣万贤之善，我皆可以取之，何必专学孔子专取孔子之善呢？又何必专取你耿定向之善呢？你耿定向处处与我相

---

① 黄宗羲《明儒学案》卷三十五《泰州学案四》，《恭简耿天台先生定向》，中华书局，1985年，第815页。

② 李贽《焚书》卷一《答耿司寇》，《焚书，续焚书》，中华书局，1975年，第31页。

③ 李贽《焚书》卷一《答耿司寇》，《焚书，续焚书》，中华书局，1975年，第31页。

同，未见你高明处，"但公为大官耳，学问岂因大官长乎？学问如因大官长，
则孔孟当不敢开口矣"①。这是彻底的非圣非权威思想，这种建立于"凡圣如
一"基础上的非圣非权威思想不但耿定向不会有，同时代的人未曾有，就是
此前的思想家中也从未曾见到过。故而从尊经崇圣的等级观念到非圣非权威
的平等观念正是中国思想理性转向非理性的一个重要内容。

六、非理性人性论：人性私利说，非公义说

就人性论而言，出世的人生哲学理论基础是人性本私的人性论。佛教的
出世观与儒家的入世观的根本区别就在于为己与为人之不同。关于这一点陆
象山早有觉察："某尝以义利二字判儒释。又曰公私，其实即义利也。儒者以
人生天地之间，灵于万物，贵于万物，与天地并而为三极。……其教之所从
立者如此。故曰义曰公。释氏以人生天地间，有生有死，有轮回，有烦恼，
以为甚苦，而求所以免之……故其言曰：生死事大……其教所从立如此，故
曰利曰私。惟义惟公故经世，惟利惟私故出世。儒者虽至于无声无臭，无方
无体，皆主于经世；释氏虽尽未来际普度之，皆主于出世。"②佛教徒抛家弃
子，独入禅寺，本于只求自己解脱生死之苦的私心，这也是最明白不过的
事实。《红楼梦》中的贾宝玉出家，一走了之，虽或曾考虑父母、祖母的一
番苦心，但最终选择的是自己的需要而不是父母的需要。而儒家的忠、孝、
节、义、信，无不是为人想；推行"推己及人"的仁政，乃是为天下大公
想。儒家的人性观是为公——"不容己"。耿定向在论战中总是抬出"不容
己"的人性观③与李贽反复辩难。"盖从本心不容自己处一省也，似此古人
模样，虽有圣人复起不能易者，今说及此便是道理。"④又道："孔孟仁脉从不

---

① 李贽《焚书》卷一《答耿司寇》，《焚书，续焚书》，中华书局，1975年，第33页。

② 陆象山《象山全集》卷二《与王顺伯书》，《文渊阁四库全书》，台北商务印书馆，1982—1986
　　年，第1156册，第260页。

③ 黄宗羲说耿定向："先生以不容己为宗，斯其可已者耶？"见黄宗羲《明儒学案》卷三十五《泰
　　州学案四》，《恭简耿天台先生定向》，中华书局，1985年，第816页。

④ 耿定向《耿天台先生文集》卷四《与李卓吾二》，见《明人文集丛刊》，文海出版社，1970年，
　　第453页。

容自己处识，取自不容不察言观色，虑以下人矣。……惟是从不容己之真机一自循省，子臣弟友便有多少不尽分处。"① 李贽则从"百姓日用迩言""穿衣吃饭即人伦物理"以及佛教中的"饶益众生"说和现实人生的实例，有力地提出人性本私说。李贽道："自朝至暮，自有知识以至今日，均之耕田而求食，买地而求种，架屋而求安，读书而求科第，居官而求尊显，博求风水以求福荫子孙。种种日用，皆为自己身家计虑，无一厘为人谋者。"② "皆为自己"不是自私吗？李贽不止一次提及人心本私，乃至对众明言："我以自私自利之心，为自私自利之学，直取自己快当，不顾他人非刺。"③ "无一厘为人谋者"便是对人心本公，"不容自己"的人性论的否定，我们称之为非公说。耿定向与李贽的论战正是人性公义说与非公义说——人性私利说的对抗。由人性公义说到非公义——人性私利说，正是理性到非理性转变的另一重要方面。

七、非理性伦理观：情欲本体论，非道德本体论

用人性私利观驳斥人性公义说，必然涉及另一个根本问题：人心的本体是道德还是情欲？主张人性为公义者必然主张人心之本为仁义道德，而主张人性私利说者，更多倾向于赞同情欲是人心之本体。中国儒家思想发展至明代耿定向时，虽然各家自有绝活，但有一点似乎是千古不易的，那就是万变不离其根本——道德本体。耿定向尽管在这一表述中是位不能明心见性的人（黄宗羲说他"不见本体"④），然而，他在反对人性私欲说方面却旗帜鲜明，其思想最突出的特点是"以不容己为宗"。"吾孔孟之教，惟以此不容己之仁根为宗耳。圣人之寻常日用，经世宰物，何亦非此不容己者为之乎？然即此

---

① 耿定向《耿天台先生文集》卷四《与李卓吾五》，见《明人文集丛刊》，文海出版社，1970年，第456—457页。

② 李贽《焚书》卷一《答耿司寇》，《焚书，续焚书》，中华书局，1975年，第30页。

③ 李贽《寄答留都》，见《焚书》增补一，第711页，写于万历十四年；李贽《焚书》卷一《答耿司寇》，《焚书，续焚书》，中华书局，1975年，第265页。

④ 黄宗羲《明儒学案》卷三十五《泰州学案四》，中华书局，1985年，第815页。

不容己之仁根，莫致莫为，原自虚无中来，不容着见，着见便是两截矣。圣人以此立教，使人由之，不使知之。"① "不容己"即不容有私心，意为圣人做事处处求仁，处处为人，恻隐之心、羞恶之心、是非之心、辞让之心乃人天生的本性。与耿定向论战前在姚安太守任上的李贽，从他印制《太上感应篇》"纳民于善"的动机看，或许也赞同以仁为教。但当他发现大讲处处为人、大谈仁义道德的耿定向竟然是个见死不救的伪君子后，便每每以人性本私指斥耿定向"不容己"之伪。"诚观公之行事，殊无异于人者。人尽如此，我亦如此，公亦如此。自朝至暮，自有知识以至今日，均之耕田以求食，买地而求种，架屋而求安，读书而求科第，居官而求尊显，博求风水以求福荫子孙。种种日用，皆为自己身家计虑，无一厘为人谋者。及开口谈学，便说尔为自己，我为他人；尔为自私，我欲利他；我怜东家之饥矣，又思西家之寒难可忍也；某等肯上门教人矣，是孔孟之志也，某等不肯会人，是自私自利之徒也；某行虽不谨而肯与人为善；某等虽端谨，而好以佛法害人。以此而观，所讲者未必公之所行，所行者又公之所不讲，其与言顾行、行顾言何异乎？"② 所讲为"不容己"，所做为"自私"，若以今天实践是检验真理的唯一标准的观点分析之，耿定向的本心是自私、情欲。李贽在当年写给自己好朋友的信中直言不讳地说："间或见一二同参从入无门，不免生菩提心，就此百姓日用处提撕一番。如好货，如好色，如勤学，如进取，如多积金宝，如多买田宅为子孙谋，博求风水为儿孙福荫，凡世间一切治生产业等事，皆其所共好而共习，共知而共言者，是真迩言也。于此果能反而求之，顿得此心，顿见一切贤圣佛祖大机大用，识得本来面目，则无始旷劫未明了大事，当下了毕。"③ 李贽不仅将"好货好色"说成是"百姓日用"，是佛教主张的"饶益众生"的"大机大用"，而且点明此乃是人所"共好而共习"的本性。这是

① 耿定向《天台论学语》，见黄宗羲《明儒学案》卷三十五《泰州四》，清雍正十三年刻本，第1461页。

② 李贽《焚书》卷一《答耿司寇》，《焚书，续焚书》，中华书局，1975年，第30页。

③ 李贽《焚书》卷一《答邓明府》，《焚书，续焚书》，中华书局，1975年，第40页。

肯定人的本性乃不学而会的情欲，是用情欲之真，否定道德之假。

　　然而这种真假对立观念表达得尚不明晰，到万历十九年的《童心说》表述得更加系统化了。《童心说》中所言之童心是真心，而被闻见道理濡染之心是假心。使童心丧失的东西是"闻见道理"与"六经"、《语》、《孟》。①儒家经典所讲的核心、灵魂就是仁义道德，就是为人之善根。故而"闻见道理"与"六经"、《语》、《孟》是善道的载体，而李贽所言童心是排斥"闻见道理"，故知其本性并非善。而"最初之一念"若非善，那么就是儒家所言恶——情欲，就是佛教所说的"无明"，就是道家所说的不教而会不学而能的自然之性，诸如饥则思食，困则思眠之类的生理需求。因为"最初一念之本心"可以有两种理解：其一是人的意识产生之初的"一念"，如张口欲食，不如意而啼；其二可理解为人长大后所保留的童心，诸如"穿衣吃饭""搬柴运水"等世俗生活中人们对某一感兴趣的对象产生的"最初一念"（如见钱而喜、见美女而乐一类东西）。有趣的是无论是哪一种，这最初一念有一共同点——私心——满足自己需要。于是《童心说》中所言"最初一念之本心"就是排斥"闻见道理"之善的满足自己需要的本心，它具有明确的非善意义。这种非善论，在中国思想史上从未被如此系统地提出并论述过。正因"最初一念之本心"产生于人的自然要求，而自然要求是直觉的非理性的，所以童心的本质也是非理性的。故而《童心说》倡导童心、真心，否定"闻见道理"与假心假人，其实质就是反对理性，倡导直觉与非理性，而且这种非理性由于真假两种概念尖锐对立，无丝毫妥协或滑向中间的可能而显得十分彻底。由此分析而知，由道德本体论到非道德本体论——情欲本体论是以李贽为代表的晚明非理性思潮的又一重要内容。

---

① 李贽《焚书》卷一《童心说》云："夫'六经'、《语》、《孟》，非其史官过为褒崇之词，则其臣子极为赞美之语。又不然，则其迂阔门徒、懵懂弟子访忆师说，有头无尾，得后遗前，随其所见，笔之于书。后学不察，便谓出自圣人之口，决定目之为经矣，孰知其大半非圣人之言乎？……然则'六经'、《语》、《孟》，乃道学之口实，假人之渊薮也，断断乎不可以语于童心之言明矣。"

八、非理性美学观：狂狷真率之美，非中和之美①

耿定向未曾明确表达自己对于美的看法，但从他对邓豁渠（弟弟定理之师）、李贽为己的行径和任情率性作为的不择余力的抨击以及他所阐释的儒教美德两方面加以分析，便不难看出他的真善美具有连贯的一体性，即以不容己之仁为善，以善为真，以中和为美。以不容己之仁为善，前文已论述过，今观其"以不容己"之善为真。李贽到湖北龙湖与周柳堂等一批黄、麻人士论学，周柳堂身有所感地道出天台重"名教"，卓吾识"真机"的话来。天台（耿定向）听得此言，甚是不满，写信给周柳堂（自己的学生）予以分辩。周复信以"重名教"者"以继往开来为重"，"识真机"者以"任真自得为趣"为释。耿定向更加不满，再复信道：

> 乃近书来复曰：余以继往开来为重，而卓吾以任真自得为趣……慨兄之不识真也。夫孔孟之学，学求真耳，其教教求真耳，舍此一真，何以继往，何以开来哉！……若卓吾果识真机，任真自得，余家兄弟自当终身北面之。……自今言之，仁义真心也，入孝出弟非真机耶？孔孟之明明德于天下者，惟以此达之耳……吾儒之教以仁为宗，正以其得不容己之真机也。彼以灭己为真，或以一切任情从欲为真，可无辨哉？②

这段话说得很明白，李贽"以一切任情从欲为真"，是"学术淆乱"，"以妄乱真"，"坏教毒世"，皆非真也。"孔孟之学，学求真耳，其教教求真耳。""吾儒之教以仁为宗，正以其得不容己之真机。"而"仁"也好，"不容己"也好，皆儒家天天念的善经。显然，耿定向是以仁为善，以善为真。在他的心中与自己针锋相对的李贽则是"以任情纵欲为真"。

---

① 即"非中和之美"，走向传统理性——中和之美——的反面。

② 耿定向《耿天台先生文集》卷三《与周柳堂》第十八书，见《明人文集丛刊》，文海出版社，1970年，第352—356页。

关于耿定向的审美标准，我们从他的两篇诗和一篇散文中可得窥其一斑。耿定向一生不喜作诗，今《耿天台先生文集》中留有少数诗篇质朴无文，但发现一篇他自以为得意的诗评，从中可以窥见他的审美情趣：

> 余素不为诗，嘉靖甲子岁，典学南畿白下杨、焦二生呈诗以观，余览已，援笔书此评之。二生诒曰："先生素不为诗，即此评若深于诗矣。"予莞尔曰："诗然乎哉？嗣间有作，自是启也。"
>
> 淳也雅而淡，竑乎简且狂。翩翩鸾鸟雏，哕哕鸣高岗。交口媚泗沂，意指凌虞唐。各各有自得，我心亦以降。林壑已足共，何以报明王。愿言惜光景，努力再梯航。淡勿入枯槁，狂更诣中行。先师有遗训，用行舍乃藏。（《评白下杨、焦两生诗》）①

诗中所言白下二生，可能是指杨淳（字希真）、焦竑（字弱侯）。他对二人诗的评价是"雅而淡""简且狂"。雅而不浓，简而不拙，处于雅俗、简繁的中间状态，深得中庸之道，显示出耿定向对于中和之美的赞同。由此可知，评诗者的标准是以中和为美。接下去，评者将这一层意思讲得更具体明了："淡勿入枯槁，狂更诣中行。"淡而不入枯槁，狂而能诣中行，这正是中庸之道在诗论中的表现，而这种中庸之训则是必须遵循的先师之训："先师有遗训，用行舍乃藏。"耿定向评诗以中庸之义为标准，以中和为美的情趣已由此可见一斑了。如果说嘉靖甲子（嘉靖四十三年）时稍早的话，那么四年后，耿定向又写过一篇文——《用中说》，进一步表明他的审美观念。

> 百姓之日用皆中也。常而不怪，直而不曲，故曰中。……中庸不能期月守也，用其中于民，其舜也。与呼！舜何人也？惟用此中而已矣，

---

① 耿定向《耿天台先生文集》卷一《评白下杨、焦两生诗》，见《明人文集丛刊》，文海出版社，1970年，第46—47页。

予侪何人也？顾好异而多曲哉！ [①]

这里讲的是政治方法——用中。而所谓"中"又无不出于常与怪、直与曲的中间状态，进一步表明作者的中庸思想与以中和为美的情趣。这种情趣非但出于孔圣人，而且出于更早的舜。足见"用中"在他心中的地位。二十五年后，即耿定向七十岁（万历二十一年）时，所写的《七十吟》中所表达的审美情趣比此更进一层。

尼父七十龄，从心不逾距。吾侪凡近资，安敢恣妄拟。但愿天假年，
志学自今始。志学何所学，宗传惟曾子。临深履薄心，易簀而后已。
胡为此斤斤，上帝日临只。斯矩自帝命，逾则惟危矣。咄彼浇薄夫，
淫纵而邪哆。任放为解脱，斯其圣人指。为语同心人，慎勿迷蹈此。
此关世理乱，匪身淑慝以。 [②]

上首诗不仅表明耿定向"从心不逾距"的中庸思想，而且通过对"淫纵""任放""逾矩"行为的猛烈抨击，更显示出他对此深信不疑的执着。同时也令人发现耿定向所谓的中和之美，正是尼父的"关世理乱"的仁道、"圣人指"，对于圣人的"不容己"之仁德始终的"不逾矩"。这至少说明从他四十一岁到七十岁，其美学观始终是以中和为美的。

事实上，在此之前李贽是以自然超逸为美的[③]，但在与耿定向的论战中，耿将其视为"淫纵""任放""狂怪""异端"走向儒学极端的代表，李贽被逼无奈，便"不如遂为异端"。明明是四品致仕太守，却偏要削发而留胡须；

① 耿定向《耿天台先生文集》卷七《用中说》，见《明人文集丛刊》，文海出版社，1970年，第754—755页。
② 耿定向《耿天台先生文集》卷二《七十吟》，见《明人文集丛刊》，文海出版社，1970年，第65页。
③ 参见拙著《李贽思想演变史》，人民出版社，2005年，第165—187页。

盼圣人、逐强盗，天经地义，他偏偏要赞强盗、讽仕宦。历来是清官胜过贪官，他便说清官之害比贪官更甚……他从人性本私尊重人的个性出发，从人人可以成圣、人人可以成佛的平等思想出发，认为女人见识不比男人短，知识不因官大而大，明心见性不以时间先后为论定标准，各自有是非，不必天下一是非。不必以他人是非为是非，也不必以孔子是非为是非。他将维摩诘大士的用"游戏神通"来拯救世人的行道方法用之于人生，倡"游戏人生"。心中有佛，便处处有佛，没有不可去之地，没有不可接触之人，魔窟可去，地狱可去，歌楼妓院可去。男女可以无别，与梅澹然等求道女子书信频繁往来，造访关心自己的一位信妇，乃至带亲人到歌楼听歌，到妓院散心。任真自得，率性而行。这种美学思想的核心是反对中庸和乡愿而倡狂狷、怪异和真率，表现出鲜明的非中和之美的思想。李贽说：

> 嗟夫！颜子没而未闻好学。在夫子时，固已苦于人之难得矣，况今日乎？是以求之七十子之中而不得，用求之于三千之众；求之三千而不得，用不得已焉周流四方以求之，既而求之上下四方而卒无得也，于是动归予之叹。……狂者不蹈故袭，不践往迹，见识高矣。所谓如凤凰翔于千仞之上，谁能当之？……狷者行一不义，杀一不辜而得天下不为，如夷、齐之伦，其守定矣。所谓虎豹在山，百兽震恐，谁敢犯之？而不信凡走之皆兽，是以守虽定而不虚，不虚则不中行矣。……盖论好人极好相处，则乡愿为第一；论载道而承千圣绝学，则舍狂狷将何之乎？……故学道而非此辈，终不可以得道；传道而非此辈，终不可以语道。有狂狷而不闻道者有之，未有非狂狷而能闻道者也。[①]

这段话的核心是讲人才难得。之所以难得是从"中行"中求之。中行（依中庸而行，与乡愿近）可以做好人，但不能做豪杰。豪杰只能产生于狂狷

---

① 李贽《焚书》卷一《与耿司寇告别》，《焚书，续焚书》，中华书局，1975年，第27页。

之中。显然，李贽借讲人才难得而否定中行与乡愿之人，大赞狂狷。这是李贽针对耿定向的中行之说有感而发的。否定中和之美，高扬极端、狂狷、自然真率之美，非中和之观念极为鲜明、强烈。不偏不倚的中庸是理性的，而任情真率的狂狷是非理性的。从中和之美到非中和之美——倡狂狷、真率之美——是这一时期中国美学思想由理性转向非理性的又一重要内涵。

　　由如上分析可知，明万历十二年至万历二十四年间，发生在李贽与耿定向间的这场全国性的具有新、旧心学代表性的思想论战，展示李贽与论敌耿定向在人生观、价值观、人性论、伦理观、美学观五个方面的巨大变异：从以家族血缘为本到非家族血缘——以自我为命；从尊经崇圣的等级意识到非圣非权威的平等观念；从人性公义说到非公义——人性私利说；由道德本体论至非道德本体论——情欲本体论；由倡中和之美到非中和之美——倡狂狷、真率之美。此标示着中国人学思想、美学思想由理性到非理性的一次历史性的异变。

第五章

文学史理论、方法的再思考

1997年，我参加中国社科院文学研究所主办"文学史理论与实践"研讨会，会上大家讨论的热点是文学史的理论与文学史如何撰写。我当时想，若要研究文学的现象与发展规律，须解决一个理论的根本性问题，即推动文学发展的动力是什么。有人说是社会经济，也有人说是政治。都有道理。但经济好，并不一定文学盛。经济不好不一定文学衰。改朝换代时，经济不好，但往往是文学的再生期，如秦末汉初的骚赋，汉末唐初的律诗，唐末宋初的词兴，金末元初的戏曲，等等。至于政治，其与文学关系更近，但政治对文学的影响最直接的现象是帝王、国君的文学喜好直接影响一批批文人和一类类文学样式兴盛，如春秋战国的国君与历史散文、诸子散文的兴盛，如汉武帝与汉赋，唐玄宗、武则天与唐诗，南朝君主与宫体诗，陈后主与词，等等，可以说一部中国文学史就是一部帝王推动的文学史。但我们是不敢如此写的，至少目前没有一部这样的文学史出来。所以推动文学发展的动力的问题尚未那么明确。它既与社会发展的动力相一致，又不那么一致。于是，我便写了《文学发展动力》一文，《人民大学复印报刊资料》转载。而文学发展动力源自人的需求和情欲的表达，而需求与表达则涉及人的心灵心态，如是，文学史的书写不仅需是事实的、文献的，还应是由这些可见的东西，发现形成它们的不可见的东西，需深入到人的心灵世界，方可真解。遂提出文学史应是文学者的心态史，撰写《关于文学心态史学刍议》，也被转载。相当一段时间，内容决定形式成为学界的共识，我受章培恒先生启发，主张形式就是内容，质料决定功能，认为文学研究应从形式分析入手、再经内容而回到形式，而反对文学研究成为史学、社会学、政治学的附庸。同理，文学的意义具体到一篇一部都有其确定性的文理内涵，而非完全由读者、批评者任意阐释、打扮。于《复旦学报》等发表《古代文学研究的方法与路径》《文本意义的确定性与非确定性辩析》等文。而这些，都在我原来思考的文学史观念与撰写方法变革的思考框架之内，即发表于《中国社会科学》的《不失时机地推进建立文学史研究的中国学派》一文。此次因篇幅限制，关于总结20世纪学术史的若干文章，如《20世纪中国古典小说戏曲研究的回顾与前瞻》《"经世致用"思潮与20世纪古代小说研究的文化沉思》

《〈红楼梦〉研究的方法论思考》以及关于《金瓶梅》《西游记》《儒林外史》
《红楼梦》学术史的文章等，只得舍去了。

第一节　文学发展动力分析①

一、人类社会发展的动力

　　文学发展的动力与人类社会发展的动力同源。人类社会发展的动力是什
么？就思维方法与研究对象而言，前人的答案大体可分为两大类型：一类从
人的外部世界寻找答案，认为在人类之外或之上有一超人类的永恒不变的东
西，如中国道家所悬示的"天道"，宋明理学的"天理"，古希腊赫拉克利特
的"逻各斯"，黑格尔的"理念"，犹太教与基督教的"上帝"……人类是它
们意志的产物并按照它们的意志演化着。另一类认为人类社会发展的动力来
自人类自身，来自人类为生存、发展而产生的种种需求、欲望、意志。西方
的人本主义哲学家多持此种观点，主张推动人类社会发展的力量来自人类之
外的自然界或上帝的观点显然是难以立足的，因为上帝只是一个精神存在。

　　人是世界存在的主体，也是世界的主宰，世界因有了人类才有意义。早
期哲学家将人自身分为自然的与社会的（又称本能与理智、本质与理性）两
部分，所谓人的本质指人的生命及其生存发展的种种需求以及由此产生的欲
望意志等，而理智则指人类的认识能力与社会所必需的道德规范等。理性主
义哲学家认为是人的理性不断促进人类走向进步与文明。的确，人类对自然
界认识的不断深入，才促进了科学上的发明创造，才使得生产力不断出现飞
跃，由此看来，说人的理性、认识能力是促进社会发展的内驱动力，应是顺
理成章无可非议的。然而我们不禁要问：认识的对象目标是如何确立的？认
识的动力来自何方？对这一问题的回答又不得不回到人类自身需要上来，是

---

①　本节原文刊载于《江海学刊》1999年第2期，《人民大学复印报刊资料》（文艺理论卷）1999年
　　第5期全文转载。

先有了人的需求，然后才有为满足需要的实践，才有伴随着实践的认识。人首先欲求着，然后实践着，最后认识着。人的欲求和意志为自己规定着生活的内容、目标，实践和认识是由人的需求、意志派生出来并意在满足人的欲求而不是相反，所以促进人类认识的内驱动力是人的需要、欲望，故而也是推动人类不断进步的动力源泉。马克思主义认为：生产力是最活跃最富有革命性的力量；生产力决定生产关系并最终决定上层建筑。生产力是什么？其核心因素是人，是人的创造性，这种创造性正是来自人的欲望——对物质和精神的需求。人的需求不会停留于一个水平上，而是随着社会物质的丰富而不断发展，正因为人的欲望是一个无休止的量，具有超越性，所以才有无休止的满足欲、追求欲，促成社会无休止地向前发展。

当然，当我们说人的情欲是推动社会的根本动力的时候，也不应否定人的认识能力对人类进步所起的推动作用。道理很简单，如果没有人的认识能力的不断提高和与之伴随的科学技术的不断发展，人的欲求只会停留在原地不动，就像一个人空有美好愿望却无有实现愿望的能力一样。同样如果人的欲望、需求、意志全部被取消，那么人的生命也就不复存在了，所谓认识又从何谈起呢？所以需求、欲望、意志是根本的，而认识力是相辅的，二者一前一后相互配合推动着人类自身的发展。人的需求、欲望、意志既是推动社会发展的动力，也是推动作为人类社会重要组成部分的文学活动的动力。把人的欲望的冲动视为文学发展的原动力，与认为生产力是推进历史进步的最活跃、最革命的因素的观点是同源同质的。

二、人类欲求与个体发展的动力

人的需求丰富而多样，依较早对此做出系统分类的傅立叶的分法，列为三大类：其一为与五种感官相对应的五种物质情欲——食欲、声欲、色欲、味欲、性欲；其二为依恋情欲——友谊、爱情、爱荣誉、爱家庭；其三为分配情欲——竞争、多样化、创造欲。此后马斯洛等西方心理学家在此基础上又有不同的分法。马克思则将其概括为物质需求（包括五种物质情欲）与精神需求（包括依恋情欲与高尚分配情欲）两大内容，也可简述为人类的生存需求与发展需求。这二者互为因果，前者是基础，是因，后者是由前者生发出来的，是果。

人作为"物"的存在，有其生存的本能，有为满足生存本能需要的种种欲求。人的生理的需求是人的一切需求的基点，其他的需求如精神的需求、发展的需求都是以此为前提并被不断派生出来的。譬如农夫要生存，需要土地、水源、粮食，一旦土肥、水足、饭饱，便继而产生受教育、享乐的欲求，便有了要事业、权力、荣誉的念头，便有了他们所能想到的精神享乐的欲望。又譬如人类有性生理需求，于是就产生男女异性之爱，就有夫妻、子女，就有家族血缘之亲，就有以家族血缘之亲为细胞的社会，就有性文化、家族文化、人伦文化，就有以性爱为基础的复杂的情感世界。总之，人类的精神需求基于人的生理需求，并由此衍化出来，文学也不例外。

首先，文体产生于人的需求。因为一切科学都是人的意志驱使下的一种活动，适应着人的一种需要。同样，一切文学样式也都是人的情感的一种发泄形式，适应着人的一种需要。当人有了用喉咙、文字、音调节奏表达情感的需求时，便产生了诗歌。当人有了以文字表述对世界的理性认知和自身情感的需求时，"文"便应需而生。至于戏剧的起源，亚里士多德认为"仿佛有两个原因，都是出于人的天性"，出于人的需要，一种是"人从孩提时代起就有的摹仿本能"，一种是"音调感与节奏感"。[①] 史书出于人们对国家大事备忘的需要，当人的耳朵有了想听故事的消遣、娱乐欲望时，"传说"与"街谈巷语"先在茶余饭后、田间小巷中慢慢流传起来，尔后逐渐出现了说话、讲故事、小说等形式来满足时间越来越充裕的人们的需要……人类对文学艺术的需求（娱乐的、情感的、美的、奇巧的、现实的、理想的等等）是个不断增长的过程，需求的增长也促进着文体形式质和量的变化，如诗歌由四言到五言，再到七言；由古诗、新体，再到近体；由诗到词，再到曲都是因了

---

① 亚里斯多德《诗学》第四章，见伍蠡甫等主编《西方文论选》上卷，上海译文出版社，1979年，第53页。

人的感情抒发的需求、声音美的需求、娱乐的需求与艺术美的追求而由短到长由散到密日趋多样和丰富的。

其次，文学的内容也源于人的需求。文学创作的本质是人的需求的一种情感发泄与补偿的语言表现形式。文学创作是一种情感行为，没有情感不会产生自觉的积极的真正的文学创作。而情感来自人的欲求及其实践状态，这种欲求和状态大体可分为三种类型：一是对自己所需要的东西、所努力的目标充满了自信，情绪喜悦、欢快、激昂，遂情不自禁，挥毫泼墨，挥洒成文；二是自己的欲望在现实生活中无法实现，心情压抑，满腹牢骚，愤懑悲伤，于是斥天责地，借他人之酒杯浇胸中之块垒，或幻想虚构一个理想的人生来满足自己心理的需求，以求精神痛苦的解脱；三是自己的欲望被严酷的现实毁灭了，于是就以悲壮的死来唤起人们的同情与警觉，使自己的情绪得以放射性延长。无论是哪一种情绪，都源于人的需求、欲望。作家的欲望愈强烈，情感郁积愈深厚，其作品便愈感人。明末清初的天花藏主人讲得明白："欲人致其身而既不能，欲自短其气而又不忍，怅无所立，不得已而借乌有先生以发泄其黄粱事业。"[①] 这与弗洛伊德的创作是作家的"白日梦"之说，可谓不谋而合，由此可知文学创作的确是人的欲求与欲求不能实现的情感的发泄与补偿的文字形象的创造形式。人有什么样的欲求以及那些欲求受到怎样的阻抑，就会有相应内容的作品问世。作家的本能意欲，不仅在暗中规定了作家思维的方向，而且在很大程度上规定了作家思考和表现的内容。

人的创作需求是个体的需求与社会需求共同作用的结果。社会需求有着多层的内涵：一方面，社会现实对人的需求产生阻抑，激活人的情感，激发人表现自我情欲的创作欲望和情感冲动，并通过创作活动使人受压抑的情欲得以舒张。另一方面，他人的需求、社会的需求有时也能适应个体的需求，这种需求同样也能激发个体创作的内驱力。人的欲求不仅是文学创作的原动力，同时也是文学传播与文学接受的原动力。文学的整个生产过程，正是作

---

① 天花藏主人《天花藏合刻七才子书序》，见黄霖、韩同文《中国历代小说论著选》下册，江西人民出版社，1982年，第316页。

者、传播者、接受者心理需求重叠、交汇、共振的过程。传播者（总集或选集的编纂者、作品的评论者、出版者）传播一部作品的基本条件，便是被传播的作品能够满足传播者的心理需求，在情感与美感上与作者产生共鸣。没有这个共鸣，便不可能产生传播欲及其相应的传播行为。同样，产生较好接受效应的作品，也必然是在进入阅读过程后，在较大程度上能使读者的情欲期待得以满足。读者在现实生活中得不到的东西，能于作品的形象世界中意外得以补充，乃至受到陶冶、启迪。这是整个生产过程继续下去的基本条件。

　　作者、传播者与接受者的心理需求与企仰也有一定的差异性，其差异性包括两点。一是他们关注的焦点存在着错位。对于接受者来说，心理期待的突出内容是好奇心、娱乐欲的满足，而作者更关注情感的抒发和满足情感抒发的形象图景的构造以及美的创造。在古代中国，特别在印刷出版技术不发达的时代（明嘉靖朝之前），作者的创作在很大程度上是个人的行为。至于传播者特别是古代的传播者，他们虽也往往考虑读者，但由于他们的身份、文化修养与作家更为接近，所以可传性则成为他们选择的首要标准。二是作品的传播、阅读与作者的创作在时间上形成错位。总集、别集、选集的整理、出版和评点在时间上往往滞后于创作，有的出现于作者死后。所以传播者的鉴赏标准、审美心理由于受传播者所在时代的社会风气、审美时尚的影响而与前代有所不同，与作者的审美情趣也常常存在差异，于是便造成在作者创作时期走红的作品或不被注意的作家，很可能在编选者手下出现相反的命运。这类例子在文学史上屡见不鲜。由此看来，正是作者需求、传播者需求与接受者需求的一致性与矛盾性构成了文学运动的复杂多变、纷纭万状。

三、文学发展的动力及其特殊性

　　文学发展的动力又有其自身的特殊性，与社会发展的动力并不完全是一回事，至少有一部分是不相同的。或者说，人的本能与理智对社会发生的作用与作用于文学上的情形不大一致。其差异表现在三个方面。

　　其一，理智对社会发展的作用是通过人的认识推动科学技术的进步来实施的，而对于文学来说，理智却完全变成了阻碍力量。这是因为文学与理智是完全不同的两种东西，一个是纯个体的自由的情感的想象活动，一个是普遍的不自由的概念抽象的过程。理智适应于严肃的科学，却不适应于"愉快的游戏"的文学，"理智所探求的是对象的普遍性、规律、思想和概念，所以它不仅把个别事物丢在后面，而且把它转化为一种抽象的思考的东西，这就是把它转化为和感性现象根本不同的东西"①。

其二，人的需求、情欲是文学生产的唯一的内驱动力，然而它却有自己独特的转化路线和归宿。不是转向智力、科学或社会冒险，在现实社会中寻求欲望的实现，而是转向情感、想象和美的创造，最终在想象和创作的快感过程中实现情感的满足。文学创作的冲动最初源于人的生理需求，然而并非有需求、欲望就会产生出作品来。古人所云"饥者歌其食，劳者歌其事"，讲的是有什么生理需求便会写出什么内容的作品，但是从生理需求到以文学形式表达出这种需求则是个复杂的过程。生理机能的需要首先进入心理领域，产生心理欲望，并进而出现心理动机，人在这种动机指导下进入实践领域，实践的结果反馈到心理世界化为情感，显示出喜怒哀乐的不同情态。

其三，创作的冲动直接来源于作者的情感，然而情感并不一定都进入文学创作过程。因为情感的冲动并非一定能产生创作冲动。创作冲动的产生，除了情感力量外，还需有与之配套的两个功能：想象力与语言表现力。情感力、想象力、表现力三者同时产生共向的欲求，创作欲才会产生。对于不具有想象力和文字表现力的人来说，情感可能流向为满足需求的其他行为中去了。

所以进入创作活动中的是伴随着较强想象力和表现力的情感。想象力一旦借助情感的力量便如虎添翼，任意驰骋，"寂然凝虑，思接千载；悄然动容，视通万里"②。在文学创作中想象最富于创造力，就如同概括力在科学研究中的地位一样。"想象力作为一种创造性的认识能力，是一种强大的创造力

---

① 黑格尔《美学》第一卷，朱光潜译，人民文学出版社，1962年，第45页。
② 刘勰《文心雕龙》卷六《神思》，清乾隆五十六年本，第134页。

量，它从实际自然所提供的材料中，创造出第二自然。"①文学家的创造是美感的创造，它追求美的提高与突破，不愿重复已有的形式，羞于陈陈相因，重落窠臼，目的在于延长自己的情感，同时也体现自身的价值，使想象图景的构造，蕴含新的美的境界，向着美升华。于是情感化为美感，并最终以美感包蕴情感，体现情感。特别需要说明的是，这种美感是感性的而绝非理性的。尽管创作过程中也时有理念的参与（如章法结构、音韵声调等），然而那是在服从情感前提下的自然而然，非自然而然者必以牺牲作品的感人力量为代价。因为文学创作是个体的自由的情感活动，是伴随着个体欲望的快感，而排斥理性等外力的干扰，以便"使灵魂迅速地、可以感觉到地恢复到它的自然状态"，而快感就是由苦恼恢复到自然状态的运动。②实现情感的满足，正是作者创作活动的最终目的。

四、道德情欲冲突：文学形态生成的内张力

尽管人的理智在文学活动中失去了主导地位，然而它对整个文学生产的影响力却并不因此而减弱，特别是在古代中国，当"天下太平""长治久安"成为历代统治者最高政治理想的时候，最富于生命力的情欲便被视为社会上的万恶之源。限制压抑乃至消灭它便成为统治者日夜劳心的头等大事，道德随之被奉为至高无上的神物，于是理智主要体现为道德。道德与情欲的冲突便成为古代中国贯穿于政治、经济、军事、教育、文化等一切领域的基本冲突。二者自身的强弱、盛衰以及对抗、调和的状态，决定着社会的基本精神面貌和时代风气，也规定了文学的审美情结与时尚，并形成了力与美、真与善、俗与雅、简约与繁丽等不同文学的交替出现。虽然造成作家创作个性的因素是复杂多样的，但是就作品的文与质而论，主要是由人自身内在的情与理两种基本因素的对立、浑融的状态决定的。因此可以说，社会上情欲与道

---

① 康德《判断力批判》第二卷第49节《构成天才的各种心灵能力》，见伍蠡甫主编《西方文论选》上卷，上海译文出版社，1979年，第563页。

② 亚理斯多德《修辞学》第十一章，罗念生译，生活·读书·新知三联书店，1991年，第48页。

德冲突的普遍性情形与个体内在的情、理两种因素的冲突是造成中国古代文学起伏万变、浑然莽动的根本原因。

人的情欲源于人的生命本能，以个体欲望的满足为目的，以快乐为原则，富有活力、破坏力和创造力，成为激励人民行动起来的巨大力量；理智、道德则关注社会群体，以现实为原则，限制人的冲动，劝导、改变人的意志和欲求的方向，故而欲求与理智的矛盾造成了个体与群体、理想与现实等诸多矛盾关系。本能、激情与理智、道德有时也可以调谐到最佳境界，即个体的主体性、激情创造力能驾驭传统、习俗，能在继承中创造，在顺从中利用，在利用中实现既定的愿望。人的一生正是在欲求、激情与理智、道德两种作用力的支配下走完全部的生命历程的。个体如此，由个体组成的社会也如此。人类的历史也是在欲求、激情与理智、道德两种力作用下行进的历史，并留下了弯弯曲曲的足迹。欲望与理智的冲突是从不会停止的，这种冲突实质上反映了人类稳定性需求与超越性需求二者间的冲突，这一冲突并非无法解决，并非不能获得有效的谐调。"如果一个社会的统治集团能自觉地把道德法律与该社会不断增长变化的欲望和激情谐调起来，而不是用强硬的法律去堵塞这些新的欲望和情感，那么该社会就有可能出现一个'既生动活泼、又有秩序'的理想境界。"[1]事实上，人类社会发展的历史，正是以这一理想境界为中线而上下波动地行进着的。

文学运动与上述的社会稳定性与超越性的矛盾运动几乎是同步进行的。就中国文学发展史的情形而言，每当思想与道德的统治出现松动缓和、人的欲求意志较为开放自由的时期，情欲中所蕴含的超越性、创造力对文学创作的影响就表现了出来，文学就会随之出现新的转机，就会充满活力，或者孕育出新的文体，或者某种文体走向成熟繁荣。这种情形常常出现在天下分而治之的岁月或新旧朝代更替的间歇期，如春秋战国时的文，汉末魏初的五言诗，六朝的新体诗，晚唐五代的词，金末元初的曲，元末明初的小说等。不

---

[1]　曹锦清《现代西方人生哲学》，学林出版社，1988年，第98页。

过上述统治的松懈，并非来自统治者的恩赐，而是由于集权政治暂时瓦解所致。道德控御的宽松出现于开明君主、经济盛世之中的则屈指可数，如汉武帝时的大赋，初、盛唐的诗，元代前期的杂剧，晚明的小说。而当政治文化专治、思想禁锢加强、道德习俗严格束缚人的行为的时候，文学便蜕化为"宗圣""载道"的工具、政治的传声筒，所谓的文学（特别是正统的诗文）多是空有雕琢的形式却无情感灵魂的假文学，如颂圣、应酬之作，宫体诗与大量的模拟诗等。中国文学的历史正是在情欲与理智两种力量交替作用下呈现自己的精神面貌的。

情欲、理智作为人类心理中存在的既对立又统一的两大矛盾因素，作用于文学创作进而造成诸如力与美、真与善、俗与雅等种种相对应的美学现象。需求、欲望、意志来源于人的内在本质，来源于人的潜意识，它以毫无伪装的赤裸裸的形态出现，因而它最具有真的本质。一旦用美的文学形式表现出来，其情感、内容最易打动人的心灵，激发人的情绪，在人群中产生最广泛、深厚、强烈的共鸣和震撼，从而具有强大的生命力。而理智、道德来源于维护社会群体固有秩序的需求，非但不是来源于人的本质，且以牺牲人的本能为代价，强迫人做出克制、忍受、退让，故而道德礼仪天生具有伪装性，以此虚伪的理性指导文学活动，那么其作品必然露出虚假的面容，成为神失气短乃至没有灵魂的东西。当一个时代伪道德变为人们习惯的时候更是如此。晚明的李贽对此有深切的体认，他认为"天下之至文，未有不出于童心焉者也"，而"夫童心者，绝假纯真，最初一念之本心也"，这最初一念便是孩童天生的欲求之心。人贵有童心，有童心便是有真心，有真心方可有真文、至文。然而童心易失，"盖方其初也，有闻见从耳目而入，而以为主于其内，而童心失；其长也，有道理从闻见而入而以为主于其内而童心失"。这道理闻见就是那"道学之口实，假人之渊薮"的"'六经'、《语》、《孟》"①，就是我们称之为理智、道德一类的东西。童心既失，人则"以闻见道理为心

①　李贽《焚书》卷三《童心说》，见《李贽文集》，北京燕山出版社，1998年，第127页。

矣，则所言者皆闻见道理之言，言虽工，于我何与？岂非以假人言假言而事假事文假文乎？"李贽犀利地剖明了"童心"出"至文"、"假心"生"假文"的道理。

五、力与美、真与善、俗与雅相融的全面发展

以情欲需求为主导与以德礼需求为主导的文学，其文本所具有的精神气质也大相径庭。前者代表生命力、激情和狂热，体现了文学的力量之美，"其文如霆如电，如长风之出山谷，如崇山峻崖，如决大川，如奔骐骥；其光也，如杲如日如火，如金镠铁"①，这类诗"满心而发，肆口而成，不待思虑而工，不待雕琢而丽"，"皆天理之自然而性情之至道也"②，如战国时期纵横家之文，庄周之文，李白之诗，苏、辛之词，汤显祖之《牡丹亭》，笑笑生之《金瓶梅》是也。后者代表有节制的理性，表现为温柔婉丽之美，其文"如云、如霞、如烟、如幽林曲涧；如沦、如漾、如珠玉之辉，如鸿鹄之鸣而入于寥廓"③。德礼在作者的心理中占据主导地位后，对人的本能欲望忌讳莫深，当不得不让其露面时，也只能采用节制的方法，以含蓄、委婉乃至扭曲、隐晦的形式间接表现，所以这类作品往往注重艺术的雕饰，如"轻靡绮艳"的梁、陈宫体诗，吴文英、张炎的词，"永嘉四灵"中"敛情约性"的诗，"雅正平和"的"台阁体"，明初丘濬的传奇《五伦全备记》，清代李绿园的小说《歧路灯》等。

"雅"文学与"俗"文学的轮流交替或分支发展是中国文学史上常见的现象，而我们所说的"俗"与"雅"不是以作者身份（文人士大夫或民间艺人）划分的，而是就作品对人的本质所表现的真假程度而论的。雅文学注重文学的社会功用，理论上主张"文以载道""代圣贤立言"，形式上重格律法

---

① 姚鼐《惜抱轩集》文集卷六《海愚诗钞序》，清嘉庆三年刻增修本，第183页。
② 张耒《贺方回乐府序》，见贺复征集《文章辨体汇选》卷二百九十九，清文渊阁《四库全书》本，第10476页。
③ 姚鼐《惜抱轩集》文集卷六《海愚诗钞序》，清嘉庆三年刻增修本，第183页。

度，且往往体现出温柔敦厚的风格。而俗文学则注重真情的抒发，表现出对德礼虚名的疏远，对生活需求之物的企仰，直抒胸臆，情感强烈，不受音律、法度的束勒，语言吐口而出，风格直率自然。以元明清三代文学而论，金末元初的文学总体风格是"轻浅"，特别是元曲，带有草原民族豪迈真率、崇尚强力的亢烈之风，爱情文学异常红火，复仇抗争意识异常暴烈，对人的自由与生命价值格外关注，如王实甫《西厢记》与关汉卿的《南吕一枝花·不伏老》可为代表。此后随着科举制度的恢复，文学创作逐渐由"俗"转向"雅"，这种倾向即使在元末明初的战乱年代也改变不大，朱氏政权的建立使这一倾向更浓重起来，从高明的《琵琶记》经"四大传奇"再到邵灿的《香囊记》，可显示出这一段文学的演进轨迹。明代中期是雅文学兴起与俗雅文学浑融时期，由唐寅诗、徐渭杂剧以及《西游记》中所表现的"俗趣"足见一斑。晚明出现俗文学创作的高潮，公安派的诗、汤显祖的《牡丹亭》、笑笑生的《金瓶梅》所表现出的"直指本心""直抒性灵""以情抗理"的精神，正是这一时期"俗"文学的灵魂。随着清王朝的建立，文学创作又由"俗"转向"雅"，到乾隆初年，俗文学又重新抬头，从李玉的忠臣、义仆戏到"南洪北孔"的传奇，从才子佳人小说到《红楼梦》，可见一斑；其后再度滑向"雅"，直到"五四"新文学出现，方才形成了"俗"文学继晚明之后的新高潮。每次"俗"文学兴盛，总是伴随着人性的觉醒，总是由肯定人的情欲的人文主义思潮推动的结果，而"雅"文学的复归，则是政治集权和与之相应的理性观念主导的必然。由此可见，俗文学、雅文学同真与善、力与美的文学同样是人类的情欲、意志与理智、道德各自主导的结果，同样可以看出两种力量对文学运动所产生的巨大作用。

　　我们应该承认这样一个基本事实，如同将人类的情欲、意志与理智、道德协调到"最无愧于和最适合于他的人类本性"得以"全面自由的发展"的程度时，人类社会才可能呈现出不断进步一样，文学的发展也只有将人的情欲与理智、道德协调到力与美、真与善、俗与雅相浑融的地步时，才会达到其应有的最佳境界，才会出现无愧于其时代的繁荣。

第二节　古代文学研究的路径与方法①

近一个世纪以来，古代文学研究的方法几经转换，但学术思维的习惯走向与研究路径的变化不大，依然是从文学的外围——历史——入手，在弄清历史事实（包括特定时代的政治、宗教、哲学、文化等事实）之后，方说明文学自身的问题。事实上对文学自身的说明在较大范围和程度上依然是解释文学中所反映的历史情状。历史事实既是这一学术路径的出发点又是其归结点，成为贯穿整个学术活动的核心内容，从而使古代文学研究具有了厚重的历史感、实证感，且扩大了文学研究的范围：凡是写过文学作品的文人，凡是文学作品中所包含的一切知识学科，都在古代文学研究的视野之中。于是古代文学研究成为中国史学扩展了的一个愈来愈庞大的分支，与文学相关的历史面貌愈来愈清晰了。

然而，弄清与文学产生相关的历史事实与弄清文学作品中所反映的历史情状，是不是文学研究的最终目的之所在？换言之，文学作品是否只是一种认知材料，文学研究只是借用此材料完成一种对生活的认知目的，像历史学只弄清事实、哲学只弄清道理一样。回答显然是否定的。因为，文学的职能与目的既不是陈述事实也不是讲明道理，而是激发人的情感，使人在喜怒哀乐的情绪震动中获得美感与精神的满足、升华。所以文学研究应不断地采用文学研究的特有手段对作品文本因何吸引人、感动人不停地发问并经过严密分析做出令人信服的阐释。

若果真是这样，那么，具有近百年权威的学术路径便存在一个不容忽视的大问题：没有将研究文学置于文学研究的核心位置。而要解决这一问题，使文学研究始终以研究文学为核心，就必须另辟一新的学术路径并采用与之相应的研究文学的方法。

---

① 本节原文刊载于《复旦学报》2002年第5期，《人民大学复印报刊资料》（中国古代近代文学研究卷）2003年第3期全文转载。

一、新路向的逻辑起点：文本

若确立文学研究的路径，首先应寻找研究行为的出发点。关于这一点，即文学研究应先从何处着手，历来有不同的观点。或认为应从时代入手，在弄清那个时代的社会生活之后来反观文学作品；或认为应从作者入手，由作者的生平特别是创作过程来说明文学；或认为应从接受者的感知说明作品；等等。这些观点、方法，都有一定道理，但同时也存在一定问题。

从时代入手论者，过分地夸大文学与社会生活的关系，不仅将文学看成是社会生活的反映，是社会生活所决定的必然结果，而且把反映社会生活的广度与深度作为评判文学作品价值的首要标准，于是文学说到底只是一种反映的工具，文学研究变成了社会生活的研究。这种从社会生活入手最终又回到社会生活的文学研究，并非真正的研究文学。

那么，从作家的创作心态、创作意图入手来说明文学作品，是否比从社会生活入手的视角、方法更进了一步呢？进步是进步了，问题是欲表达的意义是否等同于句子意义？创作意图是否等同于作品文本意义？恐怕还不能完全这么说。这是因为一来语词本身具有复义性和含糊性，故而造成句子意义往往大于（丰富于）欲表达的意义；二来，对于篇幅较长的叙事作品——小说、戏曲——来说，作者原本的创作意图在情感思维过程中时常地被淡化或修改。更重要的是文学语言既可以指称某具体的事物，又可表达、激发某种情感。后者的非指称性最易引发接受者的联想与共鸣，而接受者的情感领域要比作者丰富宽广得多。就此而言，它不可能等同于作者的意图。所以，研究者硬要从文本中寻找某一创作主旨，便往往题不对文。譬如小说研究，数十年来，几部古代小说名著的批评家都想为它们找到一个创作主旨或主题。找来找去找了一大堆，人们才渐渐发觉，这种方法不对头。道理很简单，作家的创作意图与作品文本意义间并无直接必然的逻辑联系。所以文学研究与其研究作者的创作动机、意图，倒不如分析作品文本来得更直接、更可靠。由此看来，维姆萨特与比尔兹利的"意图谬见"说是不无道理的。他们认为"意图谬见在于将诗与诗的产生过程相混淆，这是哲学家们称为'起源谬见'

的一种特例，其始是从写诗的心理原因中推衍出批评标准，其终则是传记式批评和相对主义"①，这种造成相对主义效果的方法是不足取的。

　　至于说到从接受者的感受入手研究（批评）文学与从作者的创作意图入手说明文学二者是同一性质的问题。因为接受者之间的差异大得无法统计，一个民族与另一民族的审美情趣大异其趣。一部《红楼梦》，中国人奉为瑰宝，西方人会觉得索然无味。朱氏皇家酷爱昆腔，生长于北方的李自成与进京的清兵统帅却难耐其冗繁。陶渊明、杜甫在当世与身后紧接着的朝代受冷落，隔数代后方为人们认知。即使同一时代，一百个读者也有一百个林黛玉。接受者与作品的距离如此之大，以接受者的感知为据说明作品，可靠性又有几何？维姆萨特与比尔兹利称这种方法为"感受谬见"，"感受谬见则在于将诗和诗的结果相混淆……其终则是印象主义和相对主义"②，"印象主义"还不及"传记批评"来得可靠。

　　既然社会生活、作者的创作意图、接受者的感知并不完全等同于文学文本的意义，那么从这些地方入手研究文学，推衍文学，只会造成在入手处"是"在被推衍处"似"的此是彼似的情形。文学的研究便不可避免总处于似似非非的不可认真究底的尴尬状态。正因如此，新的路向的逻辑起点，便应排除这众多方面的干扰，直指最可靠的文学本身——文本，把文本——作品文本——的分析作为我们研究路径的第一步，这应是毫无疑义的。

二、文本的分析就是语言形式的分析

　　拿到文本，怎样研究？先分析内容，还是先分析形式？在这些具体操作中，涉及什么是文本，什么是内容与形式，以及内容与形式二者间的关系等一系列理论问题。这些问题的基本点，就是文学的本质是什么。对此西方进步理论有两种解释：人本主义理论家认为，文学说到底是人的本质力量的表现；形式主义理论家则认为文学的本质是处于不断创造过程中的形式。而将

---

① 赵毅衡编选《"新批评"文集》，中国社会科学出版社，1988年，第228页。
② 赵毅衡编选《"新批评"文集》，中国社会科学出版社，1988年，第228页。

两种理论兼收并蓄的理论家认为:"艺术,是人类情感的符号形式的创造。"这种符号是"能将人类情感的本质清晰地呈现出来的形式"①。一句话,文学就是表现人类情感本质的形式。这种形式的物化形态就是作品文本。所以文学的本质就是形式,就是文本。文本就是形式,也只有形式。

也许有人会问,那内容呢? 回答:内容就是形式,形式便是一切,形式之外无内容。举最简单的汉字作例。汉字包括形、音、义三部分。人们首先看到的是字形,随即读出字音,而后方知字义。不见字形,不知字音,是无法确定字义的。义来自声,最终定位于形。如"土士;天夭;上下"六个字,倘问它们的形式是什么,就是它们自身固有的笔画与依附于笔画上的声音。这六个字有六种固有笔画、六种声音,故有六种形式。六个字笔画相同,都是三画,每一组(如"天"与"夭")中,笔画也极为近似,但字音与字义差别甚大,几乎毫无联系,那是由于笔形的顺序结构不同。由此可见,字形规定着字义,字义隐藏于字形之内,而不是在字形之外。字形之外无字义。

用文字写出来的文学作品也是这样。章培恒先生在一篇文章中谈到"正确地认识形式的技巧的重要性"时说:"在这方面必须打破内容第一,形式第二这种流行已久的观念。在文学作品中,内容不但不能脱离形式而存在,甚至可以说在文学作品中所有的内容已经转化为形式了的。例如,唐人张继的一首通常被认为以《枫桥夜泊》为标题的诗:'月落乌啼霜满天,江枫渔火对愁眠。姑苏城外寒山寺,夜半钟声到客船。'倘问此诗的形式是什么? 也许有人会说是七绝。但七绝只是它的体裁,而体裁不等于形式。它的形式其实就是从'月落'到'客船'的二十八个字,而它的内容也就是这二十八个字。"②所以,对这首诗的分析,也自应首先从这个二十八字的分析开始。分析过程中,诗的形式、技巧、结构、风格同时被一一剔出,作者的情感也就在这个分析过程中得以体会。若没有这二十八字,诗的内容从何说起? 抛开

---

① 苏珊·朗格《情感与形式》,刘大基、傅志强、周发祥译,中国社会科学出版社,1986年,第51页。

② 章培恒《关于中国文学史的宏观与微观研究》,《复旦学报》1999年第1期。

这二十八字，又怎能去捕捉诗的内容呢。由此可见，文本的分析首先是形式的分析。形式是语言构造成的，故形式分析说到底是语言分析。

三、寻找意象隐含的"不在场"意义

语言分析是个最具体最麻烦的问题。麻烦不仅表现在如何确定文学语言区别于其他学科语言的特性，而且在于寻找到能有效辨别其多层含义并从其众多意义中确定此处真实意义的分析方法。

什么是文学的语言？它与非文学语言的最大区别在于语言功能的指向不同。非文学语言是理性语言、逻辑性语言，它要求词语在共时性轴（意义轴）上的辞义数值越小，越单薄越确定越好。在历时性轴（结构轴）上则要求词性守位，合乎严密的语法规则和逻辑法则。而文学语言恰恰相反。语词在历时性轴上，根本不遵守语法法则，只是随意跳跃，因情组合，显得格外自由松弛（尤以诗为最典型）。它的语意指向，却在共时性轴上多元多层展开，从而使文学语言具有无穷的意味和诱人的魅力。

文学语言的无穷意味来源于它的成像功能。一般说来语词不直接明意，而是先成象（象形的汉字这一特点尤其突出），而后借象表情、造意。真正的文学作品无不以语言、形象作为表达作者情感的载体和手段。然而语言、形象又有各自的天然分工。王弼曾对此有过明确阐释："夫象者出意者也，言者明象者也。尽意莫若象，尽象莫若言。"[①] 可见语言的职能是"明象""尽象"，描绘出一个个鲜明的形象，而不是直接说出心中之意。如果语言跳跃或省去成象的环节，越俎代庖，直接说出了作者的思想，那便是非文学的语言。"出意""尽意"，表达、引发思想情感是"象"的职责，"情""意"靠形象获得。所以文学语言的功能不停留于语义本身，而是由此构绘形象，再借形象及其组合，表达或引发出情感。所以成象、表情是文学性语言的本质。

---

① 王弼《周易略例》卷十《明象》篇，清乾隆十八年武英殿仿宋相台五经本，第372—373页。

正因为文学语言、语法间的关系较为松弛，每一语词的原始义与引申义以及引申义之间存在较大张力，使得语词的成象性、表情性、喻意性与不确定性格外突出，构成多义性与模糊性。好的文学作品尤其如此。譬如通常被认为出自元人马致远之手的《天净沙·秋思》："枯藤老树昏鸦，小桥流水人家。古道西风瘦马，夕阳西下，断肠人在天涯。"第一句中的"枯藤"二字，它一旦构成干枯藤枝的形象，便有了这一形象的多项的含义：或喻示寒冷冬季到来；或象征生命的枯竭；或显示生命的顽强；或借此昏暗的色调，表达心情的郁闷；或陈述一种孤独的无可奈何的情怀。文学语言分析的意义，就在于从这种不确定性中，寻找其更真实的意义。而我们的分析，首先要弄清楚这些象意之间的关系。那些不确定的多种意义实际上可分为表层字义与深层象意。一般说来，表层义往往是字词的原始义、常用义或二者的合一，故易于确定，也易于成象。或者说语言成象的功能就是由它的固定义来完成的（如"枯藤"，固定字义为：枯萎的藤枝。老树：苍老的古树。昏鸦：黄昏回巢的乌鸦）。深层意义与其说与字词的引申义相关，倒不如说是从其形成的象的含义以及经不同方式组合后的象群中衍生出来的。它生发于具体语词之外的"无"和"不在场"。对此认知更深刻的是法国拉康的"有无论"、阿尔都塞的"不在场"论。他们理论的共同特点是把语言看作心理活动的结果，将语言的深层意与人的潜意识活动联系起来考察。拉康试图通过语义的精神分析，找出在语言分析中没有说出来的东西。阿尔都塞又将这种没说出来的东西衍化为"不在场"理论，即认为文学作品中已描写出的形象，只是表层结构，深层的无意识结构则体现为"不在场"。英国瑞恰兹也有类似观点，认为一个词的意义就是"它的语境中的缺失的部分"[①]。他们所说的"在场"就是指语词的原始义与常用义，而"不在场"与"缺失的部分"则指语象及其象群的象征义、隐喻义、表情义（"古道西风瘦马"，瘦马上的人便"不在场"。就全曲来说，"乌鸦""古道""夕阳"的隐喻义同样也是没说出来的

---

① 赵毅衡编选《"新批评"文集》，中国社会科学出版社，1988年，第297页。

"缺失部分")。

那么如何从语象涵示的多重意义中确定其更真实的某种意义，如何从在场的意象中寻找其"不在场"或"缺失部分"的意义，以及如何从表层语义中寻找其深层的意蕴呢？一个最基本的方法，就是对作品的组象方法与结构形式做整体的把握。

四、从意象表层结构发现深层结构

从多重意义中确定某一更真实的意义，一般说来只要将该象置于更上一层的意象（语境）中做整体把握就可以了；从在场的语词中寻找其"不在场"的意义，则要弄清楚一篇作品组像的特点；而寻找其深层意蕴，则需通过表层结构发现其深层结构。

第一问题好解决。我们首先须弄明白象的历时性排列组合形式。抒情性诗歌象的排列组合形式由小到大依次是：语象（指最简单的独立语词初次生成的物象或事象，由于每一物象或事象没有明确的意指，故不能称其为意象，而以语象名之）、意象（有明确的意义画面）、意境（表达某种情感有完整意义的空间场景）。从语象到意境，文意的表达由不明确而愈来愈明确。仍以那篇《秋思》为例，第一句由"枯藤""老树""昏鸦"三个名词性词组构成三种语象，三种语象合为一个完整画面：一株老树，枯藤攀绕，黄昏时分，乌鸦飞回枝头（的老巢）。表达特定的情感：黄昏时分无处安身，从而构成一个完整的意象。第二句，由"小桥""流水""人家"三个语象组成想象中的家乡美景：小桥下，清水潺潺，溪边（绿树荫里），三五人家。流露出向往、欢快的心情，构成第二个意象。"古道""西风""瘦马"三个语象，组合成：崎岖古道上，一匹干瘦的老马顶着凄冷的西风艰难挺进着的画面，显示出孤寂、凄凉的心境，构成第三个意象。"夕阳西下""断肠人""在天涯"三个语象又组成一个意象，表达深秋黄昏，老年游子思乡不可归的悲哀情绪。四种意象用特定的组合手法（参见下文）绘制成既多象对应又舒展自如的生活情境，蕴含着一种特殊而普遍的人生情结——悲秋、思乡情结，构成一种既明晰又模糊的言说不尽的意境。

　　同样，叙事作品的表层结构形式最小单元与层次的划分也遵循这样的原则，即以具有初始独立意义的人物行为空间为最小单元，我们称之为细节。若干细节组合成一个场面，若干场面合为一个事段，若干事段构成一个情节，若干情节汇成一个完整故事，若干故事归属于或刻画出一个完整意义的人物形象，若干形象表现作者的某种思想情绪。

　　弄清楚了象的历时性排列形式，便会明白，语词的多重意义往往是在最低一级意义元素中产生的。如"枯藤"这一语象如上所举的多重意义，一旦将其置于"枯藤老树昏鸦"这一意象之中，其意义就锁定为"枯萎的藤条"了。当然，"昏鸦"中的"昏"字，是指天阴欲雨使得天昏地暗的"昏"，还是指具体的黄昏时分，在这一意象中仍不能确定。那么将其置于全诗的意境中，与第四个意象中的"夕阳西下"联系起来解，便可确定"昏"字的含义是后者而不是前者。又如林冲见一位后生调戏自己的娘子，恰待举拳打时，认得是高衙内，"先自手软了"。因何手软了？在这一细节内，文中未交代，只是读者在那儿猜测。待到下面一个细节"智深仗义来助"，林冲方说出心中原委："原来是本官高太尉的衙内，不认得荆妇，时间无礼。林冲本待要痛打那厮一顿，太尉面上须不好看。"

　　文学作品的不在场意义一般包括两个方面：象自身的暗示即象外之象；象之间的对比、映照、暗讽等形成的新意。无论对哪一种的理解都须弄清一篇作品组象的特点甚或规律。如"枯藤老树昏鸦"这一意象中，乌鸦是落在树枝上还是树枝上的老巢，这对理解全曲极重要。但"鸟巢"的语象并不在场，人们一般是从黄昏时分鸟鹊回巢这一鸟的生活习性着眼考虑的。事实上四个意象的每个意象中的最后一个语象都是作者用意之处、点睛之象，而且处于意象中最后的语象："昏鸦""人家""瘦马""断肠人在天涯"等，总是两两对举，一虚一实。前一象虚，后一象实。"瘦马"上不写人，以"断肠人"补之。"昏鸦"旁不写巢，以"人家"暗示之。或者说我们从"人家"可以推出黄昏的乌鸦是回到家里的，犹如我们由"断肠人"推断他就是骑在瘦马上的人一样。这不是随意猜测，而是根据此曲上述的组象特点断定的。

文学作品的深层结构是由于语象组合在历时性波动的同时，在共时态上又呈现为非单一性、多层性，从而生发出新的意旨。

《秋思》篇的深层结构是什么？我们只需分析一下其意象间的组合方式便可见其一斑。第一个意象皆苍老、颓败的物象，且色调灰暗、低沉；第二个意象里全是轻盈、亮丽、欢快的语象。前一意象写眼前环境，表达沉闷、哀伤的情绪，后一意象写想象中家乡的美景与渴望之情。一现实，一幻想；一痛苦，一欢快：两相对映，作者离乡之愁与思乡之情跃然而出（这种情绪是语象本身所没有而由这种结构生发出来的）。接下去第三个意象又是凄冷、苦涩、艰辛的画面，且从前一轻盈欢快的想象之中，突然滑入眼前的无情世界，行路之艰难在风冷、马瘦的渲染下又多了一层凄凉，心里又重涂了一层哀伤。这种情绪来自两种画面反差的强烈对比。"夕阳西下"仅是一个语意不明的语象，构不成意象，即使与"断肠人在天涯"放在一起，前后也无因果关系，后一句更显得突兀。如果我们联系《诗经》中《君子于役》一篇（此后这类的篇章很多）中所写情景：丈夫远出不归，妻子倚门而望，夕阳西下，牛羊下山，鸡回巢，却不见丈夫身影，心里急急叩问，可饥？可渴？何日是归期？马致远此曲在"夕阳西下"之后，很可能隐藏着游宦人想象中的妻女倚门而望的情景（"小桥流水人家"没有写人，如同"瘦马"上没写人一样，人皆在暗处，暗处之象又恰恰是作者着意处）。此时此刻，又无法回答妻子"何日归期"的叩问，念此断肠，遂有下一句："断肠人在天涯。"如是看来，"夕阳西下"仍然是一明一暗两个意象的对映组合：想象中妻女倚门而望的意象与"古道西风瘦马"实景意象的对比。由此可见，这首曲的深层结构是幻想与现实尖锐对立的结构，人不如鸟的痛苦境遇，激发人思乡的情感，引起人对美好家乡的回想与妻子倚门望的想象，幻想反过来刺激了身处困境中的人的痛苦。全曲所表现的"断肠人在天涯"的情绪，正是借这两两对立的结构形式激发出来的。

由此可见，深层结构与情感的表达有着更直接的联系。

五、由深层结构把握情感表达

那么，如何通过作品结构的分析把握作品表达的情感呢？这个问题的回答首先遇到一个重要的前提条件：文本的形式结构与文本表达的情感之间是否有一定的对应关系？又是怎样的对应关系？这是两个很难回答的问题。前一个在理论上遇到挑战，后一个需要大量的实证材料。

说其在理论上遇到挑战，是它涉及一个尖锐的问题：形式结构是由什么规定的？传统的观点是内容决定形式。事实上非但并非如此，而极可能恰恰相反。如果我们把作品视为"物"（文本正是由语言材料构成的"物"，正如石雕是用石材、绘画是由色彩、音乐是由声音制作的"物"一样），那它必然具有"物"的一般属性，一般说来都是质料与形式（形态）的结合体（我们所说的形式正如M. 海德格尔所说的"形式这里意味着在一空间位置中各质料部分的分配与安排，使之成为一特殊的形态"[①]）。那么，到底是质料规定物的形式还是形式规定质料的选择？一架飞机的形式要求其质料重量轻而耐磨；一把刀子的形式要求质料坚硬、锋利；一只水桶的形式规定其质料不渗水。"形式作为形态此处并非是质料先验分配的结果。相反，形式决定了质料的安排。"问题是形式又是由什么规定的呢？飞机、刀子、水桶的形式是由其空中飞行、劈割东西、盛水的功用规定着的。"质料和形式的结合的统治都建基于这种功用性上。"[②] 由是观之，作为文学的物化品——"文本"，其自身的功用同样对作品的形式结构有着内在的规定性。抒情、以情动人是文学作品的主要功用，因此，不同情感的抒发（即不同的功用），必然影响到文本内在的形式结构。

另一方面，文学语言本来是情感的语言，由语言构成的艺术形式也就是作家情意的结构形式。再者作家的创作过程正是始终伴随着情感活动的情感思维过程，作者的创作情感通过也只有通过语言及其结构形式表现出来，所以作品的结构形式与作者的情感思维之间理应存在着一定的对应关系，即一

---

① M. 海德格尔《诗·语言·思》，彭富春译，文化艺术出版社，1991年，第30页。
② M. 海德格尔《诗·语言·思》，彭富春译，文化艺术出版社，1991年，第30—31页。

定类的结构形式表达一定类的情感。

　　然而，若要以作品证实上述结论，需要的篇幅太长，本小节尚难做到。今试举一喜乐、一闲适、一哀怨三篇作品，窥视一下形式结构与情感抒发间对应关系之一斑。

　　表达欢乐之情的，如杜甫诗《闻官军收河南河北》：

　　　　剑外忽传收蓟北，初闻涕泪满衣裳。却看妻子愁何在，漫卷诗书喜欲狂。

　　　　白日放歌须纵酒，青春作伴好还乡。即从巴峡穿巫峡，便下襄阳向洛阳。

　　此首诗的语象多为"事象"——描写人物的行为、事件的图景。语象没有隐喻、象征义，没有言外之意，没有意义的对立，显得简洁单一。意象间的组合，既非对立式，也无层层转叠，而是连续的动作顺接而下，构成线性结构。激情划为连贯性的动词，使诗的意象纵向拉长，加快了诗的节奏感，造成欢快情绪如江河奔腾一泻千里之势。

　　闲适者如王维《鸟鸣涧》：

　　　　人闲桂花落，夜静春山空。月出惊山鸟，时鸣春涧中。

　　此首诗的语象多为物象，语象为眼前实情，也无隐喻象征义，字义在共时性轴上同样表现得简洁单一。意象组合为众星捧月式：人、花、月、鸟诸物象，声音、光亮相交织，多侧面地烘托出"空"的心境。

　　由此可见这种语象含义单一、意象联结呈纵向拉长或在同一平面内的众星捧月式的和谐的结构，往往表现人的喜乐或闲适的情感。

　　需要说明的是，叙事性作品表示喜乐情绪的结构总体说来与抒情性结构大体相同，即单元象意在共时态的展示上，简洁、单一；象意（细节、场面等）的组合在历时性的展开上做文章。但略有差别，喜剧与小说中的欢快情节往往采用巧合、设扣、解扣、发现、突变等技艺，使故事做平面式纵向叠折，造成意外的奇趣，给人快感。如明末清初的风流剧《念八番》《风筝误》与才子佳人小说《平山冷燕》《玉娇梨》等。

表现人哀愤情绪的，如李煜的词《虞美人》：

　　春花秋月何时了，往事知多少？小楼昨夜又东风，故国不堪回首月明中。

　　雕栏玉砌应犹在，只是朱颜改。问君能有几多愁？恰似一江春水向东流。

这首词的语象多采用比喻、象征手法，造成不可明言的言外之意，如"朱颜改"是指李煜自己的容颜衰老，还是指"雕栏玉砌"的主人已改变面貌、江山易主了？抑或指生活在雕栏玉砌中的美女已换成赵家的了？总之语象的意义在共时性轴上不再那么简洁单一，而是呈现为多意向、多层次。语象间的组合形式为矛盾对立式。"春花秋月"本是人生难得的良辰美景，却以"何时了"表达厌烦之情；春风拂来，往往唤起人生命的喜悦，却用"又"字表示"恨"；明月当空，千里共婵娟，却以"不堪"言痛苦沉重。意象间组合不断逆折，主人公的悲怨之情层层递增，最后爆发出春水东流之愁绪。由此看来，这类语象含义复杂丰富，语象、意象间充满了矛盾、逆折、递增与转换的不谐和的对立结构，往往用来抒发哀怒悲惧的感情。

当然，虽说是特定的结构表达特定的情感，但其间的对应关系并非那么简单、单一。这是因为一来，情感包括"生活情感"与"审美情趣"两大类型。审美情感对形式结构的形成起着最终规定的作用。譬如我们将作品视为一种"物"，诚如上文所言，物的形式、质料最终被物的功用所规定着。而物的功用同样是两重的：生活功用与审美功用。若要制作一双鞋，鞋的形态一方面是由穿在脚上（脚的形态）舒适耐磨所规定着，另一方面又不得不考虑美观的因素。何为美观？对此的回答既有个体审美喜好的表现，也有时代的审美风尚的影响，又有民族的审美传统乃至人类的审美共性的制约力量。于是同一性别同一尺码的鞋，便会有五颜六色、眼花缭乱的样式，所以最终起规定作用的还是审美因素。文学作品也然。表达同一情感的作品，既有相应的结构类式（就像鞋万变不离脚形或尺码的大小不变一样），又有不同的意象组合与风格。或是五言、七言、词、曲不同之体裁；或直或曲，或俗或雅，或粗犷或细谨（如同一尺码鞋颜色、样式尽情变化一样）。正因万变不离其形，我们方好从形式分析把握其情感；又正因其因人因时尽情地变化，我们方可从其形式分析中发现个体与时代的审美特性。

另外，无论生活情感与审美情感皆源于人的心理世界，故而文本形式结构事实是人的心理结构的映现。譬如凡是表达人激动情绪（喜乐、怒愤）时，象的含义往往都是简洁单一，一看就懂。由于心跳加快、血流加速、情绪奔腾，所以形式也往往在纵向的展示上见长。但若要引起别人的激动，一般说来，"乐人易""动人难"。正因"乐人易"，表达欢快情绪的形式，一般不在结构的共时性上做文章，不在深层结构与如何造成象外之象、言外之意方面动心思。快乐是矛盾释化后的一种心理状态，也无须再借用矛盾的结构表达。又因"动人难"，就不是仅仅以自己"嚎啕大哭"或骂娘那样的形式就能动人的。痛苦是一种矛盾激化的心理状态，所以就要求形式能将其矛盾摆出来，让读者明了并感受得到，这样就离不开结构的复杂性与对立性形式。这应是两种情绪所采用表达形式的主要区别。

由此看来，正是由于一定的形式表达一定的情感，情感又是人的一种特定的心理状态，所以，通过形式结构的分析和情感的把握便可以追索、发现人的心理结构。

六、由情感表达发现心理结构

艺术结构说到底是由于人的心理结构直接赋予形式而造成的结果。克罗齐认为："艺术即直觉。"直觉是心灵的直觉，"心灵只有借造作、赋形、表现才能直觉"。这里的直觉指创造出的艺术，即艺术是心灵的赋形。所以他说："不把全部心灵弄透彻，要想把诗的性质或幻想创造的性质弄透彻是不可能的。"① 阿恩海姆则进一步提出"同形"说，他认为艺术品中存在的力的结构可以从大脑皮层中找到生理力的心理对应物。"我们可以把观察者经验到的这些'力'看作是活跃在大脑视中心的那些生理力的心理对应物，或者就是这些心理力本身。"② 既然艺术结构与人的心灵结构有这样的对应关系（事实上也的确存在着这样的对应关系），那么由作品的艺术结构分析就可以窥测到作者创作时的心理结构，就可以由形式结构之"果"，反探心理之"因"。

那篇散曲《秋思》的结构如上文所分析，意象间总是采用对立组合形式。暗、实、低沉与明、虚、欢快两类意象造成鲜明而强烈的对立。由于明丽的画面所表达的欢喜情绪皆来自人物心灵的幻想［如"小桥流水人家""夕阳西下"（妻子倚门而望）］，而灰暗的画面所表达的哀伤情绪皆来自眼前的现实（如"枯藤老树昏鸦""古道西风瘦马"），所以它清晰地再现了人物当时的心理状态：幻想与现实的矛盾。而幻想正是人的一种本能意识遭到阻抑后形成欠缺而要求补偿以达到平衡的一种虚幻形式。这种虚幻形式本来在梦境中便可得以满足，偏偏人物处于与幻想恰恰相反的现实的清醒之中，于是造成了幻想与现实的尖锐对立，造成了本能意识与社会意识的尖锐对立。而"暗"与"明"、"实"与"虚"、"低沉"与"欢快"对立意象的结构形式正是这种矛盾心理的诗化的语言反映。

也许有人会说，幻想与现实的矛盾是作家创作过程中的普遍的心理状态，而作品的形式却千差万别，对此又做何解释？幻想与现实的矛盾说到底是人的欲求与现实社会所能提供的满足其欲求的有限性之间的矛盾。一方面，人欲求什么因人而异，从而造成文学作品内容的丰富多彩；另一方面，人的欲求与现实矛盾冲突的程度以及人们对自身认知的程度也参差不齐，从而形成

① 克罗齐《美学原理·美学纲要》，朱光潜等译，外国文学出版社，1983年，第14页与第300页。

② 鲁道夫·阿恩海姆《艺术与视知觉》，滕守尧、朱疆源译，中国社会科学出版社，1984年，第625页。

文学作品情感的酸甜苦辣的多重效果。但一个更重要的方面是，虽然意识与潜意识的矛盾全人类都存在，而调节它们的关系又是全世界一切文学都不得不解决的母题。但事实上由于人类文化价值观念存在着巨大差异，所以在不同民族的文学作品中，即使所描写个体欲求遭受到现实社会的阻抑的程度相同（这种可能性是存在的），但处理的态度、选择的行为方式却绝难相同。或铤而走险，奋起反抗；或逆来顺受，忍气吞声；或走向法庭，求助法律；或向神祈祷，求助于宗教；或喊叫几声，而后自我调节；或是阿Q的精神胜利法……这里面有作家个体性格、修养的因素，但就行为的大体类型而言，则是由民族文化心理的特性规定的。而这些起规定作用的因素恰恰成为文学的民族审美个性、时代审美个性与个体审美特性的原因素。所以文学作品结构形式的千差万别主要是由后者（调节潜意识与意识间的矛盾的方式）规定的。

正因为如此，心理结构本身潜藏着那个时代人性发展着的历史情状。

七、由心理结构寻找人性发展的历史情状

人性的发展在人的文化心理结构中的反映一般说来表现在两个方面。一是对内心深处潜意识的合理性的认知水准及其与此认知水准相联系的自然袒露程度（譬如在对人的性爱问题的态度中，有目的地宣淫与有目的地禁欲皆不在"自然"之列）。二是当潜意识与意识发生尖锐的矛盾对立时所采取的调和方式（化释本能意识的途径与方法）。

先分析第一个方面。我们还是将人性中最敏感处——性爱问题——作为分析的对象。先看王世贞的《地驱乐歌》三首：

> 头上倭髻，珍珠累垂。要郎解髻，妾自解衣。（其三）
> 愿为郎席，不愿为被。得郎在身，胜郎下睡。（其四）
> 郎骑白马，妾坐车。偷眼少年，郎不如。（其五）[1]

---

[1]　王世贞《弇州山人四部稿》卷七《拟古乐府一百八十五首》，明万历间刊本之影印本。

　　这三首诗，语象含义单一，语意明白如话；意象纵向延荡，无矛盾、对立、逆折，属和谐结构，展示出人物内心欲望与适意的心理状态。我们看不到女主人公个体意识与群体意识间的矛盾冲突，而是如男女床头私语，随心所欲，自由自在。怎么想就怎么说，毫无伪饰。男女性生活的心理障碍、精神禁区与言语禁区统统被抛在了九霄云外，好似压根儿就未存在过。其大胆的程度不仅在克制个人意识以服从于群体意识的先秦的作品中所未见，在（有意无意地）以"发乎情，止乎礼义"为创作原则的文学作品中，同样不可能产生。宋代艳词、元代的情曲这类作品渐渐多起来，但在言志庄重的诗里面，的确是不多见的。之所以如此，是因为作者对男女性爱问题的认识又前进了一步——敢于公开肯定了，觉得男欢女爱，做爱时哪一位主动，喜欢什么姿势以及少女爱美男，少男乐美女，这些本来就是人的天性，谁都少不得的，合情合理的，须充分肯定的，没有什么必要遮遮掩掩，或故弄玄虚。人性发展的历史情状正是通过人的心理结构映现于诗的形式结构。或者说，我们在文本形式结构分析的过程中，不断地发现人的情感、心理结构，并进而窥见人性发展的历史情状。

　　人性发展的历史情状更多地表现为当个体意识与群体意识、潜意识与意识发生尖锐的冲突时，作品采用什么样的调节方式。因为采用什么样的调节方式最能说明个体意识觉醒与独立的程度。再看王世贞《前溪歌》（其五）：

　　　　竹竿何篱筛，钓饵何馨香。前鱼方吞吐，后鱼自彷徨。为侬死不妨。①

　　此诗语象之义有多重性："竹竿"字面义为竹子做的钓鱼竿，深层义指女子心中的那位男子。"篱筛"有四重义，最表层义是指篱笆与鱼篓；进一层义指编篱笆与鱼篓用的藤条；第三层义引申为柔韧；深层义喻男子体态、性情的温顺。"钓饵"字面义指钓鱼的诱饵，深层义喻男子对女子表示的蜜语温情。这两重义都带有讽刺味道：蜜语温情是用来引诱自己的手段，含有虚假

---

① 　王世贞《弇州山人四部稿》卷七《拟古乐府一百八十五首》，明万历间刊本之影印本。

的可能。"鱼"喻被迷恋的女子;"吞吐"表示女子沉溺情爱的状态(贪欢迷恋)与后果(欲吐已不能,后悔无已)。此首诗表现出两种对立结构与矛盾的心理状态:明明晓得男子体态的姣好与温情蜜语不过是用来引诱自己上钩的,但又为其体态温情所迷恋而不能自拔。已有同伴吞食了苦果,前车之鉴使她矛盾、彷徨,本应及早抽身,却依然犹豫不决。这一矛盾对立又是抒情主人公内心欲望(与那位情郎白头偕老)与现实(负心汉会给自己带来婚姻苦果)的对立。如何调解这一矛盾,抒情主人公毅然决然地采取了为了得到一时情爱快乐幸福,即使死了也甘心的抉择。这种抉择完全从欲望出发,而不顾及功利得失;从个人的意愿出发,而不顾及他人如何评说。个人的欲望与个体的独立意识达到了无视理念与群体意识的程度,突破了被环境所迫、理念所激而无可奈何不得不如此的被动抉择模式。这种在性爱问题上所表现的人性发展情状,在中国古代,只有明代中叶以后方大量出现。

八、由历史情状的拓展发现文本的真实意义

通过文学作品文本形式分析获得有关人性发展的历史情状,是否是文学研究的最终目的? 远非如此。接下来还有两件事要做。一是寻找人性发展历史情状的更多文本史料的佐证,并进而了解与之相关的更广泛的历史情状。二是运用相关的历史情状作为阐释文本意义的外部证据、历史语境或心境,从而对文本意义做出更真切的解释。史料的佐证及其在阐释文本意义上的功用大体包括四个方面。一方面是文本语言在其产生的那个时代的语义,用典在中国古代诗歌中是一种常见现象,弄清典故的原本意义,是诗歌意义阐释的首要一步(这既是文本意义阐释的内部证据,又是文字的历史语境的基本内涵);其次是作者同类型的作品或与之相关的作者的书信、其他文字材料、性格、喜好、交游等生平史料(这些是文本意义阐释的外部证据:作者创作意图材料);再其次是同时代的作品或哲学思想、时代思潮、历史事件等(这些是作为扩展了的共时态历时语境);最后是此前与此后曾出现的同类的文学作品,以便作为判定其时代特性的不可少的参照(扩展了的历时态历史

语境）。譬如陈子昂诗《登幽州台歌》"前不见古人，后不见来者，念天地之悠悠，独怆然而涕下"中"古人""来者"两词的含义是什么？单从诗中的语言习惯和规则看，大体不出两种解释：一种解释是早已离去的古代人，尚未出现的后来人。这两类人本来就看不见，又何必要怆然而涕下呢？另一种解释是古代、当今像自己一样有才干的人。既然自己是古今未见的高才，盛气凌人，又何必伤心哭泣呢？即使哭也未必出于真心，更不会那样动人。所以，这样的解释尚未到位，若要获得该词更通彻的意义，需借助作品文本之处的语境——历史语境。原来，作者写此首诗时，正是唐万岁通天元年，随武攸宜北征契丹，他恃才屡屡进善言，却遭武氏憎忌、厌恶，将其贬职。大才遭忌，登幽州黄金台，抚今感昔，想燕昭王那样招贤纳士的明君、伯乐，如今在哪里呢？从这样的语境（暗用燕昭王筑黄金台招贤纳士的典故，大才遭忌后的创作心态与动机）出发，方知"古人""来者"两词，实指燕昭王那样的明君、伯乐。方晓得，诗文本所表现的大与小、长与短、个体与时空的尖锐对立，正隐含着诗人强烈的欲求与现实世界受到无情阻抑的心理对立与冲突。由此可见，对作品文本关涉的历史情状的广泛了解，可发现阐释文本语言形式的更多佐证，从而更有益于文本的解读。

总之，从语义分析入手，以形式结构分析为核心，由结构分析探寻作品所表达的情感（生活情感与审美情感），由结构与情感寻绎表情者的心理结构，由其心理结构透视人性发展的历史情状，由与作品相关的更多历史情状，来俯视作品的文学意义，意在建立一种以研究文学为本位的开放型的研究方法与由内而外再由外而内的研究路径。当然，限于篇幅，本节仅仅是粗线条的梳理、构其间架，严密而详细的论证尚有待于后来之时日。

第三节　文本意义的确定性与非确定性

在文学阐释、评论中，对文本意义有两种既传统又权威的说法：一种是文本的意义就是作者原创时的动机、意向，研究者的目的就是对这种原动机、意向的还原。一种是文本意义既处于更新、流转的动态又具有见仁见智的个性化属性，因而具有不确定性。且随着西方接受美学的理论被大陆学者广泛认同，传统创作动机说的理论根基受到动摇，不确定性说几独霸学坛。若文学评论果如是，文学的研究便成为一种只表达自己的主体意愿而不需顾及客观存在的主观笔墨游戏。然而有两种事实万不可视而不见：一种是文本是一种客观存在物，有其自在的客观属性，阐释源于其文本的客观规定性，又受客观规定性的制约。另一种是文本都有其自身语言规范的意义——基始意义和依照某一文化观念由基始意义而推衍的再生意义，文本的意义总是基始意义与再生意义的统一，确定性与非确定性的统一；由于确定性与非确定性间有着一定的有序的衍生关系，故而文学文本意义的阐释都存着说明确定意义与衍生意义之关系的可能。本节的目的意在说明如何从语言形式入手探索文本意义的确定性与非确定性的生成及其关系，以便为作品文本意义的阐释提供可参照的规则，从而使文学的研究避免走向空虚的主观臆说。

一、文学语言：单一性、复义性、超越性

任何一个语词（实词）都是事物抽象的符号，都有其具体所指称的对象。其所指称的对象及其意义（指称义）作为语词的固定信息储存于词语的符号之内，阅读者一见到这些语词符号，储存的信息便指向特定对象，词语的指称义也随即被释放出来。无论语词进入何类环境内，这个储存着的指称信息，都不会发生明显的改变（因为它指称的对象没有改变）。诚如卡勒所言："符号有自己的生命，这种生命好在不被任何有力的（arche）或微弱的，最初和最终的理由所控制。在特定的谈话类型中，支配符号使用的规则只是一种附带现象：它本身只是一种转瞬即逝的文化产物。"[①] 于是它便具有了稳定性、复现性（在不同语境内复现指称对象）。譬如日月牛羊、冬夏春秋，它的指称对象是唯一的确定的，因此，它的指称义也是明确的。进入文学作品中的

---

① 乔纳森·卡勒《结构主义诗学》，转引自 P. D. 却尔《解释：文学批评的哲学》，吴启之、顾洪洁译，文化艺术出版社，1991年，第173页。

语词的指称义具有鲜明的成象性、可视性、可感性从而构成语词意义的本原，形成某一语词相对确定的意义。

然而，活的语词不单具有指称义，还由于在被应用过程中，适应各种不同应用的需要，生成许多新的意义——再生义，从而造就了字的复义性。（一字的多义现象正是在人们交往、应用过程中产生的，这与维特根斯坦的"意义即用法"的观点不谋而合，或者说，维特根斯坦说出了字义衍生的真实。）字词的多义性放入不同的语境中，便产生与之相应的意义。语言的语法结构愈松弛，语词的意义便愈有隐性空间，愈易生发复义项。[1]

语词意义的延伸一般说来是沿着纵向、横向两个方向生发的。纵向生发会使语词的意义愈来愈清晰或愈来愈接近表达者欲表达的真实意思；而横向的生发往往会在同一意义层次内出现几种相近或相反的意义，造成阐释的困惑，只有借助更上一层的语境或全文的语境，方可恍然大悟，做出适意的意义选择，此时会对该语词乃至全文的意义的理解产生新的升华。请看下面语义纵向延伸与横向延伸的两个例子。

王世贞《前溪歌》（其五）：

竹竿何篱筛，钓饵何馨香。前鱼方吞吐，后鱼自彷徨。为侬死不妨。[2]

篱、筛两词的指称义（单一性）分别是：篱笆、鱼篓。其引申义为编篱笆、鱼篓用的藤条；藤条义进一步引申为"柔韧"。作为篱筛的指称义，篱笆、鱼篓是具体而明确的。然而放在这一句中却令人费解：篱笆、鱼篓与钓鱼的竹竿有何关系？况且这两个名词与疑问代词"何"也搭配不起来。篱筛的词义经两次引申为"柔韧"之义后，此句的意义成为：竹竿何柔韧。至此，首

---

[1] 关于发生复义的原因与类型，可参见英国批评家威廉·燕卜荪（William Empson）的《复义七型》（*Seven Types of Ambiguity*），伦敦，1930年。

[2] 王世贞《弇州山人四部稿》卷七《拟古乐府一百八十五首》，复旦大学中国古代文学研究中心藏明万历间刊本之影印本。

句的意义才让人明白。这是词意纵向引申的例子。

再看横向引申的例子，如：人们习惯称之为元人马致远作的《天净沙·秋思》：

> 枯藤老树昏鸦，小桥流水人家。古道西风瘦马，夕阳西下，断肠人在天涯。

首句"昏鸦"中的"昏"字，其指称义为昏暗。昏暗可引申出与时间或天气相关的两种意义：日落黄昏的昏暗、阴云风雨形成的昏暗（选择哪一个意义对于此曲的解释至关重要）。联系更上一层的语境——"夕阳西下"，应选择"黄昏"之意，而非阴云风雨形成的天色昏暗（曲中没有提供这个意义的信息）。

上述再生义是词的指称义直接延伸的结果，或者说，再生义没有越出指称义指称的范围，没有与指称对象之外的事物发生联系。如果词语的意义与指称对象之外的事物发生了联系或有"比"之意，那么，我们称之为联比义。联比义包括修辞学中的比喻、对比、比拟、象征、借代等等，其意义往往从两个对象的联系中产生且超出词语的指称义范围。仍以上两首诗为例，前一首王世贞诗，以竹竿钓鱼比喻男子引诱女子。"竹竿何篱篱"中，"竹竿"比喻男子，"篱篱"由"柔韧"比喻男子体态的"温顺俊秀"，全句意为：那位男子多么温顺俊秀。"钓饵"一词比喻用来引诱女子的手段（言语），"馨芳"指语言的温顺、甜蜜，即那诱人的话语多么温顺甜蜜。这些意义皆来自竹竿、钓饵与男子引诱女子两个意象间的联系之中，其新生的意义远超出"竹竿""钓饵"词语所指称的范围，这正是语词超越性的表现。

比在意象间比拟、联系而生成的联比义更具有外张力更难以把握的是人们对语言的情感性比附、转移、联想、张扬，其意义的活动范围因人而变，无法估量，更难以把握。譬如陈子昂的《登幽州台歌》：

> 前不见古人，后不见来者，念天地之悠悠，独怆然而涕下。

其所抒发的本是生不逢时，大才遭忌，燕昭王那样的明君前后皆不见的孤独、失落感。然而它所激发出的人的情感又远非这些。无论是什么人（有无乐毅般的大才），处于什么样的环境之下（不限于被上司贬职），只要感到毫无着落、彷徨、渺茫、孤独、失落、痛苦无望，都会想到这首诗，都会与这首诗产生情感的、心理的强烈共鸣。即这首诗所表达的情感经过不同时代不同读者的情感比附、转移、联想、张扬所产生的情感共鸣范围，已大大地扩展了。尽管这种扩展了的情感共鸣的范围不单是因为语词本身造成的，而是由语词、语词的结构方式与读者的共鸣共同造成的，但它的根源仍源于语词本身的性能，可见语词有着另一易被人忽视的特性——超越性。

总之，语言的指称义具有较明确的指称对象，意义相对明确、稳定，语境内的外力不会使它发生多大的改变，从而呈现出稳定性、单一性。然而与语言因解释项的功能而再生新意，从而使之拥有衍生性、复义性。这种衍生性与复义性一旦进入多组的且组与组之间具有相比关系的语境内，便易生成联比与情感之意义，联比义与情感义使意义在联比或同感的作用下，滋生、裂变出更具活力的越出其原意之外的意义域，从而具有了超越性。语言的文学性、诱人的魅力更多来自其复义性与超越性，来自单一性向超越性的伸张力及其伸张过程。①

二、复现性意义、衍生意义、经验图式

上述在对语言三重属性分析的过程中有一个重要发现，它可以回答文本的意义何自来哉的问题，它来自作品文本（产生复现意义的语源、产生再生意义的语法句式与形式结构）和读者的经验感知。复现性（指称性）语词是文本意义生成之源。一方面，语词自身的复义性与超越性是由其指称的对象延伸出来的。如大家都熟悉的李商隐《无题》：

---

① 关于这一点，可参见威廉·燕卜荪《复义七型》《复杂词的结构》以及威廉·K.维姆萨特《象征与隐喻》。

　　　　相见时难别亦难，东风无力百花残。春蚕到死丝方尽，蜡炬成灰泪
　　始干。

　　　　晓镜但愁云鬓改，夜吟应觉月光寒。蓬山此去无多路，青鸟殷勤为
　　探看。

"东风无力百花残"七个字的指称义为：风弱花残。再生义——比喻风弱花残
的年龄[①]与表达风弱花残的哀伤情绪——无不是从"风弱花残"的指称义生
发出来的。另一方面，有的语词本身仅有指称义而无再生义，只有当指称性
语词组合成意象（细节）或语境（场景、故事）后，方有再生之义。譬如下
面两首诗。

　　　　王之涣《登鹳雀楼》：白日依山尽，黄河入海流。欲穷千里目，更上
　　一层楼。

　　　　孟浩然《春晓》：春眠不觉晓，处处闻啼鸟。夜来风雨声，花落知
　　多少。

这两首诗，语言简洁，就语词而言，多仅为指称性语词，几无再生意义的词
（唯第一首中的"白日"算是个例外），然正是这些仅具指称义的词，构成了
特有的完美意境（或在辽远宏大的景致中，蕴含着催人向上的人生哲理；或
在春眠初醒对小园春色的特殊感受中，表达一种闲适、恬静的心境），令千
余年来多少人为之倾倒。换言之，两诗意义的深切与悠远正是在那简洁的指
称语词基础上生发出来的。指称性（复现性）词语是衍生义的载体，文本意
义滋生的沃土。
　　文本意义在很大程度上来源于组成文本的结构形式，即文本的某些意义
是语词本身所没有，通过其不同种类的排列、组合方式而生发出来的。正如

---

①　说其有"风弱花残"的年龄之喻，可从"晓镜但愁云鬓改"一句中看出，此外，春蚕丝尽，蜡
　　烛泪干，夜吟觉寒，也隐隐透出其中的消息。

克劳德·列维-斯特劳斯所言："一个神话的真正组成单位不是分散孤立的关系，而是多组这样的关系，而且只有组成成组的关系，这些关系才能加以应用并结合起来产生某种意义。"① 结构形式在两个方面滋生新意义。一方面当构成一组组对应形式时，有新意义逸出。如一般被认为是元人马致远作的《天净沙·秋思》前四句："枯藤老树昏鸦，小桥流水人家。古道西风瘦马，夕阳西下"，单从语词看，并无一处表现思乡之情的，强烈的思乡情绪皆来自每一意象间成组对立的组合形式。第一句"枯藤老树昏鸦"，由苍老、颓败的物象，构成色调灰暗、低沉的意象；第二句"小桥流水人家"全由轻盈、亮丽、欢快的语象构成。前一意象写眼前环境，表达沉闷、哀伤的情绪，后一意象写想象中家乡的美景与渴望之情。一现实，一幻想；一痛苦，一欢快；两相对映，作者离乡之愁与思乡之情跃然而出。接下去第三个意象"古道西风瘦马"又是凄冷、苦涩、艰辛的画面。且从前一轻盈欢快的想象之中，突然滑入眼前的无情世界，行路之艰难在风冷、马瘦的渲染下又多了一层凄凉，心里又重涂了一层哀伤。这种情绪来自家乡美景与古道行路艰辛两种画面反差的强烈对比之中。人不如鸟的痛苦境遇，激发人思乡的情感，引起人对美好家乡的回想与妻子倚门而望的想象，幻想反过来刺激了身处困境中的人的痛苦。全曲所表现的"断肠人在天涯"的情绪，正是借这两两对立的结构形式激发出来的。又如《金瓶梅》第19回，叙述了两件事：一是陈经济与潘金莲扑蝴蝶调情，此是这位女婿勾引丈母的开始，最终弄一得双，连丫环庞春梅也成了他掌中之物。二是张胜激打蒋竹山，替西门庆出气，作为报答，西门庆为他弄了个守备府亲随的美差，这是张胜在书中第一次露面。乍看起来两件事毫无瓜葛，但联系第99回陈经济与庞春梅在守备府偷奸被张胜所杀的情节，方晓得张胜是结果陈经济性命的人。陈经济一与潘金莲调情，张胜便出场，且先到了守备府。乱伦一出现，就暗示后果。作者对乱伦的态度与劝惩的思想正是借这两事对举的结构形式表现的。另一方面，结构整体具有意

---

① 　克劳德·列维-斯特劳斯《神话的结构分析》，见王逢振等编《最新西方文论选》，漓江出版社，1991年，第115页。

义趋向力，可为语词的多重意义提供意向指示，使意义分析趋于明朗化。还以那首《天净沙·秋思》为例，"枯藤老树昏鸦"中的"鸦"，其指称义为"乌鸦"，那么这只"乌鸦"与"老树"的位置关系存在着三种可能性的情况：在老树上空盘绕；落在老树枝头；攀立于枝头老巢旁。乌鸦究竟处在什么位置，这对理解全曲意义至为重要。那么选择哪一种位置呢？这需要文本内部的证据。证据有三。一是前一字"昏"，是指"黄昏"（已于上文分析），而鸟雀有黄昏回巢的习性，故应站在树枝上的乌鸦老巢旁。二是由下一句所写想象中家乡美景而知之。曲中主人公因何目睹"枯藤老树昏鸦"之景象顿生思念家乡之情呢？枯藤老树的物象一般不会令人思念家乡的。黄昏乌鸦回巢，则极易触动人与物的类比和想象：乌鸦黄昏时分尚且晓得飞回巢中，此时此刻，我却有家不能归，孤身无处宿，人何以不如鸟乎？遂有下面"小桥流水人家"的忆想。即引发他思念家乡的是黄昏乌鸦回巢的情景，故知那乌鸦必落在巢穴旁。三是全曲意象组合特点，即全曲四句话中每一句话中的最后一个语词都是作者特意点睛之笔。而且这四个语词——"昏鸦""人家""瘦马""天涯"总是两两对举，一虚一实。前一象虚，后一象实。"瘦马"上不写人，以"断肠人"补之。"昏鸦"旁不写巢，以"人家"暗示之。或者说我们从"人家"可以推出黄昏的乌鸦是回到家里的，犹如我们由"断肠人"推断他就是骑在瘦马上的人一样。结构的整体使我们对乌鸦所处的位置做出了唯一的选择。无论意义的逸出还是意义的趋向性，都是超出语言指称义之外的比指称义丰富得多的文本意义。

文本意义最富于超越性的是读者的感受。[①] 之所以最富于超越性，是由于读者阅读的过程本身就是对作品所描述事实与所表达情感的一种自我体验、想象与创造的过程。由于这种体验、想象与创造的依据来自阅读的文本

---

① 本来读者的感受是作品文本之外的东西，不应归于文本意义分析的范围。然而，我们应看到，作品文本情感的传递一靠文本的语言形式，二靠读者的感受，而后者是活的真正的传递（任何一部文学作品的价值最终须接受读者感受的检验）。换言之，尽管读者的感受因人因时代因民族而异，最具不稳定性，然而它毕竟是作品文本情感的活生生的反映，或者说从读者的反映中，我们可以发现文本自身的意义，所以我们把读者感受的内容也视为文本意义再生的一块土壤。

与读者自身两个方面，因此它既与文本规定显示的范围有重合部分，又有越出其范围的可能；既可以发现、填补文本缺失的意义，又可从文本中生发出原本没有的东西。一句话，它的超越性来源于文本之外的读者的个性与经验。诚如诺曼·霍兰德所言："依我之见，不管阅读什么，不仅有可能而且很可能我们要把这种文本之外、文学之外的经验事实与那假设为固定的文本联系起来……接受这些文本之外的因素，并努力理解文本与个人联想之间的结合。"[1] 又由于读者条件的千差万别，从而文本意义在经过读者创造后便愈加丰富多彩。

　　然而当我们对读者感受生发的意义细加分析后，发现读者感受的意义同样具有确定性与非确定性两种因素。确定性源于阅读遵守文本语言规则，并在其规示的范围内运动心思，也即人们常说的读者对文本范式的规范反映。非确定性则是读者将文本与文本之外的东西加以个人联想的结果。赫希为了区分这两者，赋之与相应的概念："意义"与"意味"。"意义是一个文本所表达的意思，它是作者在一个特定的符号顺序中，通过他所使用的符号表达的意思。意味则是指意义与人之间的联系，或一种印象、一种情境，即任何想象中的东西。"[2] 于是，在他那里，读者的接受更多地归于"意味"，而非文本的"意义"。当然，意义与意味在读者的感受中并非截然分开的，事实上，这不过是阅读过程中的不同阶段。一般说来，先读而后感，先接受文本信息而后方引发读者的经验图示，激起联想。但我们在分析过程中为叙述条理清楚起见，理应将二者分开。读者在阅读过程中，如果从文本语言形式规则提示的范围内理解，那么这类读者的感受意义与文本的确定意义往往相差无几，而且这种确定性的意义在不同时代的读者理解中会重复地出现，以至形成所谓的"经典意义"。不过，文本的语言形式规则所隐含的意义，既有读者一

---

[1]　诺曼·霍兰德《寻回〈被窃的信〉：作为个人交往活动的阅读》，见王逢振等编《最新西方文论选》，漓江出版社，1991年，第98页。

[2]　赫施《解释的有效性》，转引自 P. D. 却尔《解释：文学批评的哲学》，吴启之、顾洪洁译，文化艺术出版社，1991年，第21页。

读即生通感的，也有因生疑而需考释品味一番的。因为本来，"语言规则"就是语言的习惯用法及其由这习惯用法所规定的语境及其意义。语言的习惯用法和意义也包括某言语产生时的历史意义。对于中国古代文学作品而言，后一点尤需注意。"它要求对某一特定作品的解释应该建立在该作品的题材所涉及的历史知识的基础之上。比如一首诗中提到了某个神话，那么，批评家就应该熟悉与这一神话有关的文献资料，熟悉这首诗创作期间流行的有关这个神话的见解（或种种见解），以便正确地解释它。"① 譬如《古诗十九首》："浮云蔽白日，游子不顾返。"如果仅以现代语义解：浮云遮日。那么，游子不归来，就只是因为云遮日这一天气现象吗？显然不可能，前后两句之间缺少意义上的沟通与逻辑关系。事实上，"浮云遮白日"有其产生之时的特定意义。李善《文选注》将其明白地揭示了出来：

> 浮云遮白日，以喻邪佞之毁忠良，故游子之行，不顾返也。《文子》曰："日月欲明，浮云盖之。"陆贾《新语》曰："邪臣之蔽贤，犹浮云之鄣日月。"《古杨柳行》曰："谗邪害公正，浮云蔽白日。"义与此同也。

不了解此句当时的意义，就是不了解那时的语言习惯、规则，也就不可能解出这两句诗的意义来。反过来，了解了那时的语言习惯、规则，也就把握住了这两句诗的基本含义。

然而相同的语言形式为何会引起读者不同的感受呢？那是被读者的个人条件（性情好恶、审美视角、价值判断）所制约着的。读者从个人好恶出发，作品的意义便蒙上情绪的色彩。刘勰对此感受颇深：

> 夫篇章杂沓，质文交加，知多偏好，人莫圆该。慷慨者逆声而击节，酝藉者见密而高蹈，浮慧者观绮而跃心，爱奇者闻诡而惊听。会己则嗟

① P. D. 却尔《解释：文学批评的哲学》，吴启之、顾洪洁译，文化艺术出版社，1991年，第4页。

讽，异我则沮弃，各执一隅之解，欲拟万端之变。所谓东向而望，不见西墙也。①

刘勰虽然主张批评者应"博观""圆该"，对上述"知多偏好"持反对态度。然而，阅读或批评本是一种个性行为，不必强求千篇一律。不过，这"各执一隅"的见解，从不同侧面，发见了文本意义的内涵，使文本丰富的意义在不同作者的想象创造中展示出来。譬如李商隐的《无题》"相见时难别亦难"，热恋中的男女，以之表达相爱之情固然可；感情真挚的姐妹、兄弟或朋友，以之表达分别时或分别后的思念之情也非不可；若有人从政治角度观之，将之释为以男女之情表达臣子对一时处于困境中的君主的思念之情，也无不可。因为此首诗，以巧妙的比喻，动人地表达了把感情看得重于一切的人类最牵肠挂肚的相思情绪，所以有这种情绪的人，读之自可产生与己相关的共鸣。

读者的评价是文本阐释最具超越性的地方。评价不完全等同于感受，感受属人生体验，评价是价值（包括审美价值）判断。人生体验受人类共同本性（人性）的制约，故而有许多共性与稳定性的东西。价值判断则要个性化不规则化得多，评论的不可把握性多与此特点有关。譬如杜甫《咏怀古迹五首》之一，咏王昭君的那首：

　　　　群山万壑赴荆门，生长明妃尚有村。一去紫台连朔漠，独留青冢向黄昏。画图省识春风面，环珮空归月夜魂。千载琵琶作胡语，分明怨恨曲中论。

首句写昭君故乡，"群山万壑"如众星捧月般簇拥而至，写得壮丽雄伟，气势

_____

① 刘勰《文心雕龙·知音》，见陆侃如、牟世金《文心雕龙译注》（下册），齐鲁书社，1982年，第387页。

非凡。明人胡震亨《杜诗通》说，那似乎是个"生长英雄"之地。他认为王昭君不是什么英雄，杜甫这样为她壮色，与昭君不符——"未为合作"，显然持否定态度。清人吴瞻泰《杜诗提要》则对此句称赞有加："说得窈窕红颜，惊天动地。"章培恒师说道："两人对此句的评价虽大相径庭，但都体味到了此句所蕴含的高度崇赞之意。"即他们对这两句诗的感受是相同的，都赞赏不已，然而对昭君的看法和杜甫如此写的评价，却大相径庭了。[①] 又如《金瓶梅》手抄本初露世，当时能得见者多以为是罕世奇书。或云："云霞满纸，胜于枚生《七发》多矣。"[②] 或云："信稗官之上乘，炉锤之妙手也。"[③] 然而谈及对此书社会影响的评价，则毁誉天壤。袁中道不无感叹地说："《水浒》崇之则诲盗，此书诲淫。"[④] 沈德符惧怕刻此书的后果："一刻则家传户到，坏人心术，他日阎罗究诘始祸，何辞置对？"[⑤] 写《金瓶梅跋》的廿公却说："然曲尽人间丑态……中间处处埋伏因果，作者也大慈悲矣！今后流行此书，功德无量矣！"[⑥] 欣欣子在《金瓶梅词话序》中也持此观点："关系世道风化，惩戒善恶，涤虑洗心，无不小补。"[⑦]

价值判断一般说来可以是善与恶、是与非、肯定与否定相对立的两极及其两极的中和，似乎并不复杂。然而读者的价值判断取决于读者的价值观念、审美标准与评价视角的差异性，因而就一部作品而言仍然是多样、复杂的，仍然有在很大程度上发自文本又超越文本之外的读者个性因素。

---

① 此段相关内容，见章培恒、骆玉明主编《中国文学史新著》中卷，上海文艺出版社，1998年，第35页注②。

② 袁宏道《袁宏道集笺校》卷六《锦帆集之四·尺牍·董思白》，上海古籍出版社，1981年。

③ 谢肇淛《小草斋文集》卷二十四《金瓶梅跋》，见丁锡根先生《中国历代小说序跋集》，人民文学出版社，1996年，第1081页。

④ 袁中道《珂雪斋集·游居柿录》卷九第72条，上海古籍出版社，1989年，第1315—1316页。

⑤ 沈德符《万历野获编》卷二十五《评论·金瓶梅》，中华书局，1959年，第652页。

⑥ 廿公《金瓶梅跋》，《金瓶梅词话》卷首，见丁锡根先生《中国历代小说序跋集》，人民文学出版社，1996年，第1080页。

⑦ 欣欣子《金瓶梅词话序》，《金瓶梅词话》卷首，见丁锡根先生《中国历代小说序跋集》，人民文学出版社，1996年，第1079页。

三、创作意图、文本意义、读者感受

上文叙述文本意义产生的三个源头时，没有言及作者的创作意图，也未说清读者感受与文本基始义、衍生义间的根本区别。而这两个问题对于弄清文本意义的稳定性与可变性，无论在学理上还是实践上都极为重要，故很有说明的必要。

我们研究中国古代文学作品意义的传统做法是弄清作者的创作意图（作者创作前的动机与构想），以为这个问题弄明白了，作品的意义也可随之确定下来了。这种思维是建立在一部作品仅有一个正确解释的观念基础上的。但是这种观念与古代文学作品分析常常见仁见智的批评实践显然并不一致。原因就在于，文本自身所表达的意义大于（多于）作者的创作意图，就好像一句含有三种歧义的话是说话人想表达意思的三倍一样。维姆萨特曾举过这样一个例子：有人问《旅行者》作者——哥尔德斯密斯——诗的第一行［"远道而来、孤独忧郁、步履蹒跚"（slow）］是否用"slow"这个词表示"运动迟缓"的意思。哥尔德斯密斯答道："是的。"塞缪尔·约翰逊插嘴说："不，先生。你的意思不是指运动的迟缓，而是指孤独者心智的呆滞。"[①]这表明"slow"这个词在那首诗的首行中有两个含义：行动迟缓与心智呆滞，而作者的意图仅是前者。

不可否认作者的创作意图与作品的意义之间有着无可替代的特殊联系，这种联系最终体现为它是作品众多意义中的一个。所以，作者的创作意图对作品意义的阐释有着四个方面的作用：其一是提示作用，示意几种理解中哪个更重要。其二，使原语言所表达的含浑的意义变得具体、确切起来，从而加深对作品的感受理解。如白居易《卖炭翁》标明创作意图是"苦宫市也"，从而将作品更广阔的意义限制在宫市扰民这一具体问题上，使后世读者对唐中叶宫市之害有了更深切的感受。其三，使丰富的文本内涵简单化，减少了作品诱人的魅力。譬如《红楼梦》甲戌本，第1回空空道人的一段话，所讲多

---

① 博斯韦尔《约翰逊的生活》，1778年4月9日，第917—918页。

以为是作者的写作动机。

> 空空道人听如此说，思忖半晌，将这《石头记》再检阅一遍，因见上面虽有些指奸责佞、贬恶诛邪之语，亦非伤时骂世之旨；及至君仁臣良、父慈子孝，凡伦常所关之处，皆是称功颂德，眷眷无穷，实非别书之可比，虽其中大旨谈情，亦不过实录其事……因不干涉时事，方从头至尾，抄录回来，问世传奇。因空见色，由色生情，因情入色，自色悟空，遂易名为情僧，改《石头记》为《情僧录》。

所谓"君仁臣良、父慈子孝""不干涉时事"之类的话，不过是说给官方查验书的人听的，是自制的保护色，非作者本意，故可置而不论。而"大旨谈情"，"空空道人"竟变成了"情僧"，并经历了由空及情、由情至空的"情空"论，则表达了作者的意图。然而将一部《红楼梦》仅仅释为"情空"，作品的丰厚意蕴，便会因之大为逊色。事实上红学研究史表明，人们对这部书的体验感知虽着眼于"情空"又不仅仅限于"情空"之内，更多的学者将目光投向于"情空"之外的世界。其四，文本中创造的某些含蓄空灵的东西，一经具体化，便破坏了人的想象美。诚如鲁迅所言："书上的人大概比实物好一点，《红楼梦》里边的人物，像贾宝玉林黛玉这些人物，都使我有异样的同情；后来，考究一些当时的事实，到北京后，看看梅兰芳姜妙香扮的贾宝玉林黛玉，觉得并不怎样高明。"[1] 我的意思是说，尽管了解了作者的创作意图后对作品意义的理解得到导向性的帮助，但人们还是愿意相信作品文字所显示的意义，因为它更丰富，更完美，更具文学魅力。说到底是由于作品文本的意义大于创作意图的缘故。

　　至于说到读者的感受，其意义（就读者总体的感受而言）既包含着文本的意义，又远大于文本显示的意义。那么分析作品意义是否只要依据读者的

---

[1]　鲁迅《集外集·文艺与政治的歧途》，1927年12月21日，转引自《鲁迅论中国古典文学》，福建人民出版社，1979年，第161页。

感受而可以不顾文本了呢？当然不是。那是因为读者的感受意义如上文所分析可分为两部分：遵守语言形式规则所理解的基本意义；将这种文本意义与想象中的文本意义之外的经验图示相联系而产生的"意味"。后者由于受了读者内心已有经验图示与阅读目的导向，往往偏离文本的意义，使理解走入图示或奔向目的地去了，以至于他所感受的东西有些已非引发其想象的文本意义而是另外一种东西了。譬如有人读黛玉，喜欢并同情她，却将对这位林妹妹的情感移向他身边的一位女孩子身上，爱得发疯，以至陷入情网而不能自拔。事实上这件事已是贾府之外的事，林黛玉只起了引发作用。带着某种目的的阅读也往往产生从文本说开最终离开文本意义的情形。如称为索引派的人，将《红楼梦》中的人物故事与清朝某个帝王或大臣相比附，说宝玉黛玉是某位帝妃或纳兰氏与情人的事，于是敷衍出种种历史传说来。那些敷衍出来的事显然也不是《红楼梦》了。一位叫张竹坡的清人，批点《金瓶梅》，很见出其美学的眼光来，但是却不知他从哪儿弄出个"苦孝说"来，说《金瓶梅》的意义是宣扬孝道。他所说的"苦孝说"，实际与他认为作者是王世贞有关[①]，是由王世贞是大孝子推衍出来的。然而人们读《金瓶梅》，看不出多少"苦孝"的意思来。所以，读者的感受同样不可作为分析文本意义的依据。由此看来，文学作品意义的确定的唯一依据是作品文本。

　　作者的创作意图、作品文本意义与读者感受这三者在意义表达上的关系可用一个简单例子予以说明。譬如，有客人来，你倒好了一杯茶水。你的动机（意图）是出于礼貌。而这杯茶却涉及茶所含的营养成分、对人体的功效以及水的物理状态、茶杯的形状色彩等等。客人饮了一口，品出此味道似曾在哪儿吃过，忽然想起若干年前与他的女朋友初会时，当时她也是用此茶招待的他，于是记忆的大海又回荡起青春岁月甜美的情感浪花来。或者来的客人是位缺水地区的官员，当喝了一口清香的茶后，不由得想到他那里的百姓整日喝苦水，再也泡不出这样清香的茶水来，于是他眼中那只酱色的茶杯，

忽然变成了一座漂亮的水库。应该说，作者的意图与茶的营养、品质及杯子形态都有一定的联系（他要选择好茶好杯以表示礼貌），意图已体现于茶、水与杯之内。客人品出了此茶的味道，此感受与茶的质地相吻合。但由茶水引起的回忆中的以往生活与将来美好的蓝图，虽然也间接地实现了主人礼貌的意图（客人感受到了主人的礼貌），但那也显然不是茶、水与杯子本身（虽然是由它们引起的）。

由此可知，创作意图、读者感受与文本意义的联系在文本语言形式所隐含的确定意义部分，它们之间的差异在于前者——创作意图——小于文本语言形式规定的意义，后者——读者感受中的与文本外的东西的联想意义（意味）——则远离了文本意义，故而越出了我们应分析的文本意义的范围。

四、确定、非确定性意义及其关系

对文学作品文本确定意义与非确定意义产生之源的上述分析，使我们意识到文本意义产生的更深层结构，即它不过是文本语言形式所规定、暗示的意义与对此暗示有影响的创作意图，以及受此暗示所启迪的读者感受或少或多或离或合的复杂的精神交流过程。在这一过程中，最具稳定性和启示性的是文本的语言规则所规定、暗示的意义群，特别是其中的基始意义。最具外突力和非稳定性的是读者受阅读经验与目的性导向而生发的想象图景与意味。在这二者之间，语言的含浑性、多义性为外突力的产生提供了可能。正因如此，正是因为语言的含浑性与多义性（当然还有其他许多共同的东西，如语义共鸣、人类情感、本质的共性等）在文本的确定意义与非确定意义间建立起了某种联系与通路，从而使我们对其关系的探讨成为可能。

首先需说明，文本所言的确定性并非指文本的意义只有一种解释，而是指其具有逻辑关系的多种意义，这多种意义可以分别在逻辑的关系链上确定下来。不确定意义并非指文本意义任人割宰，公说公有理，婆说婆有理，而是指一部作品存在着逻辑上相互矛盾的多重意义，这相互矛盾的意义，就每一个而言，都是合乎情理的、有道理的、难以辩解的、可以接受的。所以，我们很难确定何者是何者非。

　　也许有人会说，依照你的观点，文本的意义总是多种的，而不可能是单一的。一般说来，文学作品的意义不可能是单一的。这是由于语言表意的含浑性、多义性的特性决定的。譬如比尔兹利在《美学》第25页，举了如下的例子：

　　　　一个人说："我喜欢我的秘书胜过我夫人"（I like my secretary better than my wife），我们会惊奇地扬起眉毛，问他："你是说你喜欢你的秘书胜过喜欢你的夫人吗？"他回答说："不，你误解了我的意思，我是说我比我的夫人更喜欢她。"

事实上比尔兹利尚未把这句话所包含的意义全说出来，它的第三种含义是："我喜欢我的秘书（在这次比赛中）胜过我的夫人。"这句话中上述三种意义都存在。这三种意义间没有逻辑联系，所以我们很难理出它们的逻辑顺序来，因此，也就很难说哪一个是正确的，哪两个是错误的。尽管他自己对此做了解释，但"我是说我比我的夫人更喜欢她"已不是他要解释的原先那个句子了（字数与语法结构都已变了，已成为另一新句子）。

　　由此看来，句子的意思要大于欲表达的意思，就像字词之义大于被使用于某一语境的意义一样。同样篇章的意义也必大于作者的创作意图。譬如一部《红楼梦》的意义是什么，有人说表现了宝、黛的爱情悲剧，有人说是表现了宝、黛、钗的爱情、婚姻悲剧，有人说它表现的是整个青年男女的爱情、婚姻悲剧，也有人说它表现的是整个青年的人生悲剧，还有人认为它表现的不只是青年，而是整个人类的人生悲剧……其意义至今还没说完，也不可能说尽。

　　但是，有两点是需要强调的。文本意义的多样性有两类性质：它们之间有逻辑关系与它们之间无逻辑关系。有逻辑关系，其意义便是同一的。诚如却尔所言："如果一部作品有几种正确的解释，那它们就必须在逻辑上一致，所以，它们将是对作品局部的解释，或是对作品不同方面的解释。这些各种各样的（正确的）局部解释——因为在逻辑上必须一致——所以就可以融合成一个（完整）的解释。"① 却尔极强调局部与整体，其实不一定仅限于此一种关系中。如上举《红楼梦》的五种意义就不是局部与整体的关系。五种意义其逻辑关系是由小到大，由具体到抽象，前一意义依次被包融于后一意义之中，故而可以归结为一个更大的意义：《红楼梦》表现的是整个人类的人生悲剧。

无逻辑关系者如对《金瓶梅》中关于描写男女性行为的文字的评价。有人说是"诲淫导欲"；也有人说是"欲要止淫，以淫说法"，意在"止淫""劝戒"；有人认为无论从它所承载的精神内涵看还是就它选择的表现方式论，都基本背离了艺术乃至生活的真善美，并在有意无意中产生了污染视听、引人堕落的恶劣作用；有人认为《金瓶梅》中的性描写与《十日谈》中的同类文字一样，显示了人性的觉醒与解放，这在"天理"压倒"人欲"的明代中后期具有反封建的进步意义；有论者，肯定作者通过两性行为的描写，意在达到劝惩的目的，但客观的具体描写与主观的意图并非完全一致，难免宣淫之责；有人认为《金瓶梅》中性描写的文字大都与深化主题、塑造人物和递进情节相关，写性是为了批奸，写性是为了示丑……从这种意义上讲，《金瓶梅》描写男女之间性行为是一种具有突破性的划时代贡献。以上六种评价可归为两种意见：肯定，否定。这两种意见对立、矛盾的关系不具备统一的逻辑性，因而说明文本的意义（接受者理解的意义）不具备确定性。

但是上述两类对立意见在非逻辑关系中又隐含着一定的逻辑关系，文本非确定性意义中又有其确定性的因素。这种确定性的因素是什么？就是《金瓶梅》中客观存在着的描写男女做爱的文字。而说它的意义是"宣淫"与说

---

① P. D. 却尔《解释：文学批评的哲学》，吴启之、顾洪洁译，文化艺术出版社，1991年，第170页注③。

它的意义是"止淫"，都是对做爱文字依照不同逻辑关系的推衍。一个是直线的逻辑关系推衍，由"果"及"因"，由写男女性行为文字会教人如何淫乱，直接推衍作者的用意必为宣淫；一个是在做了直线的推演后又再次做了反向的折线推演，即"宣淫"的目的是"以淫说法"，使人晓得淫乱过度的悲惨下场以便警醒，其最终的用意是与"宣淫"相反的"止淫"。显然后者所见更深入了一层，深入到了基始意义所引发的再生意义。如是，我们从"宣淫"与"止淫"二者间的非逻辑关系中看到其更深层的逻辑关系，由其表层不确定性的多项意义中看到了其更深一层的关系的确定性。

　　由此看来，任何文学作品文本的意义都是多样的，不可能有唯一正确的解释。但在这多种意义中，各种意义都与基始意义有着直接或间接的联系。基始意义可以引发出有逻辑关系的意义列，也可以引发出无逻辑关系的相互矛盾的意义群，正是由于它们与基始意义的种种联系，使得它们或明或暗或在某一意义层（段）内存在着逻辑联系，正因为它们的相互对立与矛盾，又构成非逻辑关系的多元意义。不管哪种意义都是对基始意义的文学性的升华。而这种升华后的文学价值，则是由语言的形式结构决定着的。即文本的逻辑意义与非逻辑意义犹如两根绳子被不同的语言结构形式编织成（不同形态的）相互联络着的意义网络，分析家就是要通过语言及其形式结构将这个意义网络清晰地一一描述出来。卡勒说：我们的解释"不是对隐藏在作品背后的，服务于控制作品结构核心的某种意义的解释，而是积极参与、考察文本可能提供的各种含义的一种努力"[①]。各种含义——只要是为文本的整体语境所允许的——都是我们应努力发掘的对象。但是仅仅发掘出它们还是不够的，还必须考察、疏理它们之间的内在联系，从而对作品的基始意义与衍生意义及其之间的关系予以说明，这必将有助于增进文学作品文本意义阐释的逻辑性与科学性。

---

① 卡勒《结构主义诗学》，第247页，转引自P. D. 却尔《解释：文学批评的哲学》，吴启之、顾洪洁译，文化艺术出版社，1991年，第168页。

第四节　建立心态文学史学①

一、建立心态文学史学的依据

提出建立心态文学史学是基于两种事实。一是文人的心理机制与文学创作活动的天然联系。文学活动说到底不过是人的心理活动的外化，是人的欲求受现实刺激后的一种语言发泄形式。二是心理学在研究人及说明人的文学行为方面具有不可替代的功能——放大、显微功能。其实从心理的内世界研究历史不单是扩大了理解的范围，而且使许多现象得到心理的深透阐释。既然心理学可以被历史学家运用于历史研究，而成功地建立起心态历史学，那么作为作家心灵晴雨表的文学，作为一个朝代心理凝定的文集，更是进行心理分析的最好范本，故而提出建立心态文学史学便不足为怪，而是顺理成章的了。

二、心态文学史学的理论框架

文学史研究作者的创作心态，研究创作心态在文本中凝定，以求更深刻地阐释文本，首先要借助个体心理学及其分析方法。在这方面弗洛伊德的研究是最富于开拓性、启发性的。其闪光点，无疑非自我、本我、超我的心理结构理论莫属。如果我们将自我本能的范围由性本能扩延到目前人类认知的诸方面（物质和精神的方面），那么可以说这个心理结构涵盖了个体的心理动机、行为走向和价值实现的全部心理过程，合理地解释了个体与社会的矛盾与和谐的复杂关系。正因此，作为人类文化活动之一的文学创作也可以由此得到心理的阐释。就文本的阐释而言，这无疑是一种最得力的利器。目前我们没有看到哪一种方法比它更具体、深彻、鲜活，更具有广泛性，古代任何一部真正的文学作品都可以借用这种方法得到不同层次类型的心理说明。鉴于此，经改造后的弗洛伊德的个体心理学理应成为心态文学史学的第一理

---

① 本节原文刊载于《江海学刊》1998年第3期，《人民大学复印报刊资料》（中国古代近代文学研究卷）1998年第8期全文转载。

论结构层次。

　　然而个体心理分析只能揭示创作心态以及与之相关的文本分析，而文学的历史则是集体的时代的文化心理的连续呈现，它依赖于集体意识，依赖于对社会集体心理的明确揭示。个体心理很难解释文学的民族性、时代性、地方性、集体性以及由此构成的文学运动。因为在一个具有特定"心理集体"特征的群体中，个体心理必然受到控制、暗示、感染的作用力干扰，因此文学史出现的大量的集体文化现象，如民族特色、时代特征、文学思潮、文学流派、作家并称等等，起主要乃至决定作用的是集体心理。勒邦的观点有一定的道理：在一个集体中个人的特殊的后天习性会被扼杀，因此，他们的个性也会消失。种族的无意识的东西会冒出来，同质的东西淹没了异质的东西。勒邦指的是一个短暂的集体，如果在一个稳固的集体中，个体的意识也会与集体意识和平相处，即使保留自己的立足之地，也难以摆脱集体意识的影响。正因集体意识与文学运动的上述关系，集体心理学及其分析方法便理所当然成为心态文学史学第二个理论结构层次。

　　对集体无意识的探讨，弗洛伊德虽有开辟之功，但因受其泛性论、个体化、原始化、生物化的思维影响，结论颇多可疑。倒是他的弟子荣格有意识地校正老师的泛性论、个体化，使其超越生物性和个体性，走向文化和民族，并进而创建了"原型"论。此论对于解释文学史上常见的"母题"现象和民族情结颇为有益，以至于产生了后来的神话原型批评。

　　"原型"理论在一定范围和程度上说明了集体潜意识的存在形式及其作用。的确，遗传，一代代遗传的沉淀，构成了集体无意识深层的内容，这些东西形成了大到一个民族小至一个家庭的传统。非但如此，遗传也构成了横向的类质的区别。说得更全面点，是远祖的遗传与现实的"心理同质性"（共同的兴趣、共同的情感倾向、共同的观念意识等）形成了不同类型的文化集体：创作团体、地方作家群、家庭文学链、师承门派等等。一个民族有一个民族的思维方式，一个时代有一个时代的文学，一个地方有一个地方的风格（如南北文化的差异，齐鲁文化、燕赵文化、吴越文化、秦晋文化、草原文化的地方色彩），乃至"三曹""三张""两陆""三苏""三袁"等时代文学精英同出于一族一门的现象屡见不鲜，对这种文化现象的心理解释，自须借助民族文化心理、时代心理、地域文化意识、家族师承意识等集体心理加以说明，而遗传、复现论、心理同质说在说明上述心理方面具有不可替代的功效。

然而原型批评没有摆脱弗洛伊德早期被压抑意识（对于个体来说是童年被压抑的欲望，对于集体来说是"原始时期发生的久已被人遗忘的那些事件"）重新复现的回归原始的思路。非但没有摆脱，反倒沿着这个思路走得更远。如果用这种方法解释文学的历史，历史的功能仅仅是对原始的复现，作者不过充当记忆的工具，那么人的创造力、文学发展与进化又从何谈起？文学史的动力又来自何方？

人不单是原始意识的承传者，也是旧时意识的磨灭者，不单是被动的接受者，而且是积极的创造者。正是这种无止境的欲求与欲求不能满足的矛盾，成为社会前进的动力，也是文学发展的动力。无意识的运动方向是两维的，既有复现过去的意识回归，又有超越过去走向未来的新欲求躁动，而且后者占主导地位，正是由于潜意识无休止的欲求、躁动，人的审美情趣、文学样式、表现技巧、批评理论才不断地花样更新，一代代文学才留下一片片的足迹，构成了蜿蜒曲折的历史轨迹。由此可见，精神分析学派的集体无意识理论是残缺不全的，将之运用于文学史研究同样需量体裁衣，加以改造和完善。

我们应该面对这样的问题：在心理学与文学史学之间最需填充的东西是美学与历史，是心理学与美学和历史学的结合，说白了就是要建立文学审美史心理学。没有这个填充与建立，心态文学史学的理论大厦就很难矗立起来，而精神分析学派在这两方面恰恰是欠缺的。弗洛伊德与荣格企图将心理分析的方法用之于文艺，他们的实践只是在有限的范围（创作心态方面）进行的，实验的结果，连他们自己都感到不尽如人意，弗洛伊德在《陀思妥耶夫斯基与弑父者》一文中声称："可惜，在有创造性的艺术家这个问题面前，精神分析学是无能为力的。"荣格讲得更坦率:"可以成为心理学研究对象的,只是那些属于创作过程的方面,而不是那些构成艺术本质属性的方面。艺术本身是什么?这一问题不可能由心理学家来回答,只能从美学方面去探讨。"精神分析学派长于个案分析,长于共时态的把握,其历史观则残缺不全,或者说,他们没有完整而清晰的历史观。看来要完成心理学与文学史学的联姻必须建立文学审美史心理学,将民族思维、民族审美心理与历时性的历史和逻辑相统一的历史观三者有机地结合起来,从民族审美心理的嬗变展示文学发展的历史。

应特别需要说明的是,上述心理分析方法在解决文学史现象方面各有自己的用武之地。个体意识与家庭师门意识用之于作家个体文化修养、个体气质、创作动机、心态及其在文本中的凝定;地域意识着重探讨地域文学特色、文学团体、文学流派审美意趣形成的原因;时代意识对于说明一个时代的文化审美心理、文学思潮的内质具有不可替代的功效;而民族文化审美心理则是说明中国文学在世界文学中的独特个性、思维习惯、审美传统及其这种个性、习惯、传统是如何演变成中华民族文学发展历史的。同时,一种文化心理总是受更高一层文化心理的暗示、感染的影响,而不可超越其影响的范围之外。所以上述心理分析方法在心态文学史学方法结构中的排列顺序,是从个体心理学到民族文化心理学,由低到高逐层排列的。而处于顶端的民族文化意识对其下的心理意识有着最大的统摄力、暗示力、感染力,从整体上和最深心理层次上展示中国文学迈进的步履,故而其在心态文学史学的整个结构中处于统领地位。

三、心态文学史学的研究方法

心态文学史学的价值和意义不仅在于理论的规定性,更在于方法的科学性与有效性程度,而后者正是最易引起人们担忧、怀疑乃至非议的地方,故而显得尤为重要,也尤须小心。心理本来是人的一种隐秘的自我,具有明显的排他性、隐蔽性,现代人分析古人的心理更是难上加难。一来历史留给我们的材料少得可怜，且缺衍讹伪甚多，稍不留心就会陷入误区。二来古人与今人心理上的距离很难合而为一，极易造成以今人之心测古人之意的情形。还有研究者的知识（心理学知识与文学知识）在运用中能否均等、兼顾等。这些问题的存在随时有可能使文学史的研究滑入主观主义、反历史主义和庸俗心理学的歧途。鉴于此，对文学史心理分析必须坚持两项基本原则：一是反对凭空揣测的客观性、科学性原则。二是必须将文学史、心理学统一于逻辑学的原则。统一原则有三项规定性：心理学的修养、文学史学的理论修养、逻辑的思辨表述能力。客观性原则不仅要求分析者对所依据的史料在分析前进行去伪存真的考辨（包括对史料撰写者撰写时心理动机有无作伪可能性的分析），而且要求心理分析者退回历史，尽可能地逼近心态生成时代和生成者的个性。

心态文学史学以心理体认文学史的方法主张，必然引起研究、撰写者思维方式与叙述语言的变化，由价值评判、评述语式，转向心理体验、描述语式。心理体验式的思维既具有逻辑思维与形象思维的双重性，又有心心相印式心理感知的独特性（非逻辑性、变象性）。其特点是在思维过程中，始终伴随着情感和心理体验。它一般不对具体事物做直接抽象，而是将其转为心理意象，经过心理的体验、心态的把握，尔后回到具体的事物，在已知的事实间填空补缺。这一思维方式自然要求与之一致的语言表述，一本正经的评判语调已显得格格不入了。于是能够灵活显现"心象"的描述语式成了其"意中人"。这种思维方式与语式既便于俯瞰历史，勾勒轨迹，又能切入文本，与其内在的心理情感相溶为一，在复现文学史的鲜活浑漭上，显示出自身的独特优势。

心态文学史学涉及的理论问题很多，不是一节内容所能说全说透的，本节只是谈了几点个人想到的东西，意在说明其必要性和可行性，以便引起学界的注意，更细更深的研究有待来者。

第五节　文学史研究的中国学派①

一、文学史变革的四个特征及其格局转变

新时期以来文学史研究的发展具有自己的内在逻辑和内在走向，文学史研究的革新有这样四个特点：宏观性、理论性、开放性和创造性。

宏观性是从对文学史研究长期存在的狭隘性、简单性、政治性、微观性状况的反思中产生的。从学科间的关系上说，它既是多学科交叉的结果——哲学、美学、文化人类学、阐释学、心理学等纷纷被引进文学研究之中，又日益推动着文学研究向其他学科做更多的融汇。从科学发展的规律上说，杂交必然产生新品种，多学科的融汇必然使文学史研究在一个宽广深博的基础上更新其内在的素质，促使文学史新潮的产生。新中国成立以来至新时期之前的文学史研究大体处于作家、作品的研究阶段，研究视野最多看到流派。也有文学史著作，但不多，且以集体编写为其形式，个人编写的文学史著作寥寥无几。新时期以来文学史研究的一个突出现象便是涌现出一股文学史热，并且这股文学史热又是以个人著史为特征的。这种现象一方面表现了新时期以来文学史研究者同解放思想运动一脉相承的研究个性的上升，另一方面也表现了宏观把握能力的提高。

一方面，宏观性必然导致理论性的加强。因为只有站到理论的高度上才能俯瞰文学现象的起伏，也才有真正的宏观，因而宏观性乃集中体现于能否提出一个深入揭示事物内在本真的理论构建。另一方面，理论性要求的上升又同"史的研究就是理论的创造"原则的得到确认有着密切的关系。20世纪五六十年代的文学史著作往往是比较平浅的作家论的无机的聚合，有人针对这一情况曾打比方说，一个个马铃薯好比一个个的作家论，拿一条麻袋将这一个个的马铃薯装在一起便成了文学史。而新时期以来的文学史研究则讲究整体性的理论框架和史的贯穿线索，其集中的体现及最高的形态便是逻辑学

---

① 本节原文刊载于《中国社会科学》1996年第6期，《人民大学复印报刊资料》（文艺理论卷）1997年第1期全文转载。

思路在文学史著作中的运用。逻辑学思路的运用乃是文学史研究中从未有过的新气象。

理论建构的追求极大地加强了研究主体在思想和见解方面的要求。要想对研究对象提出一种深刻的见解，除了要对材料做出深入研究外，还必须有一种新的感受与体悟，而新的感受与体悟往往是在比较与汇通中产生的，因而开放的眼光必然与理性的要求相伴而发展。宏观性思维与开放性眼光的结合自会产生一种跨文化的视角。跨文化的视角在增强文化的比较性的同时也就使得学人们对于文化体系之间的相通与相异有了更为切实的认识，从而易于导致一种建立在文化吸收基础上的文化创造。这种文化创造不是封闭在小圈子中的自以为是，更不是拾人牙慧的舶来主义。这是开放的眼光、容纳异端的胸怀与深沉的民族自信心的结合，其中不仅有着一种为了寻求民族文化发展新道路的严肃的民族责任感，而且还有着一种对人类文化做出炎黄子孙所应做出一份贡献的民族自豪感。

如何使得文学史著作具有理论形态，是中国学者在文学史研究中所注意的焦点，因而也成为其创造性之集中所在。与文学史写作相伴而同时发展的是，关于文学史理论的讨论在新时期中也持续未断，形成一个突出的景观。《中国社会科学》《社会科学战线》《中州学刊》等许多刊物都十分重视并发表了这方面的文章，《文学遗产》《江海学刊》还开辟了专栏，《河北师范大学学报》甚至坚持每期都发表文学史转型讨论的论文。文学史热与文学史理论讨论，构成了新时期文学研究区别于以前各个历史阶段文学研究的两个最为鲜明的特点，而方法论上的创造则是这两个特点的集中升华。当中国学者在方法论上形成了自己独特的面貌时，中国文学史研究就必然而且实际上也正在走着一条自己的道路。

可以看出，以上四个具有鲜明时代气息的特征之间，有着深刻的内在联系，文学史革新及其发展为新潮的必然性，正是由这样一种内在逻辑所决定的。

二、中国学派建立的四个条件

中国文化历来具有消化外来文化的能力，佛教的汉化是人们熟悉的例子。新中国成立初，我们曾提出向苏联学习的口号，但不久就开始纠正在这个问题上的片面性。不仅在社会建设上摸索着自我前进的道路，而且在文艺上也提出了建设马克思主义的具有中国特色的文艺理论的任务。在新时期以前因为显见的原因，这两方面的工作还难以取得真正的进展。新时期以来，在新的历史条件下，这两方面工作的加速发展就是必然的了。

然而，可贵在于创新。虽然文学史新潮的兴起有其时代、社会及学科发展内在的必然性，但如没有有志革新者的具有远见、不畏艰难的探索，也是不可能成功的。文学史新潮的明显兴起可以追溯到20世纪80年代的后期。当时中国经济的发展还未呈现目前的蓬勃景象，僵化保守的倾向还相当严重，有远见有开拓能力的文学史家正是在这种背景下起步的。如果没有成功的实践，则一时的潮起迅即会回落。由于文学史新潮取得了令人耳目一新的成就，所以文学史新潮兴起后即以其所向无前的锐气和一股蓬蓬勃勃的朝气，改变着中国文学研究的整体格局：首先是古代文学研究领域中对革新的可能性表示怀疑的倾向得到了改变，学人们从取得重大成功的著作中吸取了足够的信心，从而涌起了一股文学史热。古代文学研究由此一跃改变了其长期的滞后状态，成为近年来文学史研究中成果最多、最为活跃的一个领域。空洞的方法之谈开始向务实的方向发展，食洋不化的倾向开始得到纠正。由于古代文学长时段研究及其具有丰厚内在意蕴的优势得到了鲜明的体现，现当代文学研究转过来寻求与古代文学的汇通，文艺理论研究也开始改变其外来性、空洞性，日益同古代文学史的研究相结合。一个重要的方向，即从本民族文化传统和现实的文学史研究中概括出新的文学理论的正确的理论发展方向，自21世纪以来第一次获得了成功的开辟，并结出了丰硕的果实。

文学史革新已经取得了学界公认的突出成就，文学研究的整体格局亦已发生了显著的变化，现在已经有条件提出建立文学史研究的中国学派的问题，以便巩固成绩、扩大战果，并进而在现有基础上发展业已出现的文学史研究的新概念及方法论体系。学派的建立要满足四个条件：一是要有一套具有较大创新意义、特色鲜明而又严谨周密的理论体系，二是要有运用这种新理论而获致突出成功的著作，三是应产生为学界所公认的代表人物，四是这一理论及其实践应在当代学术界和读书界获得重要的影响。实践表明，经过近十年的努力，这四项条件已经处在逐渐具备之中，现在已到了提出建立中国学派的任务并加以切实推进的时候了。文学史研究中国学派的建立还需要做大量的工作，还需要有志之士共同做出艰苦的努力，但这已是一个可以接近并逐步加以实现的目标了。当这一目标实现之时，中国文学研究就将以其独特的面貌对世界文学研究做出重要的贡献，并对世界文学研究的未来走向产生其不可忽视的影响。

第六章

货币哲学与文学史新范式

　　大家都知道文学形式的变化与书写工具、文字载体相关，刻在龟甲兽骨上的文字与印刷在纸上的文字，由三言二语之简，到千万言之繁。由刻版印刷的书、以胶片为媒介的电影（需投资制作），到以手机、互联网为媒介的网上文学（无须投资），文字表现有更大自由度和深细趋势。这是大家都感受到的。它说明文学本身首先是物质的存在，精神存在于物质之中。物质与精神是一个整体，就像肉体与精神是一个不可分的整体（生命本体）一样。人的本质是永不满足地欲求着的生命体。第一位的欲求是生存的欲求，其次是发展和精神的欲求，然而，二者是一而非二，只是各自的表现形态不同罢了。譬如人的喜怒哀乐之情总产生于生理现象且与利益相联系。而我们以往的文学史，只关注喜怒哀乐，却不大关注造成喜怒哀乐的生理与利益的原因，如疾病，如事业，如官场顺逆，如利益与名声等。故而，这样的文学史就难免出现知其然而不知其所以然的问题。这是其一。其二，古人的价值观，与今人的价值观发生了翻天覆地的变化。譬如古人讲节俭消费，今人讲超前消费、快乐消费。古人重农轻商，现在重商轻农，等等。若反问因何如此，从根儿上回答，则是生产生活方式发生了根本的变化，由农耕生产和食货生存状态，演变为了工业化生产和货币化生存状态的结果。社会政治生活也只是它的一种表现形态，是生产生活方式的变化引起了人价值观念的变化，也使得文学的性质发生了根本的变异。此前文学史家的眼光只停留在了朝政的兴衰层面，而不知文学的性质不是由政治而是由人的生存状态决定的。譬如，以前文人的书写多为自娱，而绝少为了赚钱（特殊环境例外），而现在的文学却是为了读者书写，为了赚钱书写的市场文学。正是基于物质与精神的一元性，基于生产生活方式决定人的价值观和文学观的原理，我主张突破政治决定论，从货币文化的视角审视文学和文学的历史，提出中国文学的性质与发展经历农耕文学、农商文学、工商文学三个阶段的文学史观，质疑乃至挑战古代、现代、当代的传统文学史观。这方面撰写的成果较多，有些发表于《中国社会科学》《文学评论》《文学遗产》，然限于篇幅，有些也不得不略去。

第一节　文学研究的新视角、新方法①

作为适应人的需求而生成的文学如同人的需求一样是多元而复杂的有机体，故而文学的研究也自应是多视角多层次的研究。文学是人的情感需求、精神需求的产物是毫无异议的，然而我们不禁追问：这种情感和精神需求从何而来？它与人的生理需求、生存需求毫无关系吗？在情感需求、精神需求之中是否隐藏着更深的生存-利益需求？就文学生成而言，质料因、形式因、动力因、目的因中有无物质-经济的因素参与其中？这些参与其中的物质-经济因素与道义-精神因素之间的关系如何？一句话来说，文学研究的多元视角中，应不应该有物质-经济的视角，这应是一个怎样的视角，怎样的研究方法，本节试就此问题做一分析和探讨，以求说明中国古代文学研究的"新经济视角"的理论内涵与实践方法，拓展文学研究的视域。而新经济视角对于打通古今文学、研究市场经济下的当下文学也当不无裨益。

一、人的本质：情欲的道义人

人的本质是不断地追求物质与精神欲望的满足，这是人们的共识。作为生命个体，要生存自然需要生存下去的物质条件（衣、食、性、住、行及钱财等），并为之奔波操劳。作为社会的人，在获取物质需求满足的过程中，必然遇到与他人的关系，自然思考如何智慧地处理这些关系的原则、方法，并做出价值判断，精神的需求也由此而生。由此可见道义精神需求是生理（物质-经济）需求实现并放大过程（使放大成为合理、久远）的必然产物。然而，古代中国人却将道义精神放在食利富贵之上，形成重道义、轻食利的价值观。孔子云："君子喻于义，小人喻于利"②；"君子谋道不谋食"③。

---

① 本节原文刊载于《中国文学研究》第十二辑，2008年9月。

② 孔丘《论语·里仁》，见《诸子集成》第一册《论语正义》卷五，上海书店出版社，1991年，第82页。

③ 孔丘《论语·卫灵公》，见《诸子集成》第一册《论语正义》卷十八，上海书店出版社，1991年，第346页。

于是后代的儒学愈来愈强调人的本性的道德内涵，将"仁义礼智"和"忠孝节义"视为人性的本体而将人们追求物质钱财的欲望——人欲——视为遮蔽、侵蚀道义的恶源。[1] 人成为超越乃至排斥物质利益的道义人。这种对人本性的理解抽取人性根本内涵，显然是片面而不合乎人性实际的。在古人的观念中，重道轻利不假，但道与利没有一致性与共同性吗？君子从来不谋食不谋利吗？联系孔子汲汲求官的一生和他的其他言语考察，发现上述孔子的两句经典语录所言之本义并非传统理解的君子轻视乃至排斥利益，倒是主张君子比小人能谋取更大的利益。在孔子看来，君子与小人的根本区别在于胸襟、眼界的大小，眼光的高低远近。"君子上达，小人下达"[2]，君子胸怀天下，眼光高远，他看到的不是直接的个人的"食"、眼前的"食"，而是天下人的"食"，一生的"食"，即君子并非不谋"食"，而是通过谋"道"（天地之道、治世之道、人生之道）最终谋取更大更长远的食——富贵名利。正因如此，对只看到眼前个人利益的小人（地位低下衣食不周的人），孔子就以"利"晓喻他；对于胸怀天下的君子（地位高贵丰衣足食的人）则要将"义"晓喻他。孔子所以轻视问稼穑的学生樊迟，是因为这位学生不懂得谋道的君子不用亲自耕种收获，粮食自然会有的道理。"耕也，馁在其中矣；学也，禄在其中矣；君子忧道不忧贫。"[3] 由此可见，在孔子看来，人生的最终目的是获得物质-经济的满足（在使天下人获得衣食幸福的同时，自己可获得与之相应的物质-经济满足和长远幸福），而精神-理性——"道""义"则是获得"食""利"——物质-经济需求的前提、手段并使之合理、久长的因素。孔子强调，物质-精神的需求必须以"道""义"的手段得之，即所谓"富与贵

---

[1] 朱熹曾说："圣人千言万语，只是教人存天理灭人欲。……人性本明，如宝珠沉溷水中，明不可见，去了溷水，则宝珠依旧自明。自家若得知是人欲蔽了，便是明处。"见朱熹《朱子语类》卷十二，第8页。

[2] 《论语正义》曰："皇疏。上达者达于仁义，下达者，谓达于财利。"《论语·宪问》第十四，见《诸子集成》第一册《论语正义》卷十七，上海书店出版社，1991年，第318页。

[3] 孔丘《论语·卫灵公》，见《诸子集成》第一册《论语正义》卷十八，上海书店出版社，1991年，第246页。

是人之所欲也，不以其道得之，不处也"①。正因如此，道义与富贵犹如一阴一阳相伴而行，古人理想的人生无不是追求其统一性，"不义而富且贵，于我如浮云"②。若合乎道义，富贵就是得之有道，就变得合理，人人都应"所欲"了。可见，道义可使人的"所欲"变得合理，而合理的自然可以长久，于是道义中自有"所欲"在，自有富贵利益在。

那么，孔子、孟子所讲的道义，是否如两千多年来人们理解的那样，是完全排斥利己的利他主义？孔子、孟子都主张仁爱与仁政，强调个体利益让位并消释于群体利益之中，体现出鲜明的利他主义。然而深入地推敲，"爱人"也好，"恻隐之心"也罢，都是建立于爱己这个前提与基础之上的。所谓"己所不欲，勿施于人"③，所谓"老吾老，以及人之老，幼吾幼，以及人之幼，天下可运于掌"④，都是孔孟仁爱及仁政的最经典表述。从这个表述中可以看出，"勿施于人"和"以及人之老""以及人之幼"的前提是"老吾老""幼吾幼"，爱自己的老人和孩子。而爱自己的老人、爱自己的孩子，又是以爱自己为基础的，"己所不欲"就是将自己作为思考的出发点。如果一个人连自己都不爱，如何去爱亲人，如何会去爱亲人之外的不亲之人。这种"推己及人"的仁爱，有力地说明即使在儒家的思想中，爱己（利己）是第一性的，爱人（利他）是由爱己利己派生出来的第二性的。

如是分析，我们发现儒学的创始人对于"君子"真正的理解，与传统认为孔子对君子的理解至少在三个方面有所不同：其一，君子不直接从事获取食利的劳作，而是通过谋道，获取更大的食利——富贵。君子不是单纯

---

① 孔丘《论语·里仁》，见《诸子集成》第一册《论语正义》卷五，上海书店出版社，1991年，第76页。

② 孔丘《论语·述而》，见《诸子集成》第一册《论语正义》卷八，上海书店出版社，1991年，第143页。

③ 孔丘《论语·卫灵公》，见《诸子集成》第一册《论语正义》卷十八，上海书店出版社，1991年，第343页。

④ 孟轲《孟子·梁惠王上》，见《诸子集成》第一册《孟子正义》卷一，上海书店出版社，1991年，第51—52页。

的道义人，而是以道义获取富贵的寻求最大富贵的人。其二，在道义与富贵中，道义既是谋取富贵的前提，又是谋取富贵的手段，同时还是使富贵变得合理、长久的手段。其三，道义富贵人所讲之道义因与其治国平天下的愿望同步，所以，它非但不排斥利己性，而是以利己性为基础，推己及人，推己及天下，从而使自己的需求得到最大满足（所谓"居天下之广居，立天下之正位，行天下之正道"①是也）。佛教的"佛理极乐人"与道家的"自然生命人"虽其道各有差异，但都是为了满足生命的最大需求，都具有以上质性。②正因为古代中国人也是追求物质需求与精神需求满足的人，并具有以上特性，所以，我们分析古代文学作品时，既要看到作品中所洋溢的道义精神，更要透过道义精神层面，发掘隐藏于精神层面背后的对物质经济利益追求的热情。而这种热情（富贵热情）才是情感产生的本源，才是道义生成的原壤。

　　中国文学研究的新经济视角不同于以往旧经济视角之处，正是这种将古代中国人假设为道义富贵人的人性的新认知。从这种新认知出发反观文学，会带来文学观念、审美观念、文学研究视角与方法的一系列变化。

---

①　孟轲《孟子·滕文公下》，见《诸子集成》第一册《孟子正义》卷六，上海书店出版社，1991年，第246页。

②　不仅儒学创始人所论之人是道义经济人，老庄之道十分强调人不为物役的无所待的精神独立与自由逍遥，而这样做的最终目的是实现人的自然本性的自然发展，实现人的寿命的久长。而生命久长在道家看来是最大的物质利益。他们的人性观是自然生命人。在他们看来，自然生命人同样将自然之道作为获取生命久长的手段，只不过他们用生命久长的利益取代了功名富贵的东西，故而对于功名富贵不屑一顾罢了。佛教创始人的出发点是建立于生老病死的人是痛苦的认知基础上的。如何使人摆脱、超越生老病死的痛苦，走向无生无死、无老无病、各取所需的人生极乐世界成为佛教创始人追求的最终目标。其方法就是以建立于十二因缘基础上的万物皆空的真空理论及其实践这一理论的修持行为来达到的。佛教的人性观本质上是佛理极乐人。其与儒、道的相同点都是将人视为理性精神与物质经济的统一体，都是将物质经济人的实现作为最终目标，而佛理也好，自然之道也好，道义也罢，都不过是实现最终目标的工具手段，都是将利己作为出发点，以普救众生的利他性为标榜，成佛成道的利己性在利他性实现的同时得以实现。

二、文学的本质：情欲的道义化、形式化

文学是用语言艺术的形式表现人的本性的。所以，对人的本性理解不同，就会形成不同的文学观念。将人视为社会关系总和的社会人，就有文学是社会生活反映的文学观。那么，将人假设为道义富贵人的文学观又将是怎样的呢？这个重要问题的回答须建立于对文学现象分析的基础之上。

对于世界现象的分析的方法很多，亚里士多德的"四因说"不失为一种科学而有效的方法，这种方法也适用于文学现象与本质的分析。亚里士多德认为世间一切自然生产物与技术制造物的产生都具有四种原因：质料因、形式因、动力因和目的因。

质料因。质料在亚里士多德看来，是指无灵性、无活力的材料。它虽然是受动者，但却具有生成形式的潜能。譬如雕像的质料是铜，房屋的质料是钢筋水泥。铜不能自成雕像，但它却有生成雕像的潜能，如同钢筋水泥具有生成房屋的潜能一样。所以它是自然产品和科技制造品的基石，"如果没有石料，就没有房屋，如果没有铁，也就没有锯子"①。那么，文学质料就是能使文学成为现实的潜能，具有这种潜能的主要是文字，包括三类东西：一是汉字（岩画、陶画文、甲骨文、铭文、大篆、小篆、隶书、楷体、宋体等）。这些汉字是文学质料的主体，它有成为书面语言的潜能，文学文本主要是由它构成的。二是记载汉字的介质——壁岩、器陶、甲骨、铜铁、石料、竹简、布帛、纤纸等。三是书写汉字的工具——刀、笔、墨、砚等。后两种（介质与书写工具）直接促进了汉字字形的演进和文学体式（卦体文、铭鼎文、四言、六言等体式）的变化。需特别指出的是，上述三类文学质料都是物质的，都是需要用钱交换的，故而又是经济的，其本质属性是物质-经济性，具有生发为经济活动的潜能，正是具有经济属性的文学质料的变化，引起了新文体的产生和文学形式的变革。

形式因。形式是质料的潜能变为潜能实现的现实。质料只有获得形式后，

---

① 苗力田主编《亚里士多德全集》第二卷，中国人民大学出版社，1991年，第234页。

技术制品才存在。亚里士多德指出，使质料成为某物的原因就是形式。雕像是铜的形式，房屋是钢筋水泥的形式，因为雕像使铜的潜能变为现实，房屋使钢筋水泥的潜能变成了现实。这种由潜能变为现实的过程起决定作用的是形式。形式正是质料追求的目标。现实化的过程（赋予质料以形式的过程）正是形式化的过程。推进这一过程实现的是人的创造性潜能，这种创造性的具体表现就是使质料在思想中生成形式——灵魂形式，并将灵魂形式变为质料形式。亚里士多德将其表述为："在生成和运动之中，有的称为思想，有的称为制作。思想从本原出发，从形式出发，制作则从思想的结果出发。"[①] 须特别指出，质料——文字语言——贯穿这两个阶段的始终：前一阶段作为思维工具伴随思想的全过程，并形成灵魂形式；后一阶段则作为情感——思想的载体，化为具体而新颖的质料形式。如果讲侧重点的话，前者是质料的思想化，后者是思想形式的质料化。亚里士多德将其称之为两种形态的形式：观念形态的形式和现实形态的形式。由此看来，质料变化为现实的形式化过程是物质与精神交互作用的过程。说得明白一点，文学形式的最终形态是物质化的，但推进现实化的过程则是精神的东西，物质形态的经济因素所起的作用是辅助的。这种辅助作用主要表现为三个方面。其一，汉文字、语言是形式生成的工具和形式的本体，而体现为受教育而得来的语言文字和表达才能是隐于创作之前的，故而物质经济因素是间接地作用于质料的赋形过程。其二，语言、记载语言的介质以及书写工具，是形式生成必备的物质-经济条件。其三，作为质料现实化的前提——文学（书面）创作需要一定的经济条件：能够满足人的生存需要的经济条件和创作所需的经济条件。

　　动力因。质料可以变成现实-形式，但是质料自身不能成为形式，就像铜自身不能变成铜像，钢筋水泥自身不能变成房子一样。同样，文字、纸张、笔砚自身也不会主动变成小说、诗歌。那么，什么东西使质料的潜能变成现实形式呢？那就是具有施动能力的人。人是质料变为形式的动力因。雕塑家

---

① 苗力田主编《亚里士多德全集》第七卷，中国人民大学出版社，1992年，第164页。

是铜像形式生成的动力因。作家是文学形式生成的动力因。"创制的本原或者是心灵或者是理智，或者是技术，或者是某种潜能，它们都在创制者之中。"①

　　说人是"动力因"，不免有些笼统。我们需要分析作为动力因的人的动力来自何处。就文学而言，须回答文学生成发展的动力是什么的问题。文学的生成与发展的动力是人的原欲、利益和情感。因为人的本质是道义富贵人，追求欲望实现最大化的道义富贵人。所以，欲求就成为道义富贵人发展的动力，也成为表现道义富贵人情感的文学发展的原动力。人的欲求有哪些内涵？西方学者有不同的说法②，愚以为傅立叶的分法更为科学而清晰。傅立叶将人的需求分为三大类：其一为与五种感官相对应的五种物质情欲——食欲、声欲、色欲、味欲、性欲；其二为依恋情欲——友谊、爱情、爱荣誉、爱家庭；其三为分配情欲——竞争、多样化、创造欲。第一类五种生理情欲，正是人的原欲。这五种情欲中最具力量的是食欲与性欲。古人云：食色，性也，讲的正是这两种原欲。食欲是人类一切物质生产的基础；性欲则是人类自身生产的基础。说其是原欲，指其他类的欲求是由此生发出来的，是这两种原欲的延伸、升华。譬如人要生存就要吃饭。要吃饭就要有土地有粮食。而粮食土地，是要用钱买的，于是需要银子。要银子、粮食就要去做官，以求获得俸禄、封地。做官要合乎统治者"忠""孝""节""义"的道德要求，需做道德高尚、有德有才的君子。具备了统治者所需要的德才而做了官，就想使官越做越大，不但钱粮愈来愈多，而且能够父爵子袭，能够光宗耀祖，能够名留青史，使门庭代代光耀。于是就寻求实现这一人生目标的方法——道。性的欲求同样是如此。人有性生理的机能，就有性的生理欲求和心理欲求。就有性爱、有男女之情爱，就有婚姻子女，就有家庭，就有性伦理、家庭伦理，就有约束男女性行为的一系列礼仪制度和法律，就有一系列丰富的性文化。

----

① 苗力田主编《亚里士多德全集》第七卷，中国人民大学出版社，1992年，第146页。

② 此后马斯洛又将人的需求分为由低到高的五个层次：生理需求、安全需求、社交需求、尊重需求、自我实现需求等。马克思则将其概括为物质需求（包括五种物质情欲）与精神需求（包括依恋情欲与高尚分配情欲）两大内容。

傅立叶所言的人的第二类情欲——依恋情欲（友谊、爱情、爱荣誉、爱家庭需求）正是性欲需求的进一步生发和延展，向更广泛的男女关系的延展。由此可见，道德的需求、自尊的需求、自我实现的需求等都是食、性的需求的延续。精神（伦理、道德、人格、情操）需求只存在于食货与性需求之中，而非单独存活于这些生理、物质需求之外的另一种东西。精神需求是食货性爱需求不断发展的产物，也是实现生理、物质需求的条件和杠杆。

说食欲、声欲、色欲、味欲、性欲的生理欲求是文学生成与发展的原动力，主要基于以下两点考虑：

首先，中国古代文体产生于人的生理欲求。因为一切文学样式都是迎合着人的某种需求而产生的。当人有了用喉咙、文字、音调、节奏表达情感的需求时，便产生了诗歌。当人有了以文字表述对世界的理性认知和自身情感的需求时，"文"便应需而生。至于戏剧的起源，亚里士多德认为"仿佛有两个原因，都是出于人的天性"，出于人的需要，一种是"人从孩提时代起就有的摹仿本能"，一种是"音调感与节奏感"。[①] 当人的耳朵有了想听故事的消遣、娱乐愿望时，"传说"与"街谈巷语"先在茶余饭后、田间小巷中慢慢流传起来，尔后逐渐出现了说话、讲故事、小说等形式来满足时间越来越充裕的人们的需要……人类对文学艺术的需求是个不断增长的过程，需求的增长也促进着文体形式的变化，如诗歌由四言到五言，再到七言，由古诗、新体，再到近体，由诗到词，再到曲，就是因了人的感情抒发的需求、声音美的需求、娱乐的需求与艺术美的追求而由短到长、由散到密日趋多样和丰富的。

其次，中国文学样式的兴盛也是人的物质欲求——功名富贵欲求拉动的直接结果。功名富贵一直是中国古代文人人生的兴奋点。而喜好文学的帝王，自然喜好有文学一技之长的文人，能者擢官，于是写诗作赋便成为实现功名富贵的一条途径。文士们争相竞技，促成文体的兴盛，如诸子散文、汉赋、

---

① 亚里斯多德《诗学》第四章，见伍蠡甫主编《西方文论选》上卷，上海译文出版社，1979年，第53页。

建安五言诗、宫体诗、南唐词、唐代律诗、宋代文言小说、明清八股文的兴
盛等，皆与帝王的喜好相关，也与文人对功名财富的追求相关。换言之，文
人对富贵钱财的向往促成中国文学史上占统治地位的文学样式的生成更迭与
繁荣。① 这些都足以说明文人对财富功名的追求成为中国古代文学发展的主
要动因之一。

　　傅立叶所言第三类欲求——分配情欲（竞争、多样化、创造欲）是文学
发展的第二种动力——利益力。利益二字，《说文解字》的解释为："利"，以
刀割庄稼，"刀和然后利""声和而后断"。② 益者，粮食多，吃饱而有余。
"益，饶也。从水皿，水皿益之意也。"③ 利益二字合在一起的意思是：以刀割
庄稼，粮多吃饱而有余。可见"利益"的本意是指能满足人吃饭生存的物质
需要，此后泛指凡能满足人的需要的通称利益。从道义富贵人的假设而言，
人的价值就在于追求人生最大利益的满足。利益最能牵动人的情感，故而作
家的情感倾注于人们最关注的人生利益上来，表现为文学共同的永恒的主题。
中国古代文学共同永恒的主题集中而凸显于三个方面。一是追求功名富贵的
主题。这方面的内容带有更多的政治色彩，主要写忠奸斗争，揭露政治黑暗，
表达怀才不遇的悲伤情绪或不与统治者同流合污的清高情结，如咏史诗、政
治抒情诗、政治讽刺诗、部分叙事诗、咏怀诗、山水田园诗、部分边塞诗、
部分新乐府诗、史传文、部分公案剧、水浒剧、历史剧、历史演义与英雄传
奇小说等。二是写男女悲欢离合的情爱主题。这类作品着力书写人对情爱欲
望的强烈追求，表现情欲实现的艰难过程，抒发喜怒哀乐愁的情绪，更真切
动人。三是直接写个人或家庭的经济生活以及家族的兴衰。表现人类强烈的
生存欲望和追求幸福生活的美好愿望，揭示社会财产分配不公所带来的诸多
社会问题以及人们在贫困的死亡线拼命挣扎的悲惨景象。上述三类题材的作
品不仅数量多，而且艺术水平高、感染力强，中国古代文学的经典之作大多

① 　见拙文《文学生成与传播的经济动因》，《学术月刊》2006年第5期。
② 　段玉裁《说文解字注》，上海古籍出版社，1981年，第178页（下）。
③ 　段玉裁《说文解字注》，上海古籍出版社，1981年，第212页（下）。

出现于其中，构成中国文学艺术发展的骨架。再者，文学的传播也往往受利益的支配。市场经济与印刷术发达前的文学传播往往主要表现为使作品流传后世的同时所隐藏的传名的利益追求。而印刷术与商品经济发达时期（宋代之后特别是明中叶后），文学（特别是俗文学）的传播便变成一种营利性的市场行为，以致使得一些俗文学的创作、评点也在一定程度上变为追求经济利益的稻粱之谋。这些文学现象足以说明利益成为文学发展的动力之一。

情感是人的欲求在现实社会实现过程中所呈现的状态的生理、心理反应，也是人的利益增减得失的生理、心理反应。人的欲求实现则喜，不能实现则悲，遇到挫折困难则愁……喜怒哀乐愁的种种情感无不与人的欲求、利益相关。而文学正是人的情感的语言艺术表现。故而情感与文学之关系尤为亲密而不可分。人的原欲、利益在文学发展中的动力作用正是借用情感而表现出来的。用克罗齐的话说，"艺术即抒情的直觉"，"是情感给了直觉以连贯性和完满性；直觉之所以真是连贯的和完整的，就因为它表达了情感，而且直觉只能来自情感，基于情感"。[1] 作家的创作欲望来自情感，作品感人的艺术魅力来自情感，作品的传播力与影响力也来自情感。

上述分析使我们发现，文学的动力来自人的生理需求特别是食欲与性欲的原欲，利益是这种原欲的理性的现实尺度和生活表现，情感则是原欲实现状态（欲求与欲求实现造成的势差）的生理、心理的自然反映，即原欲与利益的最动人的表现是情感的表现。文学的动力源于人的原欲，表现于生活中的利益，流注于情感。

目的因。人的理性表现为行为的有目的性，即做某件事都为了实现某种目的，满足某种需求。亚里士多德认为："一切创制活动都是为了某种目的的活动。而被创制的事物的目的不是笼统的，而是与某物相关，属于何人，它是行为的对象。"[2] 目的因不同于质料因与形式因，它比它们能更深层地揭示事物因何会是如此。譬如盖房子，没有砖瓦钢筋水泥（质料），固然不会盖

①　克罗齐《美学原理》，朱光潜译，作家出版社，1958年，第227页。
②　苗力田主编《亚里士多德全集》第八卷，中国人民大学出版社，1992年，第122页。

成房子。但房子的盖成却不是为了这些质料，而是为了更深层更重要的原因，那就是为了满足身体的需要：避免遭受风雨霜雪侵袭之苦的身体舒适需要；不遭受动物以及人的袭击和保护隐私权的安全需要。一句话，其目的就是为了满足人的身体安全与舒适的需要。"在任何具有一个目的的过程中，人们安排先行和后继的各个阶段都是为了这个目的。"[1] 文学创作的目的既不在于运用文字等文字质料，也不在于作品形式本身，而是在于作品形式所具有的价值：满足人的某种需要。文学的目的具有多样性：或自娱而娱人，或发泄以畅情，或呈才以钓禄，或示义以交友，或记事以备忘，或自警而警人，或惩恶而劝善，或骋才而渔利……这些多样性目的的本质归结到一点，就是满足人的不同需求，是人的需求和欲望推进了人的文学创作。

用亚里士多德的"四因说"分析文学的本质，使我们有两点发现：其一，物质贯穿于四因之中，没有一个成因因素可以完全脱离物质-经济因素的。质料因是物质-经济的；形式因是思想指挥质料的运动，其最终属性是质料包裹着形式，形式内含着精神；动力因是原欲、利益、情感，指表明文学的动力来自人的情感，而情感中混杂着原欲、利益；目的因是以满足人物质、精神需求为目的。其二，文学生成及其运动，是物质与精神共同参与的，是二者相互依存相互作用的结果。整个运动过程，物质-利益充当编剧导演角色，隐于幕后、暗中操纵着文学。精神经过净化、装饰，则充当前台演员，演出一幕幕文学的戏。文学是什么？文学是需求利益的情感化、形式化，在形式中孕育着情感，在情感中有利益的蠕动。文学是道义富贵人情感抒发或想象需求满足的艺术表现。

三、美感的本质：快感——意欲的满足

人是道义富贵（利益）人，文学是通过情感表现道义富贵人需求的语言艺术，然而并非有情感的人都能将情感化为文学。好比人人都可以看到大自然的美丽，却并不一定都是能画出美丽图画的画家；人人都有喜怒哀乐愁，

---

[1]　苗力田主编《亚里士多德全集》第八卷，中国人民大学出版社，1992年，第52页。

并非都能用诗词文赋或小说戏曲表现这种情感的作家。因为要成为画家、作家还需要能用艺术手段创造出美。创造美、给人美感是文学的另一功能。故而，不解释美感，便不能最终说明文学，并不能真正解释文学之所以成为文学的本质。

美是什么？美跟利益是怎样的关系？有人说美是利益的、功利的，也有人说美是超利益超功利的。愚以为，这两种说法都有其不周延处，都未能从根本上阐明美的本质。在回答美是什么之前，我们首先来看中国古人最早是如何理解美的。

许慎《说文解字》："美，甘也。从羊大。羊在六畜，主给膳也，美与善同意。"段玉裁注："甘部曰美也。甘者，五味之一，而五味之美，皆曰甘。引伸之，凡好者皆谓之美。羊大则肥美。"可见，古人言美，起初因羊个儿大而肉肥且甘甜可口，能满足人食肉的需要。食肉的需要是生理的需要、物质-经济的需要。可知，在古代人的眼里美是从能否满足物质需要着眼的，具有明显的物质属性与利益内涵。它形象地反映了美的产生与人类求生存这一功利活动的直接联系。美首先是能满足人的利益需要。许慎又说："羊在六畜，主给膳也，美与善同意。"段玉裁注曰："膳之，言善也。羊者，祥也。"[1] 从字形来看，善即以口吃羊也。膳之，将甘美羊肉具献给人吃，就是善。即满足别人吃羊肉的需要，就是善。这是意义的引申、转折，即由"羊大则肥美"的审美对象羊，引申到了以羊为膳，送给别人吃的事为审美对象，同时因"羊大则肥美"的羊本身好吃，延伸到了羊是吉祥的好吃之外的好看好心情的情感上去了。前者有利他的道德内涵，后者有吉祥、喜欢和情感意义与信仰意义。即美由能满足人吃的物质-经济需求延伸为满足情感和道德信仰的精神需求。从许慎与段玉裁的解释中，发现美就是能满足人生理与心理需求的好东西。这里有两点须特别说明。一是，"善"与"祥"两层意义是由"羊大则肥美"引申出来的，在"善"与"祥"中并没有脱离"羊大则肥美"的本义。由此可知美是以功利为

---

① 　以上见段玉裁《说文解字注》，《四篇上·羊部》，上海古籍出版社，1981年，第146页（下）。

血肉的，完全脱离功利，美的基础就不存在了。二是，许慎与段玉裁对美的解释，反映出古人对美的认识的心理变化过程：由羊大好吃到给别人吃，由羊大好吃到羊大好看，由羊大好吃到羊大吉祥，由生理需要到心理需要，由功利到超功利。这种转化过程随着人类生产分工的专业化、细致化和文化的丰富，在不断地延伸和加强，其转化与延伸的路线由功利逐渐走向非功利的一面。这种转化正说明了非功利主义美学产生的根源和生成的过程。

　　然而，说美是功利主义或非功利主义，都犯了言其一点而忽视另一点的偏颇之病。因为美是好的东西能满足人的生理与心理需求。换言之，能满足人生理与心理需求的东西才是美的。只满足人的生理需求（物质–经济的需求）而不能满足人心理需求（情感、道义的需求）的东西不具有美感。孟子云"不得志独行其道，富贵不能淫，贫贱不能移，威武不能屈"①，就是强调美的精神价值。同样，满足人的心理需求却不能满足人的生理需求的美感也是不存在的。即使无视贫贱、富贵、威武的精神审美，其中也包含着对于"名"的企求，而"名"本身就具有使人有限的生命肉体无限延长的渴望，在这种渴望中也有着利益的身影。生理的需求、利益的需求是美感产生的本源，完全忽视这一本源的美学是站不住脚的。诚如苏格拉底所说的，任何一种东西如果它能很好地实现在功用方面的目的，它就同时是善的又是美的。②鲁迅在普列汉诺夫《艺术论·序言》中也曾说，当人们"享受着美的时候，虽然几乎并不想到功用，但可由科学底分析被发见"，"美的愉快的根柢里，倘不伏着功用，那事物也就不见得美了"。③

　　超功利的美学观是对将美学视为社会统治者工具的狭隘的功利主义美学观的反拨。其目的在于将美学真正从伦理学、政治学中独立出来，改变"在哲学思想的历史上，美的哲学总是意味着试图把我们的审美经验归结为一个

① 孟轲《孟子·滕文公下》，见《诸子集成》第一册《孟子正义》，上海书店出版社，1991年，第246页。

② 北京大学哲学系美学教研室《西方美学家论美和美感》，商务印书馆，1982年，第19页。

③ 鲁迅《〈艺术论〉译本序》，《新地月刊》1930年6月1日，即《萌芽月刊》第一卷第六期。

相异的原则，并且使艺术隶属于一个相异的裁判权"①的局面。康德的"审美无利害关系"的超功利论，席勒的文艺"游戏说"都是在这种背景下为此种目的而产生的；王国维的"文学者，游戏的事业"说也是针对中国古代文以载道、明道、宗经、征圣、教化为本等政治道德功利观念而发。一方面，这种对狭隘社会功利主义的美学观的挣脱、反叛，就美学的发展而言无疑是一种进步。另一方面超功利说又建立于自己独特的理论基础之上。这个理论的内涵至少包括两层意思：其一，所谓的功利、利害就是人的欲望。康德认为"凡是我们把它和一个对象的存在之表象（宗白华按：即意识到该对象是实际存在着的事物）结合起来的快感，谓之利害关系。因此，这种利害感是常常同时和欲望能力有关的，或是作为它的规定根据，或是作为和它的规定根据必然地连结着的因素"②。其二，审美主体不会对艺术审美对象产生欲望。那是因为，一来，审美产生于人的直感——第一念，当一个男孩看到一位女孩而一见钟情时，他并不会想到功利，一旦想到功利，那种神秘之美就不存在了。所以欲望不参与其中。王国维说："美之性质，一言以蔽之曰：'可爱玩而不可利用者是已'，虽物之美者，有时亦足供吾人之利用，但人之视为美时，决不计及其可利用之点，其性质如是。"③二来，正因为人审美时不会产生对艺术审美对象的欲望，故艺术可以解脱人的痛苦，令人产生快感、愉悦。在叔本华、王国维等人看来，无休止的欲望使人的生活变为痛苦。而知识和科学都非但不能解除人的痛苦，反而会推助人生成新的欲望，增添痛苦。只有艺术中的对象不是实物，才不会引起人的欲望，不会给人增添痛苦。譬如你看到一位美丽少女，或许会产生占有她的欲望，就像张生见到莺莺一样。然而如果你欣赏的是一位画上的美女，就不会想占有画上的美女。所以艺术不会带来痛苦，相反，艺术可以虚构一个理想的生活，来使你在现实社会中未实现的欲望在想象的世界中得以实现。所以美可以给人带来快乐。

①　恩斯特·卡西尔《人论》，甘阳译，上海译文出版社，1985年，第175页。
②　康德《判断力批判》，宗白华译，商务印书馆，1964年，第40页。
③　王国维《王国维遗书》第三册，上海书店出版社，1983年，第615页。

　　细心揣摩非功利主义的两个理论假设都有问题，都可以被证伪。其一，说审美是一种需求欲望参与的生理与心理的过程不假，说美感产生于直感也不错。然而何以知晓审美过程无利害参与进来呢？譬如一见钟情。当你看到美丽女孩而一见钟情的一刹那，并无利害观念掺杂进来，但细分析一见钟情本身就是心理的欲求与审美对象的天然吻合。即审美主体在心底想象自己喜欢的女孩应是怎样的，她的外貌、体形、气质是什么样子，这个女孩的样子在他内心深处已埋藏了许久，偶然见到一位女子正与自己想象的吻合，主客体产生共鸣，遂一见钟情，惊诧之余，喜不自禁。审美对象满足了审美主体心理的欲求，审美就产生了。这种满足本身就是利害，就是功利。这种功利在审美中起了决定的作用。就好像人见到了肥美的羊肉，顿时便垂涎三尺，尽管它是无意识的直觉，也无利害观念掺杂其内，然而利益自在其中一样。其二，说人审美时不会产生对艺术审美对象的占有欲，遂论断艺术是超功利的，这个假设在两方面存在漏洞。一方面既然艺术的审美对象不会使审美主体产生占有的欲望，那么，在"审美无利害关系"论的另一重要人物王国维的论述中，却得出文艺作品可以使人产生"眩惑"，可以令人观后"而复归于生活之欲"，"徒增人之欲求与痛苦"[1]的相反的结论。而那些文学作品竟是"《西厢记》之《酬简》，《牡丹亭》之《惊梦》"[2]之类"淫秽之笔墨"。"淫秽之笔墨"也是文学艺术品，而且是《西厢记》《牡丹亭》一类优秀的文学经典。我们不能将它们排除出文学艺术行列之外，不能排除出艺术审美对象之外。为何这些审美对象可使人复归于生活之欲呢？说明审美对象虽然不能令人产生占有的欲望，但可使读者产生情绪的感染，通过情感激发人生活的欲望，犹如通过情感引发人的生活兴趣、引发人的崇高精神一样。之所以有这种引发，说到底是人们的欲望相通的缘故。在王国维身上出现的这种二律背反现象，说明将艺术审美主体与艺术审美对象完全割断的观点是不周延的。另一方面只因审美主体对艺术形象不会产生占有欲，就排除艺术审美具

---

① 王国维《红楼梦评论》第一章《人生及美术之概观》，上海古籍出版社，1994年。

② 王国维《红楼梦评论》第一章《人生及美术之概观》，上海古籍出版社，1994年。

有功利性，是不全面的。因为文学艺术是借助想象来满足人的需求的，借用尼采的悲剧美学的一个重要命题就是"从形象中得到解救"（尼采《悲剧的诞生》）。人在现实社会中的痛苦，无法解脱，于是借助文学艺术的形象世界来获得解脱，而这种"从形象中得到解救"的本身就是功利的。可见，只从艺术审美对象不会使审美主体产生占有欲望这一点就想从根本上排除艺术的功利性，显然是难以成立的。

但文学艺术却不能完全排除超功利主义因素，不能将文学艺术看作功利与有用的代名词。因为文学艺术对人的作用是通过情感和想象来实现的，是作用于人心理的使人产生美感的艺术，而不是为人提供生理需求的仓库。如果将文学艺术的心理需求排除于艺术之外，艺术也就失去了艺术的本质和存在的价值。一个最典型的例子，就是中国古代法学家代表人物韩非子主张"有用"比"美"更重要的功利主义美学。他所选编的寓言或讲：一只价值千金的美玉杯，却漏水，又有不值钱的瓦器，不漏水，若盛酒用哪一个？[1] 或言：国君请一位画家画豆荚，画了三年方成，送于国君看，国君见画上的同真豆荚相同，没有用，遂大怒。[2] 在韩非子看来，玉杯贵而美，却不中用，美也就没有意义；画家之豆荚画，是艺术珍品，同样没用。如是，玉杯之美和艺术之美都因无用而毫无价值，竟被一笔勾销了。这种纯功利主义的美学观，显然是不足取的。

以上分析，意在说明：美感是审美主体对于能满足生理与心理需求的审美对象产生的一种快感，能满足人生理与心理需求并产生快感的东西才是美的。考虑生理需求与心理需求具有天然的因果关系，生理需求必然会引发相应的心理需求；心理需求无论发生怎样的变化也不会失去生理需求的根基。所以只能满足一种需求都不具备真正的美感，因此说功利主义的美学观与非功利主义的

---

[1] 《韩非子·外储说右上》："堂溪公谓昭侯曰：'今有千金之玉卮，通而无当，可以盛水乎？'昭侯曰：'不可。''有瓦器而不漏，可以盛酒乎？'昭侯曰：'可。'对曰：'夫瓦器，至贱也，不漏，可以盛酒。虽有千金之玉卮，至贵而无当，漏，不可盛水，则人孰注浆哉？'"

[2] 《韩非子·外储说左上》："客有为周君画荚者，三年而成。君观之，与髹荚者同状。周君大怒。画荚者曰：'筑十版之墙，凿八尺之牖，而以日始出时加之其上而观。'周君为之，望见其状尽成龙蛇禽兽车马，万物之状备具。周君大悦。此荚之功非不微难也，然其用与素髹荚同。"

美学观都具有片面性。利益贯穿于审美活动的全过程，是审美产生的动力与基础，只不过它是以自然而然的形式潜存于心理感受的全过程而已。

四、物欲——文学生成的深层结构

在上述论述中，出现了形式美感、生活情感、生理欲求、物质-经济等概念。这里须弄清楚一个重要的问题：物质-经济因素处于哪一层次结构之中？如何去发现生理欲求对文学情感、美感的影响，从而实现从生理欲求（物质-经济需求）视角发现文学作品情感的深层律动。这是一个重要而复杂的问题，这个问题不解决，文学研究的新经济视角与方法就很难在操作层面得以实现。

今以署名马致远的散曲《天净沙·秋思》为例，试做分析，以窥见其一斑。此首被誉为"秋思之祖"的曲词，一向以意象浓密，场景多变，色彩映对鲜明，表意婉曲，深得小令之神韵而著称。此曲通过意象组合、场景变换，表达一位出门在外的男子在深秋傍晚思念家乡的悲伤情绪。若问到底因何悲伤，无路途之苦的现代人则愈来愈难以体会其中滋味了。然而如果我们从路途生活角度考虑，这首曲提供了几个主要物象："枯藤""老树""昏鸦"和"夕阳"。前三个物象极言苍老，不会是充满生机的青少年心态，而更大可能出自老年人的所观所想。而夕阳、黄昏，或言时间，或借时间言人生暮年，联系前三个苍老物象思考，可以断定抒情主人公是一位老者。还有一个比上述物象更重的物象——"瘦马"。这表明抒情主人公是一位有地位（坐骑是马而非驴非牛）的人。什么人呢？从物象"古道"所提供的信息，这"古道"或言此乃一条人们走得时间久远了的老路；或言是人生的一条旧路、老路——读书做官之路，游宦之路。而本曲这两层意思都有，即抒情主人公是一位老年游宦人。而"瘦马"之"瘦"字，表明马的主人的经济状况不好，连喂马的饲料都不足，故马因吃不饱而瘦。若经济条件好，马岂能瘦？有钱的人岂能骑骨瘦如柴的马？骑骨瘦如柴马的人岂能富有？由此可知瘦马之上坐着的人，也当如马一般是一位吃不饱更吃不好的干瘦老头，即他游宦一生，却至今未脱贫苦。且天色黄昏，乌鸦都回巢了，可他的家在哪？挣扎了一生，连乌鸦都不如，好不悲惨！今见西下之夕阳，想到自己的人生就要走到尽头了，人生的愿望至今未能实现，何时才能实现呢？遥遥无期！何时才能荣归故里与家人团聚？天涯沦落，还能回到故乡吗？念至此，不觉悲痛欲绝，肝肠催动，震痛欲断！由以上分析发现，造成抒情主人公"断肠"的原因有四个：其一，人到老年却生存艰难，生活困苦。其二，天色已晚，却无处安身，不及一只乌鸦。其三，由乌鸦归巢想到自己美丽的家乡，顿生思乡之苦。其四，念人已暮年，前途未卜，大志难酬。而这四个缘由皆为路途经济生活，由此我们才能真正领会"断肠人在天涯"的深味。

以上分析使我们有两点发现。其一，我们在论述文学作品时所涉及的四种概念——形式美感、生活情感、生活经济、生理欲求，其由表及里的排列顺序为：形式美感—生活情感—生活经济—生理欲求（物质-经济需求）。物质-经济欲求（富贵欲）正因处于文学结构的最深层，所以用经济视角研究文学就是要发掘隐于文学最深层的经济因素。其二，人的本质是道义富贵人或道义利益人。不从道义富贵人、道义利益人的本质出发，分析文学作品，不发掘文学作品深藏的物质利益内涵，很难理解作品之情感何以生，艺术之结构何以成，也难以真正把握文学之本质，真正解读文本产生时的作者本心。这两个结论不仅适应于文人抒情之作，也适应以百姓生活为描写对象的作品；同样也适应产生于市场经济生活中的戏曲小说（限于篇幅不复赘述）。

五、文学研究的新理论视角与分析方法

运用新经济视角从何处入手采用什么方法研究中国古代文学呢？

经济生活是人的生存得以延续的基本生活方式，也是人的生命活动的基本内容。它不仅维持人的生命、生理需要，而且直接影响人的心理、情感和精神活动，故而也影响人的情感表达、心理抒写的文学活动。从经济生活视角研究作家的经济生活与文学创作的关系，研究经济生活状况与心理、情感和创作的关系，不失为一种有效的方法。这种视角、方法应包含如下内涵：

1. 作家经济生活状况与文学创作关系研究。运用史学的方法，考察作家家庭收入（父祖辈官职，田亩、商铺收入），作家官职及各级官职在当时的俸禄多少，家庭主要消费及消费量，收入支出情况，家庭成员关系情况等；并运用经济心理学知识，分析经济时况对作家心理情绪进而对文学创作的影响。譬如杜甫诗与李白诗风格气象迥异，一般学者认为与二人崇儒尊道的思想信仰相关，然而深一层地追问不同信仰何以产生的原因，则发现贫困与富有的经济生活使然。一个连儿女都难以养活的人，极易选择积极入世的儒学；而一般不会选择游离于政权之外的出世之学。至于文学上的差异也与其经济状况相关。同样是杜甫，当在前期困守长安、羁旅于长安、奔亡于乱途之时所写则是充满泪与恨的诗篇；而当后来在长安宫中做官后，则写出了大量歌功颂德的庙堂之作。原因虽多，经济生活的变化当无疑不失为一个重要因素。

2. 作家性爱生活状况与文学创作的关系。运用史学手段考察作家的性爱生活经历，了解作者的婚姻状况、妻妾个性、女方家庭情况，特别是夫妻关系、情爱生活和谐与否等事实。运用性心理学知识分析性爱生活对其心理、情感与创作的影响。文人个性放荡、多愁善感，狂放不羁、风流倜傥，往往追求性爱生活的满足，也往往因成功失败而影响他的人格与人生，并通过艺术形式表现出来。这种现象在古代著名作家中随手可以列出大量的名单，如：司马相如、李后主、隋炀帝、唐玄宗、李白、李商隐、元稹、苏轼、柳永、陆游、关汉卿、徐渭、李渔、侯方域、钱谦益、董其昌、曹雪芹等等，他们能写出那么多感人之作，原因之一与他们的性生活和性心理不无关系。

3. 作家疾病与文学创作的关系。考察作家的疾病史，了解所患何病、患病时间、病的痛苦状况以及得病期间的行为等。运用疾病心理学知识，分析疾病对其生理、心理、情绪及其创作关系的影响。文学的动力来自文人心理需要与情感需要，而生理需要往往是心理需要生发之源，故而，作家生理上的缺陷以及身体疾病一般会影响人的心理、情感，并在文学创作中表现出来。司马迁受宫刑而著《史记》，其笔下，对受屈含冤之悲剧人物，皆倾注情感与笔墨，写得情切动人，并进而发现生理缺陷造就了名著的产生，"左丘失明，厥有《国语》；孙子膑脚，而演兵法"①。鲁迅《魏晋风度及文章与药及酒之关系》一文描述了魏晋名士因饮丹药所引起生理与心理上的疾病以及这种病态对于文学创作的影响。"疾病是人人都能体验的基本生命经验之一，因疾病而带来的情感意态是一种根植于人类生存本能并积淀在人类文化经验中的深层情感，其与作家的生态和心态及创作关系问题有着别样的关联，并在文学中形成各种特殊的表达意向和象征隐喻世界，且从独特性与整体性相关联上表现出更为普遍的人学和文学意义。"② 且疾病需吃药医治，需花钱，属于人的经济生活，从这个角度发掘疾病与文学的关系，不失为在新经济视角下研究古代文学的一种方法途径。

4. 茶酒等生活对于文学创作的影响。茶酒是文人生活中不可少的东西，古代文学家多饮酒品茶乃至嗜酒茶如命。我们可以从他们的作品中看到大量的酒茶意象，感受到浓郁的茶酒气息，潜藏着深厚茶酒文化。茶酒与作家的情感、个性、作品的风格、美感密切相关。而酒茶的激发功能、交换功能、联合功能、娱乐功能、衍生功能直接影响抒情、叙事的文学创作。③

5. 游学、游宦、交游等旅途生活（这类生活是需要消费、盘缠的）与作家创作关系研究。中国文人将读书与游历并重，且由于交通不便，游历于路途的时间占据人生很大比重，李白的山水诗、游仙诗，杜甫的《三吏》《三别》等写实之作都写于游历途中。许多作品都是在游历途中有感而发。这些诗作与安定生活的诗作有何差异，游历生活对于作家创作到底有何影响，颇值得研究者关注。

6. 区域经济与文学创作的关系。在中国文学史上存在大量作家群、文学流派产生于某一区域的现象。明清时期尤为繁多，如公安派、竟陵派、临川派、吴江派、吴中三杰、苏州作家群、浙西词派、阳羡词派、桐城派等。这种文学现象与区域经济当有必然联系。徽州文人多，与徽州人重视教育的风

---

① 司马迁《史记·太史公自序》。
② 邹忠民《疾病与文学》，《江西社会科学》2004年第12期。
③ 参见本章第三节。

气有关。重视教育又与此处为商贾大户聚集此地有关。商贾大户多出现于此，又与此处自然条件恶劣，人难以生存，不得出去谋生相关。地域经济与文学现象的关系颇值得探讨。

7. 宫廷经济生活与宫廷文学、城市经济生活与城市文学、园林经济生活与园林文学关系的研究。中国文学史上出现的宫廷文学、城市文学、园林文学与宫廷、城市、园林经济生活密切相关。如汉宫经济生活与汉赋；南朝宫体诗与南朝宫廷经济生活；明代台阁体诗与宫廷台阁生活；宋词、元曲、明清通俗小说与城市经济生活；六朝山水诗与士人游山玩水的山水生活；宋元明清的园林文学与园林经济生活。这些都须进行细致的考察和分析。

8. 就文学生成的质料因而言，应将文学质料（记载文字的质料、书写工具、字体字形、印刷工具、技术革命）的变化与文学运动的关系作为文学研究的一条路径。

9. 就文学生成的形式因而言，应当从语言、音韵训诂、语法、文法、章法、修辞（特别是经济修辞）的角度，研究文学表现形式的演变。

10. 就文学活动的动力因而言，应研究：道义富贵人的利益追求与文体兴盛的关系；作家兴奋点与作品主题的关系；作家个性与文学风格的关系；作家嗜好、文化修养与进入文本意象之关系；财色人生描写与叙事结构的关系；作家财色之欲与作品经济修辞关系；等等。

正因为文学现象产生的动力来自隐藏在文学背后的与经济生活相关的利益。那么，我们的研究就应从有形的形式发现无形的道义精神，从无形的道义精神发现有形的利益世界，再从有形的利益世界反观精神道义的本质面貌。前一种方法（从有形形式发现无形精神）为大家所普遍使用。而后两种方法，采用得还不那么普遍。上文以署名马致远的《天净沙·秋思》为例分析其天涯沦落人的"断肠"情感产生的深层原因。然似不够，今再试举一例，详加分析。《红楼梦》写刘姥姥二进大观园，其中颇为精彩的一段是被林黛玉笑称为"笑蝗图"的场景描写："比我们那里铁锨还沉"的"老年四楞象牙镶金的筷子"，"一两银子一个"的"鸽子蛋"，突如其来的"食量大如牛"的大声自吹，"鼓着腮帮子，两眼直视"[①]的呆鸡神态。这些物象场景描写使人们在贫富对照的滑稽与笑破肚皮的快感中，在领略贾府"白玉为堂、金作马"[②]的惊人富贵的同时，也感受到了穷人志短的酸苦。刘姥姥这位与贾母同辈的长者，心甘情愿被一群小姑娘耍笑，更甘愿处处取乐于贾母。在这种行为的背后却是打秋风的经济原因，用刘姥姥的话说："只要他发点好心，拔根寒毛比咱们的腰还壮呢。"[③]是经济的原因使刘姥姥甘愿厚着老脸扮演一个取乐的丑角。不仅刘姥姥的喜悦之情里隐藏着经济利益的蠕动，整个大观园从贾母到丫环的一阵阵欢声笑语里不也隐藏着元妃得势的家族利益吗？而情节的安排、叙事的结构正是为这种利益而安排的。

经济生活对文学的影响是一把双刃剑，特别对于宋代以降文学的影响尤为明显。它一方面会降低雅文学的艺术质量，出现大量媚俗文学、粗制滥造文学：戏曲如宋金院本，早期出于艺人之手的南戏；小说如宋代说话、早期讲史、近代的报刊小说等。另一方面，由于营利文学初期多出于艺人、陋儒之手，创作目的是营利，而营利则须有市场，则需迎合市民的口味，这必然会使文学走向平民化、生活化、世俗化，推进中国俗文学的发展。俗文学发展到中期因逐渐吸引文人的兴趣和创作热情，进而推进俗文学艺术的提高，形成雅俗文学双线推进的局面。正因为带有营利性质的文学创作是把双刃剑，所以对于其在文学演进中的具体作用，应从经济生活与文学关系的角度做多层次的细致考察研究。

以上从人性、文学、审美的理论层面和文学研究的视角、方法的操作层面，阐述了研究中国古代文学"新经济视角"的丰富内涵。意在从无形的精神层面发现有形的物质-经济层面，改变只注视理性-精神视域的研究的单一

---

① 曹雪芹《红楼梦》第40回"史太君两宴大观园，金鸳鸯三宣牙牌令"，人民文学出版社，1957年，第418—419页。

② 曹雪芹《红楼梦》第4回"薄命女偏逢薄命郎，葫芦僧判断葫芦案"，人民文学出版社，1957年，第37页。

③ 曹雪芹《红楼梦》第6回"贾宝玉初试云雨情，刘姥姥一进荣国府"，人民文学出版社，1957年，第60页。

性，发现文学活动的整体面貌与深层律动。这些都是初步的粗疏的，目的在于抛砖引玉，引起古代文学乃至现当代文学研究者的注意，集大家智慧不断使之丰富、深入。

第二节　货币文化视域下农耕文学的转型①

货币是人们用于交换的一般等价物，当这种等价物成为人们生存和发展愈来愈不可少的对象物时，就会形成相应的货币观念，并愈来愈成为影响人生存、发展的观念和情感的重要因素。既然货币和货币观念成为影响人的情感的重要因素，那么这种影响也会波及作为情感（包括融化于情感中的观念意识）的语言艺术表现的文学领域，即货币观念的变化也当引起文学表现形态的变化。然而，货币观念与文学表现形态之间的关系究竟怎样，却是至今尚未明了的问题，又是研究文学不可视而不见的重要问题，至少是探讨文学史现象的一种视角和方法。

一、货币观念文化与文学性质的分类

"货币观念"在本节中特指古代中国人在获取、使用、保存货币时所持有的对货币的诸如获取的难或易、使用中价值的增或减、钱是死的抑或活的等世俗的体认，是存活于生活层面的世俗的货币观。这种货币观虽不同于马克思对货币的价值尺度、交换手段、贮藏功能等属性的形而上的经典把握，但在其世俗化、生活化的观念形态里却包含着上述属性；而且这种世俗的货币观念直接影响人们的消费观，进而影响人们的人生价值观、审美观，并最终反映在文学作品的形象、故事和艺术表现之中，从而形成相应的文学表现。本节正是从这种货币观念入手探讨货币观念的变化与文学表现间的关系。

　一定的货币观念生成、依附于一定的生产方式与交换方式，生产与交换

---

① 本节原文刊载于《中国社会科学》2007年第2期，《人民大学复印报刊资料》（中国古代近代文学研究卷）2007年第7期全文转载。

方式改变后，货币观念方随之变化。货币观念的变化也就成为文学变化的前提。将中国古代文学分为"农耕文学""商业文学"两个阶段和类型，是基于中国社会商品交换发展的历史形态所引起的文学发展的历史形态的事实。而将中国古代社会商品交换发展的形态划分为农耕经济与商品经济两个阶段，则是以马克思对人类历史发展阶段的划分为依据的。马克思曾以交换方式为尺度，将人类发展历史划分为四个阶段①："人和自然之间的交换，即以人的劳动换取自然之产物。"这是蒙昧时代，人以采集现成的天然产物为主的货币未产生前的自然经济阶段。"以个人之间的统治和服从关系（自然发生的或政治性的）为基础的分配"阶段。"不管这种统治和服从的性质是家长制的，古代的，或是封建的"，"在这种情况下，真正的交换只是附带进行的，或者大体说来，并未触及整个共同体的生活，不如说只发生在不同共同体之间，决没有支配全部生产关系和交换关系"，这是奴隶制、封建制时代以自给自足的农耕经济为主的附带式的商品交换阶段。第三个阶段则是"一切劳动产品、能力和活动进行私人交换"的社会化的商品交换阶段。第四个阶段为"在共同占有和共同控制生产资料的基础上联合起来的个人所进行的自由交换"的社会化产品经济阶段。② 第四个阶段——"社会化产品经济阶段"是当今正在走向现代化的中国的经济发展方向。而第一个阶段——采集式的自然经济阶段——纸质的文学尚未产生，故上述两个阶段不在本节论述范围之内。剩

---

① 传统的观点理解为三个阶段，而我以为第二个阶段是马克思十分重视和强调的阶段，不能从中抹去。现将马克思划分为三个阶段的话引于下："一切劳动产品、能力和活动进行私人交换，既同以个人之间的统治和服从关系（自然发生的或政治性的）为基础的分配相对立（不管这种统治和服从的性质是家长制的，古代的，或是封建的）（在这种情况下，真正的交换只是附带进行的，或者大体说来并未触及整个共同体的生活，不如说只发生在不同共同体之间，决没有支配全部生产关系和交往关系）。"马克思提出了"私人交换"有两个对立阶段，前者是"同以个人之间的统治和服从关系为基础的分配相对立"，后者"同在共同占有和共同控制生产资料的基础上联合起来的个人所进行的自由交换相对立"。即它处于前后二者之间，显然马克思划分为了三个阶段。再加上前一"人和自然之间的交换"则为四个阶段。

② 马克思、恩格斯《马克思恩格斯全集》第46卷《经济学手稿》上册，《政治经济学批判·货币章》，人民出版社，1979年，第105页。

下的第二、第三个阶段不仅大体适应中国古代商品交换发展的历史化进程，也适应中国古代文学发展的历史化进程。以农耕经济为主的附带式的商品交换阶段，正是中国古代奴隶社会和大部分封建社会的经济形态——土地所有制的土地生产处于支配地位的自给自足的经济形态。而社会化的小商品交换形态则曾在明代嘉靖后期至万历时期的一定区域范围和一定程度上得以显现。此后又时现时隐，直至改革开放初期才得以较充分发展。中国文学发展的情形也大体如是。在以农耕经济为主体的附带式的商品交换经济基础上所产生的文学我们称之为农耕文学，而社会化的小商品经济活跃时期和活跃地区产生的与其商品观念相一致的文学，我们称之为商业文学。① 至于对农耕文学、商业文学内涵的阐释，本节只着眼于其性质内涵的抽象和分析，而不做演变的过程描述。这不仅是基于篇幅的要求，更基于本节将第二阶段向第三阶段转型之趋势作为考察重心的写作意图而考虑的。

二、农耕货币观念下的农耕文学

在中国奴隶制、封建制时代所产生的以农耕经济为主的附带式的商品交换阶段，其经济的特征是土地生产决定其他一切生产，农耕经济处于社会经济的支配地位，即使是附带式的商品交换也带有农耕经济的特色——进入交换领域的主体物（地租和俸禄）都是以谷物为主体的等价物；同样人们的货币观念中总是渗透着浓厚的以土地为命的土地生产味道。

在土地生产方式下，人们认为手中握有的主要货币形态——谷物和谷物的替代品（纸币与金属货币）——总是随着其被使用而减少。故而形成一种习以为常的货币观念：钱谷是死的，用之则减少，唯有"收"和"守"方可保值。"夫天地生财，止有此数，设法巧取，不能增多。惟加意樽节，则其用自足。"② 故而主张通过"障""守""收"的方法保存其价值。"君章（障）之

---

① 关于"农耕文学"和"商业文学"的具体内涵，可见本节第二、三小节的阐释。

② 张居正《张文忠公集》卷三百二十五《看详户部进呈揭帖疏》，《明经世文编·岁赋出入》，中华书局，1962年，第四册，第3474页。

以物则物重，不章以物则物轻。守之以物则物重，不守以物则物轻。"① 正因此，能守能收者方为智者强者。"岁有凶穰，故谷有贵贱；令有缓急，故物有轻重……分地若一，强者能守；分财若一，智者能收。"② "足国之道，节用裕民，而善藏其余。"③ 这种钱谷是死的，用之则减少，守、收方可保值的货币观正是农耕文化的货币观。

既然钱谷、货币来之不易，用之则减少，那么在如何消费上就形成了反奢侈、倡节俭的农耕文化的消费观。农业生产是靠天吃饭。天有丰年、灾年，而在中国（中原）大部分地区是丰少歉多。"天有四殃，水旱饥荒，其至无时。"④ 若只顾丰年吃饱，灾年就要饿死。"小人无兼年之食，遇天饥，妻子非其有也。大夫无兼年之食，遇天饥，臣妾舆马非其有也。"⑤ 故而丰年须想着灾年，有粮时省吃俭用，细水长流。憎恶奢侈的消费观，将其视为民贫、国弱的根源。"主上无积而宫室美，氓家无积而衣服修，乘车者饰观望，步行者杂文采，本资少而末用多者，侈国之俗也。国侈则用费，用费则民贫。"⑥ "强本而节用，则天不能贫……本荒而用侈，则天不能使之富。"⑦

这种反奢侈、倡节俭的消费观本身不仅反映着特定的人生价值观——以勤俭为美，以奢侈为丑，并由此而影响着人们对义与利乃至善与恶的价值判断。孔子曰："君子喻于义，小人喻于利。"⑧ 孟子说："鸡鸣而起，孳孳为善者，舜之徒也；鸡鸣而起，孳孳为利者，跖之徒也。"⑨ 荀子说："故义胜利

① 管仲《管子》卷二十三《轻重甲》，见《诸子集成》第五册，中华书局，1978年，第390页。
② 管仲《管子》卷二十二《国蓄》，见《诸子集成》第五册，中华书局，1978年，第360页。
③ 荀况《荀子》卷六《富国篇》，见《诸子集成》第二册，中华书局，1978年，第114页。
④ 《逸周书·文传解》引《夏箴》，转引自叶世昌著《古代中国经济思想史》，复旦大学出版社，2003年，第14—15页。
⑤ 《逸周书·文传解》引《夏箴》，转引自叶世昌著《古代中国经济思想史》，复旦大学出版社，2003年，第14—15页。
⑥ 管仲《管子》卷五《八观》，见《诸子集成》第五册，中华书局，1978年，第74页。
⑦ 荀况《荀子》卷十一《天论》，见《诸子集成》第二册，中华书局，1978年，第205页。
⑧ 孔子及其弟子《论语·里仁》，《论语译注》，中华书局，1980年，第39页。
⑨ 孟轲《孟子·尽心上》，《孟子译注》，中华书局，1960年，下册，第312页。

者为治世，利克义者为乱世。"① 以上阐明了鲜明的褒义贬利、重义轻利的思想。桑弘羊的话"抑末利而开仁义，毋示以利，然后教化可兴，而风俗可移也"② 则进一步揭示出"重义轻利"的观念源于"重本抑末"的思想。因为重本——重视土地生产——可培养好的品格和善的道义；事末——从事商贾经营——则会滋生恶的品格。署名吕不韦的《吕氏春秋》中的《务大》对此有更深层的揭示：

> 古先圣王之所以导其民者，先务于农。民农非徒为地利也，贵其志也。民农则朴，朴则易用，易用则边境安、主位尊；民农则重（稳重——引者），重则少私义（议——引者），少私义则公法立、力专一；民农则其产复（厚——引者），其产复则重徙，重徙则死其处而无二虑。民舍本而事末，则不令（不受令——引者），不令则不可以守，不可以战；民舍本而事末，则其产约，其产约则轻迁徙，轻迁徙则国家有患，皆有远志，无有居心（安居之心——引者）；民舍本而事末，则好智，好智则多诈，多诈则巧法令，以是为非，以非为是。后稷曰："所以务耕织者，以为本教也。"③

"民农"——耕种土地——可培养朴实、稳重、易用（听话）、少私议、重徙（重家族）、死其处（热乡土）等好的品格；"事末"——经商——便养成不听令（不听话）、不守不战、轻迁徙（轻家乡）、遇患远避（自私）、好智多诈、是非颠倒的恶劣品格。事末（从事商贾经营）的人往往尚侈奢，所以古人有时也将侈奢视为产生恶劣品格的原壤。《管子》云："国侈则用费，用费则民贫，民贫则奸智生，奸智生则邪巧作。故奸邪之所生，生于匮不足；

---

① 荀况《荀子》卷十九《大略》，见《诸子集成》第二册，第330页。
② 桓宽《盐铁论》卷一《本议》第一，见《诸子集成》第七册，第1页。
③ 吕不韦等《吕氏春秋》卷二十六《务大》，见《诸子集成》第六册，第331—332页。

匮不足之所生，生于侈。"① 桓宽《盐铁论》也主张"末修则民淫""治人之道，防淫佚之原"。② 由此可见，与土地生产者尚节俭、反奢侈的消费观相伴而生的是重义轻利的人生价值观和重朴实诚信、稳重而轻视邪诈、巧令的文化审美情趣。

从储藏保值的货币观到反奢侈、重俭朴的消费观，再到重义轻利的人生价值观和尚朴实稳重、诚信易用、和家族、恋乡土的审美观，构成了农耕文化的观念层内涵。这种观念层内涵的核心是崇尚德礼，其本质是稳定性。它源于土地的稳定性。"天下之物，有新则必有故。屋久而颓，衣久而敝，臧获牛马服役久而老且死……独有田之为物，虽百年千年而常新。"③ 土地稳定、久长，无颓敝老死之忧，无价值大幅度地跌宕之恐惧。百姓的生存可以完全依赖于土地，步不出乡就可以解决生活必需品。于是以土地为命的农民也就有了热土难离的浓厚的乡土观念。然而，一辈子居处于一方水土，需要有长处之法、长处之德、长处之作为，需有好人缘、好德行、好名声。而性格朴实，处事稳重，与人所交诚实守信，处人下，则易为人用，重礼义，轻钱财小利，无不是长处于一方水土的生活对人品的要求。由此可见，仁义道德是生于耕种于土地之上者的伦理价值观，是以土地为命的人追求的生活目标，即德礼崇尚产生于土地生产之上，并具有土地的稳定性本质。

这种农耕文化的稳定性本质，还可从中国古代的政治体制和思想体系中见其一斑。中国古代建立于土地生产基础之上的政治体制渗透着土地文化（农耕文化）的血液：强调土地所有者权威的"普天下之下莫非王土"的帝王之家天下；建立于土地耕种人群——家族——基础上的祖、父、子、孙辈分等级不可倒置的宗法等级制；一切权力高度集中于土地所有者——家长——的集权制；与农民祖先崇拜、土地神灵（社稷）崇拜合而为一相联系而产生的政教合一等等。这种政治体制无不体现着土地生产的特性——对稳定性的

① 管仲《管子》卷五《八观》，见《诸子集成》第五册，第74页。
② 桓宽《盐铁论》卷一《本议》第一，见《诸子集成》第七册，第1页。
③ 张英《恒产琐言》，见《清经世文编·中》卷三十六，中华书局，1992年，第904页。

企求。实现社会的长治久安是这种体制所企求的最高理想。稳定性是其内在的本质属性。在中国古代漫长的历史时期中，政权的形式虽然曾发生种种变异，但对稳定性的追求非但未有改变且愈来愈走向强势。中国古代思想也因滋生于土地生产之上而带有浓厚的农耕文化的色彩和稳定特性。其最鲜明、突出之表现有二：一是普遍的禁欲主义。中国的思想家，无论哪一派，都承认食色是人性的一部分，同时也都主张纵欲是非善的，只有克制非理性的欲，才能达到善或得道的境界。与之相联系，将善视为人的本性而追求善道的道德本体论便成为中国古代思想又一鲜明而突出的特征。而中国古代思想的这两种特征皆源于土地生产方式。禁欲的思想源于钱来之不易，并随使用而减少的货币观念；源于由此货币观念而诞生的节俭的消费思想；源于保持家庭（包括子嗣传承）稳定的婚爱观念和礼法制度。而以道德为本体的思想，如上文所分析的那样，是土地的稳定性，土地生产人群组织——家族——稳定性的社会要求的结果。中国古代的思想虽然适应不同历史时期的需要而发生许多变化，但以德礼崇尚为核心的禁欲主义和道德本体论所体现的稳定特性并未发生根本变化。

农耕文学在以文学形式表现农耕文化观念时，体现出其特有的以德礼为核心的稳定性。这种稳定性的表现，大体可分为三个层面。第一层面：道德人格的追求。尊崇明君贤圣，斥责昏君奸佞；爱慕忠臣义士，鄙视薄行小人；喜诚信稳重，恨奸诈轻浮；喜廉洁忠直，恨贪婪狡猾；喜宽厚和睦，厌量小好斗；重农抑商，重德轻利；怜贫厌富，扶危救困；倡节俭，杜铺张；慕白头偕老，悲朝三暮四；惩恶劝善；等等。第二层面：由德礼的内聚力与情感的外张力所构成的矛盾的结构形态，诸如忠与奸的斗争，理想与现实、个体与群体、情与理的冲突等。尽管这些矛盾冲突在不同时代不同作品中有着形态各异的表现，却归结于一点：发乎情，止乎礼义。具体说来，外张之情与内敛之礼义间的关系呈现为如下情态：文学作品中所表达的情感或源自对卑劣人格与污浊精神的愤慨，或对于官场争斗的厌倦而向往山水自然的闲适，意在恢复、维系高尚人格与理想境界（如屈原之《离骚》，陶渊明之田园诗，王维、孟浩然之山水诗）；或强烈情感形成的巨大张力，霎时间有突越理性界限的趋势（如李白《行路难》之类诗、韩愈《进学解》之类文、《水浒传》之类小说）；强烈的情感冲击力在心里经过种种冲突、造成一阵阵苦痛之余，在德礼的城垣边上兜来转去，慢慢沉寂下来，其对于道德礼义的依附性远大于其向外的张力与破坏性（如杜甫诗，苏、辛词，关汉卿剧）；文学作品中的情感总是沿着农耕文化的价值主线——崇尚道德礼义——而上下波动着的。第三层面为审美层次：寻求怨而不怒、哀而不伤、乐而不淫、温柔敦厚、和光同尘、不偏不倚的中和之美。我们称这种以礼义为精神内核，依附性大于外张力，追求不偏不倚的中和之美，显示出平和厚重、稳定性的文学为农耕文学。

三、商业货币观念与商业文学质态

　　社会化的小商品经济阶段是土地生产方式转向手工业生产方式，由生活必需品在自给自足不能完全满足后靠部分商品交换获得，转向在城市完全依靠通过市场交换获得的阶段。"一切产品、活动、关系可以同第三者，同物的东西相交换，而这第三者又可以无差别地同一切相交换。"[①] 货币已成为人们致富的欲望本身。这种经济形态在封建时代的中国虽也有过缓慢地浮现但主要集中地出现于明代嘉靖后期至万历年间商业十分发达的城市（如杭州、苏州、扬州、南京、临清等）和一些因自然条件贫瘠而普遍外出经商的商业家庭居住区域（如晋商、徽商等居住区域），出现于从经营土地生产转向主要从事于手工业生产和商业经营的市民阶层。尽管如此，就全国范围来说，土地生产和土地所有制仍然处于支配地位，但市民们的货币观念、消费观念、人生价值观念和审美观念已经发生了明显转变，且其影响的范围远超出他们生活的区域而变成具有更广泛意义的文化、文学现象，乃至成为领时代之先的社会思潮。

---

① 马克思、恩格斯《马克思恩格斯全集》第46卷《经济学手稿》上册，《政治经济学批判·货币章》，人民文学出版社，1979年，第109页。

明代自嘉靖后期至万历初年，在货币史上发生了两件大事。一是嘉靖四十三年，大学士徐阶上书皇帝，请求停止宝源局铸铜钱。南京、云南每年所铸一万文铜钱仅供皇帝赏赐之用，而将每年二万八千两铸钱之银，用之于官俸开支，使官俸一律用银代钱。[①] 二是万历九年首辅张居正正式在全国施行"一条鞭法"，赋税徭役"皆计亩征银，折办于官"[②]，由征粮、钱、银改为一律征银。前者使主要的消费者——官吏——投入市场的货币全是银子；后者以白银兑付赋税徭役，迫使从事土地生产者将大批的农产品通过市场转换为白银。这两件事的历史意义非同小可，它不仅促成中国货币质态完成了由贱币到贵重金属的历史转化[③]，货币的白银化初步完成；而且更重要的是赋税徭役的白银化，迫使农村自给自足的自然经济逐渐在一定程度上趋于与市场联姻和部分商品化，并最终促进城市以白银为主要媒介的商品经济的快速发展。

城市商品经济的发展，使市民的货币观念也随之发生历史性的转变。这种转变突出表现于两个方面：其一，货币的职能发生了新的变化，白银货币不再是充当体现农产品价值的附属物，而是成为充当一般等价物的特殊商品，具有了万能的功能。"天下之赖以流通往来不绝者惟白银为最。盖天下之物，无贵贱，无大小，悉皆准其价值于银，虽珍奇异宝莫不皆然。"[④] 明代嘉、万时期的皇族后裔朱载堉，用诗词形式表达货币无所不能的万能属性："有你时肥羊美酒，有你时缓带轻裘；有你时百事成，有你时诸般就。……有你时人

---

① 徐阶《明经世文编》卷二百四十四《请停止宝源局铸钱》，中华书局，1962年，第三册，第2551页。

② 《明史》卷七十八《食货志二·赋役》，《文渊阁四库全书》，台北商务印书馆，1982—1986年，第298册，第240页。

③ 明代货币白银化的完成过程虽说始于成化、弘治时期，中间经历一个逐渐演变的漫长过程。嘉靖初年，明廷规定入库一律为金银。隆庆元年，明穆宗颁令：凡买卖货物，值银一钱以上者，银钱兼使；一钱以下只许用钱，促使白银货币逐渐取代纸币、铜币。但货币白银化的完成须是出之俸禄与入之赋税同时一律用银方可，而这个完成货币白银化的时段则是嘉靖四十三年至万历九年。

④ 靳辅《靳文襄奏疏》卷七《生财裕饷第二疏·开洋》，《思旧录·大义觉迷录》，《故宫珍本丛书》，海南出版社，2001年，第059册，第401页。

人见喜，有你时事事出奇，有你时坐上席，有你时居高位。"① 货币可以冲入诸多领域，说明商品化的领域迅速扩大，于是金钱也随之成为影响人的情感和精神领域的主导物。其二，白银货币在商品生产、交换中获得，在生产、交换流通中增值。明代万历间的张瀚在追述自己祖上发家史时，记述了由白金一锭而增至数万金的一段经历：

> 一夕归，忽有人自后而呼，祖回首应之，授以热物，忽不见。至家燃灯烛之，乃白金一锭也。因罢酤酒业，购机一张，织诸色纻币，备极精工。每一下机，人争鬻之，计获利当五之一，积两旬，复增一机，后增至二十余。商贾所货者，常满户外，尚不能应。自是家业大饶。后四祖继业，各富至数万金。②

从"计获利当五之一"的记载观之，张瀚的这段文字当非凭空杜撰，由"白金一锭"最终至"数万金"，实是来自钱的生产与流通过程。这一投入再生产而获得增值的增值货币观在此前是未曾见到的。且与此前的货币是死的，随使用而减少，收、守方可保值的货币观是性质完全不同的两种货币观。

与这种货币观念相联系，人的消费观念也由节俭的消费观更多地转向奢侈的消费观，从而形成尚奢的社会时尚。天启《衢州府志》记一州消费时尚之变化云：

> 吾衢之俗，素敦俭朴，良由地之所出，既无山珍海错，亦无珠玉锦绮，故夏衣纻，冬衣绵，鞋与袜不皮则布，膳止羔豚，饮止家酿，出入以步，行百里者不用舆马。自成、弘以前，家殷人足，有积谷数千石者，有积镪数千缗者。近自隆、万以来，习为奢侈，高巾刷云，长袖扫地，

---

① 薛论道《林石逸兴·题钱》，转引自《明代歌曲选》，上海古典文学出版社，1956年，第97页。
② 张瀚《松窗梦语》卷六《异闻纪》，上海古籍出版社，1986年，第105页。

袜不毡而绒，履不素而朱，衣不苧而锦绮，食不鸡黍而炊馔玉。①

　　不只是在衣食住行的物质生活领域大倡奢侈之风，在情感领域、信仰领域、娱乐领域等一切可以消费的领域无不尽情、快乐地挥霍。"及至隆庆，所好靡靡矣。……曩者燕市，夏屋楼观，重缕连铃，贵人造佛寺，渴泉飞山，佛身纯金，七宝錾渥。中人燕享，水陆区殚，后轩美人曳缟纻，秣陵之谷祫于中单，秀水机杼不藉而靡，少年日夜歌吹，东西乐部倡家，楼阁通天，乳煎镂蛤，冬果春蔬，弃之如遗，赏赐动以千计，三正元会，酺乐灯火，奥若连山，状于六鳌，生花舞鸟，闭机其中，举火树者万万计，荆扬估船，日夜集于大市，而今安有之？"②

　　与由倡节俭到崇奢侈的消费观念变化相伴生的是人生价值观的变化，这一变化的内容大体包括四个方面。其一，由热土恋家的重迁徙转变为四海为家的轻迁徙。明代中叶后，由于商业的发达，全国出现了一批商人集团，如徽商、晋商、秦商、闽商、江西商人、宁波商人、洞庭商人等。这些商人皆重利、轻乡、乐远徙，外出经商数年、十数年乃至数十年不归。徽州"贾人娶妇，数月则外出，或数十年有父子邂逅而不相识者"③。"山西人多商于外，十余岁辄从人学贸易，俟蓄积有赀，始归纳妇。纳妇后仍出营利，率二三年一归省，其常例也。"④ 其二，由欢喜稳定诚笃，转为乐于冒险、好巧智。徽人外出经商多为风险很大的贷本经营，"一朝劫而夺之，如田陆而沉于海矣，且实非其田也；一朝而劫夺之，而无以偿于其主，而身命与俱尽矣"⑤。海外经商更是如此。"海滨之民，惟利是视，走死地如鹜，往往至岛外欧脱

---

① 天启《衢州府志》《民俗志》，转引自傅衣凌《明清社会经济变迁论》，人民出版社，1989年，第178页。

② 孙承泽《天府广记》卷三十五《岩麓》，北京古籍出版社，1982年，第489页。

③ 顾炎武《肇域志·江南》，转引自傅衣凌《明清社会经济变迁论》，人民出版社，1989年，第139页。

④ 纪昀《阅微草堂笔记》卷二十三《滦阳续录（五）》，上海古籍出版社，1980年，第535页。

⑤ 康熙《徽州府志》卷八《蠲赈》，《金声与徐按院书》。

之地。"经商闯天下，意在钱利。在外玩钱的生意，需巧心惠智，诚实稳重则在其次。"故南昌为都会……多设智巧，挟技艺，以经营四方。"[①] 嘉靖时无锡富商安国靠巧智——居奇——而致富。[②] 不少乡里"里中无老少率习浮薄，见敦厚俭朴者窘且笑之。逐末营利，填衢溢巷，货杂水陆，淫巧恣异"[③]。"敦厚俭朴"不谐世风者，遭到时人的讥讽嘲笑。其三，货币（金钱）不仅成为衡定一切物的价值的标准，也成为评定人的价值的尺度，金钱崇拜取代了礼义道德崇拜，重德轻利变为先利后德。在集体场合排座次，不是以年龄长幼辈分和地位高低为序，而是以金钱的多少定座次。"真州诸贾为会，率以赀为差：上贾据上座，中贾次之，下贾侍侧。"[④] 以德为本的读书人对此现象给以辛辣的嘲讽："人为你跋山渡海，人为你觅虎寻豹，人为你把命倾，人为你将身卖。"既然为金钱可以牺牲身体、性命，那还有什么比金钱更为重要的呢？"人为你亏行损，人为你断义辜恩，人为你失孝廉，人为你忘忠信。"[⑤] 作为农耕文化的最高价值的忠孝信义廉耻在金钱的追求中失去了往日的辉光。其四，群体意识和等级观念转变为金钱衡量一切的个体意识和平等观念。在等量货币面前人人平等，"卖油郎"也可夜嫖"花魁"[⑥]；商人沈洪觉得自己并不比读书人王三官差，"王三官也只是个人，我也是个人，他有钱，我亦有钱，那些儿强似我？"[⑦] 农耕文化中不可逾越的地位、等级被货币的天然职能摆平了，故而占有货币的商人平民，可与官吏权臣在衣食住行的生活中一争高下。"齐民而士人之服，士人而大夫之服，饮食器用及婚丧游宴，尽改旧

---

① 张瀚《松窗梦语》卷四《商贾纪》，上海古籍出版社，1986年，第75页。
② 康熙《无锡县志》卷二十二《义行》云："安国，字民泰，性资警，多谋略。居积诸货，人弃我取，行二十年，富几敌国。"
③ 崇祯《郓城县志》《风俗志》，《明代孤本方志选》，中华全国图书馆文献缩微复制中心，2000年，第61页。
④ 汪道昆《太函集》卷三十四《潘汀州传》，徽学研究资料辑刊，黄山书社，2004年，第739页。
⑤ 薛论道《林石逸兴·题钱》，转引自《明代歌曲选》，上海古典文学出版社，1956年，第97页。
⑥ 冯梦龙《醒世恒言》卷三《卖油郎独占花魁》，人民文学出版社，1956年。
⑦ 冯梦龙《警世通言》卷二十四《玉堂春落难逢夫》，人民文学出版社，1956年，第360页。

意。贫者亦椎牛、采鲜、合馓、郡祀，与富者斗豪华，至倒囊不许焉。"① 商业文化人生价值观的上述四项内涵（轻迁徙，好巧智、乐冒险，重利轻德和个体平等自由意识）的共同本质是不安于现状、意在打破某种框圈的乐变性。这种乐变性来自金钱的交换、流通的本能；来自钱"喜动不喜静"、在流通中增值的货币观念。是这种货币观念影响人的奢侈消费观念，最终渗入人的价值观的结果。

　　总之，商品生产与交换方式的变化，引起人们货币观念、消费观念、人生价值观念的一系列的变化，正如马克思说的"家长制的，古代的（以及封建的）状态随着商业、奢侈、货币、交换价值的发展而没落下去，现代社会则随着这些东西一道发展起来"②，体现出与稳定性的农耕文学所不同的寻新求变的商业文学精神。

四、农耕文学向商业文学的转型

　　明代中叶之后，文学平俗化的趋势加剧，并在平俗化过程中，开始出现了货币观念、消费观念及人生价值观念由农耕文学向商业文学转型的文学作品：抒发快乐消费观念、表达畅意与真情的诗歌，如唐寅、祝允明的诗（《金粉福地赋》《阊门即事》《桃花庵歌》《大游赋》《和陶渊明饮酒诗》）；王世贞"拟古乐府一百八十五首"中的直面男女情欲的情诗；金銮、冯惟敏歌唱男欢女爱的散曲儿、民歌，如《锁南枝》《山坡羊》《挂枝儿》等；明中叶表现大胆冲破男女禁欲主义的戏曲，如冯惟敏杂剧《僧尼共犯》、徐渭杂剧《玉禅师》等；善写渴望平等自由、敢于探险、善于挑战危难和长于描摹变幻的《西游记》等长篇小说。而因以市民生活特别是以货币为命的商人生活为描写对象的市井小说（如《金瓶梅》《醒世姻缘传》和《三言》《二拍》《型世言》《欢喜冤家》《醉醒石》《剪灯新话》《石点头》《西湖二集》《情史》等

---

① 崇祯《郓城县志》《风俗志》。

② 马克思、恩格斯《马克思恩格斯全集》第46卷《经济学手稿》上册，《政治经济学批判·货币章》，人民出版社，1979年，第103页。

小说集中的大量作品[①]）表现商业文化的价值观念尤为普遍而集中、细致而逼真，故本小节以它们为论述中心，探讨货币观念的变异对于文学走向所产生的历史性的深切影响。

明代后期的市井小说通过人物形象的书写，表现出钱喜流动且在流动（商品生产和交换过程）中增值的货币观念。冯梦龙《醒世恒言》第十八卷《施润泽滩阙遇友》描写苏州一位机户偶然拾得一包银子，遂萌发使银子生财的设想：

> 行不到半箭之地，一眼觑见一家街沿之下，一个小青布包儿，施复趱步向前，拾起袖过，走到一个空处，打开看时，却是两锭银子，又有三四件小块，兼着一文太平钱。把手撮一撮，约有六两多重。心中欢喜道：今天好造化！拾得这些银子，正好将去凑做本钱儿。连忙包好，也揣在兜肚里，望家中而回。一头走，一头想：如今家中见开这张机，尽够日用了。有了这银子，再添上一张机，一月出得多少绸，有许多利息。这项银子，譬如没得，再不要动他。积上一年，共该若干，到来年再添上一张，一年又有多少利息，算到十年之外，便有千金之富。那时造什么房子，买多少田产？[②]

机户施复设想钱再生钱的方法有两个：一是捡来的银子投入再生产，"再添上一张机"可获得很多利润；一是原本不动，将银子生的利息投入再生产，一年后，可"再添上一张"机，又得很多利润。这样十年之外便有千金之富，

---

① 上述小说集中以商人为描写对象的作品相当可观，仅《三言》《二拍》中就多达60篇，《型世言》7篇，《欢喜冤家》6篇，《石点头》4篇，《醉醒石》3篇，《西湖二集》《贪欣误》各2篇，此外冯梦龙的《情史》《古今谭概》《智囊》中也有大量的作品。然就数量集中与描写细腻生动而论，短篇集未有超过《三言》《二拍》者，长篇小说未有超过《金瓶梅》者，故本节以之为论述中心，兼及其他小说。

② 冯梦龙《醒世恒言》卷十八《施润泽滩阙遇友》，人民文学出版社，1956年，第360页。

即六两多银子十年后便增值至千金。《金瓶梅词话》第56回"西门庆周济常时节",写应伯爵与西门庆的一段对话,将货币喜动不喜静的本性讲得更明白。

　　　　伯爵便道:"几个古人,轻财好施,到后来子孙高大门闾。把祖宗基业一发增的多了。悭客的积下许多金宝,后来子孙不好,连祖宗坟土也不保。可知天道好还哩。"西门庆道:"兀那东西是好动不喜静的,曾肯埋没在一处?也是天生应人用的,一个人堆积,就有一个人缺少了,因此积下财宝,极有罪的。"①

　　这段对话,不仅进一步揭示出商人心中的货币是"好动不喜静""天生应人用"的本质与农耕文化的钱来之不易,随使用而减少,唯有节、贮方能保值的货币观念已有本质的不同,而且更深一层地阐释了"天生应人用"的两种方式:一是轻财好施,救人于危难;二是钱能生钱的增值投资。无论哪一种在小说中描写的商人看来都是生财之道。前者是善有善报,"至后来子孙高大门闾,把祖宗基业一发增的多了"。如《施润泽滩阙遇友》中的施复将拾得的银子交还故人,不但"养蚕大有利息",织布也不几年,"就增上三四张绸机",还能化灾为祥,买卖越做越大。《刘小官雌雄兄弟》中的老汉刘德"平昔好善,极肯周济人的缓急,凡来吃酒的,偶然身边银钱缺少,他也不十分计较",后来拯救两个危难中的孤儿,家业大兴。明后期市井小说出现了一大批描写这类轻财好施者而得善报,悭客、苛刻者必遭恶报的小说,足以说明这种货币观念的普遍性。至于后者对钱在商品生产和交换中增值的描写更为细致生动。冯梦龙《醒世恒言》卷三十五《徐老仆义愤成家》中写五十多岁的阿寄,在江苏、浙江之间往来,贩卖漆与米,短短几个月内,来往五次,就由12两的本金增至2000余金;凌濛初《二刻拍案惊奇》卷三十七

---

① 兰陵笑笑生《金瓶梅词话》第56回,香港太平书局,1982年,以《古佚小说刊行会》影印本为底本的影印本,第1514—1515页。

《叠居奇程客得助》中的程宰，以10两银子为底金，做了药材、彩缎、白布三笔生意，资本竟增至4000多两，四五年间，"展转弄了五、七万两"银子；《金瓶梅》中的西门庆，在情场、商场、官场投入资本，获得的利润也相当可观。请看下面的几组数字：药铺原投资1000两，最终为5000两；典当铺投资2000两，最终为20000两；绒线铺投资500两，最终为6500两；绸铺投资2000两，最终为9000两（包括被来保、韩道国拐走的近5000两货物）；段子铺投资5000两，最终为50000两。五个铺子净赚80000两。几年间，西门庆就由原来一个生药铺，价值不过1000两，骤增至10万两，成为巨富。而这10万两银子的家资正是从交换（钱货交换、钱权交换、钱色交换）中获取的利润。他所说的货币"好动不喜静""天生应人用"指的是用于商品交换，在金钱的流动（交换）中获得巨额利润。不单是西门庆，小说中其他人物也持这样的货币观。如第7回，张四舅说西门庆家"里虚外实，少人家债负"。孟玉楼却回道："常言道：'世上钱财淌来物，那是长贫久富家？'紧着起来，朝廷爷一时没钱使，还问太仆寺借马价银子，支来使，休说买卖的人家，谁肯把钱放在家里？"[①]孟玉楼的话"世上钱财淌来物""买卖的人家，谁肯把钱放在家里"与西门庆的"好动不喜静"可作对观，进一步证明钱那东西"好动不喜静"的货币观念在市井小说中的普遍流行。

持这种钱能生钱、积攒有罪的货币观的人，往往不赞赏节俭、吝啬，而是崇尚奢侈、快乐消费。由多挣少花的节俭消费观转向能挣多花的快乐、尚奢消费观——这是明代后期市井小说所体现的农耕文学向商业文学转变的另一文化内涵。既然商人的钱来得相对容易，且有"喜动不喜静""天生应人用"的本性，而人的天性又爱花钱享乐，没有条件自不必说，一旦手中的钱多起来，便不免悦色娱声，眠花藉柳，构堂建厦，啸月嘲风。甚至要跟贵人比高低，在交往上花钱"散漫"、豪气大方，在衣着日用方面是无视等级，不顾忌"僭妄"地竞豪奢。《金瓶梅词话》中的西门庆（从五品）上任

---

① 兰陵笑笑生《金瓶梅词话》第7回，香港太平书局，1982年，第202—203页。以下所引《金瓶梅》文字，皆来自香港太平书局1982年版《金瓶梅词话》，不再注明，只在文中注明回数。

那天，竟系着朝廷大员王招宣的"四指宽，玲珑云母犀角鹤顶红玳瑁鱼骨香带"，价值连城（第31回）。小说第15回"佳人笑赏玩灯楼"，写西门庆几位妻妾越级的豪华装束，招来市民一番"公侯府位里出来的宅眷"的议论。《二刻拍案惊奇》卷二十八《程朝奉单遇无头妇，王通判双雪不明冤》写徽州一位姓程的"朝奉"。"这个程朝奉拥着巨万家私，真所谓饱暖生淫欲，心里只喜欢的是女色。见人家妇女生得有些姿容的，就千方百计，必要弄他到手才住。随你费下几多东西，他多不吝，只是以成事为主。"就连整日挑着担子卖油的秦钟，"不过日进分文"，也想享受一下名妓的滋味，期望嫖一夜花魁娘子，"若得这等美人搂抱了睡一夜，死也甘心"。当他为这一夜付出了几百个日夜的代价，将要走进那个富贵风流地时，则见他"置下镶鞋净袜，新褶了一顶万字头巾……把衣服浆洗得干干净净，买几根安息香，薰了又薰"，俨然"是风流好后生"。几天无米下锅的常时节，一旦借得十二两碎银，仅一次买衣服就花掉了六七两（《金瓶梅词话》第56回）；宋蕙莲有了体己钱，便指使丫环小厮买瓜籽、花粉、首饰（《金瓶梅词话》第22、23回）；王六儿自从与西门庆往来后，买丫环，添家什，置房屋，焕然一新，令街坊邻居注目（《金瓶梅词话》第37回）。他们所追求的是奢侈消费，快乐消费。[①]

　　明代后期市井小说所表现的农耕文学向商业文学转变的第三种内涵则是小说中人的价值观念由以德礼为中心的重德轻利，转向了以"金钱崇拜"为底色的重利轻德，是实际利益的入主与道德观念的淡出。《二刻拍案惊奇》卷三十七《叠居奇程客得助》中描写徽州人的风俗："徽人因是专重那做商的，所以凡是商人归家，外而宗族朋友，内而妻妾家属，只看你所得归来的利息多少为重轻。得利多的，尽皆爱敬趋奉。得利少的，尽皆轻薄鄙笑。犹如读书求名的中与不中归来的光景一般。"在这里钱利成为衡定人的标准。而《倒运汉巧遇洞庭红》描写波斯商人请客排座次也是以钱多少定先后，"只看货单上有奇珍异宝值得上万者，就送在先席，余者看货轻重，挨次坐去，不论

---

① 需说明的是，上述侈奢、快乐消费者有一共同特点都是能挣能花，且不伤害人的市民。其区别于只花不挣，只知一味吃喝嫖赌的败家子。因为后者在小说中往往是受到作者谴责的一类人物。

年级，不论尊卑"。西门庆结交的"十兄弟"的排序，依据的不是身份地位，不是年龄长幼，而是金钱的多少，"众人见西门庆有些钱钞，让西门庆做了大哥"（《金瓶梅词话》第11回）。以金钱为命的商人，对货币作用的理解更有着与众不同的独到之处。《金瓶梅词话》中的西门庆对金钱有一种根深蒂固的观念：拥有金钱就是拥有一切，就是想干什么就能干什么。吴月娘劝他"贪财好色的事体，少干几桩儿也好"。西门庆大觉逆耳，说她的话是"醋话"，随即便有一连串反驳：

> 咱闻佛祖西天，也止不过要黄金铺地，阴司十殿，也要些楮镪营求。咱只消尽这家私，广为善事，就使强奸了嫦娥，和奸了织女，拐了许飞琼，盗了西王母的女儿，也不减我泼天富贵。（《金瓶梅词话》第57回）

这段文字是西门庆在发脾气时说出的"没遮拦"的掏心窝子话，也是他人生观的自白。在他看来，天地间最有用的不过金钱二字。金钱把佛、神、人拉向平等，有了钱，高不可攀的嫦娥、织女、西王母女儿等也可在其掌握之中。这听起来是一番"浪话"，而事实上西门庆在日常生活中的确表现出有钱者目空一切的傲气和不断占有更高贵女人的"雄心"，如对兜揽东平府二万两买古玩的买卖时少见的自信、狂妄（第78回），以及一心想占有六黄太尉侄女儿蓝氏和何千户娘子的"痴心"（第77、78回）等。西门庆这种傲气和狂痴，来自有钱可使鬼推磨的"金钱至上"的价值观。这种价值观在小说中还有更具体充分的表现，常时节得了西门庆借给他的十二两碎银，便在妻子面前盛气凌人，对着银光闪闪的银子，发出了一番无限崇拜的感慨（第56回）；孟玉楼改嫁时，面对有权有势有功名、前程远大的尚推官的儿子尚举人和"刁钻泼皮"、"眠花卧柳"、品德有亏的商人西门庆，她不顾张四舅的苦苦相劝，毅然选择品德有亏的商人（第7回）。说明孟玉楼心里的天平倒向金钱一边，而放弃了选择地位与道德。这种亲商疏官、重钱轻德的观念在此前的文学作品中尚未见到过。

农耕文化的淡出与商业文化的得主在明后期市井小说中的另一重要表现则是作品中人物对于钱财和情色的无所顾忌的追求，以及由此所体现的以自由快乐为美的生活情趣。在传统的禁欲的农耕文化中，"酒色财气"被视为造成人生之痛苦社会之混乱的根源而力主禁戒，但在市井小说中，却流行着别一种说法，主张四者为人生不可缺，或认为酒色财气人人嗜好而难以戒掉。《警世通言》卷十二《苏知县罗衫再合》的"入话"写杭州一位姓李名宏的才子，在秋江亭壁上看到一首《西江月》词，单道酒色财气的害处。"李生看罢，笑道：'此词未为确论，人生在世，酒色财气四者脱离不得。若无酒，失了祭享宴会之礼；若无色，绝了夫妻子孙之事；若无财，天子庶人皆没用度；若无气，忠臣义士也尽萎靡。我如今也做一词与他解释，有何不可。'"遂挥笔写道："三杯能和万事，一醉善解千愁；阴阳合顺喜相求，孤寡须知绝后。财乃润家之宝，气为造命之由；助人情性反为仇，持论何多差谬！"并设想"酒色财气"化为四个美女相互攻讦，最终将结论变为："饮酒不醉最为高，好色不乱乃英豪，无义之财君莫取，忍气饶人祸自消。"承认"酒色财气"的合理性，主张掌握一个"持盈慎满"的度。这在当时算是一个被人们普遍认可的带有理性色彩的观点。然而市井小说所描写的男女在实际生活中往往并非如此理性，而是倾向于非理性主义，显示出对道德的无所顾忌和不顾惜一切地追求情欲实现的大胆。凌濛初《初刻拍案惊奇》卷二《姚滴珠避羞惹羞》中的女主人公姚滴珠，新婚两个月后，丈夫外出经商，因不能忍受公婆的恶语闲气而离家出逃，中途被人拐走，当拐骗者将她介绍给另一位姓吴的商人，她便喜欢那清静的房舍、舒适的生活，遂不顾惜名节，高兴地答应做那商人的外室，过快乐的日子。①《吴衙内邻舟赴约》中的女主人公贺小姐只因父亲说邻舟少年的许多好处，便"不觉动了私心"，"左思右想，把肠子都想断了……恨不得三四步走至吴衙内身边，把爱慕之情，一一细罄"。最终不顾生死的她将吴衙内藏入舟中，成就了美事。②《通闺闼坚心灯火》中的罗

---

① 凌濛初《初刻拍案惊奇》卷二《姚滴珠避羞惹羞，郑月娥将错就错》，上海古籍出版社，1982年。

② 冯梦龙《醒世恒言》卷二十八《吴衙内邻舟赴约》，人民文学出版社，1956年，第582页。

惜惜与张幼谦青梅竹马，自小相爱，长大后几次相约偷期，后因藏在女方密室内日子长了，张幼谦有些胆怯。罗惜惜却说："我此身早晚拼是死的，且尽着快活，就败露了，也只是一死，怕他什么？"[1]在明后期的市井小说中，这种追求对于女性来说多限于情爱生活，对于男性来说多表现为对钱财的热望，想在钱财的消费和情爱的占有中获得自由快乐。正是这种价值观与人生情趣，滋生出了一大批以追求男女性爱为描写对象的艳情小说、财色小说。

商业文化的"求新寻变"精神在明代后期的市井小说中呈现两个层面的展开。一是书中人物不安于现状的求新寻变意识。《警世通言》卷三十一《赵春儿重旺曹家庄》中的赵春儿嫁得风流浪子曹可成。这曹可成将父亲万贯家产挥霍一空，流落街头。每到难以生活下去，赵春儿便出钱资助他。他却见钱忘苦，银子到手就花个精光。赵春儿却并不灰心，一心要帮丈夫重振家业，经几起几落终于改变了丈夫的散漫性子，练就他的吃苦、上进心。丈夫最终官至一方太守，家业复兴。《初刻拍案惊奇》卷八《乌将军一饭必酬》的"入话"写寡母杨氏教导侄儿王生外出经商，每次拿出上千两银子购得货物，不料接连三次被水盗抢劫一空。但杨氏百折不挠，毫不灰心，最终获得成功，"不上数年，遂成大富之家"[2]。《金瓶梅词话》中的女性形象，除吴月娘外，没有一位是安于现状的，她们总是在不断地寻找改变生活的新途径。李瓶儿摆脱花子虚，寄身于西门庆；当改嫁西门庆受阻后，又委身于蒋竹山；驱逐蒋竹山，再投入西门庆怀抱：所有这一切都是为了满足强烈的性爱生活的愿望。身为下贱、心比天高的庞春梅在受宠于西门庆、得爱于潘金莲、投身于陈经济、转嫁于周守备的人生历程中，最终实现了由婢女到夫人的跨越。而孟玉楼的两次改嫁更显示出一位女子寻求新生活的胆识与智慧……所有这些，正是对明后期市井小说所表现的寻求新变意识的最好注脚。

---

[1]　凌濛初《初刻拍案惊奇》卷二十九《通闺阃坚心灯火，闹图圄捷报旗铃》，上海古籍出版社，1982年，第511页。

[2]　凌濛初《初刻拍案惊奇》卷八《乌将军一饭必酬，陈大郎三人重会》，上海古籍出版社，1982年，第135页。

　　二是明后期市井小说在表现形式上趋向于生活化、平俗化、个体性、真切性与诗性化描写的新变化。生活化指作者将描写人们追求财色的生活内容作为小说叙述的主体。钱财与男女情色不仅成为作家笔下的主要故事，而且成为小说人物活动的目的与动力，成为小说人物的心灵世界、性格内涵和种种矛盾纠葛的原壤，成为他们喜怒哀乐愁种种情感生发的情源，成为一部小说鲜活的血液。明代后期家庭小说、艳情小说和财色小说的大量出现，便是最好的证明。将"财、色"作为叙事的视角一般会带来小说表现的平俗化，"平俗化"是货币文化的必然产物，货币"作为衡量社会经济价值乃至个体价值的标准，以客观化、量化和平均化的导向渗透经济、文化和精神生活"①。这种渗透是通过交换来实现的。货币在交换中体现出了它特有的等价性质，从而使一切商品在等量货币面前一律平等。"货币使一切形形色色的东西得到平衡，通过价格多少的差别来表示事物之间的一切质的区别。"②"它平均化了所有性质迥异的事物，质的差别不复存在。"③正因它具有抹平所有事物质的差别的功能，所以极易将社会形成的尊卑贵贱之等级通过交换而拉向平等，同时也将高贵典雅的文化在商品经济环境下拉向平等化、平民化、通俗化。平俗化在明后期市井小说中直接表现为由英雄式叙事到市井商民式叙事，形成英雄文学高潮时代的结束，市井商民文学时代的到来。叙事文学中的主角——帝王将相和英雄——渐渐淡出中心，聚焦于一个被农耕文学长期鄙视的商人家庭和经济城镇中的市井商民，从此开拓出了市井商民叙事文学的新时代。再者，人物形象的性别由男性群体为主角更多地转向女性群体，开启了描写女性生活的文学新时代。平俗化的核心是平等意识，而平等意识又是个体意识觉醒后的自然要求。在商品经济发达的市镇，个体与他人之关系由

---

① 西美尔《现代文化中的金钱》，转引自西美尔《货币哲学》，陈戎女《译者导言》，华夏出版社，2003年，第6页。

② G. 齐美尔《桥与门——齐美尔随笔集》，涯鸿、宇声等译，生活·读书·新知三联书店，1991年，第265—266页。

③ 西美尔《货币哲学》，陈戎女《译者导言》，华夏出版社，2003年，第7页。

商品交换规定着，交换本身首先是为了满足持币者个体的愿望，在满足个体愿望的同时也满足了他人（商品的生产者与流通者）的愿望。在这里个体是第一位，他人是间接的、第二位的。正是这种普遍的个体间的商品交换所产生的个体居先的价值观念，悄悄地改变着从事交换者的价值观，并最终体现于叙述者将个体置于关注的核心，个体不再是叙事的道具，而是叙事的内核、灵魂。人物的内心世界被铺展、放大，人物性格的复杂性、多维性被鲜活地展示出来。叙事的个体性的结果，使得小说的叙事走向细腻、真切。不仅故事由粗线条勾勒到精笔细描、细节连贯铺展，俚语、俗语、歇后语也被纳入文本语言，构成了白话语言的历史性的变革，由写英雄汉子之壮语到写闺房之俚语、脂粉语，更接近生活话语，丰富鲜活而更富于表现力，出现了一批如《金瓶梅词话》《醒世姻缘传》等用方言写作的方言小说。与市井小说的生活化、平俗化、个体性、真切性相伴而生的是小说叙事、抒情、写意的手法更加丰富多彩。戏曲、小曲儿、诗词、酒令、灯谜、笑话等人们生活中常见的抒情、娱乐的文体形式，伴随货币化场景——酒场、茶肆——大量地出现于小说叙事之中，它们大多为写人物而设，不仅深化了小说的叙事，而且使得小说的表现变得丰赡而富有活力。

　　需要特别说明的是，明代后期的市井小说并未完全摆脱农耕文化的羁勒和框囿，其所表现的有别于农耕文化的具有商业文化鲜明特色的货币观念、消费观念、价值观念、审美观念等是在由劝善惩恶、因果报应的道德框架下而呈现的。譬如《金瓶梅词话》作者通过"看官听说"和回前回中回后的韵文，体现出对书中人物的好恶臧否态度，标示作品有着明确的劝善惩恶的创作意向和善恶有报的因果报应思想。然而，一方面作品的动人之处，并不在于这些贴上去的说教，而在于人物的生命过程的叙述。那些动人的叙述洋溢着肯定好货好色的情利精神，无论是普通的人情还是男女之情，总与利相伴而生灭。另一方面作者也往往赋予因果报应以新的内涵，以报应理论来说明好货好色情利精神胜利的合理性。譬如《吴衙内邻舟赴约》的作者明言："说话的，依你说，古来才子佳人往往私谐欢好，后来夫荣妻贵，反成美谈。天公大算盘如何又差错了？看官有所不知，大凡行奸卖俏，坏人终身名节，其过非小，若是五百年前合为夫妇，月下老赤绳系足，不论幽期明配，总是前缘判定，不亏行止。"① 即"私谐欢好""行奸卖俏"在"若是五百年前合为夫妇"的报应理论庇护下，变得合情合理了。再者，所谓的报应最终并不能体现恶有恶报的公理。如《金瓶梅词话》中的西门庆、李瓶儿、王六儿、韩爱姐等都有了好的去处——投生于富贵之家。这表明作者内心对于真情和货利的向往超过道德说教和德礼评判，表明农耕文学中理想式的"发乎情，止乎礼义"的情礼规范已转向商业文学中立足于财色追求的，发乎情、系于利益、标示礼义的情利精神。

由以上分析而知，明后期的市井小说通过对市井商民形象的描写，表现出钱是活的、在交换流通中增值的崭新货币观。伴随货币观念的转变而转变的是消费观念（奢侈、快乐的消费观）、价值观（金钱至上、重利疏德的价值观）、审美观（以自由、快乐为美的生活情趣）等一系列观念的变化，文学表现最终趋向于生活化、平俗化、个体性、真切性和娱乐诗性化，体现出与以德礼为中心、以稳定性为特质的农耕文学所不同的以财色追求为中心、以寻新求变为特质的商业文学精神。

第三节　货币化场景——酒宴——的叙事功能②

一、小说中酒宴故事场景的两重性

作为货币化场景的酒宴一旦被作家写入小说，便具有了两重性：一是作为描写对象进入小说故事中，构成一连串的酒宴故事情节；一是酒宴场景叙事在整部小说叙事结构中所占据的位置，以及它自身在组织人物、展示和推进情节中所具有的功用。前者是人人看得见的存在，后者则是前者衍生出来

---

① 冯梦龙《醒世恒言》卷二十八《吴衙内邻舟赴约》，人民文学出版社，1956年，第578页。
② 本节原文刊载于《文学评论》2007年第4期，《新华文摘》2007年第18期全文转载。

的更深层的具有重要叙事意义的存在。正因处于深层，所以不易被人发觉；正因具有重要的叙事意义而不易被人发觉，所以须加以探索。

　　酒宴的第二重性——叙事功能既然是由第一重性——描写对象衍生出来的，所以要了解其叙事功能，需首先了解其作为被描写对象的描写情境及其变化。作为小说描写对象的酒宴从话本到拟话本，从《三国演义》到《红楼梦》呈三种演变态势。一是描写不断细腻、详赡，使我们对酒名、酒色、酒味，菜名以及肴馔之做法，所用餐具质地等都写得历历在目，以至于后来的研究者们竟能复制出其中的各类菜肴，竟能出现制作、出售某类酒肴的专门酒楼，如"金瓶梅酒楼""红楼梦酒楼"等。二是酒宴的商品性以及所用货币的数量写得愈来愈量化。如《三国演义》写饮酒文字，较少涉及所费钱财多少；《水浒传》常常只交代"付了酒钱"的过程。《金瓶梅》则经常出现叙事者对酒宴花费银两多少的交代，在妓院吃酒，往往是一两左右的银子；而安枕、宋乔年等请西门庆摆宴请客，则是同僚凑份子，多则百两，少则十一二两，实际花费远大于此。《红楼梦》写丫环给宝玉过生日，私开夜宴，八个丫环攒分子"三两二钱"[①]；贾母两宴大观园，按乡下人刘姥姥的算法，一场酒宴就花去二十多两银子[②]。三是酒宴描写的密度愈来愈大，所占篇幅愈来愈长。仅以《水浒传》前几回为例，在叙述王进、史进的故事中，写酒宴15次，鲁智深故事20次，林冲故事（见杨志止）20次。[③]《金瓶梅》《醒世姻缘传》《红楼梦》中的酒宴故事叙述，不但次数多，场面宏大，延绵时间长，且描写丰

---

① 曹雪芹《红楼梦》第63回"寿怡红群芳开夜宴"，人民文学出版社，1957年，第689页。"袭人笑道：'你放心，我和晴雯，麝月，秋纹四个人，每人五钱银子，共是二两。芳官，碧痕，春燕，四儿四个人，每人三钱银子，他们告假的不算，共是三两二钱银子，早已交给了柳嫂子，预备四十碟果子。我和平儿说了，已经抬了一坛好绍兴酒藏在那边了。我们八个人单替你过生日。'"

② 曹雪芹《红楼梦》第39回"村姥姥是信口开河，情哥哥偏寻根究底"，人民文学出版社，1957年，第406页。"刘姥姥道：'这样螃蟹，今年就值五分一斤，十斤五钱，五三两五，三五一十五，再搭上酒菜，一共倒有二十多两银子，阿弥陀佛，这一顿的钱，够我们庄稼人过一年了。'"

③ 施耐庵《水浒传》第7—12回，黄霖点校本，浙江古籍出版社，1993年，第81—133页。

富而细腻，极富于腾挪变化，连篇累牍，占据主要篇幅，若将酒宴故事删去，则不成其为小说了。作为小说酒宴故事的描写情形是如此，那么作为酒宴场景所具有的叙事功能又有哪些呢？

二、酒宴的五大叙事功能

（一）交换功能

　　酒宴场景在明清小说中的叙事功能究竟有哪些？让我们先来观看《杜十娘怒沉百宝箱》中所描写的一次孙富与李甲饮酒的文字。

　　　　行不数步，就有个酒楼。二人上楼，拣一副洁净座头，靠窗而坐。酒保列上酒肴。孙富举杯相劝，二人赏雪饮酒。先说些斯文中套话，渐渐引入花柳之事。二人都是过来之人，志同道合，说得入港，一发成相知了。孙富屏去左右，低低问道："昨夜尊舟清歌者，何人也？"李甲正要卖弄在行，遂实说道："此乃北京名姬杜十娘也。"孙富道："既系曲中姊妹，何以归兄？"公子遂将初遇杜十娘，如何相好，后来如何要嫁，如何借银讨他，始末根由，备细述了一遍。孙富道："兄携丽人而归，固是快事，但不知尊府中能相容否？"公子道："贱室不足虑，所虑者老父性严，尚费踌躇耳！"孙富将机就机，便问道："既是尊大人未必相容，兄所携丽人，何处安顿？亦曾通知丽人，共作计较否？"公子攒眉而答道："此事曾与小妾议之。"孙富欣然问道："尊宠必有妙策。"公子道："他意欲侨居苏杭，流连山水，使小弟先回，求亲友宛转于家君之前，俟家君回嗔作喜，然后图归。高明以为何如？"孙富沉吟半晌，故作愀然之色，道："小弟乍会之间，交浅言深，诚恐见怪。"公子道："正赖高明指教，何必谦逊？"孙富道："尊大人位居方面，必严帷薄之嫌，平时既怪兄游非礼之地，今日岂容兄娶不节之人？况且贤亲贵友，谁不迎合尊大人之意者？兄枉去求他，必然相拒。就有个不识时务的进言于尊大人之前，见尊大人意思不允，他就转口了。兄进不能和睦家庭，退无词以回复尊宠。即使留连山水，亦非长久之计。万一资斧困竭，岂不进退两难！"

公子自知手中只有五十金，此时费去大半，说到资斧困竭，进退两难，不觉点头道是。孙富又道："小弟还有句心腹之谈，兄肯俯听否？"公子道："承兄过爱，更求尽言。"孙富道："疏不间亲，还是莫说罢。"公子道："但说何妨！"孙富道："自古道：'妇人水性无常。'况烟花之辈，少真多假。他既系六院名姝，相识定满天下；或者南边原有旧约，借兄之力，挈带而来，以为他适之地。"公子道："这个恐未必然。"孙富道："既不然，江南子弟，最工轻薄。兄留丽人独居，难保无逾墙钻穴之事。若挈之同归，愈增尊大人之怒。为兄之计，未有善策。况父子天伦，必不可绝。若为妾而触父，因妓而弃家，海内必以兄为浮浪不经之人。异日妻不以为夫，弟不以为兄，同袍不以为友，兄何以立于天地之间？兄今日不可不熟思也！"

公子闻言，茫然自失，移席问计："据高明之见，何以教我？"孙富道："仆有一计，于兄甚便。只恐兄溺枕席之爱，未必能行，使仆空费词说耳！"公子道："兄诚有良策，使弟再睹家园之乐，乃弟之恩人也。又何惮而不言耶？"孙富道："兄飘零岁余，严亲怀怒，闺阁离心。设身以处兄之地，诚寝食不安之时也。然尊大人所以怒兄者，不过为迷花恋柳，挥金如土，异日必为弃家荡产之人，不堪承继家业耳！兄今日空手而归，正触其怒。兄倘能割衽席之爱，见机而作，仆愿以千金相赠。兄得千金以报尊大人，只说在京授馆，并不曾浪费分毫，尊大人必然相信。从此家庭和睦，当无间言。须臾之间，转祸为福。兄请三思，仆非贪丽人之色，实为兄效忠于万一也！"李甲原是没主意的人，本心惧怕老子，被孙富一席话，说透胸中之疑，起身作揖道："闻兄大教，顿开茅塞。但小妾千里相从，义难顿绝，容归与商之。得妾心肯，当奉复耳。"孙富道："说话之间，宜放婉曲。彼既忠心为兄，必不忍使兄父子分离，定然玉成兄还乡之事矣。"二人饮了一回酒，风停雪止，天色已晚。孙富教家僮算还了酒钱，与公子携手下船。[1]

---

[1]　冯梦龙《警世通言》卷三十二《杜十娘怒沉百宝箱》，中华书局，2002年，第355—357页。

　　孙富为何招李甲上岸饮酒？买酒之意不在酒，而在美女杜十娘，即花钱买酒的用意在换取自己新的需要。这种以钱换酒，以酒换取新的需要的行为描写，正体现出酒宴所具有的功能——交换功能。

　　酒宴的第一个功能是交换功能。既然酒肴是用货币交换而来的商品，是一种一次性的消费商品，是一种不同于其他一次性消费品的消费品，其特殊处有三：一是它的消费不单是购买者自身的消费，而且是购买者与非购买者的共同消费；二是正因为它的消费范围往往大于购买者的范围，所以商品的价值随着消费而发生了转换，不是转换成为一种新的商品，而是转换为一种新的价值——购买者与非购买者的需求；三是购买者与非购买者的需求在利益上具有相通性而成为利益媒介，这利益媒介是交换功能产生的基础。譬如《醒世姻缘传》第14回，写晁源买通狱卒，将被打入死囚牢的小妾珍哥，安置得像家中闺房一般舒适，犹似狱中"皇后"。不料新任典史铁面无私，要严惩珍哥。晁大舍慌了，正愁求告无路，后"听见说典史在外查夜，就如叫珍哥得了赦书的一般。又知典史还要从本衙经过，机会越发可乘。叫家中快快备办桌盒暖酒，封了六十两雪花白银，又另封了十两预备。叫家人在厅上明灼灼点了烛，生了火，顿下极热的酒，果子按酒攒盒，摆得齐齐整整的；又在对面倒厅内也生了火，点了灯，暖下酒，管待下人"[1]。晁源用货币换来的这场酒宴并非单单请人吃喝完事，而是想通过这场酒宴满足他解救珍哥的愿望，即将酒宴转换为救人的需求。而这场酒宴的享受者新任典史，同样将珍哥和晁源看作一块肥肉，想从中榨取钱财。"闻得珍哥一块肥肉，合衙门的人没有一个不啃嚼他的，也要寻思大吃他一顿。"[2] 所以，晁源当夜这场酒宴可以同时满足两个消费者的不同需求，进而建立新的联系与来往。这种联系与来往正是酒宴交换功能的体现。事实正是如此，当那典史真的成了酒宴的消

---

① 西周生《醒世姻缘传》第14回"囹圄中起盖福堂，死囚牢大开寿宴"，中华书局，2002年，第128页。

② 西周生《醒世姻缘传》第14回"囹圄中起盖福堂，死囚牢大开寿宴"，中华书局，2002年，第127页。

费者，几杯酒下肚，几句恭奉的话入耳，果然如晃源所预设的那样，酒足饭饱后的典史走到牢前，"歇住了马，叫出那巡更的禁子，分付道：'把那个囚妇开了匣，仍放他回房去罢'"①。以致于后来晃源还在这死囚牢里为珍哥排排场场地过了生日。至此，我们深深感受到酒宴的交换功能与货币的交换功能有其相似处：以利益为媒介，以货币化的酒肴为交换物，交换双方各自的需要，带有强烈的功利色彩。

（二）联通功能

但酒宴所实现的交换和货币与物的交换究竟是有差别的，其差别是什么？我们还是再回到上文所引的那段描写酒宴故事的文字。首先，孙富设宴的直接目的，不过是加深与李甲的感情联系，取得对方的信任，进而摸清歌者的来龙去脉，相机行事。孙富开谈，"先说些斯文中套话，渐渐引入花柳之事"，寻找两人的共同话题、共同兴趣，正是为了达到感情交流的目的，终获得了成功。"二人都是过来之人，志同道合，说得入港，一发成相知了。"由此看来，酒宴的交换功能与货币交换的根本不同在于不是直接的物的交换，而是情感交换、情感交流，即酒宴消费的最初目的在于打开双方情感交流的障碍，获取对方的情感，加深双方的情感。不过因这种情感交换一开始就带有功利目的，所以功利目的成为推动情感交流的动力。情感交流成功，引发了孙富新的动机——探知歌者杜十娘与李甲关系的内情，以便相机行事。于是，孙富问，李甲答。一问一答，所问必答，步步推进。头脑简单的李甲不仅将他与杜十娘交往之始末和盘托出，而且将"老父性严"，必不见纳，十娘暂时"侨居苏杭"的打算，也毫无保留地吐露出来。一直在捕捉问题的孙富，终于发现了问题的症结，于是一针见血，直刺李甲的痛处——"父子天伦，必不可绝。若为妾而触父，因妓而弃家"，"妻不以为夫，弟不以为兄，同袍不以为友，兄何以立于天地之间？"迫使身陷痛苦深渊的李甲不得不伸

① 西周生《醒世姻缘传》第14回"图图中起盖福堂，死囚牢大开寿宴"，中华书局，2002年，第130页。

手求救。这是一场心理战，一场心理的交流：一方是心怀叵测，步步走向目标；一方心无所觉，处处依着对方思路，一次次将心扉打开，走入对方的圈套……由此我们发现酒宴交换与货币交换的不同处，不仅在于情感的交换，而且还在于心理的交换。心理的交换距货币的物物交换距离更远，它是酒宴交换人情化特征更突出的表现。理解酒宴这一交换功能特性对于理解酒宴的叙事功能极重要，因为小说是以情动人的，小说叙事越来越人情化、情感化，在相当程度上是由于货币化的酒宴越来越多地充斥于小说之中，愈来愈成为叙事的重要组成部分的缘故。

当李甲发现病根及问题的严重性，求医治药方和摆脱困境的愿望油然而生，于是孙富摆出设身处地为朋友着想的关怀模样，轻松地使对方听从自己的安排。他开出的药方是以金钱为钥匙打开李甲心中的锁。"兄倘能割衽席之爱，见机而作，仆愿以千金相赠。兄得千金以报尊大人，只说在京授馆，并不曾浪费分毫，尊大人必然相信。从此家庭和睦，当无间言。须臾之间，转祸为福。"而这美妙动听的话语背后是赤裸裸的金钱交易、货币交换。一个出千金，一个出美女；一个得千金之资，一个得美妙女郎。中间的交换物却不是一个，不单单是金钱，还有另外两个重要的东西——情感与病态心理。而功利交换（金钱、美女）、情感交换（朋友之情）、心理交换（交心解难）正是酒宴功能的主要内涵。功利是其核心，是三种交换得以发生的力量之源。

李甲与孙富本是陌生人，后竟成为能掏心窝子话的朋友，是什么东西将他二人关联起来的？当然是利益，是孙富欲得到杜十娘的欲望。但从形式讲，真正完成陌生转向亲密的空间场合则是对雪而饮的酒宴。由此可见，酒宴具有一种极特殊的功能，能将关系空间的遥远拉向零距离，能打破陌生交往的障碍，使陌生变为亲密，使交往变得通畅而有效。我们称酒宴的这一功能为联通功能。

酒宴之所以具有联通功能，是因为酒宴具有交换功能。这种交换功能尽管如上文分析的那样与货币有着明显差异，但其本性却是从货币移植过来的，故而在交换中所具有的联通性与货币相同。"货币在交换中，它把各种性质不同、形态迥异的事物联系在一起，货币成了各种相互对立、距离遥远的社会分子的粘合剂；货币又像中央车站，所有事物都流经货币而互相关联。"① 酒宴不同样是这样的"粘合剂""中央车站"吗？只不过这种关联更多是通过一个中介——心理和情感——来实现的。酒宴联通功能可使得人际间的关系在时间纵向维度与空间横向维度上连锁性地延展、扩大。人是社会关系的总和，每个人都有自己的社会关系网络。酒肴的购买者借用酒肴这一中介，与酒肴的消费者间建立起了新的关系，于是酒肴便充当了新旧关系网的联通媒介，从而在空间维度上粘连、串通了其他社会关系支脉，扩大了人际交往的范围。《水浒传》中个人传记与个人传记之间的联结，即上一英雄人物与下一英雄人物之间的关联无不借用酒宴这一联系媒介。王进初进史家庄，史老汉便与酒宴相待，王进与史进相见也是拜师宴。② 而史进与鲁达相遇先是茶馆，紧接着便是酒楼，鲁达做地主买单③……而且由于酒宴的交换是情感、心理的交换，所以由此建立的联系或由此引起的事件并未随消费的结束而终止，于是酒宴的这种联通功能便随之生发纵向维度的连锁反应，产生一系列环环相扣的故事情节。譬如《醒世姻缘传》第25回，叙述济南薛教授行至明水镇，因下雨而留宿于狄员外客栈。"看看傍午，狄员外又备了午饭送去，薛教授和他浑家商议道：'看来雨不肯住，今日是走不成了。闷闷的坐在这里，不如也收拾些甚么，沽些酒来与狄东家闲坐一会。'薛奶奶道：'酱斗内有煮熟的腊肉腌鸡，济南带来的肉脯，还有甜虾米、豆豉、莴笋，再着人去买几件鲜嘎饭来。'也做了好些品物，携到店后一层楼上，寻了一大瓶极好的清酒，请过狄员外来白话赏雨。真是'一遭生，两遭熟'，越发成了相知。"④ 这一桌酒宴

---

① 西美尔《金钱、性别、现代生活风格》，刘小枫编，顾仁明译，李猛、吴增定校，学林出版社，2002年，第392页。

② 施耐庵《水浒传》第2回"王教头私走延安府，九纹龙大闹史家村"，黄霖点校本，浙江古籍出版社，1993年，第21—22页。

③ 施耐庵《水浒传》第3回"史大郎夜走华阴县，鲁提辖拳打镇关西"，黄霖点校本，浙江古籍出版社，1993年，第36页。

④ 西周生《醒世姻缘传》第25回"薛教授山中占籍，狄员外店内联姻"，中华书局，2002年，第233页。

将狄员外与薛教授两家同辈人关联在一起，后两家各自生了孩子，有了后代，过从愈加频繁，成为老相知。而且经过联姻（狄希陈与薛素姐结为夫妻）使两家的下一辈联结在一起，关系愈加亲密。小说的中心故事也因此而由山东武城县转移到了山东明水镇。正是酒宴的这种联通功能方衍生出相应的叙事功能。正因如此，酒宴故事往往成为小说特别是家庭小说情节发展的高潮和结构的骨架。以《红楼梦》为例，贾敬寿诞，宁府排家宴，秦可卿丧葬，元妃省亲，宝钗生日，史太君两宴大观园，凤姐生日，芦雪庵中秋赏月，宁国府除夕祭宗祠，荣国府元宵开夜宴，宝玉生日（"寿怡红群芳开夜宴"），庆贾母八十寿诞，林黛玉重建桃花社等构成一部书情节发展的骨架。从横向看，在故事叙述中不断有新的人物穿插进来。酒宴场景的穿插同样占了故事情节的较大篇幅。《水浒传》中好汉的出场，《金瓶梅》中篾片、妓女、官吏的上场，《姻世姻缘传》中因果故事的勾连，《红楼梦》中的新鲜事往往是在酒宴场中插进来的。所以酒宴在一部小说的情节结构中犹如一个故事网的结。没有酒宴，一部书的情节网络便难以建立起来。

（三）情感张力功能

　　从叙事的角度讲，《杜十娘怒沉百宝箱》中杜十娘与李甲悲剧的产生还有一个重要的缘由——饮酒后的情绪放纵。孙富出现之前，小说叙述了这样一个场景：

　　　　不一日，行至瓜州，大船停泊岸口，公子别雇了民船，安放行李。约明日侵晨，剪江而渡。其时仲冬中旬，月明如水，公子和十娘坐于舟首。公子道："自出都门，因守一舱之中，四顾有人，未得畅语。今日独据一舟，更无避忌。且已离塞北，初近江南，宜开怀畅饮，以舒向来抑郁之气。恩卿以为何如？"十娘道："妾久疏谈笑，亦有此心，郎君言及，足见同志耳。"公子乃携酒具于船首，与十娘铺毡并坐，传杯交盏。饮至半酣，公子执卮对十娘道："恩卿妙音，六院推首。某相遇之初，每闻绝调，辄不禁神魂之飞动。心事多违，彼此郁郁，鸾鸣凤奏，久矣不闻。今清江明月，深夜无人，肯为我一歌否？"十娘，遂开喉顿嗓，取扇按拍，呜呜咽咽，歌出元人施君美《拜月亭》杂剧上"状元执盏与婵娟"一曲，名《小桃红》。[1]

　　这次夫妻对饮，目的很明确，就是因"久疏谈笑"，而要放纵一下，"开怀畅饮，以舒向来抑郁之气"。而"饮至半酣"之后，不觉情思飞动，情不可扼，放情一歌。歌声飞出舱外，遂节外生枝，引出一场不少的是非。由此可见，酒宴饮酒易于激活人们压抑已久的情感，这种情感具有软化理性、冲出理性抑制的向外张力，我们称之为酒宴的情感张力功能。

　　酒宴中酒与菜肴的主次地位分明，即酒是中心，菜肴是为喝酒而设置的，多喝酒是目的。而内含于酒中的酒精对于人的心理、情感和精神具有刺激、充血作用。过量酒精摄入人身体之内，使人的情绪处于极度活跃状态，呈现为对控制常态的外向冲击力，从而使理性的防御变得薄弱，乃至非理性一时处于主导地位。这种情感外向张力往往会直接干扰大脑的判断力，从而出现在常规理性控御下不会发生的异常判断——非理性判断，进而导致异常行为的出现。焦大醉骂，透露宁国府"扒灰""养小叔子"的秘密[2]；李逵扯诏，使宋江招安计划受阻[3]；贾琏酒后偷情，拔刀欲杀凤姐，后有"一从二令三人木"的夫妻冷暖[4]。在市民小说中常常出现类似酒后生事的故事。酒宴的这种情感张力功能，可能导致因酒生事的两种结果：一是，行为发出者抒发长久受压抑的情绪，流露真情，产生真率的美感效果，但对后来情节发展的走向影响不大。薛蟠酒后说宝钗心念"金玉良缘"，要嫁给宝玉，处处袒护宝玉，

---

① 冯梦龙《警世通言》卷三十二《杜十娘怒沉百宝箱》，中华书局，2002年，第354页。

② 曹雪芹《红楼梦》第7回"送官花贾琏戏熙凤，宴宁府宝玉会秦钟"，人民文学出版社，1957年，第77页。

③ 施耐庵《水浒传》第75回"活阎罗倒船偷御酒，黑旋风扯诏谤徽宗"，黄霖点校本，浙江古籍出版社，1993年，第814—815页。

④ 曹雪芹《红楼梦》第44回"变生不测凤姐泼醋，喜出望外平儿理妆"，人民文学出版社，1957年，第462—466页。

他要先杀了宝玉，然后偿命的情节是如此。① 宝玉在薛蟠处喝了酒，回到怡红院带了几分酒意，遂生出"撕扇子千金一笑"的事也是如此。② 二是，导致故事发展方向出现逆转。杜十娘纵情放歌，引出李甲，使他们美好愿望在即将实现时由喜剧转向悲剧。③《蒋兴哥重会珍珠衫》中陈大郎与罗大郎（实为蒋兴哥）放怀饮酒，吐露与三巧儿的私情，并示以珍珠衫，造成蒋兴哥休妻、自己病死等情节突变。④《十五贯戏言成巧祸》因油葫芦酒后戏言而酿成意想不到的灾祸。⑤《金瓶梅》中武松杀西门庆而误杀李外传⑥……情感张力功能不仅为小说抒发人物的真情创造了契机，也使小说情节的突变逆转、跌宕起伏、奇妙横生、魅力无穷成为可能。

（四）娱乐功能

同样是这场舟中酒宴，杜十娘与李甲二人"兴亦勃发"，"鸾鸣凤奏"，"开喉顿嗓，取扇按拍"，畅饮轻歌，挥洒内心欢畅。除了饮酒食馔之外，还有音乐之奏、轻歌之唱，无疑这是一场尽情欢乐的娱乐宴席，可见酒宴本身还有一种附带功能——娱乐功能。

酒宴不仅通常可以满足人们吃与喝的消费需求，而在社会经济条件富裕和政治思想氛围宽松的时期，它还可以满足人们玩与乐的消费需求。就小说兴盛的明代而言，至少在隆庆年代始，朝廷对官吏间来往宴席礼制的规定，在执行中已逐渐放松，不但可"益以糖果饵、海味之属"，且"水陆毕陈，留连卜夜，至有用声乐者矣！"⑦饮酒间，奏音乐、唱小曲儿、演大戏，猜拳、

---

① 曹雪芹《红楼梦》第34回"情中情因情感妹妹，错里错以错劝哥哥"，人民文学出版社，1957年，第355页。

② 曹雪芹《红楼梦》第31回"撕扇子作千金一笑，因麒麟伏白首双星"，人民文学出版社，1957年，第321—322页。

③ 冯梦龙《警世通言》卷三十二《杜十娘怒沉百宝箱》，中华书局，2002年，第355—359页。

④ 冯梦龙《喻世明言》卷一《蒋兴哥重会珍珠衫》，中华书局，2002年，第16—17页。

⑤ 冯梦龙《醒世恒言》卷三十三《十五贯戏言成巧祸》，中华书局，2002年，第537—538页。

⑥ 兰陵笑笑生《金瓶梅词话》第9回"西门庆计娶潘金莲，武都头误打李外传"，香港太平书局，1982年，第253—255页。

⑦ 王世贞《觚不觚录》，见《四库全书》，第1041册，第437—438页。

行酒令、戏妓女、讲故事、说笑话，尽其所能，乐其所乐，肆无忌惮。酒宴成为人们享乐的场所、文化娱乐之地。正因如此，产生于万历年间的《金瓶梅词话》，写逢年过节，生日寿诞，喜庆、丧葬及官吏往来往往成为小说描写的重笔，连篇累牍，将观戏、听曲儿、说笑话、讲故事、猜灯谜、出酒令等玩耍取乐插叙其间，且往往酒宴连摆数日。这类将酒宴视为满足人吃喝玩乐享受的描写在《醒世姻缘传》《歧路灯》《红楼梦》等家庭小说中成为普遍现象。酒宴的娱乐功能不仅使得酒宴活动成了表演无所不包的时空舞台，成为诗、词、戏曲、笑话、故事（说书）、小曲儿诸文体无所不能的综合表演艺园，从而扩展了叙事的空间、细化了叙事的时间。而且娱乐活动为写人提供了更丰富、鲜活的素材：或通过人物动作的相聚相映写人，如《红楼梦》"史太君两宴大观园"中刘姥姥鼓着腮帮子说"老刘！老刘！食量大如牛"的话，引起众人百态千姿的性格化的笑；或借酒宴而品评人物，如"冷子兴演说荣国府"、贾琏的小厮兴哥边吃酒边对尤二姐述说王熙凤、宝、黛、钗等众少年的性格等，从而既拓展了叙述的外空间，又深化了叙事的内空间。

（五）衍生功能

再看，李甲从孙富的酒场回到船上后，故事是否按照他们二人酒场中形成的意愿发展呢？杜十娘对李甲的态度做何反应？请看下面的描写：

> 十娘放开两手，冷笑一声道："为郎君画此计者，此人乃大英雄也！郎君千金之资既得恢复，而妾归他姓，又不致为行李之累，发乎情，止乎礼，诚两便之策也。那千金在那里？"公子收泪道："未得恩卿之诺，金尚留彼处，未曾过手。"十娘道："明早快快应承了他，不可挫过机会。但千金重事，须得兑足交付郎君之手，妾始过身，勿为贾竖子所欺。"时已四鼓，十娘即起身挑灯梳洗道："今日之妆，乃迎新送旧，非比寻常。"于是脂粉香泽，用意修饰，花钿绣袄，极其华艳，香风拂拂，光采照人。装束方完，天色已晓。
>
> 十娘推开公子在一边，向孙富骂道："我与李郎备尝艰苦，不是容

易到此。汝以奸淫之意，巧为谗说，一旦破人姻缘，断人恩爱，乃我之仇人。我死而有知，必当诉之神明，尚妄想枕席之欢乎！"又对李甲道："妾风尘数年，私有所积，本为终身之计。自遇郎君，山盟海誓，白首不渝。前出都之际，假托众姊妹相赠，箱中韫藏百宝，不下万金。将润色郎君之装，归见父母，或怜妾有心，收佐中馈，得终委托，生死无憾。谁知郎君相信不深，惑于浮议，中道见弃，负妾一片真心。今日当众目之前，开箱出视，使郎君知区区千金，未为难事。妾椟中有玉，恨郎眼内无珠。命之不辰，风尘困瘁，甫得脱离，又遭弃捐。今众人各有耳目，共作证明，妾不负郎君，郎君自负妾耳！"于是众人聚观者，无不流涕，都唾骂李公子负心薄幸。公子又羞又苦，且悔且泣，方欲向十娘谢罪。十娘抱持宝匣，向江心一跳。众人急呼捞救，但见云暗江心，波涛滚滚，杳无踪影。可惜一个如花似玉的名姬，一旦葬于江鱼之腹！①

这一段描写文字与上一段描写有着不可分割的逻辑关系。十娘的悲剧，李、杜爱情的悲剧，孙富非分之想的失败，都是由酒宴故事生发出来的，是酒场上李、孙交易的继续。由此我们可以发现酒宴的又一功能——衍生功能。

衍生功能是指酒宴的交换功能、联通功能、情感张力功能通过酒宴场所中的与酒宴无关的活动和酒宴中人产生的意念行为而将其扩展延伸于酒宴之外，衍生出酒宴之外的人和事。酒宴的消费者当场产生的某种行为的欲望，很可能在酒宴后采取相应的行为去实现此种愿望，并最终获得某种结果。某种结果很可能又成为他人愿望滋生的条件而引起另一叙事环节和叙事序列。李甲回到自己船上，心中只有一种想法，如何实现酒宴上孙富为自己所谋划的事。然而事情能否成功，在很大程度上取决于杜十娘的态度和行动。于是便有杜十娘的愿望——以死相抗，打破孙富的阴谋，遂延伸出一大串情节。又如《金瓶梅》第61回，写韩道国设家宴宴请主人西门庆，饮酒中间请了一

---

① 冯梦龙《警世通言》卷三十二《杜十娘怒沉百宝箱》，中华书局，2002年，第358—359页。

个唱曲儿的申二姐。那申二姐会唱许多小曲儿，西门庆听了喜欢，与她约定，重阳节到自己家中唱曲儿。重阳节那天申二姐果然去了，西门庆请出患病的李瓶儿听曲。月娘等人劝瓶儿饮口酒，导致她的病症复发，下面溺血不止。引出任医官豪宅看病、李瓶儿病死等一系列情节。[1] 贾宝玉参加冯紫英邀请的酒席，席上认识了蒋玉菡，遂有换汗巾事的发生。[2] 刘姥姥酒宴上讲小女孩雪天抽柴火故事，便有宝玉的寻根问底，还让小厮外出去寻访。[3] 西门庆在酒宴上认识了李桂姐，遂花三十两银子梳笼了李桂姐，并有在妓院一住个把月的情节发生。[4] 妻妾玩赏芙蓉厅，就有隔壁花家派人送宫花事，引出后来李瓶儿的一连串故事。[5] 酒宴上往往出现节外生枝的情节，这些情节也是酒宴衍生功能的表现。正是酒宴的衍生功能，方使得酒宴人物与酒宴外人物、酒宴内故事与酒宴外故事连接了起来，才使得酒宴叙事带有全篇的整体意义。

三、叙事的基本结构单元：意图元[6]

若将杜十娘故事由后向前，推至小说开头，分析酒宴场景在整篇小说中

---

[1] "那李瓶儿在房中，因身上不方便，请了半日才来。恰似风儿刮倒的一般，强打着精神陪西门庆坐，众人让他，酒儿也不大吃。西门庆和月娘见他面带忧容，眉头不展，说道：'李大姐，你把心放开，教申二姐弹唱曲儿你听。'玉楼道：'你说与他，教他唱甚么曲儿，他好唱。'李瓶儿只顾不说。"见兰陵笑笑生《金瓶梅词话》第61回"西门庆乘醉烧阴户，李瓶儿带病宴重阳"，香港太平书局，1982年，第1681页。

[2] 曹雪芹《红楼梦》第28回"蒋玉菡情赠茜香罗，薛宝钗羞笼红麝串"，人民文学出版社，1957年，第290页。"少刻，宝玉出席解手，蒋玉菡便随了出来。……想了一想，向袖中取出扇子，将一个玉扇坠解下来，递与琪官……琪官接了，笑道：'无功受禄，何以克当！也罢，我这里得了一件奇物，今日早起方系上，还是簇新的，聊可表我一点亲热之意。'说毕撩衣，将系小衣儿一条大红汗巾子解了下来，递与宝玉。"

[3] 曹雪芹《红楼梦》第39回"村姥姥是信口开河，情哥哥偏寻根究底"，人民文学出版社，1957年，第409—412页。

[4] 兰陵笑笑生《金瓶梅词话》第11回"潘金莲激打孙雪娥，西门庆梳笼李桂姐"，香港太平书局，1982年，第291—296页。

[5] 兰陵笑笑生《金瓶梅词话》第13回"李瓶姐墙头密约，迎春儿隙底私窥"，香港太平书局，1982年，第333—356页。

[6] 意图元，指人行为的叙述的基本单元：产生某种意图，实现某种意图，获得某种结果。

的叙事功能，或许有新发现。整篇小说情节骨架分为三部分：

A1，杜十娘见李甲，萌生从良后委身李郎以度终生的愿望；A2，杜十娘采取种种具体实践计划的行动（抓住机遇，助李甲筹措赎身资金，定安身地，筹措从良后的生活资金）；A3，因孙富挑弄，愿望失败。

再细一步分析，A2，杜十娘采取种种实践计划的行动，又分为四个小的叙事序列。

AA1，杜十娘萌生赎身从良跟随李公子离开妓院愿望；AA2，采取具体行动（抓住鸨母口误之机，敲定银子数目和时间；帮助李公子凑齐银两）；AA3，获得成功（付银、出门）。在这个层次的叙事序列中，还可再分出一个更小的叙事序列。我们称之为AAA系列。内容是：

AAA1，杜十娘要帮李甲筹措资金。

AAA2，采取行动（请李甲借贷于朋友，未果；请小厮找回李郎，再周济李甲一百五十两；柳遇春为其真情所感，代筹一百五十两）。

AAA3，筹措成功（共得三百两）。

BB1，杜十娘萌发栖身于何地的愿望；BB2，采取解决的行动（与李公子商讨）；BB3，行动成功（分两步走，暂栖身于苏、杭胜地；待李父允诺后归家）。

CC1，十娘心中要筹集路费与栖居费用；CC2，采取行动（请谢月娥、徐素素等帮助）；CC3，筹措资金成功（二十两陆路费用、百宝箱）。

DD1，孙富听歌思女，萌生得到杜十娘之想；DD2，采取行动（吟诗勾唤，劝李甲赴宴，宴中挑弄，挑弄成功）；DD3，行动失败（杜十娘投江）。

B1，杜十娘萌发复仇愿望；B2，采取行动（化为鬼魂，夜夜诟骂）；B3，行动成功（孙富奄奄而逝）。

C1，杜十娘决意要报答柳遇春（"向承君家慷慨，以一百五十金相助。本意息肩之后，徐图报答"）；C2，采取行动（"早间曾以小匣托渔人奉致，聊表寸心"）；C3，报答成功（柳遇春拾得百宝箱）。

以上叙事序列，除DD序列的叙事方向是逆向之外，其他叙事序列的叙事方向都是正方向——满足于行为主体需求的方向。为更清楚起见，仅将A1—A2—A3序列号画图如下：

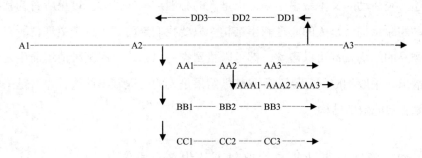

由上述分析，我们发现无论就杜十娘故事的整体而言，还是就故事中的某一环节而论，有一个共同且一致的现象，故事叙述结构都是由三个部分做如是排列：行动发出者因某种情境而产生一种强烈的愿望；于是采取行动去努力实践这种愿望；行动或成功或失败的结果。这是不是叙述故事的共同结构，如果是的话，这种结构是如何产生的？

法国叙事学家布雷蒙在探讨人类的基本叙事功能的过程中，概括出了叙事的基本序列是由三个功能组合而成：表示可能发生变化的功能；表示是否实施这种变化的功能；表示变化是否实现的功能。[1] 而"发生变化""实施这种变化""是否实现"与我们分析的故事叙述结构是基本相同的。由此可见，这种叙事序列不仅适用于中国市民小说，而且适合于西方乃至人类的叙事作品。那是因为它适合于人类普遍的心理需求。愿望的产生是人的一种心理，是一种心理活动的必然结果，而这种心理活动来自人的生理需要（欲求）。欲求是人的本性，这种本性中还带有动物本性的成分（如生存的欲求）。为实现欲求采取种种行动则是人区别于动物的独特本性；欲求的实现状态带有更多的社会性因素；欲求的永无满足、永无止境最能体现人性的特点。不断地欲求，不断地行动，不断地取得结果，是人类生存的全部。正因它体现了

---

[1]　布雷蒙《叙事可能之逻辑》，见张寅德编选《叙述学研究》，中国社会科学出版社，1989年，第153—176页。

人的本性，所以这个结构的原壤是人性，是人性的行动化、故事化，即人的心理叙事结构。而人类全部活动的结构是从人的心理叙事结构衍生出来的。叙述人类活动的文本叙事结果，正是人的心理结构的扩大。可见所有的叙事活动的原结构就是人的心理叙事结构。只要我们弄清楚了这个道理，所有叙事作品的结构就都可以破解，都可以找到它的原结构。因某种情境而生发某种欲求，采取相应的行动，获取某种结果是人的心理叙事结构，也就是一切文本叙事的叙事结构。

四、酒宴叙事功能与心理叙事结构单元同源

现在我们要讨论的是，酒宴场景在这个叙事原结构中处于什么位置，具有什么功能。弄清楚了这个问题，也就弄清楚了货币化场景——酒宴——在明清小说中的叙事地位。

既然，叙事的原结构分为三个序列，那么，需分析酒宴场景是仅出现于某一功能序列，还是在三个功能序列中都出现，以及它在出现序列中起何种作用。

中国古代小说中，酒与饭往往不分，简称酒饭，说明饮酒之普遍。梁山泊的绿林好汉，每饭必吃肉、喝酒，酒肉不分，也说明那时饮酒已成为普遍的社会风气。因此，酒场也会助人想象，萌发愿望。当然愿望的萌发不一定都是在酒场，但生发于酒场中的愿望所占比例不小。愿望产生后，必然关联行动，造成一连串情节，所以生发于酒场的愿望和实现愿望的情节往往是重要的有较大长度的叙事。如《醒世姻缘传》第1回"晁大舍围场射猎，狐仙姑被箭伤生"，写晁源设宴，邀请豪家子弟来府中赏雪，众人吃着野味，突发打猎异想。众人你一言我一语地说道："各家都有马匹，又都有鹰犬，我们何不合伙一处打一个围，顽要一日？"[①] 这个愿望，惹出了后来的一系列麻烦：猎场上，晁源射杀了求他庇护的千年老狐；老狐发誓报仇，几次险令晁源丧

---

① 西周生《醒世姻缘传》第1回"晁大舍围场射猎，狐仙姑被箭伤生"，中华书局，2002年，第6页。

命，后投胎转世，完成自己复仇的心愿。狐仙复仇的愿望及其行动成为贯穿全书的一条重要线索。西门庆想请蔡御史将他的三万盐引早支出几天，以便卖个好盐价的愿望，也是在迎请蔡御史的酒场中萌生的。"西门庆饮酒中间，因题起有一事在此，不敢于渎。蔡御史道：'四泉有甚事，只顾分咐，学生无不领命。'西门庆道：'去岁因舍亲那边，在边上纳过些粮草，坐派了有些盐引，正派在贵治扬州支盐，只是望乞到那里青目青目，早些支放，就是爱厚。'"①蔡御史竟早支放了一个月，西门庆赚了三万两银子，后来用这笔钱开了绒线铺，做了很多事。贾宝玉赴冯紫英宴，在酒席上初识蒋玉菡，便萌发与之结交的愿望，后通过换汗巾，竟将花袭人秘赠他的汗巾送给了蒋玉菡②，以致引发出了后来忠顺王府向贾政索取蒋玉菡，宝玉因此事挨打，直至袭人嫁与蒋玉菡等一系列重要情节。

人要实现自身的愿望一般需借助别人的力量，需与人发生联系，需要交往，需要情感、心理的交流。而酒宴的娱乐功能、联通功能、交换功能、情感张力功能可以帮助人实现他的愿望。正因如此，中国古代小说在叙事的这第二逻辑序列中，往往写到酒场活动，其出现频率大于第一叙事序列（欲望产生序列）。《水浒传》写武松归来，得知哥哥武大郎死得不明，第一夜陪灵，便萌生替兄报仇的愿望，天明即采取行动，而每一行动都伴随有酒场出现：与何九叔、与郓哥、与众邻居、斗杀西门庆。酒饭成为他进行案件调查、取证、杀仇人的主要场所。③在《金瓶梅》《红楼梦》等家庭小说中，酒宴不仅是叙述逢年过节、过生日等喜庆与丧葬事件的主要场所、娱乐场所，也是人员往来、应付和处理各种事件的场所，是解决矛盾、实现愿望的场所，如西门庆谈生意，招伙计，放贷，进货，开铺子，谈女色，又如鸳鸯、凤姐、

① 兰陵笑笑生《金瓶梅词话》第49回"请巡按屈体求荣，遇胡僧现身施药"，香港太平书局，1982年，第1285页。

② 曹雪芹《红楼梦》第28回"蒋玉函情赠茜香罗，薛宝钗羞笼红麝串"，人民文学出版社，1957年，第290页。

③ 施耐庵《水浒传》第26回"郓哥大闹授官厅，武松斗杀西门庆"，黄霖点校本，浙江古籍出版社，1993年，第285—294页。

宝钗、湘云等女子，贾政、贾琏、贾赦等男子要实现让贾母高兴开心的愿望也往往借助于酒宴。西门庆在情场的男欢女爱，大多离不开酒。贾琏、贾环、贾蓉、薛蟠等人的情场故事也离不开酒，即酒宴是他们实现情欲活动的不可或缺的部分。

　　叙事序列第三部分——行动成功或失败的结果——往往离不开写酒。取得成果，心满意足，须庆贺也离不开酒。失败了要借酒浇愁，也离不开酒。酒可以使人发泄成败哀乐的种种情绪。所以在第三序列中酒场的出现也不亚于第二序列。如西门庆早就有攀援权相蔡京，以求得到他的庇护的欲求，为此花费了不少心血（以女儿为裙带、寿辰送礼、办事行贿等），最终竟平地一声雷，做了理刑所副千户，成了蔡京的人；他无子嗣，求子心切，得官的同时，李瓶儿又为他生下了儿子。两件事大获成功，于是大摆酒宴，痛痛快快地庆贺了三天。[①] 诸葛亮初用兵，未出战就预料到获胜的结局，就"命孙乾、简雍准备庆喜筵席"[②]；卖油郎秦重以自己的诚挚、真情，最终获得莘瑶琴的心，不仅最终成就夫妻，还与失散多年的父母相逢。"是日，整备筵席，庆贺两重之喜，饮酒尽欢而散。"[③]《初刻拍案惊奇》写一对男女的奇巧婚姻，那"张尚书第二位小姐，昨夜在后花园中游赏，被虎扑了去"，四处寻不到尸骸，况且又正是女儿成亲的日子，"女婿将到，伤痛无奈"，一家心急如焚。谁也未料到，那虎口所衔之人，被一位男子救得，而这男子正是前来迎亲的张尚书的女婿。女儿得救，女儿与新婚相逢，正是张尚书满心欢喜的事，于是他"就在船边分派人，唤起侯相，办下酒席，先在舟中花烛成亲，合卺饮宴"[④]。

　　酒宴在三个叙事序列中出现的次数，以《杜十娘怒沉百宝箱》为例，全

---

① 兰陵笑笑生《金瓶梅词话》第30—31回，香港太平书局，1982年，第772—820页。
② 罗贯中《三国演义》第39回"荆州城公子三求计，博望坡军师初用兵"，上海文艺出版社，1996年，第351页。
③ 冯梦龙《醒世恒言》卷三《卖油郎独占花魁》，中华书局，2002年，第49页。
④ 凌濛初《初刻拍案惊奇》卷五《感神媒张德容遇虎，凑吉日裴越客乘龙》，中华书局，2002年，第59页。

文共出现7次。其中出现于第一序列的2次（结识杜十娘[1]、求栖居之所），出现于第二序列的3次（筹措赎金、孙富酒、杜十娘酒），出现于第三序列的2次（众姊妹庆贺1次，舟中夫妻对饮1次）。不管酒宴场景出现于哪一个序列，不管出现于不同序列的次数的多少，每一叙事序列必写酒宴却是无疑的。

　　现在要弄清的问题是，为什么三大叙事序列中的每一序列必出现酒宴。这个问题的回答要从酒宴功能何以生成——生发酒宴功能的原壤——的考察入手。我们仍以《杜十娘怒沉百宝箱》中的酒宴描写为分析个案。李甲与杜十娘舟中畅饮欢歌，表现了酒宴的情感张力功能和娱乐功能。而这两个功能所表现的正是人摆脱羁勒，渴望个性的真率、自由；摆脱困苦，渴望生活快乐的欲求。孙富与李甲在岸上的酒肆中赏雪对饮，体现出酒宴的联通功能、交换功能。联通功能表现人类摆脱离群而造成的孤独、寂寞和与他人交往的"依恋情欲"；交换功能可以帮助人完成利益的转换，而最终完成个人利益和愿望实现的过程，是人的欲求的社会实现的必备手段，是人欲求的社会表现形态。而岸上对饮后，衍生出了此后的情节，这是酒宴的衍生功能。衍生功能是人的欲求永无穷尽的再生性的本质表现，是人的普遍的再生性欲求。由此可知，酒宴所具有的联通功能、交换功能、娱乐功能、情感张力功能、衍生功能，都是人欲表现本能的具体化。或者说联通、交换等五大功能分别从五个方面表现了人的欲求内涵。如是说来写入小说中的酒宴所具有的五大功能的背后是酒宴的原功能——人欲表现本能。人欲表现本能是酒宴叙事功能生发的原壤，也是酒宴叙事功能的本质。

　　既然酒宴的叙事功能的本质是人欲表现本能，那么酒宴的叙事功能与人的心理叙事结构——原叙事结构同源，皆源于人的欲求本性。所以，人的欲求生发出人的心理叙事结构（一定的环境生发人的某种欲求—采取行动，实现

---

[1]　这次写酒宴用侧笔，前有介绍杜十娘时的诗："坐中若有杜十娘，斗筲之量饮千觞。"后有叙二人朝欢暮乐之话："两下情好愈密，朝欢暮乐。"中间更有些说李公子花钱撒漫的介绍："那公子俊俏庞儿，温存性儿，又是撒漫的手儿，帮衬的勤儿。"这样一位撒漫的公子得遇京中如此销魂的美妓，岂无饮酒？故以侧笔写酒宴待之。

人的欲求的过程—欲求实现的结果），也同时生发出酒宴的叙事功能（联通功能、交换功能、娱乐功能、情感张力功能、衍生功能）。酒宴叙事功能是伴随心理叙事结构的行为化而出现的，前者是叙事的内结构，后者是叙事的内结构跨入外结构须越过的第一个门槛，是内结构与外结构的粘连带。即内结构发生的每一叙事序列只要外化为行动，往往都伴随着酒宴行为。如李瓶儿移情于西门庆的愿望产生之后，在小说中的表现就是总伴随着酒宴，先后出现的酒宴叙事有：西门庆与妻妾宴赏芙蓉厅，李瓶儿派丫环、小厮送宫花；西门庆到花家赴席与李瓶儿相遇；李瓶儿打发吃酒的花子虚等移至妓院中；李瓶儿与西门庆隔墙密约、闺房内饮酒；李瓶儿为救被抓去的花子虚，请西门庆饮酒；花子虚死后，李瓶儿与西门庆谋改嫁成亲、盖房事，多次饮酒；应伯爵知二人欲成亲"庆喜追欢"……直到李瓶儿嫁给西门庆吃喜酒。① 酒宴叙事与心理叙事是同步的，或者说酒宴叙事是心理叙事的行为化、艺术化。酒宴叙事与心理叙事的同源性与外化过程的同步性正是产生基本叙事序列每一序列必伴随酒宴的根本原因。正因这种同源性与外化过程的同步性，构成了酒宴叙事结构在心理叙事结构和一切文本叙事结构中的独特地位和不可取代的作用。

　　从上述分析中发现，明清小说具有相同的叙事序列：故事主体者的欲望生成；为实现欲望采取的行动；行动的结果（成功或失败）。而酒宴不仅常常出现于每一叙事序列之中，且往往成为推进故事进程发生的动因。之所以如此，是由于货币化的酒宴以情感与心理交流方式传承了货币的联通、交换功能，并滋生出娱乐功能、情感张力功能、衍生功能，从而在明清小说叙事中具有整体而独特的作用。而酒宴的这些功能皆源于人的欲求表现本能，源于由人的欲求表现本能的心理沉淀：心理叙事结构。即人的欲求表现本能是心理叙事结构、文本叙事序列结构和酒宴叙事功能生成的原动力。酒宴叙事功能与小说基本叙事序列的同源，正是酒宴叙事功能的整体性与独特性产生的根本原因。

---

① 兰陵笑笑生《金瓶梅词话》第15回"佳人笑赏玩登楼，狎客帮嫖丽春院"至第19回"草里蛇逻打蒋竹山，李瓶儿情感西门庆"，香港太平书局，1982年，第385—505页。

第四节　中国文学性质与发展阶段新论①

一、文学史的观念、视角、方法需反思、变革

丁玉娜：许先生，多年来，学界对文学史的讨论似乎已搁置起来，大家的精力转向了作家作品的深细研究，如文献整理、地域文学、家族文学等；或转向了学科间的交叉，如人类学、文化学以至于有"新人文"的提法。您现在正在主持的国家社科基金重大项目"《王世贞全集》整理与研究"本身既是深细的研究，又是学科交叉的研究。而您为什么又重提中国文学性质和历史分期的问题呢？

许建平：愈是做作家作品的深细研究，愈感到此前文学史研究对文学生存状态和性质的说法不那么到位或有不少糊涂账的问题，愈来愈感到对文学形态、文学性质的认识和叙述需进行反思与重新审视。以前我们叙述文学史的视角不外两种：政治体制和意识形态。前者把文学发展的形态绑在政治制度上，于是便有奴隶制文学、封建制文学、新民主主义文学、社会主义文学。后来认为奴隶制与封建制没有本质区别，遂统称为古代文学，于是定形的说法便成为古代文学、现代文学、当代文学。这种分法固然有它的道理，就是作为反映社会生活的文学，在内容上反映了政治体制形成的过程和差异性，如抗日战争、解放战争、人民公社、"文化大革命"、改革开放等。这样一来，愈是距我们时间近的文学其叙述的政治性便愈突出，愈易成为染上浓厚政治色彩的泛文化史。文学史中随处可见的朝代论、阶级论、儒法论、政党论、政派论便足以说明这一点。与之相伴生的是愈离我们近的文学史愈易成为意识形态化的文学史。另外，文学发展史观受达尔文的进化论、黑格尔的直线上升论和马克思的螺旋上升论的影响，都认为文学观念与哲学观念是愈来愈好。这似乎是对的，或说大体上不错，但不少现象并不一定是那样。譬如文学观念，先秦时期的文（散文）主要是诸子散文和历史散文，文史哲是

---

① 本节原文刊载于《社会科学家》2015年第3期。

混在一起的。而到后来有了种种划分，愈分愈细，说明文学观念演进了。这实际是个糊涂账。因为单就"文"而言，明清的散文的概念仍然是包括传、记、碑、铭、诔、疏、志、牍等在内的大杂烩，这只要看一看明清文人的集子，看王世贞的《四部稿》《续稿》中"四部"之一的"文部"，看一看《古文辞类纂》一类的书，就会明白。至于后来的词、曲、小调、戏曲、小说、鼓词等新样式，其产生跟文学观念并无根本联系，而是源自市场消费的需要。

丁玉娜：复旦大学章培恒先生从人性发展的角度分析文学发展的历史，它超越了文学泛政治化，是文学史研究的一个观念和方法的跨越，这是不是在您所说的体制与意识形态文学史外的特例？

许建平：是的。章先生的文学史是人性及其审美史，是力求从人性说明文学审美，以审美文学丰富人性文学的一个大胆尝试。"人性"是这部文学史叙述的视角和焦点。这个视角既可打通古今，也可打通中外，故而章先生的《中国文学史》一出版，大有一石激起千层浪之态势，时称"石破天惊"。章先生所言人性，包括人性自身，也包括人们对人性的认知。这种认知会表现于文学作品中，成为文学价值的灵魂，从这个视角分析文学易深刻。然而，人性说易流于单调和进化论是这类文学史撰写的一大难题，如果能从产生人性变化的原壤说明人性内涵的具体变化，可能会更好些。举一个例子，从人性的角度看《金瓶梅》，所写不过"钱""权""色""老大主义"。而作者对钱、权和老大主义是肯定，对"色"也是基本肯定的，只是劝人莫过度。也就是章先生所言的对好货好色的人欲的肯定。然而，几百年后的今天，钱、权、色和老大主义依然是人们追求的价值观念。从人性的角度看，并无根本的改变。如何解释这一现象？如果能看到产生《金瓶梅》的明代后期的运河边的大商业都市清河，市民们获取生活资料的方式和人们生存所依赖的资料正在由农耕型向工商型转换——由实物生存状态向货币化生存状态转变，而今天人们的生存状态已大体如此，如果说不同的话，则是已基本完成了这一转换。这样或许能更好地理解这一人性与文学的变化。当然，无论章培恒先生的《中国文学史新著》还是傅璇琮先生主编的《中国古代文学通论》都代表了那个时代以至于当下文学史研究的最高水准，这是毫无异议的。

二、是什么规范文学发展的性质和形态

丁玉娜：我知道，许先生所讲的只是研究视角与方法的探索，并不是说某部文学史著作本身的水平问题。不过任何人文社科成果，都有其所明所长，也都有其所蔽，您也不必自我防护。我所请教的是在政治体制和意识形态之外，还有什么更好的方法吗？

许建平：有。这也是我所特别强调的，就是从政治体制和意识形态产生的基础——经济基础，即人们的生产方式和生活方式研究，从生产生活方式的角度观察、研究、分析与之相应的上层建筑和意识形态，研究与之相应的文学艺术。如果我们承认经济基础决定上层建筑和意识形态这一基本原理的话。那么，文学艺术等意识形态正是由这个最基本的东西规定着的。

丁玉娜：此前讲奴隶社会、封建社会和社会主义社会的政治制度，不也是以经济基础来划分的吗？而且每讲一个时代的文学，不也是先讲一个时代的政治经济背景吗？您所说的从人们的生产方式与生活状态重新审视文学发展的历史，与这些有何差别呢？

许建平：表面看似乎一样，实质却完全不一样。有两点不一样。一是，此前文学史讲经济基础是表层的、粗线条的，且与文学往往有两张皮之嫌。也有讲得好一些的，那就是城市经济与城市文学。但城市文学与士大夫文学、庙堂文学的本质差异是什么？仍然是不那么清楚的。二是，缺少对人类生存状态的研究，特别是经济生存状态与人的价值观念、情感及其与文学关系的研究。譬如要领略六朝的宫体诗、山水诗、玄言诗、边塞诗的不同气韵意味，一个基础的工作，须研究宫廷生存状态、世家大族内的生存状态、炼丹者与边疆将士们的生存状态，方能入其三昧。这是就小的方面而言，若就大的历史阶段而言，农耕生产方式与食货生存状态的文学和工商生产方式与货币化生存状态的文学则是性质完全不同的两种人类生存方式、性质完全不同的两类文学。

三、两种生产方式与两种性质的文学

丁玉娜：许先生，您刚才提到了两个概念，我觉得十分新鲜，一个是农耕生产方式与食货化生存状态。一个是工商生产方式与货币化生存状态。请问二者的具体内容是什么？它们的性质又如何不同？

许建平：所谓农耕生产方式，是指人们获取生存资料的基本方法和途径，不是像此前从自然界获得自然食物。而是通过耕种土地的农业生产劳动获取农作物（粮食、蔬菜、茶、棉、丝等）。所谓食货化生存状态，则指人们的生活资料主要依靠农耕生产获得的吃与用的实物。这些实物，通常不是商品，一般不需花钱买来，而是自给自足。在这种生产方式和生存状态下生成了与之相应性质的文化观念和意识形态。首先是货币观念，因为货币多来自粮食和农产品的交换，而粮食与货物等实物流通性较弱，用一点少一点，所以货币观念视钱为死物，花一点少一点。与之相应，消费观念则是反奢侈、重俭朴的节俭消费；婚姻观念是求得婚姻与家庭稳定的白头偕老；交友则是生死之交；审美观则喜欢朴实、稳重、温和敦厚；价值观念则是光宗耀祖，名垂青史。这种农耕观念内涵的核心是崇尚德礼，其本质是稳定性。中国古代思想也因滋生于土地生产之上而带有浓厚的农耕文化的色彩和稳定特性。其最鲜明、突出之表现有二：一是普遍的禁欲主义。中国的思想家，无论哪一派，都承认"食色"是人性的一部分，同时也都主张纵欲是非善的，只有克制非理性的欲，才能达到善或"得道"的境界。二是将善视为人的本性的"道德本体"论。中国古代思想的这两种特征皆源于土地生产方式。禁欲的思想源于钱来之不易、用而减少的货币观念；源于由此货币观念而诞生的节俭的消费思想；源于保持家庭（包括子嗣传承）稳定的婚爱观念和礼法制度。以道德为本体的思想，则是土地的稳定性，土地生产人群组织——家族——稳定性的社会要求的结果。

工商生产方式即工业生产方式，指人们的生存资料是通过全社会化的工业生产方式获得的，粮食也需要生产加工为商品方可成为人们的生活资料。换言之全社会的生产皆为满足人们需求的商品生产。货币化的生存状态指货

币不仅成为全社会衡量一切价值的尺度，而且成为人们获取生活资料的唯一媒介，没有货币人们便无法生存的生活状态。在这种生产方式与生存状态下，形成了与之相应的文化观念。譬如货币观念是认为钱那东西是"喜动不喜静"的，可在流通中增值；消费观念则主张超前消费、奢侈消费、快乐消费；婚姻观念则是寻求情感的满足和幸福；交友观念则是永不满足地寻找新伙伴；审美观念则是寻求新感觉、新刺激和新快乐；价值观念则是追求利益的最大化。其本质是寻新求变。所以工业生产方式和货币化生存状态生成的文化（简称工业文化）与农耕生产方式与食货性生存状态下形成的文化（简称农耕文化）是两种性质完全不同的文化。

丁玉娜：那么，农耕文化与工业文化是性质完全不同的两种文化，是否也存在着两种性质的文学——农耕文学与工商文学？那又是两种什么性质的文学？

许建平：所谓农耕文学是指在以文学形式表现农耕文化观念时，体现出其特有的以德礼为核心的稳定性的文学。这种稳定性的表现大体可分为三个层面。第一层面为道德层面，即对道德人格的追求。第二层面为情感层面，由德礼的内聚力与情感的外张力所构成的矛盾对立的结构形态。具体说来，外张之情与内敛之礼义间的关系呈现为如下情态：文学作品中所表达的情感或源自对卑劣人格与污浊精神的愤慨；或对于官场争斗的厌倦而向往山水自然的闲适，意在恢复、维系高尚人格与理想境界；或由强烈情感形成的巨大张力，霎时间有突越理性界限的趋势。强烈的情感冲击力在心里经过种种冲突、造成一阵阵苦痛之余，在德礼的城垣边兜来转去，慢慢沉寂下来，其对于道德礼义的依附性远大于其向外的张力与破坏性；文学作品中的情感总是沿着农耕文化的价值主线——崇尚道德礼义——上下波动着。第三层面为审美层面：寻求怨而不怒、哀而不伤、乐而不淫、温柔敦厚、和光同尘、不偏不倚的中和之美。我们称这种以礼义为精神内核，依附性大于外张力，追求不偏不倚的中和之美，显示出平和、厚重、稳定性的文学为农耕文学。

农耕文学的最大特点除了内涵的稳定性外，另一个主要特点是非商业性、非市场性。以自娱为主而非他娱为主，关注个体内在情感的需求大于读者的需求。在很大程度上受众意识尚未升为主要地位。其主体形式是言志抒情之诗赋和叙述性、应用性的文以及作为史书之补的文言小说。

工商文学不仅表现以寻新求变为其本质性的工商文化的价值内涵，而且具有突出的商业性、市场性的特点，并表现于文学生产、流通、交换的全过程。从艳词、通俗小说、戏曲、小唱、说笑话、弹词、京韵大鼓等文学艺术形式的生成来看，它们都产生于文化市场，以满足于受众对于文学艺术消费的需求。当然，也有的产生于宫廷娱乐的需求，而在文化消费市场中扩大和兴盛。至于后来的话剧、电影、舞蹈、电视剧，以至于网络形式的文体（诸如博客、微博、微信），更是产生于网络市场和电子技术竞争基础上的文化消费需求。至于工商文学的流通，其主要特色是借助于商品媒介甚或作为商品而实现其流通的，如书籍、舞台、电影胶卷、唱片、录音带、电视机、电影场所、互联网等等。而其文学品的交换则完全是以商品的形式，通过货币交换实现的，即消费者花钱购买文学艺术消费商品，文学艺术生产者（通常是以此谋生的职业作家或艺术家）通过市场交换而获得报酬和利润。即使文学生产者并非直接为了获取利润，从事文学艺术市场流通的经营者则不得不考虑经济利益和市场利润（受众度、读者群、票房利润等），消费者为了自身文化的消费需求不得不掏钱包到市场购买消费品。其市场性与商业性成为文学品的基本属性，文学品的文化价值与商品价值并存。这种商业性与市场性的性质必然导致文学的大众化，成为大众文化的重要组成部分。

由此可见，农耕文学与工商文学是性质完全不同的两种文学。

四、中国文学史的三种性质与三类分期

丁玉娜：许先生，您刚才列举了影视与网络文学，那么您说的中国文学的时间范围不只是古代，也包括现代和当代文学，那么中国文学发展的历史，是否可分为农耕文学与工商文学两个阶段呢？

许建平：不是两个阶段，而是三个阶段。即中国文学发展的历史依其性质划分，可分为农耕文学、农商文学、工商文学三个历史时期。农商文学是农耕文学向工商文学的过渡时期。就性质而言，农商文学的基础是农耕文学，但已孕育着工商文学的新鲜元素，甚或在某种文体或某个时期、某个区域产生了工商文学作品的新婴儿，不过是局部的而非全社会的，是新生而尚未成熟的。但这个阶段很重要，它承上启下，没有这个阶段，便不可能产生工商文学。

丁玉娜：许先生，中国文学呈现为不同性质的文学，并经历了农耕文学、农商文学、工商文学三个历史时期，那么，您是如何划分这三个历史时期的呢？

许建平：农耕文学是从《诗经》至宋朝建立之前，有两千多年的历史。农商文学则是起自宋朝建立的公元960年至党的十四大提出建立市场经济的1992年，有一千余年的历史。工商文学是从1992年至今，刚经历了二十二个年头。

我所以将北宋王朝建立与党的十四大作为划分文学发展历史阶段的两个节点，主要是从社会生产方式与生存方式的性质考虑的。宋代是中国经济发展的历史转型期（转折点）。商品性农业生长，大批生活资料和生产资料进入商品流通领域，商业性质发生转折，商业税收比例上升；城市由政治型转向经济型，城市经济与集市大规模兴起；海上丝绸之路开辟、沿海经济带形成；纸币"交子"和白银货币化出现，商人阶层壮大，谋利观念（如以叶适、陈亮为代表的浙东功利主义学派）兴起；等等。较之汉唐的官商经济的确发生了性质的转变。这种以农耕经济为主体以商品经济为两翼的经济结构虽有波浪式的起伏、进退，然直到20世纪80年代，未发生根本性转变。"文革"后，中央工作由以政治为中心转向以经济建设为中心，但在十几年里基本形态是计划经济。虽然，人的生存状态（货币化生存状态）已发生着迅速的转变，然尚未完全社会化和完全市场化。完全社会化和市场化则是由计划经济转向市场经济并全面实施农村城市化进程之后。故而，我将其划定为1992年党的十四大市场经济的提出。

五、三类文学的演进状态与不同阶段

许建平：农耕文学阶段分为起步（先秦）、发展（两汉）、成熟（魏晋六朝）、兴盛（隋唐）四个时期。这段的文学研究尚有三个短板：一是宫廷生活状态与宫廷文学。因为一来一些文学样式产生于宫廷，二来国君帝王是某些文体兴盛的推手。受人民文学和阶级观念影响，宫廷文学的研究长期被遮蔽。二是士族生活状态。汉、魏以降，士族经济（庄园经济）和势力兴起，士族大家不仅主持政坛也影响文坛，如玄言诗、山水诗、志人小说等。三是文人经济生活（土地经济、世宦俸禄、商贸经济、润笔以及茶酒、饮宴、旅店、交游、文化消费）与文学的关系，文人的许多创作是在宴集、酬唱、路途、科举、游宦、游学生活中完成的。对于他们的经济生活状态与精神生活状态之关系的研究也有待加强。

农商文学发展大体经历了起始、发展、高潮、催化、转折五个时期。起始期为北宋，主要表现为适应歌楼酒榭娱乐消费的艳词的兴起，以及适应市民文化消费的"说话"和幽默取乐的"宋杂剧"的普及。这些新文体成为真情表达的新阵地。以柳永为代表的艳词直接影响着宋代的词坛。

南宋至宋末元初是发展期。主要文体是曲调和戏曲的兴盛，而这些曲调和戏曲都带有明显的市场化和消费性，如早期南戏《赵贞女蔡二郎》《张协状元》等一大批作品，最突出的是文人介入其中成为职业性作家和商业文学的推手，如以关汉卿、王实甫等"元曲六大家"为代表的一大批杂剧作家，创造了金末元初百年商业文学（戏曲）的兴盛。

明代后期（白银时代的准备与成熟）为高潮期，王学左派等思想领域、"童心说""性灵说""至情说"等文学观念、《牡丹亭》等戏曲、《金瓶梅》等"四大奇书"、唐寅等"吴中四才子"的市井情歌、《欢喜冤家》等艳情小说、《三言》《二拍》等市场畅销书，都表现了农耕文化向工商文化过渡的思想、文学特征。

自鸦片战争、洋务运动以降，西方工业文明（经济生产方式、商业模式、科学技术、新传播媒介、文化观念和文学等）的传入，犹如催化剂，促进了

文学的工商性转化，如大量报刊文学、话剧、戏剧、电影、新诗、海派小说、翻译小说、侦探小说以及黑幕小说、鸳鸯蝴蝶派等形式、流派与作品，都留下了工商文化的崭新印痕，故称之为催化期。

新中国成立直至改革开放的最初十几年，由进、退、徘徊到速进。大体说来，现代文学由"放"到"收"，当代文学由奔跑到停歇再到复苏、兴起。走了一个"Ｖ"形过程，我们可以从经典作家如林纾、胡适、鲁迅、郭沫若、周作人、张爱玲、郁达夫、巴金、曹禺、老舍、浩然、柳青、梁斌、孙犁以及贾平凹、王蒙、莫言、韩寒、郭敬明等人身上，看到由农耕文化向工商文化转换的轨迹，看到现代文明与封建腐朽观念和恶势力的情感较量，故称之为转折期。尽管以马克思主义为代表的西方文化忽急忽缓、忽高忽低地涌进中国，国外文学艺术也愈来愈多地进入内地，促进了中国文学的世界化、工商化，然这个过程同时又是中国化、农耕文化的过程，故而是曲折漫长而耐人寻味的。

1992年后为工商文学的起始期，主要是以电脑互联网等新科技为传播媒介，以满足人们文化消费为目的，将文学作为精神商品的创作。一方面他们作品的价值是以市场价值为衡量标准，作家的排名以其拥有的资产量和粉丝量为尺度。另一方面又承接来自传统价值观念的"精英场"的牵动。这两种力较量的结果必然是精神艺术价值向市场需求的倾斜和转化，而不是相反。

六、划分标准的依据

丁玉娜：这三个时期的划分，打破了至今为止的古代、现代、当代文学的传统分期，将北宋至1992年的一千余年归入农商文学发展期，不仅十分大胆，而且就文学的本质而言似乎更趋合理。我想问的是这种划分方法有何根据？

许建平：有两个根据，一是理论根据，二是文学发展的事实根据。理论根据就大的而言是马克思的经济基础决定上层建筑和意识形态的唯物主义理论原理，这是大家都知晓的。就具体的历史分期而言，则是以马克思对人类历史发展阶段的划分为依据的。

　　马克思曾以交换方式为尺度，将人类发展历史划分为四个阶段："人和自然之间的交换，即以人的劳动换取自然之产物。"这是第一个阶段即蒙昧时代，人以采集现成的天然产物为主的货币未产生前的自然经济阶段。第二个阶段，"以个人之间的统治和服从关系（自然发生的或政治性的）为基础的分配"阶段。"不管这种统治和服从的性质是家长制的，古代的或是封建的"，"在这种情况下，真正的交换只是附带进行的，或者大体说来，并未触及整个共同体的生活，不如说只发生在不同共同体之间，决没有支配全部生产关系和交往关系"，就是以自给自足的农耕经济为主的附带式的商品交换阶段。第三个阶段则是"一切劳动产品、能力和活动进行私人交换"的社会化的商品交换阶段。第四个阶段为"在共同占有和共同控制生产资料的基础上联合起来的个人所进行的自由交换"的社会化产品经济阶段。其中，第四个阶段——"社会化产品经济阶段"是当今正在走向现代化的中国的经济发展方向；而在第一个阶段——采集式的自然经济阶段，纸质的文学尚未产生，故上述两个阶段不在我们的论述视野之内。剩下的第二个阶段正是我们所说的农耕文学阶段，第三个阶段则是我们认定的工商文学阶段。而农商文学阶段则是我们提出的由第二个向第三个阶段过渡的概念。

　　古人有一个时代有一个时代文学之说，即宋词、元曲、明清小说。而词、曲、小说文学样式大体说来都是产生于市场文化消费需求的市场文学，带有明显的商业性与市场性，而且其艺术成就足以代表一个时代的文学。当然就宋元明清四个朝代的文学主体而言依然是诗歌和散文，所以我们称之为农商文学。而催化期与转折期的文学样式则是电影、电视剧、手机段子和舞台小品。这些同样是产生于满足人们文化消费市场的市场文学，具有市场性与商业性。然而这个时期占主导地位的文学样式，依然是散文、诗歌和受西方观念影响而走上大雅之堂的小说、戏剧。

　　说得再具体些，明末的市井小说已通过对市井商民形象的描写，表现出钱是活的、在交换流通中增值的崭新货币观。伴随货币观念的转变，是消费观念（奢侈、快乐的消费观）、价值观（金钱至上、重利疏德的价值观）、审美观（以自由、快乐为美的生活情趣）等一系列观念的变化，并最终导致文学表现趋向于生活化、平俗化、个体性和娱乐化，体现出与以德礼表现为中心、以稳定性为特质的农耕文学所不同的以表现财色追求为中心，以寻新求变为特质的商业文学精神。以《金瓶梅》为个案，可以看出钱是活的在消费中增值的货币观、奢侈快乐的消费观、可随时改嫁的婚姻观，以及追求钱权色等利益最大化的人生价值观。这些观念与工商文化的观念已十分接近，显示出了向工商文化的跨越。只是这种跨越是个别的局部的而非全部现象而已。

七、文学史研究的经济学派

丁玉娜：许先生，将宋代以降的古代文学与现代和当代文学合为一个阶段，是否没有考虑到马克思主义和西方文化的影响，也未考虑国民党和共产党统治的民国和共和国两个政府，这是否会引起人们的异议，因为文学毕竟是反映社会生活的，而政治生活则是其中的重要内容？

许建平：看起来似乎是如此，但是文学的性质与文学反映的内容是处在两个不同层次的概念。我们所说的文学性质是指从人类获得生存资料的生产方式和以什么谋生的经济生活方式视角下的文学性质。它是超越政党和政党的意识形态的。就此而言，从洋务运动直到"文化大革命"结束后的改革开放初期的一百多年，中国的经济性质依然处于由农耕生产经济向工业生产经济转换的过程。就全国范围而言，农耕经济依然是基础，工业生产依然是在这个基础上进行的。尚未达到像马克思所说的"一切劳动产品、能力和活动进行私人交换"的社会化的经济产品交换阶段。只是在北京、南京、上海、广州等大城市内，人们的生存状态已达到完全依赖货币的程度，然而比起全国来，这仅是小小的局部。即使就这些大城市而言，人们的价值观念与审美观念仍处于过渡状态，仍然可以看到普遍的崇尚德礼企求稳定性的农耕文化的身影。它并未因马克思主义的传入、三民主义和共产主义观念的生长而完全变异，相反在一定程度上却包纳熔铸着外来的文化观念，所谓马克思主义中国化就是一个很好的例子。至于文学反映了当时政治事件和军事事件，却并不因此而使文学的性质变成了政治事件或军事事件的性质，只能说它是反映什么性质题材的文学作品。这是两个不同层次的概念。新中国成立以后的文学作品所写的题材发生了很大的变化，但是由农耕文学向工商文学转变的性质——农商文学——没有改变，只是比例结构发生了变异而已。这也正是此种文学史观可以打破古代与现当代界限的学理原因。

丁玉娜：许先生，记得几年前，您倡导从经济生活视角研究文学，与《文学遗产》《文学评论》编辑部先后举办过两次全国学术研讨会，出版了系列著作和论文，在全国产生了较大影响。有人称之为文学研究的经济学派。您现在关于中国文学性质和发展阶段的划分，是不是从经济视角研究文学的继续？从经济生活视角研究文学的发展势头怎样？

许建平：是的，文学研究应该有个经济视角和经济学派。这个经济视角不是以前外在的决定论而是深入文学本体的本质论。精神不仅源于物质，而且精神与物质是不可分的，精神有物质之骨，物质有精神之魂。就像一个人，没有骨骼血肉和大脑，灵魂何处存在？没有精神、灵魂，肉体骨骼如何直立行动？文学研究本不应只是纯精神的独角戏。从经济生活视角研究文学的方法愈来愈引起了学人们的注意，仅就论文而言，自2005至2014年的十年间，发表文学与经济生活关系的论文378篇，年均37篇；发表文学与消费、传播及其文化产业化关系的论文达1750篇，年均175篇，而且呈愈来愈广泛细致的趋势。可以说从经济生活视角研究文学正在形成一种新的学术潮流，这是中国经济市场化全球化发展的必然趋势，也是中国人的生存状态走向货币化生存状态后精神文化需求的必然趋势。

第七章

民族文化的现代转向

英国原首相撒切尔夫人说过一句话：中国不可能成为世界强国，因为中国没有统一的影响世界的先进文化体系。这话对我心灵的冲击很大。尽管她的话并非建立于对中国文化深入了解的基础上，故而并不正确，但至少代表西方国家对中国文化现状的普遍看法。我们的文化是悠久而弥新的，曾经对人类的进步产生过重要影响。然而在当下的世界里，我们的文化普遍受到排挤，即中国文化的地位远落后于经济地位。文化强，国家才强。中国究竟有没有自己统一的影响世界的先进的文化体系，我们应建立怎样的世界性的先进文化体系，一直是我痛苦思考的问题。为此，我为研究生开设了两门课——"先秦诸子与文学""中国古代文学前沿问题研究"，意在从中国文化之根上做一些深入探索。我以为，这种探索应立足于两点：一是，对中西文化本质内涵与各自长短有充分把握，以便确定如何取长补短，以便改造和创新。二是，现今以及将来，面对人类存在的文化危机，寻找解决危机的新的思想体系。只有解决人类发展中存在的文化危机的思想，才具有人类的普遍性与先进性意义。一句话，既要立足本民族，发挥自身文化的优势，也要着眼于世界和未来，在客观而充分地认知自身文化长短的同时，实现中西文化的融通和创新，从而使中国成为一个文化强国。我为国际期刊《文化中华》撰写《论中国精神》，在《人民日报》（理论版）发表《在融通中实现传统文化创新性发展》，并在《学术月刊》组织专栏，撰写《中西异质文化嫁接中新文化的生成》，《新华文摘》《人民大学复印报刊资料》等转载。

第一节　论中国精神

中国曾经创造出古代人类农耕文明的鼎盛、辉煌，近几十年又取得了令全世界惊异的现代工业文明的伟大成就，中国现象也随之成为全球学者特别是西方学者愈来愈关注的热点。是什么力量支撑、促进这个历史悠久的民族生生不息地发展？这个民族普遍性价值观和文化精神是什么，她在世界文化

特别是未来人类文化新世纪中占据何种地位？已引起世界众多国家的研究和
思考，本节试图对此问题做些初步的探讨。

一、"中国精神"的概念界定

"精神"一词是指人的大脑所产生的一种自觉的理性意识（包括价值观
念、思想成果等），其对人的行为具有规定性、引导性。中国是一个国家概
念，指历史地生活在这个国家区域内的所有民族的多元统一体——中华民
族。[①] 从这个意义上说，中国精神即中华民族精神。作为民族精神的概念界
定有多种，择其基本属性当包括四个方面。其一，共同的普遍性原则，即民
族精神在一个民族中具有共同性，对于该民族发生普遍作用。黑格尔认为：
"在国家内表达它自己，而且使自己被认识的普遍的原则——包括国家的一切
的那个形式——就是构成一国文化的那个一般原则。但是取得普遍性的形式，
并且存在于那个叫国家的具体现实里的——那个确定的内容，就是'民族精
神'本身。"[②] 其二，历史的重复性与传承性。民族精神的共同性与普遍性是
在历史演进的过程中逐渐形成的，同时这种普遍性表现为历史发展过程中的
前后传承和反复重复。文化一旦形成民族集体性的记忆、性格和价值观，便
具有了发展的惯性和传承性。其三，规定性与导向性。理性意识对人的行为
具有选择、规定和导向功能，民族精神对该民族的一切行为活动有着决定的
力量，它不仅表现这个民族的"意识和意志的每一方面——它整个的现实：
民族的宗教、民族的政体、民族的伦理、民族的立法、民族的风俗，甚至民
族的科学、艺术和机械的技术，都具有民族精神的标记"[③]，而且它"构成了
一个民族意识的其他种种形式的基础和内容"，同时对其有决定的作用，"一

---

① 费孝通先生解释为："中华民族作为一个自觉的民族实体……它的主流是由许许多多分散孤立
　 存在的民族单位，通过接触、混杂、联合和融合，同时也有分裂和消亡，形成一个你来我去，
　 我来你去，我中有你，你中有我而又各具个性的多元统一体。"见费孝通《中华民族多元一体
　 格局》，中央民族学院出版社，1989年，第1—2页。
② 黑格尔《历史哲学》，王造时译，上海世纪出版集团，2006年，第46页。
③ 黑格尔《历史哲学》，王造时译，上海世纪出版集团，2006年，第59页。

个民族的精神乃是一种决定的精神"①。其四，支撑、鼓舞和推动力。民族精神乃是一个民族成长发展的价值观和精神支柱，它是一个民族生生不息的支撑力和发展动力。"它能激发民族文化的智慧和创造力。"② 对于中国而言，在中华民族发展的历史长河中形成的集体意识、价值观和心理趋向，具有民族普适性和历史重复性、传承性，规定、引导并激发着中华民族生生不息的精神力量，就是中华民族精神即中国精神。

需要特别指出的是，以上民族精神的四种规定性的前三种，也包括一个民族文化中具有共同特点的弱质性——影响阻碍民族发展的消极因素——民族劣根性。③ 本节更侧重于民族精神的全部内涵，特别是第四项——支撑、鼓舞和推动力的内涵，所以与之矛盾的内涵——民族劣根性——不在本节民族精神分析的范畴之内。

再者，中华民族包括汉、蒙、藏、满、维吾尔等大小五十多个民族，每个民族都有自己的精神个性，同时也有其共性。在长期的历史发展过程中，一方面它们的个性愈来愈多地融入汉民族的民族精神之中而演化为中华民族的普遍精神内涵，另一方面汉民族的民族精神也愈来愈多地成为少数民族文化的精神血液，于是在民族大融合过程中已逐渐形成共同的中华民族精神。本节所言中国精神就是指生活于中国这个国家疆域内的整个中华民族大家庭在历史发展的过程中所共同具有的民族之精神，至于每个民族之精神以及某个历史阶段之精神不在本节论及范围内。

那么中国精神究竟是什么，有哪些核心内涵？

二、中国文化的独特品性

中国精神是中国文化的灵魂——观念文化的核心部分，包括人的宇宙观（人与自然关系）、社会观（个人与社会群体关系）、人生价值观（个体的世界

---

① 黑格尔《历史哲学》，王造时译，上海世纪出版集团，2006年，第48页。

② 蒋寅《镜与灯——古典文学与华夏民族精神》，河北教育出版社，2014年，第7页。

③ 诸如重等级、尚人治、崇权术、习内讧、因循保守、奴性、势利、少信仰、无敬畏等等。

观与人生价值追求）等。而这些精神层面的内涵源自中华民族的生存、生产和生活的方式及状态等基础因素，即中华民族文化由其生产生活方式所规定着。

综观中国人获取生存资料的生产生活方式不外三种，即游牧、渔猎、农耕。游牧以水草为生存之根本，渔猎以水草林木资源为本，农耕以土地、水和气候为根本，三种生产生活状态皆依赖于土、水、草、木、气候等大自然，依赖于自然的恩赐。中国人依赖于大自然的生存状态，一方面使得中国人的思维将自然现象作为思考的出发点和参照，作为认识自然、社会、人生的依赖体与借鉴物，其思考的成果——知识与观念的文化——有着对于天地自然独特领悟的浓厚的自然色彩，包括对自然神的信仰崇拜，人的思想观念摆脱不开大自然的笼罩，不仅从自然界中攫取生存资料，同时也从自然界中吸取精神营养，形成了法自然的以"自然为本"的群体观念、效天地日月之德的自然品德、生生不息的天地精神、领略阴阳五行之规律的自然智慧等自然性的独特质量。

另一方面，中国文化较集中地产生于农耕的生产生活方式之中，而中国上古时代农耕生产由于生产工具相对落后（尚无铁器，青铜器多用于祭器与兵器），剩余财富即私有财产少，无须建立庞大的国家政权予以保护，生产生活形式尚且为氏族与部落群体，即使后来夏启建立夏王朝的国家体制，也是部落联盟的基础格局，是家族血缘与政权的结合，形成国家与家族血缘相包容的宗法制的国家形态，所谓"由家族到国家，国家混合在家族里面"①。原始社会后期的血缘家族体制不仅没有被私有制和国家机器所割断，而是随着氏族与部落群体进入了国家文明时代，并且成为人人关系的核心与生产生活的基本方式。农耕生产以家庭为基本单位，如井田制（"方里而井，井九百亩。其中为公田，八家皆私百亩，同养公田。"②），如家族式的迁徙、定居（直到今天，大陆普遍存在的以姓氏命名的村庄）等，同时维护家族血缘关系

---

① 侯外庐等著《中国思想通史》第一卷，人民出版社，1957年，第11页。
② 孟轲《孟子》卷五《滕文公章句上》，《四部丛刊》景宋大字本。

的伦理道德文化也使得中国文化观念突显浓郁的家族、部落和乡邦的地域化、集群化特色。祭拜相同祖先的有血缘关系的家族成为其所有成员关系最亲近的群体、利害最直接的利益集群。氏族成员生于家族，长成于家族，最终又以家族为归宿。一方面，个人的成长过程、愿望追求过程总离不开族群成员的培育、扶持；另一方面，个人的价值只有在服务于族群和乡邦的事业中，在光耀门楣、光宗耀祖的业绩中，方得以最终体现，从而显现出文化价值的集群品性。

再者，农耕生产的资源是土地，游牧生产的资源是牧场，渔猎资源是水域、山林。最大限度地占有土地、牧场、水域山林，就是最大限度地占有生产、生存的资料和财富。而若最大限度地占有生产生活资源，就需最大限度地施行全国山川土地的统一，实现"普天之下莫非王土"①的一统天下。生产生活资源的一统性，必然要求文化的一统性，要求文化在知识体系上、价值观念上、礼仪制度上的一统性。中国文化的自然品性与集群品性无不指向于终极目的——江山统一。统一于治理天下的国君，统一于神圣不可侵犯的王权。"天人合一"②是讲合之于王权神授的合理性，合之于王权神圣不可侵犯的至高无上地位。至于"厚德载物"③的博爱精神，一方面要统治者爱护百姓，另一方面是要臣民服从于王权，做统治者的顺民。"自强不息"④"建功立业"的进取精神则以卖身于帝王家、尽忠于帝王业为无上荣光，从而体现出中国文化的统一品性。

---

① 段昌武《毛诗集解》卷二十《四月八章章四句》，清文渊阁《四库全书》本。

② "天人合一"是中国古人的宇宙观、哲学观，最早表现于"盘古开天地"的神话形象，《周易》以天地之德育人之德，用天地人"三才"观念表现"天人合一"思想，《老子》《庄子》的"道法自然""万物与我为一"观念将天地人皆合之于"道"，董仲舒的《春秋繁露》用"天人感应"之说，使"天人合一"合之于政治化的儒教。"天人合一"一语见陈普《石堂先生遗集》卷八《问程子答苏季明问"未发之中"与罗豫章李延平体验"求中"之说》，明万历三年薛孔洵刻本。

③ 孔颖达《周易正义》卷一《乾传第一》，见《十三经注疏》，中华书局，1987年，第18页。

④ 孔颖达《周易正义》卷一《乾传第一》，见《十三经注疏》，中华书局，1987年，第14页。

中华民族最早发源的核心区域是黄河中下游地区，而那里的自然环境较为恶劣，十年九灾，人们世世代代为基本生存条件——衣食——奔劳，无暇他顾。于是对生存（包括国家生存）是否有用，逐渐成为人们评价一切价值的尺度。中国文化生发期的春秋战国时代，儒、墨、法、兵诸家皆应诸侯强国之需而生。被归入"出世"之道的老聃、庄周，一方面出于自由的需要，不愿做政治的牺牲；另一方面又难以掩饰其内心深处不时流露对于政治的关切，《老子》字里行间表现出其"以正治国，以奇用兵，以无事取天下"①的实用品性，即使"无为而治"也显示出其目不离"政"的"君人南面之术"的一面。"学以致用""经世致用""文以载道""知行合一"成为士大夫们的价值基调，从而形成"重实际，轻玄想"②、重力行、戒空谈、功效重于动机的实用主义理性。中国人的宗教信仰里所体现出的实用品性便是个突出的例子。中国人自古以来就形成了对自然神（天地万物神）、人神的崇拜，形成了一系列的祭祀文化，是一个多神泛神崇拜的民族。然而纵观其崇拜大多带有明确的实用目的：借助神（包括祖宗神灵——鬼）的力量，庇佑平安，禳灾去祸，成就愿望，以求解决生活（包括精神生活）中的实际困难和问题，其实用性超越纯精神的信仰。中国有巫教、道教、佛教和儒教，然其兴盛总与政治及民生需求有着千丝万缕的联系，体现出统一性与实用性的特质，这只要检阅历代帝王的宗教信仰便可见其一斑。所以中国传统文化凸显以实用为归的实用品性。

了解中国精神需从其赖以存在的农耕生产生活方式的研究入手。由农耕生产生活方式，我们了解到了中国文化所具有的自然、集群、统一和实用的品性（这四种品性的呈现方式有时是单一式的，更多是多种品性融合在一起的浑然状态）。由中国文化的品性，我们发现并提炼出蕴含于其内的中国精神的主体内涵。

---

① 老聃《老子》下篇，第五十七章，《古逸丛书》景唐写本。
② 鲁迅《中国小说史略》，新世界出版社，2012年。

三、中国精神的主体内涵

（一）"天人合一""冲气以为和"① 的和谐精神

中国文化在对待人与自然的关系中，主张人乃天地万物所组成的自然家族中的一员，他（它）们皆由道而生，彼此同源，人与自然界的关系是一而非二，不存在主、客观的对立关系，更不把征服自然、改造自然当成人类的本能，恰恰相反，排斥自然之外的人为干扰，回归自然本性，使人的自然本性得以充分的发展，方是行为的最终目的、最高境界。

"天人合一"的观念早在神话传说的时代就已出现，神话创始者以为人类未产生之前，天地人不分，宇宙原本浑然一体。盘古以身体分开天地，身体倒下后又化为天上日月星辰、地上山川草木，形分而神不分，精神归一。② 《周易》主张天地人合于阴阳，探索体现天地万物生灭规律的阴阳八卦与人之精神以及吉凶祸福间的内在联系。"夫大人者，与天地合其德，与日月合其明，与四时合其序，与鬼神合其吉凶。"③ 《周易》又称天地人为"三才""三道"，各有能守，且构成因果关系，建立起初步的人与自然的结构关系。"易之经卦，三画而已，下为地，中为人，上为天，是谓三才。"④ "易之为书也，广大悉备，有天道焉，有人道焉，有地道焉，兼三才而两之。"⑤ "故立天之道曰阴与阳，气之始也。立地之道曰柔与刚，形之变也。立人之道曰仁与义，德之偕也。"⑥ 有气方有形，有气有形方可德（德者得也，得自然之性），故由此而知天乃生万物者也，地乃成万物之形者也，人乃得万物之德

---

① "天人合一"见上文注释，"冲气以为和"见《老子》四十二章《道德经》下篇《道化第四十二》，《古逸丛书》景宋本。

② 《述异记》云："昔盘古氏之死也，头为四岳，目为日月，脂膏为江海，毛发为草木。"见任昉《述异记》卷上，明《汉魏丛书》本。

③ 卜商《子夏易传》卷一《周易》，《乾传第一》，清通志堂经解本。

④ 易袚《周易总义》卷十九《系辞下》，清文渊阁《四库全书》本。

⑤ 易袚《周易总义》卷十九《系辞下》，清文渊阁《四库全书》本。

⑥ 卜商《子夏易传》卷九《周易》，《说卦传第九》，清通志堂经解本。

者也。于是天地人形成一种内在的由始而终由因而果的逻辑顺序，可以更好地解释天地万物生生不息的道理。"三才之道，天下万事万物之理，皆不过如此也。"①

人与天地万物合于道——自然性——的生存状态则是和谐。和谐是中国人看待和处理人与自然关系、人与人关系、国家集群间关系的基本精神原则。老子言："万物负阴而抱阳，冲气以为和。"② 在中国早期思想家看来，天地万物是由阴阳二气交合而生，阴阳二气总处于一种形影不离的拥抱交合的平衡状态，不只是外形的"负""抱"，而且相互渗透于内，构成内在的融合，从而生成万物并成为万物的存在状态。即《易传》所言"天地交而万物通，上下交而其志同也"③。"天地""上下"（阴阳）二者相交，使上下万物"通"而"同"也。而"和"与"同"的前提是认知万物生成之本源的"道"，从而在道内和而同。"阴阳交通，天人和同，故曰和之至也。"④ 道同即使物异而不改其和，即使志异而不改其真。"道冲而用之，或不盈渊兮，似万物之宗，挫其锐，解其纷，和其光，同其尘，湛矣。"⑤ "和其光，同其尘"不是无原则地迁就顺从，而是"和光而不污其体，同尘而不渝其真"⑥。对此孔子将此处世境界视之为君子之人格，"君子和而不同，小人同而不和"，"君子周而不比，小人比而不周"。⑦ 孔子所言"和"与"同"，不是否认差异性，而是肯定差异性，是在承认万事万物的个性与差异性的基础上，追求隐蔽于其内的形成差异性的本源——道，在道之共同性之内求其"和"与"同"。当然"和"又是一种处世交往的智慧和态度。所谓待人以和蔼可亲，所谓"异以立己，

---

① 俞琰《周易集说》卷十五《象传二》，清文渊阁《四库全书》本。易祓《周易总义》卷十九，清文渊阁《四库全书》本。

② 老聃《老子》四十二章《道德经》下篇《道化第四十二》，《古逸丛书》景宋本。

③ 卜商《子夏易传》卷九《周易》，《上经泰传第二》，清通志堂经解本。

④ 吴澄《礼记纂言》卷二十六《礼器》，清文渊阁《四库全书》本。

⑤ 老聃《道德经》，王弼注上篇，武英殿聚珍版，第13页。

⑥ 老聃《道德经》，王弼注上篇，武英殿聚珍版，第13页。

⑦ 孔丘《论语》卷一《为政第二》，《四部丛刊》景日本正平本。

同以接物"① 是也。由此而知，和谐是指宇宙间万物虽皆有个性，然而隐蔽于个性之内的是生成其个性的同一性"道"，和谐乃是其同一性的显现。

"天人合一""冲气以为和"的和谐精神包含六种内涵。其一，天地万物在其共同属性即自然性上的和谐状态。一方面，自然性是生成万物之母体本源，故万物统一于自然性。另一方面，每类物都固有其天生的自然性——物之个性，万物的个性虽异彩纷呈，千差万别，然个体本身皆要求依其天性之需要生存发展，在这一点上又具有共同性，构成和谐的基因。其二，这种自然性的同一与和谐表现为相互依存的"负阴抱阳"的不可缺一的生命共存状态。其三，指事物关系间的相互制约的生存链和相克相生的生长链的平衡状态，就像阴与阳、明与暗、冬与夏、金木水火土五行以及自然生物与植物内的平衡状态一样。也包括人处理社会和万物的一种观念方法，所谓"因物为应，而我无心，此平衡万物之理也"②。其四，指"和而不同"③"周而不比"④"挫其锐，解其纷，和其光，同其尘"⑤，求同存异的一种处理关系的原则。其五，指处事不走极端，而求其不偏不倚之中和（"中庸"）的一种处世原则，所谓"中也者，天下之大本也；和也者，天下之达道也。致中和，天地位焉，万物育焉"；"中庸之谓德，其至矣乎"。⑥ 其六，指一种平等待人不恃强不示傲的和蔼态度，所谓"礼之用，和为贵，先王之道，斯为美，小大由之"⑦。

和谐精神源之于中国文化的自然品性与统一品性。一方面从自然界天地阴阳和合现象和农耕生产生活依赖于天地自然的生活现象中体验而生发出来。另一方面，人类的知识精英将这一从自然现象和人的生存现象中体验出来的

---

① 项安世《周易玩辞》卷八《大象》，清文渊阁《四库全书》本。
② 黄师宪《梦泽堂诗文集》文集卷一序《寿蕲水李明府云孙先生序》，清刻本。
③ 何晏《论语集解》卷七《子路第十三》，天禄琳琅丛书第一辑景元翻宋本，第143页。
④ 何晏《论语集解》卷一《为政第二》，天禄琳琅丛书第一辑景元翻宋本，第6页。
⑤ 老聃《道德经》上篇，王弼注，武英殿聚珍版，第13页。
⑥ 孔丘《论语》卷四《雍也第六》，《四部丛刊》景日本正平本，第14页。
⑦ 皇侃《论语义疏》卷一《学而第一》，清《知不足斋丛书》本，第12页。

认知用之于帝王的统治、天下的治理，随之产生了基于"天人感应"的将自然的权威赋之于政治权威，将人对自然神的畏惧、崇拜移置于人对于父权皇权的关系之中，使政权合理化、神圣化，这显然是中国文化统一品性所需要的必然结果。

此精神的人类价值尤其重大，首先，相对于西方的人与自然主客两分且相互冲突的冲突论而言，更适合于人与自然间的本然状态，可消除冲突论给人类生存带来的灾难，改变冲突论的狭隘、偏颇，可给人类发展带来新的光明。其次，强调求同存异、各自发展的和谐精神，符合世界文化多元的结构格局及其不同民族对于文化发展的需求。比之强调斗争，施行不同宗教间的党同伐异和所谓弱肉强食的丛林法则论，会给人类带来更多福祉。就此二者而言，"天人合一""和光同尘""冲气以为和"的和谐精神，在未来人类新文化世纪，将会成为人类共同的向往，将会唱主角，成为人类文化发展过程的主旋律。

（二）"道法自然""以自然为本"的法天精神

"天人合一"思想到东周末年，进一步丰富发展为"道法自然"的以自然为本思想。"以自然为本"是中国文化自然质量的第二种表现。老子提出生成世界万物本源的"道"的概念范畴，"有物混成，先天地生，寂兮寥兮，独立不改，周行而不殆，可以为天下母，吾不知其名，字之曰道"①。"道生一，一生二，二生三，三生万物。"② 这个"先天地而生""为天下母"的道，究竟是指什么？老聃的解释是"道法自然"③。"道法自然"一语含义有二。其一，道以自然为法则。其二，自然性乃道，故道以自然性为法则，即道以自然性为本。后者"自然性乃道"是道的本义，前者"以自然为法则"或"以自然性为本"是人类认识宇宙和规定人类行为的原则。后人释为以自然为本，或以

---

① 老聃《老子》上篇，第二十五章，《古逸丛书》景宋本。
② 老聃《老子》下篇，第四十二章，《古逸丛书》景宋本。
③ 老聃《老子》上篇，第二十五章，《古逸丛书》景宋本。

自然为本体。① 庄周发挥了老聃"道法自然"的思想，并将其做了历史的、政治的、生命的、人生的深入细微的阐发。他主张天人合一，合之于自然性，"天地与我并生，而万物与我为一"②。自然性是人与天地万物相通的根本，因为它们同源同生同理，从而在自然本性上使万物齐，使是非同，使个性自由逍遥，使人的寿命久长。他反对强加于自然性之上有违于自然本性的一切人为的东西，那样便为物所役，为名利所役，便不自由、不逍遥，精神和肉体受到伤害。故人无为，使物自为，方能无所不为。"天无为以之清，地无为以之宁，故两无为相合，万物皆化。"③ "故天地无为也，而无不为也。"④ 所以庄子无为并非排除人的作为，并非消极的、厌世的，而是主张人依照人与万物的天性和规律去有所为，从而使人与物的自然天性得到自然而然的生长、发育和变化。

以"自然为本"精神内涵有六：其一，自然性是生成宇宙万物的本源，故认识宇宙万物需以自然性为本。其二，自然性为宇宙万物的共同本性，天地万物统一于自然性，故认知万物的个性，需以生成其自身的自然性为本。其三，自然性是人与天地万物联系的血肉纽带，是相互依存的命运共同体，认识事物间的联系需以自然性为本。其四，人类的一切行为都应依照事物的自然本性的规定性而为，而不是试图改变其自然性。"以自然为本"就是以认识和掌握事物的天性与发生变化的自然规律为本。其五，使宇宙万物的自然性（包括人类的自然本性）得以自然而然地发展，是人类一切活动的终极目的，人类的生产活动是如此，上层建筑是如此，精神世界也是如此。其六，以自然为本不仅仅指以人类自身的利益为本，而是以人类赖以生存的宇宙万

---

① 唐人成玄英言："运真知而行于世，虽涉于物，千变万化而恒以自然为本。"见成玄英《南华真经注疏》卷六《庄子外篇秋水第十一》，《古逸丛书》景宋本。明代心学大师白沙先生言："所论以自然为本体，以勿忘勿助为工夫。"见明代焦竑《国朝献征录》卷四十二《南京兵部尚书湛公若水传》，明万历四十四年徐象橒曼山馆刻本。

② 庄周《庄子》卷一，《四部丛刊》景明世德堂刊本。

③ 庄周《庄子》卷六，《四部丛刊》景明世德堂刊本。

④ 庄周《庄子》卷六，《四部丛刊》景明世德堂刊本。

物的利益为本，以一切生命为本。于是人的主体与客体间存在相通性、相融性以及生命、利益的共存性。

人与宇宙自然万物同生于自然性、统一于自然性，是对天人合一思想最根本最透辟的阐释。它不只是老庄思想的灵魂，也是儒家、墨家、农家、兵家等大多子学创始人思考问题的基本法则。尽管孔孟之学有人为的因素，有为维护社会等级制度而制定出礼制和伦理纲常，对人性有较大的抑制与伤害，受到老子的告诫和庄周的批评。然而，孔孟讲仁义，讲君子人格，就是将天地日月的精神品格附之于人，以天地之德喻人之德，仍未完全脱离以自然为本的轨道。至于儒家后学，自董仲舒始，以天道释人道，以自然本体阐释道德本体，以天地之神威赋予政权之权威，将"三纲五常"释为"天理"，带有更多的社会实用理性和更浓厚的主观、理想色彩，那也只是以自然为本精神的异响，是中国文化集群、统一、实用与自然品性共同作用的结果。讲"兼相爱""交相利"[①]"非攻"[②]的墨家，讲"一曰道，二曰天，三曰地，四曰将，五曰法"[③]的兵家，主张"播百谷，劝农桑"[④]"顺民心"[⑤]"上因天时，下尽地财，中用人力"[⑥]的农家，强调言象、情景、意境浑然一体的以自然为美的文学、艺术学，以自然为美的审美学，从自然中寻求生命意义的生命哲学，循自然之理、用自然之物治病的医药学、养生学，无不体现出中华民族以自然为本的思想观念。

以自然为本的精神是中国贡献给人类的重要精神财富，将人类作为自然界的一员，做整体的思考，超越"以民为本""以德为本""以人为本"的只着眼于人类自身的一切观念的狭隘，它是人类对自身、自然界及其关系最全面、最本质、最真实的认识体系，是人类认识宇宙与人生的基本法则，也是

---

① 墨翟《墨子》卷四《兼爱中第十五》，明正统道藏本。
② 墨翟《墨子》卷五《非攻上第十七》，明正统道藏本。
③ 孙武《孙子》卷上《始计第一》，《续古逸丛书》景宋刻武经七书本。
④ 班固《汉书》卷三十《艺文志》，清乾隆武英殿刻本。
⑤ 管仲《管子》卷一《牧民第一》，《四部丛刊》景宋本。
⑥ 刘安《淮南鸿烈解》卷九，《四部丛刊》景钞北宋本。

人类行为的基本法则。科学精神、民主精神、自由精神皆乃"以自然为本"精神的体现，故而，它将成为人类未来文化世纪的核心精神体系。

（三）"厚德载物""推己及人"的博爱精神①

中国文化自然品性、集群品性、统一品性的另一重要表现就是后两种品性（集群性、统一性）所要求的人性、伦理、道德的拟自然品性法则，从而形成"厚德载物""推己及人"的博爱精神。家族和社会都需要每一位成员成为适应于更广大人群行为所需要的人格与品德的遵循者，以保持社会的向心性与统一性。然而在中国古人看来，人格品德的界定，既源于人内在的共同性，更源于天地的自然性，说得更通彻些，人类内在的共同性如同人类自身一样其根本是源之于天地所赋予的自然性。于是文化创始人将天地品性比赋人之品性，主张天人合一，合之于德，人之德取之于天地之德，"大人者，合天地之德"②。天之德在于生万物，"大哉乾元！万物资始乃统天，云行雨施，品物流行，大明终始，六位时成"③。不只是万物生长所依赖的阳光、雨露，风气、云雾、日夜、寒暑，四季、二十四节气，皆来自天。地上人赖以生存的生物、动物也无不是上天所赐。所以是上天施恩泽于大地和人类，且气象、胸怀阔大，无所不容；普施恩德，惠育万物；恩泽于下，无声无息，从不言功。"乾始能以美利利天下，不言所利，大矣哉！"④地之德在于成万物。人与万物皆生长之于

---

①　博爱精神通常指建立于"上帝面前人人平等"或"法律面前人人平等"的非等级、无远近的人类之爱。而中国儒学所言仁爱，则是建立于血缘家族关系之上的尊崇君臣父子等级关系的爱，这种爱是以是否具有血缘为尺度的有远近、亲疏的爱，即使"推己及人"也是由近及远，而一人的爱的源能有限，故其推己及人的范围也具有有限性，故而只能称之为仁爱而非博爱。然而事实上，孟子所主张的"民贵君轻"的民本思想以及"推己及人"的仁政思想，具备了爱天下百姓的博爱精神；墨家的"兼相爱""交相利"是在一定程度上消除了尊卑远近的天下之博爱；道家的"道法自然"建立于尊重自然本性，以求使自然本性得以自然而然地发挥的爱，由人之间的爱扩展到了人之外的所有生命体之间的爱，即"以生命为本"的爱，自当属于博爱。中国人天人合一的思想和法天地之德的思想都具有博爱的性质。

②　卜商《子夏易传》卷一，清通志堂经解本。

③　《周易》卷一《上经乾传第一》，《四部丛刊》景宋本。

④　《周易》卷一《上经乾传第一》，《四部丛刊》景宋本。

大地，大地厚重能载万物。"至哉坤元，万物资生，乃顺承天。坤厚载物，德合无疆。"①地同天一样，胸怀阔大，包容万物，承载万物，生育万物，成就万物，故"地势坤，君子以厚德载物"②。天地品格集中表现为无所不容的博大与生育万物、成就万物的仁爱。这种博大仁爱的精神成为儒家塑造君子人格的依据，也成为中国人所追求的普遍精神。天地包容万象的宽大胸怀和普惠于万物的无私大爱，同样给予人无私品德的启迪。"天无私覆也，地无私载也，日月无私烛也，四时无私行。行其德，而万物得遂长焉。"③

　　人无有天之大、地之博，但儒家、墨家创始者却体悟出处理人与人关系的基本原则——"推己及人"。若可由己之心推及他人之心，由爱己之心推及爱天下人之心，便可由爱己到爱天下，实现博大。孔子讲"己所不欲，勿施于人"④，那么同理，己所欲，则施于人，"夫仁者，己欲立而立人，己欲达而达人"⑤。孟子发挥了己所欲则施于人的思想，提出"老吾老，以及人之老，幼吾幼，以及人之幼，天下可运于掌"⑥。以德治天下施行仁政也不过"推己及人"的仁爱思想。不只是儒家的仁义，墨家的"兼相爱""交相利"⑦，道家的法自然之德、倡人之精神自由与自爱，兵家的"攻心为上"，农家的重民意、顺民心，佛学中的普度众生之惠等，都是天地大爱对人德启示的结果。

　　中国人的博爱精神包含四种内涵。其一，以"天下为己任"⑧的天下胸怀与"普度众生"的救世热情，将个体的爱与群体的爱融为一体，并通过爱

① 《周易》卷一《上经乾传第一》，《四部丛刊》景宋本。
② 卜商《子夏易传》卷一，清通志堂经解本。
③ 吕不韦《吕氏春秋》，高诱注，元至正嘉兴路儒学刻明修本。
④ 孔丘《论语》卷六《颜渊第十二》，《四部丛刊》景日本正平本。
⑤ 孔丘《论语》卷四《雍也第六》，《四部丛刊》景日本正平本。
⑥ 孟轲《孟子》卷一《梁惠王章句上》，《四部丛刊》景宋大字本。
⑦ 墨翟《墨子》卷四《兼爱上第十四》，明正统《道藏》本。
⑧ 陈寿《三国志》卷二十五《魏书二十五杨阜传》，《百衲本》景宋绍熙刊本。

天下众生而得以最大体现。其二，"仁义礼智信"①和"忠孝节义"②的君子人格。此君子人格是爱自己与爱他人的内在基础，所谓"修身""独善其身"以达"内圣"皆指具备此人格，由此方可"齐家，治国，平天下"③，实施"爱民如子""普度众人"的博爱。其三，"以民为本""推己及人"的仁政思想。"民为本"是中国古代治国基本思想和施政传统，所谓"治国有常，以利民为本"④"人主之有民，犹城之有基、木之有根，根深即本固"⑤，所谓"英雄者国之干，庶民者国之本"⑥"食者民之本也，民者国之本也，国者君之本也"⑦，孟子更有"民为贵，社稷次之，君为轻"⑧的民贵君轻之说。所以，国君治国以利民为本，就像太阳普照而不择高低，雨润万物而不择大小一样，就像爱自己的孩子一样做百姓的父母，像孝敬自己的老人一样做百姓的公仆。仁政思想是中国博爱精神的政治体现。其四，"富贵不能淫，贫贱不能移，威武不能屈"的"浩然正气"⑨与"重义轻利"⑩"舍生取义"⑪的道义精神。天大人小，国高人低，货物贱、精神贵，故舍少取大，弃贱守贵。守道重义就是道义精神重于物质利益乃至生命，"志士仁人，无求生以害仁，有杀身以成仁"⑫。无

---

① 仁、义、礼、智、信在孔丘《论语》中皆有提及，孟轲《孟子》中的"四端说"等有更完整论述，董仲舒将仁义礼智信列为"五常"，定为基本的伦理道德。作为完整概念提出较早见尹喜《关尹子》上卷《三极篇》，《四部丛刊》三编景明本。

② 忠、孝、节、义在《论语》《孝经》《礼记》中皆提及，四字并举，较早见于魏收《魏书》卷一百八十之四志第十三《礼四之四》，清乾隆武英殿刻本。

③ 黎靖德《朱子语类》卷十二《学六》，明成化九年陈炜刻本。

④ 老子语，见辛钘《文子》下《上义》，明子汇本。

⑤ 老子语，见辛钘《文子》下《上义》，明子汇本。

⑥ 黄石公《三略》卷上《上略》，《续古逸丛书》景宋刻武经七书本。

⑦ 刘安《淮南鸿烈解》卷九《主术训》，《四部丛刊》景钞北宋本。

⑧ 孟轲《孟子》卷十四《尽心章句下》，《四部丛刊》景宋大字本。

⑨ 孟轲《孟子》卷六《滕文公章句下》，《四部丛刊》景宋大字本。

⑩ 荀况《荀子》卷十八《成相篇第二十五》，清《抱经堂丛书》本。

⑪ 房玄龄《晋书》卷三十八，列传第八《宣五王》，清乾隆武英殿刻本。

⑫ 何晏《论语集解》卷八《卫灵公十五》，故宫博物院影印天禄琳琅丛书第一辑景元翻宋本，第168页。

论人生遭遇怎样逆境、险恶，人之道义皆不会因利益引诱和生命威胁而扭曲异变，这种舍生取义的道义精神是中华民族精神之脊梁，支持这个伟大民族刚强不屈，抗挤压，越险阻，穿涛浪，数千年生生不息。

博爱精神是中华民族精神的核心内核，其独特价值在于"己所不欲，勿施于人"和"推己及人"的建立于人性基础上的质真与人类普适性。其高尚性在于不仅仅着眼于个人得失，而是将个人与天下利益视为一体，先天下而后个人的精神。其令人"高山仰止"处在于其刚毅的气节、凌然不可犯的个体意志、道义重于个体乃至生命的道义至上精神，这与强调个人至上和资本至上以及追求利益最大化的价值观，形成鲜明的差异和错位，从而构成了中华民族生生不息的精神力量与伟大品格。

（四）"自强不息""建功立业"的进取精神

中国文化四大品性的另一重要表现为：吸取天地日月生命无穷、精力旺盛、永不停歇的品格，熔铸为"自强不息""建功立业"的进取精神。唯有个人"自强不息"方能"建功立业"，方能"光宗耀祖"，家业兴旺，方能"兼济天下"，实现天下统一，强国富民；唯如此，人方不虚此一生，为家庭和国家做出贡献，实现人生价值的最大化。而自强不息之精神来自天地精神的启迪。日月运转从不停歇，四季交替永不止步，土地生长从不误时，"天体之行，昼夜不息，周而复始，无时亏退"[①]，此乃天之道。"仰天而天不倦，俯地而地不怠，倦不天，怠不地。……是以圣人仰天则常穷神……与天地配其体，与神即其灵，与阴阳挺其化，与四时合其诚。"[②]此乃人法天地，《周易》归之为"天行健，君子以自强不息"[③]。君子应像强健的天体一样，奋勇向前，永不停息，自己使自己强大。

---

① 王弼《周易注疏》，《周易兼义上经乾传第一》，清嘉庆二十年南昌府学重刊宋本《十三经注疏》本。
② 扬雄《扬子云集》卷二《太玄经文第十二》，清文渊阁《四库全书》本。
③ 卜商《子夏易传》卷一，清通志堂经解本。

　　中国人的人生价值观虽各有其道，千差万别，然而，建功立业，光宗耀祖，流芳百世，则几乎是所有中国有志之士的最高人生理想。"古之君臣所为，各得其道，则未有不建功立业，声流万世者也。"① 建功立业的更具体目标则是治国平天下。若治国平天下，则须身在其位，行其职权，或为名臣，或为将帅，或为贤相，或为帝王师。而检验建功立业的标准，却并非官职大小，地位高低，而是可否记入史册，名垂青史。即使未能记入史册，也要光宗耀祖，在宗族中或乡邦中，百世流芳。为此，人可以付出其一生的全部：金钱利益、家庭儿女，乃至生命。中国人很看重名声，其程度远在物质利益之上。当然，若要实现这一人生的最高理想，需要具备相应的才智，需要勤奋学习，需要修德养性，需要孝父敬子悌兄，使家庭和睦。可以说"修身、齐家、治国、平天下"当为儒家学说中行为学的全部，"修身齐家治国平天下，而圣学之功用可全矣"②。它源自天地之德、天地之意志，"治国平天下之道，自太极动静，生阴生阳引而伸之"③ 而来，又成为中华民族数千年培植成的人生奋斗的终极价值观，成为自强不息的伟大精神动力。

　　中华民族"自强不息""建功立业"的进取精神包括：其一，"建功立业""治国平天下"的人生理想。其二，自我奋斗、"自强不息"的独立意志和不畏艰险的无畏精神。"自强"即自我意识主导下的不甘贫弱、不甘居下、不断追求更高目标的自己使自己强大的志向。"不息"即永不满足，从不停止，包含生命不息永不停止的勤奋以及不畏艰难险阻的胆识和百折不挠的坚强意志。其三，"朝闻道，夕死可矣"④ 的求知热情。重学崇道、勤学求知是中华民族好学精神的表现，有志之士将求知明道看得重于生命，足见自古以来中国人将学习求知视为人立身于天地间的首要条件，"学而优则仕""惟有读书高"都表现出中国人对学习的重视，这是这个民族以文化自强而傲视天下的重要原因。其四，追求流芳后世的生命价值观。中国人自古以来就有形

---

① 李焘《续资治通鉴长编》卷一百五十《仁宗》，清文渊阁《四库全书》本。
② 陈大猷《书集传或问》卷上《尧典》，民国续金华丛书。
③ 宋度正《性善堂稿》卷十二《晦庵先生画像赞》，清文渊阁《四库全书》本。
④ 孔丘《论语》卷二《里仁第四》，《四部丛刊》景日本正平本。

灭神灵不灭的认知，至东汉佛教传入中国得以强化，乃至有形复神而转世之说①，比较现实的"不语怪力乱神"②的儒家，相信肉身死后不复再生，人生苦短，然而他们相信"名"可后世传递，有身灭名不死的观念，"君子虽死亡，其名不灭"③，所以将"名垂青史""流芳万世"当作最高的人生价值。

这种进取精神的人类文化价值有三：其一在于从服务于家族集群和服务于皇权政治的过程中获得个人价值，使个体价值天生具有集群和统一品性，从而张大了人生的价值意义。其二，自强不息之动力既来自功业之实，又来自超越功利的名誉。名誉是超越有限生命的，使其赋予了永久的价值意义，此种超越性与富贵的实用性共同成为人生奋斗的动力，且精神动力高于物质动力。其三，自强不息精神比之西方的适者生存的竞争意识更带有不屈不挠、从不言败的乐观精神。

（五）阴阳五行、相生相克的智胜精神

中国文化的四大品性表现之五：文化创造者们试图用道、气、阴阳、八卦、五行之说解释自然与人类社会生成变化的结构与规律，并以此种学说预测天道人事发展趋势，解决人类社会所面临的困难、灾异、疾病和痛苦。此种阴阳数术之学虽有简单比附与较多主观推测成分（易走向神秘与蒙蔽），然就其对天文、地理、算术、医药学、生命学、农学、武术以及伦理学、政治学的研究成果而言，无疑体现着古代中国的科学精神，负载着中华民族特有的质量与智慧，如阴阳相对相成、相生相克的变化智慧，事未发而先知的预测智慧，借天地自然等非人力量的借助智慧，以柔胜刚以曲为进的柔曲智慧，天人合一的养生智慧等，体现出中华民族的特有的以智取胜的智胜精神。

阴阳之学是贯穿中国文化的血脉，在早期史书记载中是由通天地神灵的具有特殊学识地位的巫觋所掌握的巫觋之学。早期著作《易》中的阴阳八卦之学

---

① 据晋代袁宏《后汉纪》《孝明皇帝纪》载："西域天竺有佛道焉……沙门者，汉言息心，盖息意去欲而归于无为也。又以为人死精神不灭，随复受形。生时所行善恶，皆有报应。"
② 何晏《论语集解》卷四《述而第七》，故宫博物院影印天禄琳琅丛书第一辑景元翻宋本，第69页。
③ 辛钘《文子》下《上义》，明子汇本。

可谓巫觋学的集大成，先秦诸子中不仅有阴阳家，《论语》《孟子》《荀子》《墨子》中也都混有阴阳家言，至秦汉阴阳学说成为解说经学的利器，以至于出现宣扬"天人感应"的《春秋繁露》以及《白虎通义》等书，终走向"谶纬学"之极端。中古近古虽有佛教弥漫，然阴阳学仍有广泛市场，直至今日而不灭。

　　阴阳学家以相反相成的阴阳两种元素解释天地万物与人类社会，犹如西方哲学家以对立统一论解释宇宙人生。然而，阴阳概念不同于矛盾概念。矛盾说主张对立斗争性，通过对立斗争而达到某种统一。阴阳则突出你中有我、我中有你的包容性和相生性，相生相胜（克）消长流动是事物变化的根本原因与动力，至于统一性则是永远的。这是阴阳学与西方对立统一学说的根本区别。阴阳学讲"生"，万物生于"道"或"元"，"元者为万物之本"[1]。讲"成"，天地万物乃因气聚而成，"物者，气所凝而成之者也"[2]，"气成物，统八卦，调八风，理八政，正八节，谐八音，舞八佾，监八方，被八荒，以终天地之功"[3]。讲"分"，可分为"五行""四方""四时""五音""十二月""十二律""十二天干""十二地支"。更讲"合"（阴阳与五行四方四时等的配合）讲"行"。讲相互关系及其作用（相胜与相生）。"天地之气，合而为一，分为阴阳，判为四时，列为五行。行者，行也。其行不同，故谓之五行。五行者，五官也。比相生而间相胜也。"[4]"比相生"即"木生火，火生土，土生金，金生水，水生木"[5]，邻近元素环环相生。"间相胜"则指"金胜木……水胜火……木胜土……火胜金……土胜水"[6]。"金"所胜者"木"，中间隔一"水"，胜者与被胜者两元素间皆隔一元素，故曰"间相胜"。"相胜"因何"间"？则大有文章。阴阳五行之分与调和，既可生成无穷变化，也可解释无穷变化，培育着中国人超强的感悟力与无穷的智慧。

---

① 董仲舒《春秋繁露》卷六《重政第十三》，清《武英殿聚珍版丛书》本。
② 郑光祖《一斑录》卷一《天地元机》，清道光舟车所至丛书本。
③ 班固《汉书》卷二十一上《律历志第一上》，清乾隆武英殿刻本。
④ 董仲舒《春秋繁露》卷十三《五行相生第五十九》，清《武英殿聚珍版丛书》本。
⑤ 董仲舒《春秋繁露》卷十一《五行对第三十八》，清《武英殿聚珍版丛书》本。
⑥ 董仲舒《春秋繁露》卷十三《五行相生第五十九》，清《武英殿聚珍版丛书》本。

阴阳学的智胜精神内涵有五：其一，胸怀宇宙，包容天地，大气谦和、纳异存一的融通精神。其二，借自然力量和规律解决人类问题的借力智慧。其三，未战先胜、未行先谋的先胜精神。其四，以柔胜刚以退为进的柔曲智慧。其五，因势利导、相生相克、相反相成的变易智慧。这是中国古代文化中统览万物万事，通天人之变，又极其细碎复杂多变的学说，是最难通贯善用的一套理论，也是解开中国文化之谜的钥匙。中国文化的智慧（政治智慧、军事智慧、哲学智慧、文学智慧、医药智慧、养生智慧、武术智慧、天文地理智慧、艺术智慧、农耕智慧等）无不存于其中，从而使得中华民族成为善于以智取胜的民族。

放在世界范围观之，这种智慧多来自体验和感悟。感悟是一切科学的先导，其所悟之深广邈远，往往超越于具细的试验，有些感悟智慧直到现代仍然是科学技术所不能解释的。科学技术不能解释并不等于其不合于科学，就像理想不等于现实，并非理想不能成为现实一样。然而科学不能解释或尚未成为现实，都难免之于神秘和遥远，易被误认为迷信。因此，智胜精神的科学化应当成为，也已经成为中国精神发展的新方向。

（六）以家为本、兴家济国的家国精神

中国文化的四大品性特别是集群品性表现为以家为本、兴家济国的家国精神。中国传统文化是产生于农耕生产生活方式基础上的农耕文化。农耕生产生活方式的性质规定着农耕文化的性质，而农耕生产方式的性质源自这种生产方式的资源——土地——的性质。土地具有少变化的稳定性。土地的稳定性引发出以土地为命的农民居住的固定性和生产的家族性以及培育起来的以家族利益为中心的集群观念。农民以家庭族群为单位，居住于某村某乡，世世代代繁衍不息。这种居住的固定性与以家庭为耕种租赁单位、以若干有血缘亲情的家庭间协助合作的生产形式相结合（从氏族公社的氏族狩猎，到井田制的家庭耕作，直到当代的家庭联产承包责任制），促进了以血缘关系为纽带的以家庭为中心的家族集群意识。客观地说，中国作为一个国家，从其产生起就是建立在家天下的以血缘关系为基础的宗法体制之上的，就其血

缘关系与宗法体系而言，家即小国，国即大家，家国一体。建立于这样体制
上的文化其本质还是维护血缘关系的家族宗法文化，这种文化的集中表现
就是孝、忠观念与仁礼道德，其目的是通过伦理道德维护宗法的合理性与家
族、国家的秩序与稳定。孔子云："其为人也孝弟，而好犯上者鲜矣。不好犯
上而好作乱者，未之有也。君子务本，本立而道生，孝弟也者，其为仁之本
矣。"[①] 孔子所言"道"即仁矣，而仁之本则为孝弟，在家为孝悌，在国则为
忠义，所以视之为本，其目的就是使子对父孝，臣对君忠，而不犯上作乱，
以维护"君君臣臣父父子子"[②] 的家国体制和礼法。而事实上，比这种上下尊
卑等级更为重要且对民族影响更深远的不是孝忠仁礼的观念，而是能维持这
种观念的血缘亲情——天生的父子母子之爱、兄弟姐妹之情，扩而大之即亲
戚之情、乡邦之情、师生之情、同门之情、战友之情，统称人情。忠孝之事
可观可见，而人情无形无影，无事无时不存。就像天地生万物一样，父母生
成家庭，并承担起生儿育女以至儿女婚姻、事业的全部家庭责任，直到其生
命的结束。这个责任对于父母来说是第一位的，没有任何东西可以取代它的
地位。同样，儿女生于家庭，在父母的呵护关爱下长大，长大后的责任虽有
种种，然最终则是反馈父母、发家致富、建功立业、光宗耀祖。如是，父母
儿女的人生皆以家为本。而"以家为本"与"以国为家"本来就是一个掰不
开的整体：爱家就是爱国，家家富裕兴盛发达，国家也自然兴盛发达；爱国
方能真正爱家，积极用世，建功立业，治国平天下，国强方能家业兴旺、门
楣光耀。所谓家兴，邦兴，国方兴，国安方家安，卫国方可保家。这种以家
为本、兴家济国的家国精神是中国精神的原本底色。

　　家国精神的内涵有五：其一，家庭是人生产生活的第一存在。其二，家
庭成员是情感最亲密的集群。其三，家庭的利益是每个人最关切的内利益。
其四，家庭的兴旺、美满、儿孙满堂、福寿永昌是人生的重要价值追求。其
五，家庭是中国社会的生命细胞，是社会发展最具活力的力量源泉。慈孝悌

①　孔丘《论语》卷一《学而第一》，《四部丛刊》景日本正平本。
②　皇侃《论语义疏》卷六《颜渊第十二疏》，清《知不足斋丛书》本。

亲是家庭道德、家族道德、乡邦道德和社会道德的基础。家族利益也成为联系家与国的纽带。自强不息、建功立业、光耀门楣、光宗耀祖，是通过服务于国家利益的行为实现的，而在国家遇到危难的时代，卫大国方能保小家，于是形成了保家卫国、家国一体、爱家爱国、兴家济国的中国精神。中国社会的政治、经济、军事、文化都带有浓厚的家族、人情色彩。

　　家族是氏族公社时期的产物，世界上许多民族随着生产力的发展，剩余财富的丰富和私有经济的发达，切断了家族血缘与个人成长之间的脐带，家族观念逐渐被人的独立自我发展观念改变而淡化。中国则相反，生产力的发展促进了市场经济，而市场经济、私有经济往往是以家庭经济的形式呈现出来的，往往是促进了家庭经济的膨胀和家庭事业的壮大繁荣，以家庭为单位的农耕生产方式以及建立于家族血缘亲情之上的伦理道德和精神文化不断地强化此种关系结构，从而形成了人类特有的社会文化类型。家族文化具有两大特性：一是家族亲情及其社会群体化的人情成为维系社会关系的最柔韧的情感纽带，从而增强了全社会的精神凝聚力。以往，我们的研究将道德看得重于一切，而忽略了道德是建立于亲情之上的道德。亲情是第一位的，"仁者，人也，亲亲为大"①，道德是第二位的。道德与礼的功能在于维系亲情中上下主次尊卑秩序，并通过维系家庭秩序的稳定进而达到维系社会秩序与稳定。二是人情泛滥，人情重于礼教和法权。在这种家国一体化的家族血缘亲情文化中，一方面上下尊卑秩序铁一般地确定，老子儿子、皇帝臣民是板上钉钉一样不能改变，在这种关系中只能讲上下之礼，不能讲平等之理，更不能讲法。血浓于水，父母儿子无论出现什么过错也是胳膊断了连着筋，筋断了血连着心。法律、制度、是非在人情面前都变得不那么重要甚或浑然不清。故而社会秩序的维护靠的是礼与情而非法律，人情与伦理成为家国精神的血液。

　　无论是天人合一、道法自然、推己之爱，还是建功立业、阴阳五行、家国情怀，总有几个如影如魂令人感受颇深的元素贯穿其中。这些魂灵般的元

―――――――――
① 戴圣《礼记》卷十六《中庸》，《四部丛刊》景宋本。

素之一是"天"。大莫过于"天"，中国人思考频率最多的词汇是"天"（包括"天地""天下""天人"），所谓"天行有常，不为尧存，不为桀亡"①。天成为人们观察和思考的原点与凭借，于是"明于天人之分，则可谓至人矣"②。不仅言人与自然关系离不开天下，谈及人与人关系也是依傍于天地之理，讲人生价值还是以天下百姓为终极目标，讲人内在品性总不离天地之德，即使喜怒哀乐之情也是以天下为先。中国人的思维无论由大而小或由小及大，皆终不离大，显示出特有的大气。二是"通"，中国文化论及的诸种事理之关系无不是相融通的。万物通于道，人与自然通于德，人与人通于心，天地与人通于性，于是人之小宇宙通于世界之大宇宙，所谓"吾心即宇宙，宇宙即吾心"③是也，故大气而融通。三是"和"，天地和，阴阳和，人与自然和，人与人和，即使冲突也终归于和，攻城略地的军事征伐，也以"不战而屈人之兵"为"善之善者"。④遂贵和谐，轻争斗。四是"柔"，虽讲刚柔相济，却总以柔为胜，以柔克刚，以柔为智。无形无色无味的道是柔，忠恕恻隐之仁是柔，和顺是柔，亲情是柔。然柔有不易断之韧，柔有可攻可守之刚，柔有卷曲之态，柔有无处不入之能，柔是中国智慧的表现形态，在人与人关系上突显亲仁柔韧之个性。五是"长"。中国文化之士普遍重视历史的长度，不仅注重修史书、记史事，以便治国者以史为鉴，以史为标尺评判是非，更以史书记载人物的历史功过，彰显其历史地位和价值。正因此，士人重视"立德""立功""立言"，就是因为记载于史册中的名声可以延长人死亡后的历史生命长度，从而将个体的有限生命与史书的无限生命联系起来，将有限的人生与名声的无限未来联系起来，加长了生命的长度与人生价值的长度，

---

① 荀况《荀子》卷十一《天论篇第十七》，见《诸子集成》第二册《荀子集解》，上海书店出版社，1979年，第205页。
② 荀况《荀子》卷十一《天论篇第十七》，见《诸子集成》第二册《荀子集解》，上海书店出版社，1979年，第205页。
③ 此语本为陆象山语，今见耿定向《耿天台先生文集》卷七《论说解》，明万历二十六年刘元卿刻本。
④ 孙武《孙子》卷上《谋攻第三》，《续古逸丛书》景宋刻武经七书本。

实现着对于有限的自然生命的超越。

综上所述，中国文化的四大品性（自然性、集群性、统一性、实用性）孕育出"天人合一""冲气以为和"的和谐精神、"道法自然""以自然为本"的法天精神、"厚德载物""推己及人"的博爱精神、"自强不息""建功立业"的进取精神、"阴阳五行""相生相克"的智胜精神、"以家为本""兴家济国"的家国精神，从而构成了中国精神的主体内涵，体现出中华民族大气谦和、融通睿智、亲仁柔韧、包容超越的文化个性与精神风貌。

四、中国精神的核心价值观

对上述中国文化的四大品性、六大精神内涵及其特有的精神风貌做进一步分析，可以发现其中一以贯之的价值观念。

"天人合一"的和谐精神所言乃天下万物间的关系，包括以人为中心的人与自然的关系和人与人的关系。"道法自然""以自然为本"的法天精神，是指人类认识自己与宇宙的基本方法与原则，"和谐"乃是这种法天原则认识的结果。中国古人从天下万物皆生于道的同源性、天下万物皆具有与生俱来天性（个性）的共同性以及万物同处于天地之间的依赖性的认识出发，认为人与天地是一而非二，万物与天地也是一而非二，这个共同的一只能是自然性，其他任何东西都不能承担这一重任。① 而万物自然性的最基本存在形式是生命（万物都是有生命的），只是对于生物而言，其生命的特征表现得更活跃更鲜明更突出罢了。所以无论表现天下一切生命体关系的"和谐"观念，还是认识宇宙万物的"道法自然"的法天观念，其共同出发点都是立足于生命、保护生命，其归结点都是如何使生命体的潜能得以自然而然地发展，从而实现自然生命和精神生命的长久。

---

① 有人说这个一当是道德，道德的本意在老聃和庄周看来是两个概念，"道"乃生成万物之母，"德"乃生成个体生命之因。"道"即自然性，"德"（德者，得也）即类物得到自然性而成为具体可见的物或人。儒家所言道德指人的品性，这个品性是善。而以荀子、韩非子为代表的法家则认为人性是恶，善者伪也。善恶只是一种价值判断，它们并不一定是万物的自然性，万物并不一定统一于善或恶。

"厚德载物""推己及人"的博爱精神所言乃以爱来看待和处理人与物的关系，特别是人与人的关系，以达到四海之内皆亲人，四海之内皆兄弟的乐融融的和谐状态。故"博爱精神"是"和谐精神"与"法天精神"的进一步的人事化。其出发点是立足于生命、爱生命，其归结点则是如何使生命体的潜能得以自然而然地发展，从而实现自然生命和精神生命的长久，其要素是爱，通过爱实现。

以家为本、兴家济国的家国精神则是爱的利益化、现实化，因为爱首先是爱亲人（父母、妻子、兄弟），这不仅基于血浓于水的血缘亲情，同时也基于共同生活的家庭利益。爱亲人不仅是爱天下的基础，发家致富、光宗耀祖也是国家兴旺的基础。然而家庭是生命产生的摇篮，也是生命生长的温床，是血肉相连的最紧密的生命共同体。所以"以家为本"的出发点是立足爱生命，其归结点则是如何使生命体的潜能得以发展，从而实现自然生命与精神生命的久长。"以家为本"是"以生命为本"的家庭生活的体现。

"自强不息""建功立业"的进取精神是人的自我意识（自爱自尊）和追求自我价值的精神表现，尽管这种表现负有家庭和国家的责任，那是因为个人价值也只有通过在家庭发展和国家发展的更大范围和更高层级的事业中才能获得更大成效。而个人的价值事实上正是个人生命的价值，只是在个别极特殊情况下，精神生命的价值可能更高于自然生命的价值，因为精神生命的价值更长于自然生命价值。由此而知，进取精神同样是以珍惜生命为出发点，以使生命体的潜能得以发挥，进而实现以自然生命与精神生命的长久为归宿。进取精神是生命意识最具活力的表现，即生命价值的追求是通过不断进取而实现的。

阴阳五行、相生相克的智胜精神指如何寻找事物发展的内在原因及其内在规律，以求更巧妙而有效地取得胜利，更大程度上实现人的生命价值和意义。阴阳五行概括生命的运行属类，相生相克寻找生命变化的规律，其理论基于物的自然属性和生命属性，不仅立足于生命由弱而强由小而大的发展需求，而且寻找使生命潜力最大限度发挥的方法途径，从而智慧地实现自然生命和精神生命的久长。

　　通过上述分析，我们发现立足于生命，使生命体的潜力充分发挥，实现自然生命与精神生命的久长是中国精神六大内涵一以贯之的灵魂，我们将这种以生命为本源，以生命渴望、生命体潜力发挥和实现自然生命和精神生命久长为思维核心的哲学观念，称之为"以生命为本"。"以生命为本"是中国文化精神的灵魂，正因为中国精神"以生命为本"，方形成大气谦和、融通睿智、亲仁柔韧、包容超越的文化个性与精神风貌。

　　那么"以生命为本"的内涵具体是什么？它与"以民为本"的民本精神、"以人为本"的人本精神是怎样的关系？

五、"以生命为本"的新内涵与世界意义

　　我们把立足于生命，使生命体潜力充分发挥，实现自然生命与精神生命的久长称之为"以生命为本"。这是对中国传统文化精神的形而上的概括，我们不可否认的是这种"以生命为本"的文化产生于农耕社会的奴隶制和封建制时代，两个时代都普遍存在着严格的等级制，存着统治者与被统治者的不同阶级，存着社会的不平等和分配制度的不公正等。不过"以生命为本"在观念上存着对于等级与不公平的超越因素（不同等级不同阶层的人对于生命的爱与追求具有共同性），正因如此方使得"以生命为本"具有超越历史面向未来的超越性，方有可能成为面向现在和未来的具有永久生命力和普适性的价值观念。

　　我们今天倡导的"以生命为本"，是基于生命面前人人平等的价值观念之上的。

　　以自然界一切生命为本，是"以生命为本"的第一层内涵。人是万物灵长，人是万物的主宰，人的目的就是征服自然，于是人的生命高于一切，万物的生命都让位于人的生命，一切动物皆可因人的需要而成为刀下肉、盘中餐。这是将人与自然界对立起来的二元对立论，其结果必然是在征服自然、杀伐生灵之后，孤独的人类最终走向死亡。以生命为本，是将人与自然视为同体，其所言生命，不只是人类的生命体，而是包括人类在内的自然界一切原生态的生物的生命体（人为了获取肉食而专门养殖的家畜鱼类等生命体除

外）。在中国人的观念中，天地人合一，合于自然，首先是合于自然生命；"道生万物"即生成宇宙间具有生命的万物——万物的生命体，而并非只是人类的生命体。人的生存需求物在初期取之于自然食物，那是因为人的生存之道贫乏，生产力低下，且自然食物极为丰富，取之不尽。等到进入农耕时代，人类掌握了耕种和饲养技术，人的生存食物则主要是通过种植农作物和养殖牲畜而获取的。人类于是逐渐远离自然界生命群。人与野生动物各自相安。佛教有严格的不杀生的戒律，其不杀生指不杀害一切生命，体现出以自然界一切生命为本的博大善念。这种珍惜一切生命的"以生命为本"观念，其目的是实现人与自然的和谐，而不是相反。

一切生命者是平等的，是"以生命为本"的第二层内涵。

六、中国精神的创新性走向

任何一种文化都印有其产生时代的痕迹，都不免有其自身的局限，西方如此，东方如此，中国也如此。上述所言中国文化的四大品性也自有其局限性。自然品性缺少科学性。古人所言自然性不过原则大略，就人的自然性而言，老聃、庄周都未做统一而精细的分析。然而人的自然性最要紧的是情欲，若以情欲为道，则不可能达到"无我""无功""无名"的境地。相反，老庄的自由逍遥是超越自然性情欲的。至于阴阳五行之说表现出中国人的感悟智慧。感悟具有科学的元素，可以导向科学，然并不完全等同于科学。取自然之德的博爱精神，到了孔孟那里过于强调善，过于主观性和理想化，从而被后人批评为"伪"。[①]以家族血缘关系为命脉的家族文化所表现出来的集群性，既有向上的张力和社会发展的推动力的元素，同时也有对社会法律法规乃至公正性破坏的

[①]　荀子主张性恶，认为情欲是人的本性，而所谓善则是后天培育的结果，是伪。荀子云："人之性恶，其善者伪也。""凡性者，天之就也，不可学，不可事。礼义者圣人之所生者，人之所学而能，所事而成者也。""今人之性，饥而欲饱，寒而欲暖，劳而欲休，此人之性情也。今人饥，见长而不敢先食者，将有所让也。""礼义法度者，是生于圣人之伪，非故生于人之性也。"荀况《荀子》卷十七《性恶篇第二十三》，见《诸子集成》第二册《荀子集解》，上海书店出版社，1979年，289—291页。

一面（亲情、人情扰乱法律、法规的公正性）。至于"一天下"的统一品性，更多是维护王权的权势者的话语。而这种权势话语总是以牺牲民众的人权、自由为代价的，即使最具进步性的孟子的"以民为本"的仁政主张，最终的出发点还是为维护君主"家天下"的"长治久安"。至于实用品性，弱化了人的信仰和畏惧心，易使人为利益驱使，走向唯利是瞻的唯利主义。如何赋予自然、集群、统一、实用品性的中国文化以新血液、新生命，是有志之士特别是中国领导层面对的一个不小的课题，即中国传统文化的精华内涵也存在一个不可囫囵拿来就用的问题，一个需要创新性发展的问题。这是其一。

其二，中国文化自春秋战国到现在已发生了较大的变化，这个变化的走向可为中国精神的传承和创新带来一些方向性的启示。中国文化的根本性的变革有两次：一次是20世纪初的五四运动时期，先是西方的科学技术特别是先进的军事科技——坚舰利炮——征服了腐朽的清王朝，结束了冷兵器的统治而代之以枪炮的天下。继而民主、自由、平等、博爱的人道主义精神引起中国文化史上的一场反封建专制的革命。自此，中国文化由中国传统中心走向西方中心，从生活用品、生活方式、教育体系、知识体系、文化精神体系都沿着西方化、现代化的方向发展。孔子的信仰逐渐被科学与民主信仰、共产主义信仰所取代。第二次是近四十年来的改革开放，由以政治为中心到以经济建设为中心，由计划经济到市场经济，由农业社会到工业社会，由农村合并到全面城市化。此次可称之为经济革命，由农耕经济到市场经济的革命。随着生产方式和生活方式的革命，中国传统的根基已悄然地发生了变化，独生子女使家庭变小，父子母子关系也趋平等，而随着地球变小，小家庭成员间的流动更遥远而频繁，族长制、家长制对人们的约束日趋松散。民众的生存状态已由"食货经济"迈入"货币经济"；人们的思想观念发生了根本性的变化，由"重农抑商"而走向"以工商为本"；消费观念由"节俭型"而趋向"侈奢型"（超前消费、快乐消费）；性观念由禁欲走向求欲；婚姻观念由一女不嫁二夫而走向婚姻自由；价值观念由重义轻利而变为追求利益的最大化。人们的自主意识、平等意识、人权意识、法律意识日趋增强。

其三，以上所言变化，归结到一点就是由农耕文化过渡到现代工业文化，这是一个不可逆转的文化发展方向。而工业文化与农耕文化是两种性质不同的文化：一个强调天人合一，主张人与自然的和谐；一个主张天人对立，人定胜天，强调矛盾斗争。一个强调顺应天意、民意和时势，追求社会的稳定；一个强调适者生存，追求创新、冒险、竞争和社会的变革。一个重义轻利，将道义、声名的追求置于一切物（包括生命）的追求之上；一个则崇拜物质价值，将金钱、财产等物质利益的占有置于一切生命活动之上。一个以家庭、家族集体利益为根本，以家长制、道德和人情为维系社会整体的纽带；一个以个体利益为根本，以平等、自由、民主和法律为维系社会整体的纽带。

对此，我们应树立明确的文化自救意识与文化重建的历史责任感，既要继承中国传统文化的精华，又要赋予优秀传统文化以当下和世界先进质量；既要有中国特色，也要有世界亮色。而使中国文化精神更富有先进性，更具有生命力、竞争力，最终在完成农耕优秀文化传承的同时，实现向现代工业文化的升级转型。

转型意味着两种性质文化嫁接、融合与再生。而面对性质完全不同的两种文化，这种融合与再生是否具有可行性？这需要做两个方面的检验：其一，对于潮水般涌来的外来文化，中国文化自身是否具有开放性、包容性、再生性。其二，农耕文化与工业文化之间是否具有共同性与契合点。中国文化从产生的初期就表现出较强的外张力和吸纳力，氏族制时代，婚姻由族内婚走向族外婚后，氏族间通过联姻形式不断形成新的氏族联盟，并随着氏族联盟间的互婚而逐渐发展为部落联盟、诸侯联盟与民族联盟，从而使中国成为一个不断扩大的多部落、多民族联盟的政体。建立于此基础上的中国文化也像滚雪球一样层层滚大，夏商时代的东部日神崇拜文化与西部月神崇拜文化，先秦时代的楚文化、蛮夷文化，汉朝的匈奴文化，北朝五胡十六国中的羌氐文化，唐朝的西域文化，宋代的金辽文化，元朝的蒙古文化，清王朝的满族文化等历代异族异域文化，最终在与汉民族同居和交往的过程中融合为中华民族文化的组成部分。佛教入主中国，逐渐成为中国儒释道三大文化之大宗，而最终不得不与道家文化、儒家文化融合，形成以禅宗为代表的中国化佛教。西方文化特别是马克思主义成为中国社会发展的指导思想，非但没有吞噬中国传统文化，相反则丰富了中国文化的内涵而形成马克思主义的中国化。中国文化的历史是与外来文化碰撞、竞争、交流的历史，也是中国文化不断吸纳外来文化而丰富强大的历史，这个历史说明两点：其一，中国文化具有较强的开放性、包容性、吸纳力，从而使自身不断宏博而强大。其二，中国文化具有熔铸力与再生力，可以溶蚀外来文化，铸造再生为一种新的文化。由此而知，对于工业文明，中国文化同样可以熔铸再生为一种中国化的现代工业文明，一种面向未来的实现民族伟大复兴的新中国文化、中国精神。

再者，中国家族血缘式的农耕文化与个体化的工业文化二者具有共同性与契合点：最大限度地满足人们的需求和快乐幸福生活的愿望，促进人的全面发展。促发其契合点生长的基本原则是固本创新。摒弃中国传统文化中一些保守、愚昧、落后的内容，阻断工业文化中的黑色暗流。譬如，我们可以用科学主义精神丰富中国"天人合一"的思想，用科学主义的"天人合一"的宇宙观，纠正工业文化中的"天人对立"思想，抑制由此而带来的天人冲突的灾难。用"厚德载物""推己及人"的博爱精神（倡平等、公正、法制、剔除宗法制的等级观念），融接"以人为本"的工业文明精神，建立起新的"以自然为本"的博爱精神。用中国文化中的"重义轻利"的乐道精神，净化拜金主义和功利主义。中国古代君子以道为命，而非以利为命，君子爱财而取之有道，有舍生取义的价值追求，这种境界是中国精神具有竞争力的地方。可以用中国文化中"自强不息""建功立业""百折不挠"的进取精神，吸纳西方工业文化中的创新、竞争精神。两种精神都有一种积极向上推动社会发展的力量，若以创新为根本，"自强不息"精神便富于现代性和永久的意义。可以用中国传统文化中道家逍遥自由的精神与佛教中的平等思想，吸纳工业文明中的自由平等观念，实现其创造性的转换。以科学精神为支撑点，提升中国阴阳五行相生相胜的智胜精神的层次。用市场化、宪法体制、网络监督体制和民主体制来改革中国的政治体制。正因为具备了上述两个可检验的条件，所以，中国农耕文化的工业文明转型以及由此带来的中华民族文化的伟大复兴是可以最终实现的。

中国精神在经过如此的吸纳创新过程后，使其既具有中国特色，又熔铸了科学精神、人本精神、创新精神、民主精神的新品性，从而将在五个方面继续对世界文明产生影响。其一，合之于科学的"天人合一"思想，使人类在顺应宇宙规律中得到自由而充分的发展。可改变西方文明中战胜自然的"天人对立"的宇宙观，减少由此观念所带来的受到自然界惩罚的人类灾难，使人类与自然界和平相处。同时也使得人类不同价值观念特别是不同宗教间在"天人合一"观念引导下，化干戈为玉帛，走向共同的人类福祉。再者，老庄创始的"道法自然"的思想，可以进一步改造"以人为本"思想的狭隘（眼界只局限于人类自身，而未及自然界的更多生命体），创建"以自然为本"的宇宙思想。其二，吸纳自由平等思想，赋予"厚德载物""推己及人"的博爱精神以新内涵。以孔子为代表的中国儒学所提倡的"仁者爱人""己所不欲勿施于人"的仁爱精神，曾成为东方文明的精神核心，影响东亚进而随着丝绸之路而影响欧亚大陆及非洲，对西方文艺复兴的人道主义产生过积极的影响。如果剥去此种仁爱中的维护等级的成分和亲疏远近内外有别的观念，使仁爱思想如同天地之育万物一样形成"以人为本""以自然为本"的博爱思想，其对人类发展的贡献将无法估量，它将带来一个仁爱大同的新世纪。其三，容纳了创新精神的"自强不息""建功立业""百折不挠"的进取精神。这种精神将会充分发掘人的潜能，对于中国人来说，超越古人人伦道德的内圣层面，而升华为从事科学技术发明创造的创新力、外张力，从而成就"智圣合一"的人类发展所需要的人才，使每个人的潜能充分发展成为可能，可极大地提高全人类的生产力和创造力，这是人类每位成员的愿望，是人类发展必不可少的伟大精神，正是这种精神（心怀天下、志向高远、自强不息、百折不挠的进取精神）使中华民族数千年生生不息，创造出人类农耕文明和现代工业文明的辉煌，从而为东、西方文明提供了样板。其四，吸纳科学主义的"阴阳五行""相生相克"的智胜精神。中国人对于宇宙人生有着敏锐的体验、感悟，特别是对于事物的变化有着独到理解，你中有我、我中有你的"负"与"抱"及其相生又相胜的关系，在世界文明中较为少见，这种对事物内外关系的阐释可以补西方理论的缺失，显示出独到的智慧，从而也养成中国人善于用曲线思维的以智取胜的定式。这种思维定式如果剔除非人力的因素，而代之于科学精神，将会成为一种科学的智胜精神，将会提高中华民族的创造能力，从而对人类的创新产生重要影响。其五，建立于以家族血缘亲情基础上的吸纳人本主义思想的"以家为本""兴家济国"的家国精神。中国人数千年，将家庭视为生命共同体，将亲情视为原情，使得家庭既成为中国社会发展的动力，又成为社会结构的细胞和纽带，成为这个拥有古老文明的国家具有永久生命力的生命元素。这与以个体为本的西方文明有所不同，以个体为本具有活力，需要更充分的活动与自由空间，然而也易造成亲情维系力单薄的一面。中国以家为本以亲情为魂的文化如果与西方以人为本的意识相融合（事实上正在默然地融合），中国的家国意识还将在社会发展中发挥出更大的潜能。由是而观之，中国精神将来对世界的影响将不在经济贡献之下。

第二节　中西文化的融通与创新发展①

　　中国从漫长的农耕文明中走来，在经济变革的过程中思想文化也随之发生着前所未有的变化，这是一次历史性的重大转型。转型的设计者们虽然明确提出了中国特色的基本思路，然而中国特色文化的具体内涵是什么，它与性质不同的西方工业文化有哪些共融面、契合点，则是须首先弄清楚的基本问题。由于在理论上受社会制度范式和在学术上受学科划分等因素的限制，直到目前为止，这一基本问题并未有一个已然确定无疑的答案。本节意在从产生文化新变的土壤——生产生活方式——的分析入手，对此做进一步考问。

① 本节原文刊载于《学术月刊》2012年第11期，《人民大学复印报刊资料》（文化研究卷）2013年第3期全文转载，又见《人民日报》2014年11月20日第7版（理论版）。

一、中国农耕文化的本质特征

中国传统文化是产生于农耕生产生活方式基础上的农耕文化。农耕生产生活方式的性质规定着农耕文化的性质。而农耕生产方式的性质源自这种生产方式的资源——土地——的性质。土地具有少变化的稳定性。"天下之物，有新则必有故。屋久而颓，衣久而敝，臧获牛马服役久而老且死……独有田之为物，虽百年千年而常新。"土地的寿命与大地一样久长，得土地者便拥有传世恒产。不仅如此，与土地的这种稳定性相联系，其自身还具有另一特殊属性，即作为农业生产的资源，具有取之不尽用之不竭的再生性。只要耕地播种便有收成，季季如此，年年如此，永不枯竭。"或农力不勤，土敝产薄，一经粪溉则新矣。暨或荒芜草宅，一经垦辟则新矣。"

土地的第二种特性是朴素、实在、守时。它总是一身土色，朴讷无语，无所奢求；只要播种、浇水施肥，总给予收获；并不因人因势而变，诚实无欺。这一品性培养出农民崇尚纯朴、厚道、诚信的性情，喜欢老实巴交的厚道人格，而讨厌浮夸、奸诈、机巧之徒。"民农则朴，朴则易用，易用则边境安、主位尊；民农则重（稳重——引者），重则少私义，少私义则公法立、力专一；民农则其产复，其产复则重徙，重徙则死其处而无二虑。……后稷曰：所以务耕织者，以为本教也。"

土地的稳定性引发出以土地为命的农民居住的固定性和生产的家族性，以及培育起来的以家族利益为中心的集体观念。农民以家庭族群为单位，居住于某村某乡，世世代代繁衍不息。这种居住的固定性与以家庭为耕种租赁单位，以若干有血缘亲情的家庭间协助合作的生产形式相结合，促进了以血缘关系为纽带的以家庭为中心的家族集体意识。家族既是农业生产的基本组织，也是社会关系的基本单位。对于一个人来说，关系最亲近是父母和家庭，其次是家族、亲戚等。其他关系与之相比则显示出内外之别、亲疏之分。中国人的关注度由强到弱由近至远呈现出七层由小到大的时空圆，个人—家庭—家族—亲戚—乡邦—社会—国家。所以中国的文化的命脉不是西方的社会文化、国家文化，而是生长于家庭的亲情文化、家族集体文化。以往，我们的研究将道德看得重于一切，而忽略了道德是建立于亲情之上的道德。亲情是第一位的，"仁者人也，亲亲为大"。道德是第二位的。世界各国的文化都有伦理道德的内涵，但中国人的道德所以不同于西方人，就在于浓厚的家族亲情文化。亲情如血液，而道德如骨骼，道德与礼的功能在于维系亲情中上下主次尊卑秩序（夫妇有主次，姐妹、兄弟有上下），并通过维系家庭秩序的稳定进而达到维系社会的秩序与稳定。

　　农业生产具有强大的依赖性和因不能摆脱依赖而养成的顺从意识。农作物耕种收获的最大依赖是土地和掌握雨水风雪的苍天。没有土地，不能耕作，没有了粮食来源，无法生存，于是无地农民必须租赁地主土地耕种，从而与土地主产生依赖关系。若有土地，而天气不好，遇上风、水、旱、虫、涝的自然灾害，庄稼颗粒不收，还是无法生存。故而农业生产是靠天吃饭，农民依赖老天爷讨生活，对大自然具有依赖性。即使有土地、年景好，对于每一个人来说没有家庭成员的帮助、家族的帮助，同样无法生产、生存。故而又有着对家庭、家族的依赖关系。由于一个人对这种种依赖关系无法挣脱，必然采取顺从的态度。对自然（包括自然神）的顺从，对土地主的顺从，对族长家长的顺从。养成与依赖性相伴生的顺从意识。

　　农业生产对于自然的依赖、敬畏和顺从，生发出天地与人同心一体的天人合一思维，以自然为道的道法自然思想，以及天地大爱品德和万物生生不息的自强不息（包括建功立业积极进取）精神。人们每关注年景收成好坏、人事成败，先想到天地，从天地中找原因。"夫审天者，察列星而知四时因也。""顺天者有其功，逆天者怀其凶。"于是将天地拟人化，"天地者，万物之父母也"。将人天地化，"身犹天也，数与之相参，故命与之相连也，天以终岁之数成人之身，故小节三百六十六，副日数也。大节十二分，副月数也"。形成天人相通、天人合一的思维模式。中国农耕文化中极少天人对立的思想，更多的是天地和光同尘、人与自然和谐相处。"阴阳交通，天人和同，故曰和之至也"，天地包容万象的宽大胸怀和普惠于万物的无私大爱，同样给予人无私品德的启迪。"天无私覆也，地无私载也，日月无私烛也，四时无私行。行其德，而万物得遂长焉"，儒家的仁义、墨家的兼爱、道家的法自然之德、佛学中的普度众生之惠等都与天地大爱对人德的启示有关。同样，"天行健，君子以自强不息"，天地生生不息的精神也培育人的自强不息精神和建功立业的入世热情。

我们从上述分析中发现农耕文化根本属性是稳定性与再生性。由其稳定性、再生性而衍化出耕种者朴实敦厚诚信的文化品格和重实际的务实精神。由家庭族群世代居住、耕种于一方水土的生产生活模式而培育出重亲情的家族集体意识、人情关爱和维系稳定秩序的德礼文化。农业生产对天地的依赖性、顺应性，启发中国人的天人合一思维、道法自然思想与和谐文化；天地泽惠、载育万物品格和自强不息精神，启发人以成就万物的大爱品性和建功立业的入世热情；天地阴阳的无穷变化培育着中国人超强的感悟力和生存智慧。这些不仅是中国传统文化的本质特征也是其内在的精华。

二、工业文化的本质性内涵

一个民族或国家的文化虽有其稳定性、承继性的一面，但并非一成不变，而是随着生产生活方式的更新而缓慢地演进。当下的中国文化已不同于传统意义的农耕文化，那是我们已跨入工业文明时代并受世界工业文化影响的结果，而工业文化在本质上与农耕文化有着巨大的差异。

首先，工业生产赖以进行的资源不再仅仅是土地，而是无所不包的所有自然资源，于是人类向地球要资源，从大自然中获取生产资料。这种向大自然进军、征服、索取大自然的生产，表现出人与自然的尖锐对立而不是顺应和谐。

其次，这种人定胜天的天人对立观念是建立于人类对于自身力量的过分自信。其自信来自两个方面：人是自然界的主人，具有永无满足的强烈欲望；拥有不断实现强烈欲望的智慧与才能，不断地获得知识，进行科学技术的发明创造和社会制度的改革，生产出可以满足人类欲望的现代化的先进工具和先进制度。这种自信中反映出工业文化的特质：肯定人的欲望，张扬人的个性，崇尚创新和竞争而不是压抑个性以求稳定。竞争和创新是工业文化的核心价值体现。

再次，从工业生产的产品——商品——的属性分析，我们从中发现有别于农业文化的价值观念。商品具有使用价值和价值。使用价值是商品的生命，即它能满足人们的使用需求。只有满足人们的使用需求才能换回体现商品自身价值的货币，从而使商品的价值得以最终实现。而商品价值的实现是获得剩余价值的前提，当资本家把满足自己的需要——获得更多剩余价值——当作自己的天职时，他必须首先想方设法满足消费者的消费需求。这一事实使资本主义思想家们发现自利是人的本质属性，而关心、帮助、爱护他人，则是出于爱自己的需要。"我们每天所需的食物和饮料，不是出自屠户、酿酒家或烙面师的恩惠，而是出于他们自利的打算。"这与中国传统文化认为私欲——情欲是万恶之源的观念构成鲜明的对照。

生产商品的目的是换取商品的价值——货币。充当商品交换媒介的货币，不仅能体现出商品自身的价值，还成为衡定一切商品的价值的尺度。故而货币及其货币观念中映射出工业化生产的基本属性和工业文化的核心内涵。它们包括自由、平等、民主等。第一，货币交换、流通的本能不仅使物与物的直接交换变为物与物以货币为媒介的间接交换，从而使商品的交换变得便利、自由；而且当商品扩展到人类生活的诸多领域时，人与人直接的依附关系因货币这一媒介的介入，而变成人与人通过货币发生的间接关系（如货币地租、货币劳役等），从而使人的关系变得疏松而自由。"货币使人与人关系客观化，这正是保证个人自由的前提。同样地，货币转化了财产的性质和拥有方式，使个体从与有形实物的外在维系和外在局限中解放出来。"再者拥有货币便可以提高人实现欲求程度和自由度，从而获得更大自由（尤其是物欲的自由）。第二，货币自身的价值成为衡定一切物与人的价值的尺度，"货币使一切形形色色的东西得到平衡，通过价格多少的差别来表示事物之间的一切质的区别"。货币交换的等价性，使人们在拥有等量货币时获得价值的平等。货币"作为衡量社会经济价值乃至个体价值的标准，以客观化、量化和平均化的导向渗透经济、文化和精神生活"。所以货币的等价交换原则唤醒并推助了人的平等意识。第三，货币以税收形式成为体现公民和国家间关系的中介物，国家在很大程度上使用公民纳税钱作为行政经费，每位公民以纳税方式参与到国家事务中来。那么，国家不得不允许纳税者参政议政，不得不听取纳税人的意见，从而起到了推进政治民主化的作用。这种货币自身所具有的推进平等、自由、民主的功能与以满足人民日益增长的物质与文化需求为出发点和归结点的工业生产的总目的，共同构成了以人为本的人本文化。这与农耕文化中强调等级秩序、维护家天下统治的忠孝文化、民本文化，形成鲜明的质的差异性。

此外，货币还体现出工业生产所具有的两种文化内涵，一是无限的联结功能，一是拜物主义。货币具有与一切商品交换的能力，具有将一切商品通过交换而发生普遍联系的功能，而随着商品生产的世界化，带来了交换市场、人与人关系的全球化。它不仅可以通过一个国家的市场将一国的公民联结为一个共同利益体，而且通过全球的市场将世界消费者联结为共同的利益体。特别是电脑与互联网的信息网络使这一联系更直接、便利和快捷，从而极大地增加了整个人类社会的联系度。这一特征与农耕经济时代的小国寡民式的家庭自足形成了鲜明对照。货币一旦成为换取人们生活必需品的唯一交换中介，成为实现欲望的唯一的东西，货币便由人生的手段跃升为人生的目的。人的欲望的实现变为货币占有欲的实现，于是便引发出金钱至上的拜金主义和拜物宗教（将物质利益看成高于一切的上帝），在工业文明的社会里，物质的利益高于政治利益、道德、名声等一切之上，实现利益的最大化不仅被视为人的本质，也视为国家的根本。这种物质至上、经济至上、金钱至上的文化与中国的农耕文化"重义轻利""贱货而贵德"的价值观形成极大的反差。

最后，由货币转化来的资本，因能产生剩余价值，从而成为资本家追逐的对象，故而同样体现出工业生产的基本属性与工业文化的核心内涵。剩余价值是在资本运动中生成的，故而资本不仅具有像水一样流动的属性——在流动中增值，在流动中生存，与农耕生产寻求稳定性和重复式的继承形成鲜明的差异；再者，货币的流动总是朝着利润多的方向流动，"资本害怕没有利润或利润太少，就像自然害怕真空一样。一旦有适当的利润，资本就胆大起来……为了100%的利润，它践踏一切人间法律；有300%的利润，它就敢犯任何罪行，甚至冒绞首的危险。如果动乱和纷争能带来利润，它就会鼓励动乱和纷争"。表现出血淋淋的逐利性、掠夺性和贪婪性，缺少中国文化中的亲情仁爱。

我们从上述分析中找到了工业文化的核心内涵：以满足每个人的人生需求为出发点和目的的以人为本文化；人类在征服自然的过程中谋求生存发展的天人对立的自然观；永不满足的寻新求变的竞争、创新文化；以货币为媒介以价值规律为杠杆的无限联系的市场文化；金钱等物质利益至上的拜物主义；以获取利润、资本最大化为目的的资本中心主义，永无止境的掠夺、占有文化；等等。

三、中西文化的契合点与生长点

由以上分析得知农耕文化与工业文化是两种性质完全不同的文化。一个强调天人合一，主张人与自然的和谐；一个主张天人对立，强调矛盾斗争。一个强调顺应天意和时势，追求社会的和谐、安宁、稳定；一个强调适者生存，追求创新、冒险、竞争和社会的变革。一个重义轻利，将道义、声名的追求置于一切物（包括生命）的追求之上；一个则崇拜物质价值，将金钱、财产等物质利益的占有置于一切生命活动之上。一个以家庭、家族集体利益为根本，以家长制、道德和人情为维系社会整体的纽带；一个以个体利益为根本，以平等、自由、民主和法律为维系社会整体的纽带。

这两种性质完全不同的文化如何融合为一体？是让人们自由地选择，还是有意识地将农耕文明中的精华与西方先进文化嫁接为一个中国社会发展所需要的崭新文化空间？改革开放以来的几十年文化发展的事实证明：文化放任自流选择之路不可取。它将会受到实用理性和功利主义目的性的支配，使传统文化中的专制主义死灰复燃并与工业文化中的拜物主义、疯狂的占有欲沆瀣一气，如狂风恶浪般荡涤本已薄弱的传统道德堤坝，使中国农耕文化出现日趋后置和弱化的危机。

面对已然出现的危机，我们应树立明确的文化自救意识与文化重建的历史责任感，用智慧的传统文化观念吸纳西方的先进文化内核。如以科学创新精神为支撑点，用天人合一的宇宙观纠正天人对立的思想；以天地大爱品格接纳西方先进的人本主义；用古代重义轻利的乐道精神净化西方的拜金主义和功利主义；以中国自强不息的奋斗精神吸纳西方的创新冒险精神；以西方自由、平等、民主、法制的进步政治理念，改革中国农耕社会遗留的阻碍生产力发展的陈旧思想和体制模式；以西方的科学主义接纳中国人的阴阳五行、刚柔相济的感悟智慧等。摒弃、剥离中国农耕文化中愚昧、专制等腐朽落后内涵和工业文化中使人类自戕和异化的黑色暗流。在操作层面上应在形而上的哲学层面沟通、扬弃和创新；在形而下的类式文化层面保护、传承；在中间政治文化层面进行大胆果敢、有序而稳健的革新。从而将两种性质迥异的文化通过理论创新和生活实践，建设成在生产和生活中切实有用的具有中国特色和时代精神的先进文化。

许建平著作一览

独著11部

1.《金学考论》，河北教育出版社，1999。

2.《山情逸魂——中国隐士心态史》，东方出版社，1999。

3.《李卓吾传》，东方出版社，2004。

4.《李贽思想演变史》，人民出版社，2005。

5.《文学研究的新经济视角与分析方法》，上海古籍出版社，2008。

6.《许建平解说金瓶梅》，东方出版社，2010。

7.《王世贞与〈金瓶梅〉》，河南人民出版社，2012。

8.《意图叙事论——以明清小说为分析中心》，人民出版社，2014。

9.《许建平〈金瓶梅〉研究精选集》，台北学生书局，2015。

10.《明清文学论稿》，河南人民出版社，2017。

11.《中国文学史研究的去蔽寻道》，商务印书馆，2024。

两人合著4部

1.《商风俗韵——〈金瓶梅〉中的女人们》，云南大学出版社，2000。

2.《中国小说研究史》，浙江古籍出版社，2002。

3.《20世纪中国古代文学研究史·小说卷》，东方出版中心，2006。

4.《20世纪中国古代小说研究的视角与方法》，复旦大学出版社，2008。

编著3部

1.《二十世纪中国文学史论文精粹·文学史方法论卷》，河北教育出版社，2000。

2.《二十世纪中国文学史论文精粹·小说戏曲卷》，河北教育出版社，2000。

3.《王世贞书目类纂》，凤凰出版社，2012。

主编7部

1.《中国传统文学与经济生活》（论文集），河南人民出版社，2006。

2.《去蔽、还原与阐释——探索中国古代文学研究的新路径》，社会科学文献出版社，2007。

3.《中国传统文学与经济生活研究丛书》（5本），上海古籍出版社，2008。

4.《娄东文化研究文库》（4本），上海三联书店，2016。

5.《王世贞全集·弇山堂别集》（4本），上海古籍出版社，2017。

6.《王世贞全集·弇州山人四部稿》（8本），上海古籍出版社，2022。

7.《娄东文化精髓》，上海三联书店，2023。

上海交大·全球人文学术前沿丛书

（第一辑）

——————————❦——————————

《全球人文视野下的中外文论研究》

王　宁　著

《中国古代散文探奥》

杨庆存　著

《哲学、现代性与知识论》

陈嘉明　著

《中国现代文学的历史还原和视域拓展》

张中良　著

《中国美学的史论建构及思想史转向》

祁志祥　著

图书在版编目（CIP）数据

中国文学史研究的去蔽寻道 / 许建平著. — 北京：
商务印书馆，2024
（上海交大·全球人文学术前沿丛书）
ISBN 978 − 7 − 100 − 23346 − 0

Ⅰ.①中…　Ⅱ.①许…　Ⅲ.①中国文学 — 文学史
研究　Ⅳ.①I209

中国国家版本馆 CIP 数据核字（2024）第009803号

中国文学史研究的去蔽寻道

许建平　著

———————————————————————

商 务 印 书 馆 出 版
（北京王府井大街36号　邮政编码 100710）

商 务 印 书 馆 发 行
北京盛通印刷股份有限公司印刷
ISBN　978 − 7 − 100 − 23346 − 0

———————————————————————

2024年6月第1版　　开本 670×970　1/16
2024年6月第1次印刷　印张 32¼　插页 2
定价：148.00元